JÖRG KASTNER IM
TASCHENBUCH-PROGRAMM:

13717 Thorag oder Die Rückkehr des Germanen
13838 Der Adler des Germanicus
13922 Marbod oder Die Zwietracht der Germanen

JÖRG KASTNER

ANNO 1074
DER AUFSTAND GEGEN DEN KÖLNER ERZBISCHOF

HISTORISCHER ROMAN

BASTEI LÜBBE TASCHENBUCH
Band 14139

Erste Auflage: August 1998

© Copyright 1998 by
Bastei-Verlag Gustav H. Lübbe GmbH & Co.,
Bergisch Gladbach
All rights reserved
Lektorat: Dr. Edgar Bracht
Titelbild: Archiv für Kunst und Geschichte
Umschlaggestaltung: Karl Kochlowski, Köln
Satz: Kremerdruck GmbH, Lindlar
Druck und Verarbeitung: 43141
Groupe Hérissey, Évreux, Frankreich
Printed in France
ISBN 3–404–14139–3

Der Preis dieses Bandes versteht sich einschließlich der gesetzlichen Mehrwertsteuer

Meinem Lektor, Dr. Edgar Bracht,
zugeeignet,
zum Dank für Anregung und Unterstützung.

Und meiner Frau Corinna,
die auf den Titel kam.

Inhalt

Wichtige Personen des Romans 11

VORSPIEL – DER JUNGE KÖNIG 15

Prolog 1 - Das Schiff des Erzbischofs........................ 17
Prolog 2 - Das Schwert des Königs 55
Prolog 3 - Von Feinden umringt................................ 63

HAUPTTEIL – DER ERZBISCHOF VON KÖLN......... 77

Kapitel 1 - Die Schottenmönche 79
Kapitel 2 - Die Hexe.. 96
Kapitel 3 - Gudrun.. 107
Kapitel 4 - Der Schwarze.. 121
Kapitel 5 - Erzbischof Anno 137
Kapitel 6 - Im Kerker 168
Kapitel 7 - Der Geist der Kathedrale 195
Kapitel 8 - Der Siechenkobel 208
Kapitel 9 - Gottes Strafe.. 231
Kapitel 10 - Der Judaslohn.. 244
Kapitel 11 - Die Byzantiner 261
Kapitel 12 - Die Söhne Josephs 274

Kapitel 13 - Annos Frevel 283
Kapitel 14 - Der Kampf am Rhein 303
Kapitel 15 - Sturmwind über Köln 328
Kapitel 16 - Der Kelch des Herrn 342
Kapitel 17 - Das Haus an der Römermauer 383
Kapitel 18 - Die Normannenquelle 402
Kapitel 19 - Der Sohn des Drachentöters 411
Kapitel 20 - Für ein freies Köln! 428
Kapitel 21 - Der Todesprahm 442
Kapitel 22 - Rauch über Groß Sankt Martin 454
Kapitel 23 - Im Schatten des Doms 463

NACHSPIEL – HOFFNUNG UND SÜHNE 487

Epilog 1 - Die Verbannten 489
Epilog 2 - Der schwarze Fleck 499

ANHANG 505

Nachwort des Autors 507
Historische und begriffliche Erläuterungen 511
Zeittafel 516

Wichtige Personen

des Romans

Anmerkung: Historische Personen sind hinter ihrem Namen mit einem (H) gekennzeichnet.

Der Adel

Agnes von Poitou (H) – Witwe Heinrichs III. und Kaiserin

Heinrich IV. (H) – ihr Sohn, König des Deutschen Reichs

Gottfried der Bärtige (H) – Herzog von Lothringen

Otto von Northeim (H) – Herzog von Baiern

Graf Ekbert von Braunschweig (H)

Pfalzgraf Wolfram von Kaiserswerth

Der Klerus

Anno (H) – Erzbischof von Köln

Adalbert (H) – Erzbischof von Bremen und Hamburg

Friedrich (H) – Bischof von Münster

Siegfried (H) – Erzbischof von Mainz

Barthel – Truchseß der Erzbischofs von Köln

Kilian – Abt von Groß Sankt Martin

St. Anno, Bischof Kölns, wo denkst du hin?
Willst du der heiligen Stadt ihr Recht entziehen?

»Sie hats verwirkt«, so sprach der strenge Mann,
»Ich stumpf' es, daß es nicht mehr schaden kann.«

(Karl Simrock, ›Bischof Anno‹)

Jodokus – Dekan von Groß Sankt Martin
William – junger Mönch von Groß Sankt Martin
Alan – dünner Mönch von Groß Sankt Martin
Roderick – Laienbruder von Groß Sankt Martin

Dienstmannen und Soldaten

Dankmar von Greven – Stadtvogt von Köln
Gelfrat – untersetzter Unterführer der Kölner Stadtwachen
Grimald – riesenhafter Unterführer der Kölner Stadtwachen
Eppo – Kerkermeister im Kölner Dom
Ordulf von Rheinau – Präpositus von Köln

Wikbewohner

Rainald Treuer (H, historischer Name unbekannt) – Kaufmann
Georg Treuer (H, historischer Name unbekannt) – Rainalds Sohn
Bojo – Rainalds Verwalter
Broder – Bojos ungleicher Zwillingsbruder, Steuermann
Rumold Wikerst – Kaufmann
Gudrun – Rumolds Tochter
Hildrun – Rumolds Frau
Hadwig Einauge – Schiffsführer in Rumolds Diensten
Niklas Rotschopf – Kaufmann
Hoimar – kräftiger Schiffer
Velten – quirliger Schiffer

Weitere Kölner

Rachel – jüdische Küchenmagd
Samuel – jüdischer Kaufmann
Eleasar – jüdischer Zimmermann
Kräutertrude – Mutter einer Namenlosen
Wibke – Aussätzige
Otmar – Siechenmeister
Wenrich – Färber

VORSPIEL

DER
JUNGE KÖNIG

Prolog 1

Das Schiff des Erzbischofs

Die Kaiserpfalz zu Kaiserswerth,
am heiligen Osterfest Anno Domini 1062.

Wie ein mächtiger Vogel des Wassers, ein stolzer Fischreiher oder eine anmutige Silbermöve, schwebte das schneeweiße Gebilde über den graublau schimmernden Rhein, der sich wegen der Strudel und Untiefen an vielen Stellen kräuselte und in aufspritzender Gischt brach. Wenn auch ans nasse Element gebunden, schien das große. prächtige Schiff von den schwierigen Stromverhältnissen ebenso unbeeindruckt wie jener Adler, der über dem leuchtendroten Segel seine Flügel ausbreitete. Kein Tier aus Fleisch und Blut, sondern das auf der Reichsflagge abgebildete Wappentier der Herrscher, schwarz auf weißem Grund. Eine sanfte Brise bauschte das große Segel und war im Verein mit der Strömungsgewalt stark genug, das Gefährt voranzutreiben, der m itten im Rhein gelegenen Insel des heiligen Suitbert entgegen. Die Rojer, fünfzehn an jeder Seite, hatten nicht mehr zu tun, als auf gelegentliche Befehle ihres Kapitäns die Riemen kurzzeitig in die Gischt zu tauchen, um das Schiff auf Kurs zu halten.

Der Schiffsführer, ein großer, breitschultriger Mann mit allmählich ergrauendem Haar und einem noch dunklen Bart, stand am Bug, leicht nach vorn gebeugt, hielt sich an der Reling fest und starrte mit zusammengekniffenen Augen hinaus auf den großen Fluß und auf das Eiland, das zusehends größer wurde. Immer wieder drehte der Kapitän den Kopf und schrie dem Steuermann am Heck und den Rojern auf den Holzpritschen knappe Anweisungen zu, laut und bestimmt, aber unaufgeregt. Fieberhafte Betriebsamkeit wäre bei dieser gefährlichen Strömung auch genau das Falsche gewesen. Eine zu heftige Bewegung des Schiffsrumpfs oder ein plötzliches Schlingern konnte die Kollision mit einem im Wasser verborgenen Felsen nach sich ziehen, ein Aufschlitzen des Rumpfs, das Zersplittern der Riemen und des Steuers – das Ende des Schiffs.

Aber Rainald aus Köln hatte noch nie ein Schiff verloren. Und an den großen Vater Rhein, den er das ganze Jahr über hinauf und hinunter fuhr, wollte er ganz bestimmt kein Schiff und kein Menschenleben abgeben. Der Kaufmann achtete den Rhein, den er kannte wie kaum ein anderer Schiffer, und fürchtete seine Gefahren. Gerade deshalb war er besonders vorsichtig. Seine Fähigkeiten hatten sich herumgesprochen, und so war es kein Wunder, daß Erzbischof Anno ihn als Kapitän für diese Mission ausgewählt hatte. Das war eine große Ehre und zudem eine, die sehr gut bezahlt wurde. Also hatte Rainald rasch eingewilligt, träumte er doch schon lange davon, an die Spitze der Kölner Kaufmannsschaft aufzusteigen. Mit Annos Lohn und Gottes Hilfe würde es ihm gelingen.

Die Fahrt wurde plötzlich ruhiger, als hätte ein Vogel jeden Flügelschlag eingestellt und wäre ohne jede Eigenbewegung im Luftstrom geschwebt. Broder, der faßbäuchige friesische Steuermann, und die Rojer atmeten auf. Sie wußten sofort, was das Nachlassen des ständigen Aufs und Abs zu bedeuten hatte: ruhigeres Fahrwasser, Sicherheit. Die Rheinschiffer hatten es wieder einmal geschafft und dem tückischen Fluß ein Schnippchen geschlagen.

Rainald drehte sich um, sprach diesmal aber nicht zur Schiffsbesatzung, sondern zu jenen Männern, die er nach Kaiserswerth bringen sollte: »Wir haben die gefährlichen Strudel und Untiefen überwunden. In Kürze werden wir das Segel einholen und den Anker werfen.«

Eine Gestalt löste sich aus der Gruppe der noblen Herren und trat zu Rainald. Ein großer Mann jenseits der Fünfzig, aber nicht aufgeschwemmt wie andere seines Alters. Er wirkte knochig und sein Gesicht hart, fast asketisch. Die dichten Brauen waren so dick und lang, daß sie fast mit dem dunklen Bart verwuchsen, und ließen die Augen kaum erkennen. Ein Gesicht, das die ganze Härte ausdrückte, zu der ein Mann fähig sein mußte, der Erzkanzler des Römischen Stuhles war, Reichsbischof und Stadtherr von Köln.

Als sich das Gesicht zu einem huldvollen Lächeln verzog, verlor es an Schärfe und gewann fast so etwas wie Anmut. »Das hast du vortrefflich gemacht, Rainald. Jeder anderer Kapitän hätte mit den Strudeln und Felsen viel mehr zu kämpfen gehabt und uns arme Landratten ordentlich durchgeschüttelt. Ich tat gut daran, dich für diese Mission auszusuchen!« Die Stimme des Erzbischofs klang freundlich und warm, doch trotz des Lächelns wollte ein seltsamer Zug nicht aus dem Gesicht verschwinden. Es war ein Ausdruck der Berechnung.

Rainald war weit herumgekommen, im Norden bis hoch ins Dänische Reich und im Süden bis zur Spitze Italiens, hatte auf seinen Kauffahrten viel gesehen und erlebt. Aber er war nicht abgebrüht, und so erschauerte er innerlich, als dieser mächtige Mann, über den man sich so viel Widersprüchliches erzählte, direkt neben ihm stand und mit ihm eine Unterhaltung begann. Nur eine Armbewegung Rainalds hätte genügt, den Erzbischof vom Schiff zu stoßen. Und ein Wort Annos reichte aus, damit der Kaufmann und Kapitän seinen Kopf verlor. Trotz des lächelnden Antlitzes ging von Anno der kalte Hauch der Unnahbarkeit aus, die mit seiner fast absoluten Macht untrennbar verknüpft war.

Rainald dachte unwillkürlich an ein mahnendes Wort, das sein Vater dem jungen Kaufmann mit auf den Lebensweg gegeben hatte: ›Die Mächtigen baden in einem Wasser, das für uns einfache Leute viel zu tief ist. Steige nie zu ihnen ins Bad, mein Sohn! Sie mögen darin stehen können, unsereinen aber reißt es unwillkürlich von den Füßen.‹

Daran hatte sich Rainald nicht gehalten, als er Annos Auftrag annahm. Aber der Preis war zu verlockend gewesen: ein großes Grundstück im Wik, ganz in der Nähe des Hafens, zinsfrei für ein Dutzend Jahre. Und dazu das Vorkaufsrecht für dieses wundervolle Schiff, das er in Raten bezahlen durfte, die letzte ebenfalls erst in zwölf Jahren fällig. Zwölf Jahre, um ein gemachter Mann zu werden. Einem Kerl wie Rainald sollte es doch nicht schwerfallen, sich in dieser Zeit unabhängig zu machen von anderen Kaufleuten wie auch von Erzbischof Anno!

Also war er auf die Bedingung des Erzbischofs eingegangen und hatte das Kommando dieses neuen, prachtvollen Schiffs übernommen, ohne Fragen zu stellen. Rainald hatte sich zum Schweigen verpflichtet, und auch der treue Broder hatte dieses Gelübde ablegen müssen. Der Steuermann, der schon viele Fahrten mit Rainald unternommen hatte, war der einzige aus der Besatzung, den der Kapitän näher kannte. Die Rojer waren von Anno angeheuert worden. Kräftige Gestalten allesamt, aber eine Spur zu verstockt, als hätten sie die Peitsche oder die Rute schon oft zu spüren bekommen. Ja, wie abgerichtete

20

Hunde kamen sie Rainald vor, stark genug zum Zubeißen, aber ohne Befehl ihres Herrn zu ängstlich, auch nur die Mäuler aufzureißen. Genau die Männer, die ihr Herr, der Erzbischof von Köln, benötigte: zutiefst verschwiegen, aber zu allem bereit.

Bereit wozu? Über diese Frage hatte sich Rainald während der ganzen Reise den Kopf zerbrochen. Warum verpflichteten Anno und seine Begleiter Kapitän und Mannschaft zur vollkommenen Verschwiegenheit, wenn sie nichts anderes vorhatten, als den jungen König und seine Mutter anläßlich des Osterfestes zu besuchen?

Jedoch – hatten sie wirklich nichts anderes vor?

Plötzlicher Lärm schreckte Rainald aus seinen Gedanken. Siegfried, der Erzbischof von Mainz, schien der Verursacher zu sein. Er hatte lange Zeit auf einer großen Holzkiste, einem Behälter für Seezeug, geruht. Wie alle Noblen hatte auch er sich erhoben, um einen Blick auf die kleine Insel mit den wuchtigen Bauten der kaiserlichen Pfalz zu werfen. Jedenfalls war er ruckartig aufgesprungen, wie von einer Hornisse gestochen, hatte aber, fettleibig und aufgeschwemmt wie er war, das Gleichgewicht verloren und war mit lautem Poltern auf die Planken gestürzt. Dort lag der in jeder Hinsicht gewichtige Mann und starrte mit erschrockenem Blick die Kiste an.

»Was habt Ihr, Bruder Siegfried?« rief Anno dem Herrn der Stadt Mainz zu. »Könnt Ihr Euch nicht entscheiden, ob die Kiste oder die Schiffsplanken der bequemste Platz zum Ausruhen sind?«

Das Zucken der Mundwinkel verriet Annos Belustigung. Einige der Rojer und der Bewaffneten zeigten weniger Zurückhaltung und grinsten breit auf Erzbischof Siegfried hinab. Der aber war viel zu sehr damit beschäftigt, wieder auf die Beine zu kommen, um den Bekundungen von Schadenfreude große Aufmerksamkeit schenken zu können. Sein hilfloses, ungeschicktes Strampeln, wie das eines auf den Rücken geworfenen Maikäfers, steigerte noch die Belustigung der Umstehenden.

Otto von Northeim, der kräftige Baiernherzog, hatte schließlich Erbarmen mit dem Bischof und streckte eine große Hand aus, fast eine Bärenpranke, die den gestürzten Kirchenmann wieder auf die Füße hob. »Ihr seid wohl noch nicht häufig auf dem Rhein gefahren, Eminenz, daß ein solch ruhiges Gewässer Euch von den Beinen reißt!«

»Macht ihr alle nur eure Scherze, sie treffen mich nicht«, brummte ärgerlich der Erzbischof von Mainz, während er seine prachtvollen Gewänder ordnete. »Nicht die Bewegung des Schiffs hat mich von den Beinen gerissen, sondern die der Kiste.« Dabei zeigte er mit ausgestrecktem Finger auf die Holzkiste, die seinem breitem Gesäß nur für kurze Zeit eine Heimat gewesen war.

Der Baiernherzog stemmte die Hände in die Hüften. Ungläubig starrte er den Mainzer an, dann die Kiste und schließlich wieder den Erzbischof. »Verzeiht meine Dummheit, Siegfried von Mainz, aber wo ist da der Unterschied? Die Kiste wird sich kaum mehr bewegen als das Schiff. Und das macht jetzt, wo wir dank unseres Kapitäns die gefährlichen Strömungen überwunden haben, eine erfreulich ruhige Fahrt.«

»Aber die Kiste bewegt sich!« stieg Siegfried mit verbissener Beharrlichkeit hervor und und sah auf den Holzkasten hinab, als verstecke sich Satan persönlich darin. »Ich meine, sie bewegt sich stärker als das Schiff.«

Mit einer Behendigkeit, die angesichts seiner reichen Körperfülle erstaunte, sprang er vor und versetzte der Kiste einen heftigen Fußtritt, als wolle er sie für ihr ungebührliches Benehmen strafen. Die Folge war ein seltsamer

Laut, der bestimmt nicht das Knarren des Holzes war. Es klang wie eine Stimme, wie ein dumpfes Stöhnen.

Augenblicklich erstarrten fast alle Männer an Bord. Einige bekreuzigten sich und riefen leise den Herrn Jesus Christus an.

»Allmächtiger!« stieß auch Siegfried hervor und trat hastig von der Kiste zurück.

Herzog Otto von Northeim und Graf Ekbert von Braunschweig, beide erfahrene Kämpen, zeigten sich unbeeindruckt von dem seltsamen Laut, der aus der Kiste gedrungen war.

Der Baier, der eigentlich aus Sachsen stammte, griente Anno an und rief: »Fürwahr, Eminenz, eine wackere Schar habt Ihr auf Eurem Schiff versammelt! Männer, die nur den Satan fürchten, den aber überall, wie mir scheint!«

Mit lautem Lachen näherte sich Otto der Kiste und zog das breite Prunkschwert aus der an seiner Seite hängenden Scheide, die mit im Sonnenlicht leuchtenden Edelsteinen verziert war. »Erhebe dich, Satan!« Bei diesen Worten riß Ottos Linke den Deckel der Kiste hoch, während in der Rechten das Schwert ruhte, zum Schlag bereit.

Die Gestalt, die in der Kiste kauerte, erhob sich tatsächlich. Wenn dies der Leibhaftige war, hatte sich keiner der Männer ihn so vorgestellt. Aber konnte der Böse nicht in beliebiger Gestalt erscheinen, auch in harmloser? Stand es nicht in seiner Macht, den Arglosen zu täuschen, um ihn zu verführen, seiner Seele zu berauben? So dachten die Männer und hielten sich weiterhin zurück.

Nur Otto nicht. Der Herzog von Baiern lachte immer lauter, so daß man kaum noch das Rauschen des Wassers und das gelegentliche Schlagen der Riemen hörte. Er zeigte mit der Schwertspitze auf die Gestalt, die jetzt, wo sie in der Kiste aufrecht stand, höchst lächerlich wirkte. »Seht nur, Siegfried, da habt ihr Euren Satan! Furchteinflößend, wahrlich. Der richtige Kerl, um einen Erzbischof zu Fall zu bringen!«

Der ›Kerl‹ war ein Junge mit braunem Haar und anmutigem Gesicht, das jetzt von Furcht gezeichnet war. Die klaren blauen Augen huschten umher und hafteten sich dann wieder auf die blitzende Klinge von Ottos Schwert, unsicher, ängstlich.

Ottos Blick wanderte von dem Jungen zum Mainzer Erzbischof. »Eminenz, ich glaube, unser blinder Fahrgast hat noch mehr Angst vor Euch als Ihr vor ihm, sofern das überhaupt möglich ist.«

Wieder lachte der Herzog laut und steckte andere damit an. Sie lachten aus Erleichterung darüber, es nicht mit dem Bösen zu tun zu haben. Siegfried von Mainz mußte sich erneut als Zielscheibe des allgemeinen Spotts fühlen. Sein Gesicht, das immer von der Röte des guten Essers überzogen war, lief fast purpurn an. Er sprang vor, packte den Jungen, riß ihn aus der Kiste und schleuderte ihn auf die Planken, die feucht waren von über die Reling gespritzter Gischt.

»Was hast du hier zu suchen, Bursche?« herrschte der Mainzer den verstörten Knaben an. »Wer bist du überhaupt?«

»Er ist mein Sohn!« Der das sagte, war Rainald, der Kapitän. Er bahnte sich einen Weg durch die Männer, die einen Kreis um Siegfried, Otto und den Jungen gebildet hatten. »Ja, es ist Georg, mein Erstgeborener.«

Er stand vor dem Knaben, beugte sich zu ihm hinunter und versetzte ihm einen saftigen Streich auf die Wange. »Was machst du hier? Ich habe dir doch untersagt, an Bord zu kommen!«

24

»Und ich habe dir, Rainald, untersagt, jemand anderen als deinen Steuermann mit an Bord zu nehmen!« bellte Anno. Auch der Bischof von Köln war näher getreten und zog jetzt die allgemeine Aufmerksamkeit auf sich.

Der Schiffsführer wandte sich seinem Stadtherrn zu. »Ich habe Georg nicht an Bord gebracht, Eminenz. Bis zu diesem Augenblick wußte ich gar nicht, daß er hier ist.«

Anno nickte. »Ich glaube dir, Rainald. Die Ohrfeige, die du deinem Sohn versetzt hast, spricht für die Wahrheit deiner Worte. Ein schlagendes Argument sozusagen.«

»Wollen wir das Kind wirklich auf dem Schiff lassen?« fragte Siegfried mit einer seltsamen Unsicherheit, als fürchte er sich vor dem Knaben ebenso wie vor dem Leibhaftigen.

»Wir haben wohl kaum eine Wahl«, erwiderte Anno. »Wollt Ihr den Jungen etwa in den Fluß werfen?«

»Das Recht dazu hätten wir«, sagte der Mainzer. »Schließlich ist er ein blinder Fahrgast, mit dem jeder Schiffsherr nach Belieben verfahren darf.«

»Ganz recht, Siegfried.« Wieder nickte Anno. »Aber vergeßt nicht, ich bin der Eigner dieses Schiffs, nicht Ihr.«

»Und Ihr solltet nicht vergessen, daß Kinder oft ein loses Mundwerk haben!« belehrte Siegfried seinen Kölner Amtsbruder.

»Der Junge ist schon groß und sicher sehr verständig«, sagte Anno. »Er wird nichts ausplaudern, was er nicht soll. Nicht wahr, Rainald? Wie alt ist dein Sohn, zwölf oder schon älter?«

»Erst zehn, Eminenz. Aber er ist sehr groß und kräftig für sein Alter. Und natürlich auch sehr verständig.«

»Natürlich«, grinste Anno. »Er kommt also ganz nach seinem Vater. Gleichwohl, Rainald, wirf ein Auge auf deinen Sprößling, daß er mir und meinen Freunden nicht in die Quere kommt!«

Dieses mahnende Wort sprach Anno sehr ernst aus. Rainald fühlte sich zu fragen versucht, bei welchen wichtigen Geschäften Georg den Bischöfen und Edelmännern nicht in die Quere kommen sollte. Aber der Kapitän befand es für besser, sich zurückzuhalten. Was immer Anno und die Seinen auch vorhatten, es schien klar, daß sie dabei nicht mehr Mitwisser haben wollten als unbedingt nötig.

Anno nahm Siegfried von Mainz, Otto von Northeim und Ekbert von Braunschweig zur Seite und sagte leise: »Der Junge ist keine Gefahr für uns, dafür wird sein Vater sorgen. Vielleicht ist es gar nicht schlecht, ein Kind in seinem Alter an Bord zu haben. Heinrich ist keine zwei Jahre älter.«

Diese Worte hörte Rainald nicht. Er legte seine Hände schwer auf die Schultern des noch immer auf den Planken hockenden Sohns und fragte eindringlich: »Warum bist du an Bord gekommen, Georg?«

»Gudrun hat gesagt, ich würde mich nicht trauen.«

»Gudrun, die Tochter von Rumold?«

»Ja, Vater.«

»Sie hat ein ebenso großes Maul wie ihr Vater!«

Rainald mochte Rumold nicht, den man seit einiger Zeit Rumold Wikerst nannte, weil er mit seinen erfolgreichen Geschäften zum reichsten und angesehensten Mann im Kölner Wik aufgestiegen war – zum Ersten der Kaufleute. Rainald hielt Rumold für einen Angeber, noch dazu für einen, der seinen Aufstieg weniger dem eigenen Geschick verdankte als dem puren Glück. Es gab andere, die einen ehrenvollen Beinamen viel eher verdient hatten als Gudruns Vater. Zum Beispiel Rainald selbst! Es wurmte ihn, daß er keinen der schmückenden Beinamen trug, die

26

in jüngster Zeit bei den Kaufleuten in Mode kamen und bei ihnen den Adelstitel ersetzten, den die Abstammung ihnen verwehrt hatte.

»Steh auf, Sohn«, sagte Rainald, dessen Zorn auf den Sprößling verraucht war, verdrängt von dem Neid auf Rumold. »Du sollst aufrecht neben mir stehen, wenn wir an der Insel des heiligen Suitbert anlegen und vielleicht den König und die Kaiserin sehen. Davon kannst du Gudrun bald erzählen. Und vergiß nicht zu erwähnen, daß nicht ihr Vater, sondern der deine von unserem Erzbischof auserwählt wurde, sein Schiff zu führen!«

Georg nickte und fühlte sich erleichtert, daß der Vater über sein eigenmächtiges Handeln nicht länger verärgert war. Aber Georgs gute Laune währte nur wenige Augenblicke. Anno, der auf Vater und Sohn zutrat, erinnerte den Jungen daran, daß er sich die Fahrt auf dem Schiff erschlichen hatte, ein mit hoher Strafe bedrohtes Verhalten.

Auch der Schiffsführer blickte seinen Stadtherrn und Auftraggeber zweifelnd an. Was hatte der Erzbischof mit den anderen Noblen gesprochen, so leise, daß Rainald und Georg es nicht verstehen konnten? Hatten sie eine Strafe für den Sohn des Kaufmanns festgesetzt?

Doch auch Anno zeigte keine Verärgerung, sondern betrachtete Georg mit zwar durchdringendem, aber durchaus wohlwollendem Blick. »Ein wirklich kräftiger und wohl auch mutiger Knabe«, stellte er fest und ließ seine Augen dann zum Vater weiterwandern. »Aber ist er seinem Stadtherrn auch so treu ergeben, daß er über alles schweigen wird, was sich auf dieser Fahrt ereignet?«

»Das ist er, ganz bestimmt!« beeilte sich Rainald zu sagen. »Mein Sohn Georg ist Euch ebenso treu ergeben wie ich selbst, Eure Eminenz!«

Wieder sah Anno den Jungen an, jetzt mit streng prüfendem Blick. Eine steile Falte bildete sich zwischen den Augen des Erzbischofs, wie eine Verlängerung der Nase. »Stimmt das, Knabe?«

Georg wußte, daß Erzbischof Anno eine Antwort von ihm erwartete. Aber er fühlte sich nicht in der Lage, auch nur ein einziges Wort zu sagen, nicht mal ein kurzes ›Ja‹. Das Wissen um Annos Macht schnürte seine Kehle zu, verstopfte sie mit einem dicken Kloß, ließ seine Zunge schwer werden wie eins der großen Bleigewichte, mit denen die Händler ihre Waren abwogen. Ein knappes Nicken war alles, wozu Georg fähig war.

»Schwörst du es?« fragte Anno, der noch nicht befriedigt war. »Beim Herrn Jesus Christus und bei deinem Leben?«

Noch einmal nickte Georg.

»Dann ist es gut«, lächelte der Erzbischof zufrieden und legte eine Hand auf Rainalds Schulter. »Deine Treue und die deines Erstgeborenen werde ich nicht vergessen, Rainald. Und damit auch alle anderen sie nicht vergessen, soll deinem Geschlecht fortan der Ehrennahme ›Treuer‹ zu eigen sein.«

Georgs Vater verschlug es zwar nicht die Sprache, aber die Dankesworte, die er hervorbrachte, ähnelten mehr einem zusammenhanglosen Gestammel als einer flüssigen Rede. Zu groß war seine Freude über den langersehnten Ehrennamen. Rainald Treuer! Die Kaufleute im Kölner Wik würden Augen machen, wenn sie das hörten. Ein Ehrenname vom Bischof höchstselbst verliehen, war das nicht viel mehr wert als ein Name, den andere Kaufleute einem der ihren verliehen? Würden die Kölner Fernhändler Rumold Wikerst auch noch als ihren Ersten ansehen, wenn sie hörten, wie gut Rainald – Rainald Treuer! – mit dem Stadtherrn stand?

Der Kaufmann hatte nicht viel Zeit, sich seiner unbändigen Freude über diese Auszeichnung hinzugeben. Die Insel füllte bereits den ganzen vorderen Horizont aus. Mächtig erhoben sich die steinernen Gebäude der Pfalz auf dem kleinen Eiland. Überall, an Mauern und Toren, an Bäumen und Sträuchern, hing bunter Osterschmuck. Rainald schenkte dem Schmuck nur ein, zwei kurze Blicke und widmete sich dann dem Anlegemanöver. Er ließ das Segel einholen und die Rojer gegen die Strömung pullen, um die Fahrt zu verlangsamen. Dem Steuermann brauchte er keine Befehle zu erteilen. Broder wußte auch so, was zu tun war. Sicher glitt das Schiff des Erzbischofs auf den kleinen Holzsteg zu, den der Friese als Anlegeplatz auserkoren hatte. Die umliegenden Stege waren mit einigen Booten belegt, von denen keins so groß und so prächtig war wie das weiße Schiff aus Köln.

Die Männer, die auf dem Steg erschienen waren, bewunderten das ankommende Schiff. Aber sie taten auch ihre Arbeit und fingen die Seile auf, die Rainalds Männer ihnen zuwarfen, um das Schiff zu vertäuen. Dann platschte der Anker ins Wasser und fiel in die Tiefe, bis auf den Grund des Rheins. Das Schiff lag fest und schaukelte nur noch leicht in den Wellen, die sich am Ufer brachen.

Ekbert von Braunschweig rief den Männern auf dem Steg zu, sie sollten der Herrschaft melden, daß Anno von Köln, Siegfried von Mainz, Otto von Northeim, Gottfried von Lothringen und Graf Ekbert eingetroffen seien.

»Wir haben die Ankunft Eures Schiffs schon gemeldet, Herr«, erwiderte ein dicklicher, pausbäckiger Hofdiener. »Die Kaiserin und der König wollen zum Hafen kommen, um die hohen Herren zu begrüßen. Hört, die Glocken läuten schon zu Eurem Empfang!«

Tatsächlich hatten die Glocken der Pfalzkapelle zu schlagen begonnen, während der Diener sprach. Und bald sah man eine große Prozession von der Pfalz zum Hafen ziehen. Die Noblen verließen das Schiff, um der Kaiserin und ihren Kindern entgegenzugehen.

Bevor Anno seine Füße auf den hölzernen Steg setzte, wandte er sich noch einmal zu Rainald um und sagte im eindringlichen Ton: »Denk immer an das, was ich dir aufgetragen habe, Rainald Treuer. Halte das Schiff und die Mannschaft zur jederzeitigen Abfahrt bereit!«

»Aber warum ...«

Schlagartig verschwand das Wohlwollen aus Annos Gesicht. »Das zu fragen, ist deine Sache nicht, Rainald!« fuhr er den Kapitän an. »Ich erwarte, daß du mir gehorchst!«

Rainald schrak zusammen. Er, der sonst gebieterisch über Schiff und Mannschaft verfügte, fühlte sich gegenüber dem Erzbischof wie ein Kind vor dem gestrengen Vater. Er sagte nichts mehr und nickte nur noch, wie es sein Sohn Georg vorhin getan hatte. Innerlich verfluchte er sich, daß er seine Zunge nicht im Zaum gehalten hatte. Was gingen ihn die Gründe an, aus denen Anno auf der ständigen Reisebereitschaft seines Schiffs bestand!

Er merkte nicht, daß Georg den Vater mit seltsamem Blick musterte. Früher war der Kaufmann dem Sohn als allmächtig erschienen, fast so wie der Herr im Himmel. Doch jetzt, da sich Rainald gegenüber Anno benahm wie ein Höriger vor seinem Herrn, erhielt das Bild des Vaters einen tiefen Riß, und der Sohn begriff, daß der Erste zu sein im Kölner Wik nichts war im Vergleich zur Macht des Stadtherrn. Und zum erstenmal spürte Georg den Atem der großen Welt mit Verhältnissen und Verflechtungen,

30

die einem zehnjährigen Kaufmannsknaben unüberschaubar, unentwirrbar erschienen.

Die Bitterkeit, die Georg ob der Unterwürfigkeit des Vaters empfand, schwand, als die Sinne des Jungen ganz und gar von einem großartigen Schauspiel beansprucht wurden. Würdevollen Schrittes näherte sich ein langer Zug prächtig gewandeter Menschen: die Kaiserin und der König mit ihrem Hof. Aber nicht alle hielten sich an Reihenfolge und Schritt. Ein Knabe, nicht größer als Georg, löste sich beim Anblick von Annos aufgeputztem Schiff aus dem vordersten Glied der Prozession und stürmte dem Hafen im hastigen Lauf entgegen.

»Da kommen sie«, sagte Anno mit kaum verhohlener Verachtung, als die Noblen vor dem Steg Aufstellung nahmen, um die kaiserliche Familie zu begrüßen. »Eine Frau, die das Deutsche Reich regiert, was für eine Schande!«

»Einige ihrer Entscheidungen zeugen von klugem Sachverstand«, wandte Siegfried ein.

»Das waren nicht *ihre* Entscheidungen!« schnaubte Anno unwillig und sah seinen Mainzer Amtsbruder fast zornig an. »Agnes von Poitou mag die Imperatrix sein, aber die wichtigen Verfügungen trifft dieser unverschämte Augsburger!«

Otto von Northeim lächelte, aber es war ein grimmiges Lächeln. »Man erzählt sich, die Kaiserin habe sich den Bischof von Augsburg zum Berater erkoren, damit sie im Bett nicht ihr Köpfchen anstrengen muß. Denkt sie an ihren verstorbenen Gemahl und flüstert zärtlich den Namen Heinrich in die Dunkelheit, darf sich der Augsburger ruhig angesprochen fühlen.«

Gottfried von Lothringen, den sie wegen seiner lang und üppig wuchernden Manneswürde auch den Bärtigen

31

nannten, lachte so heftig, daß er ins Husten verfiel. Otto kicherte über seine eigene Bemerkung.

Annos strafender Blick traf sie beide. »Eure harten Worte mögen berechtigt sein, Herzog Gottfried, aber Euer Gelächter finde ich höchst unangemessen. Es könnte Argwohn erregen bei den Angehörigen des Hofes, zumindest aber Unmut!«

In einer anderen Lage hätte Anno den Herrn von Oberlothringen nicht wegen dieser Bemerkung abgekanzelt. Insgeheim freute er sich, daß sich das Gerücht über die Liebschaft zwischen der Kaiserin und Bischof Heinrich von Augsburg derart verfestigt hatte. Wenn schon die Noblen diese üble Nachrede weitertrugen, mußte sie beim Volk erst recht Wurzeln geschlagen haben. Um so leichter würden sich die Menschen der Meinung anschließen, daß Agnes von Poitou nicht die richtige Frau war, den jungen König zu erziehen. Und um so leichter würden sie billigen, was Anno plante!

Heinrich III., Kaiser des Abendlandes, König von Deutschland, Italien und Burgund, hätte sich niemals dazu herablassen dürfen, eine Frau wie Agnes von Poitou zu ehelichen. Gewiß, ihr Vater Wilhelm der Große, Herzog von Poitou und Aquitanien, war ein wichtiger und einflußreicher Fürst gewesen. Dennoch stand die Familie tief unter dem Wormser Königsgeschlecht. Aber die königstreuen Fürsten waren froh gewesen, daß sich Heinrich eine neue Frau nahm, nachdem seine Gemahlin Gunhild, Tochter des Königs Knut von Dänemark und England, ein Opfer der großen Fieberepidemie geworden war, die Deutschland und Italien im Jahre des Herrn 1038 heimgesucht hatte. Denn noch hatte Heinrich keinen Sohn gezeugt, keinen Nachfolger. Agnes gebar ihrem Mann Kinder, Töchter und Söhne, und erlangte dadurch das Wohlwollen der Fürsten, die der Verbindung anfangs zweifelnd bis mißbilligend gegenübergestanden hatten.

Kinder starben häufig und oft schon kurz nach der Geburt. Ein Schicksal, das alle Menschen traf, Schollenpflichtige wie Fürsten. Selbst Könige und Kaiser blieben davon nicht verschont, auch Kaiser Heinrich und seine Gemahlin Agnes nicht. Von ihren Abkömmlingen waren noch zwei Töchter am Leben, die siebzehnjährige Adelheid, Äbtissin von Gandersheim, und die acht Jahre alte Judith-Sophie. Wichtiger jedoch war, daß ein Sohn des Kaisers lebte, der elfjährige Heinrich, der, um die Nachfolge zu sichern, schon im Alter von vier Jahren von seinem Vater zum Mitkönig erhoben worden war.

Die Fortsetzung der Wormser Herrschaft und die Ruhe im Reich schienen auf lange Jahre gesichert. Kaiser Heinrich würde, davon ging jedermann aus, seinen gleichnamigen Sohn zu einem Regenten erziehen, der ebenso von Gottesfürchtigkeit und Pflichterfüllung beseelt wäre wie der Kaiser selbst. Diese Hoffnung währte nicht lange. Das harte, von Arbeit erfüllte, entbehrungsreiche Leben des Kaisers forderte seinen Tribut. Nicht ganz vierzig Jahre alt, verschied Heinrich III. im Herbst 1056. Agnes, die dreizehn Jahre treu an seiner Seite verbracht hatte, übernahm die Regentschaft und setzte die Erziehung ihres Sohns fort.

Aber die Kaiserin verfügte nicht über die Stärke und Entschlossenheit des Wormser Königsgeschlechts. Sie war eine hochgebildete Frau, doch sie blieb eine Frau. Und damit war sie in den Augen der meisten Fürsten nicht geeignet, das Reich zu regieren. Und Bischof Heinrich von Augsburg war nicht der Ratgeber für die Kaiserin und den jungen König, den sich die meisten Noblen im Reich wünschten. Daher hatten sich Anno und seine

Verbündeten entschlossen, an diesem Osterfest die Machtverhältnisse im Deutschen Reich grundlegend zu ändern.

Die Art, wie der elfjährige Knabe ungestüm zum Hafen rannte, war für Anno eine Bestätigung seines Entschlusses. Solch ein Benehmen mochte für einen Bauernlümmel angehen, vielleicht noch für den Sohn eines Händlers, aber nicht für den König! Wäre der Kaiser noch am Leben, er hätte dafür gesorgt, daß sich der Junge angemessen benahm. Aber Agnes ließ den Sohn gewähren, schien nichts Schlimmes darin zu erblicken oder zu schwach zum Eingreifen zu sein.

Als der König die noblen Gäste erreichte, wäre er fast gestolpert und zu Boden gestürzt. Ekbert von Braunschweig griff rasch zu und verhinderte das entwürdigende Schauspiel. Keuchend blieb Heinrich vor den Neuankömmlingen stehen, das glatte Knabengesicht mit roten Flecken der Erregung überzogen.

Anno bezwang den Widerwillen über Heinrichs Verhalten und sagte mit einem aufgesetzten Lächeln: »Wir grüßen Euch, Heinrich, unseren König. Wir kommen, um das Fest der Auferstehung unseres Herrn Jesus Christus mit Euch und Eurer Familie zu begehen.«

Heinrich nickte knapp und zeigte an den Noblen vorbei zum Fluß. »Ist das Euer Schiff, Erzbischof?«

Also das Schiff hatte Heinrich zu seinem ungestümen Verhalten veranlaßt! Eine Erkenntnis, die Anno mit tiefer Befriedigung erfüllte. Er wußte von Heinrichs großem Interesse für die Schiffahrt. Deshalb hatte Anno dieses Schiff, wie es wohl auf dem ganzen Rhein und weit darüber hinaus kein prächtigeres gab, bauen lassen. Es sollte ihm bei der Verwirklichung seiner Pläne dienen.

Anno bejahte die Frage des Königs und fügte im be-

34

wußt gleichgültigen Ton hinzu: »Gefällt es Euch, hoher Herr?«

Heinrich nickte wieder, jetzt kräftiger und mehrmals hintereinander. »Es ist … beeindruckend, prachtvoll … wunderschön!«

»Das hoffe ich doch«, erwiderte Anno. »Schließlich habe ich dem Schiffsbauer in Antwerpen ein paar gute Silbermark dafür bezahlt. Es freut mich, daß es Euer Gefallen findet, König Heinrich.«

»Das tut es«, bestätigte der Junge, dessen Augen wie gebannt an dem großen Schiff hingen. »Darf … darf ich es besichtigen?«

»Gern«, antwortete Anno, von großer Befriedigung erfüllt. »Es steht ganz zu Eurer Verfügung, Hoheit. Nicht umsonst habe ich die Reichsflagge hissen lassen. Wenn Ihr wollt, können wir eine kleine Fahrt unternehmen, damit Ihr die Vorzüge des Schiffs kennenlernt.«

»Ja, gern!« rief Heinrich und strahlte über das ganze Gesicht.

»Aber nicht jetzt!« sagte streng eine helle Stimme in seinem Rücken.

Heinrich drehte sich um und blickte in das Gesicht seiner Mutter, in das sich in den letzten Jahren zahlreiche Falten gegraben hatten. »Aber warum denn nicht, Frau Mutter?«

»Weil es unhöflich wäre, unseren Gästen, die sicher hungrig und durstig von der Reise sind, die Bewirtung vorzuenthalten. Habe ich dich nicht gelehrt, ein guter, zuvorkommender Gastgeber zu sein?«

»Doch, das habt Ihr«, gab der König beschämt zu. Schon einen Augenblick darauf leuchtete in seinen Augen wieder das Feuer kindlicher Unbekümmertheit. »Aber nach dem Mahl darf ich aufs Schiff, ja?«

Über das eben noch strenge Gesicht der Kaiserin glitt ein Lächeln. »Meinetwegen, wenn es der Herr Erzbischof gestattet.«

Anno verbeugte sich vor der Kaiserin und lächelte ebenfalls. »Natürlich gestatte ich es, Eure Kaiserliche Hoheit. Ich werde dem König mein Schiff sogar persönlich zeigen.«

Nachdem die Kaiserin ihre Gäste begrüßt hatte, zogen alle zur Kaiserpfalz. Vorher sprach Anno noch wie beiläufig mit dem Anführer seiner Wache, dem Kölner Stadtvogt Dankmar von Greven. Niemand aus dem Gefolge der Kaiserin maß diesem kurzen Gespräch Bedeutung bei. Und keinem fiel auf, daß Anno dem Vogt ein Pergament zusteckte, das mit dem Siegel des Kölner Erzbischofs verschlossen war.

Als an dem Steg längst wieder Ruhe eingekehrt war, stahl sich eine Anzahl Bewaffneter unter Dankmars Führung davon. Rainald fragte den Stadtvogt nicht, wohin er mit seinen Männern ging. Das hatte den Kapitän nicht zu interessieren. Außerdem reichte ihm eine barsche Zurechtweisung seitens Anno für heute vollständig. Er wollte sich nicht einen weiteren Tadel einhandeln, wollte sich das gerade erworbene Wohlwollen des Erzbischofs nicht verscherzen.

Heinrich war während des ganzen Mahls unruhig. Es ging ihm nicht schnell genug, er wollte auf das Schiff. Aber auch wenn er ein König war, hier war er doch nur ein Knabe, mußte sich fügen. Er aß mit wenig Lust. Trotz der leckeren Speisen, die der Hoftruchseß auftragen ließ: Fleisch, Geflügel und Fisch, Obst und Gemüse in Mengen und mit köstlichen Gewürzen zubereitet. Dazu gab es edle Tropfen aus der Kellermeisterei. Seltsamerweise schienen auch die noblen Gäste, trotz ihrer Schiffsreise, wenig Hunger zu verspüren. Ekbert von Braunschweig nagte schon viel zu lange an einer in Honigwasser geschmorten Gänsekeule herum, an der kaum noch Fleisch saß. Auch Gottfried von Lothringen tat kaum etwas, um seinen kräftigen Körper zu stärken. Er hatte nur eine der Pasteten vertilgt, die mit einer lecker duftenden Mischung aus Rindfleisch, Speck, Äpfeln und Gewürzen gefüllt waren. Der Bischof von Mainz gar, der doch über einen geradezu außergwöhnlich mächtigen Leib verfügte, schien kaum etwas zu essen. Versonnen hielt er seinen silbernen Weinbecher in den fleischigen Händen und starrte in das Gefäß, als könne er dort auf heidnische Weise die Zukunft lesen.

Der junge König, nur von dem Gedanken beherrscht, möglichst schnell auf das prächtige Schiff zu gelangen, wunderte sich zwar über diese merkwürdige Appetitlosigkeit der Gäste, zog daraus aber keine weiteren Schlüsse. Dafür sollte er sich später noch oft verfluchen.

Jetzt aber frohlockte er nur, als Anno von Köln endlich seinen silbernen Teller beiseiteschob und laut verkündete, er sei gestärkt und gesättigt. Der Erzbischof und Otto von Northeim hatten, im Gegensatz zu ihren Reisebegleitern, mit großem Appetit getafelt.

»Wenn es dem König und Euch, hohe Frau, recht ist, werde ich Heinrich jetzt mein Schiff zeigen«, fuhr Anno, zur Kaiserin gewandt, fort.

Agnes stimmte zu, nachdem sie den bittenden, ja bettelnden Blick ihes Sohns aufgefangen hatte. Nicht nur Anno, sondern auch seine Begleiter wollten mit zum Schiff gehen.

»Nach dem reichhaltigen Mahl wird ein kleiner Gang

37

uns guttun«, faßte es der Northeimer, dem noch das Fett eines Brathuhns am Kinn klebte, in Worte.

»Ein guter Gedanke! Ich werde mich euch anschließen, edle Herren – wenn es erlaubt ist.«

Der das sagte, war der Burggraf Wolfram von Kaiserswerth, ein junger, schlanker Mann von ansehnlicher Gestalt und feinem Antlitz. Ihm oblag der Schutz der kaiserlichen Pfalz und – solange die Kaiserin hier weilte – auch der Schutz der kaiserlichen Familie. Das war der wahre Grund für sein Ansinnen, den König und die noblen Gäste zu begleiten. Auch Wolfram war die merkwürdige Appetitlosigkeit der hohen Herren aufgefallen. Und er fand es seltsam, daß sie den König geschlossen aufs Schiff begleiten wollten.

Annos düsterer Blick bohrte sich in den jungen Grafen, hellte sich aber schon nach kurzen Augenblicken auf. »Selbstverständlich seid Ihr auf meinem Schiff willkommen, Graf Wolfram. Auch wenn es dort allmählich eng wird.«

»Das macht mir nichts«, gab sich Wolfram leutselig und begleitete den König und seine Gäste hinaus zum Hafen. Dort sonderte sich der Burggraf kurz ab und erteilte einigen Schiffen den Befehl, sich zur Abfahrt vorzubereiten.

»Wozu das?« fragte Otto von Northeim, der Wolframs Anweisung gehört hatte.

»Nur eine Vorsichtsmaßnahme«, lächelte der Burggraf. »Wenn der König eine kleine Fahrt auf dem Rhein machen will, sollte er ein angemessenes Geleit haben.«

Otto nickte beifällig. Aber als er sein Gesicht abwandte, verzog er es zu einer grimmigen Miene.

Rainald barst vor Stolz und fühlte sich gleichzeitig unwohl in seiner Haut. Fast erschien es ihm unglaublich, so viele Wohltaten an einem Tag zu empfangen. Erst verlieh ihm Erzbischof Anno den langersehnten Ehrennamen, dann fuhr König Heinrich selbst auf dem von Rainald befehligten Schiff, und die Kaiserin Agnes sah zu. Sie war mit ihrem Gefolge zum Hafen geeilt, um das Schauspiel der kleinen Rheinfahrt zu betrachten. Nur ein kurzes Stück sollte es flußabwärts gehen und dann, noch vor den gefährlichen Strömungen, wieder zurück zur Insel des heiligen Suitbert.

Als das Schiff des Kölner Erzbischofs abgelegt hatte, begab sich Anno zu seinem Stadtvogt, der mit einigen seiner Männer unter dem Dach des Vordecks wartete.

»Gebt auf Wolfram acht!« flüsterte Anno den Bewaffneten zu. »Auf meinen Wink werdet ihr prüfen, ob der Markgraf einer Insel auch des Schwimmens mächtig ist!«

Die Söldner grinsten und schlenderten, scheinbar gelangweilt, nach achtern.

»Nun?« fragte Anno neugierig, als er mit Dankmar von Greven allein war. »Wart Ihr erfolgreich?«

»Ich würde sagen, ja, Eure Eminenz. Es war eine leichte Sache, die Wächter bei der Pfalzkapelle zu überwältigen. Aber uns blieb zu wenig Zeit, uns sämtliche Reichsinsignien anzueignen. Deshalb hinterlegten wir Euren Brief und nahmen nur diese beiden Stücke mit.«

Er zeigte auf die beiden Bündel, ein großes, breites und ein sehr dünnes, längliches. Auf ein Zeichen des Bischofs zog Dankmar die unscheinbaren Stofflappen des größeren Packens so weit auseinander, daß man den Inhalt erkennen konnte.

Ein großes Kreuz kam zum Vorschein, an der Vorderseite mit Goldblech beschlagen, das gänzlich mit Edel-

39

steinen und Perlen besetzt war. Als die Strahlen der Sonne darauf fielen, stach der funkelnde Widerschein fast schmerzlich in die Augen der beiden Betrachter. Aber nicht Gold, Edelsteine und Perlen bestimmten den wahren Wert des Kreuzes. Der enthüllte sich, als Anno das schwere Prunkstück andächtig umdrehte. Ein altes, unscheinbares Stück Holz, in das Eichenholz des Kreuzes eingelassen, stammte vom Kreuz Christi. Ebenfalls in das Eichenholz des Reichskreuzes eingefaßt war ein längliches Eisenstück mit einem in der Mitte eingearbeiteten Nagel, auch er ein Überbleibsel des Kreuzes von Golgatha. Dieses Eisenstück war die Heilige Lanze, zusammen mit dem Kreuz Symbol der Unbesiegbarkeit und der Herrschaft über die zum Römischen Reich zählenden Gebiete Italiens. Die lateinische Inschrift auf einem Seitenstück des Kreuzes, angebracht auf Geheiß Kaiser Konrads II., dem Großvater Heinrichs IV., sagte es deutlich: ›ECCE CRVCEM DOMINI FVGIAT PARS HOSTIS INIQVI. HINC CHUONRADE TIBI CEDANT OMNES INIMICI.‹ – ›Vor diesem Kreuz des Herrn möge die Gefolgschaft des bösen Feindes fliehen. Daher mögen vor dir, Konrad, die Widersacher zurückweichen.‹

Unbesiegbar! So fühlte sich auch Anno, als er das Kreuz in Händen hielt. Heute morgen hatte er noch am Erfolg seiner Mission gezweifelt, trotz der vielen Gebete, die er um ihr Gelingen an den Allmächtigen gesandt hatte. Aber jetzt, wo sich der König und das Reichskreuz auf seinem Schiff befanden, schien ihm der gute Ausgang des Unternehmens sicher. Daß gerade das Kreuz mit den Reliquien von Golgatha in seine Hände gefallen war, deutete er als gutes Omen.

Das zweite Beutestück, das Dankmar seinem Herrn überreichte, glitzerte ebenfalls im Sonnenlicht. Zumindest die mit Goldblech verkleidete Schwertscheide, auf deren Kanten kleinen Rubine funkelten. Die Goldreliefs auf Vorder- und Rückseite zeigten die Herrscher von Karl dem Großen bis zu Heinrich III. Schnüre mit winzigen Perlen umzogen die einzelnen Flächen. Wichtiger als die blendende Hülle, die angefertigt worden war, als Heinrich III. seinen Sohn zum Mitkönig erhob, war auch hier der Inhalt. Es war das Reichsschwert, das dem Herrscher bei der Krönung als Zeichen der weltlichen Macht überreicht wurde. Schon der heilige Mauritius sollte dieses Schwert getragen haben, als er die Thebäische Legion anführte.

Das Reichskreuz als Zeichen der Unbesiegbarkeit, das Mauritiusschwert als Zeichen der weltlichen Macht und der König an Bord. Anno fühlte, wie er von einer euphorischen Woge überschwemmt wurde. Der Herr war mit ihm!

Erst Dankmars mahnende Stimme holte die Gedanken des Erzbischofs in die Wirklichkeit zurück: »Solltet Ihr Euch nicht besser um das Schiff kümmern, Eminenz?«

Anno löste seinen Blick von den beiden wertvollen Beutestücken und sah hinaus auf den Strom. Dankmar hatte recht, es war höchste Zeit!

»Schlagt Kreuz und Schwert wieder ein und gebt gut darauf acht!« sagte der Erzbischof zu seinem Gefolgsmann und eilte nach achtern, bis er auf den Kapitän traf.

»Die Strömung wird stärker, Herr!« meldete Rainald, ohne darauf zu warten, daß ihn Anno ansprach. »Wir sollten wenden, wenn wir leichterhand zur Insel zurückkehren wollen!«

Die vom Burggrafen ausgesandten Begleitschiffe, vier an der Zahl, waren etwas zurückgefallen. Als Anno dies feststellte, befahl er: »Wir fahren noch ein Stück weiter!«

Heinrich schien das nichts auszumachen. Im Gegenteil, er lachte übermütig, während er, sich mit einer Hand an der Reling festhaltend, am Bug stand, der sich mit der mächtiger werdenden Strömung immer kraftvoller hob und senkte. Siegfried von Mainz, die Herzöge und die Grafen hielten sich in seiner Nähe auf. Der fettleibige Erzbischof hatte sich, leicht grünlich im Gesicht, auf einer Taurolle niedergelassen.

Erst als auch die Begleitschiffe von der stärkeren Strömung erfaßt wurden, erteilte Anno dem Kapitän die Erlaubnis zur Umkehr. Broder mußte das Ruder mit aller Kraft festhalten und gegen den reißenden Fluß stemmen. Auf Rainalds Befehl unterstützten die Rojer das Bemühen des Steuermanns. Das Schiff drehte sich unter heftigem Schwanken.

Siegfrieds Gesicht verfärbte sich zunehmend ins Grünliche; er lehnte sich weit über die Reling und erleichterte sich. Er gab nicht gerade das Bild eines starken Verbündeten ab, dachte Anno. Aber das täuschte. Der Mainzer Erzbischof war ein einflußreicher Mann, in der Kirche und in weltlichen Belangen. Ihn auf seiner Seite zu wissen, war ein Vorteil, den Anno wohl zu schätzen wußte.

Jetzt zahlte es sich aus, ein Schiff mit dreißig kräftigen Rojern zu haben. Ihre im Takt geschlagenen Riemen schafften es schnell, das Gefährt auch gegen die Strömung voranzubringen. Voraus gewann die Insel mit der Kaiserpfalz wieder an Größe. Die Begleitboote, dessen größtes über sechzehn Rojer verfügte, waren nicht so erfolgreich. Sie kämpften in dem Bemühen, ebenfalls ihren Kurs zu ändern, noch immer mit der tückischen Strömung.

Anno trat zu Heinrich und den Fürsten am Bug. Siegfried hatte sich ein wenig erholt und hockte wieder auf der Taurolle, sah aber alles andere als glücklich aus. Als er über der Reling hing, hatte er sein kostbares Gewand besudelt.

»Ein gewagtes Wendemanöver, Eminenz!« sagte Wolfram von Kaiserswerth vorwurfsvoll zu Anno.

»Nicht für dieses Schiff«, erwiderte der Kölner mit kaum verhohlener Selbstgefälligkeit. »Ich verfüge über das beste Schiff, den besten Kapitän und die beste Mannschaft, die man auf dem Rhein findet.«

»So scheint es«, gab der Burggraf zu, aber seine Betonung und sein Gesicht drückten Zweifel aus. »Jedenfalls sind die Rojer bewundernswert kräftig. Wir haben die Insel gleich erreicht.«

Als Rainald die Worte hörte, fragte er den Kölner Erzbischof: »Sollen wir den Hafen ansteuern, Eminenz?«

»Nein.«

»Warum nicht?« fragte sofort der Burggraf.

»Weil wir den Fluß noch weiter hinauffahren«, antwortete Anno völlig ruhig.

Wolfram beugte sich vor und zog die jugendlich glatte Stirn in Falten. »Wie weit?«

»Bis nach Köln«, gab Anno zur Antwort und fügte laut, zu den Söldnern gewandt, hinzu: »Jetzt, Männer!«

Als die Bewaffneten auf den Burggrafen einstürmten, hatte dieser das Spiel schon duchschaut und zog das lange, zweischneidige Schwert aus der edelsteinverzierten Prunkscheide. Er kreuzte die Klinge mit einem der Angreifer und trieb den Mann mit wuchtigen Schlägen zurück, bis der Söldner über eine Holzverstrebung stolperte und rücklings zu Boden ging.

Doch dann kamen die anderen Männer Dankmars über Wolfram und schleuderte ihn aufs Deck. Eine Schwertspitze riß die linke Wange des Grafen auf. Ein

43

jäher Blutstrom ergoß sich über das Gesicht und über das mit Goldstickereien verzierte Hemd.

Sie hoben Wolfram hoch, trugen ihn zur Reling und warfen ihn in den Fluß. Die Wogen schlugen über ihm zusammen, doch er kam wieder an die Oberfläche. Anno sah ruhig zu ihm hinüber. Die gleichmäßigen, kräftigen Ruderschläge brachten das Schiff schnell flußaufwärts, während die Strömung den Pfalzgrafen in die andere Richtung trug, den kleineren Booten entgegen. Wolfram war keine Gefahr mehr für den Kölner Erzbischof und seine Verbündeten.

König Heinrich baute sich vor Anno auf. Wieder tanzten auf dem Knabengesicht die roten Flecken der Erregung, die Anno bereits am Hafen bemerkt hatte.

»Was hat das zu bedeuten, Eminenz?« schnarrte Heinrich im herrischen Ton, der nicht recht zu seiner kindlich hellen Stimme passen wollte. »Ich verlange sofortige Rechenschaft von Euch über Euer unglaubliches Benehmen! Warum habt Ihr Wolfram in den Fluß werfen lassen?«

»Damit er uns nicht im Weg steht.«

»Im Weg?« wiederholte Heinrich. »Wobei?«

»In dem Weg, der meine Freunde und mich zu Euch führt, mein König, und Euch zu uns.«

Anno trat auf Heinrich zu. Der wich zurück, bis er die Reling im Rücken spürte. Die Söldner bildeten einen Halbkreis um den Jungen.

»Jetzt durchschaue ich Euch, Anno!« schrie Heinrich mit einer Stimme, die sich vor Erregung überschlug. »Ihr habt mich in eine Falle gelockt. Ihr ... Ihr wollt Euren König ... töten!«

Er hatte das letzte, verhängnisvolle Wort noch nicht ausgesprochen, da schwang er sich schon behend über die Reling und tauchte ins Wasser ein. Ähnlich wie kurz zuvor Wolfram von Kaiserwerth, wurde jetzt auch Heinrich von der reißenden Strömung verschluckt und nach kurzer Zeit wieder an die Oberfläche gespült. Dort leuchtete das helle Gewand des Königs, der mit verzweifelten Bemühungen gegen den Wasserdruck ankämpfte.

Er war kein schlechter Schwimmer, aber der Rhein war an dieser Stelle zu stark. Er trug den Jungen immer näher an eine Gruppe spitzer, schroffer Felsen heran, die ein Stück flußabwärts aus dem Wasser ragten. Zwischen ihnen hatte sich ein Strudel gebildet, ein kräftiger Sog, der begierig auf Beute wartete.

»Der Strudel wird ihn in die Tiefe ziehen!« keuchte atemlos Siegfried von Mainz.

»Oder die Wucht der Strömung wirft ihn gegen die Felsen und zerschmettert ihn«, stellte Otto von Northeim mit einer Stimme fest, der jedes Mitgefühl abging.

»Nein!« schrie Anno und wandte sich an den Kapitän. »Laß das Schiff sofort umkehren, Rainald! Wir müssen den König einholen!«

»Unmöglich, Eminenz. Bevor wir das Schiff auch nur gedreht haben, hat der Strudel König Heinrich schon verschluckt!«

»Heinrich – und vielleicht auch Ekbert«, meinte Otto von Northeim.

Jetzt sahen auch die anderen, was er meinte. Der Graf von Braunschweig hatte seinen goldbetreßten Mantel abgestreift und war ebenfalls in den Rhein gesprungen. Mit schnellen, kräftigen Schwimmzügen schoß er flußabwärts und schaffte es tatsächlich, dem König näher zu kommen.

Während Rainald und die Schiffsbesatzung mit dem Wenden des Schiffs alle Hände voll zu tun hatten, verfolgten die Noblen und die Söldner gebannt das Geschehen im Fluß. Der Abstand zwischen Ekbert und dem König

45

verringerte sich schneller als der zwischen Heinrich und der Felsgruppe.

»Ekbert schafft es!« stieß Siegfried erregt hervor. »Er holt Heinrich ein!«

So geschah es. Der Graf schlang einen Arm um den König und zog den Jungen zu sich heran. Beide strampelten heftig. Kämpften sie nur gegen den Fluß oder auch gegeneinander? Vom Schiff aus war das nicht zu erkennen.

Doch etwas anderes schien klar: Auch mit Ekberts Unterstützung würde es Heinrich nicht schaffen, dem Verhängnis zu entkommen. Ottos düstere Prophezeiung, der Strudel würde beide verschlucken, schien sich zu bewahrheiten.

»Laßt den Jungen schon los!« knurrte der Baiernherzog. »Was nützt es Euch, Ekbert, wenn Ihr mit ihm sterbt?«

Anno und Siegfried warfen Otto empörte Blicke zu. Auch die Stirn über Gottfrieds bärtigem Antlitz legte sich in tiefe Falten. Der Mainzer wollte etwas zu dem Baiernherzog sagen, aber ein Aufschrei Dankmars, der sich zu den anderen gesellt hatte, lenkte die allgemeine Aufmerksamkeit auf einen weiteren Schwimmer. Dieser näherte sich Ekbert und Heinrich aus der Richtung des Schiffs. Es war eine eher kleine Gestalt.

»Wer ist das?« fragte Anno leise, aber in so scharfem Ton, daß ihn jeder verstand.

»Der Junge!« antwortete Siegfried. »Es ist der Junge aus der Kiste!«

»Mein Sohn!« schnitt Rainald ihm fast das Wort ab. »Es ist mein Georg!«

»Ja«, brummte Anno und nickte leicht, während seine Augen den tollkühnen, geschickten Schwimmer verfolgten. »Der verteufelte Junge führt ein Seil bei sich!«

»Verteufelt?« fragte Gottfried den Kölner Bischof mit schrägem Blick. »Oder von Gott gesandt?«

»Natürlich, natürlich von Gott gesandt«, knurrte Anno den Herzog von Lothringen an. »Der Herr vergebe mir meine Wortwahl.«

Rainald wandte sich wieder um. Er schrie Broder und der Schiffsbesatzung zu, sie sollten sich beeilen, um Georgs Leben zu retten.

Aber selbst das große, von dreißig Rojern angetriebene Schiff hatte heftig mit der starken Strömung zu kämpfen. Noch immer waren die Männer mit dem Wenden beschäftigt, da hatte Georg den König und Graf Ekbert schon erreicht. Die beiden anderen Schwimmer griffen nach Georgs Seil.

»Die Männer sollen mit der sinnlosen Arbeit aufhören, Kapitän!« brüllte Anno gegen den Lärm aufgeregter Schreie, ins Wasser klatschender Riemen und knarrenden Holzes. »Sie tun besser, wenn sie das Seil einholen!«

Außerdem verlieren wir zu viel Zeit, wenn das Schiff flußabwärts ausgerichtet ist! fügte Anno in Gedanken hinzu. *Dann könnten Wolframs Boote uns doch noch einholen!*

Tatsächlich hatte das größte und schnellste der vier Boote den von Dankmars Söldnern über Bord geworfenen Burggrafen inzwischen aufgenommen und seine Verfolgungsfahrt fortgesetzt. An der Spitze der anderen Boote näherte es sich Annos Schiff, zwar langsam, aber beständig.

Rainald begriff sofort, daß der Erzbischof recht hatte. Der Kapitän hätte selbst darauf kommen müssen, aber die Sorge um seinen Sohn hatte seinen Verstand gelähmt. Jetzt rief er die nötigen Befehle.

»Die Rojer halten das Schiff in der jetzigen Position, Eminenz«, meldete er dem Kölner Stadtherrn. »Eure Söldner sollen das Seil einholen.«

Anno nickte, und augenblicklich griffen Dankmars Männer zu. Viele kräftige Hände zogen so ruckartig an dem Seil, daß es dem König entglitt. Geistesgegenwärtig streckte Ekbert eine Hand aus und erwischte Heinrich gerade noch am Gewand. Mit Ekberts Hilfe gelang es dem König, wieder das Seil zu fassen.

»Zieht gleichmäßiger!« herrschte Dankmar die Söldner an.

Das taten sie, und mit jedem Zug holten sie den Grafen und die beiden Jungen näher an das Schiff heran.

Endlich kletterte Heinrich, unterstützt von Ekbert, an Bord, wo er erschöpft auf die Planken fiel. Sein besticktes Seidengewand klebte an dem Knabenkörper. Um den König herum bildete sich rasch eine Wasserlache.

Als nächster kam Ekbert an Bord und dann der Sohn des Kapitäns. Rainald wollte zu ihm eilen, aber Anno befahl ihm, das Schiff wieder auf Kurs zu bringen.

»Auf welchen Kurs?«

»Den Rhein hinauf!« brüllte der Kölner Bischof. »Wohin denn sonst?«

Rainald starrte auf die drei Geretteten und dann auf die nahe Insel. »Sie sind ziemlich erschöpft, besonders der König. Sollten wir nicht so schnell wie möglich zur Pfalz zurückkehren?«

»Auf keinen Fall!« erwiderte Anno. »Wir fahren nach Köln. Die Rojer sollen sich in die Riemen legen wie noch nie in ihrem Leben!«

»Aber der König will gar nicht nach Köln!« protestierte Rainald.

Er begann zu ahnen, daß er sich auf etwas eingelassen hatte, das leicht zu groß für ihn werden konnte, vielleicht schon zu groß war. Das Wasser, in das Rainald gestiegen war, zerrte stark an seinen Füßen.

Dabei hatte er sich gar nicht gegen König Heinrich stellen wollen. Gewiß hatte er sich über den Söldnerhaufen gewundert, den der Erzbischof mit auf die Schiffsreise nahm. Aber andererseits, warum sollte ein mächtiger Mann sich nicht mit einer Leibwache umgeben! Räuber gab es überall, an Land und auf auf dem Rhein. Erst als der König an Bord war und Anno befahl, nicht wieder die Insel des heiligen Suitbert anzusteuern, wandelte sich Rainalds Verdacht zur Gewißheit: Er war in eine Entführung verwickelt, vielleicht gar in ein Mordkomplott!

»Was der König will, ist im Augenblick belanglos!« Annos Stimme klang dunkel, drohend. »Sein Geist ist verwirrt, sein Wille verweichlicht durch die jahrelange Erziehung, die in den Händen einer schwachen Frau lag.« Er blickte in die Runde, zu Siegfried, Otto, Gottfried und Ekbert. »Wir wissen schon, was für den König gut ist.« Der Bischof lenkte den Blick wieder auf Rainald. »Tu du, was dir befohlen wird!«

Rainald schluckte. Vergebens suchte er nach einer Erwiderung, nach einer Möglichkeit, aus dem reißenden Strom zu fliehen, der ihn fortzuspülen drohte. Aber wie sollte er, ein einfacher Kaufmann, ankommen gegen die Macht zweier Erzbischöfe, zweier Herzöge und des Grafen von Braunschweig! Und wenn es ein Komplott gegen den König war, waren bestimmt noch mehr hohe Herren darin verwickelt.

Dieser Gedanke verlieh Rainald neuen Mut. Waren Anno und seine Verbündeten erfolgreich, lag die Macht in ihren Händen. Hände, die stark genug waren, Rainald vor dem Zorn des Königs zu beschützen.

»Kümmert Euch bitte um meinen Sohn«, sagte der Kapitän zu Anno und erteilte die nötigen Befehle, um das Schiff wieder auf Kurs zu bringen.

Als der Bug stromaufwärts zeigte, legten sich die Rojer erneut mit aller Kraft in die Riemen. In schneller Reihenfolge tauchten die dreißig hölzernen Blätter ins Wasser und stießen das Schiff den Rhein hinauf.

Das heftige Keuchen der Männer, das Klatschen der Riemen und das Rauschen des großen Stroms wurden noch übertönt von der Stimme des jungen Königs: »Ich verfluche euch, ich verfluche euch alle!«

Die Männer in den vier kleinen Booten unternahmen alle Anstrengungen, um Annos prunkvollem Gefährt zu folgen. Aber noch in Sichtweite der Kaiserpfalz mußten sich die Kapitäne eingestehen, daß sie das Rennen verloren hatten.

Anfangs protestierte Wolfram von Kaiserswerth gegen den Vorschlag, zur Pfalz zurückzukehren. Aber als er sah, wie das Schiff des Kölner Erzbischofs rasch kleiner wurde und dann am Horizont, kaum noch sichtbar, hinter einer Biegung verschwand, willigte der Burggraf ein. Die erschöpften Rojer seiner Schiffe waren froh, wieder mit der Strömung fahren zu können.

Das größte der vier Boote legte zuerst an, und zwar an dem Steg, wo zuvor Annos Schiff vor Anker gegangen war. Wolfram sprang von Bord, noch ehe die Halteseile verknotet waren. Wütend über Annos Verrat und enttäuscht über sein eigenes Versagen, trat er vor die Königin, die mit ihrem Gefolge noch immer am Hafen stand und hinaus auf den Fluß starrte, auf dem sich vor ihren Augen so Unglaubliches ereignet hatte.

In diesem Augenblick war es Wolfram von Kaiserswerth völlig gleichgültig, daß er sich, völlig durchnäßt und blutbeschmiert, kaum in einem hoffähigen Zustand

50

befand. Im eiligen Schritt trat er vor Agnes von Poitou und sagte ohne jeden Gruß und ohne Ehrenbezeugung: »Dieser Verräter Anno hat uns alle hintergangen, meine Kaiserin! Leider stand ich allein gegen seine Bewaffneten, als ich seine Heimtücke durchschaute. Und leider sind unsere Boote nicht schnell genug, um sein neues, großes Schiff noch zu erreichen. Aber ich werde sofort einen berittenen Trupp zusammenstellen, um den Hochverrätern den Weg abzuschneiden!«

Agnes hatte gewußt, daß der Burggraf so etwas sagen würde, aber sie hatte es nicht gehofft. Während sie hier stand und dem verwirrenden Treiben auf dem Fluß, ganz nah und doch unerreichbar, zusah, hatte sie nachgedacht. Über sich, über ihren Sohn Heinrich und seinen verstorbenen Vater – ihren Gemahl.

Heinrich III. war die große Liebe gewesen, die einer Frau nur einmal begegnet. Ihm war es mit Agnes ebenso ergangen. Nicht nur körperlich, sondern auch geistig hatten sie sich unwiderstehlich zueinander hingezogen gefühlt. Nur um seinetwillen hatte sie das Leben im Kloster aufgegeben, für das sie sich bereits entschieden hatte. Sie wollte ihm eine treue Gefährtin und eine Stütze in allen Dingen sein. Ohne falschen Stolz und ohne Lüge konnte sie behaupten, daß sie beides erreicht hatte.

Aber nach Heinrichs Tod hatte sie schnell festgestellt, daß sie in Fragen der Politik nur der Docht war, an dem sich das Licht entzündete, nicht die Flamme selbst. Immer wieder traf sie Entscheidungen, die voreilig waren oder zu spät kamen oder sich als falsch erwiesen. Sie holte sich Rat bei Heinrich von Augsburg, dem sie vertraute. Dadurch handelte sie sich neue Feinde ein und den Vorwurf, sich den falschen Ratgeber gewählt zu haben. Und dann war da noch der von Jahr zu Jahr lauter gewordene Ruf, der junge König benötige eine starke Hand, die ihn formte. Männerzucht, nicht die Milde und Nachgiebigkeit einer Mutter.

In letzter Zeit hatte sie immer öfter gedacht, daß diese Vorwürfe nicht aus der Luft gegriffen waren. Fast schien ihr das, was sich eben auf dem Fluß ereignet hatte, wie ein Fingerzeig Gottes. Hatte der Herr Anno gesandt? Sollte die Hand des Kölners diejenige sein, die Heinrich in Ehrfurcht vor dem Herrn erzog?

Jedenfalls fühlte sich Agnes auf seltsame Art erleichtert, ja befreit. Die Sorge um Heinrichs Zukunft, die auch die Zukunft des Reichs bedeutete, war von ihr genommen.

Und es gab keinen Grund mehr für sie, länger in diesem oft trüben, kalten, nassen Land zu verweilen. Die Sonne, die ihres Gatten Liebe für Agnes gewesen war, war erloschen, für immer. Seit dem Tod des Gemahls sehnte sich Agnes immer öfter nach den warmen, sonnenlichtüberfluteten Gefilden ihrer Kindheit und Jugend, nach den fruchtbaren Hochebenen Poitous und den buntleuchtenden Apfelhainen Aquitaniens.

»Warum antwortet Ihr nicht, Herrin?« fragte Wolfram im drängenden Ton.

Jetzt erst nahm die Kaiserin ihn richtig wahr, sah sein schrecklich entstelltes Gesicht. Der Pfalzgraf würde nicht mehr länger der Schwarm jeder Frau bei Hofe sein, der verheirateten wie der Jungfrauen, der hochgeborenen wie der Dienstmägde. Die linke Wange war aufgerissen, so tief, daß der Knochen blank lag und herausragte. Fast sah es aus wie ein zweiter Mund, der nicht von links nach rechts, sondern von oben nach unten geschnitten war. Im Gesicht und auf der Kleidung klebte getrocknetes Blut, das selbst vom Rheinwasser nicht abgewaschen worden war.

»Hohe Frau«, versuchte Wolfram es erneut. »Wir müssen umgehend handeln! Ihr seid gewiß damit einverstanden, wenn ich Euch jetzt verlasse, um meine Berittenen zu sammeln.«

Er wollte schon forteilen, doch die Stimme der Kaiserin hielt ihn zurück: »Nein, Wolfram. Ihr werdet das Schiff nicht verfolgen!«

»Aber der König ...« Der Graf sah seine Herrin verständnislos an. »Vielleicht werden sie ihn töten!«

»Wenn das ihre Absicht wäre, hätten sie sich nicht alle Mühe gegeben, ihn aus dem Fluß zu ziehen.«

»Was ... wollen sie dann?«

»Mich dabei entlasten, das Reich zu regieren. In diesem Brief steht es.«

Sie reichte ihm ein auseinandergefaltetes Pergament mit dem zerbrochenen Siegel des Kölner Erzbischofs. Vor kurzem erst hatten ihr die Wächter der Pfalzkapelle, die von Annos Männern überrumpelt worden waren, das Schreiben gebracht.

Wolfram nahm es in seine blutbeschmierten Hände und las die in lateinischer Schrift gehaltenen Worte. Sie trugen die Unterschrift Annos II. und waren, wie der Graf fand, in einem reichlich respektlosen Tonfall gehalten. Nicht zur Kaiserin oder Königin sprach der Kölner Kirchenfürst, sondern nur zur ›hohen Frau Agnes‹.

Der Erzbischof forderte die Übergabe aller Reichsinsignien und die Annerkennung Annos als Erzieher des Königs. Im Gegenzug sicherte er zu, daß Heinrich die Nachfolge seines Vaters antreten und daß Agnes alle Sünden der Vergangenheit vergeben und vergessen sein sollten. Mit diesen ›Sünden‹ meinte der infame Kölner die bösen Gerüchte über Agnes und Heinrich von Augsburg, das war deutlich.

53

Wolfram empfand das ganze Schreiben als eine einzige Beleidigung der Kaiserin und sagte es auch. »Das ganze Reich wird sich gegen Anno empören! Ihm wird gar nichts anderes übrig bleiben, als den König auf freien Fuß zu setzen. Ohne die Reichinsignien kann niemand gekrönt werden, weder Euer Sohn noch jemand anders von Annos Gnaden. Und selbstverständlich werden wir ihm die Reichskleinodien nicht aushändigen!«

»Doch, das werden wir«, überraschte Agnes ihren Burggrafen. »Das Kreuz und das Schwert hat sich Anno schon geholt.« Sie blickte in den strahlend blauen Himmel hinauf. »Ist es nicht ein Zeichen des Herrn, daß er Anno gewähren ließ? Wir werden uns dem Herrn nicht entgegenstellen.«

Und ich werde ihm, unserem Erlöser endlich nahe sein! dachte Agnes. *In der stillen Welt eines Klosters, irgendwo im Süden, im Land der Sonne!*

Als Wolfram erkannte, daß der Entschluß der Kaiserin unabänderlich war, wurde er von Zorn und dem Gefühl hilfloser Ohnmacht überwältigt. Er starrte haßerfüllt auf den Rhein, schien bis hinauf nach Köln zu schauen und ballte seine Hände zu Fäusten. So fest, daß seine Fingernägel tiefe, blutige Wunden ins Fleisch gruben.

Prolog 2

Das Schwert des Königs

Die Kaiserpfalz zu Worms, am heiligen Osterfest
Anno Domini 1065.

Worms platzte aus allen Nähten. Wo sonst an die zehntausend Menschen lebten, trieben sich jetzt vier- oder fünfmal so viele herum. Wer wollte sie zählen, die Edelmänner und die Kaufleute, die Handwerker und die Bauern, die Mönche und die Dorfpfarrer, die Spielleute und das übrige fahrende Volk? Nicht nur aus dem Wonnegau, wie die anmutige Rebenlandschaft rund um die Stadt mit der Kaiserpfalz genannt wurde, waren sie herbeigeeilt, sondern aus weit entfernten Teilen des Reichs, aus allen Himmelsrichtungen – aus den lothringischen Herzogtümern im Westen, aus dem nördlichsten Sachsen, aus Böhmen und Mähren im Osten und aus Burgund und Italien im Süden. Die Menschen drängten sich dicht an dicht auf den beiden großen Straßen, die Worms von Norden nach Süden durchzogen, auf den kleineren Wegen und in den verwinkelten Gassen, bis weit über die mit vielen Türmen besetzte Stadtmauer hinaus. Nicht nur das Osterfest hatte sie angelockt, sondern ein ganz besonderes Ereignis: Heinrich, ihr junger König, sollte sein Schwert empfangen – er sollte ein Mann werden. Worms, der alte Gau des Königsgeschlechts, war zum Ort seiner Schwertleite erkoren worden.

Das Geläut der Glocken vom Dom und vom großen Kranz der umliegenden Kirchen sowie der Hörnerklang der Bläser, die auf dem Domhof aufgezogen waren, lockten die Schaulustigen noch dichter an den alles überragenden Bau der Kathedrale, doch die Hellebarden der Wachen drängten die Menge wieder zurück. Stolz schritt der hochgewachsene Jüngling mit dem zarten Flaum über der Oberlippe auf das weit geöffnete Domportal zu, gemessenen und zugleich entschlossenen Schrittes.

Auch sein Gesichtsausdruck verriet diese Entschlossenheit. Heinrich war durchdrungen von dem Bewußtsein, daß sich an diesem Tag alles ändern würde. Wenn aus dem Kind ein Mann, aus dem jugendlichen König ein unabhängiger Herrscher wurde, würde Heinrich sich für die Schmach von Kaiserswerth und die vielen Demütigungen in den Jahren danach rächen!

Ja, er würde sich an denen rächen, die jetzt auf ihn warteten und mit ihren Mienen feierlichen Ernst und Ehrwürdigkeit heuchelten. Wen wollten sie täuschen? Sich selbst? Wohl kaum. Vielleicht das einfache Volk, dem die Verschwörer weisgemacht hatten, die Mutter des Königs habe Anno darum gebeten, den Sohn in seine Obhut zu nehmen. Sie habe den Kölner zum Lehrer des Königs ernannt. Welch schändliche Lüge!

Obwohl – war diese Vermutung wirklich aus der Luft gegriffen? Hatte sich Agnes nicht im nachhinein mit der Erziehung Heinrichs durch Anno einverstanden erklärt? Hatte Heinrich die Jahre der strengen Zucht nicht der Entscheidung seiner Mutter zu verdanken?

Keine weichen Seidenkissen mehr zum Schlafen, sondern ein hartes, unbequemes Lager. In jeder zweiten Nacht die Mitternachtsmesse hören. Vor dem ersten Hahnenschrei schon aufstehen, um bis Mittag Unterricht zu nehmen in Latein, im Rechnen, im Schreiben und in vielerlei anderen quälenden Dingen. Danach religiöse

Unterweisungen, tagein, tagaus, bis zum Erbrechen. Jedes Aufbegehren Heinrichs wurde durch harte Strafen im Keim erstickt. Nicht wie ein König kam er sich in Köln vor, sondern wie der Sklave eines morgenländischen Herrschers.

Als Heinrichs Blick jetzt den seiner Mutter kreuzte, lag keine Liebe darin, keine Zuneigung, nur bitterer Vorwurf.

Dieser Blick streifte auch die meisten der Noblen, die in prächtigen Gewändern und mit blitzendem Schmuck den Dom ausfüllten. Von vielen glaubte er, von manchen wußte er, daß sie mit Anno im Bunde standen.

Auch die Entführer waren erschienen, und Gottfried von Lothringen fiel sogar die Ehre zu, Heinrich mit dem Schwert des Mannes und Herrschers zu umgürten. Gottfried der Bärtige. Gottfried der Mächtige, der schon ein erbitterter Feind von Heinrichs Vater gewesen war. Heinrich III. hatte ihm das Herzogtum Oberlothringen übertragen, aber das war Gottfried dem Gierigen nicht genug. Auch über Niederlothrigen wollte er herrschen. Gottfried der Verschwörer!

Der Psalm des Mönchschors, den Heinrich nur aus weiter Ferne vernommen hatte, verhallte. Bischof Arnold von Worms trat vor Heinrich und hielt das Schwert hoch. »Heinrich, Sohn unseres verehrten Kaisers und unserer geliebten Kaiserin Agnes, empfange dieses Schwert im Namen des Vaters, des Sohns und des heiligen Geistes. Bediene dich seiner zu deinem Schutz und zur Verteidigung der heiligen Kirche Gottes. Führe es zum Schrecken der Feinde des Kreuzes Jesu Christi und des christlichen Glaubens und verletze damit niemanden in ungerechter Weise. Sei tapfer, mutig und treu ...«

Arnolds Worte drangen nur noch leise an Heinrichs Ohren, so leise, daß er ihnen nicht länger lauschte. Er

57

blickte auch nicht mehr in Arnolds leicht aufgedunsenes Gesicht. Der Blick des Königs ging an dem Wormser Bischof vorbei und heftete sich an dem scharfgeschnittenen Antlitz fest, das Arnolds Kölner Amtsbruder gehörte. Am verhaßten, verfluchten Gesicht Annos, der ein ebensolcher Verräter war wie Gottfried von Lothringen!

Auch Anno schuldete Heinrichs Vater unendlichen Dank, denn Heinrich III. hatte ihn aus Bamberg, wo er Domscholar gewesen war, an seinen Hof geholt und ihn dann zum Propst der kaiserlichen Stiftung Sankt Simon und Juda in Goslar gemacht. Im Jahre des Herrn 1056, kurz vor seinem Tod, hatte Kaiser Heinrich dann Anno zum neuen Erzbischof von Köln ernannt, gegen den Willen der Kölner Bürger, die lieber einen angeseheneren Mann als neuen Stadtherrn gesehen hätten.

Und wie hatte Anno das alles seinem Gönner gedankt? Mit Verrat an Heinrichs Witwe und seinem Sohn! Alles nur, damit Anno sein Machtstreben befriedigen und das Reich wie ein König, wie ein Kaiser regieren konnte!

Der junge König Heinrich wäre von seinem Zorn übermannt worden, hätte er den Blick nicht gewaltsam von Anno gerissen und auf einen anderen Mann gerichtet, der ganz in der Nähe des Kölners stand und wie dieser die Zeichen der Bischofswürde trug: die Mitra, den Hirtenstab, den mit einem funkelnden Rubin besetzten Goldring und das Bischofsgewand mit dem breiten, mit glitzernden Edelsteinen verzierten Brokatkragen. Erzbischof Adalbert von Bremen lächelte Heinrich freundlich zu. Dieser lächelte zurück, vergaß für einen Augenblick den Haß und die Verbitterung in seinem Herzen.

Adalbert war in den vergangenen Jahren einer seiner wenigen Freunde gewesen. Er hatte Heinrich den Klauen des Kölner Erzbischofs entrissen und dafür gesorgt, daß

der junge König wieder die schönen Seiten des Lebens genießen konnte. Und Adalbert hatte gegen Annos Widerstand durchgesetzt, daß Heinrichs Schwertleite bereits an
diesem Osterfest stattfand, obwohl der König das eigentlich erforderliche Alter von fünfzehn Jahren noch nicht
ganz erreicht hatte.

Gottfried trat an Arnolds Stelle vor Heinrich, und jetzt
erst wurde dem König bewußt, daß der Wormser Bischof
seine Predigt beendet hatte. Widerwillig sank der König
vor dem verhaßten Herzog, seinem Untertan, auf die
Knie. Aber es mußte sein, wollte Heinrich das Schwert
und damit seine Unabhängigkeit empfangen. Gottfried
berührte Heinrich dreimal mit der blanken Schwertspitze, im Nacken und auf den Schultern. Dabei sprach
der Lothringer: »Im Namen Gottes, des heiligen Georg
und des heiligen Michael erhebe ich dich zum Streiter
und zum Mann.«

Heinrich stand auf und hielt die Arme vom Körper
weg, damit Gottfried das Gehänge mit dem Schwert um
seinen Leib gürten konnte. Der Lothringer verneigte sich
leicht vor dem König und trat zurück.

Oh, wie Heinrich diesen Heuchler haßte! Ihn und all
die anderen Verräter, die sich hier versammelt hatten:
Anno, Siegfried von Mainz, Gottfried, Otto von Northeim, Graf Ekbert von Braunschweig und viele, viele
mehr. Jetzt endlich war der langersehnte Tag gekommen,
war Heinrich ein Mann, war er mündig, Herr seiner
selbst – und des Reichs!

Die versammelten Noblen erwarteten Worte der Treue
zu Kirche und Reich, als Heinrich das eben empfangene
Schwert aus der mit Smaragden und Rubinen übersäten
Prunkscheide zog. Aber Heinrich sagte nur ein einziges
Wort, schrie es den anderen entgegen: »Verräter!«

Dann stürmte er los, auf den Mann zu, den er am meisten haßte. Er war der Mensch, der ihm das Leben zur Hölle gemacht, der ihn damals in Kaiserswerth aufs Schiff gelockt hatte. Es war der Erzbischof von Köln.

Der erste, der floh, war jedoch nicht Anno, sondern der dicke Erzbischof Siegfried. Panik verzerrte das feiste Antlitz des Mainzers, und er wollte sich eilig einen Weg durch die Menge bahnen. Doch er war zu hastig und zu ungeschickt. Mit einem seiner kreuzbestickten Schnürschuhe trat er auf den unteren Saum der bodenlangen Albe, und Siegfried stolperte buchstäblich über die eigenen Füße. Alle waren ob der unerwarteten Geschehnisse wie erstarrt, und niemand streckte die Arme aus, um den fallenden Erzbischof zu stützen. Bei seinem kolossalen Gewicht wäre es wohl auch ein sinnloses Unterfangen gewesen. Der gestürzte Kleriker rollte wie ein von der Rampe gelassenes Weinfaß über die weißen Mamorplatten, bis er gegen ein paar weltliche Fürsten prallte.

Heinrich schenkte ihm kaum Beachtung, sondern schwang das Schwert gegen Anno. Als der Kölner begriff, wie ernst es seinem einstigen Zögling mit dieser Attacke war, wich er zurück, so hastig wie Siegfried, aber geschickter. Doch auch ihn schien der Herr verlassen zu haben. Eine breite Säule mit dem eingemeißelten Bildnis des Erzengels Michael, der sein Schwert schwang, vermutlich gegen den großen Drachen, die alte Schlange, genannt Teufel oder Satan, wurde dem Erzbischof Anno zum Verhängnis!

»Gottfrieds Wunsch erfüllt sich schon!« zischte Heinrich, als er auf Anno eindrang. »Der heilige Michael ist mit mir. Und du wirst jetzt sein Schwert spüren, Verräter! *Mein Schwert!*«

Anno hatte seine Augen so weit aufgerissen, daß man

trotz der dichten Brauen deutlich die Angst in seinem Blick sah, Todesangst. Der Blick klebte an dem fallenden Schwert des Königs.

Aber etwas hielt die todbringende Klinge auf. Ein starker Griff, zwei kräftige Hände.

»Nein!« sagte Adalbert von Bremen, der Heinrichs Schwertarm gepackt hielt. »Ihr dürft den Tag Eurer Mannbarkeit nicht mit Blut besudeln, König!«

»Aber ... er ist mein Feind und ... Eurer auch, Adalbert!«

»Anno ist, wie ich, ein Vertreter unseres Herrn und des Papstes in Rom. Außerdem hat er viele mächtige Männer hinter sich, von denen Ihr die meisten hier versammelt seht. Sie würden Euch vielleicht nicht lebend aus dem Dom lassen. Und selbst wenn Ihr den Tag überlebt, spaltet Ihr Annos Haupt, so spaltet Ihr auch das Reich!«

Adalbert hatte leise gesprochen, so daß nur Anno und Heinrich die Worte hören konnten. Doch um so eindringlicher waren sie und war auch der fast flehende Blick des Bremers.

Und noch einen Fürsprecher fand der Machtgierige aus Köln, genauer eine Fürsprecherin. Agnes beschwor ihren Sohn, das Schwert zurück in die Scheide zu stecken, ohne es mit Blut zu beflecken. Sie sagte, sie habe nur das Beste für Heinrich gewollt, und er solle jetzt in seinem Zorn nicht alles zerstören.

Lange verweilte Heinrichs Blick auf ihrem rundlich gewordenen Gesicht, worin er Aufrichtigkeit und ehrliche Sorge zu lesen vermeinte. Allmählich verrauchte sein Zorn und machte klaren Gedanken Platz.

Gewiß, es stand in seiner Macht, Anno zu töten. Aber Adalberts Worte waren weise. Was nützte Heinrich der Tod des Erzbischofs, wenn er damit seine eigene Macht untergrub und das Reich an den Rand des Abgrunds brachte – das Reich, über das Heinrich herrschen wollte!

Langsam ließ der König das Schwert sinken. Anno würde am Leben bleiben. Jedenfalls vorerst.

Doch Heinrich würde seine Rache nicht vergessen!

Prolog 3

Von Feinden umringt

Die Harzburg bei Goslar,
in der Nacht zum 9. August Anno Domini 1073.

Mächtig und herrisch reckte sich die große Burg auf dem langgestreckten und nach drei Seiten steil abfallenden Berggipfel in den düsteren, wolkenverhangenen Nachthimmel, als könne nichts und niemand ihr etwas anhaben. Die Finsternis hüllte sie derart ein, daß die übrige Welt nicht mehr zu bestehen schien. Es gab nur noch den wehrhaften, alles beherrschenden Steinkoloß aus Mauern, Türmen, Wehrgängen, Kapellen, Unterkünften und Stallungen.

Der Eindruck täuschte. Die Harzburg, vor acht Jahren von Heinrich IV. als fränkische Trutzfeste errichtet, Teil eines gigantischen Sicherheitssystems, das den König vor Bedrohungen aus dem Sachsenland schützen sollte, war zur Falle geworden. Otto von Northeim war mit einem gewaltigen Aufgebot sächsischer Ritter und Bauern von Hoetenshausen zur Harzburg marschiert und belagerte die Festung, auf die sich der junge König zurückgezogen hatte.

Wenn der hochgewachsene Mann, der auf dem höchsten Turm, dem runden Bergfried, stand, seine Augen anstrengte, sah er die winzigen Sterne. Nicht am Himmel, dort verdeckten die schweren Wolken jedes Licht. Die Sterne flackerten weit unterhalb der Mauern, rings um die Burg im dichten Kranz. Es waren die Feuer der Belagerer. Unter ihnen viele, die dem König den Tod geschworen hatten.

Heinrichs Rechte krampfte sich bei diesem Anblick so fest um den Stein der Turmzinne, daß etwas von dem noch regenfeuchten Mauerwerk abbröckelte. Er fühlte sich einsam und war es auch. Die Wachen hielten Abstand von ihm, als glaubten sie, das Königsheil habe ihren Herrscher und Anführer verlassen. Ihre schmutzigen, ausgezehrten Gesichter drückten wenig Zuversicht aus, eher Zweifel und Furcht. Zwar hatten die Männer ihre Schwerter, Schilde, Lanzen und Bögen mit festem Griff gepackt, doch wirkte es, als hielten sie sich an den Waffen fest. Sie alle wußten, was auch Heinrich klar war: Wenn die Eingeschlossenen nicht bald Entsatz erhielten, waren sie verloren.

Sie waren zu wenige Männer, um Ottos ständig anwachsender Schar zu widerstehen. Vielleicht würden die Sachsen schon am kommenden Tag die Burg erstürmen, wenn sie, geschützt von den Dächern der hölzernen Katzen, in breiter Front anrückten und die Verteidiger mit einem Geschoßhagel ihrer Katapulte und Schleudern eindeckten. Hätte nicht der sintflutartige Regen des vergangenen Tages jede Kampfhandlung unterbunden, wäre die Harzburg möglicherweise schon eingenommen.

Und selbst wenn Wetter und Kriegsglück den Männern des Königs noch ein paar Tage treu blieben, gingen doch die Vorräte unerbittlich zur Neige. Ausfälle ins Umland, um die Lebensmittel aufzustocken, wurden durch den dichten Ring der Belagerer unmöglich gemacht.

Alle Verhandlungen mit dem Gegner waren gescheitert, obgleich Heinrichs Unterhändler drei hochangesehene Herren waren: sein Hofklapan Siegfried, Herzog Berthold von Kärnten und Bischof Friedrich von Münster.

Heinrichs einzige Hoffnung war ein Entsatz durch die königstreuen Reichsfürsten. Aber kein Horngeschmetter und kein Schlachtgesang kündete von ihrem Kommen. Seine Hoffnung schien so vergebens wie sein Bestreben, das Reich wieder unter die Herrschaft des Königs zu stellen. Was hatten ihm die Jahre des Kampfes eingebracht? Die Herrschaft über eine Burg im dunklen Nichts!

Er hätte damals, bei seiner Schwertleite in Worms, nicht auf seine Mutter und Adalbert von Bremen hören sollen. Hätte er da schon mit seinen Gegnern abgerechnet, so wären diese nie mehr in die Lage gekommen, sich erneut gegen ihn zu verschwören.

Schon im ersten Jahr nach der Schwertleite hatte Heinrich die bittere Erfahrung gewonnen, daß er keineswegs ein unabhängiger Herrscher war. Auf der Reichsversammlung in Tribur hatten die Fürsten ihn vor die Wahl gestellt, entweder auf die Krone zu verzichten oder sich von Erzbischof Adalbert zu trennen, dem sie rücksichtslose Machtgier auf ihre Kosten vorwarfen. Aber wollten das nicht alle, Macht? Heinrich hatte sich dafür entschieden, die Krone zu behalten. Adalbert mochte ein treuer Freund gewesen sein, aber letztlich diente jeder seinen eigenen Interessen. Und waren Heinrichs Interessen nicht gleichzusetzen mit denen des Reichs?

Heinrich war kurz darauf schwer erkrankt, weil Körper und Geist den ständigen Anforderungen nicht länger standhielten. Die Reichsfürsten hatten eine neue Gelegenheit gewittert, den handlungsunfähigen König zu entmachten. Aber dessen rasche Genesung kam ihnen zuvor, und dann schlug Heinrich zurück. Er festigte seine Macht durch den Bau königlicher Burgen, Pfalzen und Reichsabteien überall im Gebiet der unzuverlässigen Sachsen und Thüringer. Anderes Königsgut, das die sächsischen und thüringischen Noblen sich in der Zeit von Heinrichs Minderjährigkeit angeeignet hatten, forderte der mündige Herrscher zurück. Das alles führte zu neuem Streit und neuer Verbitterung auf beiden Seiten.

Otto von Northeim, der um seinen Einfluß im westlichen und südlichen Harzgebiet fürchtete, schwang sich zum Wortführer der Königsgegner auf. Das erhöhte noch Heinrichs alten Haß auf den Baiernherzog, der seit dem Vorfall von Kaiserswerth in dem König brannte. Wenn ihn Heinrich schon nicht für die tatsächlich begangene Tat, die Entführung, bestrafen konnte, dann für eine erfundene. Ein bestochener Zeuge warf dem Northeimer vor, einen Anschlag auf den König geplant zu haben. So stark waren Zeuge und Vorwurf nicht, daß die Verurteilung Ottos zum Tode aufrechterhalten werden konnte. Aber trotz seiner Begnadigung verlor er die baierische Herzogswürde und einen Teil seiner Besitzungen in Sachsen.

Otto hatte weiterhin Ränke gegen Heinrich geschmiedet, und im Sommer dieses Jahres war der offene Krieg ausgebrochen. Die aufständische Streitmacht war unerwartet groß, da sich ihr viele sächsische Bauern anschlossen, verärgert über den Frondienst, die sie beim Bau der neuen Königsburgen leisten mußten.

Schritte näherten sich, und eine erregte Stimme sagte: »Mein König!«

Die Stimme war Heinrich vertraut, und doch hatte er sie seit vielen Tagen nicht mehr gehört. Seit er den Mann, dem sie gehörte, ausgeschickt hatte, um den königstreuen Reichsfürsten deutlich zu machen, wie dringend der Herrscher auf ihre Unterstützung angewiesen war.

Heinrich drehte sich um und starrte in ein Gesicht, dessen Anblick einem Unvorbereiteten Schauer des Entsetzens über den Rücken jagen konnte. Das Antlitz schien keinem Menschen zu gehören, sondern einem Dämon, der Ausgeburt der Hölle oder eines wilden Alptraums. Die linke Gesichtshälfte war ein wüstes Konglomerat aus zerrissener Haut, rotem, roh aussehenden Fleisch und gelblich-weißem, Haut und Fleisch durchstoßendem Knochen. Der Schöpfer hatte augenscheinlich seine sämtliche Kunstfertigkeit vergessen, als er diese Fratze, das grausige Spottbild auf das Gesicht eines Menschen, formte.

Daß es nicht das natürliche Antlitz seines Besitzers war, erkannte man beim Anblick der rechten Gesichtshälfte. Sie war das makellose Bildnis eines nicht mehr jugendlichen, aber noch jungen Mannes, ebenmäßig geschnitten, fast weiblich schön zu nennen. Doch nein, es war nicht ganz ohne Makel. Die rechte Seite wurde durch eine unsichtbare Entstellung beeinträchtigt: Unbändiger Haß hatte tiefe Gräben in die einst faltenlosen Züge gerissen und sie mit breiten Schatten bedeckt.

So seltsam es klingen mochte, aber die äußere Unverletztheit der rechten Hälfte ließ die unvorstellbare Verformung der linken nur um so schrecklicher erscheinen. Der Gegensatz vertiefte das Grauen, als würde eine alte, faltige, zahnlose, warzenübersäte Vettel beim Blick in den Spiegel das glatte, leuchtende, wunderschöne Antlitz ihrer längst vergangenen Jugend sehen. Und das immerzu.

»Ihr müßt die Burg sofort verlassen, mein König!« drängte der menschgewordene Janus. »Verstärkung wird nicht kommen.«

Heinrich starrte lange in das verunstaltete Gesicht, das ihm so vertraut geworden war, daß ihm dieser Anblick kaum noch einen Schrecken einjagen konnte. »Keine Verstärkung?« fragte der König dann und sprach ganz leise, um die Söldner auf dem Söller nicht zu entmutigen.

67

Der andere schüttelte mit Entschiedenheit sein Janushaupt.

»Aber die Reichsfürsten!« stieß Heinrich hervor. »Sie haben mir Treue geschworen!«

»Ihre Antworten sind ausweichend, hinhaltend, so sie mich überhaupt empfangen haben.«

»Niemand versprach zu kommen?«

»Niemand, Herr. Alle wollen die Verhandlungen abwarten.«

»Welche Verhandlungen?« fragte der König.

»Die mit den Sachsen und Thüringern.«

»Alle Verhandlungen mit dem Feind sind gescheitert. Sonst würden wir uns ja nicht in dieser mißlichen Lage befinden.«

»Die Reichsfürsten führen ihre eigenen Verhandlungen. Um genau zu sein, Siegfried von Mainz führt sie in ihrem Namen.«

»Siegfried!« Heinrich rief den Namen voller Verachtung aus. Er war so empört, daß er immer lauter sprach, ohne Rücksicht auf die umstehenden Krieger, die den doppelgesichtigen Mann mit ebensolcher Ehrfurcht betrachteten wie den König. »Der Freßsack aus Mainz war schon immer ein Verräter, schon damals, bei Kaiserswerth!«

»Ja, das war er«, sagte Graf Wolfram und fühlte sich wieder auf das prächtige Schiff versetzt, auf dem der damals noch kindliche König entführt wurde. Es war der Tag, der alles änderte, die Geschicke des Reichs, das Leben Heinrichs und auch das Wolframs. Seit diesem Tag bohrte der Stachel der erlittenen Schmach, den König nicht beschützt zu haben, im Fleisch des Grafen. Elf Jahre war es jetzt her. Elf Jahre voller Scham und Schande und Haß und Rachsucht, die Wolframs Seele zerfraßen, wie die stählerne Klinge des Söldners sein Gesicht zerfressen hatte.

Heinrich kämpfte gegen die Kälte an, die von den Füßen langsam höherkroch, durch seine Beine, den Körper und nach seinem Herzen griff. Es war nicht die Kälte des regenfeuchten Steins, wie er anfangs gedacht hatte, nicht die Kälte dieser viel zu kühlen Sommernacht, sondern die der Niederlage, die langsam in sein Bewußtsein drang.

Aber was man auch immer Schlechtes über den Charakter des Königs sagen mochte, eins zeichnete ihn aus, worum ihn mancher beneidete: Wann immer er sich am Rand einer großen Niederlage zu befinden schien, von allen verlassen und ohne Aussicht auf Beistand, entwickelte er Kräfte, die fast übermenschlich waren. Es war der unbedingte Wille zum Sieg, den ein mächtiger Herrscher brauchte.

»Nein!« preßte Heinrich durch zusammengebissene Zähne hervor, während seine Rechte den Schwertknauf so heftig umklammerte, daß die Knöchel weiß hervortraten. »Wir werden uns dem verfluchten Northeimer nicht ergeben! Wir werden kämpfen, mit dem Mut der gerechten Sache!« Er hob den Kopf und starrte hinauf zu den düsteren Wolkenbergen. »Und mit Gottes Hilfe werden wir auch siegen!«

»Herr!« sagte Wolfram von Kaiserswerth fast flehend. »Ich will weder ein Wort gegen Euer Gottvertrauen noch gegen die Rechtmäßigkeit Eurer Sache sagen, aber in unserer Lage ist ein Sieg nicht zu erreichen, kann der Kampf nur den Tod bringen! Als ich mich durch die Reihen der Sachsen schlich, habe ich mit eigenen Augen gesehen, wie gewaltig ihre Zahl und wie groß ihr Haß auf Euch ist, mein König. Besonders die einfachen Bauern, die erst

Eure Burgen bauen mußten und dann ihre Väter, Söhne und Brüder im Krieg gegen Euch verloren, sind kaum noch zu halten. Sie reden davon, die verhaßte Burg noch in dieser Nacht zu schleifen und Euch bei lebendigem Leib in Stücke zu reißen!«

»Und da soll ich fliehen, vor diesem Pöbel?«

»Es wäre kein ehrenvoller Tod, von dem Sachsenhaufen zerpflückt zu werden. Ehrenvoll wäre, eine neue Streitmacht zu sammeln und die Aufständischen in die Schranken zu weisen.«

»Eine neue Streitmacht?« Heinrich ließ ein heiseres, unechtes Lachen hören. »Wo soll ich die hernehmen? Ich weiß noch nicht einmal, wo ich Unterschlupf suchen soll!«

»Es gibt noch Pfalzen und Klöster, die Euch treu sind, König. Und es gibt einen Weg durch die Belagerer. Ich selbst habe ihn in dieser Nacht genommen. Es ist ein schmaler Pfad durch dichten, von außen undurchdringlich erscheinenden Wald. Die vollkommene Finsternis dieser Nacht wird unsere Verbündete sein. Nur dürft Ihr nicht länger zögern, Euer Leben für Größeres aufzubewahren als für den Tod durch eine wilde Bauernmeute!«

Für Augenblicke, die zu Ewigkeiten wurden, stand Heinrich am Rand des Söllers und blickte hinaus in die Finsternis. Er sah den Schein der Sachsenfeuer. Waren sie seit dem ersten Aufflackern nicht viel größer geworden? Und hörte man jetzt nicht den Lärm der Menschen da draußen? Tanzten und grölten sie an den Feuern? Oder rückten sie schon an, um ihren König zu töten wie einen räudigen Hund?

»So sei es«, sagte Heinrich, als er sich abrupt umwandte. »Ich werde fliehen, aber nur um zu siegen!«

Und im Schutz der Finsternis verließ Heinrich mit seinen Getreuen, darunter Graf Wolfram, die Harzburg. Kein Feuerschein fiel auf die Gesichter der Fliehenden, abgeschirmt vom dichten Waldgestrüpp.

»Wir sind ihnen entkommen!« sagte Wolfram, als der Ring der Belagerer weit hinter ihnen lag und das Schwarz der Nacht bereits ins Blau des beginnenden Morgens überging.

Heinrich fühlte sich plötzlich müde. Mit der Anspannung fiel auch die Kraft von ihm ab. Schleppend, wie von düsterer Vorahnung beseelt, antwortete er: »Menschen können Menschen entkommen, aber nicht ihrem Schicksal.«

Die Kaiserpfalz zu Worms,
am Weihnachtsfest Anno Domini 1073.

Wieder schlugen die Glocken des Doms und aller Kirchen der Stadt, während Heinrich IV. an der Spitze seines Gefolges zur Wormser Kaiserpfalz ritt, und er fühlte sich an den Tag seiner Schwertleite erinnert.

Ein kalter, den Atem abschnürender Wind wirbelte dicke Schneeflocken durch die Straßen. Nur umrißhaft sah Heinrich die Gesichter der vielen tausend Menschen, die trotz des Winterwetters zur Begrüßung ihres Königs die Häuser verlassen hatten. Vielleicht war es gut so, denn auch die Männer von Worms konnten ihren Herrscher nur undeutlich sehen. So mochte ihnen seine Verbitterung entgehen, seine Abgezehrtheit, sein hohlwangiges Gesicht, bleich, vom Mut verlassen.

Wie verlassen sich der König fühlte! Seine Gedanken wanderten zurück zu der Nacht, als er auf den Rat Graf Wolframs, der jetzt an seiner Seite ritt, wie ein gemeiner

Strauchdieb aus der Harzburg geflohen war. Die meisten noch königstreuen Fürsten nahmen Heinrich diese Handlungsweise übel und wandten sich von ihm ab, gaben vor, sie dürften ihren Herrn verlassen, wenn dieser seine Soldaten verließ. Wenn es auch für viele nur ein langersehnter Vorwand war, sich auf die Seite der Sachsen und Thüringer zu schlagen, der scheinbaren Sieger. Vielleicht hätte Heinrich in der Burg bleiben sollen, die zwar immer noch belagert wurde, aber bis jetzt allen Angriffen standhielt.

Heinrich gab sich einen Ruck, als sie den Hof der Kaiserpfalz erreichten. So fatalistisch durfte er nicht denken. Wenn *er* nicht an sich und seinen Sieg glaubte, wer dann? Hatte er nicht immer, wenn die Lage aussichtslos erschien, einen Ausweg gefunden? Als würde der Schöpfer die schützende Hand über den König halten. So wie jetzt, als den kränkelnden, durch sein eigenes Reich fliehenden König die Nachricht ereilte, die Stadt Worms wolle ihm Zuflucht bieten. Die Wormser Bürger hatten ihren Stadtherrn, Bischof Adalbero, Arnolds Nachfolger, verjagt und wollten sich direkt dem König unterstellen. Es erschien Heinrich wie ein unverhofftes Weihnachtsgeschenk.

Mitten auf dem Pfalzhof hielt er den kräftigen Schimmel an und blickte in die Runde. Die hochstehenden Bürger, die sich hier im weiten, dichtgedrängten Kreis versammelt hatten, waren bei seinem Erscheinen in laute Hochrufe auf den König ausgebrochen. Heinrich sah nur eine verschwommene Masse von Körpern und Gesichtern hinter dem dichten Schneetreiben und den Atemfahnen, die aus den weit geöffneten Mündern entwichen. Vor seinem geistigen Auge verwandelten sich die Männer in Soldaten, in ein Heer, das er gegen seine Feinde zu Felde führte. Ja, neuer Mut erfaßte ihn. Es war gewiß kein Zufall, daß ausgerechnet Worms, die Stadt seiner Vorfahren, ihm Zuflucht bot!

Mit brüchiger, von langer Krankheit geschwächter Stimme, hielt der König eine Ansprache, in der er die Treue der Wormser lobte und ihnen ewige Dankbarkeit versprach. Dann stieg er vom Pferd, gestützt von Graf Wolfram. Heinrich erschrak, als er merkte, wie schwach er geworden war. Hier in Worms würde er sich ausruhen und zu neuen Kräften kommen.

Im Hauptportal der Kaiserpfalz klopfte er den dicken Schneebelag von seinem Mantel und seiner Mütze, winkte den Wormsern noch einmal zu und suchte dann einen geheizten Saal auf.

Das im offenen Kamin prasselnde Feuer erschien ihm wie die größte Kostbarkeit auf Erden. Er wies die Diener an, einen breiten, schweren Stuhl ganz dicht an den Kamin zu stellen. Dort ließ er sich nieder und wollte das Wort an Wolfram von Kaiserswerth richten, ihm für seine Treue danken und dafür, daß er Heinrich bis hierher, in Sicherheit, geführt hatte. Aber der Graf war verschwunden.

»Ein Bote kam mit eiliger Nachricht, Herr«, berichtete ein Diener. »Graf Wolfram ging, um ihn zu empfangen. Deshalb konnte er sich auch nicht um die Abordnung kümmern.«

»Was für eine Abordnung?« fragte Heinrich müde.

»Die höchsten Bürger der Stadt, Herr. Sie bitten, von Euch empfangen zu werden.«

»Dann führt sie herein«, sagte Heinrich trotz seiner Erschöpfung. In seiner Lage war es unabdingbar, sich das Wohlwollen der Wormser zu erhalten.

Acht reiche Herren, wie Heinrich am Schmuck ihrer notdürftig vom Schnee gereinigten Kleidung erkannte, traten ein. Ihr Wortführer war ein nicht besonders großer, massiger Mann mit fleischigem Gesicht, der sich als Eilward von Dalberg vorstellte. Ein Diener flüsterte dem König ins Ohr, daß die Dalbergs die reichste Kaufmannsfamilie der Stadt seien.

Heinrich nickte dem Kaufmann freundlich zu und leierte erneut seine Dankesworte herunter.

»Wir sind die treuen Untertanen und Diener unsers Königs«, erwiderte Eilward von Dalberg. »Die Mauern von Worms werden Euch schützen, Herr. Die Bürger der Stadt werden Euch Schild und Lanze sein, wenn Ihr gegen Eure Feinde ins Feld zieht.«

»Ein neues Heer, das kann ich gut gebrauchen.«

Die letzten Worte Heinrichs waren kaum noch zu verstehen, weil sie von einem heftigen Hustenanfall begleitet wurden. Wie eine Schlange krümmte sich der große, ausgezehrte König auf dem Stuhl.

Mit betroffenem Blick verfolgte Eilward von Dalberg dieses Schauspiel und sagte, als Heinrich sich wieder beruhigt hatte: »Ihr werdet uns ein besserer Stadtherr sein als Bischof Adalbero, mein König, dessen bin ich mir bewußt. Der Pfaffe hatte nicht Gott im Sinn, sondern nur sein eigenes Wohlergehen. Mit immer neuen Abgaben leerte er unsere Taschen und machte uns das Leben schwer. Die Kaufmannsschaft unserer Stadt wurde arg in Mitleidenschaft gezogen und bittet Euch, Ihr zu helfen, wieder stark und mächtig zu werden.«

Heinrich runzelte die Stirn. »Wie kann ich das tun?«

»Gewährt uns ein großes Privileg, die Abgabenfreiheit an den kaiserlichen Zollstätten Frankfurt, Enger, Goslar, Dortmund, Hammerstein und Boppard. Damit drückt Ihr nicht nur Euren Dank gegenüber unserer Stadt aus, mein Herrscher, sondern stärkt auch Eure eigene Stellung.

Denn nur eine reiche und mächtige Stadt kann Euch ein schützender Schild und ein hilfreicher Arm sein!«

Heinrich ließ sich mit seiner Antwort Zeit. Er stützte das kräftige Kinn auf die rechte Hand und musterte Eilward und seine Begleiter mit prüfendem Blick. Das also war der Preis, den der König für seine Zuflucht zahlen mußte. Wenn er zustimmte, würden ihm immense Summen an Zolleinnahmen entgehen. Aber stimmte er nicht zu, so würden sich auch die Wormser Stadttore vor ihm verschließen, wie es ihm schon bei vielen anderen Städten ergangen war.

»Euer Wunsch soll erfüllt werden, Bürger von Worms«, sagte Heinrich endlich, weil er keine andere Wahl hatte. »Ich werde eine entsprechende Urkunde aufsetzen lassen.«

Unter wiederholten, überschwenglichen Dankesbezeugungen zogen sich die Patrizier zurück. Dabei begegneten sie dem Mann mit den zwei Gesichtern und warfen ihm entsetzte, furchtsame Blicke zu.

Immer wenn jemand Graf Wolfram so ansah, empfand Heinrich tiefes Mitleid mit ihm. Die Kunst der Bader und Ärzte hatte bei ihm versagt. Noch nicht einmal in der Erklärung der schrecklichen Wunde waren sich die Quacksalber einig. Andere Schwertwunden ließen zwar dicke Narben zurück, verheilten sonst aber ohne weitere Auswirkungen. Einmal hatte Wolfram sich gegenüber Heinrich über den Grund seiner Entstellung geäußert: ›Es ist die Strafe Gottes dafür, daß ich meine Pflicht nicht erfüllen konnte, Eure Entführung zu verhindern.‹

»Die Wormser sind nichts als gemeine Erpresser!« zischte Heinrich dem Grafen zu, als die Abordnung den Saal verlassen hatte.

Wolfram nickte. »Ihr habt recht, Herr, und Ihr habt

dennoch richtig gehandelt, als Ihr die Bedingungen an-
nahmt. Wenn sich die Lage noch mehr zuspitzt, werden
wir die Hilfe der Bürger bitter nötig haben.«

»Warum sollte sich die Lage weiter zuspitzen, Graf?«

»Einer meiner Geheimkuriere hat mir soeben die
Nachricht überbracht, daß der Erzbischof von Mainz und
besonders der von Köln mit den Reichsfürsten über Eure
Ablösung verhandeln.«

»Anno, mein mir aufgezwungener Lehrer? Er will
mich wieder verraten?«

»So sieht es aus. Er ist nur Euer Lehrer geworden, um
über Euch das Reich zu regieren. Jetzt, wo Ihr auf seinen
Rat nicht mehr hört, benötigt er eine andere Strohpuppe.
Man munkelt von einem Gegenkönig und auch davon,
daß Anno den englischen König Wilhelm gegen Euch zu
Hilfe rufen will.«

Heinrich blickte mit starrem, düsterem Gesicht in das
zuckende, prasselnde Kaminfeuer. So heftig wie die Holzscheite brannte auch sein Haß auf Erzbischof Anno von
Köln.

HAUPTTEIL

DER ERZBISCHOF VON KÖLN

Kapitel 1

Die Schottenmönche

Ostersonntag,
20. April Anno Domini 1074

Der junge, hochgewachsene Mann mit dem gutge-
schnittenen Gesicht stand am Bug des Schiffs, das
von dreißig Paaren kräftiger Arme im schnellen Takt
stromauf gestoßen wurde. Der faßbäuchige Friese, der
mit sicherer Hand das Steuer hielt, zählte mit lauter
Stimme den Takt vor, wenn der Schwung der Rojer nach-
zulassen drohte. Zwar hatte der jugendliche Schiffsführer
und Handelsherr schnelle Fahrt befohlen, doch jetzt achtete er kaum auf das Klatschen der Riemen und die volltönende Stimme des Steuermanns. Sein Gehör, seine Augen
und selbst sein Geruchssinn waren nach vorn gerichtet,
dem langersehnten Ziel entgegen: Köln!

Hinter der nächsten Flußbiegung lag sie, Georgs Hei-
matstadt, das bedeutende Handelszentrum am Rhein, der
Sitz des mächtigen Erzbischofs Anno, die größte Stadt im
Deutschen Reich. Das Byzanz des Westens nannte man
Köln oft, und es konnte wohl kaum eine ehrenvollere Be-
zeichnung geben.

Georg glaubte, Köln schon zu sehen, obwohl die große
Landzunge, um die sich der Rhein wand, noch zwischen
Schiff und Stadt lag. Er meinte, mit jedem seiner vor Erregung und Vorfreude zitternden, schnellen Atemzüge die
vielfältigen Gerüche des Osterfestes tief in sich hereinzu-
ziehen: die kräftig-süße Blume des Würzweins, der heute

in Strömen floß; der durchdringende Duft des Weihrauchs, der zur Feier der Auferstehung des Herrn an seinen Altären verbrannt wurde; der Wohlgeruch von Braten und anderen Festtagsspeisen, die entwöhnte Mägen zum Ende der Fastenzeit füllen würden.

Und Georg glaubte, die Stadt zu hören, über die grüne Landspitze hinweg, Geräusche, die ihm von dem starken Wind zugetragen wurde, der schon seit Tagen von Süden blies und den Heimkehrern die Fahrt erschwerte, indem er es ihnen unmöglich machte, die großen Segel zu benutzen. Der Wind brachte das eifrige Klappern von Töpfen und Geschirr, das fröhliche Lachen von Männern und Frauen, den reinen, andächtigen Gesang der Mönche und Nonnen sowie das feierliche Läuten der Glocken, die er nach ihrem Klang den Gotteshäusern zuordnete: der helle Gesang von Sankt Kunibert direkt am Fluß; der vielstimmige Ruf des großen Doms und seiner umliegenden Kirchen; der dröhnende, so wohlvertraute Hall von Groß Sankt Martin, der Benediktiner-Abteikirche im Wik, fast vor Georgs Haustür.

Aber das war nur Einbildung. Er hörte Glockengeläut, ja, doch vermochte nur der Herr im Himmel die einzelnen Glocken und die Häuser, in denen sie hingen, zu unterscheiden. Daß Georg diesem Eindruck erlag, war eine Vorspiegelung seiner Sehnsucht nach der Heimatstadt, nach dem Vater – und nach Gudrun. Schon zu lange war der Sohn des Kaufmanns Rainald Treuer fort gewesen.

Georg hatte mit dem Vater abgemacht und der Geliebten versprochen, spätestens eine Woche vor dem ersten Frühlingsvollmond wieder in Köln anzulegen, um die heimgebrachten Waren auf dem großen Jahrmarkt, der jedes Jahr zum Osterfest Händler, Gaukler und Feiernde aus dem ganzen Reich nach Köln lockte, an den Mann zu bringen. Es war anders gekommen, doch Georg hoffte, daß die ganz besondere Fracht, aus der ein Großteil seiner Ladung bestand, die versäumte Zeit wettmachte. Da die Fastenzeit erst heute zu Ende ging, hegte er die Hoffnung, daß die großen Eichenholzfässer reißenden Absatz fanden. Jetzt kam es nur darauf an, keine Zeit zu verlieren.

Der junge Kapitän schalt seinen älteren, erfahreneren Steuermann, als dieser einen großen Bogen um die schroffe Landzunge fahren wollte. »Was soll das, Broder? Hast du's nicht eilig, heimzukommen? Schlag das Ruder nicht soweit ein! Näher ran ans Anglernest!« So wurde der gebüschbestandene Landvorsprung genannt, der ein bevorzugter Platz für Angler war.

»Wenn dort Angler hocken, könnten wir uns in ihren Leinen verfangen!«

»Angler?« Georg legte den Kopf schief und starrte den Friesen an wie einen Irren. »Heute, am Tag der Auferstehung des Herrn?«

»Hast recht, Schlaukopf«, brummte Broder und nahm das stark eingeschlagene Steuerruder ein Stück zurück. »Heute arbeitet niemand außer den Pfaffen und uns armen Knechten! Über unsere Schufterei hatte ich ganz vergessen, daß die gesamte Christenheit feiert.«

Unvermittelt ging der Steuermann dazu über, laut und schnell den Riementakt zu zählen. Die erschöpften Rojer hatten den kleinen Zwist zwischen Kapitän und Steuermann zum Anlaß genommen, langsamer zu pullen.

An der gezackten Landspitze brach sich das Wasser des Rheins und schäumte die Gischt. Ein kleines Boot wäre hier leicht ins Schlingern geraten. Nicht so die *Faberta*. Sie war groß, lag mit ihrer Fracht schwer im Wasser und war mit ihren dreißig Rojern in der Lage, der schwierigen Strömung zu trotzen. Das Schiff war so kräftig und widerstandsfähig wie Georgs Mutter, nach der Rainald Treuer sein größtes Schiff benannt hatte.

Ein Schatten legte sich auf Georgs Gemüt, als er an seine Mutter dachte. Sie war stark gewesen, aber nicht stark genug, um das Antoniusfeuer zu überleben, das Köln und besonders den Wik vor vier Jahren heimgesucht hatte. Die Brandseuche hatte sich durch das Händlerviertel gefressen und hätte vielleicht auch Rainald Treuer und seinen Erstgeborenen verzehrt, wären diese nicht auf Handelsfahrt zur Küste der Normandie gewesen. Georgs Mutter aber, seine beiden Brüder und seine Schwester lagen unter der Erde, als Vater und Sohn heimkehrten, mit vielen anderen verscharrt auf dem schnell angewachsenen Kirchhof von Groß Sankt Martin. Nachbarn erzählten, wie qualvoll sie gestorben waren, verbrannt von dem inneren Feuer, das die Menschen in den Wahnsinn trieb, sie sich schreiend und stöhnend am Boden wälzen ließ, bis der Tod nur noch eine willkommene Erlösung war.

Während die *Faberta* die unregelmäßig geformte Halbinsel umfuhr, versuchte Georg vergeblich, die Schatten von seinem Gemüt zu vertreiben. Es wollte ihm nicht gelingen, auch nicht bei der Vorstellung der Freude auf den Gesichtern Rainalds und Gudruns, wenn Georg ihnen endlich gegenüberstand. Eine innere Stimme flüsterte ihm ein, daß diese Heimkehr ihm ebensowenig Grund zur Freude bringen würde wie damals, als gute Handelsgeschäfte an der Seinemündung Rainald den Erwerb eines vierten Schiffs ermöglichten. Doch zu welchem Preis!

Die Erinnerung an die unglückliche Wiederkunft vor vier Jahren lenkte Georg von der Gegenwart ab. War es schon zu spät, als er die beiden Gestalten sah, die auf einer vorgeschobenen Landrinne hockten, fast gänzlich umspült vom mächtigen Fluß? Sie hatten entlang der weit ins Wasser ragenden Erderhebung eine ganz Reihe von Angeln ausgeworfen, vielleicht zwölf oder fünfzehn. Ihre dunklen, schmucklosen Kutten ließ Georg sofort an Bauern denken. Weshalb waren sie nicht in der Stadt, feierten nicht, allen anderen Menschen gleich, die Rückkehr des Herrn aus dem Reich der Toten?

Georg hatte keine Zeit, sich darüber weitere Gedanken zu machen. Er wandte sich hastig um und schrie: »Broder, schlag das Ruder ein! Zur Flußmitte, rasch!«

Der Friese riß schon kräftig am Steuerruder, als sein junger Kapitän den Mund öffnete. Da das Steuer an der rechten Schiffsseite angebracht war, hatte Broder die beiden Angler bereits erblickt. Georgs Schrei vermischte sich mit Broders Befehlen. Der Steuermann trieb die Rojer zu doppelter Geschwindigkeit an.

Die Männer keuchten und ächzten wie das Gebälk des Schiffs, als die *Faberta* sich mit Macht nach Backbord bog, trotz ihrer schweren Ladung heftig schwankend. Hätte Georg nicht mit beiden Händen fest die Reling umklammert und die gespreizten Beine gegen die zitternden Planken gestemmt, so hätte er das Gleichgewicht verloren, wäre vielleicht sogar über Bord geschleudert worden.

Noch stärker schaukelte das Gefährt, als es seine ganze Breitseite der Strömung preisgab. Broder biß die Zähne zusammen und spannte die Muskeln an. Die Adern auf seiner Stirn traten hervor, aber er gab dem Drang des Steuerruders nicht nach, zwang das Schiff hinaus auf den Fluß, der durch die heftigen Frühlingsregen noch breiter und reißender als gewöhnlich war.

Georg hatte geglaubt, die *Faberta* hätte noch rechtzeitig ihren Kurs geändert, aber seine auf die Landzunge gerichteten Augen erspähten den grotesken Beweis des Gegenteils. Offenbar hatte sich eine der Angelschnüre am

83

Schiffsrumpf verfangen. Einer der beiden Männer griff nach der Rute, um die Angel zu halten, vergrößerte dadurch das Unglück aber nur. Es war recht komisch anzusehen, wie der Angler unter seltsamen Verrenkungen ins Wasser fiel, das über ihm zusammenschlug. Georg lachte laut, hörte aber mittendrin auf, als der Mann nicht wieder zum Vorschein kam.

Der Gefährte des Unglücklichen hüpfte am Rand der Landrinne auf und ab, machte aber keine Anstalten, ins Wasser zu gehen, um dem anderen beizustehen. Statt dessen rief er etwas zum Schiff herüber, das Georg trotz aller Anstrengung nicht verstand. Zu laut waren Broders Befehle, das stoßweise Schnauben der Rojer, das angestrengte Knarren des Holzes von Schiffsrumpf und Riemen, das glucksende Rauschen des Rheins, der sich an der *Faberta* brach. Erst als Georg die dunkle Kutte sah und die strampelnden Gliedmaßen, schon ziemlich weit im Fluß, verstand er: Die Bauerntölpel waren beide Nichtschwimmer. Es sah ganz so aus, als sollte die Familie des Gestrauchelten heute nicht einen gebratenen Barsch auf der Festtagstafel bestaunen, sondern einen Angehörigen, ihren Ernährer vielleicht, betrauern.

Georg zauderte nicht lange. Mit fliegenden Fingern löste er den schweinsledernen Gürtel mit dem Dolchgehänge und streifte den knielangen Wollrock über das Haupt, bevor er kopfüber in den Fluß sprang.

»Georg, nein!« schrie Broder entsetzt, mit geweiteten Augen. »Die Strömung ist hier viel zu stark und wegen der Frühjahrsregenfälle unberechenbar geworden!«

Aber es war schon zu spät. Der Rhein verschluckte den Schiffsführer, wie er es zuvor mit dem Angler getan hatte. Broder stieß ein paar ganz und gar nicht österlich klingende Flüche aus und bellte dann in schneller Reihenfolge seine Kommandos. Trotz der bedrohlichen Strömung wollte er das Schiff möglichst nah an die beiden Menschen im Fluß bringen, auch wenn die Gefahr bestand, daß sie unter den Rumpf oder zwischen die Riemen gerieten. Broder mußte es tun. Wie hätte er Rainald Treuer erklären sollen, daß er, der in vielen Jahren und auf weiten Fahrten erfahrene Steuermann, ohne seinen Kapitän, den Sohn des Schiffseigners, heimkehrte!

Von einem Augenblick zum anderen bestand die Welt für Georg nur noch aus einer gurgelnden, zerrenden, wahrhaft atemberaubenden Gewalt, die ihn mit tausend starken Armen umschlang. Sie wirbelte ihn herum, spielte mit ihm wie ein Kind mit seiner Puppe. Oder wie eine Katze mit der Maus tändelte, sie durchschüttelte und mit scharfen Pranken schlug, sich noch einmal einen Spaß mit dem Opfer machte – vor dem Verschlingen!

Georg wollte nicht die Puppe sein, nicht die Maus, nicht das Opfer, das verschlungen wurde. Er wehrte sich gegen diese Gedanken und gegen die nicht faßbare, aber starke, vielleicht tödliche Kraft, schüttelte ihre gierigen Tentakel von sich ab und durchstieß mit kräftigen Armbewegungen und Beinstößen die nasse Welt, die ihn umgab. Endlich konnte er wieder atmen, sah er klar in den sonnigen Frühlingshimmel.

Die Strömung hatte ihn ein gutes Stück, etwa fünf Schiffslängen, von der *Faberta* abgetrieben, ganz in die Nähe eines schreienden, sich wild gebärdenden Bündels aus dunklem Stoff und rosiger Haut.

Der Bauer!

Sofort schwamm Georg zu dem Mann und packte ihn, rief ihm beruhigende Worte zu. Denn der Unglücksrabe war ebenso erregt wie kräftig. In seinem tollen Gebaren versetzte er dem Retter schmerzhafte Knüffe und erschwerte ihm jede Hilfe. Erst als Georg dem Bauer mit voller Stimmgewalt ins Ohr schrie, begriff der andere und verhielt sich ruhig.

Georg schob einen Arm unter der Achsel des Fremden hindurch und zog den Mann zur *Faberta*, die auf scheinbar wundersame Weise der Strömung trotzte und, jetzt ganz nah, ihre Position hielt.

Broder!

Ein beruhigendes Gefühl erfaßte Georg, als er an den Friesen dachte, der schon seinem Vater ein treuer, verläßlicher Steuermann gewesen war. Manche Reise wäre anders ausgegangen ohne Broder. Vielleicht auch diese, zu einem Zeitpunkt, als die *Faberta* ihren Heimathafen fast erreicht hatte.

Das gute Gefühl hielt sich nicht lange, sondern schlug in das Gegenteil um. Georg erinnerte sich plötzlich an ein ganz ähnliches Erlebnis, damals, als er noch fast ein Kind gewesen war.

In der Nähe von Kaiserswerth war er in den Rhein gesprungen und hatte zwei Menschen vor dem Ertrinken gerettet, indem er ihnen das rettende Seil brachte. Dann wurden sie zurück zum Schiff gezogen – zu diesem Schiff! Einer der beiden Geretteten war der König gewesen, aber er hatte Georg die Rettung nicht gedankt. Im Gegenteil, er hatte alle an Bord verflucht, weil er sie für Mitschwörer Annos hielt. Und waren sie das nicht gewesen, auch wenn der Erzbischof Rainald nicht in seine Pläne eingeweiht hatte? Georgs Vater hatte dem halbwüchsigen König nicht geholfen, sondern das Schiff, das jetzt *Faberta* hieß, zurück nach Köln gebracht, in Annos Stadt, und König Heinrich damit dem Wohl und Wehe des Erzbischofs ausgeliefert.

Oft, sehr oft dachte Georg an dieses Ereignis, und immer erfaßte ihn ein kalter Schauer, wenn Heinrichs Worte in ihm widerklangen: ›Ich verfluche euch! Ich verfluche euch alle!‹

Waren es mehr als nur Worte gewesen? Übte der König nicht, ähnlich einem Erzbischof oder dem Papst, die Gewalt Gottes auf Erden aus? Hatte Heinrichs Fluch das Unglück in Gestalt des Antoniusfeuers über Georgs Familie gebracht?

»Pack schon das Seil, Georg!«

Die Vergangenheit wurde zur Gegenwart, als Georg nach dem dicken Hanftau griff, das vom Schiff ins Wasser ragte. Erst Broders heiserer Zuruf machte ihn darauf aufmerksam. Nach Georg packte auch der erschöpfte Bauer das Seilende. Seine Hände waren seltsam glatt für einen Landmann, der Tag für Tag hart auf seiner Scholle schuftete.

Georg konnte diesen Gedanken nicht weiterspinnen. Die Aufgabe, dem erschöpften Tölpel beim Erklettern der *Faberta* zu helfen, beanspruchte ihn voll und ganz. Nun hangelte sich auch Georg nach oben, bis fremde Hände nach ihm griffen, Broder und ein paar Rojer ihn an Bord hoben. Alles war ganz ähnlich wie damals, bei der Insel des heiligen Suitbert.

Endlich Ruhe! Keine Anstrengung der Muskeln und Glieder mehr. Ausreichend Zeit und Gelegenheit, frische Luft in die Lungen zu pumpen. Es konnte nichts Herrlicheres geben!

Eine ganze Weile saßen Retter und Geretteter schweigend nebeneinander, ohne daß einer auf den anderen oder auf Broder und die Schiffer achtete. Es war, als brauchten Georg und der Bauer diese Zeit, um von der Schwelle des Todes ins Reich der Lebenden zurückzukehren. Wie auch der Herr nicht schon auf Golgatha vom Kreuz gestiegen war, sondern erst aus seinem Grab wieder den Jüngern erschien. Als Broder ihm ein dickes Wolltuch reichte, erwachte der versteinerte Kaufmannssohn wieder zu äußerem Leben, trocknete Haar und Gesicht.

Auch der Bauer hatte ein Tuch bekommen. Jetzt erst hatte Georg Muße, sein hageres Antlitz zu mustern. Scharfe, wache Züge, wie er sie bei einem Feldarbeiter nicht erwartet hätte. Die Augen über der leicht gebogenen Nase blickten neugierig und abwägend zugleich in die Gesichter der Schiffsleute.

»Glück gehabt, Krautjunker!« durchbrach Broder das Schweigen. In einer Mischung aus Nachsicht und Verachtung blickte er auf den Bauern hinab. »Du solltest dich nicht soweit in den Fluß wagen, wenn du das Schwimmen sowenig beherrscht wie ein Mönch das Kindermachen!«

Broders dicker Bauch wackelte beim Lachen wie ein Schiff im Orkan. Die Rojer brachen ebenfalls in lautes Gelächter aus, und schließlich konnte auch Georg nicht mehr an sich halten.

Die buschigen Brauen des Verspotteten zogen sich zusammen, seine Mundwinkel zuckten, als tanzten sie zwischen Belustigung und Ärger. »Krautjunker nennst du mich, du wandelndes Weinfaß!« Sein Dialekt klang fremdartig, gar nicht nach einem Bewohner des Kölner Umlands; aber in diesen Tagen hielten sich viele Fremde in der großen Rheinstadt auf. »Das wirst du mir ebenso beichten wie deine unflätige Bemerkung über den Mönch, Schiffer! Und deine Buße wird nicht gering ausfallen, wenn ich bedenke, wie nah du das Schiff an die Landzunge gebracht hast, wo doch jeder weiß, daß hier die Angler sitzen!«

Der Friese lachte noch lauter, bis dicke Tränen seine Wangen hinunterkullerten. »Ich soll dir beichten, Wurzelpflücker? Wo denn, in deiner Scheune oder auf dem Acker?«

Broder stützte sich auf einen stämmigen Rojer. Es schien, als wäre der Steuermann sonst vor Lachen zu Boden gegangen.

Der Gerettete blieb ernst. »Weder in der Scheune noch auf dem Acker, sondern in der Kirche von Groß Sankt Martin. Wenn du ein Wikbruder bist, ist das doch wohl deine Pfarrei.«

»Klug gesprochen, Rübenzähler«, brachte der Friese zwischen lautem Gekicher heraus. »Doch was hat das mit dir zu tun?«

»Ich bin der Abt von Groß Sankt Martin!«

Georg hatte sich so etwas schon gedacht. Der Mann sprach nicht wie ein Bauer, hatte nicht das Gesicht und auch nicht die Hände eines Landarbeiters. Die dunkle, einfache Kutte hatte Georg und Broder getäuscht. Aber es war nicht die zerrissene, vielfach geflickte, von Pflanzensaft verfärbte Tracht eines Bauern, sondern der absichtlich einfach gehaltene Mantel eines Benediktinermönchs.

Broder starrte den Mann in der dunklen Kutte mit offenem Mund an.

»Ihr ... Ihr seid der Abt der Schottenmönche?« fragte Georg. »Aber ich kenne euch gar nicht, und ich bin in Sankt Martin aufgewachsen!«

»Ich habe meinen Vorgänger erst vor wenigen Wochen abgelöst«, erklärte der Benediktiner. »Ich bin dir zu tiefem Dank für die Rettung meines Lebens verpflichtet, junger Schiffer, muß dich aber doch darauf hinweisen, daß ich kein Schotte bin, sondern ein Ire.«

»Aber alle Welt nennt Euch und die Eurigen doch die

89

Schottenmönche!« entfuhr es Georg, der diesen Namen schon seit Kindertagen kannte.

Wieder zuckten die Augenbrauen und tanzten die Mundwinkel, aber diesmal schien es wirklich mehr Belustigung als Verägerung zu sein. »Leider mißachtet alle Welt, daß zwischen Irland und Schottland ein Vielfaches an Wasser liegt als selbst nach dem Frühjahrsregen zwischen Köln und Deutz. Vielleicht ist auch die etwas unglückliche Namenswahl einiger meiner Vorgänger für die Verwirrung in unserer Gemeinde verantwortlich. Ich denke da an Minnborinus Scottus und an Marianus Scotus, denen ich insofern nicht folge, als daß ich mich mit einem einfachen Kilian oder allenfalls Kilianus zufriedengebe. Trotzdem verstehe ich die Einfalt gerade bei Kaufleuten nicht so recht, die doch keine *Krautjunker* sind.« Ein strafender Blick traf den noch immer staunenden Friesen, dann richtete der Abt die Augen wieder auf Georg. »Hast du dir nie Gedanken darüber gemacht, daß Irland und Schottland verschiedene Länder sind?«

»Nein«, gab Georg zerknirscht zu und fühlte sich wie ein Bauerntölpel.

»Warum nicht?«

»Weil …« Georg überlegte krampfhaft. »Es erschien mir nicht wichtig.«

Die Schottenmönche gab es schon seit vielen Generationen, seit Erzbischof Everger sie nach Köln geholt hatte. Mal sprach man im Wik von den Iren, dann wieder von den Schotten. Georg hatte sich niemals klargemacht, daß dies ein Unterschied war. Der Rhein, die See, die Schiffahrt, der Handel, das war seine Welt, nicht Kirchen und Klöster, Pfaffen und Mönche.

»Was macht der Abt von Groß Sankt Martin im Anglernest?« Broder hatte seine Sprache wiedergefunden

90

und zeigte zum Ufer an Steuerbord. »Feiern die Benediktiner nicht Ostern?«

»Für uns hat niemand Eier versteckt«, erwiderte der Abt mit säuerlicher Miene. »Wir halten uns nicht mit heidnischen Bräuchen auf, und für die kirchlichen bestehen feste Regeln. Ich habe mit meinen Brüdern zur Tertia gebetet und werde es zur Sexta wieder tun. Dazwischen wollte ich ein paar Barsche und Forellen angeln, um das Ostermahl anzureichern. Damit wird es jetzt wohl nichts werden. Bruder William ist noch sehr unerfahren im Angeln. Ich wollte ihm ein paar wichtige Kniffe beibringen.«

Er stand auf, stützte sich auf die Reling und blickte zu dem jungen Mönch, der mit der flachen Hand die Augen gegen die grelle Vormittagssonne abschirmte und angestrengt zum Schiff sah. Bruder William wirkte irgendwie verloren.

Georg stand ebenfalls auf, schaute erst zum Anglernest und dann mit schuldbewußter Miene in das Gesicht des Abtes. »Ich würde Euch gern zurückbringen, Vater, aber bei dieser Strömung können wir nicht am Anglernest anlegen.«

»Schon dein Ansinnen ehrt dich, Sohn. Du sprichst wie der Kapitän dieses Schiffs.«

»Das bin ich auch!«

»Noch so jung, und doch hast du es schon zu solch einem großen Schiff gebracht? Ich glaube, ich habe im ganzen Wik noch kein größeres gesehen.«

»Ich befehlige es, aber es gehört meinem Vater, Rainald Treuer. Ich bin Georg.«

Kilians Miene verfinsterte sich. »Das wußte ich nicht.«

»Ihr starrt mich an wie einen Aussätzigen«, stellte Georg verwundert fest.

»Es ist nur wegen deines Vaters Rainald.«

91

»Mein Vater?« Georg spürte, wie eine kalte, unsichtbare Hand nach seinem Herzen griff. »Was ist mit ihm?«

»Du hast noch nichts davon gehört? Aber natürlich, du warst lange unterwegs.« Der Abt nickte mehrmals.

»Sprecht doch schon!« forderte Georg laut. Er hielt es kaum noch aus. »Was ist meinem Vater zugestoßen? Ist er etwa …« Ein Kloß verstopfte bei diesem schrecklichen Gedanken seine Kehle, so dick, daß er nicht weitersprechen konnte.

»Nein, er ist nicht tot. Aber ihm geht es sicher auch nicht gerade gut, nicht in Erzbischof Annos Kerker.«

»In Annos Kerker?« wiederholte Georg verständnislos. »Wie kommt Vater dorthin?«

»Das ist eine lange Geschichte, deren Einzelheiten ich selbst nicht kenne. Es geht wohl um Schulden, die dein Vater bei Anno hat und nicht begleichen kann.«

»Ich weiß. Vater wollte sie bei seiner Heimkehr bezahlen. Er hat Köln noch vor mir verlassen, mit drei Schiffen voller Tuch- und Metallwaren erstklassiger Güte. Der Erlös muß für mehr als für die Schulden beim Erzbischof gereicht haben.«

»Es gab keinen Erlös, jedenfalls keinen, den dein Vater heimbringen konnte. Seine Schiffe sind mit allem, was an Bord war, verbrannt. Unten an der friesischen Küste soll es geschehen sein.«

Was Georg daraufhin sagte, löste bei dem Iren ein Stirnrunzeln aus: »Es ist Ostern!«

»Natürlich ist Ostern«, bestätigte Kilian. »Aber ich verstehe nicht, was das …«

Georg achtete nicht mehr auf die Worte des Benediktiners. Er schrie seine Befehle, jagte Broder zurück ans Steuer und die Rojer auf die Bänke. »Pullt, so schnell ihr nur könnt. Ich muß zu meinem Vater, rasch!«

Ostern!

Georg dachte an Kaiserswerth, an die Entführung des jungen Königs und an Heinrichs Fluch. Das war in den Ostertagen geschehen.

Als Georg vor vier Jahren mit seinem Vater heimkehrte und vom schrecklichen Tod seiner Mutter und seiner Geschwister erfuhr, stand das Osterfest kurz bevor.

Und jetzt war es wieder Ostern, und wieder schwebte das Unglück über dem Haus Treuer!

»Schneller!« rief Georg. »So pullt doch schneller!«

»Schneller geht es wohl kaum.« Georg spürte eine Hand auf seiner Schulter, beruhigend wie die seines Vaters. Es war der Abt. »Ich habe noch kein Schiff erlebt, das so schnell gegen Wind und Strömung den Rhein hinaufgefahren ist. Natürlich bin ich auch noch nicht lange hier.«

Der Schotte – oder Ire – hatte recht. Georg sah ja auch, wie die äußeren Ausläufer Kölns an der *Faberta* entlangzogen. Schon lag Sankt Kunibert mit der Fischer- und Schifferstadt hinter dem Handelsschiff, dann war es auch bereits auf der Höhe des Doms. Georg heftete seinen Blick auf die Türme der Kathedrale. Dort irgendwo wurde sein Vater festgehalten. Am liebsten wäre er ein zweites Mal ins Wasser gesprungen und auf dem kürzesten Weg an Land geschwommen.

Die *Faberta* fuhr weiter, zum Wik, der von Groß Sankt Martin beherrscht wurde. Ein Teil des Klosters war eine Baustelle. Zwei Türme entstanden dort und im Süden der Klosteranlage eine ganz neue Pfarrkirche für die wachsende Bevölkerung der Kaufmannsstadt. Für neue Kirchenbauten hatte Erzbischof Anno schon immer viel übrig gehabt, wie auch seine Vorgänger. ›Heiliges Köln‹ nannte deshalb der Volksmund die Stadt oder auch das ›Rom des Nordens‹.

Selten sah man so viele Schiffe am Wik vor Anker liegen wie zu den Ostertagen. Rumpf an Rumpf ragten sie in den Fluß hinaus, als wollten sie eine Brücke zum anderen Ufer schlagen. Fast sämtliche Kölner Fernhändler waren von ihren Fahrten heimgekehrt, zum Feiern und um Geschäfte zu machen. Zusätzlich hielten sich viele fremde Händler in der Stadt auf. Die Besatzung der *Faberta* hatte Schwierigkeiten, einen Ankerplatz zu finden.

»Wir sollten den Fluß ein Stück rauffahren«, schlug Broder vor. »Vielleicht finden wir am Holzmarkt eine günstige Anlegestelle.«

»Tu das«, erwiderte Georg und kletterte auf die Steuerbordreling. »Du übernimmst das Kommando, Broder.«

»Was hast du vor?«

»Was wohl? Ich muß mich um Vater kümmern!«

Dann stieß sich Georg auch schon ab, flog wie eine Möwe durch die Luft und landete auf den Planken eines kleinen, schon reichlich morsch wirkenden Flußkahns.

»So warte doch, Georg Treuer!« rief der Abt ihm hinterher. »Wenn ich trockene Kleidung angelegt habe, werde ich dir gern helfen.«

Georg hörte Kilians Ruf, beachtete ihn aber nicht. Die Sorge um den Vater war wie ein Feuer, das ihn auffressen wollte. Von innen heraus, wie das Antoniusfeuer. Er glaubte, diesen Brand nur löschen zu können, indem er sich Gewißheit verschaffte. Vielleicht war es gar nicht so schlimm, wie der Schottenabt gesagt hatte. Oder Anno hatte angesichts des Ostertags Gnade walten lassen. Was auch immer, Georg mußte es wissen!

Er lief und sprang über mehrere Kähne, bis er endlich auf der Höhe des Buttermarkts festen Grund erreichte. Die Tore in der Stadtmauer waren geöffnet. Fast bis zum Wasser reichten heute die Stände, denn an diesem Sonntag, dem der Auferstehung des Herrn, war die ganze Stadt ein blühender, lärmender, überquellender Marktplatz. Georg schenkte den Butter-, Käse- und Milchverkäufern keine Beachtung, drängte sich an Spielleuten und Akrobaten vorbei und mußte mehr schwimmen als laufen, um in der erdrückenden Masse aus Leibern voranzukommen. Immer wieder stieß er gegen Männer und Frauen und drängte sie gewaltsam aus seinem Weg, ohne auch nur in ein Gesicht zu schauen.

Aber ein Mann, den der vor Sorge blinde Kaufmannssohn angerempelt hatte, schenkte dem jungen Mann, der so gehetzt weitereilte, sehr wohl Beachtung. Die Kleidung des Mannes war schwarz, aber nicht ärmlich. Dunkel war auch sein üppiger Bart, der nur den Mund und einen kleinen Teil des Gesichts um die Augen frei ließ. Der Blick des Schwarzen brannte sich auf Georg fest. Wiedererkennen und Haß lagen in den zusammengekniffenen Augen, aber auch Nachdenklichkeit. Der Blick verfolgte Georg so lange, bis der junge Kaufmann in der brodelnden Menge verschwunden war.

Dann eilte der Schwarze weiter. Er würde Georg Treuer nicht vergessen, aber dringende Geschäfte harrten seiner. Vielleicht ließen sich diese sogar mit der Angelegenheit des jungen Kaufmanns verbinden!

Kapitel 2

Die Hexe

»Kräuter und Tränke gegen Krankheit und Ränke. Kommt her, liebe Leute, kauft ein hier und heute, wo die Kraft des Auferstandenen die Wirkung noch verfielfacht. Und wehe dem, der darüber lacht!«

Die kreischende Stimme der alten, fast zahnlosen Frau, die man im Wik als Kräutertrude kannte, durchdrang den allgemeinen Lärm und lockte zehn, fünfzehn Neugierige auf dem vor Menschen überquellenden Heumarkt an. Nicht alle überlegten ernsthaft, ob sie der Alten Kräuter, Salben oder Säfte aus ihrem Bauchladen abkaufen sollten. Einige nutzten die Gelegenheit zu einem deftigen Spaß auf Kosten der Frau.

»Wenn deine Mittel so gut sind, warum nimmst du sie nicht selbst?« dröhnte ein knollennasiger Bauer. »Eine Schönheitssalbe könntest du gut gebrauchen, aber am besten gleich ein ganzes Faß!«

Er lachte noch lauter, als er gesprochen hatte, und steckte fast alle Zuhörer an.

»Man müßte die Trude schon mit dem Kopf hineinstecken«, kicherte ein spitzgesichtiger Glatzkopf. »Doch selbst dann wäre der Erfolg nicht sicher!«

»Kannst dir wohl selbst nicht helfen, weil dir deine Mittelchen zu teuer sind, Alte!« ergriff der Landmann mit der dicken roten Nase wieder das Wort. »Würdest dich an den Bettelstab bringen, wenn du deine eigenen Sächelchen kaufst, was?«

»Nicht teuer sind meine Mittel, aber gut!« verteidigte sich die Frau. »Sie heilen das Reißen der Glieder, das Schmerzen der Zähne und das Bersten des liebeskranken Herzens, aber nicht die Dummheit eines Getreidedreschers. Und auch nicht seine Säufernase!«

Wieder erscholl lautes, mehrstimmiges Gelächter. Auch die Kräutertrude bog sich vor Heiterkeit, während der großsprecherische Bauer mit den Zähnen knirschte. Immer neue Schaulustige wurden von dem Stimmengewirr angelockt. Einige lachten einfach mit, andere blickten neugierig drein und fragten nach dem Grund der Heiterkeit.

Ein buckliger Mann schob sich in den Vordergrund, verschaffte sich mit dem Ausbreiten seiner Arme Platz und gleichzeitig die Aufmerksamkeit der Menge.

»Glaubt der Kräutertrude nur, ihre Mittel wirken wahrhaftig«, rief mit kreidiger Stimme der Mann mit dem gebeugten Gang und dem spitzen Höcker, der seinen zerschlissenen Kittel am Rücken ausbeulte. »Nur leider nicht so, wie sie verspricht. Aber wer mit dem Bösen im Bunde ist, kann nichts Gutes bewirken!«

»Was meinst du, Höckriger?« fragte der Glatzkopf mit dem Rattengesicht.

»Wem der Herr ein Leiden schickt, den kann auch der Herr nur heilen«, verkündete der Bucklige im salbungsvollen Ton. »Alles andere ist Teufelswerk. Das habe ich leider zu spät erkannt, sonst hätte ich mich nicht der Hexe da anvertraut!« Mit einer schnellen Bewegung streckte er den rechten Arm aus und zeigte auf die alte Frau mit dem großen Holzkasten, der an einem zerfasernden Strick um ihren Hals hing. »Ich litt an einem Reißen, das mich an manchen Tagen nicht mehr gehen ließ. Deshalb kaufte ich bei dieser Teufelsbuhlerin eine Kräutersalbe und rieb, wie sie mir geraten hatte, dreimal täglich den schmerzenden Rücken damit ein. Das Reißen verschwand nicht, aber dafür wuchs dieses Ding aus mir heraus!«

Jetzt wies seine Hand auf die Mißbildung an seinem Rücken, und ein erschrockenes Aufstöhnen ging durch die Menge. Auf den Gesichtern der eben noch von Heiterkeit erfaßten Menschen gefror das Lachen und verzog sich zu einer Mischung aus Zweifel, Mißtrauen und tiefsitzender, abergläubischer Furcht.

Die Kräutertrude, eben noch froh über den vermehrten Zulauf, spürte den Stimmungsumschwung. Sie wußte, wie leicht die Menschen zu beeinflussen waren, besonders in der großen Menge. Das wollte sie sich ursprünglich für den Verkauf ihrer Mittel zunutze machen, doch jetzt drohte ihr die Leichtgläubigkeit der Masse zum Verhängnis zu werden.

»Der Krüppel ist ein Lügner!« geiferte sie mit vor Erregung zitternder Stimme. »Er hat nichts bei mir gekauft! Ich habe ihn noch nie gesehen!«

»Warum sollte ich lügen?« Der Bucklige legte mit fragendem Blick in die Menschenansammlung den Kopf schief, was den traurigen, häßlichen Eindruck seiner Verwachsenheit noch verstärkte. »Ich habe keinen Grund, Euch anzulügen, denn ich stehe nicht mit dem Bösen im Bunde, will euch nichts andrehen, euch nicht der Seele berauben!«

Zustimmung für den Verunstalteten wurde laut. Einzelne Rufe erst, doch sehr schnell wurden es viele. War es nicht Zauberei, die Menschen von gottgesandten Leiden mit Tränken und Salben zu heilen? Und mußte solches Zauberwerk nicht von Dämonen und Teufeln gesandt sein? Hörte man nicht nächtens seltsamen Singsang und greuliches Geschrei aus dem Verschlag, in dem die Kräutertrude hauste? Erzählte man sich nicht, bei Vollmond fliege die Alte durch die Lüfte, auf einer Katze oder einem Ziegenbock sitzend?

Die Kräutertrude wollte zurückweichen vor der anwachsenden, sich dichter um sie zusammenrottenden Masse schreiender Münder und drohend erhobener Arme, aber sie kam nur einen Schritt weit. Dann spürte sie im Rücken die steinerne Mauer eines Lagerhauses. Noch einmal erhob sie ihre Stimme, übertönte den Lärm des aufgebrachten Haufens und schrie ihm ihre Unschuld entgegen. Jetzt zitterte nicht mehr nur ihre Stimme, sondern ihr ganzer Körper, und die Fläschchen und Dosen in ihrem Bauchladen klapperten ebenfalls wie vor Todesangst.

»Hört nicht auf die Hexe!« brüllte der Spitzgesichtige mit dem kahlen Schädel. »Seht doch, wie der Dämon in ihr schon zittert vor Angst. Das ist der Beweis, sie ist eine Satansanbeterin!«

»Ja, sie leckt wirklich dem Leibhaftigen den Arsch!« krähte ein vierschrötiger Mann mit fleckigem Gesicht. »Seht mich nur an. Ich kaufte am Palmsonntag ein Mittel bei ihr, um das Herz meiner Liebsten zurückzugewinnen. Die Hexe versprach, der Trank würde mich unwiderstehlich machen. Aber er brannte wie Feuer in meinem Leib, und dann war ich überall bedeckt mit diesen Malen des Bösen!«

Er streckte seine Arme aus. Sie und die Hände waren, wie das Gesicht, mit schwarzroten Pusteln übersät. Die Umstehenden stöhnten auf und wichen von ihm zurück, aus Erschrecken und aus Angst vor Ansteckung.

»Die Hexe bringt das Verderben über uns!« zeterte das Rattengesicht. »Wir müssen sie unschädlich machen, bevor sie uns alle verhext!«

»Ja, machen wir ihr den Garaus!« forderte der dick-
nasige Bauer. »Von einer wie ihr kann nichts Gutes kommen. Reißen wir sie in Stücke!«

Er stürmte vor und andere mit ihm. Sie packten die
Alte, rissen ihre schon löchrige Kleidung in Fetzen und
stießen sie zu Boden. Das fasernde Band riß, und der
schäbige Holzkasten schlug neben der Gestürzten auf.
Flaschen und Dosen barsten unter den Schuhen der auf-
gewühlten Männer und Frauen, Scherben knirschten unter den Sohlen.

Die Kräutertrude glaubte schon zu spüren, wie ihr die
Glieder aus dem Leib gerissen wurden. Überall zogen
und zerrten sie an ihr. Da flogen die Peiniger plötzlich beiseite, weggerissen von einer dunklen Gestalt.

»Nicht die arme Alte ist von bösen Geistern besessen,
sondern ihr!« schrie der schwarzgekleidete, bärtige Mann
und maß die Rotte mit feurigem Blick. Dieser herrische
Ausdruck der flackernden Augen, die furchtlose Haltung
des Schwarzen und seine donnernde Stimme geboten
dem allgemeinen Aufruhr Einhalt. »Hat diese Frau euch
nicht schon viel Gutes getan? Ihr aber wollt sie töten, nur
auf ein paar Verdächtigungen hin!«

»Verdächtigungen?« plärrte der spitzgesichtige Kahlkopf. »Habt Ihr nicht den Buckel gesehen, Fremder, und
nicht die Flecken des anderen?«

»Nicht aus der Nähe«, antwortete der Schwarze laut,
aber ruhig.

»Dann zeigt dem Fremden, wie die Teufelsbuhlin euch
verhext hat!« forderte der Kahle.

Der Bucklige und der Fleckige traten auf die leichte Er-
höhung des Mauervorsprungs vor, so daß die Menge sie
gut sehen konnte.

Der Schwarze starrte dem Fleckigen ins kantige Ge-

100

sicht und sagte: »So, diese Pusteln wucherten also in der letzten Woche überall an deinem Körper?«

»So ist es, Herr«, sagte der vierschrötige Kerl und nickte.

Mit einem schnellen Griff zerriß der Bärtige das fleckige Leinenhemd des anderen, und die nackte Brust kam zum Vorschein. Ein heller Haarflaum schimmerte über rosiger Haut.

»Wo sind deine Pusteln?« schnappte der Schwarze. »Ich kann keine einzige entdecken!«

»Ein Wunder!« rief der Vierschrötige aus, nachdem er sich von seiner Überraschung erholt hatte. Er blickte auf seine Brust und dann in das bärtige Gesicht des Gegenübers. »Heute morgen, als ich mich wusch, waren die Flecke noch da. Der Herr im Himmel hat zur Feier der Auferstehung seines fleischgewordenen Sohns ein Wunder geschehen lassen!«

Das Wort ›Wunder‹ pflanzte sich rasch durch die Menge fort. Die Menschen befanden sich, erregt durch den Festtagstrubel und das Geschehen um die Kräutertrude, in einem Zustand, in dem sie alles zu glauben schienen.

»War es wirklich ein Wunder?« fragte der Schwarze mit strengem Ton und heftete seinen Blick auf den Vierschrötigen. »Oder warst du nur zu gründlich beim Waschen?«

»Was ... meint Ihr, Herr?« erkundigte sich unsicher der andere.

»Das meine ich!«

Während er noch sprach, packte der Schwarze das Hemd des Gegenübers und rieb mit dem groben Leinen so kräftig über das fleckenübersäte Gesicht, daß der Vierschrötige ins Wanken geriet. Als der Bärtige losließ, war

101

ein Großteil der Flecken im Antlitz des angeblich Verhexten verschwunden, schwarzroten Streifen gewichen, wie sie jetzt auch im Hemdleinen saßen.

»Deine Pusteln sehen mir sehr nach bloßen Farbtupfern aus«, sagte der Schwarze höhnisch und packte sich auch schon den Bucklingen, ehe dieser zurückweichen konnte. »Mal sehen, was es mit deinem schlimmen Höcker auf sich hat, Bursche!«

Und er zerriß den Kittel des Krummen. Jetzt sahen alle, daß der Höcker nicht aus verwachsenem Fleisch bestand, sondern ein Bündel Lumpen war, mit Stricken auf dem Leib festgebunden. Der Mann gab seine gekrümmte Haltung auf.

»Es war nur ein Spaß, den wir uns mit der Kräuterfrau machen wollten.« Er grinste verlegen und zeigte dabei gelbschwarze Zahnstummel. »Wirklich nur ein Spaß!«

»Ein ziemlich übler Spaß, der dieser armen Frau fast das Leben gekostet hätte!« polterte der Schwarze und stieß den Mann mit dem falschen Buckel vom Mauervorsprung. »Ich hätte nicht übel Lust, mit dir und deinem Kumpan dasselbe zu machen, was die Menschen, die ihr getäuscht habt, mit dem Weib vorhatten. Aber heute ist Ostern, der Tag der Freude und der Gnade. Also verschwindet rasch, eh ich's mir anders überlege!«

Die beiden seltsamen Spaßvögel tauchten, dem Bärtigen ängstliche Blicke zuwerfend, in der Menge unter.

Der Schwarze beugte sich zur Kräutertrude hinunter und fragte sie nach ihrem Befinden.

»Ich lebe noch, dank Euch, Herr. Das werde ich Euch niemals vergessen. Ich bin eine arme Frau und habe nicht viele Möglichkeiten, Euch meine Dankbarkeit zu beweisen. Aber wenn es irgendwas gibt, das ich für Euch tun kann, so sagt es nur!«

»Später«, erwiderte der Schwarze, und das zufriedene Lächeln seiner Lippen wurde von seinem dichten Bart verborgen. »Ich sollte die Neugier dieser Menschen besser stillen, bevor sie sich in eine neue Raserei steigern.«

Angeführt von dem Spitzgesichtigen, bestürmten die Menschen den Schwarzen mit Fragen. Wer er sei und wie er heiße. Und wie er den Betrug der beiden falschen Hexenopfer durchschaut habe.

»Ich bin ein Durchreisender in Eurer schönen Stadt. Mein Name ist nicht von Bedeutung. Wichtig ist, daß mich der Herr in seiner unendlichen Güte manchmal Dinge sehen läßt, die den Augen der anderen verborgen bleiben.«

»Das ist wahrhaft wichtig«, stimmte der Kahlkopf zu. »Ohne Eure Gabe, Fremder, hätten wir der Kräutertrude großes Unrecht angetan!«

»Ein milder Ausdruck für das, was ihr mit der Frau vorhattet«, brummte der Schwarze. »Zum Glück kam ich rechtzeitig, um euch zu warnen. Aber dies Unglück hier ist nichts im Vergleich zu dem, das ich in der Nacht geschaut habe!«

»Kann ich mir kaum vorstellen«, krähte leise die Kräutertrude, deren Hals immer noch von den würgenden Griffen der erregten Menschen schmerzte.

Niemand schenkte ihr Beachtung. Alle starrten wißbegierig den Schwarzgewandeten an, der sie durch die ganze Art seines Auftretens und seine bedeutungsschweren Worte in seinen Bann zog.

»Was habt Ihr in der Nacht geschaut, Fremdling?« fragte der Kahle nach. »War es nicht nur ein Traum?«

»Ich träume wie ihr auch, aber meine Träume sind nur allzu oft schon Wahrheit geworden.«

»Erzählt uns Euren Traum!« forderten mehrere Stimmen.

»Wenn ihr es wünscht«, murmelte der Fremde und strich zögernd über seinen Bart. Er sah in die Menschenmenge und schien in jedes einzelne Gesicht zu starren. »Im Schlaf sah ich diese prächtige Stadt mit ihren vielen Türmen, Zinnen und Kirchen, wie sie im goldenen Licht der Sonne badete, und ihren Bewohnern war es wohl. Doch plötzlich, obwohl es Mittag war, die Sonne also am höchsten stand, und nicht die kleinste Wolke den Himmel trübte, senkte sich ein Schatten über die ganze Stadt. Die schwarzen Fittiche eines ungeheuren Raben, der sich auf Köln stürzte, verdeckten jeden Sonnenstrahl. Im tiefen Flug kreiste er über den Dächern und krächzte ein schauerliches Lied, von dem nur das Wort ›Tod‹ zu verstehen war, bis er sich auf dem Rabenstein niederließ. Und die Menschen sanken vor ihm zu Boden, lagen dort wie tot.«

»Wie tot«, wiederholte eine dickliche Frau im Flüsterton, und andere sprachen es lauter nach.

»Auf dem Rabenstein ließ sich der Rabe nieder«, rief der Kahlkopf mit dem Rattengesicht. »Auf dem Richtplatz. Das bedeutet, daß ein Strafgericht über unsere Stadt kommen wird!«

»Aber warum?« fragte ein junger Mann. »Und wann?«

»Meine Gesichter erfüllen sich stets in naher Zukunft«, verkündete der Schwarze. »Aber verzweifelt nicht, Leute, denn der zweite Teil meines Traums verspricht Hoffnung!«

»Euer Traum ging noch weiter?« fragte der Landmann mit der auffälligen Nase.

»In der Tat.« Der Bärtige nickte heftig. »Eine grelle Flammenlohe riß plötzlich den verdüsterten Himmel auf. Aus dem rein leuchtenden Feuer trat eine kraftvolle, schöne Gestalt mit golden blitzendem Flammenschwert

104

und vertrieb den Raben vom Rabenstein. Unter schauerlichem Gekreische stieg das Untier in die Luft und verbrannte in der Lohe. Die reglos am Boden liegenden Menschen aber erhoben sich und tanzten freudig, weil das Strafgericht noch einmal an ihnen vorübergegangen war.«

Die Menge auf dem Marktplatz atmete auf und fragte, wer ihr Retter sei.

»Er sprach nicht und nannte demzufolge keinen Namen. Aber soll nicht der heilige Georg ein Flammenschwert besitzen? Und feiern wir nicht bald seinen Festtag?«

»Ja, Mittwoch ist das Fest des heiligen Georg!« rief ein älterer Mann und stimmte einen Lobgesang auf den mutigen Drachentöter und Erretter der Stadt Köln an.

Ein anderer fragte, woher das Unglück gekommen sei.

»Vom Domhügel stieg der Rabe auf«, antwortete der bärtige Fremde. »Er kam aus einem Fenster des Bischofspalastes.«

Diese Mitteilung sorgte für aufgeregtes Gerede. Die Menge war sich einig, daß Erzbischof Anno der Verursacher des Übels war.

Derweil half der Schwarze der Kräutertrude auf die Beine. »Wir sollten besser gehen, Frau! Zwar hegt jetzt niemand mehr Groll gegen dich, aber die Stimmung der Masse ist so schwankend wie ein einsames Bäumchen im Sturm.«

»Wartet doch, Fremder!« erscholl ein Ruf vom Marktplatz. »Erzählt uns mehr über Euren Traum!«

»Mehr kann ich nicht sagen, weil ich nicht mehr weiß.«

Der Fremde schob die Kräutertrude an den Menschen vorbei, bis eine kleine, verwinkelte Seitengasse ihnen Schutz vor neugierigen Blicken und Fragen bot.

»Gehen wir zu dir«, schlug der Bärtige vor. »Dort reden wir über alles Weitere.«

Die Frau wollte fragen, was er meine, aber sie wagte es nicht. Der Mann, der sie vor dem Zorn des Pöbels gerettet hatte, war ihr inzwischen unheimlich geworden. Sie glaubte zu spüren, daß es kein Zufall war, der ihn zu ihr auf den Heumarkt geführt hatte. Und sie hatte etwas bemerkt, das unter dem Bart au der linken Wange hervorlugte: unnatürliche Verwerfungen der Haut und scheußliche Narben, die das Bartgestrupp wohl verbergen sollte.

Was aber konnte dieser seltsame Fremde von der bejahrten Kräutertrude wollen? Sollte die Bezichtigung durch die beiden Lügner sich in Wahrheit verwandeln? Streckte der Leibhaftige seine Krallen nach ihr aus?

Am liebsten wäre sie davongerannt, so schnell ihre alten Beine die Frau trugen. Doch auch das wagte sie nicht. Und so schritt sie mit vor Angst pochendem Herzen neben dem Schwarzen durch das düstere, kaum von Sonnenlicht berührte Gassengewirr.

Kapitel 3

Gudrun

Die Sonne lachte in wolkenlosem Blau, Vögel zwitscherten im Geäst der bunt geschmückten Bäume und Sträucher, von den Straßen des Wiks drangen muntere Musik und lauter, fröhlicher Gesang auf den Hof des großen Handelshauses. Es hätte ein herrlicher Tag sein können, hätten nicht so viele unsichtbare Schatten auf Gudruns Seele gelegen.

Während die Tochter des Hausherrn an der hufeisenförmig im Hof aufgebauten Tafel entlangging und den Flechtkorb mit bunten harten Eiern herumreichte, fühlte sie sich in die Vergangenheit zurückversetzt. Sie glaubte, helles Lachen zu hören, Kindergekicher, ihre eigene Stimme und die ihrer Brüder.

Es war ein Ostertag wie dieser gewesen, erfüllt von Singen, Lachen und wohliger Frühlingswärme, als plötzlich ein seltsames Geräusch an Gudruns Ohren gedrungen war. Ein wiederholtes Pfeifen, wie es das zehnjährige Mädchen noch von keinem Vogel gehört hatte. Es war aus der alten Eiche gekommen, die mit ihrer breiten Krone fast den halben Hof beschattete und an heißen Tagen angenehme Kühle bot. Die Tochter von Rumold Wikerst hatte den Kopf in den Nacken gelegt und an der rissigen Borke des mächtigen Stamms hochgeblickt, in das grüne Laub, in dem an die hundert bunte Schmuckbänder hin-

107

gen, und war dann auf etwas Rotbraunem hängengeblieben, das ein flüchtiger Beobachter vielleicht für einen Bestandteil des Osterschmucks gehalten hätte. Aber dafür war es zu groß gewesen.

Erst hatte Gudrun staunend den Mund geöffnet, dann hatte sie gelächelt, denn sie hatte das rotbraune Etwas als ein Hemd erkannt, das sich stramm über der Brust seines Trägers spannte. Der Junge, der auf einem starken Ast hockte und zu ihr heruntersah, lächelte mit weißen Zähnen, die gesund und kräftig wirkten wie alles an Georg. Er mochte erst ein zwölfjähriger Knabe sein, aber sein Körper war schon damals der eines Mannes gewesen.

Gudruns anfängliche Freude über Georgs Anblick verwandelte sich in Erschrecken, als sie daran dachte, wo er sich aufhielt. »Was tust du hier?« fragte sie im angestrengten Flüsterton. »Du weißt doch, daß du unser Haus und unseren Hof nicht betreten …«

»Pst!« zischte Georg und hielt den Zeigefinger vor die gespitzten Lippen. Dann zeigte er auf Gudrun und anschließend auf seine breite Brust.

Das Mädchen verstand, vergewisserte sich durch einen raschen Blick, daß weder ihre Brüder noch sonst jemand in der Nähe war, raffte den Saum ihres bunt bestickten Festtagsgewands und kletterte mit katzenhafter Geschicklichkeit auf die Eiche, bis zu dem Ast, auf dem der Junge saß. Gudrun schämte sich, weil sie etwas außer Atem war, errötete darüber und schämte sich nun noch mehr.

Aber Georg lachte sie nicht aus. Sein Lächeln war warm, auf ähnliche Weise zärtlich wie das von Hildrun, wenn diese ihre Tochter Gudrun ansah.

Schon seit längerer Zeit hatte sich das Verhältnis zwischen Georg und Gudrun geändert. Gudrun hatte es nur zögernd wahrgenommen, war wohl noch mehr Kind als der um zwei Jahre ältere Spielgefährte. Nein, Spielgefährten schienen sie nicht mehr zu sein. Etwas Tieferes verband sie. Gudrun hatte es gespürt, als Georg sie fragte, ob sie sich vorstellen könne, später einen Kaufmann aus dem Wik zu heiraten und Kinder mit ihm zu haben. Erst hatte Gudrun über die Vorstellung, die ihr noch unendlich weit entfernt erschien, gelacht. Doch nur kurz, dann hatte sie erkannt, wie ernst es Georg mit dieser Frage gewesen war.

Auch Rumold Wikerst hatte gemerkt, daß Georg mehr in seiner Tochter sah als ein Nachbarskind, mit dem er sich die Zeit vertrieb. Der mächtige Kaufmann hatte dem Sohn seines schärfsten Rivalen um die Vormachtstellung im Wik den Umgang mit seiner Tochter ebenso verboten wie das Betreten seines Anwesens.

»Wenn Vater dich hier erwischt!« sagte Gudrun, mehr besorgt als vorwurfsvoll.

»Wie sollte er, wo er vollauf mit Zechen und Singen beschäftigt ist.«

Gudrun atmete auf. Georg hatte recht. Die große Tafel stand in einer anderen Ecke des Hofs, hinter den Holunder- und Johannisbeersträuchern.

»Wie bist du überhaupt hierhergekommen?« fragte sie.

Georg zeigte grinsend auf das nahe Dach, das sich fast bis zur Stadtmauer am Rhein erstreckte. »Über das Lagerhaus deines Vaters.«

»Aber die Eiche steht ein Stück davon entfernt!«

»Das war nur ein kleiner Sprung für mich.«

»Es ist schade, daß du nicht mehr zu uns kommen darfst«, seufzte das Mädchen.

Georg nickte traurig und sah Gudrun tief in die Augen. »Es wird bald anders werden, ganz bestimmt! Wenn mein Vater genauso reich und mächtig ist wie deiner, müssen sich die beiden versöhnen.«

»Ich weiß nicht«, erwiderte Gudrun zögernd. »Außerdem sagt Vater, nur einer kann der mächtigste Kaufmann im Wik sein.«

»Damit meint er sich wohl selbst.« Georgs Mund verzog sich spöttisch.

»Warum denn nicht!« begehrte Gudrun auf. »Unsere Familie war schon immer die erste im Wik. Deshalb nennt man uns auch so.«

»Wir wollen uns nicht streiten.« Der Junge zog etwas aus einem der Beutel an seinem Ledergürtel und hielt es vor das Gesicht des Mädchens. »Ich bin gekommen, um dir ein Ostergeschenk zu bringen.«

Es war ein schönes Geschenk. Gudrun gefiel es sofort, nicht nur weil es von Georg stammte, aber deshalb wohl noch mehr. An einem Lederband hingen abwechselnd kleine, bunte Holzperlen und etwas größere Holzfigürchen: ein Pferd, ein Rind, eine Gans, ein Schiff mit gesetztem Segel, ein Haus, eine Kirche und – Hand in Hand – ein Mann und eine Frau.

»Die Figuren habe ich selbst geschnitzt«, sagte Georg stolz. »Gefallen sie dir?«

Gudrun nickte. »Es ist ein wundervolles Geschenk. Hilfst du mir, die Kette umzubinden?«

Als Georg die Hände ausstreckte, um seine Ostergabe um Gudruns Hals zu legen, hörten sie laute, nahe Stimmen.

»Da ist unser Schwesterherz ja, zusammen mit diesem Stinker, der sich seit neuestem Treuer nennt!«

»Ja, das Aas hat wohl vergessen, wo es sich hier befindet!«

110

Zwei Jungen kletterten flink ins üppige Eichengeäst, die Münder in ihren Dachsgesichtern zu Mienen häßlichen Grinsens verzogen. Sie waren ihrem Vater wie aus dem unangenehmen Gesicht geschnitten. Zum Glück, dachte Georg oft, hatte die hübsche Gudrun keinerlei Ähnlichkeit mit ihrem Vater und ihren Brüdern.

»Verschwindet!« fauchte Gudrun die Brüder an. »Wir brauchen euch hier nicht!«

»Im Gegenteil«, knurrte Ewald, der Ältere, zurück. »Wir brauchen den Sohn von Rainald dem Treulosen hier nicht!«

Er lachte über seinen eigenen Witz, bis Georgs beschuhter Fuß seine Schulter traf. Fast hätte Rumold Wikersts Ältester das Gleichgewicht verloren, aber er fing sich und packte Georgs Unterschenkel. Jetzt war es Rainald Treuers Sohn, der um ein Haar von seinem Ast gefallen wäre, den er mit beiden Armen umschlang. Das gab den beiden anderen Jungen Zeit, ein Stück höher zu klettern und über Georg herzufallen.

Ewald war ein Jahr älter und Albin eins jünger als Georg, aber dieser war von allen dreien der größte und kräftigste. Mit einem Gegner wäre er spielend fertig geworden, doch zwei Angreifer zur gleichen Zeit hielten ihn in Atem. Gudrun griff ein und versuchte, Albin von Georg wegzuziehen.

»Laß das!« kreischte Albin und stieß die Schwester mit dem Ellbogen von sich.

Der spitze Knochen traf Gudrun schmerzhaft in den Magen. Für einen Augenblick war der Schmerz stärker als alles andere. Dann hatte sie das Gefühl, in der Luft zu schweben.

Aber nein, sie fiel! Zweige peitschen in ihr Gesicht, rissen ihre Haut auf.

Der Aufschlag mit dem Rücken war hart und noch viel

schmerzhafter als Albins Stoß. Die Luft wurde aus ihren Lungen gepreßt. Unfähig, sich zu bewegen, lag Gudrun unter der Eiche. Sie hatte das Gefühl, tot zu sein, und doch konnte sie sehen und hören.

»Hört auf!« schrie Georg. »Ich muß zu Gudrun!«

Ewald und Albin bemerkten jetzt auch, was geschehen war, ließen von ihrem Opfer ab und folgten ihm durchs Astgewirr auf den hohen, mit Frühlingsblumen gesprenkelten Rasen.

»Steh auf!« schrie Georg ins Antlitz des reglosen Mädchens. »Steh auf und atme!«

Er packte ihre Schultern und schüttelte Gudrun. Sie spürte ein scharfes Stechen in ihrer Brust, nur kurz, es war wie eine Befreiung. Luft strömte wieder durch ihre Lungen und brachte das Leben zurück.

Georgs frohes Gesicht verschwand plötzlich aus ihrem Blickfeld, weggeschlagen von einer groben Faust. Gudrun wandte den Kopf und sah, wie Rainald Treuers Sohn neben ihr im Gras lag. Blut rann aus seinem linken Mundwinkel.

Über den beiden stand breitbeinig Rumold Wikerst, die geballten Fäuste halb erhoben, das wutverzerrte Gesicht auf Georg gerichtet. »Was hast du hier zu suchen, Bursche? Was hast du Gudrun angetan?«

»Ich ...«

Georg wußte nicht recht, was er antworten sollte. Rumolds Wut und seine drohende Haltung schüchterten den Jungen ein.

»Er hat Gudrun vom Baum gestoßen«, log Ewald und legte einen gehörigen Anteil Empörung in seine Stimme. »Dann fiel er über sie her!«

Georg richtete seine Oberkörper auf und starrte erst den dreisten Lügner und dann dessen Vater an.

112

»Das stimmt nicht ...«, konnte er gerade noch hervorbringen, bevor ihn ein weiterer Fausthieb traf.

Sein Kopf schien zu bersten. Er sah alles nur noch verschwommen, spürte, wie Rumolds kräftige Hände ihn packten, hochzerrten und wegschleppten. Wie aus ganz weiter Ferne hörte er undeutlich Gudruns Stimme, die seinen Namen schrie.

Tränen hatten Gudruns Blick verschleiert, als sie mitansehen hatte müssen, wie ihr Vater Georg vom Hof geschleppt hatte. Ewald und Albin hatten schallend gelacht. Zorn auf ihre Brüder war in ihr aufgestiegen, Haß wie auf ihre ärgsten Feinde.

In diesem Augenblick hatte sie ihnen das Schlimmste auf Erden gewünscht, jawohl, den Tod!

Gudrun glaubte zu träumen, als sie Georg plötzlich vor sich sah. Nicht den Jungen aus dem Eichenbaum, sondern den stattlichen Mann, der aus ihm geworden war. Groß, aufrecht, mit breiten Schultern und offenem Blick stand er vor ihr, wie aus dem Boden gewachsen. Die Gedanken an die Vergangenheit hatten sie so sehr beschäftigt, daß sie sein Kommen nicht bemerkt hatte.

Vor Freude und Erleichterung ließ sie den Korb fallen, und die gefärbten Eier rollten ins Gras. Ein unsichtbarer Schatten, so schien es Gudrun, war von ihrer Seele gewichen. Endlich war Georg Treuer nach Köln heimgekehrt!

Sie wollte ihm in die Arme fallen, aber ihr Vater sprang vom Tisch auf und stellte sich zwischen sie.

»Ich bin gerade angekommen«, sagte Georg. Die Worte mochten an Rumold Wikerst gerichtet sein, aber

Georgs sehnsüchtiger Blick ging an dem Kaufmann vorbei und richtete sich auf dessen Tochter. »Ich habe gehört, mein Vater sitzt im Kerker des Erzbischofs.«

»Das stimmt«, sagte Rumold kühl. »Dein Vater konnte seine Schulden bei Anno nicht bezahlen. Als er auch noch frech wurde, ließ unser Stadtherr ihn einkerkern. Geschieht Rainald recht!«

»Aber ...«

Georg verstummte wieder. Rumolds Härte war für ihn unbegreiflich. In den letzten Jahren waren sich die beiden Familien nähergekommen. Rumold schien sich damit abgefunden zu haben, daß Rainald ebenso reich und damit mächtig wurde wie er. Mehr noch, mit seinem kaufmännischen Sinn fürs Praktische hatte Gudruns Vater aus der Not eine Tugend gemacht und einer Heirat von Georg und Gudrun zugestimmt. So würde er zwei große Vermögen für die Zukunft zu einem verbinden.

Nur eine Bedingung hatte er gestellt: Einem altem Brauch folgend, sollte der zukünftige Schwiegersohn auf eigene Verantwortung drei erfolgreiche Handelsfahrten ins Mittelländische Meer unternehmen und dadurch seine Eignung als Kauffahrer unter Beweis stellen. Nach der Rückkehr von der dritten Fahrt sollte die Hochzeit gefeiert werden.

Jetzt war Georg zum dritten Mal heimgekehrt, aber all seine Hoffnungen schienen süße Trugbilder gewesen zu sein. Sein Vater im Kerker und Rumold unversöhnlich wie früher!

»Ich habe beschlossen, sämtliche Verbindungen zwischen unseren Familien abzubrechen«, sagte Rumold in einem sachlichen Ton, als zähle er seine Tageseinnahmen an Silberpfennigen. »Es ziemt sich nicht, sich mit Betrügern und Verleumdern zu verbrüdern.«

»Betrüger, Verleumder?« wiederholte Georg fassungslos. »Wie könnt Ihr nur so etwas behaupten, Rumold?«

»Es ist die Wahrheit. Dein Vater wollte Anno erst um Geld betrügen, dann hat er den Ruf des Erzbischofs befleckt. Solche Leute sind hier nicht erwünscht. Also geh, Georg, und kehr nie mehr zurück!«

Rumold streckte den Arm aus und zeigte zum Torbogen.

»Erst will ich wissen, was hier vor sich geht!« rief Georg und sah zur Tafel, wo er unter angesehenen Männern des Wiks die rundliche Gestalt des Präpositus erblickte hatte. »Ordulf, sagt Ihr mir endlich, was hier gespielt wird!«

Ordulf von Rheinau, der Vorstand des ganzen Wiks, drehte sich auf der Holzbank zu Georg um. Sein aufgeschwemmtes Gesicht war fettverschmiert. In der einen Hand hielt er eine Hühnchenkeule, in der anderen einen Weinbecher aus rotbemalter Keramik.

»Warst du schon zu Hause, Georg?« fragte er und fuhr mit der Zunge über einen Fetzen gebräunter Hühnerhaut, der sich zwischen seinen unregelmäßigen Zähnen verfangen hatte.

»Nein, ich war auf dem Weg dorthin, als ich hier vorbeikam.«

»Dann setz deinen Weg fort. Dort wird man dir die Einzelheiten mitteilen. Es ist am besten so.«

Georg war enttäuscht. Er hatte sich vom Präpositus der Stadt Köln, dem wahrhaft – noch vor Rumold Wikerst oder Rainald Treuer – Ersten des Wiks, Beistand erhofft. Nun sah der junge Kaufmann wieder Rumold und Gudrun an.

Georgs Blick genügte schon, Rumold aufbrausen zu lassen: »Schlag dir Gudrun aus dem Kopf, Georg! Es war

115

ein Fehler, an eine Heirat zwischen euch auch nur zu denken.«

»Das kann und will ich nicht. Ich werde Gudrun mitnehmen!«

»Nein!« knurrte Rumold und ballte die Hände zu Fäusten, wie damals unter dem Eichenbaum.

Zwei Hausknechte traten an seine Seite, einer mit einem Holzknüppel, der andere mit einem Eisenhaken bewaffnet.

Dann erhob sich noch ein Mann von der Tafel und baute sich bedrohlich vor Georg auf. Er war nur ein paar Jahre älter als der Kaufmannssohn, doch sein Gesicht war von den Furchen und Schatten eines ausschweifenden Lebens gezeichnet. Beim ersten Anblick mochte das nicht auffallen, denn die braune Klappe über dem rechten Auge beherrschte das Antlitz. Hadwig, den man auch Einauge nannte, war einer von Rumolds Schiffsführern. Und er hatte einen guten Grund, sich gegen Georg zu stellen, machte er sich doch auch Hoffnungen auf Gudrun.

»Geh!« brüllte Rumold den unerwünschten Besucher an.

»Ich werde gehen«, sagte Georg nach einem langen Blick in Gudruns traurige Augen. »Aber ich werde wiederkommen, das verspreche ich!«

Für Gudrun war es genauso schrecklich wie damals, als sie von der Eiche gestürzt war. Wieder stiegen ihr Tränen in die Augen, als der Geliebte den Hof verließ. Sie hatte Angst, daß es jetzt mit ihnen wieder so würde wie nach jenem Osterfest, als sie sich lange Zeit nur von fern auf der Straße anstarren durften.

»Georg, warte!« schrie sie und wollte an ihrem Vater vorbeistürzen, dem Geliebten nach.

Rumold Wikerst packte sie und zerrte sie zurück, so fest, daß ihr Kleid aus teurem friesischen Tuch unter der linken Schulter einriß. Sie verlor das Gleichgewicht und fiel gegen die Tafel. Eins der breiten Bretter rutschte an einer Seite vom hölzernen Bock. Schüsseln, Teller und Becher, Fisch und Fleisch, Wein und Bier bedeckten das plattgetretene Gras.

Durch den Lärm aufmerksam geworden, drehte sich Georg um und wollte auf den Hof zurückkehren, aber Hadwig sprang vor und schlug das schwere Eichenbohlentor vor seiner Nase zu. Rainalds Sohn hörte das Kratzen des vorgeschobenen Riegels. Ihm blieb nichts anderes übrig, als Gudruns Namen zu rufen und gegen das dicke Holz zu hämmern wie ein Bettler, der um eine Gabe flehte – vergebens.

Gudrun hörte Georgs Rufe und sein Pochen. Sie stand auf und wollte zu ihm, aber Rumold und seine Knechte bildeten einen undurchdringlichen Wall. Gudrun versuchte dennoch, sich den Weg zum Tor zu bahnen, wurde aber von ihrem Vater, dessen Gesicht im Zorn feuerrot angelaufen war, ein zweites Mal zu Boden geschleudert. Sie überschlug sich und blieb vor einer kleinen Holzbank unter einem Birnbaum liegen.

Darauf saß eine alte Frau mit schlohweißem Haar, das ihr in langen zottigen Strähnen ins Gesicht fiel. Sie sah verhärmt aus, und das verwaschene Kleid hing in Falten an ihr herunter. Die Augen lagen tief im verwitterten Gesicht und blickten über den Hof hinaus in unendliche Ferne.

Gudrun umschlang die Beine der Frau und blickte flehend zu ihr auf. »Oh, Mutter, hilf mir doch!«

Hildrun senkte nicht den Kopf und blickte ihre Tochter nicht an. Ihre Augen bewegten sich nicht einmal. Aber

117

ihre rissigen Lippen öffneten sich, und Rumolds Weib begann leise zu sprechen: »Sind Ewald und Albin heimgekehrt? Ich kann sie nicht sehen. Wann kommen sie endlich?«

Das war mehr, als Gudrun verkraften konnte: Tränen stiegen ihr in die Augen. Sie fühlte sich unendlich traurig, aber noch schlimmer war das Gefühl der Schuld, das an ihr nagte. Sie wünschte sich, wie so häufig in den vergangenen vier Jahren, sie wäre niemals geboren worden.

Dann würde ihre Mutter nicht in diesem schrecklichen Zustand vor sich hindämmern. Ihr Haar wäre nicht weiß, sondern so rabenschwarz wie früher, wie das ihrer Söhne, auf deren Heimkehr sie wartete, vergeblich wartete, und bis ans Ende ihrer Tage vergeblich warten würde. Ihr Gesicht wäre nicht das einer Greisin, sondern einer Frau um die Vierzig. Und ihr Geist wäre nicht verwirrt, von wahnhaften Ideen und Einbildungen beherrscht, sondern klar und hell.

Georg hämmerte so lange gegen das harte Eichenholz, bis seine Fäuste schmerzten; blutige Risse zeigten, wo Splitter in seine Haut gefahren waren. Er wußte nicht, wie lange er vor dem Tor gestanden hatte, als er endlich die Aussichtslosigkeit seines Tuns einsah. Von Rumolds Hof hörte er laute Stimmen, Männer, die sich unterhielten. Aber Gudruns Schreie waren ebenso verstummt wie die Georgs.

Neugierige scharten sich um Georg, redeten auf ihn ein und lachten über ihn, weil sie ihn für betrunken hielten. Er drängte sie beiseite, schlüpfte durch die Kette der Leiber und setzte schweren Herzens seinen Weg durch das Gewimmel der Feiernden fort.

Rumolds Kehrtwendung, seine Entschlosssenheit, ihm die Tochter nicht zur Frau zu geben, hatten Georg für eine Weile von seiner anderen großen Sorge abgelenkt, die um den Vater. Georg hoffte immer noch, Wikerst umstimmen zu können, wenn er herausfand, weshalb Erzbischof Anno den Vater eingekerkert hatte. Immer stärker wuchs in dem jungen Kaufmann ein unbestimmter Verdacht, daß etwas an deser Schulden-Geschichte nicht stimmte.

Vielleicht würde er im Haus seines Vaters, das nicht weit von Rumolds Anwesen entfernt lag, Genaueres in Erfahrung bringen. Rainalds Besitztum war nicht ganz so groß wie das von Gudruns Vater, war aber ebenfalls mit einem großen Hof und verschiedenen Lagergebäuden ausgestattet. Es war ein gutes Grundstück in Rheinnähe, das Rainald vor zwölf Jahren auf der ehemaligen Rheininsel, die nach dem Versanden des trennenden Flußarms mit der Stadt verwachsen war, vom Erzbischof erworben hatte. Die ganze Zeit hatten die Treuers gemäß der Absprache mit Anno zinsfrei hier gewohnt. Zu diesem Osterfest war der jährliche Zins von zwanzig Silbermark erstmals fällig geworden.

Hier gab es viele große Steinhäuser, denn in diesem Teil des Wiks hatten sich die erfolgreichsten Kaufleute Kölns angesiedelt. Die meisten Häuser waren mit blühenden Zweigen und bunten Bändern geschmückt, nicht so das der Treuers. Kein fröhlicher Lärm drang heraus. Die Läden waren vor die Fensteröffnungen geklappt, die Türen geschlossen. Das ganze Anwesen wirkte wie ausgestorben.

Unwillkürlich verlangsamte Georg seine Schritte und trat zögernd auf die große Eingangstür zu. Sie war verriegelt. Fast zaghaft klopfte er mit der noch blutenden Faust

119

an das Holz, aber nichts tat sich, und so klopfte er immer heftiger.

Wo waren die Knechte und Mägde?

Warum antwortete niemand?

Kapitel 4

Der Schwarze

Der Mann wich beim Eintreten unwillkürlich zurück. Abscheulicher Gestank schlug ihm aus dem düsteren Bretterverschlag entgegen, der windschief zwischen den Rückseiten von Lagerhäusern hing. Es roch wie in einem Kräutergarten, wie in einer Kloake und, ja, wie in einer Hexenküche. All diese Ausdünstungen vermischten sich und hingen so schwer in der Luft, daß man meinte, diese mit dem Messer zerteilen zu können. Angewidert rümpfte der Mann die Nase und gab ein unwilliges Knurren von sich.

»Möchtet Ihr lieber nicht mit reinkommen, Herr?« fragte die Kräutertrude. Sie blickte hoffnungsvoll in das Gesicht, das von dem mächtigen Bart beherrscht wurde, der aber nicht verbergen konnte, daß seine Gesichtszüge nicht ebenmäßig geformt waren.

»Doch.«

Der Schwarzgekleidete schob sich an ihr vorbei und blickte sich in der traurigen Behausung um. Sie war so niedrig, daß er den Kopf mit dem schwarzen Hut einziehen mußte.

Er kniff die Augen zusammen, konnte jedoch nur wenig erkennen, weil kaum Licht einfiel. Die geöffnete Tür bestand lediglich aus einem angelehnten Brett; die Stricke, mit denen es in der Öffnung befestigt gewesen war, hatte die alte Frau vor dem Eintreten gelöst. Richtige Fenster gab es nicht, nur zwei zufällig wirkende Lücken im Holz, die mit löchrigen Leinenfetzen zugehängt waren.

Die Einrichtung erschöpfte sich in ein paar krummen Brettern, die auf große Steine gelegt waren und auf denen – ebenso wie auf dem Boden – Kessel, Töpfe, Schalen und Flaschen standen, häufig mit Sprüngen übersät und verstaubt.

Der Schwarze nahm eine plötzliche Bewegung wahr, rechts von ihm, wo die armselige Hütte fast gänzlich dunkel war. Seine Rechte griff unter den Mantel und umfaßte den Schwertknauf. Ein Vorhang aus Lumpen erzitterte, als etwas darunter hervorkroch. Es sah aus wie ein Tier, aber ein ziemlich großes. Der Mann blickte angestrengt auf das seltsame Wesen, konnte es aber nicht erkennen, weil es in der Hütte plötzlich noch dunkler wurde: Die Kräutertrude hatte hastig das große Brett vor die Türöffnung geschoben.

»Was soll das?« fragte der Bärtige scharf und zog seine Waffe. Das schabende Klirren der stählernen Klinge, die aus der Holzscheide fuhr, vermischte sich mit dem schweren, unregelmäßigen Keuchen der nur schemenhaft sichtbaren Kreatur. »Ruf deinen Köter zurück, Alte, sonst kannst du ihn dir zum Osterschmaus braten!«

»Tut ihr nichts, Herr!« flehte die Kräutertrude. »Es ist meine Tochter!«

»Deine Tochter? Willst du mich verhöhnen?«

Die Kräutertrude beeilte sich, die Leinenfetzen von den beiden Fensteröffnungen zu reißen. Mehr noch als für das einfallende Licht war der Schwarze für die frische Luft dankbar.

Verwundert erkannte er, daß die alte Frau ihn nicht belogen hatte. Das kriechende Ding auf dem Boden war tat-

122

sächlich ein menschliches Wesen, wenn auch eins, wie er es sich jämmerlicher kaum vorstellen konnte. Er mußte mehrere Male hinsehen, bis er überzeugt war, daß es ein weibliches Geschöpf war. Lange Haarsträhnen verdeckten einen guten Teil des Gesichts, aber den Teil, den er sah, fand er häßlich, entstellt. Die stinkende, in Lumpen gekleidete Kreatur kroch zu ihrer Mutter und schmiegte sich an sie wie ein Katze. Jetzt war ihm, als habe er sogar ein wohliges Schnurren gehört, das aus dem schiefen, sabbernden Maul gedrungen war.

»Warum läuft deine Tochter nicht aufrecht?« fragte der Schwarze, während er die Klinge in die Scheide zurückgleiten ließ.

»Sie kann es nicht, wie sie auch nicht sprechen kann. Schon seit ihrer Geburt ist sie so, halb Mensch und halb Tier.«

Der Mann runzelte die Stirn. »Ich hatte gehört, auf deine Tränke und Salben sei Verlaß, Alte. Aber mit deinen Fähigkeiten kann es nicht weit her sein, wenn du es nicht mal schaffst, deinem eigenen Kind zu helfen!«

»Ich habe meiner Tochter geholfen! Nur der Herrgott weiß es wirklich, aber ohne meine Mittel wäre sie wohl längst tot.«

»Wäre wohl besser für sie«, sagte der Mann mitleidslos und bedachte das unverständliche Laute hervorstoßende Wesen mit einem verächtlichen Blick.

»Ja, vielleicht«, meinte die Kräutertrude leise. »Ich hatte immer gehofft, daß es eines Tages besser würde.« Sie schüttelte den grauen Kopf. »Jetzt bleibt mir nur, mich um sie zu kümmern. Sie hatte nie einen Vater, hat niemanden außer mir. Ich kann nur hoffen, daß sie vor mir stirbt.«

»Hoffen und Harren macht manchen zum Narren, hat Ovid gesagt.«

Die Kräutertrude sah ihn verständnislos an.

»Lassen wir das Gerede«, fuhr der Schwarze fort und wandte seinen Blick von dem häßlichen Bankert ab. »Wenn deine Künste so gut sind, wie man sagt und wie du behauptest, kannst du mir dann ein Mittel gegen die Lepra geben?«

»Gegen den Aussatz?« Die alte Frau zuckte zurück. Widerwillen, wie er beim Anblick ihrer Tochter auf den Zügen des Mannes gelegen hatte, zeichnete ihr Gesicht. »Was wollt Ihr bloß damit, Herr?«

»Ist das nicht meine Sache?« Seine Stimme klang gefährlich, als wollte er die Frau vor zu großer Neugier warnen.

»Ja, natürlich. Aber Ihr wißt doch, daß der Aussatz als unheilbar gilt?«

»Ich will ihn nicht heilen, sondern brauche nur ein Mittel, mit dem man verhindert, daß man sich ansteckt. Bei meinen Erkundigungen sagte man mir, wenn jemand solch ein Mittel herstellen könnte, dann du.«

»Solch ein Mittel gibt es, aber es ist nicht einfach zu beschaffen.«

»Du brauchst es nicht aus bloßer Dankbarkeit für deine Rettung zu tun.«

Der Mann griff in einen Beutel an seinem Gürtel und warf der Frau kleine, silbern glänzende Münzen vor die Füße. Das Klirren der Münzen jagte der Tochter einen Schrecken ein, so daß sie sich noch enger an die Mutter drückte. Die bückte sich und sammelte eilig zehn Pfennige auf, deren Vorderseite das Brustbild eines gekrönten Mannes zeigte, der in der Rechten ein Zepter und in der Linken den Reichsapfel hielt. Sie war der Schrift nicht mächtig, die Inschrift konnte sie daher nicht entziffern, aber sie wußte, daß es das Antlitz des Königs Heinrich war.

»Das ist die Anzahlung«, erklärte der Schwarze, während die Alte das Geld in einer Falte ihres Gewands verschwinden ließ. »Du erhältst das Doppelte davon, sobald du mir eine Salbe, einen Trunk, oder was auch immer vor Lepra schützt, gegeben hast.«

Ungläubig riß die Kräutertrude ihre Augen auf. Dreißig Pfennig, das war für sie ein kleines Vermögen. Dafür konnte man sich ein fettes Schwein kaufen oder eine Milchziege.

»Ihr seid sehr großzügig, Herr. Kommt morgen wieder, gegen die Mittagszeit, dann ist das Mittel fertig.«

»Ich werde wiederkommen«, sagte der bärtige Mann und verließ die wacklige Unterkunft.

Er ging durch die finsteren, verwinkelten Gassen zwischen den Lagerschuppen, die im Gegensatz zum übrigen Köln verlassen waren, als sich drei Gestalten aus den Schatten lösten, zwei vor ihm, eine in seinem Rücken. Sie hatten ihm aufgelauert, ihm den Weg versperrt und auch den Rückzug abgeschnitten. Zum zweitenmal innerhalb kurzer Zeit mußte der Schwarzgewandete nach seinem Schwert greifen – er verfluchte sich für seinen Leichtsinn.

Er hatte schon aufgeben wollen, aber endlich zeigte sein ausdauerndes und heftiges Klopfen doch noch Wirkung: Georg war sich sicher, Schritte im Haus zu hören. Sie verstummten aber rasch wieder, und es herrschte unheilvolle Stille.

»Aufmachen!« schrie der Heimkehrer und trommelte erneut gegen die dicken Bohlen. »Öffnet doch endlich!«

»Wer ist da?« fragte zögernd eine dumpfe Stimme von jenseits der Tür.

»Ich bin's, Georg.«

»Rainalds Sohn?«

»Natürlich!«

Ein schweres Schaben ertönte. Georg erkannte dieses Geräusch und wußte, daß der große Eisenriegel zurückgezogen wurde. Endlich schwang die Tür auf, allerdings nur einen kleinen Spalt breit. Zwei ängstliche Augen lugten unter argwöhnisch zusammengezogenen Brauen hervor und zeigten Erleichterung, als sie den jungen Kaufmann erkannten. Der Spalt vergrößerte sich und gab den Blick frei auf einen hageren Mann um die Fünfzig, dessen Haar bereits ergraut war.

»Du bist's wirklich!« sagte Bojo.

»Für wen hast du mich gehalten, Bojo, für meinen eigenen Geist?«

»Es hätte eine List sein können«, sagte Rainalds Verwalter finster und warf einen zweifelnden Blick auf die Straße.

»Eine List? Von wem?«

»Von den Strolchen, die dieses Haus mit Schimpf und Schande überziehen, seit ...« Der Friese, ein Zwillingsbruder des Steuermanns Broder, biß auf seine Unterlippe, als fürchte er sich davor, den Satz zu Ende zu sprechen.

»Seit Vater in Annos Kerker sitzt, meinst du das?«

Bojo senkte den Blick und nickte. »Du hast es also schon gehört.«

»Deshalb kam ich so schnell wie möglich her.«

Bojo ließ ihn ein, legte sorgfältig den Riegel wieder vor und holte ihm trockene Kleider, während Georg von seinen Begegnungen mit dem Abt der Schottenmönche und Rumold Wikerst berichtete.

»Dann weißt du ja schon das meiste«, stellte der Verwalter fest und legte Georgs nasse Sachen zum Trocknen über eine Bank.

»Abt Kilian wußte keine Einzelheiten.«

»Die will ich dir mitteilen«, seufzte Bojo müde und stellte eine dicke Kerze auf den Tisch, um den düsteren Raum zu erhellen.

Die Wärme der Flamme und der durchdringende Geruch von Bienenwachs erzeugten in Georg für einen Moment jene Behaglichkeit, die er so oft in diesem Haus empfunden hatte, die aber heute trügerisch war.

»Warum sind die Läden zu?« fragte er. »Weshalb sind alle Türen und Tore verschlossen?«

»Die Fensterscheiben aus Marienglas sind nicht gerade billig, und mehrere wurden uns schon eingeworfen, seit Rainald bei Anno in Ungnade gefallen ist. Außerdem sind hier nachts Unbekannte eingebrochen und wollten Feuer legen. Sie warfen Fackeln in alle unteren Räume. Hätten wir nicht vor fünf Jahren das alte Holzgebäude durch ein größeres aus Stein ersetzt, wäre es übel ausgegangen.«

»Brandfackeln?« fragte Georg nach. »Kilian erzählte, daß Vaters Schiffe mit der gesamten Handelsware verbrannt sind.«

»So hat es Rainald auch erzählt.«

»Seltsam«, murmelte Georg und starrte nachdenklich in die Kerzenflamme. Vor seinem geistigen Auge verwandelte sie sich in eine gewaltige Feuersbrunst, die drei Schiffe verschlang. Er hörte das Prasseln der Waberlohe und die Schreie der Männer an Bord, die sich vergeblich ums Löschen bemühten und schließlich auf der Flucht vor der gefräßigen Feuergarbe von Bord sprangen. Sogar der widerliche Brandgeruch kitzelte seine Nase.

»Was tust du?« rief Bojo und riß den rechten Arm des jüngeren Mannes zurück.

Jetzt erst wurde Georg gewahr, daß er, in Gedanken versunken, seine Hand mitten in die Kerzenflamme gehalten hatte. Es war der Geruch seines eigenen verkohlten Fleisches gewesen, der in seine Nase gestiegen war. Aber er hatte keinen Schmerz gefühlt. Erst jetzt spürte er, daß er sich die Hand verbrannt hatte.

Bojo holte einen tönernen Butterkrug aus der Speisekammer, fuhr mit dem Finger in die gelbe Masse und bestrich damit Georgs verbrannte Rechte. »Wie kann man denn nicht merken, daß man halb versengt wird. Wo warst du bloß in Gedanken, Junge?«

»Bei den Flammen, denen Vaters Schiffe zum Opfer gefallen sind. Ich frage mich, ob es ein Zufall ist, daß ein Feuer die Schiffe heimgesucht hat und daß ein Feuer unser Haus vernichten sollte.«

»Ein guter Gedanke, wirklich. Was Rainald über den Verlust der Schiffe erzählte, könnte einen tatsächlich an Brandstiftung denken lassen!« Bojo rieb mit der Hand über sein stoppeliges Kinn und bemerkte gar nicht, daß er es mit Butter bestrich. »Zunächst schien Rainalds Fahrt vom Glück begünstigt. Nachdem er schon unterwegs einen Teil seiner Fracht verkauft hatte, fuhr er ins Tyrrhenische Meer und ankerte vor Genua, wo man ihm den gesamten Restbestand an Tuchwaren geradezu aus den Händen riß. Die Golddenare klingelten munter in Rainalds Geldsack.«

»Arabische Golddenare?«

»Nein, byzantinische.«

»Die sind fast noch besser. Damit hätte Vater einen Großteil seiner Schulden bei Anno begleichen können, vielleicht sogar alles.«

»Das glaubte Rainald auch und begab sich leichten Herzens auf die Heimfahrt. Er hörte von Kauffahrern, die ihm begegneten, die Friesen würden gutes Tuch für Metallwerkzeuge einhandeln. In der Hoffnung, auch noch den Rest seiner Waren absetzen zu können, legte er in Vlaardingen an, bevor er den Rhein wieder hinauffuhr. Dort geschah das Unglück, schon in der ersten Nacht, während Rainald und die meisten seiner Männer im Handelshaus mit den Friesen feierten. Alle drei Schiffe gerieten in Brand und konnten nicht mehr gelöscht werden. Rainald hatte noch Glück, daß auch eins von Rumolds Schiffen in Vlaardingen ankerte, das ihn mit nach Hause nahm.«

»Ausgerechnet Rumold!«

»Nicht er selbst. Hadwig Einauge befehligte das Schiff.«

»Hadwig«, murmelte Georg und dachte daran, wie der Einäuige das Hoftor vor ihm zugeschlagen hatte. Gewiß hatte es Hadwig diebische Freude bereitet, Georg von Gudrun zu trennen.

Georg sah den hageren Friesen an und fragte: »Und was geschah nach Vaters Heimkehr?«

»Der Stadtvogt erschien, um Rainalds Schulden beim Bischof einzufordern.«

»Den Zins für das Grundstück und die letzte Rate für die *Faberta*.«

»Ja, aber nicht nur. Hat Rainald es dir nicht gesagt?«
»Was?«

»In letzter Zeit gingen die Geschäfte nicht so gut. Rainald hat sich bei Anno einiges Geld geliehen.«

»Das wußte ich nicht.« Georg starrte den Verwalter ungläubig an. »Warum hat Vater mir nichts davon gesagt?«

»Vielleicht wollte er sein Gesicht wahren. Ich war wohl der einzige außer Rainald und den Leuten des Bischofs,

129

die das wußten. Du weißt doch, ein schlechter Leumund verdirbt das Geschäft.«

»Ja, mag sein«, brummte Georg und fühlte sich gleichwohl von seinem Vater betrogen. Jetzt habe ich zum dritten Mal auf eigene Verantwortung eine Reise ins Mittelländische Meer unternommen, dachte er, und doch behandelte mich mein Vater noch immer wie ein Kind. Daß Rainald zu Bojo mehr Vertrauen faßte als zu seinem Sohn, schmerzte Georg, auch wenn er sich sagte, daß der Friese als langjähriger Verwalter des Handelshauses Treuer zu Recht hohes Ansehen genoß. »Wie hoch sind unsere Schulden beim Bischof?«

»Hundert Silbermark sind fällig.«

»Das … das ist ja … das Jahresauskommen einer Königin!« rief Georg aus und dachte an die polnische Herrscherin Richeza. Man erzählte sich, auch mit ihr habe Bischof Anno erfolgreich Geschäfte gemacht und ihr für die Übertragung der Besitzungen Saalfeld und Coburg eine Rente auf Lebenszeit von hundert Silbermark ausgesetzt. »Weshalb gibt Anno meinem Vater nicht die Möglichkeit, das Geld aufzutreiben? Warum hat er ihn gleich ins Gefängnis gesteckt?«

»Das weiß ich nicht. Vor drei Tagen ist Rainald noch einmal zum Dom gegangen, um mit Anno über eine Stundung der Schulden zu verhandeln. Er ist aber nicht zurückgekehrt. Als ich ihn oder Anno sprechen wollte, wurde ich von Dankmar abgewiesen. Er hat mich regelrecht aus dem Bischofspalast geworfen.«

Georg dachte an Dankmar von Greven, den er vor zwölf Jahren kennengelernt hatte, auf der folgenreichen Fahrt nach Kaiserswerth. Solange sich Georg zurückerinnerte, war Dankmar der Vollstrecker von Annos Stadtherrengewalt gewesen.

»Du hast Vater seit dem Gründonnerstag nicht mehr gesehen?«

»Nein, wie denn auch, wenn er in Annos unterirdischen Verließen steckt!«

»Mit welcher Begründung wird er dort festgehalten?«

»Betrug und Beleidigung des Erzbischofs. Genaueres weiß ich auch nicht.«

Georgs Faust krachte auf die Tischplatte, daß die Kerze tanzte und ihre Flamme zitterte. »Wir müssen das Geld auftreiben und Vater auslösen!«

»Meinst du, ich hätte das nicht versucht? Von Pontius zu Pilatus bin ich gelaufen, aber niemand im Wik scheint bereit zu sein, für Rainald auch nur den kleinen Finger zu rühren. Die Angst vor Anno schüchtert sie ein. Selbst der Präpositus, den ich um Vermittlung bat, ließ mich unter einem albernen Vorwand von einem Diener abweisen.«

»Auf Ordulf von Rheinau dürfen wir nicht zählen, Bojo. Er sitzt an Rumolds Ostertafel und läßt es sich wohlschmecken.«

»Rumold wäre wohl der einzige, der das Geld ohne weiteres aufbringen könnte. Aber auch seine Tür blieb mir verschlossen. Daß er dich rausgeworfen hat, ist auch nicht gerade ein Zeichen seines guten Willens.«

Georg sprang mit entschlossener Miene auf. Ihn hielt es nicht mehr länger in dem düsteren, leeren, schweigsamen Haus. Er konnte es nicht ertragen, hilflos herumzusitzen, während sein Vater in Annos Kerker schmachtete.

»Nur einer kann uns wirklich helfen: Anno selbst!«

»Was hast du vor, Georg?« rief Bojo, als er sah, wie der Jüngere zur Tür lief.

»Ich werde zum Dom gehen und darauf bestehen, daß

Anno mich vorläßt. Was immer auch zwischen ihm und Vater vorgefallen sein mag, es muß doch zu klären sein!«

»Das solltest du lieber nicht riskieren! Ich möchte nicht, daß du auch noch im Kerker landest!«

»Das soll der Oberpfaffe nur wagen!« zischte Georg voller Zorn und lief hinaus auf die Straße.

Der österliche Trubel, der ihn hier empfing und den er seit frühester Kindheit kannte, war ihm dieses Mal fremd. Die vielen Menschen, die die Straßen und Plätze verstopften, störten ihn nur. Er hatte für sie kein Auge, starrte auf die Türme des Doms, die sich jenseits des Alten Markts in den blauen Himmel reckten.

Unter den Falten des weiten, schwarzen Mantels umschloß die Hand den schweren, mit Silberblech überzogenen Schwertknauf. Der bärtige Mann verharrte in dieser Stellung und ließ die stählerne Klinge in der Scheide stecken. Denn er hatte die drei Männer erkannt, die ihm in den finsteren Winkeln der verschlungenen Gasse aufgelauert hatten.

Es waren der falsche Bucklige, der vierschrötige Kerl mit den aufgemalten, inzwischen gänzlich abgewischten Pusteln und der Mann mit der Glatze und dem spitzen Rattengesicht. Letzterer trat gemeinsam mit dem Mann, dessen falschen Höcker der Schwarze auf dem Heumarkt entlarvt hatte, langsam auf ihn zu. Der Vierschrötige verharrte in seinem Rücken.

Der Schwarzgewandete hatte sich schon oft scheinbar aussichtslosen Situationen ausgeliefert gesehen und ein Gespür für die Gefahr entwickelt. Er fühlte das gewisse Kribbeln in seinem Nacken, das untrügliche Warnzeichen einer Bedrohung. Seine Muskeln waren angespannt, die

132

Rechte jederzeit bereit, das Schwert zu ziehen. Doch er zeigte die Klinge noch nicht, wollte erst abwarten, was dieser Überfall zu bedeuten hatte.

»Habt der Kräutertrude wohl einen Höflichkeitsbesuch abgestattet, werter Herr«, krächzte die kreidige Stimme des vermeintlich Krummen. Zwischen seinen gelbschwarzen Zahnstummeln wehte ein fauliger Gestank hervor, der an die unangenehmen Gerüche im Bretterverschlag der Alten erinnerte.

»Was geht es dich und deine Kumpane an?« fragte der Schwarze mit offener Herablassung.

»Wir fragen uns, was du von der alten Hexe willst«, krähte der Mann mit der argen Mundfäulnis in einer plötzlichen, plumpen Vertraulichkeit. »So schön ist sie nun wirklich nicht, daß man sich länger mit ihr vergnügen kann.«

»Vielleicht kann er es besonders gut bei häßlichen, alten Weibern«, sagte der Kahlkopf. »Ich kannte mal einen Schuhmacher unten in Neuss, der rührte sein Weib fast niemals an, sondern schlich sich nachts immer in die Kammer einer steinalten, schon vertrockneten Dienstmagd.«

»Ich habe keine Zeit, mir Zoten anzuhören«, erwiderte der Schwarze. »Gebt den Weg frei!«

»Wer passieren will, muß erst den Zoll bezahlen!« sagte der ›Bucklige‹ und streckte mit einem höhnischen Grinsen die Rechte aus.

»Ihr habt euren Lohn bekommen.«

»Lumpige fünf Pfennig für jeden«, knurrte der ›Bucklige‹ verächtlich. »Wir haben uns gedacht, wer sich so für die Kräutertrude interessiert, hat bestimmt dunkle Geschäfte abzuwickeln. Du mußt schon ein bißchen mehr springen lassen, Bärtiger, wenn du möchtest, daß dein Besuch bei der Trude auch weiterhin im dunkeln bleibt!«

»Dann muß es wohl sein«, seufzte der Schwarze mit verständigem Nicken. »Nehmt also euren Lohn entgegen!«

Während er noch sprach, streifte er mit der Linken den Mantel ab und warf ihn wie ein Fischer sein Netz über den Kahlkopf aus. Gleichzeitig zog er das Schwert und trennte mit einem schnellen Streich die ausgestreckte Hand des fast zahnlosen Lumpen ab.

Ungläubig blickte der Mann auf seine abgeschlagene Hand, die zu seinen Füßen im Schmutz der unbefestigten Gasse lag. Ein Blutstrahl schoß aus dem Armstumpf und bildete in wenigen Augenblicken eine schlammige Pfütze. Dann erst begann der Verstümmelte wie ein Wahnsinniger zu schreien und zu kreischen, während er auf die Knie sank und den nutzlosen, blutenden Arm gegen seinen schmutzigen Kittel preßte.

Der Schwarze hatte sich sofort nach dem Schwerthieb umgedreht. Der Vierschrötige stürmte bereits auf ihn zu, in der erhobenen Rechten eine primitive Keule, einen oben verdickten Holzknüppel mit ein paar rostigen Nägeln, die in der Verdickung steckten. Mit einem lauten Aufschrei ließ der Angreifer seine einfache, aber durchaus wirkungsvolle Waffe auf den anderen niedersausen.

Mit der schnellen Bewegung eines erfahrenen Kämpfers tauchte der Schwarze unter der niederfahrenden Keule weg und rammte seinen scharfen Stahl mitten in die Brust des Gegners. Röchelnd brach der vierschrötige Mann zusammen und spuckte Blut, als er auf dem Boden lag. Die Keule entglitt seiner Hand.

Jetzt war nur noch der Rattengesichtige übriggeblieben. Mit schreckgeweiteten Augen starrte er auf seine Ge-

134

fährten. Erst als der Schwarze auf ihn zulief, kam Leben in ihn. Er wich zurück und zog unter dem Hemd ein Messer mit krummer Klinge hervor.

Aber er war zu langsam. Wieder fraß die Klinge des bärtigen Mannes Blut und fuhr durch die Kehle des Kahlköpfigen. Der Hieb hatte die Halsschlagader getroffen. Die Wunde blutete noch heftiger als der Armstumpf seines Kumpans. Der Sterbende knickte ein und fiel auf die Seite.

Der Bärtige wandte sich wieder dem ersten Gegner zu. Dieser schien vor Schmerz halb wahnsinnig zu werden. Er keuchte und wimmerte, während er den verstümmelten Arm an sich hielt und seinen Oberkörper hin und her wiegte. Mit glasigem Blick starrte er dem Mann mit dem Schwert entgegen.

»Ihr hättet nicht so gierig sein sollen«, sagte der Bärtige kopfschüttelnd. »Fünf Pfennig und das Leben waren doch viel besser als eine Höllenfahrt.« Er seufzte schwer. »Möglich, daß es meine eigene Schuld war. Ich hätte mich nicht mit Lumpenpack einlassen sollen. Vielleicht hätte die Kräutertrude mich auch als einfachen Kunden so bedient, wie ich es wünsche. Aber ich hielt es für eine gute Idee, sie mir gewogen zu machen. Dafür brauchte ich euch. Jetzt brauche ich euch nicht mehr.«

Sein Stahl fuhr in die Brust des Knienden, genau dort, wo das Herz saß.

Drei Männer lagen jetzt im Dreck. Tot.

Der Mann, der sie ins Jenseits befördert hatte, säuberte seine Klinge an den Lumpen des Verstümmelten und steckte das Schwert in die Scheide. Er hob den Mantel auf, schüttelte den Schmutz heraus und warf den schweren Stoff um seine Schultern. Mit zügigen Schritten verließ er die Gasse.

Er war froh, daß die anderen Männern, mit denen er zusammenarbeitete, nicht so unzuverlässig waren wie die drei Strolche. Die zehn Männer, die mit ihm zum Osterfest nach Köln gekommen waren, wurden gut bezahlt, damit sie in allen Teilen der großen Stadt dieselben Warnungen aussprachen wie der Schwarze. Sie warnten vor dem großen Unheil, das Köln am Rhein drohte.

Kapitel 5

Erzbischof Anno

Stunde um Stunde verging, während Georg, eingezwängt zwischen Dutzenden von Bittstellern, im Vorhof des bischöflichen Palastes darauf wartete, zu Anno vorgelassen zu werden. Erst hatte er sich geärgert, als ihn die hier Zusammengedrängten daran erinnerten, daß Anno, wie jedes Jahr zu Ostern, Bürgern mit besonders schweren Sorgen eine Audienz gewährte. Doch bei näherem Überlegen sah er es als gute Gelegenheit, zum Stadtherrn vorgelassen zu werden. Er steckte dem Befehlshaber der Wache, der die Bittsteller hereinließ, ein paar Pfennige zu. Der breitschultrige, untersetzte Wächter lächelte dünn, als er mit einer schnellen Bewegung das Geld einstrich, und versprach, Georg zu seinem Recht zu verhelfen.

Seitdem wartete Georg und ließ seinen Blick immer wieder ohne wirkliche Anteilnahme über den Domhof schweifen, der zwischen dem Bischofspalast und der riesigen, alles überragenden Kathedrale lag. Der Hof war größtenteils mit Priestern, Mönchen und Nonnen angefüllt, die das Osterfest wenigstens im Schatten des berühmten Gotteshauses feiern wollten. Die Männer und Frauen, die ihr Leben Gott geweiht hatten, schwatzten und lachten ebenso laut wie das Volk auf den Straßen und Märkten.

Nur einen Trost barg das langsame Verstreichen der Zeit für Georg: Er rückte in der Schlange der Wartenden dem doppelflügeligen, mit goldenen Einlegearbeiten verzierten Portal von Annos Palast Schritt um Schritt näher. Er verstand nicht, warum die Menge plötzlich zurückflutete und ihn immer weiter von dem großen Tor abdrängte. Er griff sich einen weißhaarigen Alten, der Georg mit versteinerter Miene zur Seite gedrängt hatte, und fragte ihn, was los sei.

»Ja, habt Ihr es denn nicht mitbekommen?« Der Alte sah den jungen Mann an wie einen Einfaltspinsel. »Die Audienz ist beendet. Die Wächter lassen niemanden mehr rein. Seine Eminenz sind erschöpft und geruhen jetzt zu tafeln.« Die Stimme klang ebenso höhnisch wie verbittert. »Und während die Pfaffen drinnen speisen, verhungert hier draußen meine Familie!«

Die Menge drängte weiter zurück und riß den Alten aus Georgs Umklammerung. Bald war der Mann nur noch ein schlohweißer Kopf unter vielen, sein düsteres Schicksal für immer ein Geheimnis.

Georg stemmte sich mit aller Kraft dem Druck entgegen und kämpfte sich durch die Menschentraube hindurch, bis er vor dem Portal stand und dem von ihm bestochenen Wächter geradewegs ins feiste Gesicht blickte.

»Was willst du noch hier, Bursche?« bellte der untersetzte Mann in dem mit Eisenringen benähten Lederhemd. »Die Audienz ist vorüber. Geh heim!«

»Ich komme von daheim und kehre erst dorthin zurück, wenn ich mit dem Erzbischof gesprochen habe. Laß mich endlich ein, wie es verabredet war!«

»Verabredet?« Das grobe Gesicht unter dem eisernen Helm verzog sich, und der Söldnerführer lachte rauh. »Wir haben gar nichts verabredet, Junge.«

»O doch! Erinnerst du dich nicht an mein Gesicht? Ich habe dir Geld gegeben, damit du mich zu Anno läßt!«

Der Wächter tat, als sehe er sich suchend auf dem Boden um. »Ich kann hier kein Geld entdecken«, tönte er und sah nach links und rechts zu seinen Kameraden. »Ihr etwa?«

Sie schüttelten die Köpfe und grinsten frech.

Georg begriff, daß der Soldat wohl nie ernsthaft die Absicht gehabt hatte, ihn zum Bischof zu bringen. Er drängte sich an dem Mann im Kettenhemd vorbei und wollte sich durch das halboffene Tor zwängen.

»Bleib hier, du Hund!« schrie der Söldnerführer, packte Georg an seinem Hemd und riß ihn so heftig zurück, daß er zu Boden stürzte. Den Gedanken, sich zu wehren, verdrängte Georg rasch wieder, als er die auf ihn gerichteten Speerspitzen der Wächter sah.

»Ihr müßt mich einlassen!« bat er. »Ich bin Georg Treuer. Mein Vater Rainald sitzt in Annos Kerker. Ich bin gekommen, um ihm zu helfen.«

»So, Rainald Treuers Sohn bist du also«, brummte der Söldnerführer und warf seinen Männern einen bedeutungsvollen Blick zu. »Tja, ich schätze, da müssen wir dir wirklich helfen. Seine Eminenz wird es nicht anders wünschen.«

Und er hieb die Faust gegen die Schläfe des jungen Kaufmanns. Georg schüttelte die Benommenheit von sich ab, wollte aufspringen und sich verteidigen. Aber da schlugen auch die anderen Wächter mit den stumpfen Enden ihrer Speere auf ihn ein und stießen das harte Leder ihrer Schuhe in seinen Leib. Erst als Georgs Gesicht so von Blut überströmt war, daß er nichts mehr sehen konnte, wandten sie sich von ihm ab. Der Schmerz in seinem Schädel und in seinem geschundenen Leib tat ein übriges, ihn vollkommen hilflos zu machen.

Als der Söldnerführer ein paar neugierige, argwöhnische Blicke von den Geistlichen auf dem Domhof bemerkte, zischte er seinen Männern zu: »Schaffen wir den Kerl weg!«

Er griff unter Georgs Schultern, zwei andere packten die Beine, und sie trugen ihn um den Bischofspalast herum, durch eine dunkle Gasse. An deren Ende ließen sie ihre Last einfach zu Boden fallen. Es war eine abschüssige Fläche. Der geschundene Körper drehte sich um sich selbst, wurde immer schneller, rollte tiefer und konnte sich nicht halten, weil die Söldner alle Kraft aus Georg herausgeprügelt hatten. Inmitten stinkender Pfützen blieb er schließlich liegen.

»Die Abwassergruben sind der richtige Ort für ihn«, sagte der Untersetzte und lachte. »Anno wird zufrieden sein, wenn er davon erfährt.«

Johlend zogen sich die Männer zurück.

Georg hörte ihr Gelächter, bis es verklang. Dann nahm er das Gluckern und Sprudeln der übelriechenden Gewässer um sich herum wahr. Nur undeutlich sah er die Gruben und die ins Erdreich gehauenen Rinnen, die nach Osten, zum Rhein, führten. Noch immer verklebte Blut seine Augen. Er war zu schwach, es abzuwischen.

Irgendwann hörte er ein kratzendes, schabendes Geräusch, das er sich nicht erklären konnte. Er wollte sich aufstützen und sich umschauen, aber kaum hatte er den Oberkörper erhoben, da rutschten seine Hände auf glattem, schmierigem Gestein ab, und sein Schädel schlug hart auf. Neuer Schmerz raste durch seinen Kopf, verdrängte kurzzeitig jede andere Wahrnehmung.

Bis er etwas anderes spürte. Eine sanfte, weiche Berührung. Eine Hand strich über sein Gesicht. Ein feuchtes Tuch reinigte es von Blut und Schmutz. Undeutlich sah er dicht vor sich ein schönes, von Locken umspieltes Gesicht, das ihn besorgt anschaute, und er seufzte: »Gudrun!«

Gudrun war von Finsternis und einer Vielzahl von Gerüchen umfangen: dem würzigen Duft geräucherten Specks, dem durchdringenden Gestank ranziger Butter, der süßlichen Blume von Rüben und Honig, den beißenden Ausdünstungen verschiedenster Gewürze. Die Speisekammer war zum Gefängnis geworden, als Gudrun darauf bestanden hatte, Georg aufzusuchen. Ihr Vater hatte sie gepackt, ins Haus geschleift und hier eingeschlossen, »bis du wieder zur Vernunft gekommen bist!«

Aber sie wollte nicht zur Vernunft kommen, wollte – und konnte – sich nicht darin fügen, Georg einfach zu vergessen. Sie verstand das alles nicht.

Das Unglück hatte mit der Heimkehr der *Albin* unter dem Kommando Hadwigs begonnen. Das Schiff hatte einen unerwarteten Fahrgast mitgebracht, den am Boden zerstörten Rainald Treuer. Aber der Verlust seiner drei Schiffe vor der friesischen Küste schien noch nicht genug, meinte wohl das Schicksal, und hatte ihn in Erzbischof Annos Kerker geworfen. Auf einmal war die mühsame Annäherung der Familien Wikerst und Treuer, für die sich Georg und Gudrun seit Jahren eingesetzt, die ihnen, nicht zuletzt aus persönlichen Gründen, so sehr am Herzen gelegen hatte, wie weggewischt. Gudruns Vater gebärdete sich wieder als unversöhnlicher Feind der Treuers, als sei die zwischenzeitliche Annäherung nur gespielt gewesen. Gudrun hatte so sehr gehofft, mit Georgs Heimkehr würde sich alles klären, hatte den Geliebten Tag und

Nacht, in jeder Stunde, herbeigesehnt. Und nun hatte sich auch diese Hoffnung aufs gründlichste zerschlagen.

Aber sie durfte nicht aufgeben, mußte irgend etwas unternehmen. Und dazu mußte sie als erstes aus der dunklen Kammer entweichen. Die Tür war aus dickem Holz und durch ein eisernes Schloß gesichert, das Rumold vor Jahren hatte einbauen lassen, als auf geheimnisvolle Weise die Vorräte schwanden; niemand hatte ihm je verraten, daß sein Lieblingssohn Ewald der naschhafte Übeltäter war.

Gudrun brauchte ein Werkzeug. Blind, aber voller Eifer tastete sie herum, befühlte Fässer und Kisten, Töpfe und Kannen, Schinken und Käse. Als sie aus Versehen gegen eine Milchkanne stieß und diese heftig zu schwanken begann, blieb Gudruns Herz vor Schreck fast stehen. Schnell packte sie die Kanne mit beiden Händen und hielt sie fest, wagte dabei kaum zu atmen. Das Scheppern des auf dem Boden tanzenden Tonbehälters erschien ihr lauter als jeder Lärm draußen auf den Straßen, stärker sogar als der Glockenschlag, der zu den Gebetsstunden der Mönche von Groß Sankt Martin herüberdröhnte.

Als die Kanne wieder fest auf dem unebenen Estrich stand, stieß Gudrun erleichtert den zurückgehaltenen Atem aus – nur um ihn im nächsten Augenblick erneut anzuhalten. Sie hörte Stimmen und Schritte, die sich der Speisekammer näherten. Sie ließ die Kanne los, hockte sich auf den Boden und lauschte. Die Stimmen waren verstummt, die Schritte auch, direkt vor der Kammer.

Das metallische Geräusch, das sie jetzt hörte, stammte von dem Schlüssel, der im Schloß knirschte. Die Tür wackelte und schwang mit einem langen Quietschen auf. Das Licht, das vom Gang einfiel, war schwach, aber Gudruns seit Stunden nur noch an Finsternis gewöhnte

Augen waren davon so geblendet, daß sie nur die groben Umrisse zweier Gestalten erkannte.

»Nun, hat sich dein Mütchen ein wenig abgekühlt?« fragte die knarrige Stimme ihres Vaters. »Hast du eingesehen, wie dumm du dich benommen hast?«

Sie antwortete nicht. Das Licht war jetzt weniger schmerzhaft, und sie erkannte den Mann, der nebem Rumold Wikerst in die Speisekammer getreten war. Das zerfurchte Gesicht mit der Lederklappe über dem rechten Auge war unverwechselbar. Eine schlimme Ahnung beschlich Gudrun.

»Du bist schon lange im rechten Alter, um einem Mann ein treusorgendes Weib zu sein«, fuhr Rumold im Tonfall eines predigenden Pfaffen fort. »Wahrscheinlich ist es das, was dich durcheinanderbringt. Das Mädchen will nicht mehr Tochter, sondern endlich Frau sein. Ich werde deinen Wunsch erfüllen und habe Hadwigs Werbung um dich erhört. Am nächsten Sonntag wird eure Vermählung gefeiert!«

Hadwig lächelte beifällig, während sein einziges Auge starr auf Gudrun gerichtet war. Sie kannte diesen Blick, unter dem sie innerlich erschauerte, seit sie sich vom Mädchen zur Frau gewandelt hatte. Wenn der Einäugige im Haus war, sah er nichts anderes als die Tochter seines Brotherrn, zog sie aus, ohne seine Hände zu benutzen, nur mit dem einen starrenden Auge. Gudrun ekelte sich vor diesem Blick, fürchtete ihn noch mehr, seit sie begriff, daß Hadwig ernsthafte Absichten hegte. Es war für ihn die Gelegenheit, der Erbe von Rumold Wikerst zu werden und damit eines Tages der reichste Kaufmann Kölns. Denn Söhne hatte Rumold nicht mehr.

Gudrun hatte keinen Augenblick geglaubt, daß Hadwig für sie eine auch nur annähernd so tiefe Liebe fühlte wie Georg. Gewiß begehrte er ihren Körper, aber nicht mehr, als er schon die Körper von hundert anderen Frauen begehrt hatte. Der Ruf, den er sich auf diesem Feld erworben hatte, war bis zu Gudrun vorgedrungen.

»Komm mit!« forderte ihr Vater, ergriff Gudruns Handgelenk und zerrte die Tochter unsanft vom Boden hoch.

»Wohin?«

»Auf den Hof. Wir werden der Festgesellschaft euer Verlöbnis verkünden.«

»Nein!« schrie sie und riß sich los. »Ich werde ihn nicht heiraten, niemals!«

Eine kraftvolle Ohrfeige Rumolds schleuderte Gudrun gegen ein Regal mit tönernen Gewürzbechern, die, wie zuvor die Milchkanne, aufgeregt zu tanzen begannen. Rumold griff seine Tochter mit beiden Händen und schubste sie auf den Gang hinaus. Dort verlor sie das Gleichgewicht und stürzte hin.

Als sie aufschaute, standen die beiden Männer über ihr. In Rumolds Augen las sie Verärgerung, Wut, ja, beinahe Haß. Hadwigs Blick dagegen war immer noch hart und starr. Der Schiffsführer half der Frau nicht, die er zum Weib nehmen wollte, schien sich eher an ihrer Mißhandlung zu ergötzen.

»Ich werde dir schon Gehorsam beibringen!« schrie Rumold. »Hadwig soll mir nicht nachsagen können, ich hätte ihm eine aufsässige Frau übergeben. Und wenn ich dir die Achtung vor deinem Vater und vor deinem Mann mit dem Ochsenziemer einprügeln muß!«

»Nein!« rief eine zittrige Frauenstimme von der Treppe, die zum Obergeschoß führte. Dort stand Hildrun in ihrer greisenhaften Gestalt und schien einen ihrer wenigen lichten Momente zu haben. »Mißhandle unsere Kinder nicht, Rumold!«

144

Der Kaufmann blickte sein Weib ohne jede Zuneigung an und sagte kühl: »Du sprichst von Kindern? Muß ich dich daran erinnern, daß wir nur noch dieses ungehorsame Balg haben?«

Sofort verklärte sich Hildruns Blick, verließ die Wirklichkeit, wandte sich wieder der eigenen Welt zu, die sich Gudruns Mutter seit dem schrecklichen Tod ihrer beiden Söhne geschaffen hatte. »Albin, Ewald«, flüsterte sie mit geisterhafter Stimme und blickte sich suchend um, ohne wirklich etwas zu sehen. »Wo steckt ihr? Kommt endlich nach Hause!«

Wie immer bei diesen Gelegenheiten, wenn Hildruns Geist in Umnachtung versank, erwachten in Gudrun Schuldgefühle. Auch wenn ihr Verstand sagte, daß sie nichts für den Tod ihrer Brüder konnte. Niemand vermochte etwas gegen das Antoniusfeuer auszurichten, war imstande zu erklären, weshalb die Brüder von der Krankheit verzehrt worden waren, nicht aber Rumolds Tochter und sein Weib. Für Hildrun wäre es vielleicht sogar besser gewesen, denn ihr Geist hatte sich nach dem schrecklichen Osterfest vor vier Jahren umnachtet, und ihr Körper war der einer alten Frau geworden, verlassen von jeder Lebenskraft, nur noch von der unsinnigen Hoffnung beseelt, ihre längst begrabenen Söhne könnten eines Tages zu ihr zurückkehren.

Als Rumold von seiner Handelsfahrt an die dänische Küste heimgekehrt war und statt seiner Söhne nur noch zwei Gräber vorgefunden hatte, warf er in seiner Trauer dem Weib und der Tochter vor, Ewald und Albin nicht beschützt zu haben. Seit diesem Tag hatte Rumold Wikerst kein freundliches Wort, keinen liebevollen Blick und keine zärtliche Geste mehr für Hildrun und Gudrun gehabt.

Auch jetzt sprang er äußerst roh mit seiner Tochter um. Wie eine Zwinge schloß sich seine Hand um ihren Oberarm, und der Vater schleppte seine Tochter auf den Hof hinaus. Sie fühlte sich wie in einem schlimmen Traum gefangen, als sie hörte, wie ihr Vater das Verlöbnis öffentlich verkündete. Schon wurden Trinksprüche auf das Brautpaar und ›den stolzen Vater‹ ausgebracht. Ordulf von Rheinau hielt eine kleine Ansprache, von der kein einziges Wort in Gudruns Gedächtnis haften blieb.

Dann sprach Hadwig und sagte etwas von einem Verlobungsgeschenk. Als ein goldenes Funkeln in Gudruns Augen stach, sah sie die Kette aus Goldmünzen, die Hadwig um ihren Hals legte und im Nacken zuknüpfte. Die Berührung seiner Hände auf ihrer Haut ließ sie zusammenzucken.

Wie sehr sie sich wünschte, jetzt bei dem Mann zu sein, den sie wirklich liebte!

Georg hatte sich schon gefragt, wie Gudrun zum Bischofspalast gekommen war, als er endlich seinen Irrtum erkannte. Die junge Frau, die neben ihm kniete und sein Gesicht mit einem befeuchteten Stück ihres Kleids betupfte, war nicht Gudrun.

Das Gesicht seiner Helferin war schmaler und wurde von einer etwas zu langen, leicht gebogenen Nase beherrscht; gleichwohl empfand er es als schön. Die Augen leuchteten nicht in Gudruns strahlendem Blaugrün, sondern waren von sanftem Braun. Das Haar war nicht glatt und weißblond, sondern fiel in dunklen Locken auf die schmalen Schultern. Auch die Färbung der Haut schien im ganzen etwas dunkler als bei Rumolds Tochter. Die

Unbekannte trug ein einfaches Flachskleid, das an sich im guten Zustand war, aber einige frische, feuchte Flecken aufwies. Dies bemerkte Georg nur nebenbei und dachte nicht weiter daran, andere Dinge beschäftigten ihn.

»Wer bist du?« fragte er und verzog das Gesicht, das beim Sprechen noch mehr schmerzte.

»Ich heiße Rachel. Und Ihr, Herr?«

»Georg Treuer.«

»Ihr seid der Sohn des Kaufmanns, der ...«

»Der in Annos Kerker sitzt, sprich es ruhig aus. Deshalb bin ich hier, aber die verfluchten Wachhunde des Erzbischofs lassen mich nicht zu ihm vor.«

»Jetzt verstehe ich«, murmelte das Mädchen. »Ich habe beobachtet, wie Gelfrat und seine Schergen Euch hier abgeladen haben.«

»Ist Gelfrat der untersetzte Kerl mit dem Gemüt eines gereizten Ebers?«

Rachel nickte und lächelte. »Ihr habt ihn sehr gut beschrieben, Herr.«

Ihr Lächeln gefiel Georg. Es war nicht aufgesetzt, sondern kam von innen, war voller Wärme. Es erinnerte ihn an Gudrun.

Bei dem Versuch, sich aufzurichten, glaubte er, jeden einzelnen Knochen im Leib zu spüren. »Ich werde es diesem Gelfrat noch einmal heimzahlen«, ächzte er. »Aber jetzt ist mein Vater wichtiger. Ich muß unbedingt mit Anno sprechen!«

»Erst einmal solltet Ihr Euch reinigen, damit sich die Wunden nicht entzünden. Könnt Ihr gehen, wenn ich Euch stütze?«

»J-ja«, antwortete er zögernd. »Aber wohin?«

»In den Palast.«

»Du hast Zugang zum Bischofspalast?«

»Ich arbeite dort als Küchenmagd.«

Die Aussicht, auf diese unerwartete Weise doch in den Palast zu gelangen, verlieh Georg neue Kraft. Er biß auf die Zähne und stand mit Rachels Hilfe auf.

Dann wurden Zweifel in ihm wach, und er fragte: »Was ist, wenn mich Gelfrat nicht einläßt?«

»Gelfrat wird uns gar nicht sehen. Wir gehen hintenrum.«

Unter einigen Mühen stieg Georg, immer gestützt von Rachel, aus den Abwassergruben. Sie führte ihn zu einem unscheinbaren Anbau, der sich als Vorratsraum entpuppte, vollgestellt mit Säcken, Fässern und Kisten. Durch ihn und einen langen, sanft ansteigenden Gang ging es in die große Palastküche, wo Köche, Knechte und Mägde emsig arbeiteten.

Für einen Augenblick blieb Georg völlig entgeistert stehen und ließ seinen Blick durch den riesigen Raum schweifen, über Öfen und Feuerstellen, über Platten mit Fleisch, Fisch und Brot. Auch die reichen Kaufleute im Wik pflegten an Festtagen üppig zu speisen, aber eine solche Vielfalt an Gerichten hatte er noch nie gesehen, nicht einmal für möglich gehalten.

»Kommt weiter, Herr!« Rachel zog an seinem Arm. »Rasch, eh Ihr jemandem auffallt!«

Sie führte ihn in einen Nebenraum, in dem mehrere große Fässer standen; sonst war er völlig leer. Mit einer schnellen Bewegung zog das schlanke Mädchen den Vorhang zu, um Georg und sich vor neugierigen Blicken aus der großen Palastküche zu schützen.

»Tu mir einen Gefallen, Rachel, nenn mich nicht ›Herr‹. Sag einfach Georg zu mir!«

»Aber ...«

»Nichts aber. Ohne dich läge ich jetzt noch in den Abwassergruben. Ich muß dir meine Achtung erweisen, nicht umgekehrt.«

Rachel zuckte mit den Schultern und schob den Deckel von einem der Fässer ein Stück zurück. Dann riß sie ein Stück Stoff aus dem Vorhang und tauchte es in das Faß. In der hölzernen Tonne war klares Wasser, mit dem das Mädchen Georgs Wunden säuberte. Es ging dabei sehr gewissenhaft vor, aber auch vorsichtig, fast zärtlich. Georg hatte sich auf dem Boden niedergelassen und den Rücken gegen eins der Fässer gelehnt. Er schloß die Augen und genoß Rachels sanfte Berührungen. Zum erstenmal, seit er nach Köln zurückgekehrt war, fühlte er sich entspannt, fielen die drängenden Sorgen ein wenig von ihm ab. Es war, als verfüge seine Wohltäterin über magische Kräfte.

Unglaublich erschien ihm, daß er erst seit ein paar Stunden wieder in seiner Heimatstadt war. Soviel war in dieser kurzen Zeit geschehen. So viele Begegnungen hatte er gehabt, und alle unter einem bösen Stern. Mit dem Abt Kilian, mit Rumold und Hadwig, mit dem Söldner Gelfrat. Noch nicht einmal die Wiedersehen mit Gudrun und Bojo konnte er als erfreulich bezeichnen. Da tat es richtig gut, bei Rachel alle Sorgen zu vergessen, wenn auch nur für kurze Zeit.

Für zu kurze Zeit! Der Vorhang wurde abrupt beiseitegerissen, und ein Mann mit grobschlächtigem, gerötetem Gesicht sah herein. Seine feine, mit Silberstickereien versehene Kleidung wollte nicht recht zu seinem derben Antlitz passen.

»Was hat das zu bedeuten, Rachel? Man erzählte mir, du hättest dich in die Wasserkammer verkrochen. Hast du heute keine Lust zum Arbeiten? Ausgerechnet am Osterfest, wo unser Herr den Bischof von Münster zu Gast hat!

Wenn's so ist, kannst du gleich zurück ins Judenviertel gehen und brauchst nicht mehr wiederzukommen!«

»Ich komme ja schon, Truchseß Barthel, sofort.«

Die Hand des erzbischöflichen Truchsessen schoß vor und zeigte auf Georg. »Was hat dieser zerlumpte Kerl hier zu suchen?«

»Ein Freund, der unter die Straßenräuber geraten ist. Ich will nur seine Wunden reinigen, dann komme ich.«

»Sollen sich doch deine Judenfreunde um ihn kümmern! Auf dich wartet wichtigere Arbeit. Außerdem verbiete ich dir, irgendwelches Lumpenpack in den Palast mitzubringen! Wenn heute nicht das Fest der Auferstehung wäre, der Gnade des Herrn, wärst du deine Stellung schon los.« Barthel musterte mißtrauisch Georg. »Worauf wartest du noch, Kerl? Sieh endlich zu, daß du verschwindest!«

Georg stemmte sich vom Boden hoch. Noch immer verspürte er starke Schmerzen, aber es war längst nicht mehr so schlimm. Die Ruhe und Rachels sorgsame Pflege hatten ihm gutgetan. Er bedankte sich bei der hübschen Jüdin und zwängte sich an dem rotgesichtigen Truchseß vorbei aus der Wasserkammer.

»Da geht's hinaus!« herrschte Barthel ihn an und wies auf die Tür, durch die Georg mit Rachel gekommen war.

Während Georg mit zügigen Schritten der Tür zustrebte, hörte er, wie der Truchseß Rachel mit derben Worten zur Arbeit antrieb. Sie sollte helfen, die Speisen für das Festmahl aufzutragen. Der junge Kaufmann durchquerte die Tür, ließ sie aber nicht ganz zufallen und ging auch nicht in den langen abschüssigen Gang, der nach draußen führte. Statt dessen drängte er sich an den verbleibenden Spalt und spähte hindurch in die Küche. Er sah gerade noch, wie Rachel mit einem Weinkrug den dunstge-

150

schwängerten Raum verließ, ein Glied einer unentwegten Reihe von Bediensteten, denen die Bewirtung Annos und seiner Gäste oblag.

Die Anweisung, die Barthel der Jüdin gegeben hatte, brachte Georg auf eine Idee. Er wartete, bis der Truchseß in einer Ecke am anderen Ende der großen Küche verschwunden war. Dann ging er wieder durch die Tür und steuerte zielstrebig die lange Tafel mit den vorbereiteten Speisen an. Dort griff er sich eine längliche Zinnplatte, auf der die vordere Hälfte eines Spanferkels lag, garniert mit Krabben und, im offenen Maul, bunten Eiern. Wie er es bei den anderen Aufwärtern gesehen hatte, stellte er die Platte auf seine Schulter und hielt sie mit einer Hand, während er sich einem fast kahlköpfigen Mann anschloß, der eine ähnliche Platte mit gebratenen Enten und Karpfen trug.

Nach einem langen, schmucklosen Gang öffnete sich ihnen ein Raum, der noch größer war als die Küche. Doch nicht die Größe erstaunte Georg, sondern der Prunk, mit dem der Festsaal ausgestattet war. Er blieb stehen und sah sich mit offenem Mund um.

Allein die Fenterscheiben waren ein Vermögen wert. Selbst die reichsten Kaufleute Kölns, Rainald Treuer und Rumold Wikerst, hatten sich für ihre Fenster nur Marienglas geleistet, die durchscheinenden Spaltstücke von Gips und Glimmer. In den meisten Häusern hatten die Fenster gar keine Scheiben, waren nur zum Schutz gegen Kälte, Regen und finsteres Gelichter mit geölten Leinwandtüchern oder Tierhäuten zugehängt, mit Weidengeflecht oder hölzernen Gittern verschlossen. Doch Anno hatte in die großen Öffnungen des Festsaals richtiges Glas setzen lassen, und dann auch noch bemaltes! Das helle Tageslicht fiel in vielfältig bunten Farben in den Raum;

blaue Strahlen vermischten sich mit roten, kreuzten sich mit gelben und grünen, daß es Georgs unvorbereiteten Augen fast weh tat.

Als genüge das nicht, hingen vergoldete Kerzenleuchter von der hohen Decke herab, standen vielarmige Kandelaber, golden oder silbern schimmernd, auf den mit kostbaren Sticktüchern bedeckten Tafeln. Und alle Kerzen brannten, beleuchteten die Pracht des bischöflichen Speisesaals.

Bunt wie die Fenster waren auch die Wände, entweder bemalt oder mit bestickten Bildteppichen behängt. Selbst die Decke war bemalt, ein einziges großes Bild, das Jesus und die Jünger beim Letzten Abendmahl darstellte. Als Georg mit in den Nacken gelegtem Kopf diese überlebensgroße Abbildung betrachtete, hatte er das Gefühl, sich darin zu verlieren. Er zwang sich, den Blick abzuwenden, den Kopf wieder zu senken, nur um zu erkennen, daß fast alle Bilder an der Wand und den Fenstern Ereignisse aus dem Neuen Testament oder aus dem Leben berühmter Heiliger zeigten.

Fast eine ganze Wand wurde von einem Teppich mit Christi Einzug in Jerusalem anläßlich des Passahfestes verdeckt. Jesus, der auf dem Eselsfüllen durch die Menge Palmwedel schwingender Menschen ritt, zog Georgs Blick auf sich. Der Messias schien von innen heraus zu leuchten, als hätte der Herr selbst den Teppich geknüpft. Erst beim näheren Hinsehen erkannte Georg, daß dieser Eindruck von vielen feinen Gold- und Silberfäden hervorgerufen wurde, die in die Darstellung des Erlösers eingearbeitet waren.

Auch hier mußte er seinen Blick gewaltsam abwenden und sah sich auch schon von einem der bemalten Glasfenster gefangen. Der bewaffnete Recke, der in goldschimmernder Rüstung und mit rotem, üppig wallendem Federbusch auf dem Helm, einen kräftigen Braunen ritt, konnte nur der heilige Georg sein. Die erhobene Rechte hielt eine Lanze mit silbernem Schaft und goldener Spitze, und diese Spitze drang in den Kopf des geflügelten, feuerspeienden, sich unter seinem todesmutigen Bezwinger am Boden windenden Drachen ein, dessen grünschwarz geschuppte Haut in einem endlos langen, verzweifelt hin und her peitschenden Schwanz auslief.

Georgs Augen blickten in die seines heilig gesprochenen Namenspatrons, blau wie seine eigenen, und da geschah etwas höchst Seltsames: Als habe ein einzelner Sonnenstrahl genau in diesem Moment das Fenster getroffen, leuchteten die Augen Sankt Georgs auf, wie ein Blitzstrahl, der geradewegs in die Seele des jungen Kaufmanns traf.

Eine seltsame Schwäche breitete sich in Georg aus, nicht einmal unangenehm. Es war eine Leichtigkeit, wie er sie noch niemals verspürt hatte. Er fühlte keine Schmerzen mehr, war nur noch Seele und Gedanke, schwebte wie eine Feder, die vom Spiel des Windes davongetragen wurde.

Bis ihn ein heftiger Stoß zwischen die Schulterblätter traf und er schmerzhaft erkannte, daß seine Seele immer noch eine Gefangene des Körpers war.

»Was hast du angerichtet, dummer Kerl?« herrschte ihn eine sich fast überschlagende Stimme an. »Das hat man davon, wenn man sich an Festtagen auf Aushilfskräfte verlassen muß! Wie läufst du überhaupt herum, mit zerrissener und schmutziger Kleidung!«

Jetzt erst bemerkte Georg, daß seine Zinnplatte auf den hölzernen Fußboden gefallen war. Das Spanferkel und die Krabben verteilten sich auf den mit blauen und

153

roten Kreuzen bemalten Holzquadraten. Die bunten Eier waren aus dem Maul des Ferkels gerutscht und rollten unter die Tische. Der Kaufmannssohn hatte so stark im Banne des heiligen Georg gestanden, daß er nicht einmal das laute Scheppern der aufschlagenden Platte gehört hatte.

Im Gegensatz zu fast allen anderen im Saal, die ihn jetzt anblickten. Selbst die buntgekleidete Schar der Spielleute, die zur Unterhaltung der Tafelrunde auf Harfe, Rebec, Schalmei, Trommel, Pfeife und Trompete aufgespielt hatte, unterbrach ihr Lied.

Erregter, stoßweiser Atem wehte den scharfen Geruch von Fischen, Gewürzen und Wein in Georgs Nase. Der Mann, der dicht vor ihm stand, ihn mit dunkelrotem Gesicht, bebenden Nüstern und zitternden fleischigen Wangen anstarrte, war Barthel, der Truchseß. Er hatte Georg eben angebrüllt und setzte schon zu weiterer Beschimpfung an, hielt diese aber zurück und starrte den vermeintlichen Küchenknecht mit offenem Mund an. Der Gestank, der dem Schlund entwich, erschien Georg fast unerträglich.

»Du bist es, elender Lump! Ich hätte dich gleich durchprügeln lassen sollen, als ich dich in der Wasserkammer entdeckte. Was hast du Judenhund hier zu suchen?« Barthels Augen weiteten sich in vermeintlicher Erkenntnis, und er wandte sich zu den bewaffneten Wachen um, die an den Saaltüren standen. »Nehmt den Juden fest! Er hat sich in den Palast geschlichen, um sich am Erzbischof zu vergreifen!«

Der Truchseß hatte kaum ausgesprochen, da wurde Georg schon von kräftigen Armen gepackt und spürte die scharfen Spitzen gegen ihn gerichteter Speere an der Kehle und der Brust.

Die zahlreichen Menschen im Festsaal, Gäste und Bedienstete, blickten ihn verwirrt an. Nur in einem Paar haselnußbrauner Augen las er Mitleid. Rachel stand in dem Durchlaß zu dem Gang, aus dem er selbst eben gekommen war, einen Stapel leerer Holzschalen in den Händen. Ihr Blick war fragend und zutiefst besorgt.

Georg war aufgewühlt, beruhigte sich aber ein wenig bei Rachels Anblick, obwohl die schöne Jüdin ihm kaum helfen konnte. Da wurde sie mit anderen schaulustigen Mägden und Knechten auch schon von einem Aufseher zurück in die Küche getrieben.

Ein bärtiger Mann erhob sich von einer der Tafeln und trat auf Georg und seine Bewacher zu. Er trug ein ärmelloses Lederwams mit silbernem Beschlag über einem Hemd aus teurer grünleuchtender Seide. Um die Hüften hing ein Wehrgehänge mit einem Schwert, dessen Knauf und Scheide ebenfalls mit blitzendem Silber beschlagen waren.

»Ich kenne den Kerl, er ist kein Jude«, meinte der Stadtvogt und fuhr nachdenklich mit der Rechten durch sein dunkles Bartgestrüpp. »Irgendwoher kenne ich ihn!«

»Ich bin der Sohn von Rainald Treuer!«

Ein Schatten huschte über Dankmar von Grevens Gesicht, als er den Mann erkannte, der sich als Junge auf dem Schiff des Bischofs versteckt hatte.

»Was tust du hier, Georg Treuer? Weshalb gerierst du dich als Aufwärter? Und warum siehst du aus wie ein Bettler?«

»Weil Eure Palastwachen mich verprügelten, Vogt, als ich den Erzbischof zu sprechen begehrte!«

»Davon weiß ich nichts.« Dankmars Züge blieben unbewegt. »Aber ich weiß, daß Seine Eminenz die Osteraudienz beendet hat. Und wer sich gewaltsam oder unter

155

Heimlichtuerei Zugang zum Palast verschafft, wird ganz zu Recht hinausgeworfen!«

Er nickte seinen Männern zu, und die Wachen wollten Georg aus dem Saal zerren.

Georgs Blick fand Anno, der neben einem ebenso schmuckvoll gekleideten Mann saß, wohl sein Gast, der Bischof von Münster. Annos Augen waren auf Georg gerichtet, ließen aber nicht erkennen, was den Erzbischof bewegte.

Die Vorstellung, Anno derart nah zu sein und so knapp vor dem Ziel zu scheitern, weckte neue Kräfte in Georg. Er erinnerte sich an eine Kampflist, die Broder ihm gelehrt hatte, und ließ sich einfach fallen, machte sich schwer wie ein mit Wasser vollgesogener Hafersack. Die Wächter versuchten, ihn zu halten, wie er es erwartet hatte.

Georg warf sich nach vorn, den gesenkten Kopf voran, durchbrach den Kreis der Söldner und fiel vor die Füße des Stadtvogts. Bevor Dankmar etwas unternehmen konnte, war Georg schon wieder auf die Beine gesprungen und lief zur Tafel des Gastgebers.

»Haltet ihn auf!« rief Barthel und setzte dem Jüngling nach. »Er will den Erzbischof ermorden!«

Kurz vor der Tafel umschlang der Truchseß Georg von hinten mit beiden Armen. Barthel war ein kräftiger Mann. Georg hatte das Gefühl, zerquetscht zu werden.

Er ließ den rechten Fuß zurückschnellen und trat zwischen die leicht gespreizten Beine des anderen, dorthin, wo es einem Mann am stärksten weh tat. Barthel heulte auf wie ein geprügelter Hund. Überwältigt von dem plötzlichen Schmerz, lockerte er seinen Zwingengriff. Georg entkam der Umklammerung und stieß Barthel zu Boden.

156

Aber schon liefen Dankmar und seine Schergen heran. Ihnen würde Georg nicht noch einmal widerstehen können. Er war außer Atem, sein Körper noch geschwächt von der Mißhandlung durch Gelfrat und seine Söldner.

Georgs Arme zitterten, als er sich vor Anno auf die Tafel stützte und direkt in das Gesicht seines Stadtherrn sah. Seit damals auf der Fahrt nach Kaiserswerth, auf dem Schiff, das heute *Faberta* hieß, war er dem Erzbischof nicht mehr so nahe gewesen.

Dessen Gesicht hatte sich kaum verändert, nur Kopfhaar und Bart schienen nicht mehr ganz so dunkel, wurden von silbergrauen Fäden durchzogen. Nicht verwunderlich bei einem Mann, der das sechzigste Lebensjahr längst überschritten hatte.

Wie damals waren Annos Augen unter dem dichten Gestrüpp der dunklen Brauen kaum mehr als eine Ahnung. Georg fragte sich, was der Erzbischof von dem jungen Kaufmann denken mochte. Er hoffte auf das Beste, denn immerhin hatte Anno sich für ihn verwandt, als Siegfried von Mainz den zehnjährigen Jungen am liebsten in den Rhein geworfen hätte.

»Ich bin kein Meuchler, Eminenz!« keuchte Georg. »Ich bin gekommen, um für meinen Vater zu bitten!«

Dankmars Männer packten ihn erneut, doch Annos erhobene Rechte gebot ihnen Einhalt.

»Durchsucht ihn nach Waffen!« befahl der Erzbischof.

Mit Erschrecken dachte Georg an den langschneidigen Dolch mit dem silberbeschlagenen Faustschutz, den sein Vater ihm geschenkt hatte, als Georg das erstemal ein Handelsschiff befehligte. Aber die Söldner fanden keine Waffe bei ihm. Dann erst erinnerte er sich, wie er den Gürtel vor dem Sprung in den Rhein abgelegt hatte. Nach Kilians Bericht über Rainalds Inhaftierung hatte es Georg

157

so eilig gehabt, an Land zu kommen, daß er Gehänge und Dolch auf der *Faberta* vergessen hatte.

Anno blickte seinen Ehrengast an. »Was meint Ihr, Friedrich, kommt ein Meuchelmörder ohne Waffe in den Palast?«

»Das würde nur jemand tun, der völlig von Sinnen ist«, antwortete Friedrich von Münster, ein grauhaariger Mann mit einem so faltigen Gesicht, daß es weder die Gemütsregungen noch das Alter seines Besitzers preisgab.

»Nun, Georg Treuer, bist du von Sinnen?« fragte Anno. In den tiefen Höhlen unter den dichten Brauen blitzte es auf. Die kaum sichtbaren Augens schienen den Kaufmannssohn durchbohren zu wollen.

Obwohl die Frage wie beiläufig gestellt war, hatte Georg das Gefühl, daß die Antwort über sein Schicksal entscheiden würde. Erst wollte er Anno sagen, daß ihn die Sorge um seinen Vater und die Ungewißheit über das, was Rainald genau zur Last gelegt wurde, die Sinne raubte. Aber hätte Anno dann nicht mit Fug und Recht behaupten können, Georg sei ein Rasender, ein möglicher Mörder?

Georg zwang sich, aller inneren Aufwühlung zum Trotz, ruhig zu sein, und antwortete: »Ich bin nicht von Sinnen, Eminenz. Ich schlich mich nur unter Eure Aufwärter, um endlich mit Euch sprechen zu können.«

»Du hättest bei meinen Sekretären vorsprechen und dich erkundigen können, wann ich Zeit für dich habe.«

»Hättet Ihr das getan, Eminenz, wenn es um Euren Vater ginge, wenn er im Kerker säße?«

Der Zweikampf der Worte war unterbrochen, derjenige der Blicke dauerte an. Fast war es Georg, als würde er unter dem Feuer aus Annos Augen verbrennen. Aber er hielt dem Blick des Erzbischofs stand. Sorge, Wut und das Wissen, das Rechte zu tun, verliehen ihm Kraft.

»Einer Frage mit einer anderen zu begegnen, ist niemals eine ganz schlechte Antwort«, sagte Anno schließlich. »Deine Gegenfrage war sogar eine gute Antwort, mein Sohn.« Sein schmallippiger, ernster Mund verzog sich zu einem Lächeln, als er sich an den Münsteraner wandte. »Die Vorstellung, mein Vater sei ein Kerkerhäftling gewesen, finde ich allerdings einigermaßen befremdlich.«

»In der Tat«, sagte Friedrich und fiel in das laute Gelächter seines Gastgebers ein. »Ich muß Euch loben, Anno, Ihr laßt Euch etwas einfallen, um Eure Gäste am Osterfest glänzend zu unterhalten.« Der vom Essen fettige Zeigefinger des Münsteraners wies auf Georg. »Wo habt Ihr den lustigen Vogel aufgegabelt?«

»Er ist kein von mir bestellter Spaßmacher, sondern tatsächlich der Sohn eines hiesigen Kaufmanns, den ich wegen der Hinterziehung mir zustehender Gelder einkerkern ließ.«

»Zu Unrecht!« entfuhr es Georg. »Vater hätte seine Schulden gewiß bezahlt, wären nicht seine Schiffe verbrannt!«

»Ich bin zwar meines Bruders Hüter, aber nun wirklich nicht verantwortlich für die Geschäfte deines Vaters.« Annos Miene und sein Ton waren jetzt ernst, verrieten gar nichts mehr von der eben gezeigten Erheiterung. »Als sich Rainald bei mir Geld lieh, verpflichtete er sich zur pünktlichen Rückzahlung.«

»Aber weshalb habt Ihr ihn gleich in den Kerker geworfen? So hat er nicht die geringste Möglichkeit, seine Schulden zu begleichen!«

»Wir sind hier zusammengekommen, um die Auferstehung Jesu Christi zu feiern«, sagte Anno mit einem unwilligen Unterton. »Ich habe jetzt wirklich keine Lust, mich mit derart unerfreulichen Dingen zu befassen. Dein Vater bleibt in Haft, und sein Eigentum fällt zur Begleichung der Schulden an mich, auch wenn es nach dem Verlust der drei Schiffe kaum ausreicht!«

»Und wenn Vater seine Schulden begleicht?«

»Das wäre natürlich etwas anderes.«

»Dann würdet Ihr ihn freilassen?«

»Meinetwegen«, brummte Anno. »Dann würde ich seine beleidigenden Worte vergessen. Aber wie sollte Rainald seine Schulden begleichen?«

»Ich habe auf meiner Fahrt sehr erfolgreiche Geschäfte gemacht!«

»So?« Anno legte den Kopf schief. »Hast du die hundert Silbermark bei dir?«

»N-nein, aber ich werde sie beschaffen!«

»Dann viel Erfolg. Und jetzt geh heim, Junge!«

Eine kaum wahrnehmbare Kopfbewegung Annos, und Dankmars Männer drängten Georg aus dem Saal.

Die Musik im Festsaal hatte wieder eingesetzt. Annos Gäste aßen und tranken weiter und hatten durch den seltsamen Auftritt des jungen Kaufmanns neuen, anregenden Gesprächsstoff.

Der Erzbischof winkte Dankmar zu sich und sagte: »Eure Leute haben sich nicht gerade mit Ruhm bekleckert, Vogt. Wenn sie nicht mal einen unbewaffneten Jüngling von mir fernhalten können, was soll dann werden, wenn es ein paar bewaffnete, zu allem entschlossene Männer versuchen?«

Dankmars Gesicht lief krebsrot an – soweit es der üppige Bart erkennen ließ. »Es wird nicht wieder vorkommen, Eure Eminenz. Ich werde den Männern, die für das Eindringen dieses Burschen verantwortlich sind, einen gehörigen Strafdienst aufbrummen.«

»Und Euch gleich mit«, sagte Anno. »Verstärkt die Wachen vor dem Palast, bevor Ihr Euch wieder zu uns an die Tafel setzt. In diesen Tagen treibt sich soviel fremdes Volk in der Stadt herum, daß man vor nichts und niemand sicher ist. Obwohl es nicht unbedingt die Fremden sein müssen, von denen Gefahr droht.«

»Wie meintet Ihr das eben, Anno?« erkundigte sich Friedrich, nachdem Dankmar den Saal mit versteinerter Miene verlassen hatte. »Ihr hörtet Euch an, als würdet Ihr eine ganz bestimmte Gefahr meinen.«

»In der Stadt machen hetzerische Losungen die Runde«, antwortete der Gefragte leise und lehnte sich weit zu seinem Gast hinüber, so daß nur der Münsteraner ihn verstehen konnte. »Losungen, die gegen mich und meine Herrschaft gerichtet sind.«

»Wer bringt die Hetzreden unters Volk?«

»Ich weiß es nicht, Friedrich. Vielleicht sollten wir die Sache nicht so ernst nehmen. Aber wer weiß, in Zeiten wie diesen sollte man auf alles gefaßt sein.«

»Glaubt Ihr, diese aufrührerischen Reden haben mit den Verhandlungen zu …«

Eine mahnende Geste des Kölner Erzbischofs brachte seinen Freund und Gast zum Schweigen.

»Hier ist wirklich nicht der Ort, um vertrauliche Angelegenheiten zu besprechen!« zischte Anno.

»Verzeiht!«

Der Erzbischof nickte und dachte an die Bemühungen, König Heinrich durch einen Gegenkönig zu entmachten. Im letzten Jahr, als Heinrich auf der Harzburg festsaß, schien das Ziel so nah. Doch dann vereitelten Heinrichs geglückte Flucht und der Aufstand der Wormser gegen Bischof Adalbero die Pläne der Königsgegner, einen Mann auf den Thron zu setzen, der nicht nach eigenem Willen regierte, sondern nach dem der Reichsfürsten.

Überhaupt war das letzte Jahr ereignisreich gewesen, hatte es der Christenheit doch ein neues Oberhaupt gebracht: Der Klerus und das Volk von Rom hatten den kleinwüchsigen Archidiakon Hildebrand zum Papst Gregor VII. erhoben. Von einer Wahl konnte man kaum sprechen, gelangte Hildebrand doch eher in einem Tumult zur Macht, welcher der päpstlichen Wahlordnung aus dem Jahr 1059 Hohn sprach. Für Anno war es kein Geheimnis, wer hinter diesem Tumult gestanden hatte. Hildebrand selbst, der ehemals einfache Mönch aus dem Kloster Cluny, das eine Brutstätte reformerischen Gedankenguts war, hatte schon immer ganz nach oben gewollt und bereits als Archidiakon über die Christenheit geherrscht. In Zukunft würde man verstärkt mit ihm zu rechnen haben.

Oder gar schon jetzt?

Annos Gedanken kehrten zu König Heinrich zurück. Er war im Augenblick wichtiger als der Mann in Rom. Heinrich hatte es tatsächlich geschafft, wenige Wochen nach seinem triumphalen Einzug in Worms ein neues Heer gegen die aufständischen Sachsen ins Feld zu führen. Jene allerdings waren in erdrückender Übermacht, weshalb der König sich am Tage Mariä Reinigung auf ein Abkommen einließ, das man den Frieden von Gerstungen nannte. Gewiß, Heinrich hatte manch harte Bedingung angenommen, und in Sachsen sprach man von einer Unterwerfung des Königs. Aber Anno sah das anders. Heinrich hatte sein wichtigstes Ziel erreicht: Er war König geblieben!

Deshalb versuchte Anno nun, ein neues Bündnis gegen Heinrich zu schmieden. Der Besuch des Münsteraner Bischofs stand damit in Zusammenhang und diente keineswegs nur dem Wiedersehen zweier alter Freunde, die vor vielen Jahren in Paderborn zusammen die Schulbank gedrückt hatten. Friedrich hatte auf der Harzburg in Heinrichs Lager gestanden, hatte zu den Unterhändlern des Königs gehört. Aber in Wahrheit war er Auge und Ohr der Gegenseite gewesen, denn er konnte seine Herkunft und sein Blut nicht verleugnen. Der Bischof von Münster war auch Graf von Wettin, und sein Herz schlug für die Sache der Sachsen. Zu diesem Osterfest waren Anno und Friedrich zusammengekommen, um über neue Schritte gegen Heinrich zu beraten.

Gegen den König, den Anno haßte, weil er zu eigenständig geworden war. Anno hatte gehofft, mit der Entführung von Kaiserswerth Herrscher des Reichs zu werden. Schon nach einem Jahr, als sich Heinrich mehr und mehr dem Bremer Erzbischof zuwandte, und dann endgültig bei der Schwertleite zu Worms hatte sich diese Hoffnung zerschlagen. Je selbständiger Heinrich gehandelt hatte, desto größer war Annos Haß auf den jungen König geworden.

Aus ähnlichen Gründen haßte er auch Rainald Treuer, der es gewagt hatte, Annos Machtstellung in Köln zu bedrohen. Dieser undankbare Kaufmann aus dem gemeinen Volk, der erst durch den Herrn von Köln zu wahrem Reichtum und zu einem Ehrennamen gelangt war!

Am liebsten hätte er den unverschämten Kaufmannssohn auf der Stelle zu seinem Vater in den Kerker geworfen. Aber er war zu klug, dies ohne greifbaren Anlaß und dann noch vor so vielen Zeugen zu tun.

Die seltsamen Gerüchte, die zur Zeit in Köln umgingen, daß Annos Herrschaft die Stadt in Unglück stürzen würde, hatten die dumme, leichtgläubige Masse des einfachen Volkes auf einmal auf alles aufmerksam gemacht, was ihr Stadtherr unternahm. Nur deshalb hatte er den Sohn Treuers gehen lassen. Aber aufgeschoben war nicht aufgehoben!

»Macht Ihr Euch große Sorgen, Bruder Anno? Euer verdrießliches Gesicht sieht nicht aus wie sieben Tage Regenwetter, sondern gleich wie ein ganzes Jahrzehnt davon.«

Dem Erzbischof wurde bewußt, daß Friedrich schon eine ganze Weile auf ihn einredete. Anno bemühte sich um ein Lächeln und machte eine unverbindliche Bemerkung über die unvermeidlichen Sorgen, die ein hohes Amt wie das seine mit sich bringe. Der Münsteraner nickte beifällig.

Anno wollte sich ablenken und winkte seinen Truchseß heran, der gerade mit lauter Stimme die Aufwärter der Süßspeisen zu den einzelnen Tafeln schickte. »Ihr habt gut aufgepaßt, Bruder Barthel, besser als Dankmars Männer. Wäre dieser dreiste Bursche wirklich ein Meuchler gewesen, hätte es ohne Euch schlecht ausgesehen.«

»Mir fiel der Kerl schon in der Küche auf. Die Magd Rachel, das Judenmädchen dort, hat ihn eingeschmuggelt. Soll ich sie bestrafen, Eminenz?«

Annos Blick fiel auf das schlanke, dunkelhaarige Mädchen, das eine Platte mit Honigmandelküchlein zur Nachbartafel trug. Ihm fiel das leichte Zittern ihrer Hände auf und der unstete Blick, der immer wieder zu dem Portal huschte, durch das Dankmars Männer den Störenfried hinausgeführt hatten.

»Das Judenkind scheint reichlich mitgenommen«, brummte er.

Barthel grinste über sein ganzes rotes Gesicht. »Wenn wir es in die Mangel nehmen, wird es noch mitgenommener ausehen.«

»Nein«, erwiderte Anno nach kurzem Überlegen. »Jedenfalls noch nicht jetzt. Beobachtet die Jüdin, Barthel, und berichtet mir alles Wissenswerte über sie.«

»Ihr könnt Euch auf mich verlassen, Eminenz, wie immer.«

»Das weiß ich, Barthel, und meine Dankbarkeit ist Euch sicher. Hegt Ihr einen Wunsch, den zu erfüllen in meiner Macht steht?«

»Hm, da gibt es tatsächlich etwas«, sagte der Truchseß zögernd.

»Sprecht es aus!«

»Ihr wißt, daß mein Haus direkt an der Römermauer steht. Doch wenn ich die Stadtumfriedung verlassen will, muß ich jedesmal einen weiten Bogen schlagen, obwohl es doch so einfach wäre und ich oft hinaus muß, um bei den Bauern für Eure Küche einzukaufen. Eine Pforte in der Mauer wäre mir sehr hilfreich dabei, für Euer leibliches Wohl zu sorgen, Eminenz.«

Und für dein eigenes Wohl mit den Waren, die du auf meine Kosten bei den Bauern abzwackst, du Schlitzohr! dachte Anno.

Da Barthel aber ein guter Truchseß und ein verläßlicher Gefolgsmann war, sagte er laut: »Die Bitte wird Euch erfüllt, Barthel, schlagt Euer Tor in die Römermauer!«

Nachdem sich der Truchseß unter mehrmaliger Dankesbekundung entfernt hatte, bemerkte Friedrich zu Anno: »Wie leicht es doch ist, einfache Menschen zu beglücken.« Grinsend fügte er hinzu: »Und wie billig!«

Anno nickte und seufzte: »Für uns Hochstehende muß schließlich auch noch etwas übrigbleiben.«

Georg strich wie ein herrenloser Hund durch die vollen Straßen. Das laute Treiben rings um ihn war ihm fremd wie nie.

Die Kinder mit den beiden Affen, die allerlei Kunststücke aufführten, beachtete er kaum, auch nicht den großen, zottigen Tanzbären, mit dem er fast zusammengestoßen wäre. Das Pfeifen, Trommeln und Trompeten der zahlreichen Spielleute war für ihn nur Lärm. Obwohl sein Magen leer war, lockten ihn die verführerischen Düfte aus den Backstuben und von den Ständen der Fisch-, Fleisch- und Süßwarenhändler nicht. Auch Wein, Bier und Met, angeboten fast an jeder Ecke, verschmähte er. Genauso wie die Lockrufe der Hübschlerinnen, die ihre Brüste entblößten, ihre Röcke hoben und durch laute, anzügliche Rufe auf sich aufmerksam machten. Die Verkäufer von allerlei Tand, von Strohblumen bis zu mit kleinen Bildern bemalten Eiern, ließ er einfach stehen.

Nur an einem Stand verweilte er kurz und betrachte falsche Haare und Bärte, hölzerne Gliedmaßen für Krüppel und lederne Augenklappen. Die Lederklappen erinnerten ihn an Hadwig Einauge, und seine Stimmung wurde noch schlechter.

Er empfand Wut und Enttäuschung darüber, daß er bei Anno nichts erreicht hatte.

Die Wut richtete sich mehr gegen sich selbst als gegen den Erzbischof. Georg hatte das Gefühl, versagt zu haben. Er war zwar bis zum Stadtherrn vorgedrungen, hatte Annos durchdringendem, versengendem Blick standgehalten, aber wozu das alles?

Anno hatte ihn dennoch besiegt, mit Leichtigkeit. Worte waren seine Waffen gewesen. Waffen, in deren Gebrauch der alte Pfaffe viel geübter war als der junge Kaufmann. Mit Worten, die hübsch klangen und nichts bedeuteten, hatte Anno ihn abgefertigt.

Ergebnislos wie der Besuch bei Rumold Wikerst war auch der beim Erzbischof verlaufen. Georg fühlte eine große Leere in sich, als habe alle Kraft und Hoffnung ihn verlassen. Wozu sollte er sich noch abmühen?

Es sah so aus, als seien die beiden Menschen, die ihm alles bedeuteten, für ihn auf ewig verloren: Rainald und Gudrun.

Kapitel 6

Im Kerker

Dunkle, langgezogene Schreie rissen Gudrun aus einem bösen Traum, und sie war doppelt froh darüber.

In ihrem Traum war sie eine Gefangene gewesen, eingesperrt in einem Kerker ewiger Dunkelheit. Gleichwohl hatte sie etwas sehen können, ihren Bewacher, einen Drachen mit nur einem Auge mitten im abstoßenden Gesicht. Der Blick aus diesem einen Auge, wütend und lüstern zugleich, war kaum zu ertragen gewesen. Schrecklicher war nur das geöffnete Maul des Untiers, ein unendlich tiefer Schlund mit langen Reihen tödlich spitzer Zähne. Fauliger Atemhauch entwich dem widerlichen Maul.

Gudruns Kerker war an einer Seite offen, doch eine Flucht schien unmöglich. Auf dieser Seite lag der Drache, bloß scheinbar der Trägheit seines schweren Körpers verfallen. In Wahrheit schien er nur darauf zu warten, daß Gudrun etwas unternahm, ihm einen Grund lieferte, sich auf sie zu stürzen. Die Angst lähmte sie, schnürte ihr fast den Atem ab.

Doch dann schloß sich das eine, große, böse Auge ihres Bewachers, und sein schwerer, schuppiger, von nässenden Geschwüren übersäter Körper fiel auf die Seite. War der Drache tot?

Nein, Gudrun hörte und roch noch seinen Fäulnisatem

und sah die leichten, gleichmäßigen Bewegungen des hornigen Rumpfes. Das Ungeheuer schlief!

Gudruns Herz raste. Sie drückte ihren Rücken so weit wie möglich gegen die kalte, feuchte Kerkerwand und schob sich ganz langsam an dem Drachen vorbei. Der Gestank und der Anblick der offenen Geschwüre zwischen den aufgebrochenen Hornplatten brachte sie an den Rand einer Ohnmacht.

Endlich war sie an der Bestie vorbei und beschleunigte ihre Schritte. Gudrun brauchte nicht nach dem richtigen Weg zu suchen, es gab nur einen. Einen langen, finsteren Gang mit immer neuen Windungen, die Wände feucht und uneben. Obwohl sie keine Lichtquelle entdeckte, war der Gang nicht völlig dunkel, sondern lag im Zwielicht.

Der Gang wurde immer feuchter und verbreitete bald einen ebenso fürchterlichen Atem wie zuvor der Drachen. Mehrmals rutschte Gudrun aus und fiel auf glitschigen Boden. Zäher Schleim klebte an ihren Händen und ihrem Kleid, als sie sich erhob. Aber was das Seltsamste war: Der Bodenbelag war warm gewesen, hatte sich angefühlt wie lebendes Fleisch.

Während sie noch darüber nachdachte, hörte sie hinter sich ein Geräusch. Hastig blickte sie sich um und sah ein seltsames Feuer, das im Dämmer tanzte. Es wurde größer, bewegte sich auf die Flüchtende zu, begleitet von schweren Tritten und einem heftigen Schnaufen.

Der Drache kam!

Gudrun rannte los, rutschte aus, schlug auf den schleimigen Boden, erhob sich, lief weiter und stürzte wieder hin. Der Gang schien sich mit dem Untier gegen Gudrun verbündet zu haben. Er war nicht aus Stein, sondern ein lebendes Wesen. Die feuchten, fleischesrot schimmernden Wände pulsten im schnellen Rhythmus des Atems.

Als sie das erkannte, blieb Gudrun liegen. Sie würde es niemals schaffen zu entkommen, dem Drachen nicht und dem lebenden, lechzenden Kerker ebensowenig.

Der Boden vor ihr begann sich zu bewegen, und etwas Rotes, Zähflüssigtriefendes löste sich, streckte sich Gudrun entgegen wie ein riesenhafter Finger.

Nein, nicht wie ein Finger, wie eine Zunge. Gudrun fühlte sich von ihr umhüllt, von einer Wärme, die sie frösteln ließ. Stinkende Flüssigkeit durchtränkte sie, ihre Kleider und ihre Haut. Sie verschmolz mit der Zunge, wäre fast gänzlich eins mit ihr geworden, da hörte sie den durchdringenden Schrei.

»Guudruun!«

Und nach kurzer Unterbrechung erneut: »Guudruun!«

Mehrmals hintereinander ertönte der mit seltsam verzerrter Stimme ausgestoßene Ruf.

Erst als Gudrun mit großer Erleichterung feststellte, daß sie sich nicht im Griff des ungeheuerlichen Zungenwesens befand, daß sie nicht von Kopf bis Fuß mit der klebrigen Masse bedeckt war, sondern mit ihrem Angstschweiß, daß sie statt auf dem Boden des lebenden Kerkers auf dem schmalen Bett in ihrer Kammer lag, begriff sie, daß der mehrfache Schrei sie aus dem quälenden Traum gerissen hatte.

Während Gudrun noch überlegte, ob die Schreie dem Traum entstammten oder der Wirklichkeit, ertönten sie erneut. Sie kamen nicht aus dem Haus.

Gudrun rollte sich aus den Kissen, stand auf und stellte fest, daß ihr die Knie vor Angst noch zitterten. Der Alpdruck hatte sie mitgenommen, war ihr so wirklich erschienen, wie sie es seltsamerweise häufig erlebte. Schon als Kind hatte sie diese Träume gehabt, die jede Grenze zwischen Wirklichkeit und Einbildung verwischten. Anfangs hatte sie sich davor gefürchtet, aber mit den Jahren waren die eindringlichen Nachtbilder ein Teil ihres Lebens geworden, und Gudrun hatte nicht länger Angst vor dem Einschlafen.

Mit zitternden Händen stieß sie die Fensterscheibe auf. Ein leises Quietschen ertönte, als das Marienglas sich um den in seiner Mitte angebrachten Eisenzapfen drehte.

Mond, Sterne und ein fast wolkenloser Himmel sorgten für eine klare Nacht, ein wohltuender Unterschied zu dem kaum durchdringbaren Dämmer des Traumkerkers. Gudrun sah direkt auf die große Eiche im Hof und dachte erneut daran, wie Georg einst im Geäst des altehrwürdigen Baums gesessen hatte, um ihr sein Ostergeschenk zu überreichen.

Wieder erscholl der längliche, sehnsuchtsvolle Schrei, lauter und klarer jetzt. Er schien geradewegs aus der Eiche zu kommen. War es Georg, der nach ihr rief?

Sie hatte im Schutz der Finsternis zu ihm schleichen wollen. Er mußte doch endlich erfahren, was Rumold und Hadwig mit ihr vorhatten. Aber dann war sie, während sie noch auf die tiefe Nacht wartete, erschöpft eingeschlafen. War Georg schneller gewesen und hatte den alten Weg gewählt, um zu ihr zu gelangen?

Beim nächsten Ruf erkannte sie die Wahrheit. Es war nicht ihr Name. Das hatte sie sich, noch benommen von dem Angsttraum, nur eingebildet. Es war das Geschrei eines Kauzes, der sich im Eichengeäst eingenistet hatte.

Gudrun rang das Gefühl der Enttäuschung nieder, das sich in ihr breitzumachen begann. Hatte sie wirklich erwartet, daß Georg in dieser Nacht zu ihr kam, wo Rumold ihm doch das Betreten seines Anwesens untersagt hatte?

Die Antwort war ja, sie hatte es gehofft, ganz tief in ihrem Herzen. Aber sie hatte nicht wirklich damit gerech-

171

net. Nicht, daß sie an Georgs Liebe zweifelte. Aber er hatte jetzt, wo sein Vater in Annos Kerker saß, andere, drängendere Sorgen. Er konnte nicht ahnen, daß Gudrun heute Hadwigs Verlobte geworden war und in einer Woche schon seine Gemahlin sein sollte.

Die frische Nachtluft, die durch das offene Fenster hereinströmte, tat ihr gut. Der furchtbare Traum verblaßte, und ihre zitternden Glieder beruhigten sich. Sie entschied sich, ihrem einmal gefaßten Entschluß treu zu bleiben und Georg aufzusuchen.

Leise öffnete sie die Tür ihrer Dachkammer und schlich, als sie den Gang leer vorfand, hinaus. Der Weg über die enge, gewundene Treppe hinunter ins Erdgeschoß wurde zur Hölle: Fast jede der hölzernen Stufen knarrte und knackte. Je mehr sie sich bemühte, leise aufzutreten, desto länger und lauter wurden die verräterischen Geräusche. Ihr erschien es fast wie ein Wunder, daß sie unbehelligt den untersten Absatz erreichte.

Es gab keinen direkten Zugang von der Straße zum Haus. Rumold Wikerst war ein mißtrauischer, vorsichtiger Mann. Gudrun mußte über den Hof und dazu die beiden Eisenriegel von der Haustür zurückschieben. Auch das ging nicht ohne Geräusche ab, die ihr in der Stille der Nacht wie der füchterlichste Jahrmarktslärm erschienen. Aber auch diesmal hatte sie Glück, zog die Tür ein Stück auf und schlüpfte hinaus. Sie lehnte die Tür wieder an, so daß es aussah, als sei sie verschlossen.

Jetzt, wo sie aus dem Haus war, fühlte sie sich schon ein wenig leichter. Der Hof war menschenleer. Die Tafeln, an denen Rumold und seine Gäste bis weit nach Einbruch der Dunkelheit gefeiert hatten, waren jetzt verlassen und leergeräumt. Morgen würde das Gesinde sie säubern und abbauen.

Gudrun setzte ihren Weg fast beschwingt fort. Aber dann, als sie um die Hausecke bog, schreckte sie zurück. Zum Glück hatten die Stimmen sie rechtzeitig gewarnt, noch bevor sie den Schatten des großen Steingebäudes verließ. Zwei Knechte standen am großen Hoftor und unterhielten sich angeregt über irgendwelche Frauengeschichten. Einer sprach von zwei prächtigen Schinken, malte sie mit seinen Händen nach, während seine Augen leuchteten, und brach in ein unbändiges Kichern aus.

Was taten die beiden an dem verschlossenen Tor? Sie schienen nicht betrunken und auch keine Spätheimkehrer vom Osterfest. Dann begriff Gudrun: Das Tor war verriegelt, und die beiden seine Wächter. Anscheinend rechnete ihr Vater mit einem Eindringen Georgs.

Oder mit einem Fluchtversuch der Tochter?

Rasch huschte Gudrun wieder zurück und hielt sich dabei immer dicht am Haus und seinen Nebengebäuden, bis sie im gebückten Gang auf die alte Eiche zulief. Seit der Zeit, als Georg den Baum als Weg zu ihr gewählt hatte, war das Astwerk noch gewachsen und reichte dichter an das Lagerhaus heran. Mit etwas Glück mußte es Gudrun gelingen, über den Baum auf das Dach zu kommen.

Sie faßte sich ein Herz und machte sich an den Aufstieg, der ihr früher, als Kind, so leichtgefallen war. In der Finsternis, die hier im dichten Geäst herrschte, war es nicht ganz so einfach. Gudrun zog sich einige Schrammen zu, aber schließlich sah sie das Dach vor sich. Die Lücke zwischen dem Dach und dem Ast, auf dem sie hockte, betrug etwa eine halbe Armlänge.

Sie sammelte ihre Kräfte und stieß sich ab. Polternd landete sie auf den grobbehauenen Dachbrettern. Splitter rissen ihre Hände auf. Aber darüber machte sie sich weni-

173

ger Sorgen als über den verursachten Lärm. Sie machte sich möglichst klein und lugte ängstlich auf den Hof hinab. Doch nichts geschah. Weder die beiden Torwächter noch die in den Gebäuden schlafenden Menschen schienen sie gehört zu haben.

Zum Glück war das schräge Dach des langgezogenen Lagerhauses nicht so steil wie das des Wohngebäudes. Sie konnte sich recht gut halten, als sie zum Rand kroch und hinunter auf die breite Straße spähte, an der die Anwesen fast aller bedeutender Kaufleute lagen, soweit es sich um Christen handelte. Die im Handel ebenfalls sehr erfolgreichen Juden wohnten in ihren eigenen Straßen rund um Sankt Laurenz.

Die Betriebsamkeit des Tages war erstorben, nur noch vereinzelt waren Menschen unterwegs. Zwei davon, ein Mann und eine Frau, in ein reges Gespräch vertieft, kamen aus der Richtung, in der Rainald Treuers Anwesen lag. Gudrun duckte sich, um keine Aufmerksamkeit zu erregen. Als die beiden späten Spaziergänger direkt unter ihr waren, hielt sie den Atem an.

Der Mann war Georg!

Er war in Begleitung einer hübschen, dunkelhaarigen Frau und schien sich prächtig mit ihr zu verstehen. Die Unbekannte stieß ein helles Lachen aus und blickte Georg mit leuchtenden Augen an.

Gudrun war wie gelähmt. Selbst wenn sie gewollt hätte, hätte sie jetzt nichts sagen können. Das Gefühl, von Georg verraten zu sein, war schlimmer als die Flucht durch den lebenden Kerker.

Sie versuchte sich zu sagen, daß es eine andere Erklärung gab, daß die Fremde keine Hübschlerin war, bei der Georg für ein paar Silberpfennig Trost und Zärtlichkeit suchte. Aber ihr fiel keine andere Erklärung ein.

174

Hatte er ihr all die Jahre nur etwas vorgespielt? Natürlich wußte Gudrun, daß die fernen Handelshäfen allerlei fremdartige, aufregende Verlockungen für die Kauffahrer bereithielten. In einem großen Kaufmannshaushalt blieb so etwas auch einem heranwachsenden Mädchen nicht verborgen. Aber sie hatte nie geglaubt, daß sich Georg auf so etwas einlassen würde. Und schon gar nicht hier, unter ihren Augen, im wahrsten Sinne des Wortes sogar! Auch wenn er das nicht wissen konnte, es änderte nichts an den Tatsachen.

Enttäuscht und hilflos, bar jeder Hoffnung, hockte Gudrun auf dem Dach und sah zu, wie Georg und das lockenhaarige Mädchen in der Dunkelheit verschwanden.

»Was soll mit denen werden?« fragte Bojo und zeigte auf die beiden buntgestreiften Vögel in dem Holzkäfig. »Das Geschrei macht mir Kopfschmerzen.«

»Sie schreien nicht, sie singen«, belehrte ihn Georg und dachte daran, wie er die beiden Tiere in Savona einem Laienbruder für vier Schilling abgekauft hatte. Eine stolze Summe, aber was machte das schon. Georg wollte die beiden Vögel, die so hell und rein im Gleichklang sangen wie kein Nonnenchor, Gudrun schenken. Jetzt stand der Käfig auf dem großen Holztisch, und die Vögel sangen für drei undankbare Zuhörer.

Lange war Georg durch die Straßen seiner Heimatstadt geirrt und hatte schließlich, als die Nacht schon längst ihren schwarzen Schleier über Köln gelegt hatte, vor dem Haus seines Vaters gestanden. Bojo und Broder saßen in der großen Stube bei Met, Brot, Ziegenkäse und düsteren Gedanken. Was Georg ihnen berichtete, stimmte die beiden Friesen nicht heiterer.

175

Broder hatte die *Faberta* unter Bewachung am Holzmarkt zurückgelassen. Die vier Männer, die er zur Wache einteilte, zeigten sich alles andere als erfreut darüber, das Osterfest zu versäumen. Broder versprach jedem von ihnen zwei Schilling zusätzlich zum Anteil am Erlös der Handelsfahrt.

Georg, der mehr aus Notwendigkeit als aus Appetit etwas Brot mit Käse gegessen hatte, erhob sich von der Holzbank und legte über den Vogelkäfig das dunkle Tuch, das den gefiederten Sängern der Nachthimmel war. Augenblicklich verstummten sie.

»Welch göttliche Ruhe«, seufzte Bojo. »Auch draußen wird es endlich still. Ich habe das Osterfest stets genossen, aber in diesem Jahr ...«

Er brauchte es nicht auszusprechen. Die beiden anderen Männer wurden von demselben Gedanken bedrückt, der Sorge um Rainald.

Ein Klopfen, wenn auch leise nur, sprach Bojos Bemerkung von der himmlischen Ruhe Hohn. Die drei Männer sahen sich an und dann zu der Eingangstür, die von der Straße direkt in die Stube führte. Niemand von ihnen erwartete Besuch. Das Klopfen wiederholte sich, drängender, lauter.

»Bestimmt ein paar Besoffene, die sich an Rainalds Unglück weiden und uns verhöhnen wollen!« knurrte Bojo grimmig. »Allmählich hab' ich's satt. Wenn sie nicht verschwinden, sollen sie mich kennenlernen!«

Er sprang auf und griff nach einem groben Holzprügel, der an der Wand lehnte, für solch einen Zweck bereitgestellt. Broder stellte sich neben den Bruder und zog den ungeschlachten Sax, ein Kurzschwert mit breiter, einschneidiger Klinge, aus der Scheide an seinem braunen Ledergürtel.

176

Bojo zog den Riegel zurück, da hörten sie eine Stimme raunen: »Georg, bist du da?«

»Ich glaube nicht, daß dies ein Besuch von besoffenen Spaßvögeln ist«, sagte Rainald Treuers Sohn. »Öffnet die Tür, aber schlagt nicht gleich zu!«

Ein Mönch, dachte Georg, als er die Gestalt draußen auf der Straße sah. Er trug eine Kutte mit übergezogener Kapuze, deren Schatten das Gesicht verhüllte. Erst hielt er den Besucher für den Schottenabt Kilian, aber dazu war der Fremde nicht kräftig genug.

»Wer immer du bist, enthüll uns dein Haupt!« verlangte Broder und hob drohend sein Schwert. »Oder ich haue es dir auf der Stelle ab!«

»Das ist nicht nötig«, erwiderte Rachel und streifte die Kapuze ab, so daß ihre Lockenpracht ungehindert das schöne Gesicht umspielte.

»Eine Frau!« entfuhr es Broder.

»Und was für eine!« fügte der nicht minder erstaunte Bojo hinzu.

Auch Georg war überrascht. Erst als Rachel fragte, ob sie eintreten dürfe, fing er sich wieder, nickte und stellte sie den anderen vor. Hinter ihr verschloß Bojo die Tür sorgfältig.

»Ich wollte mich erkundigen, wie es dir ergangen ist, Georg Treuer.«

»Annos Wachen haben mich nicht noch einmal zusammengeschlagen. Aber das ist auch das einzig Erfreuliche, kaum erwähnenswert, denn es ändert nichts an meinem Versagen.«

»Sei froh, daß der Erzbischof dich nicht auch in den Kerker gesteckt hat«, sagte Rachel. »Dann könntest gar nichts für deinen Vater tun.«

»Wer weiß«, murmelte Georg und zog die Schultern

hoch. »Ich könnte dann wenigstens mit ihm reden und in Erfahrung bringen, was wirklich vorgefallen ist. Das würde mich vielleicht auf eine Idee bringen, wie ihm zu helfen ist.«

Die Jüdin hob den Kopf und sah forschend in Georgs Gesicht. »Glaubst du das wirklich?«

»Ja. Warum fragst du so seltsam, Rachel?«

Sie zögerte mit der Antwort, während ihre Augen auf Georg gerichtet waren, ihr Blick aber durch ihn hindurchging. Sie wirkte, als betrachte sie einen Unsichtbaren oder etwas Unsichtbares, als lausche sie einer Stimme, die nur sie vernahm.

Ihr Blick kehrte zu Georg zurück. »Ich werde dich zu ihm bringen!«

»Zu wem?«

»Zu deinem Vater.«

»Wie … wie willst du das tun?«

»Das muß mein Geheimnis bleiben. Ich darf nicht darüber reden, zu dir nicht und nicht zu deinen Freunden. Ihr alle müßt versprechen, müßt schwören, darüber Stillschweigen zu bewahren!«

Georg nickte. »Natürlich schwören wir das, wenn du mich zu meinem Vater bringen kannst.«

Ihm schien zwar kaum glaublich, daß ihm eine jüdische Küchenmagd Zugang zu Annos Kerker verschaffte, aber da war der Ernst, der in Rachels Worten und in ihrem Gesicht lag.

Sie schien kein Mensch zu sein, der mit solchen Dingen Schabernack trieb.

»Wann soll das geschehen?« wollte er von Rachel wissen.

»Sofort. Je dunkler die Nacht, desto besser.«

»Da bin ich aber gespannt«, brummte Broder und

steckte erst jetzt den Sax zurück in die Lederscheide. »Nun gut, gehen wir zu Rainald!«

»Ich kann nur Georg mitnehmen«, sagte Rachel mit einem entschuldigenden Lächeln. »Schon das ist ein Wagnis. Alles andere wäre zu gefährlich.«

Bojo maß Rachel mit zweifelndem Blick und sah dann Georg an. »Ich weiß nicht, ob ich mich darauf einlassen würde, Georg. Das riecht nicht nur nach einer Falle, das stinkt sogar ganz mächtig!«

»Aber ich weiß, *daß* ich mich darauf einlasse«, entgegnete Georg. »Ich vertraue Rachel. Außerdem würde ich alles tun, um mit Vater zu sprechen.«

»Auch deine Seele dem Teufel verkaufen?« fragte Bojo.

Georg kniff die Augen zusammen und sah den Verwalter fragend an. »Was meinst du damit?«

»Nun, man erzählt sich so einiges über die Gebräuche der Juden. Auch, daß sie Christen schlachten, die Körper der Opfer verstümmeln und deren Blut trinken.«

Kopfschüttelnd sagte Georg: »Bojo, du bist ein Blödian!«

»Wie?« schnappte der Friese.

»Ein Blödian«, wiederholte Georg. »Ich habe dich bisher immer für einen sehr vernünftigen Mann gehalten und hätte nie geglaubt, daß du etwas auf solche Schenkengerüchte gibst. Und ich hätte auch nicht erwartet, daß du den einzigen Menschen in dieser großen Stadt beleidigst, der bereit ist, uns zu helfen.«

Bojo schmales Gesicht lief rot an. Aber es war nicht das Rot der Wut, sondern das der Scham. Stotternd entschuldigte er sich bei Rachel.

Sie nickte nur knapp. Vielleicht hatte sie solche Anschuldigungen und Gerüchte schon zu oft gehört.

»Wir gehen jetzt«, sagte Georg. »Sollte ich morgen früh

noch nicht zurück sein, wißt ihr, was zu tun ist. Verkauft die Ware zu einem möglichst hohen Preis. Jeder Schilling zählt, um Vater freizukaufen.«

»Nimm wenigstens deinen Dolch mit!« sagte Broder und griff nach Georgs Wehrgehänge, das er vom Schiff mitgebracht hatte.

»Und einen Mantel«, fügte Rachel hinzu. »In den unterirdischen Verließen des Erzbischofs sind nicht nur die Herzen der Menschen kalt.«

Als Georg und Rachel endlich die dunkle Straße entlanggingen, fragte Rachel: »Wieso glaubst du, daß du morgen nicht zurück sein könntest? Mißtraust du mir etwa doch?«

»Nein. Es war reine Vorsicht. Es geht um die Freiheit, vielleicht sogar um das Leben meines Vaters. Da will ich nichts dem Zufall überlassen.«

Rachel verstand und nickte. »Verzeih, daß ich gefragt habe, Georg. Aber den Menschen meines Volkes begegnet man oft mit seltsamen Vorurteilen.«

»Das liegt vielleicht daran, daß wir Christen zu wenig über euch Juden wissen. So dachte ich immer, daß ihr kein Fleisch essen und berühren dürft. Du jedoch arbeitest in der Palastküche, wo es mehr Fleisch gibt, als ich in meinem ganzen Leben gesehen habe.«

Rachel stieß ein helles Lachen aus und blickte Georg mit leuchtenden Augen an. »Du sagst lustige Dinge, Georg Treuer!«

»Wieso?«

»Wir essen sehr wohl Fleisch, wenn wir uns welches leisten können. Allerdings kein blutiges, das stimmt. Was das Berühren angeht, so reinige ich mich jeden Tag. Du hast aber damit recht, daß wir nur das Fleisch von Tieren mit gespaltenen Klauen essen dürfen, nicht aber das von solchen mit Pfoten.«

Jetzt lachte Georg.

»Was hast du?« fragte das Mädchen.

»Ich finde, *du* sagst lustige Dinge, Rachel.«

Die Hübschlerin lachte. Und Georg lachte. Sie verstanden sich blendend, während sie in der Finsternis verschwanden.

Gudrun hatte das Gefühl, ihr Herz würde zerbrechen.

Lange hockte sie auf dem Dach des Lagerhauses. Sie wußte nicht, was sie jetzt tun sollte.

Machte es noch Sinn, aus Rumolds Haus und seiner Munt zu fliehen? Wohin sollte sie gehen? Als heimatlose Frau war sie so gut wie rechtlos, würde auch als Dirne enden, in den dunklen Gassen Kölns oder einer anderen Stadt.

Ob es Georg schmerzen würde, wenn er erfuhr, daß er Gudruns trauriges Schicksal verschuldet hatte?

Für einen langen, bittersüßen Gedanken erschien das Gudrun als angemessene Rache an ihm. Doch dann erkannte sie, daß es ein kindischer Gedanke war. Und überhaupt, wenn Georg sie so schamlos betrog, würde es ihn kaum kümmern, was mit ihr geschah.

Es gab nur eins für sie zu tun. Wenn ihr das Leben verwehrt blieb, das sie gern geführt hätte, mußte sie das wählen, das Rumold ihr zugedacht hatte.

Diese Erkenntnis war hart und trostlos, aber immerhin brachte sie Gudrun zu einer Entscheidung. Sie rutschte zurück zu der Stelle, wo das Dach an den Hof ihres Vaters stieß.

Und wenn sie beim Sprung die Eiche verfehlte, in die Tiefe stürzte und zerschmettert unten aufschlug? In diesem Augenblick war es ihr gleichgültig.

181

Aber Gudrun landete auf dem starken Ast, der sich dem Lagerhaus entgegenreckte. Sie kletterte nach unten, ging zurück zum Haus und fand die Tür noch angelehnt vor. Offenbar hatte niemand ihren Fluchtversuch bemerkt. Sie schlüpfte hinein und schob den Riegel vor. Als sie sich umdrehte, sah sie sich einer in der Dunkelheit nur umrißhaft sichtbaren Gestalt gegenüber.

Gudrun erschauerte und wich unwillkürlich einen Schritt zurück. Sie sah ihr Ende gekommen, denn in dieser Nacht schienen sich alle Mächte gegen sie verschworen zu haben.

»Hast du sie gefunden?« fragte eine leise Stimme, die vor Hoffnung zitterte.

Gudrun erkannte sofort, daß es die Stimme ihrer Mutter war und obwohl sie genau wußte, wen Hildrun gemeint hatte, fragte sie: »Wen soll ich gefunden haben, Mutter?«

»Ewald und Albin sind noch nicht heimgekehrt, und draußen ist es schon dunkel. Du mußt dich um deine kleinen Brüder kümmern, Gudrun!«

Ewald und Albin waren älter gewesen als Gudrun, aber für Hildrun waren sie wieder zu Kindern geworden. Ihr Verstand verwirrte sich mit jedem Jahr mehr. Ein Wunder, daß sie ihre Tochter noch erkannte.

»Ewald und Albin kommen bald heim, Mutter«, sagte Gudrun müde. »Mach dir keine Sorgen und geh zurück ins Bett. Ich werde hier auf sie warten.«

»Wirklich?«

»Ja, Mutter.«

»Dann ist es gut.« Erleichterung schwang in der dünnen Stimme mit. Langsam drehte sich Hildrun um und schlurfte davon.

Und ebenso langsam erstieg Gudrun die Treppe. Sie

wartete auf niemanden mehr, weder auf ihre Brüder noch auf Georg.

Georg unterhielt sich so angeregt mit Rachel, daß er fast den ernsten Hintergrund ihres nächtlichen Ganges vergaß.

Vieles verstand Georg zwar, aber er begriff nicht den Sinn von allen Gebräuchen, über die Rachel sprach. Hätten sie mehr Zeit gehabt, hätte er sie gefragt, warum sie zwar das Fleisch von Rindern, nicht aber das von Schweinen essen durfte. Weshalb ihr Barsche und Forellen erlaubt waren, aber keine Aale und Krabben. Wieso sie Milch trank und Rindfleisch aß, aber niemals beides zusammen.

Doch die gewaltigen Umrisse des Doms, die aus der Nacht wuchsen und immer deutlichere Gestalt annahmen, ließen ihr Gespräch verstummen. Als dulde die Erhabenheit des mächtigen fünfschiffigen Bauwerks, das in langen Jahren voller schwerer Christenarbeit erwachsen war, kein einziges Wort über eine andere Religion als die der Kirche Jesu Christi.

Jetzt, in finsterer Nacht, empfand Georg fast dieselbe Demut beim Anblick der Kathedrale wie in seinen Kindertagen, als ihm das Erde und Himmel ausfüllende Gebäude unheimlich erschienen war, mit all seinen Türmen und Anbauten und den kleineren umliegenden Kirchen unüberschaubar. Bevor er zum erstenmal mit seinem Vater auf weite Fahrt gegangen war, war der Dom mit all seinen Nebengebäuden für Georg der Inbegriff der Welt gewesen. Was konnte größer sein, was Ehrfurcht einflößender, was fürchterlicher?

Stimmen zerstörten den Zauber, der sich beim Anblick

des Gotteshauses über Georg gelegt hatte. Ein Trupp Betrunkener kam vom Rhein herangewankt und grölte ein Lied über die Freuden der Liebe, wenn die Gemahlin selig schlief. Rund um den Dom herrschte trotz der späten Stunde noch einiges Leben.

»Komm mit!« flüsterte Rachel und ergriff Georgs Hand.

Sie zog ihn unter die Gerüste einer der vielen Kirchenbaustellen, mit denen Erzbischof Anno seine Stadt geradezu übersäte. Als müsse er nach seinem Tod möglichst viele steinerne Zeugnisse seiner Gottesfürchtigkeit zurücklassen, weil seine Taten nicht ausreichten, ihn im himmlischen Reich aufzunehmen.

Wenn es nach Georg ging, sollte Anno ruhig in der Hölle schmoren!

Im Schatten des halbfertigen Hospizes zum Heiligen Geist warteten Georg und Rachel, bis der betrunkene Haufen in Richtung des Neumarkts davonzog, der östlich des Klosters Sankt Aposteln für den Landhandel eingerichtet worden war, um den Alten Markt und den Heumarkt zu entlasten. Dann führte Rachel ihren Begleiter weiter in Richtung Dom.

Selbst Anno konnte sich hier nicht besser auskennen als das Mädchen, dachte Georg. Sie schlüpften zwischen den bischöflichen Wachen hindurch, ungehindert, ungesehen, und waren von Gotteshäusern geradezu umzingelt.

In ihrem Rücken lag das eingerüstete Geisthaus, links von ihnen das große Gebäude des Domklosters, rechts die Hofkirche Sankt Johannis, in der sich vor über fünfzig Jahren Kaiser Heinrich II. und Erzbischof Heribert ausgesöhnt hatten. Etwas weiter entfernt, jenseits des Kirchhofs, vor dem Ostchor des Doms, erstreckte sich zum

184

Rhein hin ein großer Bau: das Stift Sankt Maria ad gradus*, erbaut am Fuß der Freitreppe, die vom Domhügel hinunter zum Fluß führte. Auch die kreuzförmige Stiftanlage war eine Gründung Annos, den viele spöttisch, aber nicht zu Unrecht den Baumeister des Herrn nannten.

Über all diesen beeindruckenden Bauten aber ragte übermächtig die Kathedrale auf. Unmittelbar vor Georg und Rachel reckte sie ihre Türme und Säulen in den Himmel, um das Reich des Herrn mit dem der Menschen zu verbinden.

Ein vorspringendes Querschiff nahm den beiden Nachtwandlern die Sicht auf alles, was im Norden lag. Die abgerundeten Fenster waren durch einen schwachen Lichtschein von innen erleuchtet und die biblischen Szenen im bunten Glas daher deutlich zu erkennen. Vielleicht lag es an der Schwäche des Lichts, aber nichts von dem, was er sah, beeindruckte Georg auch nur annähernd so stark wie das Bildnis seines heiligen Namenspatrons im Festsaal von Annos Palast.

Georg fuhr zusammen, als plötzlich Gesang ertönte. Das Lied war von dem vielstimmigen, die Ohren schmerzen machenden Gegröle der Betrunkenen, das er eben mit anhören mußte, so weit entfernt wie der Dom von der Hütte eines Bettlers. Hier standen sich die einzelnen Stimmen nicht gegenüber, sondern bauten aufeinander, harmonierten miteinander wie Querhaus und Langhaus der Kathedrale, die einträchtig ineinander übergingen und sich zur Vierung verbanden.

»Das ist der Mönchschor des Domklosters, der zum Ausklang des Ostertags singt«, sagte Rachel und ging nach rechts, auf den Kirchhof zu.

* ad gradus = auf der Stufe

Georg folgte ihr mit gemischten Gefühlen. Beim Anblick der vielen Kreuze aus Stein und Holz, die unter weitausladenden Bäumen standen, dachte er an die Erzählungen, daß nachts die Toten, die keine Ruhe fanden, aus ihren Gräbern krochen. Die Pfaffen redeten wie irrsinnig gegen diesen Aberglauben, wie sie es nannten, an. Aber der Glaube an Wiedergänger war älter als der an den Gott der Christen und seinen am Kreuz gestorbenen Sohn. Die Menschen hörten den Pfaffen geduldig zu und dachten sich ihren eigenen Teil. Als kleines Kind hatte Georg von der Großmutter viele Geschichten von Geistern und Wiedergängern gehört, die sich besonders gern auf Friedhöfen tummelten.

Er atmete erleichtert auf, als Rachel rechts an den Grabreihen vorbeiging und auf den Bischofspalast zuhielt. Dann aber stutzte er, denn sie führte ihn mitten hinein in die Abwassergruben, genau an jene Stelle, wo ihn heute Gelfrats Schergen hilflos liegengelassen hatten.

Er blieb stehen und fragte: »Was soll das? Was suchen wir hier?«

»Stell mir bitte keine Fragen, Georg! Das mußt du mir versprechen. Und versprich mir auch, daß du dich an meine Anweisungen hältst, gleichgültig, worum es sich handelt!«

»Aber ich weiß doch gar nicht ...«

»Wenn du wirklich mit deinem Vater sprechen willst, mußt du mir dieses Versprechen geben!« unterbrach sie ihn. »Schwör es beim Leben deines Vaters!«

»Du verlangst viel von mir, Rachel.«

»Das weiß ich wohl besser, als du ahnst.«

Er blickte in Rachels Gesicht, in ihre Augen und fand nicht das leiseste Zeichen von Falschheit darin. Deshalb leistete er den Schwur.

»Gut«, seufzte sie und zog ein Tuch aus den Falten ihres Mantels. »Binde das so um deine Augen, daß du nichts mehr sehen kannst. Und laß es so lange dort, bis ich dir erlaube, es abzunehmen!«

Georg hatte Mühe, den in ihm aufkeimenden Widerstand zu unterdrücken. In Rachels Stimme lag eine Bestimmtheit, die keinen Widerspruch duldete. Also band er das Tuch um, das Rachels Duft verströmte.

Sie prüfte den festen Sitz des Tuches, nahm Georg an die Hand und führte ihn über den glitschigen Boden, mitten zwischen den bestialisch stinkenden Gruben und Rinnen voller Abfälle und menschlicher Ausscheidungen hindurch. Nach kurzer Zeit schon blieb Rachel stehen und ließ seine Hand los.

Georg wartete und hörte ein kratzendes Geräusch, das in ein schweres Schaben überging. Während er noch nach einer Erklärung dafür suchte, traf ihn ein kalter Hauch, wie der Atem eines Toten. Er fröstelte, als die Grabeskälte ihn umhüllte, als wolle sie ihn verschlingen.

Wieder faßte Rachel seine Hand und flüsterte: »Komm, aber sei vorsichtig. Der Weg ist oft steil und glitschig.«

Nach ein paar Schritten begriff er, was sie meinte. Sie stiegen sehr schmale und unebene Treppenstufen hinab, so ungleichmäßig angelegt, daß eine oft nur halb so breit oder hoch war wie die vorangegangenen. Hinter ihnen ertönte wieder das seltsame Schaben und erstarb in dem zuvor gehörten Kratzen. Und mit dem unheimlichen Geräusch verklang auch der Gesang der Mönche.

Nichts war mehr zu hören, nur die Schritte und der schwere Atem der beiden Menschen. Hin und wieder hörte Georg ein leises, entferntes Klopfen. Wie Regentropfen, die sich zäh vom Dach lösten und plump zu Boden fielen.

Georg hatte längst erkannt, daß sie sich in einem unterirdischen Gang befanden.

Die Frage, die ihn beschäftigte und die er doch nicht laut stellen durfte, war: Woher kannte eine einfache Küchenmagd diesen Geheimgang?

Oder war Rachel nicht nur eine Küchenmagd?

Er versuchte, sich auf den Weg zu konzentrieren. Sinnlos, längst schon hatte er die Orientierung verloren. Es ging über Treppen, gerade und gewundene, um Biegungen, immer tiefer hinein in die eisige Kälte. Jetzt verstand er nur zu gut Rachels Rat, einen Mantel überzustreifen. Auch die Feuchtigkeit nahm zu, das Klopfen wurde lauter. Hin und wieder schlug ein schwerer Tropfen auf sein Haupt.

Einmal glaubte er, andere Schritte als die seinen und Rachels zu hören. Obwohl er nichts sah, hatte er das Gefühl, daß sie verfolgt und beobachtet wurden.

Irgendwann blieb Rachel stehen und flüsterte: »Du kannst die Binde abnehmen, Georg.«

Er gehorchte, ohne zu wissen, wo er war und wie lange sie für den Weg gebraucht hatten. Vielleicht hatte die Blindheit auch sein Zeitgefühl getrübt. Oder es lag an der Anspannung, die ihn ergriffen hatte, die größer geworden war, je länger der stumme Marsch durch das unterirdische Reich dauerte.

Sie standen in einem engen, niedrigen Gang, was er nicht sah, nur fühlte, weil seine Hände und seine breiten Schultern gegen die feuchten Wände stießen und sein Kopf, wenn er sich aufrichtete, gegen die unregelmäßige Decke aus grob behauenem Fels. Ein steinerner Schacht und vollkommene Finsternis umgaben sie.

»Wie hast du in dieser Dunkelheit nur den Weg gefunden?« fragte er, während er die Binde in seinen Gürtel steckte. »Hättest du mich nicht geführt, hätte ich mir sämtliche Knochen gebrochen.«

»Wenn man nichts sehen kann, müssen Ohren und Hände die Augen ersetzen. Und jetzt sprich sehr leise, wir kommen gleich in den Kerker!«

Rachels Hand streifte ihn kurz und tastete an der Wand zur Linken entlang. Dann hörte er wieder das Geräusch, ähnlich dem bei den Kloaken, ein Kratzen und Scharren. Die Finsternis erhellte sich durch einen leicht rötlichen Lichtschein, als vor ihnen ein großer Steinblock ein kleines Stück aufsprang und einen handbreiten Spalt freigab.

»Hilf mir!« verlangte Rachel.

Sie bückte sich und drückte mit beiden Händen fest gegen den Block, der so hoch und so breit wie der Arm eines Mannes war. Als Georg der Aufforderung folgte, schwang der schwere Stein unter erneutem Schaben zur Seite, fast so mühelos wie ein Zapfenfenster.

Rachel zwängte sich durch die Lücke, gefolgt von Georg. Abermals drückte sie gegen die Wand, auf eine scheinbar unbedeutende Stelle. Und der Steinblock verschloß die Lücke wieder.

»Was …«

»Leise!« ermahnte sie ihn. »Und keine Fragen! Zieh den Mantel über den Kopf, damit dich niemand erkennt!«

Sie selbst streifte ihre Kapuze über, und auch Georg verhüllte sein Haupt.

Trotz ihrer erneuten Mahnung, keine Fragen zu stellen, entfuhr es ihm: »Wer soll uns nicht erkennen?«

»Annos Gefangene.«

Sie gingen weiter, dem schwachen, unsteten Rotschimmer entgegen. Nachdem sie um eine Ecke gebogen waren, sah Georg in einen langen Gang. Auf der rechten Seite

189

hingen Fackeln in großen Abständen an den Wänden. Schwarze Rauchschwaden wehten von den flackernden Flammen in den Gang hinein und erfüllten ihn mit dem beißenden Gestank von verbrennendem Harz, Werg und Kienholz. Auf der linken Seite waren Türen in den Gang eingelassen. In dem massiven Türholz klafften viereckige Lücken, in denen unterarmstarke Eisenstäbe steckten. Das also war der Kerker des Erzbischofs.

»Such deinen Vater, und sprich mit niemandem sonst! Halte dich nicht bei den anderen Zellen auf!« flüsterte Rachel in sein Ohr. »Ich warte hier auf dich. Und wenn du hörst, daß jemand kommt, kehr sofort zu mir zurück! Versprichst du mir das?«

Er las große Besorgnis in ihren schönen Augen. Und er versprach es, bevor er in den Gang eintauchte, das Gesicht tief im Schatten seiner Kapuze verborgen. Immer wieder kniff er die Augen zusammen, die von dem ätzenden Fackelrauch zum Tränen gebracht wurden.

Durch die Lücken zwischen den Eisenstäben spähte er in armselige, düstere, winzige Zellen, die zum Teil ganz leer waren oder von einem einzigen Gefangenen bewohnt wurden, der nichts hatte als etwas Stroh. Die Eingekerkerten sahen erbärmlich aus, bleich, oft bis auf die Knochen abgemagert, schmutzig, von offenen Geschwüren bedeckt. Fäulnisgestank schlug Georg aus den belegten Zellen entgegen, so daß er den Harzgeruch der Fackeln fast als angenehm empfand.

»Georg!«

Der überraschte Ruf erfolgte in dem Augenblick, als Georg in dem Mann, der reglos auf einem Strohhaufen lag, seinen Vater erkannte. Der Anblick erschreckte den Sohn. Konnten drei Tage einen Mann so sehr verändern? In Annos Kerker: ja!

190

Das Gesicht des alten Mannes wirkte eingefallen, war hagerer geworden, das vorher graue Haar war fast weiß, ebenso der Bart, der zuvor kaum Spuren von Altersgrau gezeigt hatte.

»Leise, Vater!« zischte Georg, der an die Zellentür getreten war.

Mit prüfendem Blick betrachtete er das Holz. Es war so stark, wie es aussah, feste Eiche. Der vorgeschobene Riegel war aus schwerem Eisen und durch ein Schloß gesichert. Es war unmöglich, sich auf der Stelle Zutritt zur Zelle zu verschaffen.

Rainald hatte sich erhoben und trat mit ungläubigem Blick an die Tür. »Warum soll ich leise sein? Kommst du denn nicht, um mich mitzunehmen, Georg?«

»Ich würde es für mein Leben gern tun. Aber es geht nicht. Niemand darf wissen, daß ich hier bin.«

»Aber ... wie bist du hergekommen?«

»Ich habe geschworen, das nicht zu verraten. Anno hat mich jedenfalls nicht zu dir gelassen. Aber jetzt kann ich endlich mit dir sprechen und erfahren, was vorgefallen ist.«

»Du weißt noch nicht, daß ich Schulden beim Erzbischof habe, hohe Schulden?«

»Doch, ich weiß es. Aber ist das ein Grund, dich in den Kerker zu werfen wie einen Strauchdieb? Ich hörte, du sollst Anno beleidigt haben.«

»Wenn es nur das wäre«, sagte Rainald leise, und der Schatten auf seinem eingefallenen Gesicht verdunkelte sich noch. »Ich habe ihm in meiner Verzweiflung sogar gedroht!«

»Gedroht, unserem Stadtherrn?«

»Ja, leider! Jetzt weiß ich, daß es ein Fehler war. Dadurch erst habe ich ihn gezwungen, mich mundtot zu ma-

191

chen. Ich sagte ihm, wenn er mir die Schulden nicht stundet, würde ich öffentlich bekannt machen, was sich damals bei Kaiserswerth wirklich ereignet hat.«

Georg begriff. Es gab nur wenige Zeugen für die Entführung von Kaiserswerth. Anno und seine Mitverschwörer hatten es später so aussehen lassen, als habe Agnes von Poitou ihren Sohn freiwillig in die Obhut des Kölner Erzbischofs gegeben. Wenn aber der Mann, der bei jener Tat Annos Schiff befehligt hatte und der es heute sein eigen nannte, einer der angesehensten Kaufherren Kölns, die Wahrheit erzählte, würde im Volk, das König Heinrich großes Wohlwollen entegegenbrachte, Unruhe entstehen.

Noch schwelte der Streit zwischen dem König auf der einen und Sachsen und Thüringen auf der anderen Seite. Vor wenigen Monaten erst hatten die Wormser ihren Bischof aus der Stadt gejagt. In unruhigen Zeiten wie diesen konnte Rainalds Aussage der Funke sein, der einen Großbrand entfachte.

»Ich sehe dir an, daß du verstehst, weshalb Anno mich in den Kerker warf«, sagte Rainald mit belegter, Hoffnungslosigkeit ausdrückender Stimme. »Wäre ich niederen Ranges gewesen, hätte er mich wohl einfach im Rhein ersäuft.« Georgs Vater seufzte schwer. »Mag sein, das wäre besser gewesen.«

»Das darfst du nicht sagen, Vater!« Georg umklammerte die Gitterstäbe. »Ich werde dich hier herausholen!«

»Wie denn? Der einzige Weg, Anno zu meiner Freilassung zu bewegen, wäre das Bezahlen der hundert Silbermark. Und die kann ich niemals aufbringen, nicht nach dem Verlust meiner Schiffe.«

»Du vergißt, daß wir noch ein Schiff haben, das größte und beste, die Faberta! Und du weißt noch nicht, daß meine Fahrt sehr erfolgreich gewesen ist!«

Ein Hoffnungsfunke glomm in Rainalds vorher trüben Augen auf. »Wie erfolgreich?«

»Die *Faberta* ist randvoll mit Fässern, die ich in Savona an Bord genommen habe ...«

»Was für Fässer?« fiel Rainald seinem Sohn erregt ins Wort. »Was beinhalten sie?«

»Einen Wein, der ...«

»Wein?« Wieder ließ Rainald seinen Sohn nicht aussprechen, sondern blitzte ihn mit fragenden Augen an. »Du bringst Wein nach Köln, wo wir hier oft soviel Wein mit auf die Reise nehmen, daß wir ihn kaum absetzen können?«

»Es ist ein besonderer Wein, Vater, nach einem ganz neuen Rezept italienischer Mönche. Er wird von dem Wein, wie wir ihn kennen, erst gebrannt, weshalb die Mönche ihn Branntwein nennen.«

»Wein ist Wein«, sagte Rainald mit fast tonloser Stimme. »Niemand wird sich dafür interessieren.«

»Doch, bestimmt!« begehrte Georg gegen das beklemmende Gefühl auf, einen großen Fehler begangen zu haben, als er die *Faberta* mit dem scharfen Getränk der savonischen Mönche bis zum Bersten vollud. »Ich habe ihn gekostet. So etwas habe ich noch niemals zuvor getrunken und du auch nicht, Vater. So glaub mir doch! Der Wein brennt in der Kehle und im Leib wie Feuer. Ich habe in Savona gesehen, wie der Propst des Klosters eine Kerzenflamme an eine Weinschale hielt. Einen Augenaufschlag später stand die ganze Schale in hellen Flammen!«

»Man trinkt, um seinen Durst zu löschen, nicht um danach innerlich zu verbrennen.«

»Aber so ist es nicht«, versuchte Georg den Vater zu überzeugen. »Es ist ein angenehmes Feuer!«

193

»Unsinn«, krächzte der Eingekerkerte mit matter Stimme und trat von der Tür zurück. Der Hoffnungsfunke war erloschen, das graue Gesicht jetzt ein Spiegelbild der maßlosen Enttäuschung, die Rainald über seinen Sohn empfand. »Du kannst froh sein, wenn du mit dieser Ware überhaupt einen Verdienst erzielst. Es wird niemals reichen, um die Schuld bei Anno zu tilgen. Wir müssen einsehen, daß wir auf verlorenem Posten stehen. Du kannst mir nicht helfen, Georg. Verlaß Köln lieber, so schnell es geht!«

»Warum?«

»Auch du bist in Kaiserswerth dabeigewesen und könntest Anno in Verruf bringen. Er wird sich daran erinnern und zu dem Schluß gelangen, daß du ebenso zum Schweigen gebracht werden mußt wie ich. Geh jetzt, mein Sohn, verlaß diesen Kerker und diese Stadt, und kehr niemals zurück!«

Kapitel 7

Der Geist der Kathedrale

Wie betäubt verließ Georg den Kerker, verband wieder seine Augen und ließ sich von Rachel durch das unterirdische Labyrinth führen. Diesmal machte er sich keine Gedanken über den Weg und stellte der Jüdin keine Fragen. Zu tief war er in seinen Gedanken versunken, die ihm immer wieder das hagere Gesicht seines Vaters zeigten, der unendlich enttäuscht über den Sohn war.

Ähnlich enttäuscht fühlte sich Georg. Er war stolz auf den Handel in Savona gewesen und hatte sich während der ganzen Rückreise auf das Lob des Vaters gefreut. Wichtiger noch als Rainalds Lob wäre die Möglichkeit gewesen, durch den Verkauf des italienischen Branntweins seinen Vater aus dem Kerker zu holen. Hatte Rainald recht? Hatte Georg durch eine falsche Entscheidung in Savona alles verspielt, das Handelshaus Treuer und das Leben des Vaters?

Als ihn Luft umwehte, die nicht so abgestanden war, nicht so feucht, dafür wärmer, bemerkte er erst, daß Rachel ihn wieder ins Freie geführt hatte.

»Du kannst die Binde abnehmen«, sagte sie. »Und wenn du möchtest, kannst du mir auch sagen, was dich bedrückt.«

Während er das Tuch abnahm und Rachel zurückgab, schilderte er in knappen Worten, wie sein Vater ihm jede

Hoffnung genommen hatte. Sie hörte ernst und schweigend zu.

Als sie den Kloakenbereich verlassen hatten und Annos Palast umrundeten, sagte Rachel: »Jetzt ist es finster, und dein Herz fühlt Enttäuschung. Vielleicht findest du am Tag, wenn die Sonne wieder scheint, einen Ausweg.«

»Wie denn?«

»Denke nach und frage weise Männer. Auch wir fragen unsere Rabbiner, wenn wir nicht weiter wissen. Vielleicht hat sich dein Vater in seinem Gram getäuscht und du machst doch ein gutes Geschäft mit diesem ...«

»Branntwein«, half Georg ihr aus. »Ich fürchte, mein Vater hat recht. Selbst wenn ich den Branntwein zu guten Bedingungen verkaufen kann, werde ich niemals hundert Mark zusammenkriegen.«

Rachel setzte zu einer Erwiderung an, als sie sich drei Gestalten gegenübersahen, die von der anderen Seite um den Bischofspalast gekommen waren. Die Fremden trugen Kettenhemden, Eisenhelme, Schwerter und Speere.

»Wen haben wir denn da?« rief der schnauzbärtige Anführer. »Zwei Sünder in der Nacht. Seine Eminenz wird sich freuen, wenn wir die Hübschlerin auf den rechten Weg zurückführen, noch dazu eine so ansehnliche!«

Alle drei lachten.

im ersten Moment hatte Georg gedacht, der Besuch im Kerker sei entdeckt worden, und Dankmar von Greven hätte seine Leute ausgeschickt, um die beiden Eindringlinge zu ergreifen. Die Worte des Anführers verrieten jedoch, daß dies nicht der Fall war. Dennoch fühlte Georg sich nicht im mindesten erleichtert.

Die Bewaffneten waren eine der Streifen, die auf Annos Geheiß Nacht für Nacht die dunklen Gassen Kölns durchstreiften, um Hübschlerinnen aufzugreifen. Der

Erzbischof hatte es zu seiner persönlichen Aufgabe gemacht, die gefallenen Engel, wie er die Dirnen nannte, wieder dem Herrn zuzuführen. Auch wenn es Gerüchte gab, denen zufolge Anno ganz andere Beweggründe hatte.

»Sie ist keine Hübschlerin!« sagte Georg und legte seinen Arm um Rachel. Hilfesuchend sah er sich um, und sein Blick fiel auf den Kirchhof. »Sie ist meine Schwester. Wir haben das Grab unserer Mutter besucht.«

»So?« Grimmige Freude, gepaart mit Spott, zog die bartbeschatteten Mundwinkel des Anführers in die Höhe. »Aber auf diesem Kirchhof liegen nur Leute aus dem geistlichen Stand. War eure Mutter etwa eine Nonne?«

Georg verfluchte seinen dummen Fehler und suchte vergebens nach einer glaubhaften Erwiderung.

»Dem Nachtschwärmer fällt keine Lüge mehr ein«, stellte der Anführer der Stadtwache befriedigt fest. »Holen wir uns das hübsche Ding. Es wird dem Erzbischof gefallen!«

Er trat vor und richtete den Speer gegen Georg. Schnell griff der junge Kaufmann zu, umfaßte den hölzernen Schaft dicht hinter der Speerspitze und zog mit einem kräftigen Ruck. Die Waffe entglitt den Händen des Schnurrbärtigen. Mit einer geschickten Bewegung drehte Georg den Speer um und drückte die Spitze gegen die Kehle des Soldaten.

»Sag deinen Schergen, sie sollen sofort verschwinden!« befahl Georg. »Ich zähle jetzt langsam bis fünf. Wenn sie dann noch da sind, verschaffe ich dir Halsschmerzen! Und die Männer sollen sich ruhig verhalten!«

Die beiden anderen Bewaffneten blickten unschlüssig zu ihrem Anführer. Der preßte die Zähne zusammen, daß es knirschte. Schweißperlen traten auf seine Stirn.

Georg begann zu zählen und verstärkte den Druck. Die Eisenspitze ritzte den Hals, und ein dünner Blutfaden rann über die Haut, benetzte die Eisenringe des Kettenhemds.

Bei ›vier‹ keuchte der Streifenführer mit zitternder Stimme: »Gehorcht dem Kerl, sonst bringt er mich um! Macht schon, verschwindet!«

Erst langsam, dann rascher wichen die beiden Söldner zurück, bis sie hinter der nächsten Ecke des Palastes verschwunden waren. Ihre Schritte verstummten. Sie warteten auf eine Gelegenheit zum Eingreifen.

»Leg dein Wehrgehänge ab, Soldat!« sagte Georg.

Noch immer bedroht von seinem eigenen Speer, löste der Söldner mit steifen, unsicheren Bewegungen seinen Gürtel. Die schmucklose Holzscheide mit dem Schwert rasselte auf den Boden.

»Jetzt verschwinde auch du!«

Der Schnauzbärtige ließ sich das nicht zweimal sagen. Sobald Georg den Druck des spitzen Eisens gelockert hatte, wandte sich der Soldat um und lief so schnell wie bei einem der Wettrennen, das die einfachen Leute oft als Belustigung an Festtagen veranstalteten.

»Weg hier, rasch!« raunte Georg der Jüdin zu, ließ den Speer fallen, ergriff sie bei der Hand und zog sie mit sich auf den Kirchhof.

Er dachte nicht mehr an Geister und Wiedergänger. Annos Streife war jetzt die greifbarere und darum größere Gefahr.

Sie versteckten sich im dunklen Winkel zweier hoher, hier zusammentreffender Hecken, die ein Gräberfeld mit großen Steinkreuzen vom übrigen Teil des Kirchhofs abgrenzten. An diesem Platz mußten wichtige Männer begraben sein, bestimmt keine einfachen Mönche oder Nonnen.

»Die Soldaten werden uns verfolgen«, flüsterte Rachel.

»Vielleicht auch nicht. Wenn wir schnell genug waren, haben sie nicht gesehen, wohin wir gelaufen sind. Außerdem heißt es, die Friedhöfe sind verbotenes Gebiet für die Stadtwachen, weil sie nicht den Lebenden, sondern den Toten gehören.«

»Ich weiß nicht, ob ich das hoffen soll«, entgegnete Rachel unsicher und blickte zwischen den steinernen Kreuzen hindurch. »Irgend jemand kommt dort. Und wenn es keine Lebenden sind ...«

Georg riß die Augen auf und spähte ebenfalls in Richtung des Palastes. Rachel hatte sich nicht getäuscht. Schattenhafte Gestalten bewegten sich zwischen den Kreuzen und kamen langsam näher.

Georg zog seinen Dolch.

»Glaubst du, das hilft uns?« wisperte Rachel.

»Nur, wenn das dort Menschen sind.«

Die Gestalten wurden größer, und Georg erkannte die drei Soldaten. Kein Grund zum Aufatmen für ihn und Rachel, denn die Verfolger kamen geradewegs auf ihr Versteck zu. Vermutlich hatten die Flüchtenden Spuren im Erdreich hinterlassen, denen die Söldner folgten, weshalb sie sich auch so langsam bewegten.

Und dann hatten die Jäger ihr Wild entdeckt und umstellten es. Drei Speere richteten sich auf Georg und Rachel.

Georg stellte sich schützend vor die Frau und umklammerte mit festem, aber nicht angespanntem Griff den Dolch. Rainald und Broder hatten ihm beigebracht, mit der Waffe umzugehen.

»Wen willst du damit beeindrucken?« fragte der Streifenführer. »Noch mal lassen wir uns nicht von dir überlisten. Wenn dir wirklich soviel an der Dirne liegt, solltest du dich ergeben. Denn greifst du einen von uns an, geben die anderen beiden ihr Eisen der Hübschlerin zu schmecken!«

Als Georg erkannte, daß er gegen diese Taktik keine Aussicht auf Erfolg hatte, ließ er den Waffenarm sinken.

»So ist's brav«, spottete der Stadtwächter, sprang vor und stieß das stumpfe Speerende in Georgs Unterleib.

Georg krümmte sich vor Schmerz zusammen und unterdrückte den Drang, seine Dolchklinge in den Bauch des Gegners zu bohren. Rachel war wichtiger als sein Schmerz und sein Zorn.

»Winde dich nur wie ein Wurm, du Lump. Es wird dir nicht helfen! Du wirst noch ganz andere Schmerzen spüren!«

Wieder richtete der Mann seine Waffe gegen den Kaufmannssohn und zielte diesmal mit der Eisenspitze auf das Gesicht des Jünglings. Doch mitten in der Bewegung verharrte der Bewaffnete. In die Gesichter der drei Soldaten trat ein erstaunter, entgeisterter Ausdruck. Die Söldner richteten ihre Aufmerksamkeit nicht mehr auf Georg und Rachel, sondern blickten nach rechts.

Auch Georg sah in diese Richtung und verstand die Überraschung der Soldaten. Die große Gestalt, die sich dort aus dem Gräberfeld erhob, war wirklich furchteinflößend. Das Mondlicht fiel auf knochige, harte Züge, umrahmt von einem Bart, der fast mit den dichten Brauen verwuchs, unter denen die Augen verschwanden.

»Seine Eminenz!« flüsterte einer der Bewaffneten.

Anno, der in einen dunklen, für einen Erzbischof höchst einfachen Mantel gehüllt war, sagte kein einziges Wort. Langsam schritt er zwischen den Gräbern dahin und streckte den rechten Arm aus. Er zeigte zu seinem Palast.

»Herr, wir haben die beiden beim Palast aufgegriffen«, stammelte der Stadtwächter. »Eine Metze und ihren Buhler, der sich uns mit Waffengewalt widersetzte.«

Anno antwortete nicht, sondern verharrte stumm in einer Entfernung von acht bis zehn Schritten, ließ den Arm sinken und streckte ihn dann erneut in Richtung seines Palastes aus.

»Sollen wir die beiden in den Palast bringen?« fragte der Schnauzbärtige beflissen.

Der Erzbischof schüttelte den Kopf und zeigte auf die drei Söldner.

»Ihr meint uns, Eminenz?« erkundigte sich, jetzt verunsichert, der Soldat. »Wir sollen zum Palast zurückkehren?«

Anno nickte und blieb sonst reglos.

»Was ist mit dem Strauchdieb und seiner Metze?« wollte der Anführer der Stadtwache wissen. »Sollen wir die beiden etwa laufenlassen?«

Der Erzbischof nickte erneut.

Der Wächter blickte ihn fassungslos an und stotterte: »Wenn ... Ihr es so befehlt, Herr. Auch wenn ich es nicht verstehe.«

Er gab seinen Männern einen Wink, und sie zogen sich zurück, blickten sich aber noch mehrmals um, bevor die Nachtschwärze sie aufsog.

Georgs Verblüffung war nicht minder groß als die der Söldner. Es war schon ungewöhnlich genug, daß Anno überhaupt erschienen war. Als noch ungewöhnlicher empfand Georg, daß der Bischof ihm beistand, wo sich Anno doch jetzt die Gelegenheit geboten hatte, Rainalds Sohn, wie den Vater, zum Schweigen zu bringen. Im Schutz der Nacht hätte er Georg in den Kerker werfen oder töten können, ohne dadurch Aufsehen zu erregen.

Auch wenn die Soldaten den jungen Kaufmann nicht erkannt hatten, Anno mußte wissen, mit wem er es zu tun hatte. Vor ein paar Stunden hatten er und Georg sich von Angesicht zu Angesicht gegenübergestanden.

Auf einmal wandte sich der Erzbischof um und entfernte sich, stumm und mit steifen Schritten. Sein ganzes Verhalten wirkte eher wie das eines Geistes als das eines Menschen.

»Wartet, Eminenz!« rief Rainalds Sohn. »Ich ... ich will Euch danken!«

Der Erzbischof antwortete nicht, wandte sich nicht einmal um oder blieb stehen. Bald war er nur noch ein Schatten zwischen den Grabkreuzen, der sich einen Augenaufschlag später auch schon aufgelöst hatte.

Noch einmal rief Georg ihm nach. Diesmal erhielt er eine Antwort, und er fuhr vor Schreck zusammen.

»Wer ruft nach Seiner Eminenz?«

Die Stimme kam aus der entgegengesetzten Richtung. Dort standen fünf dunkle Gestalten, in ähnliche Mäntel gehüllt, wie auch Anno einen getragen hatte.

Die vorderste Gestalt trat näher, und das Licht der Gestirne entriß sein Antlitz der Finsternis. Beim Anblick der scharfen Züge und der buschigen Brauen dachte Georg im ersten Moment, Anno sei zurückgekehrt. Aber der Bart fehlte. Und die Nase des Mannes war größer und krummer als die des Erzbischofs.

»Vater Kilian!« staunte Georg. »Ihr hier? Das ist wirklich eine Nacht der Überraschungen!«

»Das gleiche könnte ich sagen«, erwiderte der Abt der Schottenmönche. »Ich kam mit meinen Brüdern von der österlichen Mitternachtsmesse, bei der wir dem Gesang der Mönche vom Domkloster gelauscht haben, da hörten wir Stimmen auf dem Kirchhof. Wir sahen ein paar Wa-

202

chen zum Palast eilen, als hätten sie hier einen Geist geschaut. Dann hörten wir deinen Ruf, Georg Treuer. Du suchst hier den Erzbischof?«

»Vielleicht haben die Wachen tatsächlich einen Geist geschaut und wir auch«, sagte Georg und erzählte von seiner und Rachels Flucht auf den Kirchhof und von dem unheimlichen Auftritt des Erzbischofs. Weshalb Georg und die Jüdin zum Dom gekommen waren, verschwieg er.

»Anno war vor kurzem noch im Dom und hörte, wie wir, dem Gesang der Mönche zu«, erklärte Kilian. »Was sollte er hier zwischen den Gräbern suchen?«

»Ich weiß es nicht«, antwortete Georg wahrheitsgemäß.

»Ich auch nicht«, sagte der Abt. »Wer ist deine Begleiterin, und was sucht ihr hier?«

»Sie heißt Rachel und wir …« Georg unterbrach sich und suchte nach einer Erklärung für seinen nächtlichen Gang zum Dom. »Rachel arbeitet in der Palastküche und hat mir geholfen, als ich Anno zu sprechen versuchte. Ich wollte sie heimbringen, weil es in der Nacht für ein einsames Mädchen gefährlich ist.«

»Wie wir gesehen haben«, seufzte Kilian und nickte verständnisvoll. »Anno übertreibt es ein wenig mit seinen Bekehrungsversuchen. Mir scheint, seine Wachen haben eine Predigt nötiger als so manche Hübschlerin.« Er blickte zur Kathedrale. »Wir sollten jetzt alle heimgehen. Falls die Söldner mit Verstärkung zurückkehren, könnte es unangenehm für dich und deine Freundin werden. Es ist besser, meine Brüder und ich begleiten euch.«

So kam es, daß das westlich an den Wik grenzende Judenviertel zu nächtlicher Stunde eine kleine Prozession

203

der Schottenmönche sah. Das Haus, in dem Rachel wohnte, war eins der größten und aus Stein erbaut. Das erstaunte Georg, der die Jüdin wegen ihrer Tätigkeit als Küchenmagd eher für arm gehalten hatte. Aber im Beisein der Mönche wagte er nicht, Rachel nach ihrer Familie zu fragen. Was ging es die frommen Brüder an – und was Georg? Er verabschiedete sich mit knappen Worten von Rachel und ging dann mit seinen Begleitern in Richtung Wik.

»Du hast tatsächlich mit dem Erzbischof gesprochen, Georg?« fragte Kilian, als sie die Pfarrkirche Sankt Laurenz passierten.

»Mit Rachels Hilfe konnte ich unter einigen Schwierigkeiten zu ihm vordringen, aber es hat nichts genutzt. Mein Vater kommt nur gegen Zahlung der hundert Silbermark frei, die er Anno schuldet. Das Geld können wir niemals aufbringen. Fast wünschte ich mir, die Erscheinung auf dem Kirchhof wäre wirklich Anno gewesen. Ein Erzbischof, der mich vor seinen Wachen beschützt, hätte vielleicht auch meinen Vater aus dem Kerker gelassen.«

»Ich kann dir leider nicht helfen, was ich gern tun würde, zumal du und dein Vater zu meiner Gemeinde gehören. Aber Anno hat allen Klöstern und Stiften untersagt, in diesen Fall mit finanzieller Hilfe einzugreifen.« Kilian seufzte bekümmert. »Was die seltsame Erscheinung betrifft, so kann ich mir nicht vorstellen, daß der Friedhofsgeist Anno gewesen ist. Was für einen Grund sollte Seine Eminenz haben, dir gegen seine eigenen Wachen beizustehen?«

»Wenn ich das wüßte! Aber irgend jemand war dort und hat uns geholfen. Sonst wären die Wachen nicht weggelaufen.«

»Vielleicht war es der Geist von Erzbischof Gero.«

Georg blickte den Abt zweifelnd an. »Wie meint Ihr das, Vater?«

»Kennst du nicht die Geschichte von Erzbischof Geros Tod?«

»Nein.«

»Angeblich soll er nur scheintot gewesen sein, als man ihn im Dom begrub. Kurz nach der Bestattung drang sein verzweifeltes Rufen durch die Gemäuer. Aber Everger, der damals Schatzwalter des Doms und begierig auf die Erzbischofswürde war, soll verhindert haben, daß man Geros Grab öffnete. So starb der Erzbischof einen jammervollen Tod, der seinen Geist keinen Frieden finden läßt. Und nachts schleicht Gero durch die Kathedrale, über die Kirchhöfe und durch die unterirdischen Gänge, wenn man der Legende glauben will.«

»Unterirdische Gänge?« fragte Georg und versuchte, sein reges Interesse an diesem Sachverhalt durch einen gleichgültigen Tonfall zu verbergen.

»Aber ja doch!« Kilian nickte eifrig und warf Georg einen ernsten Blick zu. »Auch davon hast du noch nichts gehört, mein Sohn?«

Georg schüttelte den Kopf.

»Ich kenne mich, wie's scheint, in deiner Heimatstadt besser aus als du. Es soll hier viele unterirdische Gänge geben, die zum großen Teil noch aus der Römerzeit stammen. Alte Kanalisationsanlagen, die zum Rhein führen. Es heißt, zwei todgeweihten germanischen Gladiatoren vom Stamme der Cherusker sei zur Zeit der Arminiuskriege durch einen solchen Schacht die Flucht aus dem Amphitheater gelungen.«

»Aha«, murmelte Georg und blickte sich mit gespielter Langeweile um; sie hatten den Alten Markt erreicht, und

205

Rainald Treuers Anwesen lag in Sichtweite. »Aber wieso sollte ein Geist auf Gänge angewiesen sein. Kann er nicht durch Mauern gehen?«

»Vielleicht ist das für den Geist der Kathedrale nicht so mühsam wie das ständige Durchwandern von Mauerwerk.«

»Seltsame Dinge erzählt Ihr als Kirchenmann«, meinte Georg, während er vor dem Haus seines Vaters anhielt. »Ist es nicht Aufgabe der Kirche, dem Aberglauben entgegenzutreten?«

»Das kann ich nur, wenn ich mich mit dem Aberglauben auseinandersetze. Außerdem heißt es, Everger habe das Kloster Groß Sankt Martin uns Iren übertragen, um seine Schandtat zu büßen. Da müssen wir unserem Wohltäter für sein nicht ganz so christliches Verhalten doch fast dankbar sein.« Kilian lächelte tiefgründig und sagte zum Abschied: »Schlaf gut, Georg, und träum nicht zuviel von Geistern!«

Der Wunsch mochte gut gemeint sein, aber er nützte nichts. Nachdem Georg den beiden Friesen, die auf ihn gewartet hatten, in kurzen Worten von seinen Erlebnissen berichtet hatte, soweit es ihm das Versprechen gegenüber Rachel erlaubte, legte er sich in seiner Kammer nieder. Er fühlte sich erschöpft und ausgelaugt, fand aber keinen Schlaf. Zu viele Rätsel spukten in seinem Kopf herum. Die geheimnisvolle Rachel, die unterirdischen Gänge und der Geist der Kathedrale.

Er dachte an das Gefühl, beobachtet und verfolgt zu werden, das ihn in dem unterirdischen Labyrinth befallen hatte. Vielleicht war die Geschichte vom untoten Bischof Gero doch mehr als eine Legende.

Nach langen Stunden des Grübelns schlief Georg zwar ein, doch er wachte immer wieder auf. Die Sorge um sei-

nen Vater ließ ihn nicht ruhen. Er dachte immerzu an die
Enttäuschung in Rainalds Augen, als der Kaufmann erkannte, daß er von seinem Sohn keine Hilfe erwarten
durfte. War es nur Enttäuschung gewesen oder auch ein
stummer Vorwurf?

Kapitel 8

Der Siechenkobel

Montag, 21. April Anno Domini 1074

Das Osterfest war vorüber, aber auf den Plätzen und in den Straßen und Gassen von Köln herrschte kaum weniger Trubel als am heiligen Sonntag. Wenn auch die ersten Boote ablegten und lange Menschenzüge durch die Stadttore hinausdrängten, um die Heimreise anzutreten, blieben doch die weitaus meisten Leute, die zur Feier der Auferstehung Christi die große Stadt am Rhein besucht hatten, noch da. Einige verlängerten den Aufenthalt bei Freunden oder Verwandten. Andere, Händler und Kaufleute, machten zu gute Geschäfte, um sie frühzeitig abzubrechen. Und die Mönche und Nonnen, die Pfarrer und Laienbrüder erfreuten sich an der sakralen Pracht, die der Dom und die vielen Kirchen im Rom des Nordens boten.

Menschenleer und ruhig war es nur in den hintersten Winkeln der kleinsten Gassen, die zu abgelegen waren, um Geschäfte zu tätigen, zu schmutzig, um hier zu nächtigen, zu düster, um sich hier tagsüber aufzuhalten. Selten verirrte sich jemand hierher, und wenn doch, dann hörte man bereits von weitem den Widerhall seiner Schritte zwischen den eng zusammenstehenden Rückwänden der Lagerhäuser, wo schon das ständige Huschen und Fiepen der Ratten deutlich zu vernehmen war.

Die Kräutertrude hatte nur die gefräßigen Nager

gehört. Deshalb war die alte Frau höchst überrascht, als plötzlich ein wenig mehr Licht in ihren dämmrigen Bretterverschlag fiel, für einen Augenaufschlag nur, denn länger dauerte das Wegziehen des Türbretts nicht, dann füllte ein Schatten die Öffnung aus. Beim Anblick der großen, schwarzen Gestalt riß sie die faltenumringten Augen und den zahnlosen Mund auf. Ein Holzbecher entglitt ihrer knotigen Hand, und rötliche, zähe Flüssigkeit breitete sich auf dem schmutzigen, unebenen Boden aus.

»Ich hoffe, dies war nicht das Mittel gegen den Aussatz«, sagte der bärtige Mann im schwarzen Mantel ernst. »Warum fährst du so zusammen? Hast du mich nicht um die Mittagszeit zu dir bestellt?«

Die Kräutertrude hatte das ebensowenig vergessen wie die zwanzig Pfennig, die sie für die Leprasalbe erhalten sollte und die sie mehr als gut gebrauchen konnte. Und doch war sie, je näher der Mittag rückte, bei jedem lauten Geräusch erschrocken. Sie fürchtete sich vor dem Schwarzen, von dem sie nicht wußte, ob er ein Mensch war oder ein Wesen, das von den dunkelsten Wünschen der Sterblichen angelockt wurde.

Schon bei ihrem ersten Zusammentreffen war er ihr unheimlich gewesen. Etwas Unwirkliches, Bedrohliches ging von dem Mann aus, wie der kalte Atem von Gevatter Tod, der die Welt der Lebenden ständig auf der Suche nach sterbendem Fleisch durchstreifte. Und dann hatte sie von den drei Leichen gehört, die man ganz in der Nähe ihres Verschlags gefunden hatte. Der falsche Bucklige und der vermeintlich von Flecken Befallene sollten unter ihnen gewesen sein. Die Kräutertrude hegte kaum einen Zweifel an der Person des Mörders, aber sie hütete ihre Zunge, besonders gegenüber dem Schwarzen.

Er trat mit eingezogenem Kopf herein und blickte sich

suchend um. Seine Augen blieben an dem Lumpenvorhang vor dem düsteren Loch hängen.

»Ist sie da drin?«

Die Kräutertrude nickte. »Ja, Herr, sie schläft.«

Rasselnder Atem, im Klang dem Keuchen eines erschöpften Tiers ähnlich, bestätigte ihre Worte.

Der Bärtige wandte sich wieder der alten Frau zu. »Hast du das Mittel?«

»Gewiß, Herr.« Sie beeilte sich, eine Holzdose mit aufgesetztem Korken von einem der vollgestellten Bretter zu nehmen, mit solcher Hast, daß auch dieses Gefäß fast ihren knochigen Fingern entglitten wäre. Sie streckte die Hand aus und hielt die Dose dem Schwarzen hin. »Hiermit reibt Euch überall am Leib, im Gesicht und an den Gliedern ein, bevor Ihr mit Aussätzigen zusammenkommt. Es wird Euch schützen, Herr.«

Der Schwarze nahm die Dose an sich und streifte die Hand der Kräutertrude. Rasch und furchtsam riß sie ihre Rechte zurück, als befürchte die Frau, selbst vom Aussatz befallen zu werden.

Er zog den Korken heraus, und das bärtige Gesicht verzerrte sich angewidert. Der Gestank, der von dem gelblich schimmernden Fett aufstieg, war schlimmer als alles andere in dem an strengen Gerüchen reichen Verschlag.

»Das stinkt, als wäre es aus den Wunden der Siechen gepreßt«, sagte er und steckte den Korken wieder auf die Öffnung.

»Es muß so stark riechen, damit es nützt. Aber wenn Ihr es auf die Haut streicht, sind die Ausdünstungen nicht mehr so streng.«

»Sehr tröstlich.«

»Es ist wirklich ein gutes Mittel zum Schutz gegen Gottes Strafe, Herr. Und es ist nicht leicht herzustellen.«

»Schon gut.« Er ließ die Dose unter seinem Mantel verschwinden und streute eine Handvoll schimmernder Münzen auf ein stockfleckiges Brett. »Hier ist der versprochene Lohn. Streich ihn ein und denke immer daran, daß ich damit auch dein Schweigen erkauft habe, Alte! Solltest du dich nicht daran halten, kehre ich zurück!«

Dies allein genügte als Drohung, damit die Kräutertrude ihm mehrmals ihr festes und ewiges Schweigen beteuerte. Sie murmelte die Schwüre noch, als der Schwarze längst mit den Schatten der düsteren Gasse eins geworden war.

Der Handelshafen auf dem breiten Sandstreifen zwischen der Stadtmauer und dem Rhein wirkte noch belebter als am Ostertag. Auswärtige Fernhändler, die ihre Geschäfte vollständig abgewickelt hatten, rüsteten zum Aufbruch oder hatten die Anker bereits eingeholt. Langschiffe mit starkem Kiel, flachbodige, kiellose Koggen und rundbodige Holke schwammen im günstigen Wind flußabwärts oder wurden durch kräftige Riemenschläge gegen die Strömung gepeitscht. Zusätzlich zu den geladenen Handelsgütern hatten viele Schiffsführer Reisende gegen Entgelt an Bord genommen. Manches Schiff lag so tief im Wasser, daß es selbst für einen erfahrenen Kapitän schwer zu manövrieren war.

Aber das nahm Georg Treuer, der sich einen Weg durch zum Verladen bereitgelegte Tuchstapel bahnte, nur unterschwellig wahr. Ihn beschäftigte die Sorge um seinen Vater und die Suche nach Niklas Rotschopf.

Den ganzen Vormittag über war Georg im Wik von Tür zu Tür gegangen und hatte bei jedem Kaufmann, dem Rainald einmal einen Gefallen erwiesen hatte, um Hilfe für den Eingekerkerten gebeten, um ein Darlehen, selbst zu hohem Zins. Nicht einen einzigen Pfennig hatte Georg erhalten, und einige Türen waren ihm ganz verschlossen geblieben. Wer mit ihm sprach, redete sich entweder auf leere Taschen heraus oder wies mehr oder minder deutlich auf die Furcht vor Annos Rache hin. Und bei einigen schien auch die Angst vor dem mächtigen Rumold Wikerst eine Rolle zu spielen.

Da war Georg der Kaufmann Niklas Rotschopf eingefallen, der im ganzen Wik einen guten Ruf als ehrlicher, hilfsbereiter Mann besaß. Als Niklas einmal wegen einer verdorbenen Weinladung in Geldnot geraten war, hatte ihm Rainald mit mehreren Silbermark ausgeholfen. Im Haus des rotschöpfigen Kaufherrn erfuhr Georg, Niklas sei am Fluß, um die Ausbesserung eines seiner beiden Schiffe zu überwachen. Aber wie sollte Georg ihn in diesem Gewimmel aus Seeleuten, Hafenarbeitern und Reisenden, aus Schiffen, Booten, Karren und Lasttieren finden?

In der Nähe der Stelle, wo die flachen Fährkähne ablegten, um Reisende über den Rhein zur Benediktinerabtei von Deutz zu bringen, kletterte Georg auf eins von mehreren aufgereihten Weinfässern und blickte suchend in die Runde. Da sah er den im Mittagssonnenlicht leuchtenden Rotschopf bei einem auf die Seite gelegten und mit Seilen festgezurrten Schiff, das mit seinen teilweise gelösten Planken wie das verwesende Gerippe eines Meeresungeheuers wirkte.

Der junge Kaufmann sprang vom Faß in den knirschenden Kies und lief auf dieses Schiff zu. Etwa fünfzehn Männer handhabten unter Niklas' Aufsicht fleißig Äxte, Hämmer, Zangen, Formeisen, Stichel und Messer, um den Schiffsrumpf möglichst rasch für die nächste Fahrt zu erneuern. Eine Dampfwolke stieg auf, als ein Arbeiter mit dem triefenden Schwabber über eine Bohle fuhr, die zum Krümmen auf zwei großen Steinen über einem schwelenden Feuer lag.

»Nicht so viel Wasser, Udolf!« schrie Niklas dem stiernackigen Mann zu. »Das Feuer soll das Holz biegen und darf deshalb nicht verlöschen!«

Über einem anderen Feuer dampfte ein rußschwarzer Kessel, in dem eine Mischung aus Pech und Pferdehaar zum Kalfatern erhitzt wurde. Der Wind trieb Georg den beißenden Pechgestank ins Gesicht, doch es störte ihn kaum. Wer einige Monate des Jahres an Bord eines Schiffs zubrachte, war den Geruch gewohnt.

Georg ging auf Niklas zu. Der wandte ihm den Rücken zu, um einen kräftigen Mann anzuweisen, der mit dem Breitbeil ein großes Kniestück bearbeiten sollte. Als sich der Rotschopf umdrehte, trat ein überraschter Ausdruck in das sommersprossige Gesicht.

Oder war es sogar Erschrecken?

»Georg! Ich wußte gar nicht, daß du wieder zurück bist.«

»Seit gestern erst. Und ich mußte gleich erfahren, daß mein Vater in Annos Kerker sitzt.«

»Ja«, seufzte Niklas, und seine Miene verfinsterte sich. »Eine sehr böse Sache, die Rainald Treuer widerfahren ist. Er hatte großes Pech mit seinen drei Schiffen. Und dann beging er auch noch den Fehler, sich mit Anno anzulegen.«

»Das ist jetzt nicht mehr zu ändern. Nun gilt es, meinen Vater aus dem Kerker zu holen. Aber dafür brauche ich Geld. Ich muß die hundert Mark begleichen, die Vater dem Erzbischof schuldet. Könnt Ihr mir helfen, Niklas?«

»Ich?« Der Ausdruck in dem leicht geröteten Gesicht

213

des Kaufmanns wechselte von Betrübnis zu Verwunderung. »Ich habe keine hundert Mark, wirklich nicht. Eine solche Summe!« Er schüttelte entschieden den Kopf.

»Ein kleiner Teil würde schon reichen. Vielleicht würden andere das als Beispiel nehmen und auch etwas geben. Früher war es üblich, daß die Männer im Wik zu einem der Ihren hielten, wenn der in Not geraten war.«

»Du hast schon mit anderen gesprochen?«

Georg nickte.

»Und?« fragte Niklas.

»Entweder haben sie kein Geld übrig, oder sie wollen nichts geben.«

»Was ich gut verstehen kann«, brummte der Rotschopf. »Es ist eine Sache, einem in Not geraten Kaufmannsbruder zu helfen, aber eine ganz andere, sich mit dem Herrn von Köln anzulegen. Rainald hat erfahren, was das heißt.«

»Soll das bedeuten, Ihr wollt mir auch nicht helfen, Niklas?«

»Ich würde es gern tun, gerade für Rainald. Aber zum einen bin ich wirklich knapp bei Kasse.« Niklas wies auf das zur Seite gezogene Schiff. »Du siehst, was das für eine große Ausbesserung ist, und weißt, wieviel das kostet. Zum anderen muß ich auch an meine Sicherheit und an die meiner Familie denken. Wer soll für sie sorgen, wenn ich im Kerker sitze?«

Georg sah Niklas eine ganze Weile stumm an. Der Blick war vorwurfsvoller als tausend Worte. Dann drehte sich der junge Kaufmann wortlos um und ging enttäuscht zurück zur Rheinmauer. Wenn selbst Niklas ihm nicht half, wer dann?

Niklas schaute ihm nach, bis er zwischen einem Ochsenkarren und einer Kolonne von Packpferden ver-

schwunden war. Erst dann wandte sich der rotschöpfige
Mann wieder seinen Arbeitern zu und trieb sie mit einem
wahren Schwall von Flüchen zu größerer Eile an.

Doch in Wahrheit verfluchte er sich selbst.

Am Nachmittag, etwa zwei Stunden später, verließ eine
Handelskarawane, zu der sich mehrere Kaufleute zusam-
mengeschlossen hatten, Köln und zog auf der großen
Straße gegen Westen, wo die alte Königspfalz Aachen lag.
Voran fuhren die zweirädrigen Karren und trotteten die
schwerbeladenen Packpferde; das Holz ächzte, und die
Tiere keuchten unter der Last von Eisen- und Töpferwa-
ren, von Leinwandballen und dicken Packen groben
Wollzeugs. Die wuchtigen vierrädrigen Wagen, hochbela-
den mit Weinfässern, schaukelten hintendrein, und die
Fahrer und Gespannführer fluchten über den aufwirbeln-
den trockenen Staub, der Augen, Nasen und besonders
Kehlen verstopfte; am liebsten hätten sie sich sogleich
über ihre feuchte, berauschende Fracht hergemacht.

Die kurze Zeit des Feierns und der Ausgelassenheit
war für die Männer der Karawane vorüber, der Alltag
voller harter Arbeit hatte sie wieder fest in den Klauen.
Viele hatten noch schwere Köpfe von billigem Wein,
schlechtem Gerstenbier oder zu süßem Met. Und kaum
einer von ihnen verfügte nach der großen Feier über einen
Pfennig im Geldsack. Wenig beachtet wurden deshalb die
verhärmten, in Lumpen gekleideten Gestalten am Weges-
rand, die heulend und klagend Bettelsäcke und Holzschalen ausstreckten. Die Kaufleute und ihre Helfer hatten
keine Almosen zu verteilen oder waren zumindest nicht
in der Stimmung dazu.

Die armseligen Kreaturen von der Feldsieche ernteten

allenfalls eine böse Verwünschung. Zwei oder drei zu
weit vorgereckte Bettelstäbe wurden barsch zurückge-
stoßen, und die Aussätzigen fielen in den Schmutz. Sie
verloren leicht das Gleichgewicht, denn die Lepra fraß
mit Vorliebe zuerst die Füße und Beine. Mancher Misel-
süchtige besaß nur noch ein Bein oder auch nur einen
schwarzschwärenden Stumpf.

Als die Männer, Pferde, Ochsen und Wagen die
schräge Ansammlung von Hütten vor den westlichen
Stadttoren Kölns hinter sich gelassen hatten und im grel-
len Licht der mit der Karawane wandernden Sonne fast
schon unsichtbar geworden waren, folgte eine einsame
Gestalt den Spuren der Kaufleute. Der ganz in Schwarz
gekleidete Mann ging nicht achtlos an den Söhnen und
Töchtern des Lazarus vorüber, sondern hielt auf sie
zu. Schon regte sich Hoffnung auf milde Gaben in den
Herzen der aus der Welt der Gesunden Verbannten.
Aber auch der Schwarze mißachtete die ihm entgegen-
gereckten Schalen und Beutel, verließ die Handelsstraße
und ging mit schnellem Schritt dem Siechenkobel entgegen.

Die Aussätzigen, die wegen der Schwere ihrer Ver-
stümmelungen nicht mehr auf den Feldern oder im Gar-
ten rund um den Kobel arbeiten konnten und ihr jämmerliches Leben deshalb durch die Bettelei zu fristen
versuchten, warfen dem Unbekannten fragende, miß-
trauische Blicke nach. Ein Siechling war er offenbar nicht.
Doch welcher Gesunde suchte freiwillig die Behausung
der bei lebendigem Leib Totgesprochenen auf?

Ein mit Tüchern fast gänzlich verhülltes Weib kniete
auf dem Boden vor dem großen Holzgebäude, an das sich
viele der kleineren Hütten schmiegten, und schnitt das
trockene Gras mit einer rostigen Sichel. Der Schwarze

blieb drei Schritte entfernt stehen, warf zwei Silberpfennige vor ihr auf die Wiese und sagte: »Hol den Siechenmeister her!«

Die Frau sammelte die Münzen fast schneller ein, als das Auge folgen konnte. Dann erst hob sie den Kopf und blickte den Almosengeber an. Ihr Gesicht war nur mit Mühe als solches zu erkennen. Die Züge hatten sich verzogen und verzerrt. Das linke Auge saß ein gutes Stück höher als das rechte, und die dünne Linie des Mundes verlief von rechts unten nach links oben. Die Nase fehlte ganz. An ihrer Stelle klaffte eine eitrige, schwarze Wunde. Die zerschlissenen Tücher, die um den Kopf gewickelt waren und ihn mit Ausnahme des Gesichts verhüllten, verbargen wohl manch weiteren üblen Anblick.

»Ich will den Siechenmeister sprechen!« wiederholte der Bärtige seine Forderung, als er in den entstellten Augen Unverständnis las. Offenbar hatte die Gottgestrafte nicht nur ihre Nase, sondern auch die Ohren verloren.

Jetzt schien sie zu verstehen, erhob sich umständlich und schlurfte zu dem großen Gebäude, in dem sie verschwand. Der Schwarze wartete unbewegt, bis sie in Begleitung eines wuchtigen, kahlköpfigen Mannes zurückkehrte, in dessen Gürtel ein Ochsenziemer steckte. Beim ersten Anblick erschien der Glatzkopf völlig gesund, wozu sein massiger Körper paßte. Aber dann bemerkte der Bärtige die vielen kleinen, schwärzlichen Wunden in dem aufgedunsenen Gesicht. Es schien nur eine Frage der Zeit, bis auch der Massige seine Nase oder ein anderes Glied verlor.

»Ich bin Otmar, der Meister dieses Kobels«, stellte er sich vor und verbreitete einen widerwärtigen Mundgeruch, der den Besucher an den Gestank im Verschlag der Kräutertrude erinnerte. »Was kann ich für Euch tun,

217

Herr? Gibt es etwa in Eurer Familie Zeichen von Sündhaftigkeit?«

Das war eine kaum verblümte Frage nach dem Leprabefall.

»Nein«, sagte der Schwarze. »Ich suche eine Frau.«

»Hm«, machte der Siechenmeister, und sein Mondgesicht spiegelte Ratlosigkeit wider. »Kennt Ihr denn nicht ihren Namen?«

»Ich kenne noch nicht einmal die Frau, sondern hoffe, daß Ihr sie mir vorstellt, Otmar. Es soll nicht Euer Schaden sein. Die Frau, die ich suche, sollte sehr hübsch sein und kaum Anzeichen von Aussatz aufweisen.«

Das feiste Gesicht hellte sich auf, und der Siechenmeister brummte: »Ah, jetzt verstehe ich Euer Begehren. Aber wir sollten das unter uns besprechen.«

Im barschen Ton befahl er der entstellten Frau, sich davonzumachen. Aber sie gehorchte nicht. Vielleicht verstand sie ihn nicht, vielleicht wartete sie aber auch auf ein weiteres Almosen des bärtigen Besuchers. Statt dessen zog der Aufseher des Siechenhauses die Lederschnur des Ochsenziemers mit einem schnellen Schlag mitten durch ihr Gesicht. Die große Wunde an der Stelle der verlorenen Nase platzte auf, und eine dickliche Flüssigkeit, eine Mischung aus Eiter und Blut, rann das verunstaltete Antlitz entlang. Der schiefe Mund öffnete sich zu einem stummen Protest. Erst jetzt bemerkte der Besucher, daß in dem schwarzen Schlund weder Zähne noch eine Zunge saßen. Das Weib wischte mit einem Ärmel ihrer Lumpen über das nässende Gesicht, hinkte davon und verschwand hinter den dürftigen Hütten aus dünnen Brettern und Flechtwerk.

»Wollt Ihr hereinkommen, Herr, oder lieber hier draußen warten?« fragte Otmar, während er den Ochsenziemer zurück in den Gürtel steckte.

»Ich komme mit.«

Als der Schwarze näher an den Siechenmeister heran-
trat, sah dieser den gelblichen Glanz auf der Stirn und den
Wangen des Besuchers.

»Ah, das Leprafett. Das ist sehr vernünftig von Euch,
Herr, werdet Ihr doch wohl kaum vorhaben, Euch auf
Dauer bei mir einzuquartieren.« Er kicherte glucksend,
und Speichel troff an seinem schwammigen Kinn hinab.

Im Siechenkobel roch es längst nicht so streng, wie der
Schwarze erwartet hatte, bei weitem besser als in der
Hütte der Kräutertrude. Otmar führte ihn in einen großen
Raum, dessen einzige Einrichtung aus zwei Holzbänken
an den Wänden bestand. Das große Fenster war mit
einem Tuch verhängt, so dünn und hell, daß genügend
Licht durchschien.

»Setzt Euch nur, Herr. Ich hole derweil die Mädchen,
die für Euch in Frage kommen.«

Der Schwarze setzte sich nicht. Versonnen blickte er
auf das helle Viereck des Fenstertuchs und dachte befriedigt, daß die eingeholten Angaben über den Siechenmeister stimmten. Otmar führte in dem Siechenkobel tatsächlich ein Hurenhaus für Männer, die nur im Angesicht von
Krankheit, Verfall und Tod ihre Lust ausleben konnten.

Der massige Siechenaufseher kehrte mit vier Mädchen
zurück, die sich auf Otmars Geheiß auszuziehen begannen. Auf den ersten Blick konnten sie einem Mann gefallen, wenn zwei der Dinger dem Bärtigen auch recht drall
und derb erschienen. Aber alle verfügten über straffe Formen und rosige, frische Haut.

Bis sich die Stellen mehrten, wo die Haut gar nicht
mehr frisch wirkte, sondern krank und tot, befallen vom
schwärenden Aussatz. Eine der beiden drallen Dirnen
enthüllte große Brüste, von denen nur eine gesund und

219

die andere ein dicker Klumpen aus eiterndem, zerfallendem Fleisch war, den sie dem Gast stolz entgegenreckte. Offenbar gab es Männer, die sich daran erfreuten.

Eine andere Hure hatte ein aussatzbefallenes Bein, die dritte mehrere Wunden am ganzen Körper verteilt. Die vierte wäre mit dem faulenden Fleisch rund um ihre Scham fast das gewesen, was der Schwarze suchte, hätte sie nicht ein sehr grobes Bauerngesicht gehabt.

»Nun, Herr, welche wollt Ihr?« fragte mit hörbarem Frohlocken der Siechenmeister. »Oder sollen es gleich mehrere sein?«

»Keine von denen«, sagte der Schwarze zur Enttäuschung des anderen. »Habt Ihr nicht eine, die wirklich schön ist?«

»Wie meint Ihr das?« Otmar tätschelte die Brüste einer Dirne und den Hintern einer anderen. »Das ist doch gutes Fleisch!«

»Ich suche ein Mädchen mit dem Gesicht eines Engels, so rein, daß man ihr die Sünde nicht glauben mag.«

Für einen Augenblick schien der Siechenmeister überfordert, doch dann hellten sich seine Züge schlagartig auf. »Nun weiß ich, was Ihr meint, Herr. Wir haben tatsächlich einen solchen Engel hier. Aber ...«

»Aber was?«

»Wibke heißt das Mädchen. Es ist noch nicht lange bei uns, vier Tage erst, um genau zu sein. Der Vater ist Lohgerber drüben in der Stadt, und seine Tochter wuchs recht behütet heran, wenn Ihr wißt, was ich meine.«

»Ihr meint, sie hatte noch nie einen Mann.«

»So ist es, Herr.« Otmar grinste über das ganze Vollmondgesicht. »Ich wollte sie für jemand Besonderen aufheben, der natürlich auch einen besonderen Preis bezahlen müßte. Ihr seht mir ganz nach einem Herrn aus, der

220

nicht auf den Pfennig achtet, wenn es um die Erfüllung seiner geheimsten Wünsche geht.«

»Nennt schon den Preis! Wenn mir das Mädchen gefällt, kaufe ich es Euch ab.«

»Ihr ... kauft ... es mir ab?« fragte der Siechenmeister ungläubig.

»Ja. Ihr bekommt das Geld und ich das Mädchen.«

»Aber wenn das rauskommt?«

»Wie denn? Ich bin nicht von hier und werde bald weiterziehen.«

»Jemand könnte sich nach dem Mädchen erkundigen?«

»Wer denn? Ist sie keine Aussätzige? Wurde ihr nicht die Totenmesse gelesen?«

»Doch.«

»Wer sollte sich nach einer Toten erkundigen?«

»Das ist wahr«, murmelte Otmar und fuhr nachdenklich mit der Hand über seinen kahlen Schädel. »Wenn Ihr das Mädchen mitnehmt, entgehen mir große Einnahmen. Ich müßte schon einiges als Ausgleich verlangen.«

»Wieviel?«

»Bedenkt, Herr, das Mädchen ist sehr jung und würde mir viel einbringen, zumal der Aussatz bei ihr noch nicht weit fortgeschritten ist. Sagen wir, fünf Silbermark?«

»Einverstanden. Jetzt zeigt mir das Mädchen!«

Noch ziemlich überrascht von dem Umstand, daß der Fremde einen so hohen Preis bezahlen wollte, führte ihn der Siechenmeister in einen großen Schlafraum, wo ein ziemlich junges Ding auf dem Estrich kniete und diesen mit einem zusammengeknüllten Tuch wischte. Als der Schwarze das feine, liebliche, von blonden Locken umspielte Gesicht sah, nicht so rosig wie das einer Bäuerin, sondern von einer fast vornehmen Blässe, ahnte er, daß er gefunden hatte, was er suchte. Das Mädchen sah tatsächlich rein wie ein Engel aus. Wenn es stimmte, was er über Anno in Erfahrung gebracht hatte, könnte sie eine große Versuchung für den Erzbischof darstellen.

»Zieh dich aus!«

Als der Schwarze das sagte, hielt das Mädchen in der Arbeit inne und starrte ihn erschrocken an. Die großen, hellgrünen Augen in dem Engelsgesicht drückten Furcht aus, Entsetzen.

»Tu schon, was der Herr dir befohlen hat!« fuhr Otmar seine Schutzbefohlene an. Als sie nicht reagierte, knallte sein Handrücken in ihr Gesicht, und ihr Kopf flog zur Seite.

»Vorsichtig!« ermahnte der Schwarze den Siechenmeister. »Sie darf ihre Schönheit nicht verlieren!«

»Sie ist ein bockiges Ding«, brummte Otmar, als das Mädchen noch immer keine Anstalten traf, dem Befehl nachzukommen.

Schließlich zog er sie vom Boden hoch, bis sie auf ihren Füßen stand, und riß ihr die Kleider vom Leib.

Was der Schwarze sah, stellte ihn mehr als zufrieden. Ein schlanker und doch weiblicher Körper, fast ohne Makel, bis hinunter zu den Unterschenkeln, um die das wollene Gewand lag. Nur etwas fehlte.

»Ich sehe keine Anzeichen von Aussatz«, sagte er.

»Das werdet Ihr gleich, Herr«, erwiderte Otmar und kniete sich vor dem Mädchen hin, um ihre hellen Lederschuhe auszuziehen.

Der rechte Fuß war fast gesund, nur eine schwärzliche Färbung des kleinen Zehs verriet die beginnende Fäulnis. Der linke Fuß aber war ein einziges Geschwür und hatte nur noch zwei Zehen.

»Der Lohgerber hat die Sache lange geheimgehalten«, meinte grinsend der Siechenmeister. »Aber irgendwann geht es nicht mehr. Oder die Angst vor der Ansteckung ist so groß, daß man lieber die eigene Tochter für tot erklären läßt.«

»Hier habt Ihr eine Anzahlung im Wert von einer Mark«, sagte der Schwarze und reichte Otmar einen prall gefüllten Leinenbeutel; beim hellen Klirren der hundertvierundvierzig Pfennige trat ein hochzufriedener Ausdruck auf das runde, fleischige Gesicht. »Heute abend hole ich das Mädchen ab. Ich bringe den Rest des Geldes und frische Kleider mit. Sorgt dafür, daß die Dirne sauber ist und gut riecht!«

Der Siechenmeister deutete eine Verbeugung an. »Alles soll geschehen, wie Ihr befehlt, Herr.«

»Befolgt meine Anweisungen und sprecht zu niemandem darüber!« schloß der Schwarze und verließ den Siechenkobel.

Auf der Handelstraße wandte er der Sonne den Rücken zu und schlug den Weg zurück nach Köln ein. Viele neugierige Blicke folgten ihm vom Siechenfeld aus, aber niemand ging ihn noch einmal um ein Almosen an. Seine dunkle Gestalt wirkte wie die Leib gewordene Strafe des Herrn.

Als Georg Treuer seine müden Schritte durch den Wik heimwärts lenkte, war die Nacht schon hereingebrochen. Die Zeit der Versuchung, der Dämonen und des Satans hatte die Straßen merklich geleert. Je mehr Lichter in den Häusern erloschen und die Gebäude zu düster aufragenden Riesen werden ließen, desto weniger Volk zeigte sich draußen. In der lichtlosen Zeit gab es keine Geschäfte abzuwickeln außer solchen, denen ein ehrbarer Bürger lieber aus dem Weg ging. Gott schien die Nacht erschaffen

223

zu haben, um die Menschen an ihre Schwächen und ihre Bedeutungslosigkeit zu erinnern. In den langen Stunden der Finsternis fiel der Mensch seiner Furcht vor dem Unbekannten anheim oder seiner Trauer um Verlorenes, die er jetzt nicht durch die Geschäftigkeit des Tagewerks ablenken konnte.

Auch Georg war traurig. Traurig, enttäuscht, wütend, einsam. Er hatte nicht geruht und nicht gerastet, den ganzen Tag über nichts gegessen und nur ein paar Schluck Wasser aus einem Brunnen getrunken, doch er hatte nichts erreicht. Niemand war bereit, Rainald zu helfen. Selbst Männer wie Niklas Rotschopf, die im Grunde ihres Herzens rechtschaffen waren und Georgs Vater einiges schuldeten, hatte die Angst vor dem mächtigen Erzbischof gelähmt. Ein ganzer Tag war vergangen, und Rainald hockte noch immer in Annos Kerker.

Georg fürchtete, ihn niemals freizubekommen. Und noch mehr fürchtete er, daß seinem Vater etwas zustieß. Anno konnte es leicht so einrichten, daß einer seiner Gefangenen starb, ohne daß die wahren Umstände bekannt wurden.

Wie an all den vergangenen Tagen waren auch heute die Fensterläden von Rainalds Haus geschlossen, aber durch die Ritzen drang ein schwacher Lichtschimmer auf die Straße. Wartete in der großen Stube Bojo auf Georgs Rückkehr? Vielleicht auch Broder oder beide Brüder? Mit dem Gedanken, sie ebenso zu enttäuschen, wie er in der letzten Nacht seinen Vater enttäuscht hatte, klopfte er mutlos gegen die Tür.

Bojo linste nach draußen und zog die Tür dann ganz auf. Ehe der Verwalter noch etws sagen konnte, schüttelte Georg den Kopf. »Es war alles umsonst. Niemand wird uns helfen.«

»Doch!« erwiderte der Friese, und Georg blickte ihn überrascht an. »Komm erst mal rein, Georg. Wir haben Besuch.«

Georg erkannte den graubärtigen Mann mit den scharfen Gesichtszügen, der mit Broder am Tisch saß. Samuel stand an der Spitze der jüdischen Kaufleute in Köln.

Rumold Wikerst hatte sich oft abfällig über die Geschäftemacherei der Juden im allgemeinen und über Samuel im besonderen geäußert. Wahrscheinlich aufgrund des neidgeborenen Hasses, wie ihn Gudruns Vater auch auf Rainald Treuer empfand. Georg hatte sich häufig gefragt, wie ein Mann mit so düsterem Gemüt und derart hartem Herzen eine mitfühlende Tochter wie Gudrun haben konnte.

Rainald und sein Sohn hatten nie Grund gehabt, schlecht über Samuel oder über andere Händler aus dem Judenviertel zu reden. Gewiß ärgerte man sich über ein gutes Geschäft, das ein Jude einem vor der Nase wegschnappte. Aber das war bei einem christlichen Händler nicht anders.

Ansonsten gingen sich die jüdischen Händler und die Männer aus dem Wik weitgehend aus dem Weg. Ohne besonderen Grund, sondern einfach nur, weil es schon immer diese unsichtbare Kluft zwischen Juden und Christen gegeben hatte, die vielleicht nichts anderes war als die Scheu und Furcht vor der Andersartigkeit.

Auf dem Tisch standen Becher, ein Weinkrug, Brot, Käse, kaltes Fleisch und mittendrin eine Kerze, die bei Georgs Eintreten heftig geflackert hatte und sich nun, nachdem Bojo die Tür wieder geschlossen hatte, allmählich beruhigte.

Samuel maß den Sohn des Hausherrn mit einem durchdringenden Blick. »Eure Leute wollen Euch nicht darin unterstützen, Euren Vater aus dem Verließ zu holen, Georg Treuer?« fragte er, obwohl er die hoffnungslosen Worte, die Georg zu Bojo gesprochen hatte, gehört haben mußte.

»Nein.«

»Ist das die vielbeschworene Nächstenliebe, auf die ihr Christen euch soviel einbildet?«

Georg zuckte mit den Schultern und setzte sich auf die vordere Holzbank, dem Juden gegenüber. »Ich bin kein Pfaffe, sondern Kaufmann.«

»Ich auch«, lächelte Samuel. »Und daher bin ich zu Euch gekommen, um mit Euch ein Geschäft zu machen.«

»Mit mir, mit dem niemand im Wik etwas zu tun haben will?«

»Gerade darum. Hättet Ihr für dieses Geschäft Wikbrüder als Teilhaber gewinnen können, würdet Ihr Euch kaum mit einem Juden einlassen, oder?«

»Ich weiß nicht, von was für einem Geschäft Ihr sprecht, Samuel. Außerdem habe ich nichts gegen die Juden.« Georg dachte an Rachel. »Es gibt Juden, die mir angenehmer sind als manche Christen.«

Samuel nickte verständig. »Ja, ich weiß. Rachel läßt Euch grüßen. Durch sie bin ich gut über Eure Zwangslage unterrichtet. Sie erzählte mir auch von der Schiffsladung mit dem brennenden Wein.«

Während er das sagte, zeigte der jüdische Kaufmann auf die Tonkaraffe. Georg begriff, daß sie etwas von dem Branntwein enthielt, den er aus Savona mitgebracht hatte.

»Ich habe ihn gekostet.« Samuel hob den fast leeren Holzbecher, leckte über seine schmalen Lippen und leerte das Gefäß bis auf den Boden. »Er ist wirklich außergewöhnlich, wärmt den Leib und berauscht den Verstand schneller, als es herkömmlicher Wein je könnte. Damit las-

226

sen sich gute Geschäfte machen. Ich bin bereit, Euch die ganze Ladung abzukaufen.«

Georg sprang auf, starrte Samuel mit wutverzerrtem Gesicht an, zeigte dabei zur Tür und schrie: »Hinaus! Ich will Euch nie wieder in diesem Haus sehen!«

»Ich verstehe Euch nicht«, entgegnete Samuel mit gerunzelter Stirn.

»Ihr glaubt vielleicht, mich ausnehmen zu können, nur weil ich mich in einer Notlage befinde. Aber was sollte es mir nützen, Euch den Branntwein billig zu verhökern! Es würde doch nicht mal als Anzahlung auf unsere Schulden bei Anno reichen. Da kann ich den Wein aus Savona auch gleich verbrennen. Aber ich lasse es keinesfalls zu, daß Ihr mit Vaters Zwangslage Eure Geschäfte macht!«

»Ihr versteht mich falsch, Georg Treuer«, beteuerte Samuel. »Ich will weder Euch noch Euren Vater ausnutzen. Im Gegenteil, ich bin bereit, Euch hundert Silbermark zu zahlen.«

Georg benötigte einige Zeit, um Samuels Worte zu verarbeiten. Allmählich begriff Rainald Treuers Sohn, weshalb ihm die Friesen beschwörende Blicke zuwarfen und Bojo an seinem Hemd zerrte wie ein quengelndes Kind am Kleid der Mutter.

»Hundert Silbermark«, wiederholte Georg fast andächtig. »Das wäre genau der Betrag, den Anno für Vaters Freilassung verlangt!«

»Das weiß ich«, sagte Samuel.

»Mit dem Branntwein lassen sich bestimmt gute Geschäfte machen«, meinte Georg. »Wenn ich davon nicht überzeugt wäre, hätte ich mein Schiff niemals mit Fässern vollgeladen. Aber ich muß Euch offen sagen, daß Ihr damit niemals hundert Silbermark einnehmen und bei diesem Preis erst recht keinen Gewinn erzielen werdet.«

»Auch das ist mir bekannt. Könnte ich nicht einigermaßen rechnen, wäre ich kein erfolgreicher Kaufmann geworden und gewiß nicht so lange Zeit an einem Ort geblieben.«

»Dann verstehe ich Euch nicht«, bekannte Georg offen.

»Ich zahle Euch die hundert Mark nicht allein für den Wein, ich werde ihn Euch nicht einmal ganz abkaufen, sondern wir bleiben auch beim Weiterverkauf Teilhaber. Die Hälfte des Gewinns gebührt Euch und wird von mir mit den hundert Silbermark verrechnet.«

»Das reicht aber längst nicht, um die hundert Mark abzudecken.«

»Natürlich nicht«, sagte der Jude. »Für den Rest nehme ich Euer Schiff in Anspruch. Ihr habt derzeit sowieso kein Geld, um neue Waren einzukaufen. Meine Lager dagegen quellen über, so gut liefen meine Geschäfte während der Zeit vor dem Osterfest. Ich habe nicht genug Schiffe zur Verfügung. Hier kommt Ihr ins Spiel und nehmt meine Waren auf die *Faberta*. Wir teilen uns auch hier den Gewinn. Dadurch werde ich meine hundert Silbermark schon wieder hereinbekommen und vielleicht noch einiges mehr.«

Georg überlegte nur kurz. Dann entschuldigte er sich für sein Aufbrausen und sagte: »Das ist ein guter Vorschlag. Ich bin einverstanden. Aber Ihr müßt mir noch sagen, welchen Zins Ihr für das Darlehen fordert.«

»Zins?« Samuel lachte und verzog abfällig das Gesicht. »Nein, ich verlange keinen Zins, sondern nur Eure Aufrichtigkeit bei unseren gemeinsamen Geschäften. Übrigens kann die *Faberta* schon in wenigen Tagen ablegen. Ich habe von fahrenden Händlern eine ganze Schiffsladung Spezereien angekauft, die an der friesischen Küste einen guten Preis erzielen müßten.«

»Erst muß ich meinen Vater aus dem Gefängnis holen.«

»Heute ist es schon zu spät«, stellte Samuel fest. »Kommt morgen zu mir und holt Euch das Geld. Dann könnt Ihr zu Anno gehen und Euren Vater heimholen. Sicher wollt Ihr ein, zwei Tage mit ihm zusammen sein, vielleicht das Fest des heiligen Georg mit ihm feiern. Wir könnten die *Faberta* inzwischen beladen, und Ihr legt am Donnerstag ab. Seid Ihr damit einverstanden?«

»Voll und ganz!« rief Georg erfreut aus und konnte es noch immer nicht glauben, daß die schlimme Geschichte so unerwartet ein gutes Ende fand.

Samuel erhob sich und griff nach seinem Umhang. »Dann sind wir uns einig! Kommt nach Sonnenaufgang zu mir, um das Geld zu holen. Ihr kennt das Haus. Gestern habt Ihr Rachel dorthin gebracht.«

»Rachel wohnt bei Euch?«

»Ja, seit ihr Vater nicht mehr da ist. Sie ist meine Nichte und für mich fast so etwas wie eine Tochter. Deshalb schulde ich Euch großen Dank dafür, daß Ihr Annos Schergen so mutig entgegengetreten seid. Die meisten Christen hätten das nicht für ein Judenmädchen getan, zumal die Stadtwache nur hinter der vermeintlichen Hübschlerin her war, aber nicht hinter Euch.«

Georg begriff jetzt, was diesen Mann zu seinem großzügigen Angebot veranlaßt hatte: Dankbarkeit. Und er verstand auch, warum Rachel in einem so vornehmen Haus wohnte. Zwar kannte er Samuels Heim, doch in der finsteren Nacht hatte er es nicht erkannt.

Auch diese Nacht konnte Georg kaum schlafen, doch diesmal war es freudige Erregung, die ihn wachhielt. Morgen schon würde er den Vater in die Arme schließen, und in Rainalds Augen würde nicht länger Enttäuschung stehen, wenn er den Sohn anblickte. Daran dachte Georg.

229

Und an zwei junge Frauen.

Rachel, deren Leben ihm geheimnisvoll schien. Wenn sie im Haus des reichen Samuel lebte, warum verdingte sie sich dann als Küchenmagd beim Erzbischof? Ob es etwas mit dem unterirdischen Geheimgang zu tun hatte? So lange seine Gedanken auch um diese Frage kreisten, sie fanden keine Antwort.

Und so wandte sich seine Vorstellungskraft Gudrun zu. Georg schöpfte neue Hoffnung. Wenn Rainald frei und das Handelshaus Treuer wieder im Geschäft war, würde Rumold Wikersts Tür vielleicht nicht länger für Georg verschlossen bleiben!

Kapitel 9

Gottes Strafe

Der Schwarze kam und holte sie, als es bereits dämmerte. Kurz bevor die Stadtwachen die Tore für die Nacht versperrten, schlüpfte er mit der Aussätzigen hindurch und zog sie in das dunkle Gassengewirr, das ihre Heimat und jetzt doch für sie versperrt war. Angst und Hoffnung wechselten sich in Wibkes Herz ab, doch die Angst überwog. Der Schwarze schien kein Mensch zu sein, der anderen Gutes tat. Wenn er überhaupt ein Mensch war. Er wirkte so gefühllos, so kalt, daß ihr bei seinem Anblick fröstelte.

Das offenherzige Kleid, das er mitgebracht hatte, damit sie es im Siechenkobel anzog, konnte an ihrer Gänsehaut nicht schuld sein, denn der Schwarze hatte ihr auch einen Mantel mit Kapuze übergehängt. Wohl weniger aus Besorgnis um ihre Gesundheit als zur Verschleierung ihrer Person. Niemand sollte erkennen, daß eine Aussätzige entgegen allen Verboten Köln betrat und die Gefahr der Ansteckung durch die Gassen trug.

Obwohl sie wußte, daß ihre Krankheit unheilbar war, keimte in Wibke die zarte Pflanze unwirklicher Hoffnung. Vielleicht konnte sie in der Stadt bleiben, und ihre Familie nahm sie wieder auf, wenn die Krankheit wenigstens nicht schlimmer wurde.

Aber dann dachte Wibke daran, daß die Fäulnis schon

stärker geworden war und sie einen Fuß an den gefräßigen schwarzen Brand verloren hatte. Da hatte sich ihr Vater nicht länger gegen das Unvermeidliche sträuben können und den Fall den Behörden gemeldet. Wie erwartet, endete die Lepraschau mit der Feststellung der Krankheit durch den Siechenausschuß: unrein!

Wibke war das alles wie ein Alptraum erschienen. Am schlimmsten aber war die Totenmesse gewesen. Sie sah sich wieder unter dem schwarzen Tuch auf der Kirchentreppe knien, während drinnen der Priester die Messe für ihre Hinterbliebenen las.

Das war die traurige Wahrheit, auch wenn Wibke sie sich nicht eingestehen wollte. Sie hatte gar keine Familie mehr, denn Wibke war tot, eine lebende Tote. Der Priester hatte sie aus der Gemeinde ausgesegnet. Ihre Eltern und Geschwister hatten Asche und Staub auf Wibkes verhülltes Haupt gestreut. Asche zu Asche, Staub zu Staub. Mit dem schwarzen Tuch über dem Kopf hatte Wibke ihre Angehörigen nicht einmal mehr gesehen. Warum auch, war sie doch tot und ihre Welt fortan der Siechenkobel.

Gottes Strafe hatte Wibke getroffen. Doch was war ihre Sünde? Konnten es wirklich die zaghaften Küsse sein, die sie bei einem Botengang durch den Wik mit einem Schiffer getauscht hatte? Sie wollte doch nur wissen, wie es war, einen Mann zu küssen, der nicht ihr Vater und nicht ihr Bruder war. Der Schiffer war viel älter gewesen und weit gereist. Er hatte von fremden Ländern erzählt, von arabischen Händlern und Sklavenmärkten.

Manche behaupteten, aus diesen fernen Ländern komme die Lepra, eingeschleppt durch die Ferndhändler. Die Priester jedoch wiederholten immer aufs neue, daß sie Gottes Strafe und der Makel menschlicher Sündhaftigkeit sei.

Hatten sie recht? War der Schwarze vielleicht auch von Gott gesandt?

Oder vom Teufel?

War Wibke noch nicht genug bestraft worden? Gab es eine schlimmere Sühne, als eine lebende Tote zu sein und dem allmählichen Verfaulen des eigenen Leibes zuzusehen?

Ihre Erleichterung, dem Siechenkobel und Otmars gierigen Blicken entkommen zu sein, hatte nur kurz gewährt. Bald überwogen Zweifel und Furcht. Voller Unbehagen dachte Wibke daran, wie sie sich am Nachmittag vor dem schwarzgekleideten Namenlosen hatte ausziehen müssen und wie dieser erst zufrieden gewesen war, als er die faulenden Stellen sah, ihre Füße.

Besonders der rechte, schon fast zerfressen, schmerzte bei jedem Schritt, und Wibke hinkte. Es ging leicht bergan, und die riesigen Umrisse der Kathedrale füllten vor ihnen den Nachthimmel aus. Wenn der Schwarze sie auf den Domhügel führte, konnte er dann ein Abgesandter Satans sein?

Unvermittelt blieb er stehen und legte den Kopf schief, als lausche er. Dann hörte auch Wibke die Schritte. Schwere Schritte, von mehr als einer Person.

Das bärtige Gesicht des Schwarzen grinste plötzlich, und mit einer ruckartigen Bewegung zerrte er den Mantel von Wibkes Schultern. Ein zweiter Griff, und er zerriß ihr Kleid, entblößte ihre Brüste.

Sie war erschrocken und verwirrt. Ehe sie noch fragen konnte, was das alles zu bedeuten hatte, faßte die Rechte des Fremden in ihr Haar und zog Wibke mit neuem, schmerzhaftem Ruck auf die Knie.

Ein Fuß des Mannes flog hoch und traf hart ihren Unterleib. Der stechende Schmerz war noch viel schlimmer

233

als eben der Griff ins Haar. Wibke fiel zu Boden, preßte die Hände gegen ihren mißhandelten, brennenden Schoß und wälzte sich hin und her, als könne sie dadurch die Schmerzen betäuben.

Als sich die stärkste Pein gelegt hatte, war der Schwarze verschwunden, wie von der Nacht verschluckt. Dafür näherten sich drei Bewaffnete, eine Nachtstreife des Bischofs.

»Seht mal!« rief einer von ihnen den Kameraden zu. »Hier treibt's eine direkt im Schatten des Doms. Sie wälzt sich vor Lust noch am Boden und keucht wie 'ne läufige Hündin. Ihr Begatter kann noch nicht lang fort sein.«

»Wahrscheinlich haben wir ihn vertrieben«, meinte ein anderer Söldner. »Er war wohl noch nicht fertig, sonst würde sich die Hure nicht so geil rumwälzen. Ein ausnehmend hübsches Kind übrigens. Schaut euch mal die prächtigen Titten an! Ich hab' nicht übel Lust zu beenden, was der dämliche Kerl nur angefangen hat!«

»Reiß dich zusammen, Thiedo!« ermahnte der erste Sprecher den zweiten. »Du weißt, daß wir die Dirnen, die wir zu Anno bringen, nicht anrühren dürfen.«

»Ja, leider! Möchte mal wissen, was der Erzbischof mit dem ganzen Weibsvolk macht, das wir ihm zuführen.«

»Was schon?« griente der dritte Mann. »Unter ihren Kutten sind die Seelenhirten auch nur Männer!«

Alle drei lachten laut, während sie Wibke hochzerrten. Dabei waren sie nicht gerade rücksichtsvoll. Die Aussätzige spürte rauhe Hände auf ihren Brüsten, ihrem Hintern und zwischen ihren Beinen. Sie wehrte sich nicht. Schon aus Angst hätte sie es nicht getan. Hinzu kamen die starken Krämpfe, die der Tritt des Schwarzen ausgelöst hatte.

Die Männer schleppten Wibke den Domhügel hinauf. Die Aussätzige glaubte schon, die Kathedrale sei das Ziel.

Sie dachte an das Gespräch der Söldner. Konnte es wirklich sein, daß der Erzbischof sich mit Hübschlerinnen einließ? Sie wollte es nur für einen derben Spaß der Bewaffneten halten, aber wo führten sie Wibke dann hin?

Die Antwort war ein von zwei Bewaffneten bewachter unterirdischer Verschlag nahe dem Bischofspalast. Unsanft stieß ein Mann des Greiftrupps Wibke die schmalen Stufen hinab. Sie verlor den Halt, stürzte und zog sich schmerzhafte Prellungen zu.

Als sie still auf dem kühlen, feuchten Stein lag, hörte sie lautes, vielfältiges Atmen und bekam Angst. Denn die Wachen hatten die schwere Luke geschlossen, und hier unten herrschte völlige Finsternis.

Hatte man Wibke nächtlichen Geistern zum Fraß vorgeworfen? Ganz in der Nähe lag ein Kirchhof!

Das Atmen wurde von Stimmen übertönt. Menschliche, weibliche Stimmen von anderen Gefangenen, Hübschlerinnen, die Wibke als eine der Ihren begrüßten. War es wirklich wahr, was die Wachen erzählt hatten?

Wibke gab nur einsilbige Antworten, zog sich in eine Ecke zurück und überlegte. Was auch immer sie erwartete, war nicht alles besser als der Siechenkobel? Sie hätte es gern mit ja beantwortet, aber die Dunkelheit schürte ihre Zweifel und ihre Angst.

Hin und wieder fiel ein wenig Licht in das Loch, wenn die Luke geöffnet wurde und eine weitere Hübscherin heruntertaumelte. Die Blicke in die Gesichter ihrer Mitgefangenen ließ Wibke erschauern. Soviel Schmutz, Häßlichkeit und Krankheit hatte sie bisher nur auf dem Siechenfeld gesehen.

Erst als die Tür mit aufdringlichem Quietschen aufschwang und Flammenschein Wibke und die anderen Frauen blendete, erkannte die Tochter des Lohgerbers,

235

daß die Luke über ihr nicht der einzige Zugang war. Mehrere Männer traten ein, und einige hielten Fackeln in den Händen. Die Gesichter konnte Wibke nicht erkennen, zu grell war der ungewohnte Lichtschein nach der langen Dunkelheit.

»Aufstehen und mit dem Rücken an die hintere Wand stellen!« befahl eine barsche Stimme.

Teilweise ängstlich und teilweise murrend befolgten die Hübschlerinnen den Befehl. Wibke gesellte sich stumm zu ihnen. Erst jetzt fiel ihr auf, daß ihre Brüste noch immer nackt waren. Sie raffte die Leinenfetzen des Kleids zusammen und hielt sie vor ihrem Busen fest.

Als sie dann wieder aufschaute, fuhr sie zusammen. Ihre jetzt an den Fackelschein gewöhnten Augen erkannten den Mann im goldbestickten Gewand, der zwischen den Söldnern stand. Jeder Kölner, der nicht blind war, hätte ihn sofort erkannt: Erzbischof Anno!

Seine Eminenz trat vor, und die tief in den Höhlen verborgenen Augen musterten die Frauen eingehend, eine nach der anderen. Bei ihrem Anblick murmelte Anno Worte, die Wibke nicht verstand. Es mußte Latein sein, ein Gebet oder so etwas. Anno schritt die ganze Reihe ab, kehrte dann zurück und blieb vor Wibke stehen.

»Sie ist noch so jung«, sagte er leise, und es war Wibke nicht klar, zu wem er sprach. »Sie hat das Gesicht eines Engels, und doch hat sie ihre Reinheit und Unschuld verkauft. Vielleicht kann ich sie auf den Weg des Herrn zurückführen.« Anno hatte bei Wibkes Anblick fast andächtig gesprochen. Abrupt wandte er sich um und sagte mit festerer Stimme: »Die anderen bringt zum Gottesdienst in die Kapelle und gebt ihnen genug Geld, damit sie nicht gleich wieder auf die Straße gehen!«

Die Söldner trieben die Hübschlerinnen wieder die

enge Treppe hinauf, während Anno seine Hand nach Wibke ausstreckte. »Komm mit mir, mein Kind!« Seine Stimme klang wieder sanft, und es hörte sich nicht nach einem Befehl an.

Trotzdem zögerte Wibke, die ausgestreckte Hand zu ergreifen. Dabei dachte sie nicht an ihre ansteckende Krankheit. Sie hatte einfach Angst vor dem hochstehenden Mann, vor dem, was sie erwartete. Was hatte er damit gemeint, er wolle sie auf den Weg des Herrn zurückführen?

Sie wagte nicht, ihn danach zu fragen, wagte nicht einmal, überhaupt etwas zu sagen.

»Gib mir deine Hand und laß dich führen!« Annos Stimme klang noch immer sanft.

Sie ergriff die Hand, die seltsam kalt war, und Anno führte sie durch die unterirdische Tür, die hinter ihnen von einem Söldner verschlossen wurde. Der Erzbischof und die Aussätzige waren jetzt allein. Durch einen engen Gang aus grobbehauenem Stein, erleuchtet durch ein paar Kerzen in eisernen Haltern, ging es in einen größeren, unterirdischen Raum. Anno zog die Tür hinter ihnen zu.

In dem viereckigen Raum sorgten mehrere der großen Kerzen für ausreichendes Licht. Es gab einen einzigen Schemel, der neben einer großen Wasserschüssel und ein paar zusammengelegten Tüchern stand. Eine ziemlich karge Ausstattung.

An einer Wand hing zwischen zwei Kerzen ein großes Kruzifix aus dunklem Holz. Die Jesusfigur war sehr fein gearbeitet, der Schnitzer mußte ein Meister seines Fachs sein. Der Messias wirkte überaus lebendig. Er bäumte sich in einer letzten Aufwallung gegen den todbringenden Schmerz nach vorn, reckte das dornengekrönte Haupt zur Seite und blickte flehend in den Raum hinein, geradewegs in die Gesichter der beiden Menschen. Noch niemals hatte Wibke sich dem Erlöser so nah gefühlt, und sie erzitterte bei dem Anblick.

»Du spürst den Blick des Herrn in deinem Herzen, nicht wahr?« fragte Anno. »Dann ist es für dich nicht zu spät, ebensowenig wie für mich. Wir beide sind der Reue und der Umkehr fähig. Wollen wir einander dabei behilflich sein?«

Wibke verstand nicht, was er meinte. Stumm starrte sie in das hagere Gesicht, dessen harte Züge ein wenig nachgiebiger wirkten, als sie es in Erinnerung hatte. Vielleicht lag das am warmen Licht der Kerzen.

»Du wirst mir bestimmt helfen, weil auch ich dir helfe.« Anno hob den Kopf und sah hinauf zum Gekreuzigten. »Einer erweist dem anderen den Dienst, wie es der Herr beim Letzten Abendmahl verkündet hat.«

Er drückte sie auf die Knie, viel sanfter, als es der unheimliche Schwarze getan hatte. Anno kniete sich neben sie, preßte die Handflächen gegeneinander und begann, das Gesicht dem Kruzifix zugewandt, zu beten. Wieder verstand Wibke kein Wort und hielt es für Latein, die Sprache der gelehrten Pfaffen. Anno betete mit Inbrunst und endlos lange. Für Wibke war es so eintönig, daß sie eingeschlafen wäre, hätte nicht die Furcht vor dem Unbekannten, das ihr noch bevorstand, ihr Herz mit eiserner Faust zusammengepreßt.

Endlich war Anno fertig, erhob sich und zeigte auf den hölzernen Schemel. »Setz dich!«

Wibke gehorchte – und erstarrte, als sie sich umwandte. Anno hatte sein kostbares Gewand abgelegt und war darunter gänzlich nackt, sah man von den perlenkreuzbestickten Lederschuhen ab. Angewidert und gebannt zugleich starrte sie auf den knochigen Leib, das bleiche Fleisch, die mit struppigem Haar übersäte Brust, den leicht gewölbten Bauch, den aus noch struppigerem Haar hervorlugenden Fleischzipfel und die dürren Beine. Auf dem Bauch prangte ein seltsames Muttermal in Form eines Kreuzes, als hätte es sich der Erzbischof als Zeichen seiner Demut vor dem Herrn eingebrannt.

Drohte sich jetzt das zu erfüllen, was die Söldner und die Hübschlerinnen angedeutet hatten?

Sie empfand starken Widerwillen bei diesem Gedanken und blieb doch auf dem Schemel sitzen. Was konnte sie, eine lebende Tote, gegen den mächtigsten Mann der Stadt ausrichten?

Er trat vor den Schemel und legte seine knochigen Hände auf ihre Schultern. Ganz sanft zog er das Kleid nach unten, bis ihre Brüste entblößt waren. Seine Rechte berührte ihre Stirn, wanderte nach unten auf ihre Brust, dann nach links und rechts. Anschließend wiederholte er das Kreuzzeichen bei sich selbst.

»Die Kinder Israels schüttelten den Staub von ihren Füßen, wenn sie von weiter Reise heimkehrten und wieder den Boden des Gelobten Lands betraten, um alles Unreine und damit auch ihre Sünden hinter sich zu lassen«, sagte Anno, und es klang wie eine Predigt. »Und siehe, der Herr wusch, als das Ende seines Menschenlebens unmittelbar bevorstand, seinen Jüngern die Füße, um sie in den Zustand der Reinheit zu versetzen. Als Simon Petrus sich aber dagegen wehrte und verlangte, nicht nur die Füße, sondern auch Hände und Haupt sollten ihm gewaschen werden, belehrte unser Herr Jesus ihn, daß der Gewaschene nichts bedürfe, außer daß ihm die Füße gewaschen würden, denn er sei ganz rein.«

Sein auf das Kruzifix gerichteter Blick wanderte zu dem Mädchen, und seine Stimme wurde lauter: »Wir aber dürfen uns nicht mit den Jüngern gleichsetzen und schon gar nicht mit dem Erlöser, der sich für unsere Sünden geopfert hat. Denn wir haben ihn verraten, indem wir große Schuld auf uns luden und die Reinheit unserer Herzen befleckten. Darum wollen wir Buße tun. Wie unser Herr vor den Jüngern kniete, als sei er der Niederste von ihnen, will ich jetzt vor dir knien, und die Unreinheit von dir waschen.«

Sprach Anno und kniete auch schon auf dem Steinboden, tauchte die Hände in die Wasserschüssel und verteilte das kalte Naß auf Wibkes Haar, strich es über ihr Gesicht, ihre Schultern, ihren Rücken und ihre Brüste. Sie wehrte sich nicht, sagte nichts, zitterte nicht einmal. Aber ihr Körper versteifte sich wie auch ihr Innerstes, wurde zu Stein, um alles gefühllos über sich ergehen zu lassen. Sogar als der Erzbischof ihr Kleid weiter nach unten zog, bis es nur noch ihre Füße bedeckte, und in der Reinigung des Mädchens fortfuhr, von dem er nicht einmal den Namen kannte.

Es war ihm auch nicht wichtig, wen er vor sich hatte, weder in dieser Nacht noch in einer der vielen anderen Nächte, in denen er hier gekniet und versucht hatte, sich von der schweren Schuld zu befreien, die auf seiner Seele lastete. Keiner der vielen Sünderinnen hatten seine Gedanken gegolten, auch wenn er vorgab, sie von ihren Sünden zu erlösen.

Er sah immer nur die eine vor sich, die sich ebenso wie Anno der Sünde fleischlicher Lust ergeben hatte. Sie hatte blondes Haar gehabt wie diese hier, und ihre Schönheit glich der eines Engels. Anno war damals noch jünger gewesen und erst seit wenigen Jahren Erzbischof von Köln. Er erlag der Versuchung des Weibes, wie er auch vielen anderen Versuchungen nachgab. Die Lust, die er mit seinem Engel empfand, war sein Lohn für den Verrat am Herrn, seine dreißig Silberlinge, die ihn zum Judas Ischariot machten.

Erst als sich der Leib seiner Buhle gewölbt hatte, war ihm klar geworden, daß er Abstand nehmen mußte von seinem Treiben. Er hatte sich von der Geliebten getrennt und es später bereut, als sie kurze Zeit nach ihrer Niederkunft starb, an gebrochenem Herzen, wie man erzählte.

Er hätte es so gern wiedergutgemacht! An ihr und auch an der Frucht ihrer Leidenschaft – und an dem Herrn, an dem er sich versündigt hatte.

Aber sein Engel war nicht mehr und sein Kind das eines anderen, aufgewachsen unter fremdem Namen bei fahrendem Volk, jetzt vielleicht in einem fernen Land. Dankmar von Greven hatte auf Annos Befehl das Neugeborene der Mutter entrissen und herumziehenden Gauklern in Pflege gegeben, um den Beweis der Sünde zu beseitigen.

Anno wußte nicht einmal, ob er Vater eines Sohns oder einer Tochter war. Er hatte Dankmar nie danach gefragt, aus Furcht, durch das Wissen um das verlorene Kind die Qual seines Gewissens noch zu steigern.

Nur der Herr blieb übrig, um ihm zu vergeben!

Glühend traten Annos Augen aus den Höhlen hervor. Sein Blick war unverwandt auf das Kruzifix gerichtet, während er das Kleid und dann die Schuhe von den Füßen der Hübschlerin zog. Er flehte den Herrn um Vergebung an für seine Schuld und seinen Verrat. Und er wusch die Füße des Mädchens, immer und immer wieder, während er an die Jünger dachte, die dadurch rein geworden waren.

Ein Vorbild habe ich euch gegeben, damit auch ihr tut, wie ich euch getan.

So hatte der Herr zu den Jüngern gesprochen. Und wenn Anno dem Vorbild folgte, konnte er dann nicht frei werden von Schuld und Sünde?

Also wusch er die Füße der Sünderin, einer Geringen, wie es kaum eine Geringere geben konnte. Setzte er sich damit nicht noch unter sie? War dies nicht die schwerste Art der Buße, die den Herrn unbedingt erweichen mußte?

Deshalb wusch und wusch er die beiden Füße, bis er irgendwann etwas Seltsames fühlte. Das Fleisch des einen Fußes war knotig und weich zugleich, und Anno ertastete nur zwei Zehen.

Jetzt erst richtete er den Blick auf die Füße des Mädchens und erkannte das Entsetzliche. Der Herr hatte sein Flehen um Vergebung nicht erhört, sondern ihm den Aussatz gesandt. Das also sollte seine Buße sein!

Schweiß trat auf Annos Stirn. Der Erzbischof zitterte, wie zuvor die Sünderin, am ganzen Körper, während er seinen Blick nicht von den beiden Füßen lösen konnte, dem faulenden und dem verfaulten.

Irgendwann bemerkte er, daß zwischen seinen Fingern kleine Stücke schwarzen, eiternden Fleisches hingen.

Die Erstarrung fiel von ihm ab. Er tauchte die Hände tief in die Wasserschüssel und rieb sie an den Tüchern, bis sie brannten. Dann sprang er auf, griff nach seinem Gewand und befahl dem Mädchen, sich ebenfalls abzutrocknen und anzuziehen.

»Sag niemandem etwas von deiner Krankheit!« herrschte er sie an. »Verlaß die Stadt bei Sonnenaufgang, sobald die Tore geöffnet werden, und kehre niemals nach Köln zurück, wenn du nicht im Siechenkobel enden willst!«

Er lief hinaus, um seine Wachen zu rufen. Endlich kam ein Trupp herbeigelaufen.

»Bringt die Hübschlerin hinaus und setzt sie frei! Gebt ihr genug Geld für eine weite Reise! Ihre Sünden wiegen so schwer, daß sie auf eine Wallfahrt gehen muß.«

Während die Aussätzige auf so unerwartete Weise ihre Freiheit zurückerhielt, sank Anno erneut vor dem Kruzifix auf die Knie und betete.

Er betete die ganze Nacht hindurch, flehte den Herrn um Vergebung an, darum, daß ihn nicht das schreckliche Verderben traf, das er in Gestalt der schwarzen Fäulnis an den Füßen der Sünderin erblickt hatte: Gottes Strafe.

Kapitel 10

Der Judaslohn

Dienstag, 22. April Anno Domini 1074

Am zweiten Tag nach Ostern leerte sich die große Stadt am Rhein merklicher als am vorherigen. Lange Reihen von Pilgern, Gauklern und Händlern füllten die engen Gassen aus und strebten den Stadttoren zu.

Die junge Frau, die ihr Gesicht unter einem Umhang verbarg, fiel in dem Gewimmel nicht auf. Unbehelligt verließ sie Köln durch das Hahnentor und schloß sich dem Zug in Richtung Westen an.

Sie wußte nicht, was sie dort finden würde. Vielleicht ließ der Herr ihr noch etwas Zeit zum Leben. Vielleicht konnte sie mit dem von Anno erhaltenen Geld wenigstens würdig sterben.

Als das Siechenfeld in Sicht kam, beschleunigte sie ihre Schritte. Der Anblick der zerlumpten Bettler am Straßenrand versetzte ihrem Herzen einen Stich. Doch der Versuchung, die ausgestreckten Näpfe mit ein paar Pfennigen zu füllen, gab sie nicht nach. Zu groß war ihre Angst, erkannt zu werden.

Wibke atmete erst auf, als der Siechenkobel im rötlichen Licht der über Köln aufgehenden Sonne nicht mehr zu sehen war.

Innerhalb der Stadtmauern kämpfte eine neunköpfige Gruppe mit einem schwerbeladenen Packpferd gegen einen wahren Strom von Menschen, Tieren und Wagen, der nach Westen drängte, zum Schafen- und zum Hahnentor oder zur Ehrenpforte. Und auch als die Gassen sich zum Neumarkt erweiterten, wurde es nicht einfacher. Die neun Männer und der schnaufende Braune kamen kaum über den neuen Viehmarkt im Osten von Sankt Aposteln hinweg. Händler mit Pferden, Rindern, Schafen, Schweinen und Ziegen, umringt von Kunden und Gaffern, verstopften den viereckigen Platz, der erfüllt war von den Schreien der Menschen und Tiere und vom alles überlagernden Gestank nach Heu und Viehmist.

Einige Male geriet die kleine Gruppe fast in handfesten Streit mit Entgegenkommenden, doch die anderen gaben schnell nach, sobald sie die Entschlossenheit und die Waffen der neun Männer sahen: Äxte, Dolche und Messer waren in großer Stückzahl vorhanden, so daß jeder über mindestens zwei Waffen verfügte.

Wahrscheinlich hätten nicht einmal die blitzenden Klingen Strauchdiebe abgehalten, hätten diese gewußt, daß sich Silberpfennige im Wert von hundert Mark in den unscheinbaren Ledersäcken befanden, an denen der Braune so schwer zu tragen hatte. Georg Treuer war nicht ganz wohl bei dem Gedanken, eine so große Summe durch die halbe Stadt zu schleppen. Doch er wollte seinen Vater möglichst rasch aus dem Kerker holen, und es stand zu befürchten, daß Anno sich nicht auf eine Schuldverschreibung einließ.

Deshalb suchte Georg in Begleitung von Bojo, Broder und sechs weiteren zuverlässigen Männern schon bei Sonnenaufgang Samuels Haus auf. Der jüdische Kaufherr hatte das Geld bereitliegen.

245

Vergeblich hielt Georg nach Rachel Ausschau. Er hätte sich gern bei ihr bedankt, denn er war sich fast sicher, daß er ohne sie nicht das Geld bekommen hätte. Als Samuel seinen forschenden Blick bemerkte, lächelte der Jude und sagte, Rachel sei schon zum Dienst in den Palast gegangen.

Noch einmal stockte Georgs Gruppe, kurz vor der Stelle, wo die Schildergasse in den neuen Marktplatz mündete. Zwischen der quiekenden Herde eines Schweinehändlers und den Käfigen eines Hühnerzüchters scharte sich eine große Menschenmenge um einen schwarzgewandeten Mann auf einer Kiste, der mit lauten, flammenden Worten vom drohenden Untergang Kölns sprach. Und von einem Raben, der seine Fittiche über die ganze Stadt ausbreitete und ihren Bewohnern den Tod brachte.

Georg hörte nur Fetzen seiner Rede und hatte anderes im Sinn, als diesen Phantastereien zu folgen, aber für kurze Zeit haftete sein Blick auf dem bärtigen Gesicht des Fremden. Ihre Blicke kreuzten sich, und es war Georg, als sehe er in den Augen des anderen ein Aufblitzen. Georg war seltsam berührt: Das Gesicht erschien ihm irgendwie vertraut, aber er wußte nicht, woher.

Bojo, der das Packpferd unter deftigen Flüchen durch die dichtgedrängte Menge gezogen hatte, lenkte Georg ab, als er sagte: »Überall in der Stadt sollen Menschen von solch seltsamen Träumen erzählen. Es sind allesamt Fremde. Man munkelt, es seien Angehörige eines Ordens, denen der Herr Visionen gesandt hat.«

»Unruhestifter sind es!« bellte Broder. »Und dazu ganz geschickte Gauner. Sie jagen den Leuten Angst ein und lassen sich dann dafür bezahlen, daß sie ihnen vom guten Ausgang ihrer Träume berichten. Der Erzbischof täte besser daran, sie zu stäupen und aus der Stadt zu jagen, anstatt angesehene Bürger einzukerkern!«

Georg erwiderte nichts. Er sah noch immer das bärtige Antlitz vor sich und grübelte vergebens darüber nach, wo er es schon einmal gesehen hatte.

Als sie endlich auf die Hohe Straße einbogen und nach Norden gingen, dem Domhügel entgegen, kamen sie etwas besser voran. Doch schon bei den Marspforten nahm Georg die Zügel aus Bojos Hand und führte den Braunen nach rechts, in den Wik hinein.

»Hier lang geht's!« rief der junge Kaufmann seinen überraschten Gefährten zu.

»Der Dom liegt im Norden, nicht im Osten«, belehrte ihn Bojo und zeigte zum Hügel, wo sich die Türme der Kathedrale über den Dächern erhoben.

»Wir machen einen Umweg«, erwiderte Georg und setzte den Gang durch die Marspforten unbeirrt fort.

»Aber warum?« wunderte sich Bojo. »Was willst du im Wik? Hast du zu Hause noch etwas zu erledigen?«

»Nicht zu Hause, sondern in Groß Sankt Martin. Ich will den Schottenabt um seine Unterstützung bitten.«

»Beten kann Anno selbst«, grummelte Bojo und spuckte verächtlich aus. »Der Oberpfaffe will Geld sehen!«

»Und was ist, wenn er das Geld sieht?«

Der Verwalter blickte Georg verständnislos an und sagte: »Na, dann streicht er's ein und läßt Rainald endlich frei.«

»Ersteres glaube ich auch, aber beim zweiten Punkt hab' ich so meine Zweifel.«

»Du meinst, Anno könnte sein Wort nicht halten?« Bojo kratzte seinen grauen Schädel. »Verdammt, da könnte was dran sein! Ein Fuchs wie er findet immer einen Vorwand, um einen Mann im Kerker zu behalten. Weißt du, was man über Annos Verließe sagt?«

»Was?« fragte Georg.

»Daß sie genauso gierig sind wie ihr Herr.«

»Eben darum möchte ich Kilian dabeihaben. Im Angesicht des Abts kann sich Anno einen Wortbruch kaum leisten.«

»Und du glaubst, der Schottenmönch wird uns helfen?«

»Bestimmt, wenn wir uns nur angwöhnen können, ihn einen Iren zu nennen.« Georg grinste. »Seit seinem unfreiwilligen Bad im Rhein verstehen wir uns recht gut.«

»Gebe der Herr, daß ein Pfaffe nicht so verschlagen ist wie der andere!« seufzte Bojo.

»Nicht so laut, Bruder«, ermahnte ihn Broder. »Wir sind gleich da, und die Pfaffen hören's nicht gern, wenn man sie Pfaffen nennt, obwohl sie doch welche sind.«

Beim ersten Anblick schien Groß Sankt Martin eine einzige Baustelle zu sein. Nur während des Osterfestes hatten die Arbeiten an der neuen Pfarrkirche und an den beiden Türmen für das Westwerk der Klosterkirche geruht. Jetzt waren die Arbeiter in so großer Zahl bei der Sache, daß sie sogar einen erklecklichen Teil des Alten Markts für sich beanspruchten.

Bevor sie auf den Klosterhof traten, mußten Georg und seine Gefährten einen Zug Ochsenkarren mit dicken Steinquadern vorbeilassen. Quader, wie sie drinnen von den Steinmetzen mit Geschick und Eifer bearbeitet wurden. Unablässig trafen Hämmer und Meißel das Gestein, und die Metzen waren von Staubwolken umhüllt. Einige hatten zum Schutz gegen den Staub Tücher oder Masken aus feinem Drahtgeflecht vor die Gesichter gebunden. Die behauenen Quader wurden mit Kränen auf die ge-

248

wünschte Höhe gezogen; die Männer an den Kranrädern keuchten und ächzten bei jedem Zug.

Mehrere Arbeiter standen vor großen Kästen mit Sand und vermengten den Inhalt mit Ätzkalk und Wasser. Den so gewonnenen Mörtel trugen andere in flachen Bütten, die sie mit bewundernswertem Geschick auf den Schultern balancierten, zu den Maurern und mußten dabei über zum teil waghalsige Holzgerüste steigen. Bei jedem Schritt wackelten die dünnen, durch Lederriemen verbundenen Latten.

Nichts erinnerte an die Zurückgezogenheit und Stille eines Klosters. In dem Gewimmel kamen sich Georg und seine Begleiter fast verloren vor.

Bis ein breitgesichtiger Mönch seinen gedrungenen Körper hinter einem bogenförmigen Holzgerüst, an dem mehrere Zimmerleute arbeiteten, hervorschob und sie anfuhr: »Was steht ihr hier rum wie die Tröpfe? Macht euch schon an die Arbeit!« Sein Blick fiel auf das Lastpferd. »Was bringt ihr überhaupt für eine seltsame Fracht?«

»Nichts für Euer Kloster, Vater«, sagte Georg und nannte seinen Namen. »Ich bin gekommen, den Abt zu sprechen.«

»Ich bin Jodokus, Dekan dieses Klosters und Stellvertreter des Abts. Was auch immer du besprechen willst, Georg Treuer, ich werde dir wohl genügen.«

»Nein, ich muß Kilian persönlich sprechen. Er kennt mich. Meldet mich bitte an!«

Glockengeläut vom Hauptturm der Kirche legte sich über das Hämmern der Steinmetze, Zimmerleute und Schmiede und übertönte die Flüche und Rufe der Arbeiter und das Gebrüll widerspenstiger Zugochsen.

»Du hast Glück«, sagte Jodokus. »Die Glocke verkün-

249

det das Ende der Tertia. Meine Brüder sind gerade mit dem Frühgebet fertig. Ich will sehen, ob der Abt zu sprechen ist. Komm mit.«

»Bleibt hier und paßt gut auf«, ermahnte Georg noch Bojo und Broder, bevor er Jodokus durch ein bogenförmiges Tor in den Klosterhof folgte.

Der mausgesichtige Klosterpförtner, der in einem kleinen Verschlag hockte und den Durchgang bewachte, nickte seinem Dekan stumm zu.

Eine lange Reihe von Männern in dunklen Kutten trat mit gesenktem Haupt aus der Kirche, allen voran Kilians kräftige Gestalt. Georg ließ seinen Führer einfach stehen und lief dem Abt entgegen. Erstaunen zeichnete sich auf Kilians scharfen Zügen ab, doch es wirkte nicht ablehnend. Seine Mundwinkel zogen sich sogar zu einem leichten Lächeln nach oben.

»Wir begegnen uns immer auf unerwartete Weise, Georg Treuer. Was führt dich zu mir?«

Georg sprach sehr leise mit dem Abt. Solange die Silberpfennige nicht bei Anno abgeliefert, solange Rainald nicht auf freiem Fuß war, sah der Kaufmannssohn sich zu äußerster Vorsicht genötigt.

»Natürlich werde ich dich begleiten«, sagte Kilian ohne zu zögern. »Ich freue mich, daß es dir gelungen ist, die Schuldsumme aufzutreiben. Auch wenn Erzbischof Anno unser oberster Hirte ist, muß ich doch sagen, daß er im Fall deines Vaters nicht recht gehandelt hat. Jetzt muß Anno zu seinem Wort stehen. Ich gelobe beim heiligen Martin, nicht von deiner Seite zu weichen, bis wir deinen Vater aus dem Kerker geholt haben!«

Georg fühlte sich, als sei ein Stein von der Größe eines der Quader da draußen von seinem Herzen gerutscht. Es war seltsam, obwohl er Kilian erst zweimal gesehen hat,

250

fühlte er sich in der Gegenwart des Abts sicher, wie es ein Kind im Angesicht des Vaters tat.

Mit jedem Schritt, den sie sich über den Alten Markt und die große Hofstraße dem Dom näherten, wuchs Georgs Zuversicht, daß Rainald bald ein freier Mann sein würde. Die Schatten, die sich vor zwei Tagen, bei seiner Rückkehr nach Köln, über seine Seele gelegt hatten, verschwanden eben so rasch wieder. Ostern schien doch kein unglückbringendes Fest für das Haus Treuer zu sein. Alles kam wieder ins Lot!

Der untersetzte Mann, der ihnen auf dem Domhof mit grimmigem Gesicht entgegentrat, brachte seine Zuversicht ins Wanken. Es war der Söldnerführer Gelfrat, und offensichtlich erkannte er Georg. Schon richtete er den Speer auf den jungen Kaufmann, da trat Kilian vor.

»Bist du närrisch, Soldat?« herrschte er Gelfrat an. »Was bedrohst du mich und meine Freunde mit der Waffe? Oder hast du mich etwa nicht erkannt?«

»Doch, natürlich«, stammelte der verwirrte Söldnerführer. »Ihr seid der Abt vom Schottenklos...« Er brach ab und verbesserte sich: »Von Groß Sankt Martin.«

»Das will ich meinen«, nickte Kilian. »Was also soll das blanke Eisen?«

Gelfrat blickte von Kilian zu Georg und sagte hart: »Dieser da hat sich schon einmal gewaltsam Zutritt zum Bischofspalast verschaffen wollen. Ich konnte ihn abwehren, doch er schlich sich mit Tücke ein. Ich habe strengen Befehl, so etwas nicht noch einmal zuzulassen.«

»Georg Treuer ist ein angesehenes Mitglied meiner Gemeinde«, belehrte Kilian den Söldner. »Er und ich kommen, um den Erzbischof zu sehen. Und dazu wollen wir weder Gewalt noch Tücke anwenden.« Er beugte sich zu Gelfrat vor und senkte seine Stimme zu einem verschwö-

251

rerischen Flüstern. »Ganz im Gegenteil, du wirst uns sogar bei deinem Herrn anmelden, Soldat!«

Gelfrats Züge verhärteten sich noch mehr. »Warum sollte ich das tun?«

»Aus zwei Gründen«, sagte der Abt. »Erstens befehle ich es dir. Und zweitens dürfte dein Ansehen beim Erzbischof nicht besonders hoch sein, wenn er erfährt, daß er deinetwegen auf hundert Silbermark verzichten mußte.«

»Hundert ... Silbermark?« wiederholte Gelfrat stokkend.

Kilian nickte eifrig und zeigte auf das Lastpferd. »In den Säcken ist bestimmt kein Sand. Es ist die Summe, die Rainald Treuer dem Erzbischof schuldet.«

Gelfrats kräftige Kiefer kauten, während er überlegte und seine Hände in krampfartigen Zuckungen den Speerschaft rieben. Sein Blick wanderte hinüber zur Kathedrale, wo Händler ihre Stände aufgebaut hatten und mit Kunden verhandelten, wo Pilger ein und aus gingen. Viele hatten die Köpfe dem Geschehen vor dem Bischofspalast zugewandt und verfolgten es mit Spannung. Wenn der Söldnerführer etwas Falsches tat, würden Dankmar und Anno es unweigerlich erfahren.

Nach dem Rüffel, den er vorgestern vom Vogt dafür erhalten hatte, daß er Georg Treuers Eindringen in den Palast nicht verhindert hatte, wollte er sich nicht der Gefahr eines neuerlichen Tadels aussetzen. Wäre der Schottenabt nicht gewesen, so hätte er diesen Kaufmannssohn abgewiesen, ohne mit der Wimper zu zucken. Aber der Abt des großen Klosters im Wik war ein mächtiger Mann. Wenn sich Kilian über Gelfrat beschwerte, konnte der Söldnerführer leicht der Dumme sein. Warum sollte Gelfrat, den die Streitigkeiten der Kaufleute und Pfaffen nichts angingen, für ihren Zwist seine Stellung riskieren? Sollten die hohen Herren doch selbst entscheiden!

»Also gut«, brummte der untersetzte Mann mit deutlichem Widerwillen. »Ich werde Euch bei Anno melden lassen, Vater.«

Kilian lächelte. »Der Herr wird es dir vergelten, Sohn.«

I.N.R.I.: Jesus Nazarenus Rex Judaeorum – Jesus von Nazareth, König der Juden.

Diese vier Buchstaben waren in das Eichenholz des Gerokreuzes mit der mannshohen Figur des Messias geschnitzt. Das von Erzbischof Gero gestiftete Kruzifix stand beim Kreuzaltar des Doms.

Erzbischof Anno kniete davor und betete, wie er die ganze Nacht über vor dem kleineren Kruzifix in dem unterirdischen Bußraum gekniet und gebetet hatte. Er hatte um Verschonung vor Gottes Strafe gefleht, viele Stunden lang. Erst als über der Stadt wohl schon der Morgen graute, war er eingeschlafen und hatte geträumt. Es war einer jener eindringlichen, fast wirklich erscheinenden Träume gewesen, die Anno für gottgesandte Visionen hielt.

Schon als Kind war er von ihnen heimgesucht worden und hatte große Ängste ausgestanden. Aber dann hatte er erkannt, daß diese Visionen ihm seinen Weg zeigten, den Fußstapfen des Erlösers zu folgen. Auch das Mal auf seinem Bauch, das er von seiner Mutter geerbt hatte, bestätigte ihn in dem Glauben, dazu auserwählt zu sein, dem Herrn zu dienen. Bei Anno war die Kreuzform des Mals noch stärker ausgeprägt als bei seiner Mutter, und das Kreuz war das Zeichen des Herrn, Christi Treue zu seiner göttlichen Sendung über den Tod des Leibes hinaus.

Anno war dem Ruf des Herrn gefolgt, in seinen Dienst getreten und hatte sich von Egilbert unterrichten lassen, der jetzt Bischof von Minden war. Anno war erst Kaplan geworden, dann Propst und schließlich Erzbischof von Köln und Erzkanzler des Röhmischen Stuhls.

Aber oft war er vom rechten Weg abgewichen, war er der düsteren Seite seiner Seele verfallen. Jesus Christus hatte seinem Vater die Treue bis in den Tod bewahrt, aber Anno, der Unwürdige, hatte den Herrn schon im Leben verraten!

Auch in seinem Traum, der jüngsten Vision: Er saß mit Jesus und seinen Jüngern an einem Tisch, aß und trank, unterhielt sich und scherzte. Auf einmal wurde Jesus ernst und begann, seinen Jüngern die Füße zu waschen. Und Anno begriff, daß er am Letzten Abendmahl teilnahm.

Doch die schlimmste Erkenntnis stand ihm noch bevor. Es waren die Worte des Herrn: *Wahrlich, wahrlich, ich sage euch: Einer ist unter euch, der mich verraten wird.*

Und dabei waren seine getrübten, leidvollen Augen auf Anno gerichtet. Entsetzt sprang Anno auf und lief hinaus, rannte durch finstere Nacht, wie es Judas Ischariot einst getan hatte.

Und jetzt verstand er: Er selbst, Anno, war in der Vision Judas gewesen, Sohn des Simon Ischariot, Verräter am Sohn Gottes!

Unter lautem Geschrei war Anno erwacht und hatte sich umgeben von herbeigeeilten Wachen gesehen. Sie hatten ihn in den Palast gebracht, wo er sich zum Schlafen niederlegte, ohne Ruhe zu finden.

Immerzu dachte er an die Hübschlerin, die Sünderin, die Aussätzige, an ihren schwarzen Brand, die Strafe Gottes. War sie das Werkzeug der göttlichen Rache gewesen?

Anno stand bald wieder auf, kleidete sich an und begab sich in den Dom, um im Haus des Herrn, im Angesicht des Erlösers, um Vergebung zu beten und um ein Zeichen.

Die Schritte hinter sich hörte Anno erst, als sie ganz nah waren.

Es war nur Dankmar von Greven.

»Verzeiht die Störung, aber jemand wünscht Euch dringend zu sprechen.«

»Dafür gibt es Audienzen«, erwiderte Anno mißmutig, verärgert über die Störung seines Gebets. »Wer ist es denn?«

»Wieder dieser Kaufmannssohn, der Treuer.«

»Reicht ihm die Abweisung am Ostertag nicht?«

»Angeblich ist er gekommen, um die Schulden zu bezahlen. Abt Kilian ist bei ihm.«

»Kilian?« Annos Augen blinzelten, und die Brauen führten einen erregten Tanz auf. »Ich habe doch allen Geistlichen untersagt, dem Haus Treuer einen Kredit zu gewähren!«

»Nicht er soll das Geld gegeben haben, sondern die Kaufleute.«

Anno erhob sich und ballte die knochigen Hände zu Fäusten. »Ich hätte nicht gedacht, daß es nach Rainalds Festnahme noch jemand im Wik wagt, sich gegen mich zu stellen.«

»Nicht die christlichen Kaufherrn im Wik haben das Geld aufgebracht, die Juden waren es.«

»Die Juden? Was hat Treuer mit ihnen zu tun?«

»Ich weiß es nicht, Eminenz. Aber ich kann versuchen, es herauszufinden. Soll ich das Geld einstweilen beschlagnahmen und den jungen Treuer zu seinem Vater in den Kerker stecken?«

255

Anno überlegte, und sein Blick fiel dabei auf das Gerokreuz. Es war höchst seltsam, daß jüdische Kaufleute einem christlichen Kaufherrn halfen. War dies das Zeichen, um das er den Herrn angefleht hatte, die Gewährung der Buße?

Je länger Anno darüber nachdachte, desto stärker drängte sich dieser Schluß auf. In seiner Vision war er Judas Ischariot gewesen, der Mann, der für den Verrat am Sohn Gottes dreißig Silberlinge angenommen hatte. Ein Jude. Jetzt brachten Juden Geld zu ihm, um einem Mann die Freiheit zu erkaufen. Wenn Anno darauf einging, würde Gott gewiß seine Strafe von ihm nehmen!

Anno wandte sich dem Stadtvogt zu. »Abt Kilian und der Treuersohn mögen kommen!«

»Hierher?« fragte Dankmar ungläubig und hielt den Kreuzaltar offensichtlich nicht für den angemessenen Ort einer erzbischöflichen Audienz.

»Ja, hierher.«

Anno wollte den Handel vor dem mannshohen Kruzifix vollziehen, im Angesicht des Herrn.

Dankmar zuckte mit den Schultern und stapfte davon, zwischen langen Reihen von Holzbänken hindurch. Sie schimmerten, wie der ganze Altarraum, in einer unwirklichen Mischung aus Rot und Blau, hervorgerufen durch die bemalten Fenster, die das helle Morgenlicht brachen.

Der Stadtvogt kehrte in Begleitung von sieben Männern zurück, darunter Gelfrat und zwei weitere Wachen. Offenbar traute Dankmar den vier übrigen nicht: Kilian, Georg Treuer und zwei schwerbepackte Wikmänner, die Friesen Bojo und Broder. Letztere ließen, während sich Kilian vor dem Kruzifix bekreuzigte und demütig auf die Knie sank, die Ledersäcke vor Annos Füße fallen. Ein

256

Sack platzte auf, und ein Strom silberner Münzen ergoß sich rund um den Erzbischof.

»Dies sind Pfennige im Wert von hundert Silbermark«, sagte Georg, ohne den Erzbischof zu grüßen. »Damit sind meines Vaters Schulden bezahlt. Haltet also Euer Wort und laßt ihn umgehend frei!«

Anno nickte und sagte leise: »So soll es geschehen!«

Georg starrte ihn ungläubig an. Er hatte nicht erwartet, daß Anno seinen Gefangenen ohne den Versuch einer Ausflucht, ohne ein ermahnendes Wort, freilassen würde. Der Erzbischof schien ein völlig anderer Mann zu sein als der, dem er im Festsaal des Palastes gegenübergestanden hatte. Georg dachte an die unheimliche Begegnung auf dem Kirchhof, wo Anno ihm und Rachel so unerwartet beigestanden hatte. Er fand keine Erklärung für die Widersprüchlichkeit des Erzbischofs außer der, daß tatsächlich Geister auf dem Domhügel umgingen.

Kilian hatte sich wieder erhoben und verneigte sich vor Anno. »Wir danken Euch für Eure Großzügigkeit, Erzbischof. Der ganze Wik wird Euch dafür preisen, ein so gerechtes Wort gesprochen zu haben.«

Der Erzbischof musterte den Abt zweifelnd. »Weshalb begleitet Ihr den Sohn des Gefangenen, Kilian?«

»Vater und Sohn sind Mitglieder meiner Gemeinde, und der Sohn bat mich um meinen geistlichen Beistand.«

»Verstehe«, murmelte Anno. »Ihr seid jetzt entlassen. Vogt Dankmar wird für die Freilassung Rainald Treuers sorgen.«

»Und das hier?« fragte Dankmar mit einem langen Blick auf die Geldsäcke. »Was geschieht mit dem Geld?«

»Eure Männer können es später wegtragen«, antwortete Anno. »Jetzt laßt mich allein!«

»Allein mit den hundert Silbermark?«

»Ja, warum nicht?« Anno blicke den Vogt mit schiefgelegtem Kopf an. »Oder denkt Ihr, ich bestehle mich selbst?«

Als alle gegangen waren, kniete sich Anno auf den Boden und streckte die Hände nach den Münzen aus, die aus dem aufgeplatzten Sack gefallen waren. Langsam ließ er sie durch seine Finger rinnen. Das Silber war kühl. Es brannte nicht auf seiner Haut, schien keinen Makel zu haben.

Seltsam, Anno glaubte, den Willen des Herrn erfüllt zu haben, doch er fühlte sich nicht erlöst.

Plötzlich, er hatte einen ganzen Haufen Münzen in beiden Händen angesammelt, kam er auf eine verrückte Idee und begann, die Pfennige zu zählen.

Sein Atem stockte, als er die genaue Zahl kannte: Es waren dreißig Silberlinge, der Judaslohn!

Der Eingang zu Annos Kerker lag in einem Anbau des Bischofspalastes, nicht weit von dem Kirchhof entfernt, auf den Georg mit Rachel geflohen war. Er dachte an die Jüdin, während er und Kilian hinter Dankmar und Gelfrats mit Fackeln bestückten Männern in die modrig riechende Tiefe hinabstiegen. Aber dann beherrschte sein Vater Georgs Gedanken. Er konnte es noch immer nicht glauben, daß Rainald gleich ein freier Mann sein würde, endlich, nach so vielen Mühen!

Schweigend eilten die Männer durch die unterirdischen Gänge, und ihre Schritte warfen einen lauten Hall. Georg war so sehr in Gedanken versunken, daß ihm völlig entging, mit welch brennendem Interesse sich der Abt von Groß Sankt Martin auf Schritt und Tritt umsah. Kilian schien jede Treppe, jede Biegung und jede Abzweigung unauslöschlich in sein Gedächtnis zu prägen.

Dankmar sprach ein paar kurze Worte mit dem Kerkermeister, einem grobschlächtigen Mann, der auf den Namen Eppo hörte und sie zu Rainalds Zelle führte.

Der Gefangene kauerte im hintersten Winkel auf schmutzigem Stroh, die Beine angezogen, das Kinn mutlos auf die Knie gestützt. Georg konnte nicht erkennen, ob sein Vater wach war oder schlief. Aber er stellte bestürzt fest, daß Rainalds körperlicher Verfall in den eineinhalb Tagen seit dem heimlichen Kerkerbesuch noch weiter vorangeschritten war. Das Gesicht, soweit er es erkennen konnte, wirkte schmal wie die Stange eines Riemens.

Der Kerkermeister nahm einen großen Eisenschlüssel von seinem Gürtel und öffnete die Verriegelung. Mit einem ohrenbetäubenden Quietschen, das die zahlreichen Ratten, die hier unten herumhuschten, nicht besser ausstoßen hätten können, schwang die Tür auf. Doch Rainald rührte sich noch immer nicht.

Eine kalte Hand griff nach Georgs Herz, als ihn der Gedanke durchfuhr, zu spät gekommen zu sein. Hatte der Erzbischof der Freilassung Rainalds nur deshalb sofort zugestimmt, weil er wußte, daß dem Kaufmann nur noch ein Gang bevorstand – der zum Kirchhof?

»Steh auf, Mann!« rief Eppo in das düstere, stinkende Loch. »Du bist frei!«

Bewegung kam in den bislang reglosen Körper Rainalds. Unendlich langsam hob der Kaufmann sein Haupt und blickte die Männer auf dem nur von Fackelschein erhellten Gang mit glanzlosen Augen an.

Georg stürzte in die Zelle, fiel neben dem Vater auf die Knie und umschlang ihn, drückte ihn gegen sich. Der junge Kaufmann schämte sich nicht seiner Tränen und ließ ihnen freien Lauf.

»Du bist frei, Vater! Wir gehen jetzt heim!«

»Frei?« fragte Rainald mit brüchiger Stimme und einem Blick, der Unverständnis und Verwirrung ausdrückte. »Wieso?«

»Ich war eben bei Anno und habe deine Schulden bezahlt. Alles andere erzähle ich dir später. Laß uns nur schnell von hier fortgehen!«

Aber so einfach war das nicht. Rainald war kraftlos und konnte sich kaum auf den Beinen halten.

»Ihr habt ihm wohl nicht gerade viel zu essen gegeben!« fuhr Georg den Kerkermeister an.

Eppo grinste breit. »Wieso auch? Das hier ist ein Kerker, kein Gasthaus!«

Georg und Kilian nahmen Rainald zwischen sich und stützten ihn. Dennoch nahm der Rückweg unendlich viel Zeit in Anspruch. Der Abt schien sich daran nicht zu stören. Unablässig wanderten seine Augen umher, und sein forschender Blick drang noch in die entlegensten, düstersten Winkel.

Das helle Tageslicht traf Rainald mit solcher Kraft, als hätten Gelfrats Söldner mit ihren Speeren zugestoßen. Tränen stiegen in seine Augen und er konnte nichts sehen. Georg nahm einen Zipfel seines Hemds und wischte Naß und Schmutz aus dem Gesicht des Vaters. Als Georg noch ein Kind gewesen war, war es umgekehrt gewesen, hatte Rainald oft genug das Gesicht des Sprößlings gereinigt.

In diesem Moment spürte Georg, daß er nicht mehr länger der unreife Jüngling im Schatten des Vaters war. Aus dem Mann Rainald Treuer war im Kerker ein Greis geworden. Das Handelshaus Treuer brauchte eine neue starke Hand, einen neuen Herrn.

260

Kapitel 11

Die Byzantiner

Georg und seine Begleiter setzten Rainald vorsichtig auf das Lastpferd und brachten ihn in sein Haus, wo das Gesinde reichlich Essen und Trinken auftischte, viel zu reichlich für ihren geschwächten Herrn. Er aß ein wenig Käse und trank frische Kuhmilch, und es bekam ihm gut.

Georg war froh über die plötzliche Betriebsamkeit im Haus, das endlich aus seinem todesähnlichen Schlaf erwacht war.

Er lud Kilian zu dem Mahl ein, aber der Abt hatte es auf einmal sehr eilig, zurück ins Kloster zu kommen, als könne er dort etwas versäumen. Georg kam kaum dazu, sich bei ihm zu bedanken.

Rainalds graues Gesicht hatte nach dem Mahl wieder etwas Farbe bekommen, seine Augen wirkten nicht mehr ganz so matt.

»Es tut gut, wieder nach Herzenslust zu tafeln«, seufzte er. »Fast so gut wie das Gefühl, wieder ein freier Mann zu sein.«

Er legte die Rechte auf Georgs Schulter, blickte dem Sohn tief in die Augen und sagte: »Ohne dich säße ich nicht hier, Georg, das weiß ich ganz genau. Nur du konntest es schaffen, in so kurzer Zeit das Geld zusammenzukratzen, wie auch immer du das hingekriegt hast. Ich bin

261

dir unendlich dankbar. Größer als meine Dankbarkeit ist nur mein Stolz, dein Vater zu sein!«

Georg fühlte sich bei diesen Worten von Wärme umhüllt und vom Erdboden losgelöst, wie früher, wenn er als Kind vom Vater gelobt worden war und die streichelnde Hand Rainalds auf seinem Haupt gespürt hatte. Die Enttäuschung, die Georg vor zwei Nächten in den Augen des Eingekerkerten entdeckt hatte, war wie ausgelöscht.

»Ich werde dir zu Ehren ein großes Fest geben, mein Sohn«, fuhr der Vater fort. »Das Fest des heiligen Georg soll auch der Festtag Georg Treuers sein. Alle unsere Freunde im Wik sollen mit uns feiern, alle, die uns in der Stunde der Not geholfen haben.«

»Es wird gleichzeitig ein Abschiedsfest sein, Vater, denn übermorgen lege ich mit der vollbeladenen *Faberta* ab, um unsere Schulden abzutragen. Bei dem Mann, dem wir deine Freilassung zu verdanken haben und der mehr als jeder andere verdient, morgen auf dem Ehrenplatz neben dem Hausherrn zu sitzen.«

»Wer ist das?«

»Samuel.«

Als Rainald fragend dreinblickte, klärte Georg ihn über seinen Irrtum auf, darüber, daß nicht die sogenannten Freunde im Wik das Geld zusammengetragen hatten, sondern ganz allein der reiche Jude. Rainald wollte es erst nicht glauben und ließ sich Georgs Worte von Bojo und Broder bestätigen.

»Aber warum hat er das getan?« erkundigte sich der verwirrte Kaufmann.

Georg berichtete von seinem Zusammentreffen mit Rachel, wie sie ihn aus den Abortgruben geholt und ihn in die Palastküche mitgenommen hatte. »Ihr habe ich auch zu verdanken, daß ich dich in der Nacht zum Montag be-

262

suchen konnte«, sagte Georg, ohne Einzelheiten zu verraten. Er erzählte von Annos Stadtwächtern, die Rachel nachts als Hübschlerin festsetzen wollten, von der Flucht auf den Kirchhof, vom überraschenden Eingreifen Annos und dem Auftauchen der Schottenmönche.

»Das klingt wie die Geschichte eines arabischen Märchenerzählers«, meinte Rainald kopfschüttelnd. »Aber das alles muß wohl wahr sein, sonst säße ich nicht hier. Sonst hätte Samuel keinen Grund gehabt, uns beizustehen.«

»Wir stehen in seiner Schuld«, sagte Georg. »Rachel hatte sich nur meinetwegen in die Gefahr begeben, als Hübschlerin verkannt zu werden. Es war meine Pflicht, ihr zu helfen, sie vor den Söldnern zu schützen. Es gab keine Schuld für Samuel abzutragen.«

Broder ließ einen ordentlichen Schluck Branntwein seine Kehle hinunterrinnen, verschluckte sich dabei und hustete: »Er macht bestimmt ein ganz gutes Geschäft, wenn wir seine Waren aufs Schiff nehmen. Du hast es ja gehört, Georg, seine Lager sind voll. Sonst wären ihm die Sachen vielleicht verdorben.«

»Wohl kaum«, erwiderte Georg. »Er hätte auch andere Schiffe gefunden. Und er hätte weiß Gott bessere Geschäfte abschließen können als das, uns hundert Silbermark vorzustrecken.«

»Das ist richtig«, sagte Rainald und nickte. »Ich glaube, wir sollten Samuel keine eigennützigen Beweggründe unterstellen, nur weil er Jude ist. Wie sich Christen aufführen, sogar ihre obersten Hirten, habe ich erlebt, als Anno mich in den Kerker werfen ließ. Nein, Samuel hat sich den Ehrenplatz an unserer Festtafel redlich verdient! Aber wir werden auch die Kaufleute aus dem Wik einladen. Sie sollen sehen, wer mehr Schneid und Ehre besaß als sie!«

»Gilt das auch für Rumold?« erkundigte sich Georg vorsichtig.

»Ja, auch für ihn«, antwortete Rainald mit einem Gesicht, das wenig Begeisterung verriet, eher das Gegenteil. »Weshalb fragst du?«

Georg berichtete von Rumolds abweisendem Verhalten und sagte: »Wenn ich ihm deine Einladung überbringe, kann ich ihn vielleicht umstimmen.«

»Du meinst, was seine Tochter Gudrun betrifft?«

Georg nickte.

»Hoffen wir es«, meinte Rainald und blickte den Sohn auffordernd an. »Worauf wartest du noch?«

Einen Augenaufschlag später war Georg schon auf der Straße und rannte zum nahen Anwesen von Rumold Wikerst. Sein Herz war leicht. Er glaubte fest daran, Gudrun schon bald in die Arme zu schließen. Da er das geschafft hatte, was allen unmöglich erschienen war, nämlich seinen Vater aus dem Kerker geholt hatte, würde ihm gewiß auch die Versöhnung mit Rumold gelingen!

Der Anblick von Rumolds Haus dämpfte Georgs Zuversicht. Das große, mehrstöckige, nicht von der Straße begehbare Gebäude sah aus wie eine Festung, verschlossen und düster wie sein Herr.

Aber immerhin stand das Hoftor offen, wirkte wie eine Einladung. Georg lief hindurch, kam aber nicht weit. Etwas sprang ihn an und warf ihn zu Boden.

Nicht etwas, sondern ein klobiger Kerl von einem Knecht drückte ihn auf das von zahlreichen Füßen, Hufen und Rädern aufgeworfene Erdreich. Er hockte rittlings auf dem überraschten Kaufmannssohn und setzte alles daran, mit seinen großen, rauhen Händen Georgs Hals umzudrehen.

Georg konnte kaum noch atmen. Vor seinen Augen

tanzten dunkle Flecken. Aber er hatte sich von der Überraschung erholt und kämpfte gegen die in ihm hochsteigende Panik an. Er wußte, daß sein Leben davon abhing, den Hofhund in Menschengestalt von sich abzuschütteln.

Ruckartig zog Georg die Knie an und legte alle Kraft in diese Bewegung. Er traf den Knecht ins breite Gesäß und schleuderte ihn über sich hinweg. Die langen Fingernägel kratzten Georgs Gesicht auf, als wolle sich der grobe Kerl mit aller Macht an sein Opfer klammern.

Endlich konnte Georg wieder frei atmen. Am liebsten wäre er bis zum Abend liegengeblieben und hätte einfach nur die Luft in seinen Lungen genossen. Aber er wußte, daß er schneller wieder auf den Beinen sein mußte als sein Gegner. Also stemmte er sich hoch und tastete nach seinem Dolch. Dann erst fiel ihm ein, daß er die Waffen abgelegt hatte, als er sich zu Hause an den Tisch setzte. Und in seiner Freude auf ein Wiedersehen mit Gudrun hatte er nicht daran gedacht, das Wehrgehänge überzustreifen.

Auch der ruppige Kerl stand auf und blickte Georg wutschnaubend an, wie ein Stier, der sich auf den Angriff vorbereitete.

»Was soll der Unsinn?« rief Georg. »Ich komme in freundlicher Absicht!«

»Das glaube ich kaum«, sagte eine scharfe Stimme in seinem Rücken. »Rumold hat dir das Betreten seines Anwesens untersagt. Also bist du ein Störenfried auf diesem Boden, und wir haben das Recht, Gewalt gegen dich anzuwenden!«

Der das sagte, war Hadwig Einauge, der ein paar Schritte hinter Georg auf dem Hof stand, flankiert von zwei mit Knüppeln bewaffneten Knechten. Der einäugige Schiffsführer hielt keine Waffe in den Händen, aber an seiner Seite hing deutlich sichtbar ein langer Dolch.

»Die Dinge haben sich geändert«, entgegnete Georg. »Anno ist nicht länger unser Feind. Er hat meinen Vater freigelassen!«

»Ja, wir haben schon gehört, daß die Treuers jetzt mit den Juden Geschäfte machen. Keine Empfehlung für euch. Und jetzt verschwinde!«

»Ich will mit Rumold und mit Gudrun sprechen!«

Hadwig schüttelte den Kopf. »Manche Dinge mögen sich für dich geändert haben, Treuer, aber nicht Rumolds Befehl, dich nicht auf den Hof zu lassen.«

»Das soll er mir selbst sagen!«

»Es genügt, wenn ich's dir sage!«

»Du hast hier gar nichts zu befehlen, Einauge. Hier bist du nicht auf deinem Schiff!«

»Weißt du es denn noch nicht?« fragte Hadwig und bleckte die Zähne wie ein Wolf, der sich aufs Zubeißen vorbereitete.

»Wovon sprichst du?«

»Am Ostertag habe ich mich mit Gudrun verlobt. Und am kommenden Sonntag wird sie meine Frau. Mein Wort gilt hier jetzt soviel, als sei es von Rumold ausgesprochen worden. Also mach dich davon!«

Georg konnte nicht glauben, was Hadwig ihm da gesagt hatte. Er wußte von Gudrun, wie sehr sie diesen Mann verabscheute. Und jetzt sollte sie seine Frau werden? Noch einmal bestand Georg darauf, mit dem Hausherrn zu sprechen.

»Ich werde hier bald der Hausherr sein!« Hadwig grinste, und sein zerfurchtes Gesicht war ein Spiegel seines Triumphs. »Nicht so ein armseliger Treuer, dessen Schiffe verbrannt und dessen Taschen so leer sind, daß er auf Judengeld angewiesen ist.«

Der Einäugige gab den Knechten neben ihm einen

266

Wink. Sie rückten langsam vor und hoben ihre Knüppel. Gleichzeitig näherte sich von der Seite der Mann, der Georg angefallen hatte.

Georg mußte einsehen, daß Widerstand zwecklos war. Hier gab es für ihn nichts zu gewinnen, solange Hadwig mit seinen Bütteln das Tor bewachte. Ein Kampf würde die Fronten nur noch mehr verhärten.

Langsam, widerstrebend wich Georg zurück und sagte laut: »Freu dich nicht zu früh, Einauge! Bald werden die Treuers wieder über eine ganze Flotte verfügen. Ich werde jeden einzelnen byzantinischen Golddenar, der mit den Schiffen versunken ist, zurückverdienen!«

»Hunde, die bellen, beißen bekanntlich nicht!« lachte ihn Hadwig aus.

Rumold Wikersts Tor wurde abermals vor Georg verschlossen. Als er allein auf der Straße stand, kam er sich tatsächlich wie ein Hund vor. Und wie ein geprügelter Hund schlich er nach Hause.

»Das ist doch Georg!« rief Gudrun, als sie die vertraute Stimme hörte.

Sie saß mit ihrer Mutter in der Küche und rupfte eine fette Henne für die Mittagssuppe. Ihre Hände zogen die Federn aus dem toten, noch warmen Fleisch, das auf ihrem Schoß lag, und sortierten sie nach Größe und Beschaffenheit in verschiedene Holzschalen. Die meisten Federn würden zum Füllen von Bettzeug verwendet werden, besonders gerade und große aber brachten gutes Geld bei Mönchen, die sie als Schreibwerkzeuge benötigten. Dabei erzählte Gudrun ihrer teilnahmslos auf einem Schemel hockenden Mutter alles, was sie bewegte.

Gudrun hoffte weder auf Verständnis noch auf Hilfe, aber es war eine Erleichterung, überhaupt zu jemandem über ihre bedrückende Lage sprechen zu können. Über den näherrückenden Tag der aufgezwungenen Vermählung. Auch wenn die Unterhaltung sehr einseitig war und kaum als solche bezeichnet werden konnte, gab sie Gudrun doch ein wenig das Gefühl, daß ihre Mutter noch so war wie früher: ein lebender Mensch und nicht nur die wandelnde Hülle eines schon erloschenen Geistes, der in der Vergangenheit lebte und auf die Rückkehr von Toten wartete. Ein trügerisches Gefühl, gewiß, aber doch eins, das Gudrun guttat.

Die Tür zum Hof stand weit offen, um Licht und Wärme in den großen Raum zu lassen, und das lebhafte Zwitschern der Vögel, das Gudrun die Antworten der Mutter ersetzte. Erst achete Gudrun nicht auf die Stimmen, die sich in den Vogelgesang mischten. Sie erkannte Hadwigs Stimme, aber das war wahrlich kein Grund, den Worten zu lauschen.

Seit der Einäugige – sie konnte sich einfach nicht überwinden, ihn als ihren Verlobten zu bezeichnen – von seiner letzten Reise zurückgekehrt war, führte er sich auf, als ob Rumold Wikersts gesamter Besitz schon ihm gehöre. Gudrun konnte seine Blicke, seine Anwesenheit, seine Stimme und besonders seine Berührungen kaum noch ertragen, weshalb sie froh war, wenn sie möglichst wenig von ihm hörte und sah.

Aber dann erkannte sie eine der anderen Stimmen. Es war nicht die eines Knechts, sondern sie gehörte Georg!

In diesem Augenblick vergaß sie, was sie vor zwei Nächten vom Dach des Lagerhauses aus gesehen hatte. Georg war gekommen, und es erschien ihr wie eine Erlösung, wie das Erwachen aus tiefem Alpdrücken. Sie sprang auf, ließ das halbgerupfte Huhn achtlos auf den Boden fallen und rannte hinaus auf den Hof.

Sie sah Georg nicht, nur Hadwig und die Knechte, die das Tor zur Straße zuschoben und verriegelten.

Als der Einäugige Gudrun bemerkte, lächelte er. Nein, er grinste.

»Das war doch Georg«, stieß Gudrun, noch außer Atem, hastig hervor.

»Ganz recht, er *war* es.«

»Wieso habt Ihr das Tor vor ihm versperrt, Hadwig?«

»Du weißt doch, daß Rumold ihm das Haus verboten hat.«

»Ich möchte aber mit Georg sprechen!«

Eine Stimme hinter ihr sagte: »Das wirst du nicht!« Es war Rumold, der aus den Stallungen kam, wo er die Pflege der Lastpferde kontrolliert hatte. »Geh sofort in deine Kammer!«

Widerstrebend gehorchte Gudrun und warf einen sehnsüchtigen Blick zu den Ställen. Am liebsten hätte sie sich auf eins der Pferde geschwungen und wäre davongeritten, vom Hof, aus der Stadt, nur ganz weit fort. Schon als kleines Kind hatte sie auf Pferden gesessen und hatte jede Gelegenheit zum Ausreiten genossen.

Aber wohin hätte sie fliehen sollen? Sie wußte die Antwort darauf genauso wenig wie auf die Frage, ob Georg mit ihr gekommen wäre. Wieder dachte sie an seinen nächtlichen Ausflug mit der Hübschlerin, und eine Flucht erschien ihr ebenso fruchtlos wie ein Gespräch mit ihrer Mutter.

In ihrer Kammer hockte Gudrun auf dem schmalen Bett und starrte trübsinnig zum offenen Fenster hinaus. Der Blick auf das grüne Astwerk der Eiche und das Lagerhaus dahinter heiterte sie nicht gerade auf. Erneut dachte sie an ihre mißglückte Flucht, an Georg und die dunkelgelockte Dirne, an das Vertrautheit ausdrückende Lachen der beiden.

Gudrun erhob sich, um das Fenster zu schließen, als könne sie dadurch die trüben Gedanken aussperren. Vor dem Fenster hielt sie inne, weil ihr Georgs Worte von vorhin nicht aus dem Sinn gingen: ›Freu dich nicht zu früh, Einauge! Bald werden die Treuers wieder über eine ganze Flotte verfügen. Ich werde jeden einzelnen byzantinischen Golddenar, der mit den Schiffen versunken ist, zurückverdienen!‹

Ihr Blick fiel auf die große, unscheinbare Holztruhe neben dem Fenster, in der sie ihre Kleider und ihren Schmuck aufbewahrte. Sie bückte sich und zog den Kistendeckel auf. Hastig wühlte sie in ihren Kleidern, bis sie die Goldkette gefunden hatte.

Hadwigs Verlobungsgeschenk!

Sie hatte es ganz tief in der Kiste vergraben. Neben der Kette des Einäugigen lag Georgs alte Ostergabe, das Lederband mit den bunten Perlen und Schnitzfiguren aus Holz. Die Goldkette mit den goldenen Münzen war um ein Vielfaches wertvoller – aber nicht für Gudrun. Für sie bedeuteten die Holzfiguren, von Georg mit liebevoller Hand gefertigt und bemalt, vergangenes Glück, das funkelnde Gold nur eine trostlose Zukunft.

Zum erstenmal betrachtete sie Hadwigs Gabe genauer. Die Münzen waren außerordentlich fein gearbeitet, und eine sah fast aus wie die andere. Darin unterschied sich das Gold, das im einfallenden Sonnenlicht funkelte, von vielen hierzulande geprägten Silberpfennigen, die oft so nachlässig gefertigt waren, daß man kaum die Bildmotive erkennen konnte. Auf den Goldstücken hingegen war das gnädige Angesicht der Gottesmutter mit ihrem kleinen

270

Jesuskind auf der Vorder- und das Kreuz der Christenheit auf der Rückseite ebenso deutlich sichtbar wie jedes einzelne der fremdartigen, verschlungenen Zeichen aus der byzantinischen Schrift, dem kyrillischen Alphabet.

Auch wenn Gudrun die Bedeutung der Zeichen nicht kannte, solche Münzen hatte sie schon oft im Kontor ihres Vaters gesehen. Die Kaufleute aus dem Gebiet des Mittelländischen Meeres zahlten damit, und ihr Gold wurde gern genommen. Die Münzen waren in Byzanz geprägt und hießen Byzantiner. Der Volksmund nannte sie auch Golddenare.

In Gudrun wuchs ein Verdacht, der ihr fast ungeheuerlich erschien. Aber Hadwig Einauge traute sie alles zu, auch das!

Sein Geschenk nahm sie mit, als sie die Kammer verließ, die Treppe hinuntereilte und über den großen Hof zu den Stallungen lief. Rumold war noch bei den Pferden und sah seiner Tochter mißmutig entgegen.

»Habe ich dir nicht gesagt, du sollst in deiner Kammer bleiben?« knurrte er.

Gudrun hielt die Kette hoch. »Ich habe etwas entdeckt, Vater!«

»Ah, die Kette.« Rumolds verkniffene Züge entspannten sich etwas. »Ich habe mich schon gefragt, wann du sie endlich tragen willst. Es ist eine Beleidigung für Hadwig, daß du sie noch kein einziges Mal umgelegt hast. Soll ich dir helfen, sie anzulegen?«

»Nein, ich will sie nicht tragen. Ich befürchte, Hadwig hat sie nicht ehrlich erworben!«

Rumolds Dachsgesicht umwölkte sich wieder, als er fragte: »Was soll das bedeuten?«

»Hat Georg nicht erzählt, auf den verbrannten Schiffen hätten sich byzantinische Golddenare befunden?«

271

»Das ist wohl so.«

»Hadwig war gar nicht im Mittelländischen Meer, wo man mit Byzantinern bezahlt! Er ist nur den Rhein hinunter- und an der Friesenküste entlanggefahren. Wie kommt er dann in den Besitz so vieler Golddenare?«

»Was weiß ich?« Rumold hob die Schultern und ließ sie wieder sinken. »Auch anderswo wird mit Byzantinern bezahlt.«

»Aber in solch großer Zahl? Das ist doch ein kleines Vermögen!«

»Daran magst du erkennen, was du Hadwig bedeutest.«

»An geraubtem Geld?«

»Wieso sagst du so etwas?« grollte Rumold.

»Weil ich glaube, daß Hadwig die Schiffe der Treuers in Brand gesetzt hat. Nur so hatte er Gelegenheit, ihnen das Gold zu rauben!«

Rumolds Rechte flog durch die Luft, und der Handrücken traf Gudrun so hart ins Gesicht, daß sie zu Boden stürzte. Ihre Wange brannte, als hätte ihr Vater ein glühendes Eisen dagegengedrückt.

»Sag so etwas niemals wieder!« schrie er. »Wenn ich solch eine Anschuldigung noch einmal von dir höre, lasse ich dich als Sklavin an die Moslems verkaufen!«

Gudrun hegte in diesem Augenblick keinen Zweifel, daß es nicht nur eine wutgeborene Drohung war, daß er genau das tun würde. Schon früher war ihr Rumold seltsam fremd erschienen. Fast nie hatte er ihr ein Zeichen von Zuneigung geschenkt, von Liebe ganz zu schweigen. Was sie beim Vater vermißt hatte, hatte sie zum Ausgleich bei der Mutter um so mehr gefunden. Seit dem Tod ihrer Brüder hatte Gudrun den Eindruck, daß sie von Rumold nur noch in seinem Haus geduldet wurde. Deshalb glaubte sie ihm, was er sagte.

Schlimmer als das war die Erkenntnis, weshalb er ihr das Wort verbot. Erst hatte sie geglaubt, er wolle nur seinen Schiffsführer und zukünftigen Schwiegersohn schützen. Aber dann fiel ihr ein, wer den größten Vorteil vom Ruin des Handelshauses Treuer hatte: Rumold Wikerst, der dadurch wieder der unbestritten reichste und mächtigste Kaufmann im Kölner Wik wurde.

Wortlos erhob sie sich, um den Stall zu verlassen. Die Kette wollte sie mitnehmen, als Beweis.

»Denk nicht daran, heimlich zu fliehen!« trafen sie Rumolds Worte wie Peitschenhiebe in den Rücken. »Eine Magd will in der Nacht zum Montag, als sie im Hof ihr Wasser ließ, eine Gestalt auf dem Lagerhaus gesehen haben. Sie hielt das Wesen für einen Nachtmahr und ist schnell zurück ins Gesindehaus gelaufen. Ich aber glaube nicht an Gespenster! Falls du uns heimlich verlassen willst, bedenke, was du damit deiner Mutter antust! Der Verlust ihrer Söhne hat sie zur Greisin gemacht. Der Verlust ihrer Tochter würde sie unweigerlich ins Grab bringen!«

Rumold schien Gudruns Gedanken erraten zu haben. Und seine Worte trafen sie mitten ins Herz. Er wußte, wie sehr sie ihre Mutter liebte. Und er wußte auch, daß die Sorge um Hildrun die Tochter stärker ans Haus band als jede Eisenkette.

Als Gudrun zurück zum Haus ging, fühlte sie sich trauriger und hoffnungsloser als jemals zuvor.

Kapitel 12

Die Söhne Josephs

Die Sonne sank und berührte schon das Gewirr der Dächer über dem Apostelviertel. Die Türme der Kathedrale streckten ihre langen Schattenfinger aus, stiegen die Stufen des Domhügels hinunter, kletterten mühelos über Sankt Maria ad gradus hinweg und glitten gierig auf den Rhein zu. Als könnten sie den Beginn des nächsten Tages nicht abwarten und wollten deshalb dem lebensspendenden Himmelsball entgegenwandern. Noch war es hell, und die großen Plätze Kölns lebten. Auch rund um den Dom gingen Kleriker und Laien, Händler, Gaukler und Bettler ihren Geschäften nach.

In dem vielfältigen Treiben fiel das Mädchen mit dem dunkellockigen Haar kaum auf, das mit eiligen Schritten den Domhof überquerte. Es ließ sich nicht ablenken und nicht aufhalten, weder von Feuerschluckern und Musikanten noch von Tuch- oder Schmuckverkäufern. Den Blick fest nach vorn gerichtet, durchbrach Rachel alle menschlichen Hindernisse, die sich ihr in den Weg zu stellen versuchten, und tauchte in das Gassengewirr südlich des Domhügels ein.

Plötzlich wurde ihr bewußt, daß sie möglicherweise einen Fehler gemacht hatte. Sie hätte auf den größeren Straßen bleiben sollen, auch wenn das ihren Heimweg verlängerte.

Sie konnte sich selbst nicht erklären, was heute mit ihr los war. Ein unbestimmtes Gefühl, am besten noch als dunkle Vorahnung zu beschreiben, hatte sie schon den ganzen Tag über gequält. Sie fürchtete sich, aber sie wußte nicht, wovor. Je näher der Abend rückte, desto stärker war diese Furcht geworden, verdichtete sich zu dem Gedanken, daß heute noch etwas Bedeutendes, Schreckliches geschehen würde.

Deshalb hatte sie das dringende Bedürfnis, möglichst schnell nach Hause zu kommen. Solange es noch hell war. Aber der schnellste Weg führte nun einmal durch die engen, gewundenen Gassen, die so schmal waren, daß die Sonnenstrahlen den Boden nicht erreichten.

Vielleicht war sie nach dem nächtlichen Erlebnis mit Erzbischofs Annos Wachen einfach nur zu ängstlich, versuchte sich Rachel zu beruhigen. Aber nicht die Söldner hatten ihr den größten Schrecken eingejagt, sondern das plötzliche, unheimliche Eingreifen Annos auf dem Kirchhof. So deutlich wie vor zwei Nächten sah sie die große, knochige Gestalt des Erzbischofs zwischen den Gräbern stehen, steif und stumm, wie er mit gebieterischer Geste die Bewaffneten verjagte und dann zwischen den langen Reihen der Toten verschwand, als sei er einer von ihnen.

Rachel blieb stehen, so abrupt, als sei sie gegen eine Mauer gelaufen. Während ihr Atem schneller ging und ihr Herz bis zum Hals schlug, kniff sie die Augen zusammen und starrte nach vorn, um das Halbdunkel zwischen den Häusern zu durchdringen, die so dicht zusammenstanden, daß sich ihre Dächer fast berührten. Hatte sie zuviel über das Erlebnis auf dem Kirchhof nachgedacht? Spielten ihre Sinne ihr deshalb einen Streich?

Aber so oft sie die Augen auch zusammenkniff, die große Gestalt, die unbeweglich etwa fünfzehn Schritte vor ihr stand und auf sie zu warten schien, verschwand nicht. Der Mann trug ein langes, kuttenartiges Gewand. Die Augen in dem hartgeschnittenen, bärtigen Gesicht, waren auf Rachel gerichtet. Sie wußte es, obwohl sie die Augen in dem Dämmerlicht, zudem verborgen unter den buschigen Brauen, nicht erkennen konnte. Rachel spürte es. Wie man den Regen im Gesicht spürte, den Wind auf der Haut oder die Klinge eines Messers, das einem in den Leib gerammt wurde.

Der Vergleich mit dem Messer erschien ihr passend. Ebenso scharf und durchdringend war Annos Blick.

Rachel konnte sich nicht erklären, was der Erzbischof in dieser abgelegenen, von verfallenden Holzhäusern gesäumten Gasse machte. Weshalb er allein war, in ein einfaches Gewand gehüllt – und auf sie wartete.

Aber es war der Erzbischof, auch wenn sein Gesicht im Zwielicht verschwommen wirkte. Schon so oft hatte sie ihn im Palast ganz nah gesehen und hatte sich vor der verborgenen Grausamkeit gefürchtet, die unter der Maske des Geistlichen lauerte.

Es konnte nur eine Erklärung geben, wenn es nicht Anno war, aber das zu glauben fiel ihr schwer. Dann mußte es sich um einen Geist handeln, der in der Gestalt des Erzbischofs die Welt der Lebenden heimsuchte.

Sie sagte sich, daß es keinen Grund zur Furcht gab. Hatte Anno – oder der Geist – ihr und Georg Treuer auf dem Kirchhof etwa nicht geholfen?

Schon streckte Anno seinen Arm aus, ganz wie auf dem Kirchhof. Aber wen wollte er verjagen? Vor wem wollte er Rachel beschützen? Sie sah sich um und konnte niemanden entdecken. Niemanden außer Anno.

Dann erkannte sie ihren Irrtum. Der Erzbischof wollte niemanden verjagen. Er krümmte den Zeigefinger, mehrmals, und rief Rachel auf diese Weise zu sich, ohne die Lippen zu bewegen. Wieder blieb Anno stumm.

Zögernd trat Rachel näher, Schritt für Schritt, ganz langsam, als wandle sie dicht an einem steilen Abgrund oder mitten durch einen Sumpf. Krampfhaft überlegte sie, was der Erzbischof von ihr wollte. Wäre es nicht einfacher gewesen, er hätte sie zu sich rufen lassen, als sie in der Palastküche arbeitete?

Also mußte es um etwas Vertrauliches gehen. Etwas, das er ihr schon vor zwei Nächten hatte sagen wollen? War er dabei von seinen eigenen Wachen gestört worden?

Als sie noch fünf Schritte von dem stummen Mann entfernt war, stockte sie. Ein fürchterlicher Verdacht stieg in ihr auf. Was war, wenn die Gerüchte über den Erzbischof stimmten, daß seine Wächter nachts die Hübschlerinnen nicht nur aufgriffen, um sie zu bekehren? Hinter vorgehaltener Hand erzählten sich die Köche, Knechte und Mägde in der Palastküche, Anno würde junge Frauen in unterirdische Gewölbe stecken und sich dort auf widernatürliche Weise an ihnen vergehen. War dies die hinter der Maske des Seelenhirten verborgene Grausamkeit? Gewölbe und Gänge gab es unter dem Gelände der Kathedrale zuhauf, kaum jemand wußte das besser als Rachel.

Aber ihr Zögern kam zu spät. Sie hörte Schritte hinter sich und fuhr herum. Mehrere in dunkle Kutten und Kapuzen gehüllte Gestalten, die wie Mönche aussahen, huschten auf sie zu. Auch in die Gestalt des Erzbischofs, der bisher völlig reglos verharrt und nur einmal den Arm bewegt hatte, kam Bewegung. Er sprang Rachel entgegen, aber nicht, um ihr zu helfen, sondern um sie mit seinen starken Armen zu umschlingen und festzuhalten.

Vielleicht stellte er sich zu ungeschickt an. Vielleicht

277

aber war er auch überrascht über Rachels Kraft und Schnelligkeit, geboren aus der plötzlich aufwallenden Panik. Jedenfalls konnte sie den rechten Arm freibekommen und das Messer ziehen, das sie für Fälle wie diesen mit einer Klemme in einer Falte ihres Kleids versteckt hielt. Als Anno nach ihrem Arm greifen wollte, riß ihre Klinge seinen Ärmel und die Haut darunter auf.

Doch dann waren sie über ihr! Die Vermummten packten sie, hielten sie fest, zogen ihren Kopf am Haar nach hinten, steckten ihr ein dickes Tuch in den Mund, banden sie an Armen und Beinen, an Händen und Füßen, stülpten ihr einen großen Sack über und schnürten diesen fest zusammen.

Rachel war vollkommen hilflos, unfähig, etwas zu sagen oder gar zu schreien, sich auch nur zu bewegen.

Sie hörte ein leises Knirschen, das Geräusch von Rädern. Dann wurde sie auch schon gepackt und auf etwas gelegt, das ein Karren sein mußte. Noch einmal band man die menschliche Fracht fest, auf dem Gestell des Wagens. Dann setzte er sich auch schon in Bewegung, wurde gezogen oder geschoben. In das knirschende Geräusch der sich drehenden Räder mischten sich Schritte. Die Vermummten begleiteten den Karren in schweigender Prozession.

Irgendwann hörte Rachel Stimmen, viele Stimmen. Sie riefen sich Angebote und Preise zu, schimpften und schacherten. Ein Marktplatz!

Sie konnten nicht im Judenviertel sein. So lange waren sie noch nicht unterwegs, daß sie bereits den Neumarkt erreicht hätten. Noch nicht einmal der Heumarkt konnte es sein. Also der Alte Markt oder der Domhof. Auf jeden Fall eine große Ansammlung von Menschen, die ihr helfen, sie befreien konnten!

278

Rachel bot alle Kräfte auf, um ihren Fesseln zu entschlüpfen. Vergebens. Das einzige Ergebnis war, daß die ohnehin engen Stricke noch schmerzhafter in ihr Fleisch schnitten.

Die Stimmen um sie herum wurden leiser. Sie mußte etwas unternehmen, jetzt!

Ein einziger Schrei würde genügen, würde Helfer auf sie aufmerksam machen. Aber es ging nicht. Die Vermummten hatten das Tuch so tief in ihren Mund gesteckt, daß sie es nicht ausspucken konnte.

Sie bekam kaum Luft, nach ihrem Versuch zu schreien noch weniger. Es reichte nicht mehr zum Atmen. Ihre Gedanken wurden wirr, die Geräusche um sie herum lösten sich auf. Sie hatte das Gefühl, in ein schwarzes, endlos tiefes Loch zu fallen.

Als Rachel wieder zu sich kam, war ihr erstes Gefühl Schmerz. Überall dort, wo die Stricke in ihre Haut geschnitten hatten. Das zweite Gefühl war Durst, unendlich großer Durst. Ihre Kehle fühlte sich trocken an, knotig, wie zugewachsen. Und dann kam die Angst, als sie die Vermummten erblickte.

Sie standen in einem halbdunklen, nur von zwei oder drei Wandfackeln erhellten Raum, fünf an der Zahl, ihre Gesichter unter den Kapuzen verborgen. Und dennoch wußte Rachel, daß fünf Augenpaare sie anstarrten, wie sie auch in der schmalen Gasse gewußt hatte, daß Anno sie ansah.

Wo war sie? Es konnte ein Gewölbe unter der Kathedrale sein, aber eins, das sie nicht kannte. Sie sah sich um, soweit es ging, und erblickte nur groben Stein und eine Tür, kaum erkennbar im Zwielicht.

Aber sie konnte nicht alles sehen, weil sie gefesselt war, aufrecht gefesselt an ein Kreuz, das in der Mitte des großen Raums stand. Ein hölzernes Hochkreuz wie das, an dem Jesus von Nazareth gestorben war. Ihre Arme waren an den Querbalken gebunden, ihr Leib und die Beine an den Längsbalken.

Ihr Kleid war schmutzig, an mehreren Stellen zerrissen und blutig. Das Blut stammte aus den Wunden, wo die Fesseln die Haut durchschnitten hatten. Und vielleicht auch von Annos Arm, in den Rachels Klinge gefahren war.

Jetzt schien der Erzbischof verschwunden. Oder war er einer der Vermummten? Aber weshalb sollte er sein Gesicht verbergen, nachdem er es Rachel bereits in der Gasse gezeigt hatte? Um ihr Furcht einzuflößen?

»Wir haben dich ans Kreuz gebunden, Jüdin, wie dein Volk es mit unserem Erlöser Jesus Christus getan hat. Was du zu leiden hast, ist nur ein geringer Teil der Qualen, die er erdulden mußte. Doch bedenke, daß dein jetziges Leiden erst der Anfang sein kann, nur der Vorgeschmack auf Schlimmeres, das dir jetzt noch unvorstellbar erscheinen mag!«

Es war nicht Anno, der da sprach, und doch hatte Rachel die Stimme schon einmal gehört. Doch sie konnte ihr kein Gesicht und keinen Namen zuordnen. Sie vermochte nicht einmal zu sagen, wer von den fünf Vermummten zu ihr gesprochen hatte.

»Das Ausmaß deiner Leiden hängt ganz von dir ab. Du kannst sie jetzt schon beenden, wenn du uns sagst, was wir wissen wollen.«

Rachel öffnete die Lippen, die ihr dick und schwer wie Gesteinsbrocken erschienen. Ebenso fühlte sich ihre Zunge an, ließ sich kaum bewegen.

280

»Wasser«, lallte sie schließlich, und ihre Augen blickten flehend.

Der mittlere der fünf Vermummten nickte einem anderen zu. Dieser verschwand hinter Rachel und dem Kreuz, kehrte mit einer Schale zurück und hielt sie an die Lippen der Jüdin. Rachel trank, doch nur das Wenigste rann ihre Kehle hinunter. Ihr ganzer Mund war so ausgetrocknet, daß er wie ein Fremdkörper wirkte. Ein Großteil des Wassers lief wieder hinaus und an ihrem Kinn hinab. Als sie die Schale zur Hälfte geleert hatte, trat der Vermummte wieder zurück.

»Du hast Wasser bekommen«, sagte die seltsam vertraute Stimme; Rachel nahm jetzt an, daß sie dem Mann in der Mitte gehörte, offenbar dem Anführer der Vermummten. »Jetzt sage uns dein Geheimnis, Jüdin!«

»Mein ... Geheimnis?« Rachel blickte den Mann in der dunklen Kutte fragend an.

Der Anführer trat zwei Schritte vor, doch sein Gesicht lag noch immer im Schatten. »Spiel nicht die Unwissende! Erzähl uns, was die geheimen Gänge unter dem Dom verbergen!«

Sie kannten Rachels Geheimnis! Oder zumindest einen Teil davon. Rachel versuchte, ihr Erschrecken zu verbergen, aber es gelang ihr nicht. Die jüngsten Ereignisse hatten sie zu sehr mitgenommen.

Dennoch sagte sie: »Ich weiß nicht, wovon Ihr sprecht, Herr. Ihr müßt mich verwechseln. Bitte, laßt mich frei!«

»Ich spreche von dem Schatz, den du zu hüten hilfst. Lüge nicht weiter, nicht am Kreuz des Herrn!«

»Mein Volk verehrt nur Gott, nicht ein hölzernes Kreuz!«

»Das glaube ich gern.« Der Vermummte stieß ein hartes Lachen aus, bar jeder Belustigung, sondern von Bitterkeit erfüllt. »Wer den Erlöser ans Kreuz nageln ließ, hat keinen Grund, sich mit Ehrfurcht zu erinnern!«

Er ging zu einer der Wände, nahm eine Fackel aus der Eisenhalterung und trat auf das Kreuz zu.

Vergebens bemühte sich Rachel, sein Gesicht zu erkennen. Er streckte die Fackel so weit vor, daß das Licht in ihren Augen schmerzte, aber nicht sein Antlitz der Dunkelheit entriß.

Zusätzlich zu dem Licht quälten beißender Rauch und sengende Hitze die Frau am Kreuz. Sie hatte das Gefühl, bei lebendigem Leib zu verbrennen, so dicht flackerte die Flamme vor ihr und leckte nach ihrer Haut, immer gieriger.

Rachel wollte den Kopf zurückziehen, aber es gelang ihr nicht, das Holz des Längsbalkens war ihr im Weg. So konnte sie das Gesicht nur zur Seite drehen, doch eine Wange blieb glühend heiß. So heiß , daß es ihr fast den Verstand raubte.

»Sprich, dann wirst du von deinen Leiden erlöst!« sagte der Mann mit der Fackel. »Erzähl uns vom Geheimnis der Kathedrale, vom Kelch des Herrn und von den Söhnen Josephs!«

Diese Worte raubten Rachel den letzten Mut. Wer waren die Vermummten, daß sie soviel wußten? Sie hatte geglaubt, daß niemand in Köln, außer den Eingeweihten, vom Kelch und von den Söhnen Josephs wußte. Die Erkenntnis, sich geirrt zu haben, traf sie hart. Hatte es überhaupt noch einen Sinn, zu schweigen und sich durch die Flamme bei lebendigem Leib rösten zu lassen?

Rachel war dicht daran, alles zu erzählen. Deshalb erschien es ihr wie ein Geschenk des Herrn, als die Kräfte ihren Körper verließen.

Kapitel 13

Annos Frevel

Mittwoch, 23. April Anno Domini 1074,
am Tag des heiligen Georg

Der bunte Trubel, der Köln zur Lobpreisung der Auferstehung Jesu beherrscht hatte, flackerte am Festtag des heiligen Georg noch einmal auf. Überall in der Stadt feierten die Menschen mit Musik, Tanz und Gesang und führten einen Drachenkampf auf, in dem der Ritter Georg seinen Mut bewies. Aber Mittelpunkt der Festlichkeiten waren die Kirche und das Stift Sankt Georg, von Erzbischof Anno südlich der alten Römermauer gegründet, an jenem Ort, wo Annos Vorgänger Hildebold vor zweihundertfünfzig Jahren eine viel bescheidenere Kapelle dem Ruhm des Herrn geweiht hatte.

Sankt Georg sah aus wie viele Sakralbauten Kölns, die auf Annos Geheiß errichtet oder erweitert wurden: Um große Teile des Gebäudekomplexes schlangen sich hölzerne Gerüste, auf denen von Sonnenauf- bis Sonnenuntergang Maurer und Zimmerleute arbeiteten, um den zu Ehren des heiliggesprochenen Drachentöters errichteten Bau endlich zu vollenden. Das galt sowohl für die Kirche mit der dreischiffigen Säulenbasilika als auch für die östlich von ihr gelegenen Stiftsbauten.

An diesem Tag aber ruhte hier die Arbeit. Der Erzbischof wollte in Sankt Georg die Messe lesen, eine besondere Messe. Anno hatte in der letzten Nacht wieder einen Traum gehabt, eine Vision, in der Gott ihm eine Aufgabe gestellt hatte, die er heute schon erfüllen wollte. In diesem Traum trat der heilige Georg mit freudigem Antlitz, gehüllt in leuchtende Gewänder und umflossen von einem überirdisch starken Glanz, aus der Kirche des heiligen Pantaleon und ging zu der Kirche, die dem Erzmärtyrer Georg geweiht war, um sie geraden Schrittes zu betreten. Als Anno erwachte, wußte er sofort, was der Traum zu bedeuten hatte, denn in Sankt Pantaleon wurde ein Arm Georgs aufbewahrt.

Schaulustige waren in so großer Zahl zusammengeströmt, daß eine Fortsetzung der Bauarbeiten gar nicht möglich gewesen wäre. Der Waidmarkt quoll über vor Menschen, der Bauplatz ebenso, und sogar auf den Gerüsten saßen sie dicht an dicht, bis hoch oben zum Kirchendach: Schon bogen sich die Planken bedrohlich unter der Last der Männer, Frauen und Kinder. Dennoch kletterten immer mehr hinauf, um sich die prächtige Prozession nicht entgehen zu lassen.

Die Kräutertrude hätte sich bei dem Gedränge nicht auf dem Gerüst halten können, wäre vermutlich nicht einmal hinaufgekommen. Aber das war auch nicht nötig, denn sie hatte sich einen guten Aussichtspunkt gesichert, einen von den Bauarbeitern aufgeschütteten Erdhügel vor der kleinen Pfarrkirche Sankt Jakob, die Anno zugleich mit Sankt Georg errichtet hatte. Alles wartete auf die Ankunft der großen Prozession, und so interessierte sich niemand mehr für die runzlige Alte und ihren klapprigen Bauchladen. Nicht schlimm, denn sie hatte schon gute Geschäfte gemacht und würde an diesem Tag, an dem die Pfennige locker saßen, noch viel mehr Tränke und Salben verkaufen, wenn Anno erst einmal die Reliquie von Sankt Pantaleon nach Sankt Georg überführt hatte. Jetzt war die Kräutertrude selbst gespannt und blickte unverwandt nach Westen, wo die bunten Punkte zu menschlichen Gestalten in prunkvollen Gewändern heranwuchsen.

Die Spitze der Prozession hatte die Klosterkirche am Marienberg passiert und kam gemessenen Schrittes geradewegs auf den Waidmarkt zu. Engelsgleicher Gesang schwebte über allem, scheinbar aus dem leicht bewölkten Himmel kommend, in Wahrheit aber aus den Kehlen der Mönche vom Domkloster; rein und doch mächtig erscholl ihr ›Hallelu-jah‹ über den Dächern des Färberviertels. Vor der eigentlichen Prozession sorgten ein paar Berittene für freien Weg.

Dann folgte auch schon Anno auf einem prächtigen Braunfalben, dessen goldschimmerndes Fell farblich zur leuchtenden Gestalt des Erzbischofs paßte. Mitra und Obergewand waren mit Goldstickerei reich besetzt, und mit Gold überzogen war auch der gebogene Hirtenstab in Annos Hand. Sein Gesicht war unbewegt, doch das vorgereckte Kinn wirkte irgendwie trotzig. Es hieß, daß Anno ein gehöriges Machtwort gesprochen hatte, um seine Vision zu erfüllen. Verständlicherweise sträubten sich die Benediktiner von Sankt Pantaleon gegen die Herausgabe ihrer Reliquie.

Hinter Anno und seinem Gast Friedrich von Münster, der einen Hengst mit makellos weißem Fell ritt, folgte auch schon der goldbeschlagene Behälter mit dem Arm des heiligen Georg. Vier der sieben Kölner Kardinalpriester trugen die Reliquie. Die drei übrigen folgten mit in leuchtenden Farben bestickten Fahnen, die über den Köpfen der Prozession wehten und die Taten des Ritters verherrlichten: Georg, wie er die aus Angst vor dem Drachen fast aufgelöste Prinzessin Margarete tröstete; Georg, wie er in schimmernder Rüstung auf seinem Hengst heranpreschte und die goldene Lanze in den aus kochender, schäumender Gischt hervorspringenden Drachen bohrte; und Georg, der voranritt, während Margarete das besiegte Untier, gebunden in eine Schlinge ihres Gürtels, heim nach Silena führte.

Die Prozession drängte auf den Waidmarkt, in die von den berittenen Söldnern geschaffene Lücke, doch die Kräutertrude achtete plötzlich nicht mehr auf das prächtige Schauspiel. Sie hatte unter den Hunderten von Menschen eine Gestalt erspäht, deren bloßer Anblick ihr Furcht einflößte und ihre Glieder zittern ließ. Es war Schwarze!

Mehrmals kniff sie die Augen zu, weil sie annahm, sich getäuscht zu haben. Aber der bärtige Mann im schwarzen Mantel blieb dort, ganz dicht bei der Kirche. Er unterhielt sich angeregt mit anderen Männern, von denen jeder so aussah, als könne er leichter Hand einen Menschen töten, ohne Zaudern und ohne Reue. Jetzt wandten sich die anderen von dem Schwarzen ab und gingen zu den Baugerüsten, während der Bärtige die Prozession beobachtete.

Anno hatte sein Pferd unterhalb der Gerüste gezügelt. Und als der Mönchsgesang verstummt war, wandte er sich mit einer Rede an die Gläubigen Kölns. Ausführlich schilderte er seinen Traum, obwohl dieser so rasch die Runde gemacht hatte, daß es in der Stadt wohl keine zehn Menschen gab, die noch nicht davon gehört hatten. Er sprach davon, daß Kirche und Stift Sankt Georg ihren Namen erst dann zu Recht tragen würden, wenn der Arm des Märtyrers hier sein Heim gefunden hatte.

Ein Mann in dunkler Kutte trat vor und fiel dem überraschten Erzbischof ins Wort. Es war der Abt von Sankt Pantaleon, der Anno bittere Vorwürfe machte, ihn sogar des Reliquienraubs beschuldigte.

Jetzt war es am Erzbischof, dem anderen die Rede abzuschneiden. In scharfen Worten wies er ihn zurecht und brachte seine Vision als Rechtfertigung für sein Handeln vor.

Aber der Abt schüttelte sein Haupt und verkündete mit düsterer Stimme, der heilige Pantaleon und der heilige Georg hießen diesen Frevel nicht gut und würden alle bestrafen, die sich daran beteiligt hätten.

Das war der Augenblick, in dem sich der Schwarzgekleidete zu den Männern umwandte, mit denen er eben gesprochen hatte, seinen Hut vom Kopf nahm und schwenkte, als fächere er sich Luft zu. Seine Bekannten, in drei Gruppen aufgeteilt, ergriffen starke Seile und zogen daran. Die Seile waren an den Gerüsten befestigt und brachten die wackligen Holzkonstruktionen sofort ins Wanken. Die Männer ließen los und eilten davon, so schnell es die dichtgedrängte Menge erlaubte.

Die Gerüste aber schwankten hin und her, stärker und stärker, und schon stürzten die ersten Schaulustigen unter gellenden Schreckensschreien in die Tiefe. Dann brachen ganze Gerüstteile zusammen. Menschen und Holzbalken regneten auf den Platz rund um Sankt Georg. Eine Panik entstand, und die Menge drängte nach allen Seiten davon, wollte nicht von dem zusammenbrechenden Gestell erschlagen werden. Der Schwarzgekleidete und seine Helfer verschwanden in der Menge, die Kräutertrude konnte sie nicht mehr entdecken.

Der eben noch von Neugier, Ehrfurcht und Freude erfüllte Waidmarkt war binnen weniger Augenblicke zu einem Ort des Grauens geworden, der gebrochenen Knochen und zerschmetterten Glieder. Der Einsturz des Gerüsts hatte viele Tote und Verwundete verursacht, die Massenflucht fast noch mehr. Mitten unter den fliehenden

Menschen jagte der Braunfalbe mit dem goldschimmernden Fell davon, dem Blaubach entgegen. Sein Reiter lag unter Gerüsttrümmern begraben.

Auf einmal machte ein Aufschrei die Runde, flog über den Waidmarkt und pflanzte sich in alle Richtungen fort: »Der heilige Pantaleon und der heilige Georg haben sich gerächt und Anno für seinen Frevel bestraft!«

Sie war mit schneidend engen Riemen an das hölzerne Kreuz gefesselt und erwachte aus ihren Schmerzen. Ihre Glieder zuckten, soweit die Fesseln es zuließen, der Kopf bewegte sich, die Lider flatterten, die Lippen bebten und verlangten fast unhörbar nach Wasser.

»Wasser hast du schon bekommen«, sagte die seltsam vertraute Stimme. »Geschlafen hast du auch. Was verlangst du mehr?«

Die Frau am Kreuz wandte ihr Gesicht den Vermummten zu, die einen seltsamen Tanz aufzuführen schienen. Dann verstand sie, daß nicht die Gestalten sich bewegten, sondern das flackernde Licht der Fackeln diesen Effekt hervorrief.

Rachels rechte Wange, die vom Feuer versengt worden war, brannte noch immer. Ihr Mund und ihre Kehle waren ausgedörrt. Ihre Muskeln schmerzten, denn das Gewicht des Leibes zerrte an ihnen. Ja, sie hatte geschlafen, den tiefen, traumlosen Schlaf der Erschöpfung. Aber sie fühlte sich nicht besser. Vielleicht war der Schlaf nur kurz gewesen. Sie wußte es nicht, denn noch immer hing sie in dem Raum ohne Tageslicht, der nur von ein paar Fackeln erhellt wurde.

Noch einmal, diesmal lauter, verlangte sie nach Wasser und danach, endlich vom Kreuz genommen zu werden.

»Vom Kreuz?« fragte der Anführer der Vermummten. »Du solltest dich glücklich schätzen, dort zu hängen, Jüdin. Es ist ein Ehrenplatz, an dem unser Herr Jesus Christus für unser Heil gestorben ist.«

»Er mag Euer Herr und für Euer Heil gestorben sein«, erwiderte Rachel mit krächzender Stimme. »Aber er starb nicht für mein Heil und nicht für das meines Volkes.«

»Du solltest nicht so gering reden von Jesus Christus, unserem Gott!«

»Für uns gibt es nur einen Gott, Jahwe, der seine Stimme zu Moses erhob. Es ist ein Frevel, Gott aufzuteilen in einen Vater, einen Sohn und einen Heiligen Geist!«

»Euch Juden mag es als Frevel erscheinen, für uns Christen ist es ein Frevel, im Sohn Gottes nicht auch den Vater zu sehen.« Der Vermummte machte eine kurze Pause und fuhr dann fort: »Für eine jüdische Küchenmagd kennst du dich erstaunlich gut mit unserem Glauben aus, besser als mancher christliche Bauer.«

»Ich bin Magd in Erzbischof Annos Palast, da höre ich viel von Eurem Glauben.«

»Ja, erstaunlich, daß du als Jüdin unserem Erzbischof dienst. Und daß du als Küchenmagd arbeitest, wo du doch im Haus des reichen Samuel lebst.«

»Im Haus eines reichen Mannes zu leben, muß noch nicht heißen, sich von ihm aushalten zu lassen.«

»Ist das so?« erkundigte sich der Vermummte im scharfen, Spannung verratenden Tonfall. »Oder hat dich Samuel in Annos Palast geschickt, damit du dort für die Söhne Josephs spionierst?«

»Ich … ich weiß nicht, was Ihr meint!«

Rachel ahnte zwar, daß Leugnen ihr nicht weiterhelfen würde. Aber sie wußte nicht, was sie statt dessen tun sollte. Sie konnte dem verhüllten Mann nicht die Wahrheit sagen. Das wäre Verrat gewesen!

»An diesem Punkt waren wir schon einmal«, seufzte der Unbekannte. »Du darfst nicht vergessen, daß wir schon vieles über den Kelch des Herrn und die Söhne Josephs wissen. Viel mehr, als du ahnst. Das andere würden wir auch ohne dich herausfinden, aber mit deiner Hilfe geht es schneller. Sag uns also, was wir wissen wollen, und du bist erlöst!«

»Nein, dann bin ich verflucht!«

»Also verheimlichst du uns doch etwas!« triumphierte der Vermummte.

Rachel biß auf ihre rissigen Lippen, aber es war schon zu spät. Sie hatte, wenn auch nur indirekt, ihre Lüge zugegeben. Jetzt würden ihre Peiniger noch weniger bereit sein, von ihr abzulassen.

Schon näherte sich der Anführer und hielt etwas in der Hand. Diesmal versuchte er Rachel nicht mit einer Fackel gefügig zu machen, sondern mit einem armlangen Kruzifix, das er vor ihr Gesicht hielt.

»Betrachte das Kreuz des Herrn und sage die Wahrheit im Angesicht Gottes! Dies ist sein Kreuz, die Verkörperung des Lebensbaums, des rettenden Stabes des Moses, des heilenden Schlangenzeichens in der Wüste, des Heils, für das Jesus gelitten hat!«

»Dieses Kreuz verkörpert nicht Gott, denn von ihm gibt es kein Bildnis«, sagte Rachel leise.

»Du kennst dich in deinem Glauben so gut aus wie in meinem«, stellte der Vermummte fest. »Dann weißt du auch, daß du dich nach deinem Glauben verunreinigst, wenn du einem Abbild Gottes huldigst. Küß das Kreuz!«

Rachel weigerte sich und drehte den Kopf zur Seite,

aber der Mann drückte das Kruzifix fest gegen ihre Lippen, die das geschnitzte Jesusgesicht berührten.

Unrein? Das fürchtete Rachel nicht. Denn sie verabscheute nicht das Kruzifix, wie es die meisten anderen Juden getan hätten. Aber das brauchte der Vermummte nicht zu wissen, der das Holzkreuz wieder und wieder gegen ihren Mund preßte.

Bis sich der ganze Raum verzerrte. Sandte der Herr ein Strafgericht? Aber es war nur ein starker Luftzug gewesen, der die Flammen der Fackeln in plötzliche Unordnung brachte, weil jemand eine Tür aufgestoßen hatte. Ein weiterer Vermummter stand im Dämmerlicht und sagte aufgeregt: »Vater, etwas Schreckliches ist geschehen!«

Der Mann mit dem Kruzifix wandte sich um und fragte nur: »Was?«

»Sankt Georg ist eingestürzt und hat Anno erschlagen!«

Augenblicklich sank die Hand mit dem Kreuz, und Rachels Peiniger eilte der Tür zu. Das Kruzifix übergab er einem der anderen Vermummten mit dem Hinweis: »Setzt das Verhör fort!«

Dann war er auch schon mit dem Überbringer der Nachricht verschwunden, und die Tür fiel mit schwerem Krachen zu. Rachel dachte noch über die Anrede nach: *Vater.*

Die Sankt-Georg-Kirche war nicht eingestürzt, aber ein Großteil des Baugerüsts. Viele der Schaulustigen waren tot oder schwer verletzt, doch Anno lebte und hatte lediglich ein paar Schrammen davongetragen. Eine breite Holzplanke war so über ihn gefallen, daß sie ein Schutzdach bildete. Natürlich hatte Anno dies als Wunder des heiligen Georg gepriesen, der damit der Überführung seines Arms in die Kirche Sankt Georg zugestimmt habe. Die Schuld an dem Unglück wälzte der Erzbischof auf den Abt von Sankt Pantaleon ab, der durch sein Gezeter den Unmut der Heiligen erweckt habe.

Aber nur wenige hörten Anno zu. Die meisten waren damit beschäftigt, nach vermißten Freunden oder Angehörigen zu suchen, den Verletzten zu helfen oder sich um ihre eigenen Wunden zu kümmern. So wurde aus Annos Messe zu Ehren des heiligen Georg eine Fürbitte um Hilfe für die Verletzten und Trost für die Familien der Toten.

Noch jetzt, Stunden nach dem Unglück, saß dem Erzbischof der Schrecken im Nacken. Er achtete nicht auf Musik und Gelächter und verschmähte die Vielfalt der unter Barthels Aufsicht aufgetragenen Speisen und Getränke, unter denen sich die langen Tafeln bogen, die unter freiem Himmel auf dem Domhof standen.

Der Tag hatte so gut begonnen, aber jetzt nagten Zweifel an Annos Zuversicht.

Er hatte in der Nacht die Krypta des Apostelfürsten unter dem Petrusaltar im Westchor des Doms aufgesucht, um in Abgeschiedenheit und Stille zu beten. Er hatte um Vergebung seiner Sünden gebetet und um Verschonung vor Gottes Strafe, bis er eingeschlafen war und der heilige Georg ihm im Traum erschien.

Froh über diesen Fingerzeig Gottes, seine Schuld zu tilgen, hatte Anno keine Zeit versäumt, die Reliquie nach Sankt Georg zu überführen. Seine Erleichterung, durch diese Tat zu sühnen, schlug schon bald in neue Zweifel um, lag jetzt begraben unter dem Trümmerhaufen rund um Sankt Georg. War der Herr mit Annos Sühne nicht zufrieden?

292

»Macht Euch nicht so viele trübe Gedanken, Anno, das Volk liebt Euch trotz des Mißgeschicks heute morgen.«

Friedrich von Münster, der an Annos rechter Seite saß, hatte dies gesagt und wies dabei auf die lachenden, herumspringenden Gaukler, die auf dem Domhof ihre Späße und Kunststücke vorführten. Annos Gast wollte morgen früh seine Heimreise antreten und ließ es sich heute noch einmal so richtig schmecken. Rotweintropfen zierten sein Kinn, und das Fett von in Weinblättern und Speckscheiben gebundenen Wacholderdrosseln glänzte an seinen Fingern.

Anno schüttelte den Kopf. »Ihr täuscht Euch, Friedrich. Vielmehr, Ihr laßt Euch täuschen. Von denen da, die lustige Dinge schreien, singen und lachen, weil sie wissen, daß es uns gefällt und daß unser Silber heute abend in ihren Beuteln klimpern wird. Aber das Volk von Köln zeiht mich einen Frevler. Die Gerüchte der vergangenen Tage, ich würde meine Stadt ins Verderben stürzen, scheinen sich durch das Unglück von Sankt Georg zu bestätigen. Angefangen hat alles mit diesem Rainald Treuer, der die Frechheit besaß, mir zu drohen!«

Friedrich nickte mit bekümmertem Gesicht, ließ sich aber nicht davon abhalten, einen weiteren Holzspieß mit einer gebackenen Wachtel von seinem Silberteller zu nehmen. Er schlug die Zähne in das mit Wacholderpaste bestrichene Fleisch und erbeutete ein großes Stück mitsamt ein paar der entkernten Weintrauben, aus denen die Füllung bestand.

Kauend und schmatzend fragte er: »Weshalb habt Ihr Euer Schiff damals diesem Kerl überlassen? Auch nach Heinrichs Entfü...«. Er brach ab und räusperte sich. »Ich meine, auch nachdem Ihr König Heinrich in Eure Obhut genommen habt, hätte das Schiff Euch gute Dienste leisten können.«

»Jeder hätte beim Anblick meines Schiffs an das gedacht, was Ihr fast als Entführung bezeichnet hättet, Friedrich, was aber, wie Ihr wißt, nur zum Besten des Reichs geschah. Ich wollte das Gerede von der Entführung möglichst rasch zerstreuen. Deshalb durfte ich das Schiff nicht behalten. Als Gefährt eines Kaufherrn, das viel unterwegs war, verlor es bald die Aufmerksamkeit der Öffentlichkeit.«

»Wenn dieser Kaufmann seine Zunge nicht im Zaum hält, wird das Schiff und das Geschehen von Kaiserswerth sehr schnell wieder im Blickpunkt der Öffentlichkeit stehen«, orakelte düster der Münsteraner und leckte seine Finger nach den Resten der aus Wacholderbeeren, zerstoßener Butter, Pfeffer und Salz bereiteten Paste ab. »Ihr hattet den Kerl doch sicher im Kerker! Ich verstehe Eure Entscheidung nicht, ihn freizulassen. Das Volk wird Euch für nachgiebig halten, wird Euch diese Tat vielleicht gar als Eingeständnis von Schuld auslegen. *Das* wird die Stimmung gegen Euch mehr schüren als alles andere!«

»Mag sein, daß Ihr recht habt, Friedrich«, seufzte Anno und spielte lustlos mit seinem Weinkelch. »Aber die Erkenntnis kommt zu spät.«

»Warum? Macht Eure Entscheidung rückgängig, zeigt Härte! Das wird das Volk von Köln beeindrucken!«

»Aber Rainald hat seine Schulden bezahlt.«

»Doch es geschah zu spät.«

Anno blickte seinen Gast mit einer Mischung aus Interesse und Verwirrung an. Aber wieder einmal war es vergebliche Mühe, in dem faltenübersäten Gesicht die Gedanken des Münsteraners lesen zu wollen.

»Worauf wollt Ihr hinaus, Friedrich?«

»Es ist Euer gutes Recht, für die verspätete Zahlung einen Nutzungsausfall zu verlangen.«

»Na und?« Anno zuckte mit den knochigen Schultern. »Rainalds neue Judenfreunde werden ihm auch dieses Geld vorstrecken.«

»Geld haben die Juden vielleicht, aber keine Boote, sonst wären sie nicht auf Treuers Schiff angewiesen. Wie man hört, ist es bereits mit Frachtgut der Juden beladen und soll morgen ablegen.«

»Ich verstehe Euch noch immer nicht«, bekannte Anno.

»Ich benötige zur gleichen Zeit ein Schiff zur Heimreise. Aber mein eigenes ist nur bedingt fahrbereit. Es müßte neu abgedichtet werden. Was haltet Ihr davon, Bruder Anno, mir das Schiff des Kaufmanns Rainald Treuer zur Verfügung zu stellen? Er steht aufgrund seines Zahlungsverzugs in Eurer Schuld und darf das nicht abschlagen.«

»Aber er wird es abschlagen, weil er sein Schiff selbst benötigt, um seine Schulden zu tilgen.«

»Das eben ist der Punkt! Wenn er das Schiff herausgibt, habt Ihr vor aller Welt bewiesen, daß Ihr im Recht seid und er sich im Unrecht befindet. Weigert er sich aber, so habt Ihr die Handhabe, diesen Treuer wieder dorthin zu verfrachten, wo er am besten aufgehoben ist!«

Bei diesen Worten blickte der Bischof von Münster auf den Boden unter seinen Füßen, doch er meinte das, was sich unter dem Stein befand: Annos Kerker.

Der Erzbischof überlegte. Und je länger er überlegte, desto mehr gefiel ihm Friedrichs Vorschlag. Vielleicht hatte er sich wirklich zu sehr von seinen Gefühlen leiten lassen – von seinen Schuldgefühlen. Er war stets dann erfolgreich gewesen, wenn er entschlossen gehandelt und hart durchgegriffen hatte, wie damals auf der Insel des heiligen Suitbert. Vielleicht war der Herr einem Hirten geneigter, der die Gläubigen hart anfaßte, als einem, der ihnen alles durchgehen ließ.

Mit einer so heftigen Bewegung, daß die rote Flüssigkeit über den Rand schwappte, führte Anno den silbernen Weinkelch zum Mund und leerte ihn in einem Zug. Er hatte sich entschlossen und wandte sich an den Stadtvogt, der zu seiner Linken saß. »Dankmar, habt Ihr gehört, was Bischof Friedrich eben gesagt hat?«

»Jedes Wort, Eminenz.«

»Dann seid Ihr im Bilde. Schickt einen Trupp Eurer Männer aus und beschlagnahmt Rainald Treuers Schiff!«

Vater!

So hatte der Bote den Anführer der Vermummten genannt. Und plötzlich wußte Rachel, woher sie dessen Stimme kannte. Die Stimme, die ihre Besonderheit dem leichten Akzent verdankte.

Rachel ahnte, wo sie sich befand, wer ihre Peiniger waren. Nur einsilbig beantwortete sie die Fragen der anderen Vermummten, die das Verhör fortsetzten. Erst als der Anführer zurückkehrte, lockerte sich Rachels Zunge, und die Jüdin sprach den Mann mit seinem Namen an.

»Dann muß ich mich nicht länger verstecken«, sagte Abt Kilian von Groß Sankt Martin und streifte seine Kapuze ab; seine Brüder taten es ihm nach. »Du hast noch nicht geredet, Rachel?«

Rachel antwortete nicht. Dafür schüttelte einer der Mönche den Kopf.

»Dann werde ich dich jetzt dazu bringen. Sankt Georg steht noch, und Anno hat die Sache überlebt.« Kilian stieß ein kurzes, meckerndes Lachen aus. »In hundert Jahren wird man das als Wunder abtun und unseren Erzbischof dafür heilig sprechen.« Er wandte sich zu der offenen Tür um und rief: »Bringt das Vieh schon herein!«

Ein Mönch zerrte an einem kurzen Strick und zog ein grunzendes, quiekendes Tier in das Verließ. Es war ein dunkelborstiges Schwein, das sich mit aller Kraft sträubte. Vielleicht fürchtete es das Dämmerlicht oder den Harzgestank der Fackeln.

»Der Weg zur Schlachtbank fällt dem armen Tier nicht leicht«, meinte Kilian. »Dabei kann es uns dankbar sein, haben wir sein Leben doch zumindest um ein paar Stunden verlängert. Ursprünglich war das Schwein den Bauarbeitern unseres Klosters als Festmahl zugedacht. Aber die kommen vorläufig nicht zum Essen. Ich habe sie nach Sankt Georg gesandt, um dort beim Aufräumen zu helfen.«

Er trat vor und begann, Rachels Kleidung in Fetzen zu reißen.

»Was tut Ihr?« schrie Rachel, die sich unter seinen Händen wand, ohne ihnen entkommen zu können.

»Ich bereite dich auf dein ganz spezielles Festmahl vor, Jüdin. Oder magst du kein Schweinefleisch?«

Natürlich kannte Kilian die Antwort und wußte, daß Schweinefleisch nicht koscher war, unrein, für Juden verboten. Bei dem Gedanken, was die Schottenmönche mit ihr vorhatten, krampfte sich alles in Rachel zusammen. Schon als kleines Kind hatte sie gelernt, alles zu meiden, was nicht koscher war. Und jetzt das! Es war die schlimmste Folter, die sich Kilian hatte ausdenken können.

»Du kannst es noch abwenden, indem du endlich den Mund aufmachst«, fuhr der Abt fort. »Verrate uns das Geheimnis der Söhne Josephs, das wir sowieso ergründen werden. Sag uns, wo ihr den Kelch des Herrn versteckt habt!«

297

»Mit welchem Recht fragt Ihr das?«

»Unser Kloster in Irland bewahrte den Kelch auf, als er gestohlen wurde. Deshalb ist es unsere Christenpflicht, ihn wieder für die Christenheit in Besitz zu nehmen.«

»Aber er gehört nicht euch, sondern uns.«

»Euch Juden?«

»Joseph von Arimathia hat den Kelch in Sicherheit gebracht. Es waren immer Männer von seinem Blut, die den Schatz gehütet haben. Nur durch eine Reihe von sonderbaren Zufällen geriet er in die Hände von euch ...«

»Von uns Christen?« hakte Kilian nach, als das Mädchen verstummte. »Aber wenn dir soviel an dem Becher liegt, mußt auch du an Jesus Christus glauben, sonst wäre er wertlos für dich und die Deinen. Dein Getue, als ich das Kruzifix gegen deine Lippen hielt, war nur gespielt. Glaubst du, ich hätte das nicht bemerkt? Wie soll ich dich anreden, als Ebionitin, als Nazoräerin oder einfach als Judenchristin?«

Wieder hatte sich Rachel verraten. Sie schob die Schuld auf ihre erlahmenden Kräfte, die auch den Widerstand ihres Geistes schwächten. Doch das war nur eine Erklärung, keine Entschuldigung. Sie verfluchte sich selbst dafür, Joseph von Arimathia erwähnt zu haben.

Kilian fuhr fort damit, sie zu entkleiden, indem er den Stoff einfach von ihrem Körper riß, bis sie vollkommen nackt war. Nicht einmal die Blöße zwischen ihren Schenkeln hatte der Abt bedeckt gelassen. Rachel fror, doch schlimmer war ihre Scham und ihre Furcht vor dem, was folgen würde.

Ein Mönch trat in den Raum und stellte eine große Holzschale auf den Boden. Der Benediktiner, der das Schwein hereingeführt hatte, übergab das Seil einem anderen. Dann zog er ein großes Messer unter seinem Gewand hervor und rammte die breite Klinge in den Hals des Tiers. Jämmerliches Quieken wurde zu röchelndem Grunzen, und auch dieses erstarb, als das Schwein auf die Seite fiel. Der Mönch hatte die Halsschlagader getroffen, und das Blut sprudelte hervor wie Wasser aus einer munteren Quelle. Die Brüder von Groß Sankt Martin legten das Tier über die Schale, um darin die rote Flüssigkeit aufzufangen.

»Auch die Judenchristen glauben an die Tora und gehorchen ihren Gesetzen«, sagte Kilian mit Blick auf die nackte Frau am Kreuz. »Auch ihnen ist die Unreinheit ein Greuel, ist unkosheres Fleisch verhaßt.«

Er nahm seinem Bruder das blutige Schlachtermesser ab und störte sich nicht daran, daß er seine Hand, den Unterarm und den Ärmel seiner Kutte mit dem ausgelaufenen Lebenssaft des Schweins besudelte. Die Klinge fuhr wieder in das Tier und schnitt den Leib weit auf.

Kilian steckte die Hand hinein und zog mit einem kräftigen Ruck etwas heraus, das er hoch hielt, so daß der Fackelschein das blutige Fleischstück beleuchtete. Rote Tropfen rannen zwischen den Fingern hindurch und fielen zu Boden. Das Fleisch zuckte in der Hand, als lebe es. Und genauso war es: Das Schwein war tot, aber sein Herz schlug noch.

»Ein Schwein ist unkosher«, sprach Kilian, versenkte die Klinge beiläufig im Leib des toten Tiers und trat, das schlagende Herz noch in der Hand, auf die Gekreuzigte zu. »Blutiges Fleisch ist unkosher, Blut noch mehr und das von einem Schwein erst recht. Der Genuß macht unrein!«

Er stand vor dem Kreuz und hielt seine blutige Beute unter Rachels Nase, die einen widerlich süßlichen Geruch aufnahm. Rachel hätte es für den Gestank der Verwesung gehalten, wäre das Tier nicht eben erst verendet. War es der Geruch der Unreinheit?

»Noch haben Fleisch und Blut dich nicht berührt, bist du frei von Unreinheit, Jüdin. Besinn dich also und sage mir endlich, was ich wissen will!«

»Nein!« fauchte Rachel und bäumte sich unter Aufbietung ihrer letzten Kräfte auf. »Unreiner als jedes Fleisch und jedes Blut ist der Verrat!«

»Der Verrat an Joseph von Arimathia und seinen Erben, an den Hütern des Grals?«

Rachel antwortete nicht.

»Du hast es nicht anders gewollt. Genieß dein unkoscheres Mahl, Jüdin!«

Der Abt drückte das weiche, warme, blutnasse Herz in ihr Gesicht. Diese Berührung war für Rachel noch viel abscheulicher als zuvor der süßliche Geruch.

Sie preßte die Zähne aufeinander und verschloß die Lippen fest, während das Blut ihr Gesicht verschmierte.

Kilians Linke packte ihre Nase und drückte sie zusammen, preßte ihr die Luft zum Atmen ab.

Rachels Lungen wollten zerplatzen. Sie riß den Mund weit auf und schnappte nach Luft, hatte aber nur einen Augenblick, um ihre Lungen wieder zu füllen.

Dann stopfte der Abt auch schon das Herz in ihren Mund, tief hinein, bis in den Rachen. Die ganze Mundhöhle war ausgefüllt mit dem pulsierenden Fleisch.

Etwas Warmes rann ihre Kehle hinunter.

Schweineblut!

Würgereiz stieg in Rachel hoch. Sie wollte das Fleisch, durch das sie besudelt und gedemütigt wurde, ausspucken, konnte es aber nicht. Kilian hielt mit einer Hand ihren Kopf und mit der anderen verschloß er ihren Mund.

Das warme, lebende Fleisch schien überall zu sein, schien Tentakel auszustrecken, um ihre Kehle und ihren Leib auszufüllen. Rachel konnte nicht mehr atmen.

Wie von selbst begann sie zu kauen, biß auf den zähen Fasern herum, wieder und wieder. Es war das schnellste Weg, das Fleisch loszuwerden. Sie zerbiß es in kleine Stücke, schluckte es herunter, mehr und mehr, nahm das Leben in sich auf, das aus dem Schwein, dem unreinen Tier, gewichen war.

Ekel überkam sie. Ekel vor dem Schwein, vor dem Abt und vor sich selbst, der Unreinen!

Sie erbrach sich. Und diesmal hinderte Kilian sie nicht, ihren eigenen Leib zu besudeln. Sie wollte gar nicht mehr aufhören, bis auch nicht mehr das kleinste Stückchen Schweineherz in ihrem Magen war, bis sie jeden Tropfen Schweineblut ausgespien hatte. Aber irgendwann gab ihr Magen nichts mehr her außer grüngelber Galle.

»Du mußt das dringende Bedürfnis verspüren, dich zu reinigen«, stellte Kilian fest. »Wir könnten dich vom Kreuz binden, wenn du vorher meine Fragen beantwortest.«

Rachel warf einen langen Blick in das scharfgeschnittene Antlitz des Iren, schüttelte den mit Blut und Auswurf bedeckten Kopf und sagte nur ein Wort: »Nein!«

»Du wirst deine Meinung noch ändern«, erwiderte Kilian, dessen Stimme nicht einen Hauch von Mitgefühl verriet. »Wir sind noch lange nicht mit dir fertig!«

Auf seinen Wink traten drei seiner Glaubensbrüder näher. Sie hatten zuvor große Borstenbüschel in die Blutschale getaucht und begannen, Rachel mit der warmen Flüssigkeit zu bestreichen, vom Gesicht bis hinab zu den Füßen, überall, an jeder Stelle ihres Leibes. Das Schweineblut hüllte sie ein wie ein zweite Haut, drang durch die

Nasenlöcher, die Ohren, den Mund, jeder Körperöffnung in Rachel ein, um sie auch von innen zu verunreinigen.

Sie blickte an sich hinab und sah nur noch das rote Blut. Der Gedanke an diese Schändung verdrängte alles andere. Rachel mußte dem ein Ende machen, sofort!

Wieder bäumte sie sich auf, spannte ihre Muskeln an, wollte die Fesseln zerreißen. Aber die Riemen waren stärker als Rachel, fraßen sich in ihr Fleisch, preßten die Knochen ans Holz und hielten die Frau dort fest. Der Schmerz, der in heißen Wellen durch ihren Leib jagte, wurde zur Erlösung, als er den Gedanken an ihre Schändung auslöschte.

Rachel hing reglos am Kreuz wie vor tausend Jahren der Messias, an den auch die Judenchristen glaubten.

Kapitel 14

Der Kampf am Rhein

In dichten Reihen saßen die Kaufleute an den reich gedeckten Tafeln im Hof und feierten die Entlassung des Hausherrn aus dem Kerker. Immer wieder stießen sie auf Georg an, der seinen Vater befreit hatte. Heute war auch sein Festtag, nicht nur der des heiliggesprochenen Drachentöters. Sie ließen den jungen Kaufmann hochleben, der morgen mit der *Faberta* auslaufen würde. Samuels Waren lagerten bereits an Bord des Schiffs, an dem zur Stunde unter Broders Aufsicht einige Ausbesserungsarbeiten vorgenommen wurden.

Georg trank nur wenig Wein und aß kaum etwas von der großen Auswahl an Fleisch, Geflügel und Fisch, das von dem Gesinde in immer neuen Zubereitungen aufgetragen wurde. Er fand, daß der wahre Dank nicht ihm gebührte, sondern Rachel und Samuel. Aber die beiden waren der Einladung nicht gefolgt. Vielleicht hätten sie sich unter so vielen Christen unwohl gefühlt. Dafür waren jetzt alle da, die sich vorher geweigert hatten, Rainald Treuer beizustehen. Der Reiche hat stets viele Freude, stellte Georg mit Bitterkeit fest, der Arme und in Not Geratene dagegen war ein einsamer Mensch.

Aber nicht alle taten so, als wäre nichts gewesen, als hätten sie sich nichts vorzuwerfen. Niklas Rotschopf gehörte zu denen, die nicht nur zum Feiern gekommen

303

waren, sondern auch, um sich bei Rainald und Georg zu entschuldigen. »Die Juden haben uns beschämt«, gab der rothaarige Kaufmann zerknirscht zu. »Sie haben uns gezeigt, was unsere Christenpflicht gewesen wäre. Sollte das Haus Treuer noch einmal in Not geraten, kann es ganz gewiß auf mich zählen!«

Alles schien sich zum Guten gewendet zu haben, und doch fühlte sich Georg bedrückt. Es war wegen Gudrun, die in vier Tagen Hadwigs Frau werden sollte. Und Georg konnte nichts dagegen unternehmen, würde nicht einmal in Köln sein. Sein Vater hatte zwar davon gesprochen, selbst das Kommando über sein letztes Schiff zu übernehmen, doch das war unmöglich. In der Kerkerhaft war Rainald um zwanzig Jahre gealtert, war aus dem kraftstrotzenden Kaufherrn ein kranker Greis geworden. Vielleicht würde er sich mit der Zeit etwas erholen, aber ihm jetzt ein Schiff anzuvertrauen, wäre unverantwortlich. Deshalb mußte Georg den Befehl über die *Faberta* übernehmen.

Vielleicht war es gut so, dachte er. Die Glocke von Groß Sankt Martin schlagen zu hören, wenn sie den Ehebund zwischen Gudrun und Hadwig verkündete, hätte ihm das Herz gebrochen. Alles Grübeln nutzte nichts. Er mußte sich endlich eingestehen, daß er Gudrun verloren hatte!

Ruckartig stand er von der Tafel auf und stieß, als er eilig ins Haus lief, fast eine Magd um, die eine große Ochsenzungenpastete auftrug. In seiner Kammer stand der hölzerne Käfig mit den beiden buntgefiederten Vögeln, die ihn mit einem Gesang begrüßten, der irgendwie traurig klang.

»Recht habt ihr«, sagte Georg und schob den winzigen Riegel zurück, der die Käfigtür verschloß. »Dies ist nicht eure Heimat. Und hier ist niemand, den ihr mit eurem Gesang beglücken könnt. Sucht euch einen neuen Herrn – oder lebt in Freiheit!« Er trug den Käfig ans offene Fenster und klappte die Tür auf.

Die Vögel blickten ihn an, als wüßten sie nicht recht, was sie tun sollten. Dann sprangen beide gleichzeitig zur Lücke und flogen hinaus, über den Hof nach Osten, wo Rumold Wikersts Anwesen lag.

Georgs fühlte sich nicht erleichtert. Das Gefühl, zwei Tieren die Freiheit zurückgegeben zu haben, konnte sein Herz nicht von dem Gewicht befreien, das seit seiner Heimkehr darauf lastete.

Es war nicht nur die Trauer um Gudrun, die ihm das Feiern an diesem Tag zur Qual werden ließ. Trotz der glücklichen Wendung, die der Streit zwischen Rainald und Erbischof Anno mit dem Eingreifen Samuels genommen hatte, fühlte Georg eine ungewisse Gefahr, die wie das Schwert des Damokles über dem Haus Treuer hing.

Anno war, als Georg mit dem Schuldgeld erschien, auf einmal sehr nachgiebig gewesen; verdächtig nachgiebig, gerade so, als wolle er Vater und Sohn Treuer in Sicherheit wiegen, während er ihnen bereits eine neue Falle stellte.

Rumolds neu entflammte Feindseligkeit stellte eine weitere Bedrohung für Rainald und Georg dar, besonders jetzt, da sie nur noch ein Schiff besaßen und verschuldet waren. Wikerst war wahrhaftig wieder der erste Kaufmann im Wik.

Unten auf dem Hof geriet die Menge der Feiernden in Aufruhr, was Georg aus den düsteren Gedanken riß. Er beugte sich aus dem Fenster und blickte hinab. Ein Mann kam in den Hof gelaufen, stolperte, schlug hin, stand schwankend wieder auf und taumelte weiter, geradewegs auf Rainald zu. Der Neuankömmling war übel zugerichtet. Sein Hemd war zerrissen und blutgetränkt. Blut bedeckte auch einen guten Teil seines Gesichts. Doch Georg erkannte den Mann sofort, der schon seit so vielen Jahren für Rainald arbeitete, mehr ein Freund war als ein Angestellter und für Georg ein väterlicher Lehrmeister.

»Broder!« stieß er hervor und lief hastig nach unten.

Der Friese saß halb auf einer der langen Holzbänke, halb lag er hingestreckt auf der Tafel. Schalen mit Fleisch und Fisch waren achtlos beiseitegeschoben, Trinkbecher umgestürzt, Wein und Bier vergossen. Die Magd, die Georg vorhin fast umgerannt hatte, kümmerte sich um den Verletzten. Vorsichtig tupfte sie mit einem feuchten Lappen Schmutz und Blut von seinem kantigen Schädel. Rainald, Niklas Rotschopf und besonders Bojo sahen besorgt zu.

»Was ist geschehen?« keuchte Georg.

»Wir wissen es noch nicht«, antwortete der Rotschopf. »Der arme Broder sieht aus, als gehöre er zu den Opfern von Sankt Georg.«

Im Wik hatten man bald nach dem Ereignis von dem Unglück gehört, das sich bei der Kirche des heiligen Georg ereignet hatte. Erst hatten Rainald und Georg erwogen, die Feier abzusagen. Sie hatten es nicht getan, als sie hörten, daß selbst der Erzbischof, den viele für den Einsturz des Gerüsts verantwortlich machten, mit seinem Gast aus Münster fröhlich zechte.

»Aber Broder war nicht bei Sankt Georg, sondern am Rhein«, sagte Georg. »Um die *Faberta* auslaufbereit zu machen.«

»Die *Faberta*«, ächzte Broder und richtete seinen Oberkörper auf. »Dieser hinterhältige, verlogene Schuft will sie in seine Gewalt bringen!«

»Wer?« fragte Rainald.

»Anno«, antwortete der aus einer großen Platzwunde an der Stirn und mehreren kleinen Rissen am Kopf und am Leib blutende Friese. »Wir waren gerade dabei, die letzten Fugen mit Pferdeteer zu stopfen, als seine Schergen erschienen und uns befahlen, die *Faberta* zu entladen.«

Rainald fragte verwirrt: »Warum?«

»Der Bischof von Münster benötigt das Schiff. Er will morgen seine Heimreise auf der *Faberta* antreten, weil sein eigenes Boot nicht fahrtüchtig ist. Darum will sein Freund Anno unser Schiff beschlagnahmen.«

»Aber er hat kein Recht dazu!« begehrte Georg auf.

»Das habe ich ihm auch gesagt.« Broder zuckte und stöhnte, als der Lappen der Magd zu tief in eine Wunde eindrang. Er biß die Zähne zusammen und fuhr dann fort: »Aber der Anführer der Söldner hat mir gar nicht richtig zugehört. Als die Bewaffneten das Schiff entern wollte, stellte ich mich ihnen entgegen, doch es waren zu viele. Sie drängten mich aus dem Weg und zwangen unsere Männer, die *Faberta* zu entladen.«

»Unsere Leute haben das getan?« fragte Georg.

»Die Söldner waren in der Überzahl und gut bewaffnet«, erklärte Broder. »Ich sah ein, daß ich nichts gegen sie ausrichten konnte. Also kam ich her, um von dem Anschlag zu berichten.«

»Das war richtig so«, knurrte Rainald. »Ich werde sofort zum Fluß gehen und mir die Hunde vornehmen!«

Georg sah ihn besorgt an. »Du solltest besser hier bleiben, Vater, du bist noch viel zu geschwächt. Ich übernehme das.«

Einen Moment sah es so aus, als wollte Rainald gegen die Worte seines Sohns aufbegehren. Dann erlosch das kurz aufflackernde Feuer in den Augen des Älteren, und er sagte: »Du hast wohl recht, Georg.«

»Er sollte nicht allein gehen«, riet Broder. »Ich würde selbst mitkommen, aber ich fürchte, ich wäre keine große Hilfe.«

»Ich werde mit Georg gehen«, sagte Bojo und stellte sich an Georgs Seite.

»Ich ebenfalls«, erklärte Niklas Rotschopf.

Schließlich zog Georg an der Spitze einer mehr als zwanzigköpfigen Schar in östlicher Richtung durch den Wik. Seine Begleiter waren Herren, Bedienstete und Knechte, und alle waren bewaffnet mit Messern, Knüppeln, Formeisen, Sticheln, Hämmern oder Äxten. Georg, der sein Wehrgehänge mit dem langschneidigen Dolch trug, stürmte so schnell voran, daß die anderen kaum Schritt halten konnten.

Es hatte ihn also nicht getrogen, das Gefühl einer ungewissen Bedrohung, das er die ganze Zeit über gespürt hatte. Das Auftauchen der Söldner am Ankerplatz der *Faberta* konnte nur bedeuten, daß sich Anno an Rainald und Georg rächen wollte. Georg war fest entschlossen, dem Erzbischof die Stirn zu bieten. Er mußte es tun, denn die *Faberta* war das letzte Schiff der Treuers. Ohne sie war der Ruin der Kaufmannsfamilie besiegelt.

Die Kräutertrude war müde von der hinter ihr liegenden Anstrengung, als sie am Nachmittag heimkehrte, aber nicht enttäuscht, obwohl sie nicht so gute Geschäfte gemacht hatte wie erhofft. Dafür hatte sie mit ihrer Heilkunst den Opfern von Sankt Georg helfen können. Ihre Flaschen und Dosen waren so gut wie leer.

In ihrer Hütte würde sie nach ihrer Tochter sehen, ein wenig essen, den Bauchladen auffüllen und dann versuchen, noch das Beste aus dem Tag zu machen. Als Augenzeugin konnte sie mit ihrer Erzählung über das Unglück ein großes Publikum anlocken und davon überzeugen, daß für alle gut war, was den Verletzten am Waidmarkt geholfen hatte.

Aber nein, es war gar kein Unglück gewesen!

Die Kräutertrude hatte genau gesehen, wie die Männer des Schwarzen die Gerüste eingerissen hatten. Außer ihr schien es niemand bemerkt zu haben. Alle sprachen von einem Unglück, das der Herr gesandt hatte, um Anno für seinen Frevel zu strafen. Doch der Erzbischof hatte überlebt und den Arm des heiligen Georg den Pfaffen der Georgskirche übergeben. War es nicht ein seltsamer Gott, der bei seiner Strafe den Hauptschuldigen übersah?

Nur die Kräutertrude schien zu wissen, daß nicht Gott, sondern Satan hinter dem Verhängnis steckte, das vielen Menschen statt eines prächtigen Schauspiels gebrochene Knochen, gequetschte Glieder oder gar den Tod gebracht hatte. Je länger sie darüber nachdachte, desto sicherer war sie sich, daß der unheimliche Schwarze mit dem Leibhaftigen im Bunde stand.

Sie machte sich viele Gedanken, doch sie hütete ihre Zunge und hatte niemandem erzählt, was sie bei Sankt Georg beobachtet hatte. Den Zorn Luzifers auf sich zu ziehen, war das letzte, was sie wollte.

Noch jetzt liefen ihr abwechselnd heiße und kalte Schauer über den Rücken bei dem Gedanken, dem Bösen gedient zu haben. Hatte sie, als sie von dem Schwarzen die dreißig Silberlinge annahm, ihre Seele verkauft?

An der Stelle, wo man am Ostersonntag die drei Ermordeten gefunden hatte, beschleunigte sie ihre Schritte und bog endlich in die verlassene Gasse ein, in der ihre armselige Hütte lag. Hier war es so dunkel, daß die Ratten, die Dämmer und Dunkelheit bevorzugten, auch tagsüber am Werk waren. Sie ließen sich von der alten Frau kaum stören und umstrichen mehrmals gefährlich nah ihre mit Wollfetzen umwickelten Füße.

Die Kräutertrude fürchtete die dreisten Nager nicht. Ihr war es nur recht, wenn Dämmer und Ratten die Menschen von ihrem Verschlag abhielten. Sie hatte von ihren Mitmenschen nichts zu erwarten außer ein paar Pfennigen für Salben und Tränke. Auch wenn die Kräutertrude ihnen Linderung und Heilung brachte, war sie bei den Bürgern nicht wohlgelitten. Sie war ihnen unheimlich, und deshalb fürchteten sie die Kräutertrude. Und Furcht erzeugte Haß, wie sie selbst am Osterfest bemerkt hatte, als nur das Eingreifen des Schwarzen sie vor dem aufgebrachten Volk bewahrte.

Damals war sie froh gewesen über sein plötzliches Einschreiten. Jetzt war sie sich nicht mehr so sicher, ob sie für diese Begegnung dankbar sein sollte.

Als ihre Hütte vor ihr auftauchte, blieb die Kräutertrude wie versteinert stehen. Der Eingang stand offen. Das große Brett, das als Tür diente, lag im Schmutz der Gasse. Dabei hatte sie die Tür mit Stricken festgebunden, wie sie es immer tat, wenn sie ihre Tochter allein zu Hause ließ. Wer konnte in ihre Hütte eingedrungen sein?

Wieder mußte sie an den Schwarzen denken. *Hat er mich auf dem Erdhügel vor Sankt Jakob bemerkt?* fragte sie sich. *Ist er gekommen, um die unliebsame Zeugin auszuschalten? Um sich ihre Seele zu holen?*

Ihr erster Gedanke war, umzukehren und wegzulaufen. Aber dann dachte sie an ihre Tochter, die in der Hütte war. Allein mit dem Schwarzen?

Zögernd und zitternd, bei jedem Schritt ihre Angst von neuem überwindend, setzte sich die Kräutertrude in Bewegung und ging langsam auf die Hütte zu.

Als Georg und seine Männer am Rhein anlangten und er den Anführer der Söldner erkannte, blieb der junge Kaufmann plötzlich stehen. Er ahnte, daß es nicht einfach werden würde.

Die *Faberta* lag nicht mehr beim Holzmarkt, sondern an einer in den Fluß ragenden Sandbank, direkt vor dem Wik, zwischen Butter- und Fischmarkt. Nicht weit entfernt, jenseits der rheinseitigen Stadtmauer, reckte Groß Sankt Martin seine Türme mit den großen Rundbogenfenstern über Hausdächer und Befestigungsanlagen, als wolle das Kloster das Geschehen am Rhein genau im Auge behalten.

Nachdem am Montag viele Schiffe Köln verlassen hatten, hatte Broder die Gelegenheit genutzt, die *Faberta* an der freigewordenen Sandbank zu verankern. Hier konnte man sie leichter ausbessern, ent- und beladen. Die Anschwemmung ging derart sanft in den Fluß über, daß man das Schiff, obwohl schon mit Samuels Spezereien beladen, für die Ausbesserungsarbeiten zum größten Teil auf festen Grund gezogen hatte. Unter den Rumpf geschobene Keilblöcke hielten es in seiner nach Backbord geneigten Stellung, zusätzlich gesichert durch Halteseile und den Anker.

Neben der *Faberta* kochte der Kessel mit Pferdeteer über dem Feuer, aber niemand kümmerte sich darum. Die sechs Männer, die mit Broder das Schiff ausgebessert hatten, waren mit dem Entladen beschäftigt. Unter den strengen Augen der Bewaffneten schleppten sie Fässer, Kisten und Säcke von Bord und stapelten sie auf der Sandbank.

Georg zählte ungefähr neun oder zehn Söldner. Einer von ihnen, ihr Anführer, schrie immer wieder laute Befehle, mit denen er Rainald Treuers Männer zu größerer Eile antrieb. Der untersetzte Kerl mit dem feisten, groben

Gesicht, das wie aufgegangener Teig unter dem eisernen Helm hervorquoll, machte nicht den Eindruck, als würde er mit sich reden lassen. Und was Georg von dem Mann wußte, bestätigte diesen Eindruck.

»Was hast du, Georg, warum hältst du an?« fragte Bojo, der gegen den Sohn seines Herrn geprallt war.

»Siehst du den Söldnerführer?« entgegnete Georg und deutete in Gelfrats Richtung.

Bojos Augen folgten der ausgestreckten Hand des Jüngeren, und der Verwalter nickte. »Sicher doch, die Pferdeschnauze vergißt man nicht so schnell. Das ist der Bursche, der uns gestern nicht zum Erzbischof lassen wollte.«

»Ja, Gelfrat heißt er und ist ungefähr so umgänglich wie ein sterbenshungriger Wolf.«

»Wenn ich bedenke, was diese Dreckschweine mit Broder gemacht haben, bin ich genauso umgänglich!« zischte Bojo und schwang die langstielige Axt, die er beim Abmarsch ergriffen hatte. »Zeigen wir den Saunickeln, daß Treuers Mannen nicht so mit sich umspringen lassen!«

»Erst versuchen wir es auf friedlichem Weg«, entschied Georg. »Auch wenn die Söldner uns zahlenmäßig unterlegen sind, können ihre Schwerter und Speere eine Menge Unheil anrichten. Unsere Leute sollen sich verteilen und bereit halten!«

Während Bojo und Niklas Rotschopf die Anweisungen weitergaben, schritt Georg auf die *Faberta* zu.

Am Rheinufer hielten sich nicht so viele Menschen auf wie an anderen Tagen. Die meisten Schiffer, Fischer und Arbeiter feierten hinter der Stadtmauer. Die wenigen, die sich in unmittelbarer Nähe ihrer Schiffe und Kähne befanden, unterbrachen ihre Arbeit und verfolgten mit neugierigen, gebannten Blicken das Geschehen auf der Sandbank.

Inzwischen hatten die Söldner den großen Trupp bemerkt. Gelfrat rief hastig ein paar Befehle und versammelte seine Männer im Halbkreis um das Schiff, während die sechs Schiffer ihre Arbeit einstellten und sich auf die *Faberta* zurückzogen. Mit ihren Helmen, den Kettenhemden, den eisenbeschlagenen Rundschilden und den vorgereckten Speeren wirkten Gelfrats Männer wie eine ins Riesenhafte gewachsene Kreuzung aus Igel und Schildkröte.

»Bleib stehen!« rief Gelfrat dem jungen Kaufmann zu.

»Warum?« fragte Georg, während er langsam weiterging. »Darf ich meines Vaters Schiff nicht betreten?«

»Nein, wir haben es beschlagnahmt!«

»Mit welchem Recht?«

»Auf den Befehl des Stadtvogts, der die Anweisung von Erzbischof Anno erhielt.«

»Auch Anno hat kein Recht, die *Faberta* zu beschlagnahmen!« rief Georg laut, obwohl er nur noch vier, fünf Schritte von dem menschlichen Schutzwall entfernt war.

»Das sieht der Erzbischof anders«, entgegnete Gelfrat grinsend. »Er benötigt das Schiff dringend und betrachtet seine Nutzung als Entschädigung.«

»Als Entschädigung?« wiederholte Georg, der die Eisenspitzen der Speere fast berühren konnte. »Wofür?«

»Für den Verzug, in den dein Vater mit der Rückzahlung seiner Schulden geraten ist.«

»Das ist lächerlich!« schrie Georg und blieb eine halbe Armlänge vor dem untersetzten Söldnerführer stehen. »Mein Vater hat in Annos Kerker dafür gebüßt und mehr als das. Anno hat ihn zu einem kranken Mann gemacht, zum Greis!«

»Was geht das mich an, ich habe meine Befehle. Verschwinde und kümmere dich lieber um die Zipperlein deines Alten!«

313

Gelfrats Spott über Rainald war zuviel für Georg, und die in ihm aufgestaute Wut brach aus. Er wollte seine geballte Faust mitten in das gemeine Grinsen des Söldnerführers jagen. Gelfrat hatte damit gerechnet, wich dem Schlag aus und stieß seinen Schild vor, so daß der gewölbte Eisenbuckel Georgs Schulter traf. Georg verlor das Gleichgewicht und ging zu Boden.

»Dies war die letzte Warnung, ich hätte dich auch mit meinem Speer durchbohren können, Treuer!« sagte Gelfrat hart. »Mach dich endlich davon und nimm deinen zusammengewürfelten Haufen mit!«

Gelfrat hatte noch nicht ausgesprochen, da stürmten die von Bojo angeführten Wikmänner schon unter lautem Geschrei vor. Vielleicht glaubten sie, Georg sei verletzt. Vielleicht konnte Bojo seinen Zorn auf die Söldner nicht länger im Zaum halten. Knüppel und Äxte trafen auf Schilde, und die Speere der Söldner rissen manche Wunde. Doch dem schwungvollen Ansturm hielten die Verteidiger nicht stand und zogen sich immer weiter zum Schiff zurück.

Die sechs Schiffer an Bord sahen die Gelegenheit zum Eingreifen gekommen und warfen Kisten und Fässer über die Reling. Links von Gelfrat sackte ein von einer großen Kiste am Kopf Getroffener in die Knie und beugte sich nach vorn. Sein Helm war verrutscht, ohne ihn hätte die Kiste wohl den Schädel zertrümmert. Dicht vor dem Söldnerführer krachte eine weitere Kiste auf den Boden, zersprang und gab streng duftende Gewürze frei.

Gelfrat schrie seinen Männern den Befehl zum Rückzug zu, während er das stumpfe Ende seines Speers unter einen der Haltekeile stemmte und diesen weghebelte. Dasselbe machte er mit dem nächsten Keil. Der schwere Schiffsrumpf geriet ins Wanken. Damit würde das Pack aus dem Wik eine Weile beschäftigt sein!

314

Die zwei Schiffer, die am dichtesten an der Reling standen, fielen über Bord in den Sand. Ein weiterer Keil gab der drückenden Last des Schiffs nach und brach weg wie ein dürrer Ast im Sturmwind. Die *Faberta* rutschte ein Stück zum Wasser, klemmte die beiden vom Schiff Gestürzten unter ihrem Rumpf ein und hätte sie unter sich begraben, wären nicht die Halteseile gewesen. Aber schon spannten sich die Taue bis zum Äußersten, und die in den Boden gerammten Haken, an denen sie befestigt waren, begannen sich zu lockern.

Georg sah das Verhängnis und rief seine Männer zum Schiff.

»Aber dann entkommen Gelfrat und seine Schergen!« erwiderte Bojo, der den fliehenden Söldnern mit erhobener Axt folgen wollte.

»Sollen sie doch entkommen!« schrie Georg. »Wir wollten unser Schiff und nicht diese Kerle. Das Leben unserer Leute ist wichtiger als die Rache für Broder!«

Bojo und alle anderen, die den Söldnern hatten nachsetzen wollen, eilten zum Schiff, wo Georg und die übrigen Männer versuchten, die beiden Eingeklemmten zu befreien. Georg kannte sie gut, sie hatten die letzte Reise der *Faberta* mitgemacht.

Velten war ein quirliger kleiner Kerl, der die Mannschaft während der langen Fahrt ins Mittelländische Meer mit seinen Späßen aufgeheitert hatte. Jetzt schrie er vor Schmerz, denn seine Beine waren zwischen dem Schiffsrumpf und der Sandbank fast bis hinauf zu den Hüften eingeklemmt.

In ähnlicher Lage befand sich Hoimar, den sie scherzhaft ›Vater Hoimar‹ nannten. Fast jedesmal, wenn er von einer Reise heimkehrte, hatte seine Frau neuen Nachwuchs zur Welt gebracht. Der kräftige Mann mit dem

315

dünnen, ergrauenden Lockenhaar lag vollkommen still, sein Kopf war auf die Seite gefallen. Man hätte ihn für tot halten können, hätte sich nicht sein Brustkorb regelmäßig gehoben und gesenkt.

Ein Teil der Helfer hängte sich an die Halteseile, bevor diese endgültig nachgeben konnten. Andere ergriffen Hämmer oder Steine und klopften die Haken zurück ins lockere Erdreich. Die vier Männer, die sich noch an Bord der *Faberta* befanden, sprangen an Land.

»Wir müssen versuchen, Velten und Hoimar unter dem Schiff wegzuziehen!« rief Georg.

Niklas Rotschopf trat an seine Seite und sagte: »Ich komme mit dir.«

»Und wenn die *Faberta* weiter in Richtung Rhein rutscht?« fragte Bojo besorgt.

»Dann mußt du nicht nur Velten und Hoimar, sondern auch uns beide befreien«, antwortete Georg.

»Das sind ja tolle Aussichten«, grummelte der Friese, während Georg und Niklas sich duckten und sich, bald auf allen vieren, auf die beiden Unglücksraben zubewegten.

Sie spürten im Rücken den Druck des Schiffsrumpfs, als sie Velten erreichten. Ihn schien es nicht ganz so schwer erwischt zu haben wie Hoimar. Immerhin war er noch bei Bewußtsein, wenn er auch in einem fort stöhnte und jammerte.

»Wir holen dich da raus, Velten!« versprach Georg. »Kannst du uns helfen, indem du die Füße gegen den Boden stemmst?«

»Wie denn?« stöhnte der kleine, schlanke Mann. »Ich kann mich vom Bauch abwärts nicht das kleinste Stückchen bewegen!«

Georg nickte, legte sich bäuchlings neben den Schiffer

und sagte: »Ich zähle jetzt bis drei und stemme mich dann gegen den Rumpf. Niklas, du mußt Velten so schnell wie möglich herausziehen!«

»Ich werde mein Möglichstes tun«, versprach der Rotschopf. »Aber paß auf, daß du nicht selbst eingeklemmt wirst!«

Georg begann zu zählen, und spannte bei ›drei‹ sämtliche Muskeln an. Erst glaubte er, es würde gar nichts helfen. Ihm war bewußt, daß er gegen das gewaltige Schiffsgewicht nichts ausrichten konnte, obwohl er sehr groß und kräftig war. Aber vielleicht schaffte er es, die Planken, unter denen Velten lag, soweit hochzudrücken, daß sie die Beine des Schiffers freigaben. Eine Fingerbreite dürfte genügen.

Das Holz der *Faberta* ächzte und knarrte, es klang verärgert und feindselig. Georg schwitzte, war am ganzen Körper durchnäßt. Schon begannen seine Bein- und Armmuskeln zu zittern. Sein Atem flatterte stoßweise. Das Blut rauschte in den Ohren. Vor den Augen tanzten schwarze Flecken, die bald seinen ganzen Gesichtskreis ausfüllten. Doch alles schien umsonst.

Da spürte er eine Berührung an seiner Schulter und hörte Niklas sagen: »Komm endlich weg hier, Georg!«

Georgs Kräfte ließen nach, und er sackte zu Boden, schnappte nach Atem. Sand füllte seinen Mund, und er spuckte. Die schwarzen Flecken schrumpften und verschwanden schließlich. Er sah Niklas' rotbehaartes Haupt vor sich, aber Velten war verschwunden. Dann erst entdeckte er den Schiffer, der in Sicherheit lag, umgeben von mehreren besorgten Männern.

»Du hast es geschafft, Georg!« jubelte Niklas.

»Nein, noch nicht«, entgegnete Georg und blickte zu dem anderen Eingeklemmten, der sich noch immer nicht bewegte. »Grund zur Freude haben wir erst, wenn auch Hoimar außer Gefahr ist. Versuchen wir es!«

Hoimar lag noch tiefer unter dem Schiff. Zweimal versuchte Georg, die Planken weit genug nach oben zu drücken, aber jedesmal scheiterte er.

»Du bist schon zu erschöpft, laß uns die Plätze tauschen«, schlug Niklas vor, doch auch er vermochte den Druck auf Hoimar nicht zu lockern.

»So geht es nicht!« rief Bojo. »Wir müssen erst neue Keile unter den Rumpf setzen und ihn abstützen. Kommt da weg, bevor euch noch was zustößt!«

Georg und Niklas sahen ein, daß der Friese recht hatte. Als sie unter dem Schiff hervorkrochen, bemerkte Georg, daß es Velten übel erwischt hatte. Seine Beine waren blutüberströmt, seltsam verrenkt, die Haut an mehreren Stellen von den Knochen durchstoßen. Auch er hatte jetzt das Bewußtsein verloren, vielleicht war es besser so für ihn. Ein paar Männer fertigten aus zusammengebundenen Ästen eine Trage, legten Velten vorsichtig darauf und brachten ihn in die Stadt.

»Ich fürchte, er wird nie wieder laufen können«, meinte Niklas.

Bojo hatte sich inzwischen passende Holzklötze gesucht und kroch damit unter den Rumpf der *Faberta*; in seinem Gürtel steckte die langstielige Axt. Georg wollte ihm folgen, aber der Verwalter hielt ihn zurück.

»Ich schaff das schon allein, Georg. Ruh du dich lieber aus und sammle deine Kräfte. Ich schätze, du wirst sie noch brauchen.«

Georg hockte sich auf eine der abgeladenen Kisten und beobachtete, wie Bojo den ersten Keil mit dem stumpfen Ende der Axtklinge unter den Rumpf trieb, dicht bei Hoimar. Bei jedem Hieb tanzten die Halteseile in

318

den Händen der Männer, und mancher hatte schon aufgescheuerte, blutende Handflächen.

»Der erste Keil sitzt!« rief Bojo zufrieden. »Noch einer, und wir können Hoimar rausziehen!«

Wie ein Besessener machte er sich wieder an die Arbeit, lag auf dem Rücken und schwang die Axt, um den Holzblock mit jedem Schlag ein Stückchen weiter unter die *Faberta* zu drücken.

Auf einmal begann der Keil, den er zuerst eingeschlagen hatte, zu wackeln und stürzte um. Dasselbe geschah mit dem zweiten Holzblock. Ein Halteseil riß sich los und schleuderte den Eisenhaken, der es im Boden verankert hatte, in hohem Bogen durch die Luft. Vergebens bemühten sich die Männer, das Tau zu halten. Das einzige, was sie erreichten, war, daß ihre Hände bald bluteten. Das dicke Seil peitschte hin und her wie der Ziemer eines wildgewordenen Ochsentreibers.

Und das Schiff ruckte an, bewegte sich ein ganzes Stück zum Rhein hin!

»Neeiin, Bojo!« schrie Georg, als er sah, wie der Schiffsrumpf den Friesen unter sich begrub.

»Wer ist dort?« fragte die Kräutertrude, als sie ihre Hütte fast erreicht hatte.

Sich heimlich anzuschleichen, hatte keinen Sinn. Sobald sie die Hütte betrat, würde man sie bemerken.

Sie erhielt keine Antwort und wiederholte ihre Frage, noch lauter diesmal, aber wieder blieb alles stumm.

Also ging sie weiter und steckte vorsichtig ihren Kopf durch die Türöffnung. Sie erschrak. In ihrer kleinen Hütte sah es aus, als hätte ein Sturm gewütet. Die Bretter, die als Regale, Sitzgelegenheit und Tisch dienten, waren umgestürzt, ebenso die meisten Flaschen, Dosen und Schalen. Viele waren zerbrochen und ihr kostbarer Inhalt ausgelaufen. Sie konnte alles deutlich sehen, denn nicht nur durch die Türöffnung fiel Licht ein, auch die Tücher vor den Wandlöchern waren abgerissen.

Als sie weder den unheimlichen Schwarzen in der Hütte entdeckte noch sonst jemanden, der ihr Böses wollte, stieß die Kräutertrude den lang angehaltenen Atem aus. Ihre Erleichterung währte nur kurz, dann fiel ihr Blick auf das düstere Loch, vor dem sonst ein großer Lumpenfetzen hing. Auch dieser Fetzen war von der Holzleiste gerissen und lag zusammengeknüllt auf dem Boden. Und das Loch war leer!

Auf einmal schien der Kräutertrude alles klar: Ihre Tochter hatte wieder einen Anfall gehabt, weitaus schlimmer als alle Anfälle zuvor. Sie mußte geradezu rasend gewesen sein, daß sie es geschafft hatte, die Tür zu öffnen.

Der Blick der Kräutertrude fiel hinaus in die düstere Gasse. Irgendwo da draußen war ihre Tochter, ein wild gewordenes und doch hilfloses Tier. Vielleicht hatte sie sich auch schon wieder beruhigt und völlig verängstigt irgendwo in einem dunklen Winkel verkrochen, wimmerte und weinte nach ihrer Mutter, dem einzigen Menschen, der sich um sie kümmerte.

Und ihre Tochter war das einzige Wesen, das der Kräutertrude etwas bedeutete. Sie mochte eine Mißgeburt sein, ein Hohn auf die Schöpfung Gottes, doch es war ihr eigen Fleisch und Blut.

Die alte Frau rannte wieder in das Gassengewirr hinaus und spähte verzweifelt in jeden Winkel.

»Bist du hier?« rief sie immer wieder und hoffte, daß ihre Tochter die Stimme der Mutter erkannte.

Beim Namen konnte sie ihre Tochter nicht rufen, weil

sie keinen Namen hatte. Als das mißgestaltete Geschöpf zur Welt kam, hatte die Kräutertrude fest damit gerechnet, der Herr würde es bald zu sich holen. Wozu ihm erst einen Namen geben!

Doch die jämmerliche Kreatur hatte überlebt und war herangewachsen. Einen Namen hatte sie dennoch nicht gebraucht, denn sie hatte keinen Menschen außer ihrer Mutter. Mit anderen Menschen kam sie nie in Berührung. Den Verschlag durfte die Kreatur nur in stockdunklen Nächten verlassen, wenn die Kräutertrude sie nach draußen führte, um frische Luft zu atmen.

Die Mutter wußte, daß das Aussehen der Tochter bei anderen Menschen Grauen und Angst hervorrief. Angst, die leicht in tödlichen Haß umschlagen konnte. Deshalb suchte sie jetzt so verzweifelt nach ihrer Tochter.

Georg, Niklas Rotschopf und ihre Männer arbeiteten wie von Sinnen, um Bojo und Hoimar zu retten. Sie schlugen Holz in Keile, drückten diese unter den abgerutschten Schiffsrumpf und schoben weitere Keile nach. Es war die einzige Möglichkeit, den Verwalter und den Schiffer zu befreien. Hätten sie versucht, die *Faberta* an Seilen zurückzuziehen, wären die Leiber der beiden Eingeklemmten noch weiter zerquetscht worden. Nein, nur auf diese Art ging es: Sie mußten das Schiff anheben, Stück für Stück. Es war ein Kampf gegen den Tod – und sie verloren ihn.

Als sie es endlich schafften, Bojo und Hoimar unter der *Faberta* wegzuziehen, bargen sie nur zwei leblose Hüllen, warme Körper noch, aber schon von den Seelen verlassen. So schlimm zugerichtet, wie sie aussahen, war es für die beiden vielleicht das Beste.

Das versuchte sich zumindest Georg einzureden, aber

es war ein äußerst schwacher Trost. Er dachte an Hoimars Frau und die vielen Kinder und an Bojo, der, seinem Bruder gleich, wie ein naher Verwandter für Georg gewesen war. Broder hatte Georg in der Schiffahrt unterrichtet, und Bojo im Kaufmännischen. Der hagere Friese hatte immer zum Haus Treuer gestanden, für das er sogar sein Leben geopfert hatte.

Hufgetrappel lenkte Georg von seiner Trauer ab. Ein großer Reitertrupp sprengte durch das nächstgelegene Tor in der Stadtmauer, das Weinpförtchen, und hielt im scharfen Galopp auf die Sandbank zu. Es waren mindestens zwanzig Bewaffnete mit einem vornehm gewandeten Anführer, der einen prächtigen Apfelschimmel ritt. Das bärtige Gesicht gehörte Dankmar von Greven. Hinter den Reitern eilte ein noch größerer Trupp Fußsoldaten im Laufschritt durch das Tor.

Der Stadtvogt zügelte sein Tier erst kurz vor dem Liegeplatz der *Faberta* und warf einen forschenden Blick in die Runde. Seine Begleiter richteten ihre Lanzenspitzen drohend auf die Händler und Schiffer.

»Räumt die Sandbank!« befahl der Stadtvogt, begleitet von einer herrischen Handbewegung, während er seine Augen auf Georg und Niklas Rotschopf richtete. »Aufgrund eurer Tätlichkeiten gegen meine Männer könnte ich euch allesamt einkerkern lassen. Aber wenn ihr euch jetzt verzieht, lasse ich Gnade vor Recht ergehen!«

»Gnade vor Recht?« wiederholte Georg mit leiser, kaum hörbarer Stimme. Sein Blick wanderte von dem Reiter zu den beiden Toten und wieder zurück zum Stadtvogt. »Ihr wagt es, von Gnade und Recht zu sprechen, Ihr, unter dessen Männern sich ein Mörder befindet?«

Inzwischen waren auch die unberittenen Söldner heran, angeführt von Gelfrat. Bei seinem Anblick griffen

Georgs Begleiter das Wort ›Mörder‹ auf, raunten es erst leise, riefen es dann lauter und brüllten es schließlich mit der Gewalt eines Orkans dem Vogt und seinen Männern entgegen.

Es kam zu Handgreiflichkeiten, ohne daß Georg später zu sagen vermochte, wer den ersten Schritt getan, die erste Waffe zum Schlag geführt hatte. Binnen kürzester Zeit entwickelte sich ein unüberschaubares Handgemenge.

Reiter wurden aus den Sätteln gerissen, und Schiffer gerieten unter die Hufe. Dankmar von Greven zog sein Schwert und schlug eine Bresche in die Mauer der ihn bedrängenden Wikmänner. Die Klinge fraß sich in die Schulter eines Mannes und verletzte einen anderen schwer am Kopf.

Gelfrat und sein heranstürmender Fußtrupp schienen die Entscheidung zu bringen. Durch sie lag das zahlenmäßige Übergewicht eindeutig auf der Seite des Stadtvogts. Die Männer aus dem Wik wurden immer weiter in Richtung Fluß gedrängt.

Da erhielten sie unerwartet Hilfe. Niklas Rotschopf hatte sich vom Kampfgetümmel abgesetzt und den Schiffern und Fischern auf den umliegenden Sandbänken und am Ufer zugerufen, ob sie tatenlos zusehen wollten, wie der Stadtvogt das Recht beugte und seine Schergen zu Mördern an Wikmännern wurden. Mehr und mehr Unbeteiligte stellten sich auf die Seite der Bedrängten, verwandelten ihre Werkzeuge zu Waffen und hieben damit auf die Söldner ein. Der Zorn auf die allzuoft erduldete Willkür des Stadtvogts konnte sich endlich entladen. Ein paar Fischer nahmen das Netz, an dessen Ausbesserung sie gesessen hatten, und warfen es über die Köpfe einiger Reiter, rissen diese zu Boden und droschen mit bloßen Fäusten auf sie ein.

Dankmar von Greven lenkte seinen Apfelschimmel an Gelfrats Seite und sagte laut, den Kampflärm übertönend: »Der Rotkopf hetzt noch das ganze Rheinufer gegen uns auf, wenn wir ihm nicht das Schandmaul stopfen! Nimm dir ein paar Männer und mach ihn mundtot!«

»Nur *mund*tot?«

»Mach mit ihm, was du willst, nur bring ihn zum Schweigen!«

Mit einer Gruppe von vier Begleitern kämpfte sich Gelfrat zu Niklas Rotschopf durch. Drei von Gelfrats Männern wurden in Zweikämpfe verwickelt. Gelfrat und der vierte Mann stellten den rothaarigen Kaufmann, der sich mit seinem Dolch nur mühsam gegen Gelfrats Schwert und den Speer des anderen Soldaten verteidigen konnte.

Georg hatte die Bedrängnis des Freundes bemerkt und eilte ihm zu Hilfe, schien aber zu spät zu kommen. Als er noch vier, fünf Schritte von dem zurückweichenden Rotschopf entfernt war, stolperte Niklas und fiel rücklings zu Boden. Gelfrats Scherge hob den Speer und holte zum entscheidenden, tödlichen Stoß aus. Die Spitze zielte mitten auf die Brust des Gestürzten.

Der Gedanke, so kurz nach Bojo und Hoimar noch einen Freund zu verlieren, versetzte Georg einen Stich. Er stieß sich vom Boden ab, schnellte durch die Luft und riß den Speerträger um, ehe dieser die todbringende Eisenspitze in Niklas' Brust bohren konnte. Der Söldner röchelte, zuckte heftig und lag dann still. Georgs Dolch steckte bis zum Stichblatt in seinem Rücken. Georg hatte nicht absichtlich zugestoßen, es war einfach geschehen.

Und doch schrie Gelfrat jetzt: »Mörder! Du bist ein Mörder, Georg Treuer, ich habe es genau gesehen!«

Der Söldnerführer hob sein Schwert und ließ die

324

Klinge auf den waffenlosen Kaufmannssohn niederfahren. Georg rollte sich zur Seite, und der scharfe Stahl zerteilte den Sand, auf dem er eben noch gelegen hatte.

»Du bist flink wie eine Ratte, aber noch mal wirst du mir nicht entkommen!« zischte Gelfrat mit grimmigem Gesicht. »Diesmal ziele ich besser!«

Wieder hob er das Schwert.

Niklas Rotschopf war aufgesprungen und wollte Georg zu Hilfe kommen, aber ein Speerträger drängte ihn ab.

Erneut jagte der tödliche Stahl auf den am Boden liegenden Jüngling zu. Georg sprang so schnell hoch, daß selbst der vorgewarnte Gelfrat überrascht war, schien aber nicht gewandt genug zu sein, dem kraftvoll geführten Hieb zu entgehen.

Georg hatte das erkannt und streckte beide Arme aus, seine Hände umklammerten Gelfrats Waffenarm und blockten den Schlag ab. Nur wenige Fingerbreit über Georgs Kopf schwebte drohend die zweischneidige Klinge.

Die beiden Männer rangen keuchend miteinander. Gelfrat stieß immer wieder mit seinem Schild nach Georg, um diesen abzudrängen und seinen Waffenarm freizubekommen.

Doch der junge Kaufmann ließ nicht los. Er wußte, daß er zweimal sehr großes Glück gehabt hatte, mehr, als einem Unbewaffneten gegenüber einem erfahrenen, mit einem guten Schwert bewaffneten Recken zustand. Einem dritten Schwerthieb würde Georg kaum entgehen. Also durfte er es gar nicht erst dazu kommen lassen!

Mit der Unerbittlichkeit, mit der ein Hund sich im Fleisch eines Feindes festbiß, krallte Georg seine Hände um Gelfrats rechten Arm.

Der Söldnerführer setzte dem Gegner arg zu. Immer wieder schlug er den Schild gegen Georgs Kopf, und der

Kaufmannssohn blutete aus mehreren Platzwunden. Aber er ließ nicht los.

Die beiden Männer taumelten über den Kampfplatz. Jeder sah nur noch den anderen, keiner kümmerte sich mehr um das Getümmel auf der Sandbank.

Inzwischen hatten die Wikmänner wieder die Überhand gewonnen. Die Söldner wichen Schritt um Schritt zurück, auch wenn Dankmar von Greven sich im Sattel aufrichtete und seine Männer zu einem neuen Angriff anspornte.

Wieder schoß der Schild auf Georg zu, und der rotverschmierte Eisenbuckel bohrte sich hart in seine rechte Wange. Sein Mund füllte sich mit dem süßlichen Geschmack von Blut, sein ganzer Kopf dröhnte. Alles drehte sich um Georg, er verlor das Gleichgewicht und versuchte vergeblich, sich am ledernen Ärmel des Gegners festzuhalten.

Ein breites Grinsen überzog Gelfrats Gesicht, als sein Schwertarm endlich frei war, und der Söldnerführer schrie: »Jetzt schicke ich dich zur Höl...«

Weiter kam er nicht, denn auch er verlor das Gleichgewicht, als er über einen Stoß Holzscheite stolperte, der vor dem Feuer mit dem Teerkessel aufgeschichtet war. Gelfrat stürzte rücklings in die Feuerstelle und stieß das eiserne Dreibein mit dem großen Kessel um.

Der Teer, so heiß, daß er bereits Blasen warf, ergoß sich auf den Boden, löschte mit lautem Zischen das Feuer und bedeckte den Waffenarm des Söldnerführers von der Schulter bis zum Handgelenk. Gelfrat stieß gellende Schreie aus. Seine rechte Hand zuckte, und das Schwert entfiel ihr. Er wälzte sich vor Schmerz hin und her, wobei sein rechter Arm noch weiter in die kochende, schwarze Masse geriet, die jetzt auch seine Hand bedeckte. Der

Kampf am Rhein gebar viele Schreie, aus Wut, Verzweiflung oder Todesangst ausgestoßen, aber das qualvolle, verzweifelte Heulen Gelfrats übertönte alles.

Als Dankmar seinen Unterführer stürzen sah, erkannte der Stadtvogt, daß dieser Kampf verloren war. Er rief seine Männer zum geordneten Rückzug auf.

Vier Fußsoldaten liefen auf seinen Befehl zur Feuerstelle. Zwei kümmerten sich um Gelfrat und zogen den wimmernden Mann hoch. Die anderen beiden griffen sich Georg, dem es noch immer nicht gelang, aufrecht zu stehen, geschweige denn, sich zu verteidigen. Der letzte Schildschlag gegen seinem Kopf schien ihm alle Geistesgegenwart geraubt zu haben. Die beiden Söldner schleppten Georg mit sich und brachten ihn in die Stadt.

Niklas Rotschopf, der, wie alle anderen Wikmänner, über den Rückzug des Stadtvogts in gellenden Jubel ausbrach, bemerkte zu spät, daß Georg jetzt Dankmars Gefangener war. Vergebens versuchte der Rothaarige, die siegestrunkenen Kampfgefährten zur Besinnung zu bringen, um Dankmars Trupp nachzusetzen und Georg herauszuhauen. Als die Wikmänner sich endlich einigermaßen beruhigt hatten, waren die Soldaten schon hinter der Stadtmauer verschwunden, und die Wachen schlossen eilig das Weinpförtchen.

Niklas' Blick glitt über das blutdurchtränkte Schlachtfeld, das mit Toten und Verwundeten, mit zerbrochenen Waffen übersät war. Er begriff, daß der bejubelte Sieg auch eine Niederlage war.

Kapitel 15

Sturmwind über Köln

Niklas Rotschopf und seine Männer beachteten das geschlossene Weinpförtchen nicht, liefen dicht an der Stadtmauer auf dem Uferstreifen entlang und kehrten durch das nächste Tor, die Salzgassenpforte, in den umfriedeten Bezirk Kölns zurück. Die Wachen dort verzichteten darauf, Widerstand zu leisten, als sie die vielfache Überzahl der entschlossenen, vom Kampf gezeichneten Wikmänner erblickten.

Überall, wo der Haufen auftauchte, verbreitete sich in Windeseile die Nachricht von dem Geschehen auf der Sandbank, von Annos widerrechtlichem Übergriff auf die *Faberta*, das Eigentum eines Kaufherrn, vom Tod rechtschaffener Männer und von der Verschleppung Georg Treuers.

Rainald Treuer und Broder hatten bereits die wildesten Gerüchte gehört, als Niklas endlich auf dem Hof erschien, um seinen traurigen Bericht zu erstatten. Bevor er noch etwas sagen konnte, fragte Rainald nach seinem Sohn und gleich darauf Broder nach seinem Bruder. Vergebens suchte der Rotschopf nach den richtigen Worten.

»Tot?« fragten Vater und Steuermann wie aus einem Mund, und ihre Augen hingen an Niklas' Gesicht, an seinen Lippen.

»Bojo ist tot«, antwortete Niklas leise.

»Wer hat meinen Bruder getötet?« schrie Broder, der einen dicken, blutgetränkten Verband um den Kopf trug.

Niklas erzählte, was sich zugetragen hatte.

Als er von Georgs Verschleppung berichtete, sprang Rainald von der Bank auf und schrie mit hochrotem Kopf: »Ich werde nicht länger zulassen, daß Anno uns behandelt wie Leibeigene! Wir sind freie Männer und stehen als Kaufherrn unter dem Schutz des Königs. Wenn wir von unserem Stadtherrn nicht mehr unser Recht bekommen, müssen wir es uns selbst holen. Ich werde zum Dom gehen und Georg befreien, mit Gewalt, wenn es sein muß! Und jeder Wikmann, der noch einen Funken Ehre im Leib hat, sollte mir fol...«

Rainalds Worte gingen in ein unverständliches Krächzen über. Er taumelte, griff an seine Brust und sank auf die Knie. Seine Augen weiteten sich, noch einmal öffnete er den Mund, brachte aber nur ein gequältes Stöhnen zustande. Dann schlug er bäuchlings vor die Füße von Niklas Rotschopf.

Niklas beugte sich erschrocken über den Wikbruder, drehte ihn vorsichtig auf den Rücken und blickte in zwei gebrochene Augen. Der rothaarige Kaufmann hatte schon viele Tote gesehen, einige erst vor kurzem auf der Sandbank am Rhein. Er brauchte keine näheren Untersuchungen anzustellen, um das zu wissen, was er der Versammlung verkündete: »Rainald ist tot.« Er schluckte und fuhr fort: »Ich habe ihn umgebracht!«

»Wieso du?« fragte Broder, während er entsetzt auf seinen toten Herrn starrte.

»Meine Worte haben ihn getötet. Ich hätte ihm die schlimme Kunde schonender überbringen sollen. Seit er in Annos Kerker gesessen hat, ist er nur noch ein Schatten seiner selbst gewesen.«

Broder schüttelte seinen blutverschmierten Kopf und hörte abrupt damit auf, als diese Bewegung ihm rasenden Kopfschmerz einbrachte.

»Unsinn!« brummte er mit fester Stimme. »Nicht Ihr habt Rainald umgebracht, Niklas Rotschopf. Der Erzbischof ist schuld. Anno hat die Familie meines Herrn ins Unglück gestürzt, mit voller Absicht, wie es scheint!« Leiser fügte er hinzu: »Und auch meinen Bruder hat der Oberpfaffe auf dem Gewissen!«

»Vielleicht habt Ihr recht, Broder. Ob ich ganz schuldlos bin, weiß ich nicht, aber Anno trifft bestimmt ein Gutteil der Verantwortung an allem Bösen, was in den letzten Tagen in Köln geschehen ist.« Niklas sah auf den Toten hinab. »Rainald hat uns den Weg gewiesen. Ich habe einmal gezaudert, dem Haus Treuer zu helfen. Das war ein Fehler. Jetzt werde ich mein Blut und, wenn es sein muß, auch mein Leben geben, um Georg Treuer zu befreien! Wer kommt mit mir?«

Die Männer auf dem großen Hof mußten nicht lange überlegen, um zu wissen, daß sie sich ihm anschließen würden. Auch Broder ging mit und marschierte neben Niklas Rotschopf an der Spitze der Kolonne durch den Wik. Der Zorn auf Anno und seine Schergen, geschürt durch Bojos und Rainald Treuers Tod, ließ den Friesen seine Wunden und Schmerzen vergessen.

Unterwegs schrien die Männer ihre Wut auf Anno hinaus, und weitere Wikbewohner verstärkten den Pulk, teils aus Freundschaft und Solidarität für das Haus Treuer, teils aus langgehegtem Grimm gegen den Erzbischof.

Und teils aus Angst vor dem Verhängnis, daß Annos Willkür über die Stadt brachte. Waren der Einsturz des Gerüsts von Sankt Georg und das Abrutschen des Schiffs auf der Sandbank nicht Zeichen göttlichen Zorns gewesen? Ein Fingerzeig des Herrn, dem frevlerischen Treiben des Erzbischofs Einhalt zu gebieten, bevor er ganz Köln ins Unglück stürzte?

Diese Fragen stellten sich die Bürger in ganz Köln, angeheizt von den aufrührerischen Reden des Schwarzgekleideten und seiner Gefährten. Sie erzählten den Kölnern von bösen Träumen und erinnerten sie an alles, was die Bürger der Stadt jemals gegen ihren Herrn aufgebracht hatte.

Schon Anno Domini 1056, als Kaiser Heinrich III. ihm das Erzbistum Köln übergab, hatten sich Anno und die Kölner feindlich gesinnt gegenübergestanden. Die Bürger hätten lieber einen Mann mit klangvollerem Namen als Stadtherrn gesehen als den Sproß eines unbedeutenden schwäbischen Geschlechts edelfreier Herren. Hätte sich nicht der Kaiser mit seiner ganzen Autorität vor Anno gestellt, hätten die Kölner ihn bereits am Tag seines Einzugs wieder aus der Stadt gejagt. Das wäre besser gewesen, riefen jetzt viele.

Und wie hatte Anno das seinem Gönner vergolten? Indem er Heinrichs Witwe Agnes von Poitou lächerlich machte und ihr den Sohn entführte. Die Kölner erinnerten sich noch gut an das Jahr 1062, als das prächtige Schiff in Köln anlegte, an Bord der Erzbischof, andere hohe Herren und der junge König. Als Lehrer Heinrichs IV. hatte sich Anno bezeichnet und aufgespielt, doch in Wahrheit war er der Kerkermeister und Tyrann des Königs gewesen!

Das Schiff, auf dem er Heinrich entführt hatte, gehörte heute Rainald Treuer. Und doch wollte Anno es ihm gewaltsam abnehmen, versuchte der Erzbischof, die Familie Treuer mundtot zu machen, schien er nach so vielen Jahren noch die Wahrheit zu fürchten. Erst steckte er Rainald Treuer in den Kerker, dann vergriff er sich an seinem

Schiff, verschleppte seinen Sohn und wurde dadurch schuldig an Rainalds Tod!

Hatte sich Anno nicht fortwährend an den Kaufleuten und Händlern bereichert, indem er ihnen Geld lieh und es sich gegen viel zu hohe Zinsen zurückzahlen ließ? Und das, obwohl allen Christen durch die Heilige Schrift verboten war, Zinsen zu erheben und einzustreichen?

Sogar das Gerücht, Anno lasse nachts junge Frauen verschleppen, um sich an ihnen zu vergehen, lebte wieder auf. Feierte er vielleicht gar unheilige Messen mit den Hübschlerinnen, huldigte er dem Bösen und zog damit den Zorn Gottes auf sich und auf die Stadt Köln?

Tat der Erzbischof nicht alles, um seine Macht zu festigen und seinen Reichtum zu mehren? Sogar gegen König Heinrich sollte er sich jetzt verschworen und mit dessen Feinden paktiert haben. Zum Ausbau seiner Macht gründete er immer neue Klöster und Kirchen und brachte seine Verwandten und Freunde in hohe Stellungen. So wurde sein Bruder Werner Erzbischof von Magdeburg, sein Vetter Burchard Bischof von Halberstadt und sein Intimus Friedrich Bischof von Münster.

Seinen Neffen Konrad machte Anno zum Erzbischof von Trier und umging dabei einfach das Trierer Domkapitel. Doch die Trierer ließen sich das nicht bieten und töteten den aufgezwungenen Stadtherrn im Jahre 1066. Sie waren aufgestanden wie auch vor kurzem die Bürger von Worms, die ihren Bischof aus der Stadt vertrieben hatten, um König Heinrich Zuflucht zu gewähren. Und der König hatte es der Stadt Worms mit großzügigen Vergünstigungen gedankt!

Auch die Kölner wollten sich die Tyrannei nicht länger bieten lassen. Anno mußte die Stadt verlassen oder, besser noch, sterben!

Der König, der ihn bekanntermaßen haßte, würde diese Tat gutheißen und sich auf die Seite der Kölner stellen. Und die Bürger würden gewiß ihren Vorteil daraus ziehen. Was die Wormser vollbracht hatten, mußte den Kölnern, die über mehr Geld, Menschen und Waffen verfügten, erst recht gelingen!

Wie ein Sturmwind breitete sich der Volkszorn über ganz Köln aus und rief die Massen zusammen, die von allen Seiten dem Domhügel entgegenstrebten. Sie wollten Erzbischof Annos Sturz – und seinen Kopf.

Die ganze Stadt war in Aufruhr, und niemand kümmerte sich um die aufgelöste Alte, die verzweifelt das einzige Wesen suchte, das ihr etwas bedeutete. Die Kräutertrude folgte der rasenden Menge in Richtung Dom. Ein Stoffetzen vom Kleid ihrer Tochter, den sie an einer rissigen Bretterwand entdeckt hatte, wies in diese Richtung. Und doch hatte die alte Frau kaum noch Hoffnung. Wie sollte sie in der anschwellenden Flut aus Menschenleibern die armselige Kreatur finden, die sie ihre Tochter nannte?

Die Kräutertrude wurde von dem Menschenmeer aufgesogen, war nur noch ein Tropfen darin, der mitgespült wurde, ohne eigenen Willen, über den Heumarkt an Groß Sankt Martin vorbei auf den Alten Markt. Hier geriet die Flut ins Stocken, scharten sich die aufgebrachten Kaufleute, Händler, Knechte und Tagelöhner um einen Mann mit schwarzem Hut, schwarzem Mantel und dichtem Bart, der in flammender Rede ihren Zorn auf Anno anstachelte.

Die alte Frau erschrak, als sie in das bärtige Gesicht des Schwarzen sah und im selben Moment seinen durchbohrenden Blick spürte, scharf wie ein Dolch. Am liebsten wäre sie davongelaufen, hätte sich verkrochen, aber sie war eingekeilt zwischen Hunderten von Leibern.

Der Schwarze, der auf der bröckelnden Treppe der alten Römermauer stand, streckte seine Hand aus, zeigte auf sie, die Kräutertrude, und seine Stimme war lauter als das Gebrüll der Menge: »Seht diese Hexe dort, die ihr als Kräutertrude kennt, die viel zu lange schon ihrem Schicksal entging. Ist es nicht ein Beweis für Annos Teufelspakt, daß Satansbuhlerinnen ungestraft in unserer Mitte wandeln? Mit ihren Kräutern verspricht die Hexe zu helfen, doch in Wahrheit raubt sie damit ihren Opfern den Verstand und die Seele, verwandelt sie in fleischliche Hüllen für Dämonen. Ihre eigene Tochter hat sie zu einer Kreatur des Teufels gemacht. Habt ihr nicht davon gehört?«

Sofort wurden mannigfach Stimmen laut, um die Worte des Schwarzen zu bestätigen. Die Kräutertrude hatte zwar vielen geholfen, aber ebenso vielen war ihr Treiben auch ungeheuer. Und alles, was fremd erschien, unbekannt, furchterregend, sollte von der Flut hinweggespült werden, damit Köln wieder eine saubere Stadt wurde. Deshalb forderten die Rufer, die Kräutertrude zu bestrafen, jetzt und hier. Nur die Art des Todes stand noch in Zweifel. Die einen stimmten fürs Aufhängen, die anderen fürs Verbrennen.

»Das alles dauert zu lange«, mahnte der Schwarze und zeigte nach Norden, zum mächtigen Dom, dessen Türme sich in den düsteren Wolken verstecken wollten, die sich immer dichter über Köln zusammenzogen. »Dort sitzt unser größter Feind, der Frevler Anno. Machen wir mit der Hexe kurzen Prozeß. Bringt sie auf die Mauer und stürzt sie hinab!«

Die Vorschlag fand Beifall. Die Kräutertrude wurde von zahlreichen Händen gepackt und zur Römermauer gezerrt. Dabei riß ihr Kleid in Fetzen, und gleich büschelweise verlor sie ihr graues, strähniges Haar. Sie flehte um Gnade, ohne Gehör zu finden. Niemand wollte gnädig sein in der Stunde des Aufruhrs, und zu verlockend war die Aussicht, endlich Blut vergießen zu dürfen und sich dadurch die Macht zu beweisen – die letzten Zweifel am eigenen Tun hinwegzuspülen mit dem Blut eines Menschen, der doch so offensichtlich anders und damit schuldig war.

Sie zerrten und schoben die alte Frau die Treppe hinauf, vorbei an der Gestalt des Schwarzen, der selbst ein Fremder war und doch nicht angezweifelt wurde, weil sein Mund sprach, was die Ohren der Kölner hören wollten.

Die Kräutertrude blickte ihm ins Gesicht und sagte: »Ihr seid mit dem Teufel im Bunde, nicht ich. Ihr mögt mich töten, doch Gott wird Euch strafen!«

»Sie lästert Gott!« rief der Schwarze mit unbewegtem Gesicht. »Macht ihrem schändlichen Treiben endlich ein Ende!«

Dann stand die Kräutertrude auch schon oben auf der Mauer, blickte hinunter auf das Volk, das ihr wie ein wimmelnder Ameisenhaufen erschien, fühlte einen Stoß in ihrem Rücken und war für einen Augenblick losgelöst von allem.

Die alte Frau stürzte am Fuß der Mauer auf den Boden und rührte sich nicht mehr. Ihr seltsam verdrehter Kopf verriet, daß ihr Genick gebrochen war.

Und die Menge verstummte, spürte plötzlich die unumkehrbaren Folgen ihres Handelns, den eisigen Hauch des Todes. Manch einer begriff erst jetzt und zweifelte plötzlich.

»Satan hat eine Jüngerin verloren«, peitschte die

Stimme des Schwarzen die Männer und Frauen auch schon wieder an. »Die Hexe hat bekommen, was sie verdiente. Dasselbe soll jetzt auch Anno erleiden. Folgt mir zum Dom!«

Froh, wieder ein Ziel und einen Führer zu haben, erging sich das Volk in lautem Geschrei und schloß sich dem Schwarzen an, der mit gezogenem Schwert auf die Bechergasse zuhielt, die vom Alten Markt zum Domhügel führte.

Nur ein Wesen, das viele nicht als Mensch bezeichnet hätten, blieb auf dem Marktplatz zurück. Erst als die tobende Horde den Ort verlassen hatte, kam die Kreatur aus ihrem Versteck, der hölzernen Ruine eines umgerissenen Marktstandes, und kroch auf allen vieren zur Römermauer. Dort hockte sie sich neben den verrenkten Leichnam, streichelte ihn, nahm ihn in die Arme und sagte Worte zu ihm, die nur sie verstand. Auch die Mutter hätte es verstanden, wäre sie nicht tot gewesen.

Allmählich verstand die Tochter, daß die Mutter nicht mehr war. Die Tochter hatte gesehen, wie sie von der Mauer stürzte. Und sie hatte auch begriffen, daß der schwarze Mann schuld war am Tod ihrer Mutter. Ihre Augen blickten zu der Gasse, durch die das lärmende Volk der Aufrechtgehenden drängte. Der Schwarze war längst nicht mehr zu sehen, aber sein Bild hatte sich unauslöschlich ins Gedächtnis der Tochter eingebrannt.

Sie bettete den noch warmen Leib der Mutter in ihren Schoß und weinte.

Als Dankmar von Greven mit seinem Trupp zum Dom zurückkehrte, ahnte Anno sofort, daß die Sache nicht so gelaufen war, wie er es sich gewünscht hatte. Die Männer sahen müde und abgekämpft aus, viele waren verwundet.

Erst bekam Gelfrat Schwierigkeiten mit diesem Georg Treuer und jetzt sogar der Stadtvogt?

Aber dann entdeckte der Erzbischof mitten in dem Haufen Rainald Treuers Sohn, der mit auf den Rücken gefesselten Händen vorgeführt wurde. Also doch ein Erfolg! Friedrich von Münsters Rat hatte sich als richtig erwiesen. Aber weshalb zog Dankmar ein Gesicht, als hätte er Ehre und Vermögen an einem Tag verloren?

Etwas stimmte nicht, soviel war sicher.

Plötzlich schmeckte Anno der mit Kräutern gefüllte und mit Salbei bestrichene Röstkarpfen nicht mehr, und er ließ das halb aufgegessene Stück Fisch achtlos auf die Tafel fallen.

Mit einem Wink holte er Barthel heran und sagte: »Die Aufwärter sollen mit dem nächsten Gang noch warten. Ich will erst mit Dankmar sprechen. Und noch etwas, schafft die Gaukler weg!«

»Ist etwas nicht in Ordnung, Eminenz?«

»Das eben will ich herausfinden.«

Der Truchseß gab Annos Befehl an die Aufwärter weiter und scheuchte mit Hilfe einiger Wachen die Spielleute und Akrobaten vom Platz. An den Tafeln erstarb das Gelächter. Jeder schien zu spüren, daß der fröhliche Teil des Georgstags vorüber war. Die plötzliche Stille wirkte drückend. Fast alle Blicke lasteten auf Anno und den zurückgekehrten Kriegern.

Dankmar hielt den Apfelschimmel vor Annos Tafel an und rutschte mit steifen Bewegungen aus dem glänzenden Ledersattel, einem Geschenk des Erzbischofs.

Anno beugte sich gespannt vor. »Was für Kunde bringt Ihr, Stadtvogt?«

»Wir konnten das Schiff leider nicht beschlagnahmen.«

Friedrich von Münster setzte den Weinkelch ab und fragte: »Warum nicht?«

»Die Wikmänner erhielten von allen Seiten Hilfe. Fast die gesamte Kaufmannssiedlung hat sich gegen uns gestellt, so daß uns nur der Rückzug blieb. Meine Soldaten haben gekämpft wie die Löwen, vier von ihnen haben ihr Leben gelassen, und der Söldnerführer Gelfrat ...« Der Stadtvogt unterbrach sich und rief den Genannten vor.

Gelfrat wankte heran, das feiste Gesicht weiß wie Milch und von Schmerzen verzerrt. Schweiß perlte auf der Stirn. Seinen Helm hatte er verloren, Schild und Waffen ebenfalls. Er hätte auch kaum noch ein Schwert führen können, jedenfalls nicht mit der Rechten. Der ganz Arm war ein schwarzes, verkrümmtes Ding, wie der verkohlte Ast eines vom Blitz getroffenen Baums. Die Hand war ebenfalls schwarz, verkrümmt und seltsam starr; sie wirkte wie eine Vogelklaue. Ein paar Zartbesaitete an der Tafel und unter dem Gesinde stöhnten bei dem Anblick auf.

»Wie ist das geschehen?« erkundigte sich Anno.

»Georg Treuer hat das getan!« verkündete Dankmar laut und zeigte auf den Gefangenen, dessen Kleidung zerfetzt war und der aus mehreren Wunden blutete; der Kaufmannssohn stand seltsam schwankend, als könne er sich kaum aufrecht halten. »Er hat Gelfrats Arm mit heißem Pech übergossen.«

»Das ist so nicht wahr«, verteidigte sich Georg. »Gelfrat wollte mich mit seinem Schwert töten, ich habe mich nur verteidigt.«

»Das wäre nicht nötig gewesen, hättest du dich nicht dem Befehl des Erzbischofs widersetzt!« bellte der Vogt.

338

»Ich hatte das Recht dazu, weil ich das Schiff meines Vaters vertei...«

Weiter kam Georg nicht. Dankmar sprang zu ihm und schlug seine Rechte, die in einem schweren Lederhandschuh steckte, in das Gesicht des Jünglings. Georg verlor das mühsam gehaltene Gleichgewicht und sackte vor die Füße des Vogts.

»Ihr habt den Burschen also festgenommen«, stellte Friedrich von Münster fest. »Aber das Schiff, das Ihr für mich beschlagnahmen solltet, habt Ihr nicht bekommen?«

»Wie ich schon sagte, es ging nicht.« Dankmar knirschte mit den Zähnen. »Der ganze Wik geriet in Aufruhr. Wir mußten zusehen, daß wir zum Dom zurückkamen. Es brodelt überall in den Straßen.«

Er hatte kaum ausgesprochen, da kam ein aufgeregter Haufen aus Söldnern und bischofstreuen Bürgern auf den Platz im Schatten der Kathedrale gelaufen und berichtete von dem Aufruhr und von dem Volk, das sich zusammenrottete, um den Domhügel zu stürmen. Immer mehr Menschen eilten herbei, um den Erzbischof vor dem Volkszorn zu warnen.

Anno warf seinem Gast finstere Blicke zu. »Euer Rat war anscheinend doch nicht so gut, wie ich dachte, Friedrich. Euretwegen habe ich die ganze Stadt am Hals!«

»Dann zeigt Eurer Stadt und ihren Bürgern, wer der Herr von Köln ist!« schnaubte der Bischof von Münster und stand von der Tafel auf. »Ihr solltet schleunigst Eure Verteidigung organisieren, mein Freund. Ich muß sehen, daß ich noch rechtzeitig fortkomme. Stellt mir und meinem Gefolge ein paar schnelle Pferde zur Verfügung!«

Annos Faust fiel auf den Tisch und brachte die Bronzeplatte mit den Röstkarpfen zum Tanzen. »Ihr ... wollt mich im Stich lassen, mein *Freund*?«

339

Der Münsteraner versenkte seinen Blick in den des Kölners. »Ihr solltet mich besser kennen, Anno!«

»Warum flieht Ihr dann?«

»Weil ich Euch hier nichts nützen kann. Falls Ihr aber, was ich nicht hoffe, dem Zorn Eurer Bürger wirklich unterliegt, kann ich Euch von draußen Entsatz bringen.«

»Ja, das ist wahr«, murmelte Anno und nickte. »Ihr könnt im Umland Truppen anwerben und für den Notfall bereithalten. Ich kann mich doch auf Euch verlassen, nicht wahr?«

Friedrichs Mund, der so schmal war, daß er nur wie eine weitere Falte in seinem Gesicht wirkte, verzog sich zu einem Lächeln. »Ihr könnt sicher sein, Freund Anno, daß ich alles tun werde, was notwendig ist!«

»Ich danke Euch«, lächelte auch der Erzbischof und erteilte dann die nötigen Befehle für Friedrichs schnelle, überstürzte Abreise.

»Soll ich die Truppen zusammenrufen und die Tore zum Dombereich schließen lassen, Eminenz?« fragte Dankmar.

»Ja, natürlich«, antwortete Anno.

»Und was soll mit Treuer geschehen?«

»Bringt ihn dahin, wo vor kurzem noch sein Vater saß. Paßt gut auf ihn auf, vielleicht benötigen wir ihn noch!«

»Ich werde über ihn wachen«, meldete sich Gelfrat, und Anno zeigte sich einverstanden.

Unter dem Befehl des verkrüppelten Söldnerführers schleppten ein paar Bewaffnete Georg in den Kerker, während sich der eben noch so friedliche Domhof in ein Tollhaus verwandelte. Die Wachen verscheuchten das letzte Gauklervolk, und die Knechte räumten die Tafeln ab. Die langen Holzbretter und die Bänke wurden benötigt, um die Zugänge zum Dombereich zu verrammeln.

Zu den letzten, die den Domhügel verließen, bevor die Tore endgültig geschlossen wurden, gehörten Friedrich von Münster und sein Gefolge. Sie hieben ihren Pferden die Fersen in die Seiten und trieben sie zu größter Eile an.

Anno blickte ihnen mit gemischten Gefühlen nach. Fast wünschte er sich, an Friedrichs Stelle zu sein. Aber er mußte hier ausharren und dem Zorn der Kölner trotzen.

Und auch dem Zorn Gottes?

Ein Schauer überlief Anno, und er fühlte sich plötzlich sehr allein.

Kapitel 16

Der Kelch des Herrn

In dunkle Kutten gehüllte Männer weckten Rachel aus ihrem traumlosen Schlaf der Erschöpfung und der Flucht vor Pein und Scham. Die Jüdin sah in die bekannten mitleidlosen Gesichter, mit denen sie ihre Qualen verband, aber keine Namen. Bis auf eins, das scharfe, stets aufmerksame Antlitz des Schottenabts.

Die Gesichter blickten zur ihr herab, das war seltsam. Hing sie nicht mehr am Kreuz?

Und noch etwas hatte sich geändert. Rachel spürte nicht mehr den ziehenden, ständig stärker werdenden Schmerz in ihren Gliedern, fühlte sich fast ein wenig erholt.

Langsam drehte sie den Kopf und stellte fest, daß sie nicht länger in dem fensterlosen Verließ war und an dem großen Holzkreuz hing. Der Raum, in dem sie sich jetzt befand, war sehr schmal, und die Mönche drängten sich dicht an dicht. Tageslicht und frische Luft drangen durch eine vergitterte Öffnung im Mauerwerk. Das Licht warf die Umrisse des Eisengitters als dunkles Kreuz auf die dem Fenster gegenüberliegende Wand, und Rachel dachte mit Grauen an ihre Marter am hölzernen Langkreuz.

Jetzt erschien es ihr wie ein böser Traum. Zumal sie nicht länger blutbeschmiert und nackt war. Sie trug ein helles Wollhemd und lag auf einem schmalen Bett unter einer schweren, rauhen Decke. Einer der Mönche, sehr jung noch an Jahren und mit blassem Gesicht, kniete neben ihr und befeuchtete ihre Stirn mit einem nassen Tuch. Rachel empfand es als Wohltat.

Aber die Qualen waren kein Traum gewesen, bestimmt nicht! Das Durchlebte war so schrecklich, daß Rachel, wäre es ein Alpdruck gewesen, mit Sicherheit erwacht wäre, um die Pein nicht länger zu etragen. Und da war das unangehme Ziehen, das sie jetzt in ihren Gliedern spürte, die Auswirkung des langen Hängens am Kreuz. Rachel zog ihre Arme unter der Decke hervor, streifte die weiten Hemdsärmel ein Stück hoch und sah die roten Abdrücke, welche die Riemen auf ihrer Haut hinterlassen hatten. Die Riemen, mit denen man sie ans Kreuz gebunden hatte!

Ein Schreck durchfuhr Rachel, schlimmer als die Erinnerung an Erniedrigung, Scham und Unreinheit: der Gedanke, den Gralshüter und den Kelch des Herrn verraten zu haben!

Sie hatte mit den Schottenmönchen über den Kelch und über Joseph von Arimathia gesprochen, das wußte sie noch. Aber hatte Rachel den Benediktinern noch mehr gesagt, hatte sie ihnen das Geheimnis verraten, das sie und Eleasar bewahrten?

So sehr sie sich auch den Kopf darüber zerbrach, sie konnte sich nicht daran erinnern. Sie sah in ihren Gedanken nur das Schweineblut, das ihren Körper bedeckte, schmeckte wieder das ekelerregende Fleisch des Schweineherzens, durchlebte ihre Atemnot aufs neue und krümmte sich zusammen bei dem fast unerträglichen Gedanken an ihre Verunreinigung durch das unkoschere Tier. Sie schlug die Mönchshand mit dem nassen Tuch beiseite, rollte sich zusammen, japste nach Luft wie eine Ertrinkende und wimmerte wie ein hungerndes, frierendes Kind.

»Die Jüdin braucht frische Luft«, stellte Kilian fest. »Bringt sie zum Fenster!«

Starke Hände packten Rachel, hielten sie fest, zogen sie aus dem Bett und zu dem vergitterten, viereckigen Loch im dicken Mauerwerk. Frische Luft blies in Rachels Gesicht, drängte die Gedanken an ihre Unreinheit zurück, füllte ihre Lungen, und allmählich konnte die junge Frau wieder normal atmen.

Jetzt erst hörte sie das vielfache Glockengeläut, das aus allen Richtungen erklang und sich wie eine dichte Decke aus Tönen über Köln legte. Es überlagerte ein anderes Geräusch, ein Brausen, das Rachel an einen Sturm erinnerte. Doch dann hörte sie, daß es menschliche Töne waren: laute, erregte Stimmen und die heftigen Schritte von vielen hundert, vielleicht gar tausend Füßen.

Das Fenster zeigte nach Westen und gewährte, über die Klosterdächer hinweg, Ausblick auf den Alten Markt. Ein wahres Menschenmeer wogte dort hin und her und strömte schließlich nach Norden, als wolle es den Domhügel überfluten. Rachel las Wut und Haß in den Gesichtern der Menschen, die zu allem entschlossen schienen. Es machte ihr Angst.

Ihre Leute hatten oft, zu oft erlebt, wie sich Volkes Zorn Luft machte. Nicht immer wandte sich die erregte Menge gegen die wirklich Schuldigen, allzuhäufig waren diejenigen willkommene Opfer, die einfach anders waren, wie die Juden oder auch die Judenchristen.

»Was ist da los?« fragte Rachel. »Weshalb läuten die Glocken, warum sind die Menschen so wütend?«

»Sie sind zornig auf Erzbischof Anno und wollen den

344

Dom stürmen«, erklärte Kilian, der hinter Rachel getreten war und auch zum Fenster hinaussah.

»Aber weshalb?«

»Weil Rainald Treuer tot und sein Sohn Georg Annos Gefangener ist.«

Georg!

Dieser Name und der Mann, für den er stand, bedeuteten Rachel mehr, als sie sich selbst zugab. Der große Jüngling mit dem anmutigen Gesicht und den blauen Augen, die klar waren wie die Wasser des Rheins in den stillen, unbefahrenen Nebenarmen, war immer wieder in Rachels Gedanken aufgetaucht, hatte ihr Kraft gegeben wie der Glaube an Gott.

Obwohl sie sich sagte, daß es nicht sein durfte, daß es keine Zukunft für sie und Georg gab, nicht einmal eine Gegenwart. Rachel hatte ihr Leben derselben Aufgabe geweiht wie Eleasar. Das ließ keinen Platz für einen Ehemann, schon gar nicht für einen christlichen Kaufherrn.

Und doch wurde Rachel die Gedanken an Georg nicht los, wollte es auch gar nicht, wenn sie ehrlich zu sich selbst war. Nicht viele Männer aus dem Wik, nicht viele Kölner überhaupt, hätten sich so für ein Judenmädchen eingesetzt wie Georg am Abend des Ostertags, als Annos Wache Rachel aufgreifen wollte. Das hatte Rachel ebenso beeindruckt wie der Mut und die Entschlossenheit, die Georg an den Tag gelegt hatte, um seinen Vater aus dem Kerker zu holen.

»Erzählt mir, was mit Georg ist!« bat Rachel und mußte plötzlich husten und würgen. Ihre Kehle und ihr Mund waren knochentrocken, ihre Zunge fühlte sich an wie ein Fremdkörper, ein Stück Leder in ihrem Mund.

Kilian befahl dem jungen Mönch, den er William

nannte, Rachel zu trinken zu bringen. Aus dem irdenen Krug, in dem er sein Tuch benetzt hatte, goß William Wasser in eine Holzschale und reichte sie Rachel. Aber ihre Hände zitterten, und der größte Teil des Wassers rann über ihr Kinn und tropfte auf das wollene Hemd. William half ihr und hielt die Schale ruhig, damit Rachel trinken konnte.

Unterdessen erzählte der Abt, was sich auf der Sandbank am Rhein zugetragen hatte, und schloß: »Anno hat gedroht, daß er Georg Treuer tötet, wenn sich das Volk nicht sofort vom Domhügel zurückzieht. Der Letzte der Treuers soll vor den Augen des wütenden Pöbels hingerichtet werden.«

»Und?« fragte Rachel mit einer Stimme, die sich vor Schreck überschlug.

»Du siehst es doch selbst, sie weichen nicht zurück. Im Gegenteil, immer mehr Menschen aus der ganzen Stadt rotten sich rund um den Domhügel zusammen, schon jetzt in so dichter Masse, daß ein Entkommen für Anno kaum möglich erscheint.«

»Die ... die Bürger wollen den Erzbischof wirklich töten?«

Kilian nickte. »Hörst du nicht, wie sie nach seinem Kopf schreien?«

Rachel hörte es und sagte: »Wenn sie Anno töten, wird er Georg mit in den Tod nehmen!«

»So ist es. Der Treuersohn bedeutet dir viel, nicht wahr?« Rachel brauchte nicht zu antworten, ein Blick in ihr Gesicht genügte dem Abt. »Es liegt ganz allein in deiner Macht, Georg Treuer zu retten!«

Rachel verstand ihn nicht. Was sollte sie ausrichten gegen Hunderte, Tausende aufgebrachter Bürger oder gegen den Erzbischof und seine bis an die Zähne bewaffneten Männer? Wollte Kilian ein neues, grausames Spiel mit ihr treiben, indem er sie verhöhnte?

»Ich kann nichts für Georg tun«, sagte sie leise. »Leider!«

»O doch! Georg Treuer sitzt in Annos Kerker, und du kennst den Weg hinein. Leugne es nicht, ich weiß, weshalb ihr euch vor drei Nächten am Dom herumgetrieben habt!«

Rachel erkannte, daß der Abt recht hatte. Aber ihr wurde auch klar, daß sie einen Verrat üben mußte, wollte sie Georg helfen. Sie mußte Eleasar verraten, sie mußte Jesus Christus verraten – und Gott!

»Ihr … Ihr wißt sehr viel«, stammelte sie, teils aus wirklicher Überraschung, teils um Zeit zu gewinnen.

»Ich habe meine Augen und Ohren überall. Schließlich bin ich in diese Stadt gekommen, um den Kelch des Herrn zurück in meine Heimat zu holen.«

»Ihr macht mir nur etwas vor!« rief Rachel und starrte Kilian an, um aus seinen Zügen die Wahrheit zu lesen. »Georg sitzt gar nicht in Annos Kerker. Ihr redet mir das nur ein, damit ich euch zum …«

Sie brach ab und biß sich auf die Unterlippe, als sie erkannte, daß sie fast schon wieder zu viel gesagt hätte.

»Damit du uns zum Kelch des Herrn führst, ganz richtig, das ist unsere Absicht«, bekannte freimütig der Abt. »Aber ich lüge nicht. Georg schwebt wirklich in Lebensgefahr!«

»Wie kann ich Euch glauben, nach allem, was Ihr mir angetan habt?«

Kilian zeigte auf das kleine Holzkruzifix, das über dem Kopfende des Bettes hing. »Ich könnte auf das Kreuz des Herrn schwören oder auf die Heilige Schrift. Ich fürchte nur, beides würde dich nicht sonderlich beeindrucken.«

»Wie sollte es das bei einem … einem Mann wie Euch?«

»Verachte mich nicht zu sehr. Wir haben den Kelch des Herrn gut gehütet, bis deine Leute ihn raubten.«

»Aber wir sind die eigentlichen Hüter des …«

Mit einer herrischen Handbewegung brachte der Abt Rachel zum Schweigen und seufzte: »Darüber werden wir uns wohl niemals einig werden, also sollten wir uns diesen Disput ersparen. Er kostet nur unnötige Zeit. Zeit, die uns vielleicht fehlt, um Georg Treuers Leben zu retten!«

»Ich werde nicht schlau aus Euch«, sagte Rachel, die Kilians Züge studierte, ohne Falsch darin zu entdecken. »Ihr tut weiterhin so, als sei Georg in Gefahr, und Ihr scheint Euch wirklich um ihn zu sorgen.«

»Ich mag den Jungen. Wenn ich den Gral *und* ihn retten kann, ist das eine gute Sache. Außerdem hast du keinen Grund mehr, uns zu helfen, wenn er tot ist. Aber um dich endgültig zu überzeugen, daß ich die Wahrheit sage, will ich einen Zeugen rufen lassen, dem du bestimmt nicht mißtraust.« Er wandte sich um, seinen Brüdern zu, und sagte laut: »Bringt den anderen Gefangenen her, rasch!«

Zwei von ihnen nickten und verließen die Zelle.

Rachel fühlte sich hilflos und schwach. Ihre Beine wollten sie kaum noch tragen. Sie setzte sich auf die Bettstatt und fragte: »Was für ein anderer Gefangener? Von wem sprecht Ihr?«

»Von einem Mann, der seine Nase zu weit vorgestreckt hat, als er nach dir suchte. Irgendwie muß er uns auf die Spur gekommen sein. Er wollte sich unter die Bauarbeiter mischen und fiel dabei unserem Dekan auf.«

Da kehrten die beiden Mönche auch schon zurück und

führten einen Mann herein, dessen Hände auf dem Rücken zusammengebunden waren. Er hatte nicht minder scharfe Züge als Kilian, war aber älter, was das ergraute Haar und der graue Bart verrieten.

»Onkel Samuel!« rief Rachel aus und sprang auf, als sie den Bruder ihres Vaters erkannte. Sie fiel ihm um den Hals. »Was haben sie dir angetan?«

Kilian antwortete an Samuels Stelle: »Nur das, was man gemeinhin mit Spionen tut. Wir haben ihn gefesselt, damit er uns nicht davonläuft. Nun, Samuel, erzählt Eurer Nichte, was sich im Hause Treuer ereignet hat.«

Samuel bestätigte Kilians Bericht, Wort für Wort.

»Damit wäre es klar«, sagte der Abt zufrieden, und seine Augen fixierten Rachel. »Führst du uns also in die Gewölbe unter dem Dom?«

»Selbst wenn ich es wollte, es ginge nicht. Der Zugang befindet sich auf dem Domhügel. Wir kämen nicht durch Annos Verteidigungsring!«

»Das laß meine Sorge sein.«

»Du darfst es nicht tun, Rachel!« sagte Samuel. »Willst du die Söhne Josephs verraten?«

»Soll ich Georg Treuer sterben lassen, der sein Leben eingesetzt hat, um meins zu retten?«

Samuel versteifte sich, sein Blick ging durch Rachel hindurch. »Wir haben unsere Schuld bei der Familie Treuer getilgt.«

»Mit Silber?« fragte seine Nichte. »Mit einem Lohn, wie ihn die Römer Judas Ischariot gaben. Ist das der Gegenwert für mein Leben, Oheim?«

»Du vergißt, daß dieses Silber Rainald Treuers Leben gerettet hat. Leben gegen Leben, das ist Lohn genug!«

»Aber Rainald Treuer ist tot. Und nicht er trat für mich ein, sondern sein Sohn!«

349

»Warum bist du so versessen darauf, Georg Treuer zu helfen?« wollte Samuel wissen.

Wieder war es Kilian, der, obgleich ungefragt, die Antwort gab: »Weil sie ihn liebt. Seid Ihr halbblind, Samuel, oder schon zu alt, um das zu erkennen?«

Die Augen des Juden verengten sich, als er fragte: »Ist das wahr, Rachel?«

Sie nickte langsam, aber deutlich.

»Das ist unmöglich!« entfuhr es Samuel. »Du weißt, daß aus euch niemals ein Paar werden kann, aus vielen Gründen!«

»Natürlich weiß sie es«, sagte Kilian. »Aber wenn Ihr jemals wirklich geliebt habt, Samuel, müßte Euch erinnerlich sein, daß sich das Herz nicht vom Hirn befehlen läßt.« Er blickte zum Fenster hinaus, auf den Alten Markt, der sich leerte; das aufgebrachte Volk strömte zur Kathedrale. »Wenn wir noch länger hier stehen und reden, erübrigt sich der Streit. Dann ist der Dom von den Rasenden erstürmt und Georg Treuer tot!«

»Ich werde Euch führen, Abt«, sagte Rachel, der diese Vorstellung unerträglich war, und senkte den Blick. »Möge der Herr mir vergeben!«

»Möge der Herr *uns* vergeben«, fügte Samuel hinzu.

Rachel sah ihn überrascht an. »Wieso?«

»Weil ich dich begleite«, erklärte er und warf den Benediktinern einen düsteren Blick zu. »Ich werde dich nicht allein lassen mit diesen da!«

»Und du billigst meine Entscheidung?«

»Sagen wir, ich füge mich in das Unvermeidliche. Die Söhne Josephs haben dem Herrn seit Generationen treu gedient, hoffen wir nun auf seinen Beistand!«

Kurze Zeit später gingen Rachel und Samuel inmitten von sechs Schottenmönchen nach Osten, dem Domhügel entgegen. Alle, auch die beiden Juden, trugen die dunklen Mönchskutten und hatten die Kapuzen weit über die Köpfe gezogen. Die Benediktiner hatten Samuel von seinen Fesseln befreit, aber ein Fluchtversuch schien trotzdem wenig aussichtsreich: Die Iren trugen lange Dolche unter ihren Gewändern.

Rachel wollte auch gar nicht fliehen, sie mußte Georg helfen! Dieses Ziel ließ sie die erlittenen Qualen vergessen und verdrängte auch den Gedanken an den Verrat, den sie beging, um den Mann zu retten, den sie heimlich liebte. Sie richtete ihre ganze Aufmerksamkeit auf diese Aufgabe.

Um sie herum tobte der Aufruhr. Unter lautem Geschrei rückten immer neue Kolonnen heran, um die Belagerer des Domhügels zu unterstützen.

Samuel fragte den Abt: »Habt Ihr keine Angst, daß sich der Volkszorn auch gegen Euch richtet? Schließlich seid Ihr ein hoher geistlicher Würdenträger!«

»Die Wut der Bürger richtet sich nicht gegen die Kirche, sondern gegen den Stadtherrn. Groß Sankt Martin und auch die anderen Klöster wird man kaum bedrohen. Ich denke nicht, daß wir etwas von den Aufständischen zu befürchten haben.«

Kilian sollte recht behalten. Unbehelligt gelangte die kleine Gruppe zum Domhügel, wo sie sich durch die wütende Menge kämpfte, die gegen die verschlossenen, von Annos Söldnern verteidigten Tore drängte. Noch ließen beide Seiten nicht die Waffen sprechen. Angreifer und Verteidiger waren in laute Wortgefechte verstrickt, ein jeder verlangte das Nachgeben des anderen. Aber es schien nur eine Frage der Zeit, daß aus Schimpf Stahl und aus Beleidigung Blut wurde.

»Beeilen wir uns!« trieb Kilian seine Begleiter an.

351

»Wenn Bürger und Söldner mit Äxten, Knüppeln, Speeren und Schwertern aufeinanderlosgehen, gibt es für uns kein Durchkommen mehr.«

Er führte seine Gruppe zu einer kleinen, jenseits verwinkelter Gassen versteckten Pforte, die zwischen dem Bischofspalast und Sankt Maria ad gradus lag. Hier hatte sich verhältnismäßig wenig Volk versammelt, so daß die Mönche und ihre Begleiter leicht bis zu dem verriegelten Tor vordrangen. Kilian pochte schwer gegen das dicke Eichenholz und verlangte lauthals Einlaß. Ein paar behelmte Köpfe schoben sich über das Mauerwerk, Speere zeigten wurfbereit auf die Kuttenträger.

»Verschwindet!« schrie der Befehlshaber der Torwache, ein Mann mit pockennarbigem, schnauzbärtigem Gesicht.

»Laßt uns rein!« verlangte Kilian und streifte seine Kapuze ab. »Ich bin der Abt von Groß Sankt Martin.«

»Niemand darf das Domgebiet betreten!«

»Wer sagt das?«

»Der Erzbischof hat es befohlen.«

»Habt Ihr Seine Eminenz in letzter Zeit gesehen?«

»Nein, wieso?«

»Weil er uns zu Hilfe geholt hat. Ich bin das geistige Oberhaupt des Wiks, ich kann die rasende Menge vielleicht zur Vernunft bringen.«

»Das kann sein«, meinte der Schnauzbärtige zweifelnd. »Aber ich habe meine Befehle. Und ohne Befehl darf ich das Tor nicht öffnen!«

»Erzbischof Anno befiehlt Euch, uns hereinzulassen!« sagte Kilian in scharfem Ton.

»Ich will Euer Wort nicht bezweifeln, Vater, aber Ihr seid nicht ermächtigt, uns Befehle zu erteilen!«

»Der Erzbischof ist es doch wohl?«

Der Unterführer nickte, und sein Gesicht zeigte Verwirrung.

Kilian winkte einen der Mönche heran, einen großen, kräftigen Mann, der seine Kapuze so weit abstreifte, daß die Torwachen und auch die Begleiter des Abts, nicht aber die die aufgebrachten Bürger, sein Gesicht sehen konnten.

Es war ein hartes Gesicht mit schmalen Lippen, die dem Mund einen ernsten Zug verliehen. Der scharfrasierte Kinnbart wuchs fast mit den dichten Brauen zusammen, welche die Augen in ihrem Schatten verbargen. Es war nicht das Gesicht eines Schottenmönchs, sondern das von Erzbischof Anno.

Rachel erschrak bei diesem Anblick, dachte an ihre gestrige Begegnung mit Anno in der einsamen Gasse und an sein unerwartetes Auftauchen auf dem Kirchhof. Sie verstand das alles nicht. Der Erzbischof sollte doch auf dem Domhügel sein, belagert von der Bürgermeute. Wie kam er unter die Benediktiner von Groß Sankt Martin?

Samuel stieß einen überraschten Laut aus. Auch die Torwachen zogen lange Gesichter und murmelten Annos Namen. Der große Mann zog die Kapuze schon wieder nach vorn, und sein Gesicht war nur noch ein Schatten.

»Versteht Ihr jetzt, weshalb wir schleunigst auf den Domhügel müssen?« fragte Kilian die Torwachen und zeigte mit dem Daumen über seine Schulter. »Wenn die da hinten herausfinden, daß Seine Eminenz unter uns ist, reißen sie ihn in Stücke!«

»Natürlich ... das konnte ich nicht wissen«, stammelte der Schnauzbärtige und befahl seinen Männern, die Pforte zu öffnen.

Kilian und seine Begleiter schlüpften durch den engen Durchlaß, den die Wachen sofort wieder verschlossen. Gerade noch rechtzeitig, denn schon hatten die Aufrührer

353

bemerkt, was vor sich ging, und strömten auf das Tor zu, um auf den Domhof zu gelangen. Wäre die Gasse, die zur Pforte führte, nicht krumm gewesen und so eng, daß kaum zwei Menschen nebeneinander Platz fanden, hätten die Aufständischen ihr Ziel erreicht.

»Sagt niemandem etwas darüber, daß Ihr den Erzbischof eingelassen habt!« wies Kilian den Wachhabenden an.

Ehe die Wächter dem Erzbischof noch ihren Gruß entbieten konnten, waren die Schottenmönche auch schon weitergeeilt.

Kilian verhüllte wieder sein Haupt, blieb am Rand des Kirchhofs stehen, sah Rachel und Samuel an und fragte: »Wie geht es jetzt weiter?«

»Schwört Ihr, Georg zu befreien, wenn ich Euch den Weg nach unten zeige?« entgegnete Rachel.

»Ja!«

»Ich habe noch eine Frage«, sagte Samuel und zeigte auf den Mann mit Annos Gesicht. »Was ist mit diesem da? Das ist doch nicht der Erzbischof, oder?«

»Natürlich ist er es nicht«, erklärte der Abt. »Sein Name ist Roderick. Er ist ein Laienbruder von eher einfältiger Natur, spricht noch nicht einmal Eure Sprache oder Latein. Ich brachte ihn aus Irland mit, weil ich ahnte, daß seine unglaubliche Ähnlichkeit mit dem Erzbischof sehr nützlich sein würde.«

»Ihr benutzt andere Menschen gern für Eure Zwecke«, stellte Samuel mit bitterem Unterton fest.

»Wenn es einem hehren Ziel dient, ja. Genug geschwatzt, wie geht es also weiter?«

Rachel blickte ihren Oheim an und las in seinem Gesicht nicht Ablehnung, sondern Verständnis. Ein wenig erleichtert führte sie die Gruppe zu den Abwassergruben

354

und zeigte den Schottenmönchen den unscheinbaren Stein im Mauerwerk, durch dessen Drehung sich der geheime Eingang öffnete. Mit einem schweren Schaben rutschte ein großer Quader zur Seite, und kalte, feuchte, abgestandene Luft drang aus der düsteren Tiefe unter der Kathedrale.

Erzbischof Annos Drohung, Georg Treuer zu töten, sobald das Volk den Domhügel stürmte, hielt die Massen nicht zurück, sondern gab ihrem Zorn neue Nahrung. Der Schwarze erinnerte die Menschen an Annos Willkür gegenüber der Familie Treuer und an den Traum, von dem er schon früher erzählt hatte.

»Jetzt weiß ich, weshalb der heilige Georg mir als Retter Kölns erschienen ist«, verkündete er. »Es war ein Zeichen des Herrn, daß mit Rainald Treuers Sohn Köln steht oder fällt. Auch er heißt Georg wie der Drachentöter, das kann kein Zufall sein! Wenn er stirbt, ist Köln verloren, dem Untergang und Gottes Zorn geweiht. Aber der Herr hat euch die Gelegenheit zur Sühne für die Taten eures Erzbischofs gegeben. Ihr müßt Georg Treuer retten, nur dann könnt ihr euch auch selbst vor dem Verhängnis bewahren!«

So wie der Schwarze sprachen auch die, welche mit ihm nach Köln gekommen waren. Rund um den Domhügel wiegelten sie das Volk auf, hielten es zur Gewaltanwendung an, zum Sturm auf die Mauern und Tore. Und der aufgestaute Haß brach sich Bahn. Äxte schlugen in das Holz der Pforten, dicke Balken wurden gegen die Tore gerammt und ließen sie erzittern. Dünnere Pfähle, mit Sprossen versehen, stießen gegen die Mauern und dienten den Empörern als Leitern.

Die Verteidiger wehrten sich mit Speerstößen und Schwerthieben, durchschnitten Fleisch, zerhieben Knochen und vergossen Blut. Aber das Blut war heiß, kühlte nicht die Angriffswut der Menschen ab, sondern kochte sie auf zu noch größerer Raserei, unter der die Tore barsten und die Mauern erstürmt wurden.

Niemand achtete mehr auf den Schwarzen und seine Begleiter, die sich von der brodelnden Masse absetzten, durch tote Gassen zu bereitgestellten Pferden liefen und Köln verließen. Ihre Mission war erfüllt, sie waren zufrieden.

Bis auf ihren bärtigen Anführer. Er fragte sich, ob die entfesselte Springflut menschlicher Tollwut auch seinen persönlichen Rachedurst löschen würde.

Während der Reitertrupp aus der Stadt sprengte, stand Erzbischof Anno mit ein paar Getreuen, darunter der Stadtvogt und der Truchseß, vor dem Dom und sah mit Erschrecken, wie die ersten Tore nachgaben und die Söldner vor dem wüsten Ansturm flohen. Dankmar von Greven lief den Fliehenden entgegen, schwang sein Schwert und trieb die Söldner zu einem neuen Verteidigungsring zusammen.

Er kehrte zu Anno zurück und sagte hastig: »Ihr müßt Euch verstecken, Eminenz! Meine Männer halten den Pöbel zurück, aber sie kämpfen nicht um den Sieg, nur um einen Zeitaufschub. Rainald Treuer ist tot, und die Menge ist wie rasend, um seinen Sohn zu retten.«

»Mich verbergen?« knurrte Anno unwillig. »Der Herr von Köln soll sich vor seinen Untergebenen verkriechen?«

Dankmar nickte und sagte grimmig: »Ihr müßt es tun, Eminenz, wenn Ihr nicht sterben wollt!«

»Sterben?« Anno nickte, als sei ihm etwas eingefallen. »Ja, die Meute hat es nicht anders gewollt. Georg Treuer soll sterben! Holt ihn aus dem Kerker! Er soll hier hingerichtet werden, vor aller Augen! Wenn die Wahnsinnigen sehen, daß sie ihm nicht mehr helfen können, erstickt vielleicht das Feuer des Aufruhrs in ihren irregeleiteten Seelen.«

»Oder der Wunsch nach Rache entflammt das Feuer noch stärker«, wandte der Vogt ein.

»Das Wagnis müssen wir eingehen«, entschied der Erzbischof. »Bringt den Treuersohn her!«

Dankmar zuckte mit den Schultern und sandte einen Söldnertrupp zum Kerker.

Dann blickte er an den mächtigen Mauern des Doms entlang. Umgestürzte Bänke, verstreutes Geschirr und Speisereste kündeten vom abgebrochenen Festmahl. Weiter hinten lagen die Überreste der Verkaufsstände, von den Händlern überstürzt verlassen. Sie hatten erkannt, daß die Nähe des Stadtherrn nicht länger Schutz und gute Geschäfte verhieß, sondern tödliche Gefahr.

Dankmars Augen folgten den Türmen des Doms, die ihm stets wie ein unverrückbares Zeichen von Annos Macht erschienen waren, in die Höhe. Die dunklen Wolken, die sich schon den ganzen Tag über Köln zusammengeballt hatten, bildeten jetzt eine fast schwarze Masse, ebenso undurchdringlich wie die aus Tausenden von Leibern bestehende Menschenmenge, die den Dom bedrohte. Die Wolken schienen sich auf die Kathedrale herabzusenken, hüllten fast schon die Spitzen der Türme ein und griffen gefräßig nach der Macht des Erzbischofs.

Als die Söldner Georg in die unterirdische Zelle stießen, die schwere Tür zuschlugen und verriegelten, war er fast erleichtert. Endlich fand er Ruhe!

Er ließ sich auf das alte, nach Fäulnis stinkende Stroh fallen und lehnte den schmerzenden Kopf, der auf der Sandbank zu viele Schläge abbekommen hatte, gegen die Wand. Die Übelkeit ließ ein wenig nach, die Welt drehte sich nicht mehr so rasend schnell um ihn und kam schließlich ganz zur Ruhe.

»Eure Familie hat diese Zelle wohl gepachtet, wie?« fragte mit glucksendem Lachen eine rauhe Stimme, und im vergitterten Türausschnitt erschien das grobporige Gesicht des Kerkermeisters Eppo. »Richte dich nur häuslich ein, Treuer. Seine Eminenz wird sicher nicht noch einmal den Fehler begehen, einen aus eurer Brut wieder auf freien Fuß zu setzen!«

Eppos Gesicht verschwand wieder, machte dem schwachen, rötlichen Schein Platz, den die Fackeln auf dem Gang verbreiteten, das einzige Licht hier unten. Aber die Worte des Kerkermeisters gaben ihm doch zu denken. Die Erleichterung über das Nachlassen des Schwindelgefühls verwandelte sich in Sorge. Anno würde die Widerspenstigkeit der Treuers ahnden und sich vielleicht erneut an Rainald vergreifen. Die Vorstellung, sein Vater könne wieder eingekerkert werden, fand Georg unerträglich. Rainalds angegriffener Zustand würde ihn die Haft nicht lange aushalten lassen.

Obwohl es hier unten kühl und feucht war, fühlte sich Georg plötzlich von Wärme umhüllt, die ihm alle Schmerzen und alle Furcht nahm. Ein Gesicht starrte ihn an, und er dachte an Eppo. Aber es war nicht das grobe Gesicht des Kerkermeisters jenseits des Eisengitters. Der Mann, der Georg ansah, stand in der Kerkerzelle, war wie aus dem Nichts aufgetaucht, als sei er einfach durch die Wände geschritten. Er war groß und breitschultrig, sein Haar kaum ergraut, der Bart noch dunkel. So hatte Georgs Vater vor vielen Jahren ausgesehen, stark und vertrauenerweckend, Sicherheit spendend.

Die Verwunderung über das plötzliche Auftauchen seines Vaters und dessen zurückgewonnene Jugend währte nur kurz. Rainalds warme, beruhigende Ausstrahlung war alles, was zählte. Er nickte dem Sohn zu und lächelte, und Georg empfand unbegrenztes Vertrauen in den Vater und darin, daß alles gut ausgehen würde.

»Was lächelst du so blöde? Glaubst du etwa, daß du den Kerker wieder verläßt? Das wirst du nicht, Treuer, jedenfalls nicht lebendig!«

Rainald verschwand so plötzlich, wie er erschienen war, löste sich einfach in Luft auf. Georg hatte nur geträumt.

Der Mann, der den Traum und das wohlige Gefühl von Wärme und Sicherheit zerstört hatte, stand jenseits der Tür. Die Augen in dem feisten Pferdegesicht blickten mit blankem Haß auf den Gefangenen. Gelfrat hob den rechten Arm, der nur noch ein verkohlter Stumpf war, so daß Georg ihn durch das Türfenster sehen konnte.

»Das allein ist für mich Grund genug, dich nicht lebend hier herauszulassen. Anno hat mich zu deinem Wärter bestimmt. Aber keine Angst, ich werde dich nicht einfach umbringen. Ich will dich leiden sehen. Bei dir wird es nicht so schnell gehen wie bei deinem Vater!«

Der letzte Satz riß Georg vom Stroh hoch. Die Welt wollte sich wieder drehen. Er wankte, blieb aber stehen und stürzte sich am feuchten Mauerstein ab.

»Was soll das heißen? Was sagst du da von meinem Vater?«

359

»Stimmt, du weißt es noch gar nicht.« Ein höhnisches Grinsen zog Gelfrats kräftige Kiefer auseinander. Er genoß sichtlich, was er dem Mann in der Zelle zu sagen hatte. »Als dein Vater hörte, daß du Annos Gefangener bist, ist er vor Schreck tot umgefallen.«

Tausend Gedanken schossen durch Georgs Kopf, und tausend widerstreitende Gefühle rissen den Kaufmannssohn in einen Strudel der Verwirrung. Die in ihm aufsteigende Trauer bekämpfte er mit der Vorstellung, daß Gelfrat ihn anlog, um ihn zu quälen. Aber die Wut auf Gelfrat wich der wachsenden Verunsicherung. Hatte der Söldnerführer vielleicht doch recht? Je länger Georg den anderen anstarrte, desto mehr wuchs in ihm die Erkenntnis, daß Gelfrats Triumph nicht nur der über einen gelungenen bösen Scherz war, sondern ein tieferes Gefühl grimmiger Befriedigung. Und das konnte nur eins bedeuten: Rainald war wirklich tot!

Georg wußte plötzlich, daß die Erscheinung eben kein Traum gewesen war. Sein Vater war gekommen, um sich vom Sohn zu verabschieden und ihm ein letztes Mal Mut zuzusprechen.

Rainalds Sohn sank zurück auf das Stroh und verbarg den Kopf in seinen Armen. Daß Gelfrat ihn so sah, war ihm gleichgültig. Georg wollte weinen, aber er konnte es nicht. Er fühlte sich leer, erschöpft, ausgepumpt.

Als er irgendwann aufsah, war Gelfrats Gesicht nicht mehr da, das Gitterfenster gähnte leer. Etwas hatte Georg aus seiner Lethargie gerissen: Geräusche, Stimmen, die lauter wurden.

Der Fackelschein wurde stärker, streckte seine rotglühenden Arme durch die Fensteröffnung in den Kerker, enthüllte den groben Stein, die Feuchtigkeit in fast jeder Kerbe, das Gewimmel des Ungeziefers auf dem Boden

360

und im Stroh. Die Umrisse mehrerer Gestalten zeichneten sich durch das Fenster ab, und die Tür wurde geöffnet, schwang mit widerspenstigem Knarren auf. Gelfrat und Eppo standen mit drei Söldnern auf dem Gang.

»Jetzt geht es doch schneller, als ich dachte und wünschte«, sagte Gelfrat mit aufgesetztem Bedauern, aber er lächelte. »Anno will deinen Kopf! Ich werde das Vergnügen haben, deiner Hinrichtung beizuwohnen. Mehr noch, ich werde Seine Eminenz bitten, dein Henker sein zu dürfen. Komm heraus, damit wir …«

Gelfrat wurde durch einen Söldner abgelenkt. Der Speerträger fuhr herum und hob seine Waffe, aber da bohrte sich auch schon die lange Klinge eines Dolchs in seine Kehle, genau an der Stelle, wo der lederne Halsschutz aufhörte. Entweder hatte der Dolchwerfer gut gezielt oder sehr viel Glück gehabt. Der Getroffene sackte auf die Knie, während er gurgelnde, röchelnde Laute ausstieß. Schließlich konnte er nur noch Blut hervorwürgen, ließ den hölzernen Speerschaft los und fiel auf die Seite.

Aber da achtete schon niemand mehr auf ihn. Schattenhafte Gestalten, in schwarze Kutten gehüllt, huschten heran und fielen über den Kerkermeister und die Söldner her. Letztere waren besser bewaffnet, aber die Angreifer hatten das Überraschungsmoment auf ihrer Seite und befanden sich in der Überzahl. Zwei von ihnen kamen auf einen Verteidiger.

Gelfrat stieß einen Fluch aus, lief in die Zelle und riß mit der gesunden Linken einen Dolch aus dem Gürtel.

»Wer immer deine Helfer sind, Treuer, sie kommen zu spät. Dich nehme ich mit in die Hölle!«

Er wollte sich auf Georg stürzen, der auf dem Boden kauerte. Aber der Gefangene handelte schnell: Seine Hände griffen ins Stroh und schleuderten es in Gelfrats

361

Gesicht. Gleichzeitig sprang Georg mit gesenktem Kopf vor, umfaßte den Leib des Gegners und riß ihn nieder. Sie wälzten sich hin und her, schmeckten feuchte Streu und Schmutz, keuchten und schwitzten.

In Georg stieg wieder die Übelkeit hoch, und das grobe Gesicht des Feindes begann vor seinen Augen zu tanzen. Gelfrat nutzte den Schwächeanfall aus, um sich rittlings auf den Gefangenen zu schwingen, der mit der rechten Seite auf dem felsigen Boden lag und jetzt eingeklemmt war zwischen den kräftigen Schenkeln des Söldnerführers.

Dessen Linke mit dem Dolch fuhr hoch, um die Klinge tief in Georgs Leib zu stoßen. Aber zwei schmale Hände hielten die behaarte Pranke des Soldaten fest. Die Kapuze rutschte vom Kopf des unerwarteten Helfers – und enthüllten, daß es eine Helferin war.

»Rachel!« rief Georg und gewann beim Anblick der schönen Jüdin neuen Mut.

Er bäumte sich auf und schaffte es, den linken Arm freizubekommen. Seine Faust, in die er alle verbliebene Kraft legte, flog mitten in das vor Haß, Wut und Anstrengung verzerrte Gesicht des Feindes.

Knochen knirschten, Blut spritzte. Gelfrat stieß einen dumpfen Schmerzenslaut aus und kippte zur Seite. Diese Bewegung riß die Dolchhand aus Rachels Umklammerung.

Gelfrats andere Hand, die verkrümmte, verkohlte Klaue, erhob sich zuckend, als suche sie verzweifelt einen Halt für den Mann, der sich am Boden wand, auf die Knie kam und wieder der Länge nach hinfiel, wobei er die Dolchklinge, die beim Sturz in seinen Unterleib gefahren war, bis zum Heft ins Fleisch rammte. Beim Kampf mit Georg hatte sich das Kettenhemd nach oben geschoben, und das Lederwams widerstand dem scharfen Stahl nicht. Der verkrüppelte Arm schlug auf den Boden, zuckte noch einmal und lag dann still wie der ganze Mann. Der Haß in Gelfrats Gesicht war zusammen mit seinem Leben erloschen.

Taumelnd kam Georg auf die Beine und wurde von Rachel gestützt.

Draußen auf dem Gang hatte der Kampf ein Ende gefunden. Eppo und die Söldner lagen in ihrem Blut. Aber auch einer von Georgs Befreiern hatte die Auseinandersetzung nicht lebend überstanden. Ein Schwert hatte seine Brust durchbohrt. Er kannte das junge, blasse Gesicht, hatte es bei seiner Heimkehr auf der Landzunge gesehen, die man Anglernest nannte. Es gehörte dem jungen Mönch William, der dort zusammen mit seinem Abt geangelt hatte.

Mit Kilian, der ebenso zu den Überlebenden des Kampfes zählte wie der Jude Samuel – und Anno!

Georgs Erstaunen kannte keine Grenzen, als er der Reihe nach in die Gesichter blickte. Wieso kamen die Benediktiner aus dem Schottenkloster ihm zu Hilfe? Weshalb war der Erzbischof bei ihnen, trug eine Mönchskutte und meuchelte seine eigenen Männer?

Kilian hatte sich neben den toten Bruder gekniet, ihm die Augen geschlossen und das Totengebet gesprochen. Jetzt stand der Abt auf, wandte sich Georg zu und sagte: »Dein Gesicht stellt mehr Fragen, als dein Mund in einer ganzen Stunde hervorbringen könnte, Georg Treuer. Weil die Zeit drängt, will ich es kurz machen. Dieser Mann, den du unentwegt anstarrst, ist nicht Erzbischof Anno, sondern ein irischer Laienbruder. Du kannst ihn Roderick nennen, darauf hört er, viel mehr wird er von deinen Worten nicht verstehen. Wir haben dich gerettet, weil Rachel

363

es als Preis forderte. Jetzt ist es an ihr, uns den Weg zum Kelch des Herrn zu zeigen!«

Das war eine Aufforderung an die Jüdin, aber Georg war noch immer verwirrt. Kilians Worte hatten einiges erklärt, aber dafür neue Fragen aufgeworfen.

»Was ist der Kelch des Herrn?« lautete eine dieser Fragen.

»Der heilige Gral«, antwortete der Abt. »Der Becher, aus dem Jesus Christus beim Letzten Abendmahl trank, den er von Hand zu Hand gehen ließ, damit die Jünger im Gedenken an ihn den roten Wein trinken. Das Gefäß, in dem Joseph von Arimathia das Blut des Erlösers auffing, als dieser am Kreuz gestorben war.«

Eine Antwort und eine neue Frage: »Wer ist das, Joseph von …«

Samuel antwortete: »Joseph von Arimathia war zur Zeit Jesu Christi ein Mitglied des Hohen Rats der Juden, des Sanhedrin, dem höchsten Richterkollegium. Aber er beteiligte sich nicht an der Verurteilung Jesu, weil er insgeheim ein Jünger des Herrn war. Gemeinsam mit Nikodemus, der auch im Hohen Rat für Jesus eingetreten war, sorgte er für die Bestattung des gekreuzigten Heilands und stellte dafür sein eigenes Felsgrab zur Verfügung. Joseph verwahrte den Gral und damit das Vermächtnis des Erlösers. Die Gegner Jesu warfen Joseph ins Gefängnis, aber der auferstandene Messias befreite ihn und ernannte sein Geschlecht zu den Hütern des Grals. Joseph bestieg mit seiner Schwester, mit Nikodemus und einigen Getreuen ein Boot. Sie verließen die Heimat und flohen über das Meer, bis sie an Britanniens Küste strandeten. Es mangelte ihnen an allem, und sie wären verdurstet und verhungert, hätte der Kelch des Herrn ihnen nicht Trank und Speise gespendet. Joseph und seine Nachkommen wachten über den Gral, doch im Lauf der Jahrhunderte geriet er in falsche Hände.«

»Ihr meint unsere Hände, die der Christenheit«, sagte Kilian. »Aber es sind nicht die falschen Hände! Die Juden haben Jesus Christus verraten, also ist es an uns, den wahren Christen, sein Vermächtnis zu hüten. Mein Orden brachte den Gral nach Irland, um ihn dort aufzubewahren bis zur Wiederkunft des Messias. Aber Judenchristen kamen unter einem Vorwand ins Kloster, stahlen den Gral und schafften ihn fort.«

»Sie stahlen ihn nicht, sondern nahmen sich, worauf sie Anspruch hatten«, entgegnete Samuel. »Denn sie waren die Söhne Josephs, Männer vom Blut des Joseph von Arimathia.«

»Ja, Männer wie Ihr, Samuel, und wie Euer Bruder Eleasar«, sagte der Abt verächtlich.

»Was wißt Ihr über Eleasar?« schnappte der Jude.

»Er ist Euer älterer Bruder und damit der Hüter des Grals, nicht wahr?«

»Ihr habt Euch gut erkundigt«, mußte Samuel anerkennen.

»Mir geht das alles etwas zu schnell«, warf sich Georg dazwischen. »Wer ist nun wieder Eleasar?«

»Mein Vater«, antwortete Rachel. »Er lebt hier unten und bewacht den Gral.«

Kilian nickte. »Genau das war meine Schlußfolgerung. Die Küchenmagd Rachel nutzte ihren ungehinderten Zugang zum Domgebiet und zur Küche des Erzbischofs, um ihren Vater mit allem zu versorgen, was er zum Leben benötigte.«

»Der Gral wird hier unten aufbewahrt?« fragte ungläubig Georg, der allmählich zu begreifen begann. »Unter dem Dom, dem Wahrzeichen der Christenheit?«

365

»Gibt es ein besseres Versteck?« fragte Kilian. »Eins, das für Christen unverdächtiger wäre? Mir fällt keins ein. Vielleicht hätten wir den Kelch des Herrn niemals gefunden, hätten wir die Spur der Diebe nicht bis nach Köln verfolgen können. Hier verlor sie sich erst, aber dann fanden wir heraus, daß ein jüdischer Baumeister namens Amram maßgeblich an den Arbeiten beteiligt war, als Erzbischof Bruno den Dom um je ein Seitenschiff im Norden und im Süden erweitern ließ; dabei wurde auch dieses unterirdische Verließ gebaut. Amram gehörte zu den Dieben des Grals, und das brachte uns auf die richtige Spur. Wir kamen nach Köln und schafften es bald, hier in Groß Sankt Martin einen festen Stützpunkt zu finden. Doch es erwies sich als schwierig, Amrams Geheimnis zu ergründen. Erst nach vielen Jahrzehnten fanden wir die Einzelheiten heraus. Amram müßte Euer Urgroßvater gewesen sein, Samuel.«

Der Jude nickte und wollte etwas erwidern, aber Georg kam ihm mit seiner Frage zuvor: »Vater Kilian, wenn Euer Interesse für den Gral so groß ist, war es vielleicht kein Zufall, daß Ihr und Eure Brüder in der Nacht des Ostertags auf dem Kirchhof wart?«

»Scharf und richtig geschlußfolgert«, antwortete der Abt. »Wir folgten dir und der Jüdin in der Hoffnung, mehr über das Versteck des Grals zu erfahren. Leider entdeckten wir den geheimen Eingang in dieses Labyrinth nicht. Ihr seid gleichsam vor unseren Augen verschwunden.«

»Daher Euer Angebot, mich in den Kerker zu begleiten, als ich meinen Vater freikaufte.«

»Ja, Georg. Auch unsere Begegnung auf deiner Heimfahrt war nicht zufällig. Ich hielt Rainald Treuers Gefangennahme für eine gute Gelegenheit, die Felsgänge unter der Kathedrale zu besichtigen. Deshalb eilte ich zum Anglernest, als ich von der Rückkehr des *Faberta* erfuhr, und deshalb sprang ich ins Wasser.«

»Ihr seid … gesprungen?«

»Aber ja. Ich bin übrigens ein recht guter Schwimmer und konnte es deshalb so einrichten, daß du dich für meinen Retter hieltest.« Kilian lächelte zufrieden, aber schon nach wenigen Augenblicken gewannen seine Züge die alte Wachheit und Schärfe zurück, und er sah die beiden Juden an. »Genug erzählt. Führt uns jetzt zum Kelch des Herrn!«

»Was ist, wenn wir es nicht tun?« fragte Samuel.

Kilian zog seinen blutbefleckten Dolch, und die vier Schottenmönche taten es ihm nach.

»Dann werden wir uns überlegen, wen wir zuerst töten, Georg Treuer oder einen von euch Juden.«

Samuel reckte sein Kinn vor und wirkte wie ein Raubvogel, der nach der Beute hackte. »Habt Ihr nicht erzählt, daß Ihr Georg mögt?«

»Das stimmt auch, aber niemand darf sich unserer Mission in den Weg stellen, jetzt, da wir dem Gral so nahe sind!«

Rachel ergriff das Wort: »Der Kelch hilft dem, der reinen Herzens ist. Aber er straft auch den Schuldbeladenen. Soll der Gral selbst entscheiden, in wessen Hände er gehört!«

»Na gut«, brummte Samuel. »Etwas anderes bleibt uns auch kaum übrig.«

»Ich führe Euch zum Gral, Abt«, sagte Rachel.

»Schön.« Kilian steckte den Dolch nicht weg, sondern hielt die Klinge hoch, ins Licht der Fackeln. »Aber führ uns nicht in eine Falle, Jüdin! Es könnte der Tod für deinen Onkel sein – und für deinen Geliebten!«

367

Georg, der von den jüngsten Ereignissen, vom Tod seines Vaters und von dem eben Gehörten halb benommen war, blickte bei Kilians letzten Worten überrascht Rachel an. Jetzt verstand er, weshalb sie die Schottenmönche hergeführt hatte. Er fragte sich nach seinen eigenen Gefühlen für Rachel und mußte sich eingestehen, daß sie mehr für ihn war als nützliche Helferin und Gefährtin. Doch sein Herz schlug für Gudrun.

Zwei der Mönche nahmen Fackeln aus den Wandklammern, bevor die von Rachel geführte Gruppe wieder in die geheimen Gänge eindrang, durch die sie in den Kerker gekommen war.

Georg drängte sich an Rachels Seite und sagte: »Als du mich in den Kerker führtest, hatte ich das Gefühl, beobachtet zu werden.«

»Das war Eleasar, mein Vater.«

»Hast du keine Mutter mehr?«

»Sie starb vor vier Jahren am Antoniusfeuer.«

»Meine Mutter auch, und meine Geschwister.«

»Auch in meiner Familie wurden viele von dem schrecklichen Brand heimgesucht«, erzählte Rachel. »Ich verlor noch einen Bruder und den Großvater.«

»Den Großvater?« fragte Kilian, der das Gespräch mit angehört hatte. »Du sprichst wohl von Uriel, dem Gralshüter.« Es war mehr eine Feststellung als eine Frage.

»Er war der Gralshüter«, bestätigte Rachel. »Er wurde von meiner Mutter, die vor mir in der Palastküche arbeitete, mit Nahrung versorgt. Vielleicht brachte sie das Antoniusfeuer zu ihm. Jedenfalls starben beide innerhalb weniger Tage. Nach seinem Tod übernahm sein ältester noch lebender Sohn die Verantwortung für den Kelch des Herrn, mein Vater Eleasar.«

Nach vielen Abzweigungen und Windungen, die

368

Georg nur schwerlich hätte zurückverfolgen können, blieb die Jüdin vor einer scheinbar festen Felswand stehen und wandte sich den anderen zu. Ihr Blick streifte Samuel mit Sorge, Georg mit Zuneigung und blieb zweifelnd an Kilian hängen.

»Wir sind da, Abt«, sagte sie. »Überlegt Euch gut, ob Ihr wirklich zum Kelch des Herrn wollt. An Eurem Dolch klebt frisches Blut. Seid Ihr reinen Herzens?«

»Was ich getan habe, geschah im Dienst für den Allmächtigen. Seinen Willen erfüllen wir, wenn wir den Gral zurückholen. Also haben wir nichts zu befürchten. Außerdem war es dein Wunsch, Jüdin, daß wir deinen Geliebten befreien. Das Blut der Söldner mag an meinem Dolch kleben, aber es befleckt deine Seele!«

Unrein! schoß es Rachel durch den Kopf. Plötzlich hatte sie Angst, daß sie das Labyrinth unter dem Dom nicht mehr verlassen würde.

»Der Herr wird uns richten anhand unserer Taten«, murmelte sie und preßte ihre flache Hand auf eine Stelle der Felswand, die sich durch nichts von der übrigen Wand zu unterscheiden schien. Aber es war der Auslöser für einen verborgenen Mechanismus.

Zur Linken der Gruppe schien ein mannshohes Stück Fels herauszubrechen. Es knarrte und ächzte wie ein schwerer Karren, der einen steilen Weg hinauffuhr. Aber der große Stein stürzte nicht um, sondern gab einen Spalt frei, einen Durchgang, gerade breit genug für eine Person.

Rachel schlüpfte als erste hindurch, gefolgt von Kilian, Georg und den übrigen. Sie betraten eine Höhle, die seltsam anmutete in ihrer Mischung aus Urgestein und von Menschenhand geschaffener Einrichtung. An einer Wand stand neben Kisten, Säcken und Krügen ein Bett, daneben zwei Holzbänke, eine niedrige und eine höhere. Die erste

369

diente offenbar als Sitzgelegenheit, die zweite als Tisch. Darauf standen eine Wasserschale und eine armdicke Kerze, deren hochlodernde Flamme einen großen Teil der fensterlosen, unterirdischen Wohnung der Finsternis entriß.

Die brennende Kerze verriet, daß hier ein Mensch lebte – also mußte die unterirdische Höhle auch eine Öffnung für frische Luft haben, schoß es Georg durch den Kopf. Hier war es weniger kalt als im übrigen Felsenlabyrinth und in Annos Kerker. An den Wänden glitzerte keine Feuchtigkeit.

Ein fast armlanges Stück Holz und drei Messer mit schweißfleckigen Holzgriffen lagen neben der Kerze. Es waren keine gewöhnlichen Messer, jedes verfügte über eine besondere Klinge, die erste lang mit sanft gerundeter Spitze, die zweite mit steil gerundeter Spitze und die dritte Klinge mit schräger Spitze. Georg erkannte, daß es sich um Schnitzmesser handelte. Mit ihnen hatte jemand das Holzstück bearbeitet und ihm die Konturen eines Menschen verliehen, eines Bauern, der einen prall gefüllten Sack über seinen gekrümmten Rücken geworfen hatte.

»So viele Menschen habe ich seit Jahren nicht mehr gesehen. Ich fürchte, ich kann euch nicht alle bewirten.«

Die Stimme schien aus dem Nichts zu kommen, doch dann trat der Sprecher aus dem Schatten einer Felsnische. Ein schlanker, mittelgroßer Mann mit vollem, gewelltem, schlohweißem Haar und einem Gesicht, dem Georg sofort die Verwandtschaft mit Rachel und Samuel ansah. Die scharfen Züge des Händlers mischten sich mit den eher sanften Augen des Mädchens, vom selben Braun wie bei Rachel. Der Mann trug einen einfachen Wollkittel und hatte eine Lederschürze vorgebunden. In den Händen hielt er ein unbearbeitetes Holzstück. Er trat langsam näher und wirkte gar nicht feindselig, noch nicht einmal überrascht, eher wie jemand, der mit ungebetenem Besuch gerechnet hatte. Georg empfand tiefe Bewunderung für diesen Mann, der, des Umgangs mit Menschen entwöhnt, dennoch Würde und Fassung wahrte.

Kilian stellte sich Eleasar in den Weg, riß seinen Dolch hervor und drückte die Spitze gegen den Hals des Weißhaarigen.

»Keinen Schritt weiter, Meister Eleasar! Die Messer liegen gut auf dem Tisch, besser als in Eurer Hand!«

Eleasar erwiderte nach einem kurzen Blick auf die blutbesudelte Dolchklinge: »Im Gegensatz zu Euch, Mönch, führe ich meine Klingen nicht gegen andere Menschen. Ich zerstöre mit ihnen keine Menschen, sondern schaffe welche, wenn auch nur als hölzerne Abbilder.«

»Ich verstehe«, sagte Kilian und ließ seine Waffe sinken, steckte sie aber nicht in die Lederscheide unter der Kutte zurück. »Der Zimmermannsmeister steckt so tief in Euch, daß Ihr vom Holz nicht lassen könnt.«

»Das zum einen, zum anderen vertreibt es mir die Zeit.«

»Als Gralshüter führt man ein einsames Leben«, sagte Kilian ohne Mitleid. »Freut Euch, Eleasar, Euer Leben im unterirdischen Verlies ist vorüber. Ihr könnt zu Eurem Bruder und Eurer Tochter heimkehren. Wir wachen wieder über den Gral und bringen ihn in den Schoß der Christenheit zurück!«

»Ihr meint, Ihr wollt ihn wieder auf einer sturmumtosten Insel vor der irischen Küste verstecken, verborgen vor der Welt und den Gläubigen.«

Der Abt lachte rauh. »Dort wäre er wohl kaum weniger vor den Gläubigen verborgen als hier unten.« Sein

Blick erhob sich kurz zur unregelmäßigen Felsendecke. »Wenn auch tagtäglich Hunderte von Gläubigen da oben gehen, ohne zu ahnen, daß der größte Schatz der Christenheit unter ihren Füßen liegt.«

»Ihr vergeßt, daß ich der legitime Gralshüter bin, ein Sohn Joseph von Arimathias!«

»Laßt uns nicht darüber streiten, es bringt uns nicht weiter. Findet Euch damit ab, Eleasar, daß ihr die längste Zeit der Gralshüter gewesen seid. Führt uns nun zum Kelch des Herrn!«

Eleasar blickte Kilian lange forschend an und fragte: »Habt Ihr das gut bedacht, Mönch? Wollt Ihr wirklich zum Gral?«

»Wenn ich es nicht wollte, hätte ich es nicht gefordert!«

»Aber bedenkt, daß der Kelch des Herrn unterscheidet zwischen denen, die reinen, und denen, die unreinen Herzens sind. Er hilft den ersteren und straft die Letztgenannten!« sagte der Gralshüter. Er strahlte eine Ruhe aus, die Georg fast schon übermenschlich schien.

»Uns wird er nicht strafen, falls Ihr das meint«, brummte Kilian unwillig. »Wir sind seine berechtigten Hüter. Also los!« Er begleitete seine Forderung mit einer herrischen Armbewegung, und sein Dolch durchschnitt drohend die Luft.

»Wie Ihr wünscht«, sagte Eleasar leise und stellte den länglichen Holzklotz bedachtsam auf den Boden.

Rachel drängte sich am Schottenabt vorbei, warf sich in Eleasars Arme und schluchzte: »Verzeih mir, Vater, ich konnte nicht anders! Ich habe dich und den Kelch des Herrn verraten. Hätte ich die Mönche nicht zu dir geführt, hätten sie … Georg sterben lassen!«

»Du mußt dich nicht entschuldigen Rachel«, sagte ihr Vater und strich sanft über ihr Haar. »Alles hat seine Zeit, und jede Zeit hat ihr Ende. Als du den jungen Kaufmann durch den geheimen Gang führtest, ahnte ich schon, daß der Kelch des Herrn nicht mehr lange hier ruhen würde. Vielleicht hat der Allmächtige selbst es so bestimmt, wird auf diese Weise doch das Leben eines Menschen gerettet. Der Gral könnte Schlechteres bewirken.«

»Sehr rührend«, sagte Kilian spöttisch. »Vielleicht könntet Ihr Eure Familienangelegenheiten später bereden, Meister Eleasar. Bringt uns endlich zum Gral!«

Der Weißhaarige nickte und drehte sich zu der Felsnische um, aus deren Schatten er getreten war. »Folgt mir!«

Die Mönche traten näher, und ihre Fackeln warfen flackerndes Licht auf die Nische, vertrieben die Schatten und enthüllten einen schmalen Durchgang zu einer zweiten Felskammer. Rachel wollte mit ihrem Vater hineingehen, aber Eleasar schob sie mit sanfter Gewalt zurück.

»Nein, Rachel, du nicht! Du weißt doch, daß dieser Raum nur für Gralshüter bestimmt ist.«

Er sprach bewußt in der Mehrzahl und blickte dabei Kilian und seine Brüder an.

Kilian wies Roderick und einen dünnen, hochaufgeschossenen Mönch namens Alan an, auf Rachel, Samuel und Georg aufzupassen. Er selbst folgte mit den beiden Fackelträgern dem Gralshüter in die andere Kammer.

Als die Mönche durch den engen Durchlaß traten, kniff Georg die Augen zusammen und streckte den Kopf vor, um etwas von dem geheimnisvollen Raum zu erkennen, vielleicht gar den Kelch des Herrn zu erblicken. Aber das einzige was er erkennen konnte, war ein nackter Fels im rötlichen Feuerschein.

Und dann brach auch schon das Verhängnis los. Zuerst war es nur ein leises Rieseln, wie feiner Kies, den man durch die Hand gleiten und zurück auf den Boden fallen

373

lies. Das Geräusch schwoll innerhalb weniger Augenblicke an, wurde ohrenbetäubend wie schlimmster Donnerhall. Noch erschreckender war für Georg, daß der Boden unter seinen Füßen zu schwanken begann. Zuerst glaubte er, sein in Mitleidenschaft gezogener Kopf spiele ihm einen neuen Streich, bringe seinen Gleichgewichtssinn wieder durcheinander. Aber dann sah er, daß auch die anderen wankten. Rachel stürzte auf den Tisch und wischte in einer ungelenken, hilflosen Bewegung die Kerze hinunter, die über den Boden rollte, hin und her, ohne daß die kräftige Flamme verlosch.

»Das hat Eleasar ausgelöst!« rief Samuel, während er sich an der Wand abstützte, um nicht hinzufallen.

»Eleasar?« fragte Georg, während der dürre Mönch Alan vor seine Füße fiel.

»Ja, zum Schutz des Grals!« brüllte Samuel gegen den Lärm an. »Er hat hier eine Einrichtung geschaffen, die die Gralskammer zum Einsturz bringt, sobald jemand den Kelch des Herrn zu rauben versucht. Eleasar hat sich selbst geopfert, um den Gral zu schützen!«

Bei diesen Worten weiteten sich Rachels Augen. »Vater, nein!« schrie sie, stieß sich von dem groben Tisch ab und wankte auf den Durchlaß zur Gralskammer zu.

Aber auch in der Wohnstatt des Gralshüters lockerte sich das Felsgestein an den Wänden und an der Decke. Kleine und große Klumpen prasselten herab, einer traf den Kopf des gestürzten Mönchs und riß eine blutige Wunde.

Georg rief Rachels Namen und lief ihr nach, um sie zurückzuhalten. Er stieß mit Samuel zusammen, der aus demselben Antrieb handelte. Georg verlor das Gleichgewicht, stolperte über einen aus der Wand gebrochenen Stein und schlug bäuchlings zu Boden.

Das rettete ihm das Leben. Wo er eben noch gestanden hatte, krachte eine riesige Felsplatte von der Decke. Samuel stieß noch einen kurzen Schrei aus, dann lagen sein Kopf und sein ganzer Oberkörper unter dem großen Stein begraben, zertrümmert.

Georg wandte seine Augen von dem gräßlichen Anblick und wollte aufspringen, um Rachel beizustehen, die den Felsdurchlaß fast erreicht hatte. Aber ein Regen aus Staub und kleinerem Gestein prasselte zwischen Rachel und Georg herunter, gefolgt von einem Hagel großer Brocken, die ihm ein Durchkommen zu der Jüdin unmöglich machten.

Als er sah, wie sie unter dem Gesteinsschauer zusammenbrach, hielt es ihn nicht länger. Ungeachtet aller Gefahr stürzte er nach vorn und hob schützend die Arme über seinen Kopf.

Ein schwerer Schlag in den Nacken fällte ihn. Weitere Schläge folgten, einige sehr schmerzhaft, trafen die Beine, den Körper und den Kopf. Übelkeit und Schwindel kehrten zurück, und Georgs Blick verschleierte sich.

Bald sah er nichts mehr, hörte nur noch den Lärm des einstürzenden Felsenlabyrinths um ihn herum. War es der Schwindel, oder schwankte der Boden erneut? Georg bewegte sich, rutschte über den Fels.

Die Ursache waren kräftige Hände, die seine Unterschenkel gepackt hatten und ihn aus der Felskammer zogen.

Die Hände ließen ihn los, griffen erneut zu, umfaßten seinen Leib und hoben ihn hoch. Der Retter, wer immer er war, legte den Kaufmannssohn über seine Schulter, wie ein Bauer einen Kornsack schulterte. Georg dachte an die Schnitzfigur, die er auf dem Tisch gesehen hatte.

Er ließ alles mit sich geschehen. Er wäre zu schwach

375

gewesen, um auf eigenen Beinen dem Verhängnis zu entkommen. Noch immer brachen Felsen los, und mehr als einmal stöhnte Georgs Retter auf, geriet der Unbekannte ins Wanken. Das ganze unterirdische Stollenwerk schien in sich zusammenzustürzen.

Georg glaubte nicht, daß Eleasar dies so geplant hatte. Vielmehr war sein Eindruck gewesen, daß der Gralshüter seine Tochter vor dem Untergang bewahren wollte, als er sie vom Felsdurchlaß fernhielt. Vermutlich hatte der weißhaarige Jude nur die Felskammer mit dem Gral, den Mönchen und sich selbst unter dem Gestein begraben wollen. Doch jetzt schien es, als stürze der ganze Hügel ein, auf dem der Dom stand.

Ein schwaches Licht glomm Georg und seinem Retter aus der Finsternis entgegen. Kannte der Mann, über dessen Schulter Georg lag, sich in dem Felslabyrinth aus, verfügte er einfach nur über ein gutes Orientierungsvermögen, oder hatte der Herr ihnen den Weg gewiesen?

Plötzlich schwankte der Boden erneut und brach unter den Füßen des Unbekannten weg. Der rettete sich und Georg durch einen Sprung nach vorn.

Georg rutschte von der Schulter des Mannes, fiel auf Boden und rollte noch ein Stück weiter. Dann schlug er hart mit der Stirn gegen eine Felswand und fühlte sich augenblicklich so elend wie auf seiner ersten Seereise. Die Übelkeit überschwemmte ihn wie eine Flutwelle. Er krümmte sich zusammen und übergab sich.

Dann erst bemerkte er den Fackelschein, der den Gang erhellte. Er befand sich wieder in Annos Kerker und konnte sogar einen der niedergestreckten Söldner sehen, aber nur undeutlich. Ständig rieselten feiner Staub und kleinere Steine von der Decke herab. Es würde nicht mehr lange dauern, bis auch das Verlies einstürzte. Um die Zellen war es nicht schade, wohl aber um die Gefangenen.

Georg wollte ihnen helfen, stüzte sich an der Felswand ab und kam wieder auf die Füße. Seine Beine waren wacklig. Er lehnte sich mit dem Rücken an die Wand und bemühte sich, tief und gleichmäßig zu atmen.

Da fiel ein dunkler Schatten auf ihn. Er gehörte einem Mann in schwarzer Kutte, einem Schottenmönch, Georgs Retter. Es war Roderick, der Mann mit Annos Gesicht. Auf seiner Stirn klaffte eine große Wunde. Blut trat aus, vermischte sich mit der dicken Staubschicht, die Antlitz und Kutte bedeckte, und versickerte zwischen Brauen und Bart. Wahrscheinlich sehe ich ähnlich übel zugerichtet aus, dachte der Kaufmannssohn.

Roderick legte den rechten Arm um Georg, um ihn zu stützen und mit sich zu ziehen.

Aber Georg stemmte sich dagegen und fragte: »Was ist mit den anderen? Wie geht es Rachel?«

Der Mönch sagte etwas, es war wohl die Sprache der Iren. Georg verstand kein Wort und sah den anderen fragend an. Da blickte Roderick zu dem Durchgang ins Felslabyrinth und schüttelte mit trauriger Miene den Kopf. Jetzt begriff Georg: Er und der Ire waren die einzigen Überlebenden!

Roderick schleppte Georg durch den Gang, an den Kerkerzellen und den Leichen der im Kampf Gefallenen vorbei. Hinter den verschlossenen Türen ertönten die verängstigten Schreie der Gefangenen. Auch hier begannen schon Wände und Decke zu bröckeln.

»Wir müssen ihnen helfen!« keuchte Georg. »Bei der Leiche des Kerkermeisters finden wir gewiß die Zellenschlüssel!«

Aber der Mönch schüttelte wieder sein vom Staub

377

grauweiß gefärbtes Haupt. Verstand er Georg, oder ahnte er nur den Sinn der Worte?

Im diesem Moment stürzte dicht hinter ihnen unter lautem Getöse ein Teil der Decke ein. Die Trümmer begruben die Leichen unter sich, auch die von Eppo.

Wenn die Einsicht auch schmerzte, aber Georg und Roderick konnten den Gefangenen nicht beistehen. Mit viel Glück würden sie es vielleicht schaffen, das eigene Leben zu retten.

Sie liefen, stolperten, stürzten und wankten weiter, der schmalen Treppe entgegen, die aus dem unterirdischen Verlies hinaus ans Tageslicht führte. Niemand hielt sie auf. Falls es hier noch Wärter gegeben hatte, waren sie wohl aus Angst, unter den Felsen begraben zu werden, geflohen.

Die Treppe, endlich!

Auf allen vieren erklommen sie die Stufen; das grelle Tageslicht blendete sie, war aber wie eine Erlösung, die nur kurz währte: Um die beiden Männer, die aus dem Eingang zum Verlies wankten, tobte das Volk. Es hatte den Domhof gestürmt, drang in die Gebäude ein, schleppte kostbares Gut fort und zerschlug, was es des Beutemachens nicht für wert erachtete.

Und dann erscholl ein greller Schrei: »Seht doch, da ist Anno! Er will mit einem Helfer entfliehen. Haltet ihn auf! Reißt die beiden in Stücke!«

Als Roderick den Kaufmannssohn eilig mit sich fortzog, begriff Georg erst, daß der Ruf eben nicht dem Erzbischof gegolten hatte, sondern seinem Doppelgänger, dem Iren. Die tosende, geifernde Menge verfolgten den vermeintlichen Stadtherrn und seinen vorgeblichen Helfer. Georg schrie ihnen zu, daß sie sich täuschten, aber seine Worte gingen im hundertfachen Stimmgewirr unter.

Roderick und Georg flohen durch einen Seiteneingang in ein Gebäude. Georg bemerkte Heiligenbilder an den Wänden, Steinreliefs mit biblischen Szenen und einen Altar mit heiligen Gefäßen. Sie waren in einer Kirche, in Sankt Johannis, Annos Hauskapelle.

Und die Meute folgte ihnen, drang schon in die Kapelle ein, warf mit Steinen und Holzscheiten nach Georg und Roderick.

Der Mönch zog den Jüngling mit sich, dem Altar entgegen. Georg sah sich um und suchte verzweifelt nach einem Ausweg.

Die Kirche war zweigeschossig. Durch eine Öffnung in der Decke konnte man ins Obergeschoß blicken. Dort stand ein Sessel, von dem aus Anno den Gottesdienst verfolgen konnte. Und von der Oberkirche gab es einen Verbindungsgang zum Bischofspalast!

»Nicht zum Altar!« stieß Georg erregt hervor, als er den Fluchtweg erspäht hatte. »Wir müssen nach oben!«

Doch Roderick schenkte ihm nur einen kurzen, verständnislosen Blick und zog ihn weiter. Der Ire hatte Georgs Worte nicht verstanden.

»Nach oben!« versuchte Georg es noch einmal und deutete mit der ausgestreckten Hand zu dem Loch in der Decke.

Kurz vor dem großen Hauptaltar hielt der Mönch an und schaute ebenfalls hoch. Begriff er, was sein Begleiter meinte?

Selbst wenn Roderick verstand, es war zu spät. Ein mehr als faustgroßer Stein, geschleudert von erzürnter Hand, traf ihn am Ohr und warf den großen, kräftigen Mann zu Boden. Mit ihm stürzte Georg und wurde unter seinem Retter begraben.

Der Pöbel wälzte heran, riß die hölzernen Kirchen-

379

bänke um und erreichte die beiden ausgepumpten Männer. Sie zerrten Roderick hoch, beschimpften ihn wüst und schlugen auf ihn ein.

Noch einmal versuchte Georg, sie zur Vernunft zu bringen, aber ein Fausthieb mitten in sein Gesicht brachte ihn zum Schweigen. Hilflos mußte er zusehen, wie Männer und Frauen auf den Iren einschlugen. Was ihnen der Mann mit Annos Gesicht entgegenschrie, verstanden sie nicht.

Eine verhärmte Frau rief: »Hört doch, er spricht mit Teufelszungen! Es stimmt also, Anno ist mit dem Satan im Bund!«

»Nicht mehr!« brüllte ein rotgesichtier, schnaufender Mann, der ein großes Messer mit durchgebogener Klinge und gehobener, abgerundeter Spitze schwang – ein Abhäutemesser.

Die Klinge durchschnitt Rodericks Hals, brachte Ströme von Blut und den Tod. Der Kopf des Iren hing nur noch lose am Körper, während aus der klaffenden Wunde der rote Saft quoll und den Mörder benetzte. Der störte sich nicht daran, griff mit der Linken in den Mund des Opfers, zog die Zunge heraus und trennte sie mit einem schnellen Schnitt ab.

»Seht her!« schrie er und schwang das blutige Stück Fleisch. »Ich habe Annos freche Zunge für immer zum Schweigen gebracht. Nie wieder wird der Satansbruder seine Söldner auf uns hetzen!«

Die vom Blut und dem vermeintlichen Tod Annos berauschte Menge brach in Jubel aus.

Noch immer entströmte Blut dem Hals des auf bestialische Weise hingeschlachteten Iren. Vielleicht brachte dieses Blut, das über Georgs Gesicht floß, ihm neue Kraft. Der Ire stand ihm bei bis über den Tod hinaus. Georg kroch unter dem schweren Leichnam hervor und hörte neues Geschrei.

»Seht, Annos Begleiter, tötet auch ihn!« – »Auch er ist bestimmt ein Bruder des Teufels!« – »Schlagt ihn zu Brei!« – »Reißt ihm die Zunge raus!«

Georg fühlte sich von rauhen Händen gepackt, gestoßen, geschlagen, durchgeschüttelt, und schon spürte er das blutfeuchte Abhäutemesser an seiner Kehle, sah vor sich das vor Blutgier verzerrte Gesicht von Rodericks Mörder.

Der Jüngling hob das rechte Bein und stieß den Fuß mit aller Kraft in den Unterleib des Rotgesichtigen. Der Mann schrie gellend auf und krümmte sich zusammen. Georgs riß das Knie hoch, mitten in das Gesicht des anderen. Dieser fiel stöhnend zu Boden und ließ das Messer fallen.

»Ich bin nicht Annos Freund!« brüllte Georg in die Wand aus vielen verzerrten Gesichtern. »Ich bin Georg, Rainald Treuers Sohn!«

Die Hände ließen von ihm ab. Das Geschrei wurde leiser, machte dem Flüstern des Namens Platz: »Georg, Georg Treuer!« Erstaunt erst, ungläubig, dann von Erkennen geprägt, machte der Name die Runde.

»Es ist wirklich Rainald Treuers Sohn!« rief eine dunkle Männerstimme. »Wir sind gerade noch rechtzeitig gekommen und haben ihn aus Annos Klauen befreit!«

»Nein«, sagte Georg bitter und sah hinab auf den ausblutenden Iren. »Nicht ihr habt mich befreit, sondern dieser da. Er war nicht Anno, sondern ein Schottenmönch!«

»Nicht Anno?« fragte die verhärmte Frau. »Aber wo ist der Erzbischof dann?«

»Was weiß ich?« seufzte Georg, hob müde den Arm und zeigten zu den großen Rundbogenfenstern. »Wohl

381

irgendwo da draußen, vielleicht im Dom, vielleicht geflohen.«

Obgleich Anno nicht unschuldig war an dem Unheil und der Gewalt dieses Tags, war sein Schicksal Georg in diesem Augenblick gleichgültig. Er fühlte sich erschöpft und war so sehr von Trauer erfüllt, daß für Zorn und Haß kein Platz blieb: Trauer um seinen Vater, um Bojo, um Rachel und um den Iren Roderick, der den Kelch des Herrn gesucht und einen sinnlosen Tod gefunden hatte.

Kapitel 17

Das Haus an der Römermauer

Irgendwer brachte Georg eine große, schwere Schale mit Wasser. Er erfrischte sich damit, wusch sich und trank. Schon beim ersten Schluck spie er die lauwarme Flüssigkeit wieder aus. Sie schmeckte widerlich, salzig. Und jetzt bemerkte er auch, daß sie eigenartig roch.

Er betrachtete die Bronzeschale, in die biblische Bilder graviert waren: Jesus Christus hing am Kreuz und blickte auf einen römischen Soldaten hinab, der ihn mit seinem Speer quälte; auf der anderen Seite des Erlösers stand ein Barmherziger und hatte einen Schwamm auf einen langen Stock gesteckt, um dem Gekreuzigten mit Wasser verdünnten Essig zu trinken zu geben.

Das zweite Bild zeigte die Flucht nach Ägypten: Maria saß auf dem von Joseph geführten Esel und hielt das in eine Decke gewickelte Jesuskind in ihrem Schoß; um die Köpfe von Mutter und Kind erstrahlten Heiligenscheine.

Es war eine Weihwasserschale! Georg stellte sie vor sich auf den Boden.

Die in Sankt Johannis versammelten Menschen brachen in Jubelrufe aus, als es dem jungen Kaufmann sichtbar besserging. Sie hatten den Domhügel gestürmt, um ihn zu befreien. Daß er jetzt mitten unter ihnen stand, schrieben sie ihrem Einsatz zu. Daß sie dabei einen Unschuldigen getötet hatten, hatten sie schon wieder vergessen.

Zwei Männer kämpften sich nach vorn, vertraute Gesichter, eins derb, von weißblondem Haar gekrönt, das andere sommersprossig, umrahmt von einem roten Schopf.

»Broder und Niklas Rotschopf!« rief Georg, und es klang wie ein Aufatmen.

Tatsächlich fühlte er sich erleichtert, als er die beiden Freunde sah. Ihr Erscheinen milderte das schmerzhafte Gefühl des vielfachen Verlustes. Sie brachten in die Kapelle Sankt Johannis einen Hauch des Lebens, wie es vor den schrecklichen Ereignissen dieses Tages gewesen war.

Der friesische Steuermann und der Kölner Kaufherr blieben zwei, drei Schritte vor Georg stehen und starrten ihn ungläubig an, wie einen Geist.

»Du bist es wirklich!« brachte Broder endlich hervor und schloß den Sohn seines toten Herrn so fest in die Arme, daß es schon schmerzte. »Wir waren auf dem Weg nach Sankt Peter, als wir hörten, du seist hier. Ich wollte es erst nicht glauben, aber Niklas bestand darauf, daß wir uns selbst überzeugen.« Er blickte zu dem großen, hölzernen Kruzifix, das über dem Altar hing. »Dem Herrn sei's gedankt!«

Auch Niklas umarmte Georg, der fragte: »Ihr wart auf dem Weg nach Sankt Peter? Was sucht ihr im Dom?«

»Nicht was, sondern wen, nämlich den Erzbischof! Wir wollten Anno fragen, wo er dich versteckt hält«, antwortete Broder und legte die Hand auf den wuchtigen Knauf des Sax, der an seiner Seite hing. »Wir waren fest entschlossen, die Antwort aus ihm herauszukitzeln, auf welche Art auch immer!«

Das verhärmte Weib meldete sich zu Wort: »Anno hat sich in der Kathedrale verkrochen?«

»Ja, in seiner Bischofskirche«, sagte der Friese. »So

sieht es jedenfalls aus, denn vor dem Dom formieren sich die Wächter zum letzten Widerstand.«

»Was hält uns dann noch hier?« keifte ein gelbhäutiges Weib. »Auf nach Sankt Peter, Tod dem Teufelsbruder!«

Ihr Ruf fand ein vielfaches Echo, und ein Teil der Menge drängte ins Freie, um die Belagerer der Kathedrale zu verstärken. Unter den lärmend Davonziehenden befand sich der auch rotgesichtige Kerl mit dem Abhäutemesser.

Doch ein anderer, großer Teil verharrte in Sankt Johannis und blickte erwartungsvoll zum Altar. Georg spürte, daß ihm ihr Zögern und Warten galt, aber er fand keine Erklärung dafür. Wieder sah er den toten Iren an, und jetzt stieg die Wut über den Mord in ihm hoch.

»Was wollt ihr noch hier?« schrie er in die Menge. »Folgt den anderen nach draußen, wenn ihr weitermeucheln wollt! In dieser Kapelle ist schon zuviel Blut geflossen!«

Ein dürrer Mann mit spärlichem Haarwuchs und den bunten Händen eines Färbers trat einen Schritt vor und sagte: »Wir warten darauf, daß Ihr uns anführt, Georg Treuer!«

»Ich?« fragte Georg, vollkommen überrascht. »Weshalb gerade ich?«

»Weil es der Schwarze prophezeit hat. Heute ist der Tag des heiligen Georg, und Ihr seid sein Stellvertreter. Durch Euch wird Sankt Georg uns den Sieg schenken und uns von Annos Teufelspakt erlösen!«

»Was redet er?« fragte Georg, zu Broder und Niklas gewandt.

Sie berichten ihm von der Vision des unheimlichen Fremden, der mit seinen Reden die Kölner zur Einnahme des Domhügels getrieben hatte. Georg erschien die Sache unglaublich, und er wollte sie schon lauthals als Lächerlichkeit oder Scharlatanerie abtun. Da erinnerte er sich an das seltsame Erlebnis in Annos Palast, als er das bunte Fenster mit dem Abbild Sankt Georgs beim Kampf gegen den Drachen ansah. War dies ein Fingerzeig des Heiligen gewesen? Sollte Georg den Drachen Anno erlegen?

Ob es so war oder nicht, eins stand fest: Als Führer der Aufständischen könnte Georg Einfluß nehmen auf ihr Tun. Vielleicht könnte er verhindern, daß die Raserei mehr Gutes zerstörte als hervorbrachte, und die aufgebrachten Männer und Frauen zur Mäßigung ihrer dunkelsten Leidenschaften anhalten.

Die Kölner Bürger riefen immer wieder Georgs Namen und forderten ihn auf, sich an ihre Spitze zu stellen.

»Ihr wollt wirklich, daß ich euch anführe?« vergewisserte er sich.

Sie bejahten es durch Beifallrufe, die in der Unterkirche vielfach widerhallten.

»Versprecht ihr, auf mein Wort zu hören, wenn ich mich an eure Spitze stelle, ob euch meine Anweisungen nun gefallen oder nicht?«

Sie versprachen es.

»Dann werde ich es tun und den Willen des heiligen Georg erfüllen!«

Stürmische Begeisterung schlug ihm entgegen.

»Ja, führt uns an!« verlangte der dürre Färber. »Führt uns zum Dom, damit wir Anno den Garaus machen können!«

»Dort sind schon viele und sorgen dafür, daß der Erzbischof nicht entweicht«, wehrte Georg ab. »Auf uns wartet eine drängendere, wichtigere Aufgabe.«

»Was könnte wichtiger sein?« rief eine verwirrte Frauenstimme.

»Wichtiger als Menschenleben auszulöschen ist, sie zu retten!« erwiderte Georg und berichtete von dem Einsturz des Kerkergewölbes.

»Warum sollen wir Annos Söldnern, die gegen uns kämpfen, helfen?« fragte der Färber. »Es ist ein Zeichen des Herrn, entspricht seinem Willen, daß die Verliese nicht mehr sind!«

»Nicht nur Wachen sind dort unten verschüttet«, erwiderte Georg. »Was ist mit den Unschuldigen, die in den Kerkerzellen sitzen? Und noch andere sind dort, die ebenfalls keine Schuld an Annos Taten trifft, Mönche von Groß Sankt Martin und Menschen aus dem Judenviertel. Wollt ihr die einfach verrecken lassen?«

Nach kurzem Murren und erregten Disputen erinnerte sich die Menge an ihr Versprechen. Schließlich war Georg für sie der Gesandte des Drachentöters, also war sein Wille der des Heiligen.

Der Kaufmannssohn führte seine Gefolgschaft nach draußen und stellte überrascht fest, daß es dunkel war wie in der Abenddämmerung, obwohl bis dahin noch drei, vier Stunden Zeit blieben. Die Wolken hingen schwarz und dicht über Köln, und über dem Domhügel war ihre Decke am düstersten. Die Türme, Mauern, Apsiden und Arkaden schienen unter ihrem Druck zu schwanken. Oder war dafür der Ansturm der Massen verantwortlich? Die wütende Menge hatte Sankt Peter fast erreicht, nur noch eine dünne Söldnerkette trennte das Volk von der Kathedrale.

Georg, für den der Dom immer ein Wahrzeichen von Festigkeit gewesen war, unverrückbar wie am hellen Tag die Sonne und in tiefer Nacht der Nordstern, die Orientierungspunkte für Handelsfahrer, bekam einen Schreck. Wenn selbst die Kathedrale von Köln wankte, das mäch-

387

tigste Bauwerk von Menschenhand, das er kannte, wie sollte dann die Stadt noch Bestand haben? Oder war mit diesem unseligen Tag das Jüngste Gericht hereingebrochen? War es Gott selbst, der jetzt die Welt verdüsterte, um all die schlechten Taten seiner Menschenkinder schamhaft zu verhüllen?

Doch der Dom stürzte nicht ein, er wankte auch nicht. Das alles geschah nur in Georgs Einbildung. Er selbst bewegte sich, wurde weitergespült von der Menschenflut, die aus Sankt Johannis quoll. Einigermaßen erleichtert lief er über den Domhof, der ein Ort der Verwüstung war.

Einige Aufrührer hatten sich über Annos Weinvorräte hergemacht. Sie hatten die Fässer, die man zur Feier des Georgstags ins Freie gebracht hatte, mit Äxten aufgeschlagen und das berauschende Naß, als sie genug davon hatten, einfach auslaufen lassen. Riesige rote Lachen hatten sich in den Senken gebildet, und vielleicht war es nicht nur Wein, der dort hineingeflossen war.

Tote lagen überall verstreut, Annos Männer, aber auch Bürger Kölns. Verwundete mit schmerzverzerrten Gesichtern hockten an den Mauern und wimmerten.

Plünderer rannten aus den Kirchen und dem Bischofspalast, die Arme voller Silbergeschirr, Goldkelche, kostbarer Gewänder und sogar gottesdienstlicher Geräte und heiliger Gefäße.

Am liebsten hätte Georg ihnen die Beute entrissen und ihnen ins Gesicht geschrien, daß die Menschen ihr Blut nicht hierfür vergossen hatten. Aber es gab jetzt Wichtigeres für ihn zu tun.

Er führte die Gruppe aus Sankt Johannis zum Kerkereingang am Bischofspalast, stieg die Treppe hinunter – und stand vor einem Trümmerhaufen, der den Gang zu den Verliesen vom Boden bis zur Decke ausfüllte. Er und

Roderick hatten Glück gehabt, daß sie noch heil herausgekommen waren.

Nein, was den Iren betraf, so konnte man es wohl kaum Glück nennen!

»Das hilft alles nichts«, sagte Broder, der neben Georg getreten war. »Wir müssen die Trümmer wegräumen. Das wird ein hübsches Stück Arbeit!«

»Behalt die Hälfte der Leute hier und tu dein Bestes!« sagte Georg.

»Und du?«

»Es gibt noch einen zweiten Eingang. Hoffentlich haben wir dort mehr Erfolg!«

Georg führte die andere Hälfte der Leute zu den Abwassergruben. Er fand den Stein wieder, auf den Rachel gedrückt hatte. Gespannt wartete er. Als ein leises Schaben ertönte, wollte er schon freudig aufschreien. Aber der Felsblock, der den Eingang versperrte, öffnete sich nur einen Spalt. Etwas blockierte den Einlaß. Als Georg durch die Ritze lugte, erspähte er auch hier nichts als Geröll.

Wenn das den ganzen Weg bis hinunter zum Kerker und zur Gralskammer so aussah, würden sie es niemals schaffen. Aber vielleicht war nur ein Teil des Ganges eingestürzt und der Rest frei begehbar! Also trieb er seine Leute zur Arbeit an.

Mit schweren Eisenstangen stemmten sie den Einlaßblock zur Seite, Fingerbreit um Fingerbreit, in mühevoller, schweißtreibender Arbeit, bis er schließlich herausbrach und Georg, der selbst Hand angelegt hatte, fast unter sich erschlug. Niklas Rotschopf riß den jungen Gefährten im letzten Augenblick zur Seite.

Wie der andere Trupp am Kerkereingang begaben sie sich daran, das Gestein wegzuräumen. Doch sobald auch nur eine kleine Lücke entstand, rutschte Geröll nach und füllte sie wieder auf. Sie kamen auch nicht einen Schritt in den Gang hinein.

Männer torkelten ermattet davon und wurden durch andere ersetzt. Nur Georg arbeitete stets ganz vorn, riß mit blutigen Fingern Stein um Stein heraus und sah dabei immer Rachel vor sich. Er hatte seinen Vater nicht retten können, Bojo nicht und den Iren Roderick auch nicht. Aber Rachel, die ihn liebte und die auch ihm viel bedeutete, sie wollte er befreien, unbedingt!

An die Möglichkeit, daß sie längst nicht mehr lebte, dachte er nicht, weil er es nicht wollte. Das gesamte Felslabyrinth konnte unmöglich mit Geröll ausgefüllt sein. Es mußte Freiräume geben. Und es gab frische Luft dort unten, sonst hätte Rachels Vater nicht überleben können. Vielleicht war Rachel in so einem Raum eingeschlossen und wartete auf Hilfe, auf Georg!

Irgendwann war auch der letzte Rest Tageslicht verschwunden. Es lag nicht nur an der unheimlichen Wolkenschicht. Stunden waren über der erfolglosen Arbeit vergangen, und es war erst Abend, dann Nacht geworden.

Georg kauerte enttäuscht vor dem geheimen Einlaß ins unterirdische Stollenwerk. Noch immer weigerte sich der Fels, auch nur ein kleines Stück weit nachzugeben, hier wie am Kerkereingang. Rainald Treuers Sohn konnte seine Arme nicht mehr bewegen, so stark schmerzten die Muskeln. Auch die Finger, nur noch blutige Stücke Fleisch, gehorchten nicht mehr.

Bloß Niklas Rotschopf und wenige Getreue, Wikmänner zumeist, waren bei ihm geblieben. Alle anderen hatten sich nach und nach zurückgezogen, um sich auszuruhen, um zu plündern oder um dabei zu sein, wenn das Volk den Dom stürmte.

Die Wächter, die Sankt Peter draußen verteidigt hatten, waren niedergemetzelt, gefangen oder geflohen. Anno, so hieß es, hatte sich mit seinen Getreuen in der Kathedrale verschanzt. Seit seiner Flucht in den Dom hatte ihn niemand mehr gesehen.

Von allen Seiten drangen die Menschen auf die Bischofskirche ein. Die Mauern und die verrammelten Tore erbebten unter dem Ansturm. Der Sieg der Angreifer schien nur noch eine Frage der Zeit zu sein.

Georg aber fühlte die Niederlage. Er hatte Rachel nicht retten können. Er wünschte sich, im Kerker oder unter unter dem Schwert von Annos Henker gestorben zu sein, wenn dafür Rachel noch leben könnte – und sein Vater!

Aber der heilige Georg erfüllte diesen Wunsch nicht, machte das Geschehene nicht rückgängig. Waren die vielen Toten der Preis für Georgs Leben?

Das ständige Hämmern, Pochen und Heulen zerrte an den Nerven der Menschen, die sich in die Kathedrale geflüchtet hatten. Es hörte sich an wie ein Herbststurm, der um den Dom tobte. Aber jeder hinter den dicken Mauern wußte, daß dort draußen Schlimmeres wütete als entfesselte Winde: entfesselte Menschen.

Die Türen waren verriegelt, durch dicke Querbalken gesichert und mit allem verbarrikadiert, was sich auftreiben ließ. Die Fenster waren mit festen Holzplatten vernagelt, die man aus den Kirchenbänken gebrochen hatte. Doch all das schien die wütende Meute nicht aufhalten zu können. Mit Balken, die als Rammböcke dienten, stürmte das Volk draußen gegen Mauern und Tore.

Drinnen zitterten die Menschen. Priester und Mönche, denen ihr Glaube in dieser Stunde der Prüfung keinen

Halt gab. Knechte und Mägde, die sich jeden anderen Herrn wünschten als Erzbischof Anno. Verwundete Soldaten, die kein Schwert und keinen Speer mehr heben konnten, um sich zu verteidigen, wenn die Bürger den Dom stürmten.

Der Pöbel hatte sogar versucht, Feuer an die Holztore zu legen, aber da hatten sich die dichten Wolken geöffnet und den Flammentanz mit wahren Sturzbächen erstickt. Dieses Eingreifen des Himmels ließ die Menschen in der Kathedrale neue Hoffnung schöpfen, und sie baten den Erzbischof, eine Messe für sie zu lesen. Anno erfüllte ihre Bitte und betete für sie – und für sich selbst. Vieles hatte er schon durchgemacht, aber diese Stunden waren die schlimmsten seines Lebens.

Doch am Ende der Messe schien es, als habe der Herr ihn erhört. Das Toben draußen ließ ein wenig nach. Waren die Rasenden doch noch zur Besinnung gekommen?

Anno sprach in einem stillen Winkel hinter dem Altar mit den Höchsten seiner letzten Getreuen darüber, mit den sieben Kardinalpriestern, dem Stadtvogt Dankmar von Greven, dem Truchseß Barthel, dem Präpositus Ordulf von Rheinau und einem riesenhaften, vierschrötigen Söldnerführer namens Grimald, der sich bei der Verteidigung des Erzbischofs hervorgetan hatte wie kein anderer. Mehrere Verwundungen im Gesicht und an den Beinen zeugten ebenso davon wie die dunklen Blutflecke, die Kettenhemd, Lederwams und Wickelriemen zuhauf bedeckten. Als Anno bei der Flucht in die Petruskirche kurz vor dem Eingang von vier vorstürmenden Kölnern eingekreist wurde, sprang Grimald ganz allein dazwischen, fällte zwei Angreifer mit dem Schwert, schlug mit seinem Schild dem dritten den Schädel ein und brach dem letzten mit bloßen Händen das Rückgrat.

»Täuscht Euch nicht, Eminenz«, warnte der Stadtvogt seinen Herrn. »Nicht Einsicht oder gar Reue ist für das Nachlassen der Angriffe verantwortlich, sondern nur Erschöpfung, Dunkelheit und Regen. Sobald der Morgen graut, wird dieses Gotteshaus unter noch stärkerem Ansturm als zuvor erzittern. Und ich fürchte, es wird diesem Sturm nicht standhalten.«

»Dann sind wir zum Warten verdammt?« fragte der Erzbischof, verzagt wie selten. »Zum Warten auf den sicheren Tod?«

»Ja, Eminenz, auf den sicheren und gewiß nicht leichten Tod«, bestätigte Dankmar mit schwerem Nicken. »Es sei denn, uns gelingt im Schutz der Finsternis die Flucht.«

»Die Flucht?« Anno hätte fast gelacht, wäre ihm das angesichts der trostlosen Lage nicht im Hals steckengeblieben. »Wie sollten wir fliehen, wo halb Köln die Kathedrale belagert?«

»Ich wüßte vielleicht einen Weg«, sagte zögernd der Truchseß, der sich das Gehirn zermartert hatte, wie er seinen Erzbischof retten konnte – und sich selbst.

»Und?« rief Anno voller Ungeduld. »Redet schon, Barthel!«

»Wißt Ihr noch, welche Bitte Ihr mir am Ostertag erfüllt habt?«

»Bitte?« Annos dichte Brauen zogen sich zusammen, und die Stirn warf Falten. »Was für eine Bitte?«

»Als Dank dafür, daß ich den Treuersohn erwischte, der sich bei Euch eingeschlichen hatte«, erinnerte Barthel den Erzbischof.

»Ach so, das meint Ihr.« Anno überlegte kurz und fuhr fort: »Ihr wolltet ein Loch in die Stadtmauer brechen, nicht wahr?«

393

Der Truchseß nickte eifrig. »Einen kleinen Durchgang, ja, damit ich für meine Besorgungen nicht immer einen Umweg machen muß. Mein Haus steht direkt an der Römermauer, wie Ihr wißt. Nun, ich habe den Durchbruch gestern machen lassen!«

»Und?« fragte Anno.

»Wenn wir in mein Haus gelangen, könnten wir durch das Törchen ungesehen verschwinden. In meinem Stall stehen ein paar Pferde, die uns schnell von Köln fortbringen könnten.«

Entgegen Barthels Erwartung waren im Gesicht des Erzbischofs nicht die leisesten Anzeichen von Begeisterung zu entdecken.

»Wie Ihr schon sagt, Barthel, wir könnten verschwinden, falls wir ungesehen in Euer Haus gelangen.« Annos Stimme schwoll an. »Aber wie sollten wir das schaffen? Sollen wir etwa mitten durch die Meute da draußen spazieren?«

Barthel hob die Schultern an und ließ sie langsam wieder sinken. Sein Körper und sein Gesicht wirkten auf einmal schlaff, von jeder Hoffnung und Lebenskraft verlassen. Die fleischigen Wangen hingen traurig, leeren Weinschläuchen gleich, in dem derben Antlitz.

»Vielleicht geht es tatsächlich«, brummte Grimald.

»Was geht tatsächlich?« fuhr Dankmar seinen Untergebenen an. »Drück dich genauer aus, Kerl!«

»Ein Schlafsaal der Söldner liegt ganz in der Nähe von Barthels Haus«, erwiderte Grimald. »Um von dem Schlafsaal zum Haus an der Römermauer zu gelangen, muß man nur einen kleinen Vorhof überwinden.«

»Schön«, sagte Anno. »Aber wie kommen wir in den Schlafsaal?«

»Ein Gang führt dorthin«, erklärte der vierschrötige

Soldat ruhig, als sei es die selbstverständlichste Sache der Welt.

»Von dieser Kirche aus?« fragte ungläubig der Erzbischof.

»Ja.« Grimald zeigte in das Dunkel hinter dem Altarraum. »Dort liegt der Gang. Er wird jetzt nicht mehr als solcher genutzt, sondern als Aufbewahrungskammer für Bänke und Kirchenschmuck. Ich habe mich daran erinnert, als wir die Ersatzbänke herausholten, um Türen und Fenster zu verrammeln.«

Anno billigte Grimalds Plan. Welche andere Möglichkeit war ihm auch geblieben?

Die Kardinalpriester sollten zum Allmächtigen für das Gelingen des Unternehmens beten, bei dem nur Dankmar, Barthel und Grimald den Erzbischof begleiten sollten. Barthel hatte vorgeschlagen, eine Söldnerschar zum Schutz mitzunehmen. Aber Dankmar hatte dagegengehalten, daß viele Männer eher auffielen als wenige, und der Erzbischof hatte ihm zugestimmt.

Als der Durchgang freigeräumt war, warf sich der rundliche Präpositus vor Anno auf die Knie, ergriff die Rechte des Erzbischofs und küßte den schweren Pontifikalring, der am vierten Finger steckte. »Nehmt mich mit, Eminenz, bitte!« flehte Ordulf von Rheinau unter Tränen. »Wenn ich hierbleibe, muß ich sterben, das weiß ich genau!«

Anno blickte auf den winselnden Mann hinab, der ihm immer ein treuer Diener gewesen war. Der Vorstand der Kölner Kaufmannsschaft hatte stets dafür gesorgt, daß die Händler ihre Abgaben an den Stadtherrn entrichteten. Mehr noch, er hatte Anno über alle Stimmungen im Kaufmannsviertel auf dem laufenden gehalten. Auch an diesem unglückseligen Tag war er zum Domhügel geritten und hatte dem Erzbischof von dem Unwetter berichtet, das sich in der Kaufmannsvorstadt am Rhein zusammenbraute.

Jetzt bereute er seinen Entschluß. Insgeheim wünschte er schon, er hätte gehandelt wie Rumold Wikerst und alle anderen Wikmänner, die sich dem Aufruhr nicht anschließen wollten: Die hatten ihre Schiffe bestiegen, hatten rasch so viele kostbare Waren wie möglich aufgeladen und waren den Rhein hinabgefahren. Eine lange Kette von Schiffen und Booten, von Kaufleuten und auch von Gästen, die zur Feier des Oster- und des Georgsfestes nach Köln gekommen waren, nicht zum Kämpfen und Sterben.

»Warum solltet Ihr sterben?« fragte Anno. »Nicht auf Euch hat es der Pöbel abgesehen. Er fordert *meinen* Kopf!«

»Wenn mich die Wikmänner hier finden, werden sie mich für einen Verräter halten und ohne große Umstände in Stücke reißen!« schluchzte die in Angst aufgelöste Ruine eines mächtigen Mannes, und seine ungleichmäßigen Zähne schlugen klappernd aufeinander.

»Aber nicht doch, Ihr unterschätzt Euren Einfluß auf die Kaufmannsschaft. Falls der Dom gestürmt wird, seid Ihr vielleicht der einzige, der das Schlimmste verhüten und die Wütenden zur Mäßigung bringen kann. Das ist Eure Aufgabe, und deshalb ist Euer Platz hier!«

Annos Entscheidung war unwiderruflich. Ordulf zog sich wimmernd in den Schatten eines Rundbogens zurück, fiel vor einer fein geschnitzten Madonna erneut auf die Knie und flehte die Mutter Gottes um ihre Gnade und Fürsprache an.

Anno fühlte sich von Ordulfs Gewinsel angewidert. Ohne noch einen Blick oder einen Gedanken an den Präpositus zu verschwenden, schlich der Erzbischof mit Barthel, Dankmar und Grimald durch den verstaubten, mit Spinnweben verhangenen Gang.

Sie hatten ihre Gewänder abgelegt und sich von Knechten einfaches, grobes Zeug geliehen. Wenn sie auf die Belagerer trafen, durften sie nicht erkannt werden. Einen Kampf gegen die Übermacht konnten sie nicht gewinnen, auch nicht mit zwei so erfahrenen Recken wie Dankmar und Grimald.

Als die kleine Gruppe im Dunkel hinter dem Altarraum verschwunden war, stimmten die zurückbleibenden Geistlichen, Dienstleute und Wächter unter Führung der Kardinalpriester einen Gesang an, der zwar laut, aber nicht schön war. Und genau das war ihre Absicht. Natürlich wollten die zum Gebet Niederknienden in dieser dunklen Stunde auch die Hilfe Gottes erflehen, aber Dankmar hatte das Lied angeordnet, um die Belagerer von dem Fluchtversuch abzulenken.

Die Leute im Dom sollten so lange aushalten, bis sie sicher sein konnten, daß Annos Flucht geglückt war. Erst dann durften sie sich ergeben; sie sollten erzählen, der Erzbischof habe schon bei Beginn des Aufruhrs zusammen mit seinem Freund Friedrich von Münster die Stadt verlassen.

In dem schmalen Durchgang zum Schlafsaal hallte der Gesang schaurig wider, als wolle er den Tunnel sprengen. Den Fliehenden war es nur recht, denn der Hall verschluckte das Geräusch ihrer Schritte. Sie mußten ein paar alte Kisten wegräumen, dann lag der Ruheraum der Söldner vor ihnen.

Grimald betrat den großen, langgezogenen Schlafsaal als erster, gefolgt von Dankmar. Beider Hände ruhten auf den Schwertgriffen, die unter den großen Kitteln verborgen waren, bereit, ihren Herrn und sich selbst jederzeit mit scharfem Stahl zu verteidigen.

Aber der Raum lag leer und düster vor ihnen. Für die Söldner, die hier sonst ruhten, war es keine Nacht zum Schlafen, sondern zum Kämpfen. Die Aufrührer hatten der Räumlichkeit keine Bedeutung beigemessen, hier lohnte sich weder das Wüten noch das Plündern. Hätten sie geahnt, daß sich in einer Ecke ein Durchlaß zu Annos letzter Zuflucht verbarg, hätten sie den Saal zu Hunderten gestürmt.

Hinter den vier Fliehenden verschlossen ein paar Wächter wieder den Durchgang und verbauten den zum Schlafsaal führenden Treppengang mit Gerümpel.

Annos kleine Gruppe schlich an langen Reihen leerer Ruhestätten vorbei, die zumeist nur aus zusammengelegten Strohsäcken bestanden. Grimald führte sie zielsicher zu einer kleinen Seitentür ganz nah an der Römermauer.

Er schob die Tür ein Stück auf, lugte hindurch und sagte: »Ich kann Euer Haus selbst bei dieser Dunkelheit sehen, Truchseß Barthel.«

Auch der Truchseß spähte hinaus, erblickte die Umrisse seines Heims und die niedrigeren Stallungen, die sich ans Hauptgebäude anlehnten. Über den Dächern zeichneten sich die Zinnen der Römermauer ab, hinter denen die Rettung lag.

Barthel bestätigte die Worte des Söldnerführers und fügte hinzu: »Es sind keine zwanzig Schritte bis zu meinem Haus, und niemand ist in der Nähe.«

»Kein Wunder, hier gibt's nichts zu rauben«, knurrte Anno. »Beeilen wir uns, bevor sich ein Trupp Versprengter im trunkenen Wahn hierher verirrt!«

Sie schlüpften hinaus, und Barthel wollte mit fliegenden Beinen zu seinem Haus laufen, aber Dankmar hielt ihn mit fester Hand zurück.

398

»Geht langsam, sonst fallen wir auf, falls uns doch jemand beobachtet!« ermahnte der Vogt den Truchseß. »Bedenkt, daß wir in fremden Augen keine Flüchtlinge sind, sondern die Eroberer des Domhügels, die Herren der Stadt!«

Bei diesen Worten verzog der Erzbischof sein Gesicht zu einer gequälten Miene und blickte hinauf zum dunklen Himmel. Es regnete nur noch leicht. Zwei, drei Wolken rissen allmählich auf und nahmen eine seltsame Form an, wie ein schwarzer Vogel, ein Rabe, der mit ausgebreiteten Schwingen über dem Dom kauerte.

In stiller Verzweiflung flehte Anno den Herrn an, ihm nicht alles zu nehmen, Ehre, Leben und die Herrschaft über Köln.

Und der Herr schien zu antworteten. Denn ein Flügel des Raben riß ab, wurde von plötzlich auffrischendem Wind gepackt und davongetrieben.

Die Kapuze, die Anno über seinen Kopf gezogen hatte, wurden von dem Windstoß zurückgeschoben. Der Mond brach durch die Wolken und schien auf das strenge Gesicht des Erzbischofs, in das sich an diesem Tag viele neue Falten gegraben hatten.

»Wenn du nicht aufpaßt, werden sie dich töten!« lallte eine kreidige Stimme. Ein Mann torkelte aus Barthels Haus, schwenkte einen Weinschlauch in der Rechten und deutete mit der Linken auf den Erzbischof. »Du siehst diesem gottverdammten Teufelsbruder Anno so ähnlich wie die verwünschte Mutter meiner Frau einer magenkranken Ziege. Sei vorsichtig, Freund! Sie haben heute schon einen abgeschlachtet, nur weil er so ähnlich aussah wie unser oberster Pfaffe, drüben in der Johanniskapelle. Paß auf, Mann, wo du hingehst!«

Anno nickte nur und schluckte. Für einen Augenblick

hatte er geglaubt, alles sei verloren und die Flucht verraten.

Dankmar, der wie Grimald wieder den verborgenen Schwertgriff umklammerte, fragte: »Du kommst aus dem Haus dieses vollgefressenen Kerls, der sich Truchseß schimpft?«

Der Betrunkene stand jetzt wenige Schritte vor ihnen, und sein weinsaurer Atem war deutlich zu spüren. »Ja, aber ihr habt Pech, Freunde. Ist schon alles leergeräumt dort. Ich hab' den letzten Schlauch mit dem kostbaren Wein gefunden, den Barthel heimlich aus Annos Vorräten abgezwackt hat.«

Der Vogt zeigte auf das Haus an der Römermauer. »Niemand ist mehr dort?«

»Nein, wozu auch? Versucht es lieber im Dom, da will ich auch hin. Dort soll's noch reichlich Beute geben!«

»Wir werden's uns überlegen«, sagte Dankmar.

Der Betrunkene stieß auf, würgte mit Galle vermischten Wein hervor und schwankte davon.

Anno blickte ihm mit gemischten Gefühlen nach. Wie weit war es mit dem Herrn von Köln gekommen, daß er sich vor einem einfachen Mann, einem Trunkenbold, verstellen, ja fürchten mußte!

»Es stimmt nicht, daß ich Wein abzweige«, brummte Barthel. »Meine Vorräte sind ehrlich erworben. Ich ...«

»Das ist jetzt belanglos!« zischte Dankmar. »Schnell, weiter, bevor der Saufkopf merkt, was wirklich los ist!«

Der Truchseß stieß eine Reihe von Flüchen aus, als er die Verwüstungen im Haus sah. Daß seine Familie und seine Bediensteten nicht mehr da waren, schien ihn weniger zu stören.

Glücklicherweise standen im Stall sechs Pferde. Dankmar und Grimald suchten die vier besten aus, sattelten sie

400

und führten sie dann zu dem Durchbruch, den Barthel direkt neben dem Haus an der alten Mauer hatte ausführen lassen.

So gelangten sie hinaus auf die Trankgasse und führten die Pferde noch ein Stück weiter am Zügel, bis die Pfarrkirche Sankt Lupus sie vom Dom mit der lärmenden Meute trennte. Hier stiegen sie in die Sättel, trieben die Pferde an und sprengten die Johannisstraße entlang, ließen zur Linken die Klosterkirche Sankt Johann Kordula und zur Rechten die Stiftskirche Sankt Kunibert zurück. Die Häuser wurden weniger, Felder und Waldstücke lösten sie ab. Der Lärm des aufrührerischen Kölns wich mitternächtlicher Ruhe, die den Hufschlag viel lauter klingen ließ, als er war.

Die Flucht war gelungen. Aber Anno empfand keine Freude darüber, allenfalls ein wenig Erleichterung. Nicht die Flucht war wichtig, sondern seine Rückkehr nach Köln. Und er würde zurückkehren, das schwor er sich. Nicht als Bittsteller, sondern als Rächer.

Annos Rache, Gottes Strafe, sollte alle treffen, die sich gegen ihn verschworen hatten!

Kapitel 18

Die Normannenquelle

Donnerstag, 24. April Anno Domini 1074

Auf dem vom Regen aufgeweichten Waldboden, einem schwammigen Polster aus Moosen, Farnen, Pilzen und abgefallenen, faulenden Blättern und Nadeln, klang der Hufschlag dumpf – dumpfer noch als der Glockenschlag des Neusser Klosters, den auffrischender Ostwind über das dichte Dach der Baumwipfel herantrug. Seit den frühen Morgenstunden schlug die Glocke ununterbrochen und rief alle waffenfähigen Männer aus dem Umland zusammen. War der Wind wirklich so stark, daß er ihr aufforderndes Läuten bis in diese abgelegene Stille trug, oder hatte sich der Laut unauslöschlich in die Erinnerung der sieben Reiter eingegraben?

Der Weg zur Normannenquelle führte durch einen dämmrigen Tunnel, dessen Dach die vielfach ineinander verschlungenen Kronen von Eichen, Eschen und Hainbuchen bildeten. Der Himmel weinte nicht mehr über das, was gestern in Köln geschehen war, aber Stämme, Äste und Blätter glitzerten noch feucht; aus Geäst und Blattwerk tropfte es unaufhörlich und tränkte das unersättliche Erdreich.

Die Reiter hatten ihre Umhänge zum Schutz gegen die unangenehme Nässe über die Köpfe gezogen. Darunter lugten die Kanten eiserner Helme hervor und zeichneten sich die Umrisse großer Schwertscheiden ab. Die Arme ragten aus den Mänteln, hielten die Zügel, Schilde und Lanzen.

Endlich erweiterte sich der Weg zu einer großen Lichtung, die unter dem trüben Grauschleier des ausgeweinten Himmels lag. Die Sonne verbarg sich hinter den dicken Schlieren, nur ein verschwommener heller Fleck verriet ihren Stand weit im Westen, über den ausgedehnten Wäldern. Beherrscht wurde die Lichtung von hochaufragenden, wie von Geisterhand hierhergestellten Felsen und von zahlreichen Bluthaseln mit rötlichem Blattwerk und graubraunem Holz. Die Sträucher waren mindestens mannshoch und machten die Lichtung im Verein mit den Felsen damit fast so unübersichtlich, wie es der dichte Wald ringsum war. Doch das ständige Plätschern, Glucksen und Gurgeln der Normannenquelle wies dem kleinen Trupp den Weg.

Plötzlich wurden die Männer von den Pferden gerissen. Sie waren in einen Hinterhalt geraten. Die Angreifer hatten sich zwischen den Haelsträuchern und hinter den Felsen verborgen gehalten. Die Reiter kamen erst gar nicht zum Kämpfen, so überraschend erfolgte der Überfall. Bis sich die Söldner aus ihren nassen, schweren Umhängen gewickelt hatten, um zu ihren Waffen zu greifen, lagen sie längst auf dem Boden und spürten die scharfen Klingen der Angreifer an den Kehlen.

Nur ein Mann versuchte erst gar keine Gegenwehr. Der Anführer der Reiter lag neben seinem unruhig tänzelnden und erschrocken schnaubenden Rotfuchs im Schatten einer schlanken Felsnadel. Er hätte sich auch kaum gegen die beiden Männer mit den entschlossenen, stoppelbärtigen Gesichtern und den großen Schwertern wehren können, war seine einzige Waffe doch ein eher bescheidener Dolch.

403

»Geh von mir hinunter, Fettkloß, du erdrückst mich noch!« herrschte er den stämmigen Mann an, der sich rittlings auf seine Brust geschwungen hatte und das Schwert über ihn hielt. »Aber sieh zu, daß du dabei nicht ausrutschst und mir aus Versehen den Kopf abschlägst!«

Der Schwertträger starrte in das faltendurchfurchte Gesicht des andern und vermochte nicht zu entscheiden, ob die Worte mehr in Sorge oder in Spott gesprochen waren. Endlich erkannte er, daß er keinen Feind aus dem Sattel gerissen hatte, sondern den Mann, auf dessen Nachricht sie warteten. Aber warum war der Bischof selbst hierhergekommen, zur entlegenen Normannenquelle?

»Verzeiht, Eminenz«, murmelte er und stieg vorsichtig vom Leib des Bischofs.

»Ein hübscher Empfang«, spottete Friedrich von Münster und streckte seinen Arm aus. »Hilf mir endlich hoch, Kerl, oder willst du zusehen, wie ich mich vor dir im Schlamm wälze?«

»Nein, Herr, natürlich nicht, verzeiht.«

Der beleibte Recke steckte das zweischneidige Schwert zurück in die lederbespannte Holzscheide an seiner Seite und half dem Sproß des Wettiner Fürstengeschlechts auf die Beine.

Ringsum ließen die Angreifer von ihren Opfern ab, fuhr Stahl zurück ins Holz, ächzten, stöhnten und fluchten die aus den Sätteln Gerissenen, standen schwankend auf, griffen nach den schmutzbesudelten Lanzen und Schilden und versuchten vergeblich, Waffen und Mäntel vom Morast zu befreien.

Der Anführer der Angreifer, ein schwarzgewandeter Mann mit dunklem Vollbart, der fast über sein ganzes Gesicht wucherte, trat vor den Bischof. Eine Hand des

404

Schwarzen ruhte auf dem silberblechbeschlagenen Griff des Schwerts, das an seiner linken Seite hing.

»Verzeiht die Unannehmlichkeit, Eminenz, aber wir erwarteten nur einen Boten, keinen Kriegstrupp – und schon gar nicht Euch selbst, Bischof Friedrich.« Die gefühllose Stimme ließ keine Reue erkennen, nur Erstaunen.

»Die Umstände haben sich geändert, deshalb kam ich selbst zu Euch.«

Die Augen im Bartgestrüpp des Schwarzen blickten den Münsteraner mit plötzlichem Mißtrauen an. »Die Umstände haben sich geändert? Was meint Ihr damit? Ist in Köln nicht alles so verlauf...«

»Nicht hier, vor den Männern!« unterbrach Friedrich den Bärtigen. »Laßt uns einen Ort aufsuchen, an dem wir beide ungestört sind!«

»Ihr habt recht«, sagte der Schwarze und führte den Bischof samt seinen Söldnern über die Lichtung, bis sie an dem Teich angelangt waren, der durch die jüngsten Regengüsse zu einem kleinen See angeschwollen war.

Ein paar Männer des Schwarzen blieben am Waldweg als Wachen zurück. Die anderen begleiteten ihren Anführer und den Reitertrupp zu den Felshöhlen, aus denen ein kleiner Wasserfall sprudelte und den Teich speiste: die Normannenquelle.

Unter den schützenden Felsdächern glomm noch die Glut von Feuern, die man beim Herannahen der Reiter rasch mit Steinen bedeckt hatte. Jetzt entfachten die Männer des Schwarzen die Flammen wieder, und bald trockneten Friedrichs Söldner ihre feuchten Kleider in der Wärme. Die Männer, die hier ihr Lager aufgeschlagen hatten, teilten mit ihnen Wein, Brot und Käse.

Der Schwarze zog sich mit dem Bischof in eine andere Höhle zurück, ganz in der Nähe des Wasserfalls, dessen

Rauschen ihre Worte verschluckte. Der Sage nach war er zum erstenmal vor zweihundert Jahren aus dem Fels geschossen, zu der Zeit, als die wilden Nordmänner, die Normannen, raubend, brandschatzend und mordend den Rhein hinaufgezogen waren. Sie hatten auch den Marktflecken zerstört, der sich aus dem alten römischen Militärlager Novasium gebildet hatte und Neuss genannt wurde. Viele Ansässige und fahrende Händler ließen dabei ihr Leben. Ein Wandermönch hatte eine Vision, wie die Überlebenden zu retten waren, und führte Männer, Frauen und Kinder tief in den Wald hinein, bis zu dieser Lichtung, die damals karg war, nur von Felsen bestanden. Die Normannen folgten den Geflohenen und wollten sie niedermachen. Da schoß der Wasserfall aus den Felsen hervor, machte den öden Boden fruchtbar und ließ binnen weniger Augenblicke überall die Hasel sprießen, die von den heidnischen Nordmännern als zauberkräftiges, wundertätiges Gewächs verehrt wurde, als Sinnbild des Frühlings und der Unsterblichkeit. Sie nahmen es als Zeichen ihrer Götter, an diesen Ort des Lebens keinen Tod zu bringen, und verließen die Lichtung, ohne ihre Schwerter mit noch mehr Blut befleckt zu haben. Gott, der Allmächtige, der dieses Wunder vollbrachte, hatte die Normannen mit ihrem eigenen heidnischen Glauben in die Flucht geschlagen.

So erzählten es sich die alten Neusser. Und wenn es nicht die Wahrheit war, so zeigte es doch, wie sehr die Menschen ihr Handeln an Zeichen und Wundern ausrichteten, tatsächlichen oder eingebildeten. Darauf hatte auch der Schwarze gesetzt, als er den Kölnern von seiner angeblichen Vision erzählte und sie zum Aufstand gegen Anno anstachelte. Als er sich nach dem Verlassen Kölns in die Gegend von Neuss zurückzog, war er sich sicher gewesen, daß seine Mission erfolgreich verlaufen und Erzbischof Anno ein toter Mann war. Aber Friedrichs Worte ließen ihn jetzt daran zweifeln.

»Was ist mit Köln und mit Anno?« fragte der Bärtige ohne Umschweife.

»Die Stadt ist in den Händen der Aufständischen«, antwortete Friedrich, und der Schwarze fühlte sich erleichtert. »Aber Anno ist entkommen«, fügte der Bischof hinzu, und die Erleichterung des Schwarzen verwandelte sich augenblicklich in Zweifel und Zorn.

»Wie konnte das geschehen?« brach es aus ihm hervor, kaum daß der Münsteraner seinen Satz ausgesprochen hatte.

Der Bischof berichtete von dem versteckten Gang und der Flucht durch die Pforte in der Römermauer. »So gelangte Anno mit seinen Begleitern nach Neuss, und jetzt ruft die Glocke der Benediktinerinnen ein Heer zusammen, bestehend aus Söldnern und Bauern, Freien und Knechten, aus allem, was Waffen tragen kann und bereit ist, für Anno in die Schlacht zu ziehen.«

»Anno verspricht seinen Männern wohl fette Beute?«

»Natürlich. Die Wikmänner haben den Aufstand angeführt. Wenn Anno Köln eingenommen hat, wird der Reichtum der Kaufherren die Beute seiner Soldaten.«

»Wenn?« ächzte der Schwarze fassungslos. »Dazu darf es nicht kommen! Wieso sitzt Ihr hier so seelenruhig und berichtet mir das alles? Als Anno in der Nacht nach Neuss kam, nur von wenigen Männern begleitet, hättet ihr die Gelegenheit gehabt, Köln einen neuen Erzbischof zu verschaffen!«

»Wie ich schon sagte, die Umstände haben sich geändert. Wir hatten geglaubt, der Aufstand würde wie in Worms verlaufen und alle Bürger Kölns würden sich gegen ihren Stadtherrn stellen.«

407

»Ist es nicht so?«

»Nein. Der Kaufmann Rumold Wikerst, neben dem Präpositus Ordulf von Rheinau der mächtigste Mann im Wik, ist mit seinen Schiffen den Rhein hinabgefahren und ankert jetzt vor Neuss. Viele Kaufleute haben sich ihm angeschlossen. Sie schwören Anno die Treue bis in den Tod. Ich kann sie nicht alle niedermetzeln!«

»Aber unsere Mission lautet doch, Anno unschädlich zu machen!« beharrte der Schwarze.

»Ganz recht, aber das bedingt nicht seinen Tod. Heinrich will die Front durchbrechen, die sich im eigenen Reich gegen ihn gebildet hat und den Sachsenaufstand nutzen möchte, um einen Gegenkönig einzusetzen. Anno von Köln ist ihm zwar seit dem Raub von Kaiserswerth verhaßt, aber er wird sich damit abfinden, daß Köln weiterhin unter Annos Herrschaft steht, falls der Erzbischof ihm unverbrüchliche Treue schwört. Denn mit einem Treueeid würde ein wichtiges Glied in der Kette fehlen, die sich um Heinrichs Hals zusammenzuziehen droht.«

»Das wird Anno niemals tun!«

»Er hat es bereits getan«, erwiderte Friedrich zur grenzenlosen Verblüffung des Schwarzen. »Ich selbst habe ihm den Eid in der Klosterkirche abgenommen.«

»Dann weiß Anno, daß Ihr ...«

»Daß ich nicht sein Spion beim König bin, sondern der Spion des Königs?« Der Münsteraner stieß ein trockenes Lachen aus, und seine Falten tanzten wild. »Aber ja doch, und Anno war ganz schön verblüfft, daß der junge König ihn im Ränkeschmieden ausgestochen hat.«

»Und nicht enttäuscht über Eure Freundschaft, die nur vorgetäuscht war?«

»Aber ich bin doch sein Freund«, sagte Friedrich mit einer Faltenverwerfung, die an ein hintergründiges Lächeln erinnerte. »Ich werde an seiner Seite gegen Köln ziehen und ihm helfen, die Stadt zurückzuerobern.«

»Dann war mein ganzes Bemühen umsonst?« fragte zögernd der Schwarze. Die Enttäuschung war ihm deutlich anzusehen, es war, als würden seine Gesichtszüge in sich zusammenfallen, und trotz des Bartes war zu erkennen, daß seine rechte Wange viel voller war als die linke.

»O nein! Ihr habt dafür gesorgt, daß aus dem Königsverräter Anno ein treuer Vasall Seiner Hoheit geworden ist. Berichtet es Heinrich, wenn Ihr in Worms seid, und er wird sich gewiß dankbar zeigen.«

»Ich weiß nicht recht«, knurrte der Schwarze unwillig. »Ich halte es für besser, Anno zu beseitigen. Man kann ihm nicht trauen, oft genug hat er es bewiesen!«

»Seine Allmacht ist gebrochen und auch sein Glaube an sich selbst. Ich kenne ihn gut genug, um das zu wissen. Euch allerdings kenne ich nicht gut genug!«

Friedrichs Stimme nahm beim letzten Satz einen scharfen Ton an, und in seinen dunklen Augen flackerte ein zorniges Feuer.

»Wie meint Ihr das, Bischof?«

»Ich glaube, daß Ihr einen ganz persönlichen Haß gegen den Erzbischof von Köln hegt. Als Eure Männer gestern bei Sankt Georg das Gerüst zum Einsturz brachten, wäre nicht nur Anno fast erschlagen worden, sondern auch ich. Das war Euch gleichgültig in Eurem Bestreben, den Kölner umzubringen!«

»Euch ist doch nichts geschehen, Eminenz«, erwiderte der Schwarze. Seine Stimme verriet nicht, ob er darüber Erleichterung oder Bedauern empfand.

»Ich werde ein Auge auf Euch haben«, warnte ihn Friedrich. »Denkt immer daran, daß Anno jetzt ein Mann des Königs ist, und handelt entsprechend!«

»Ich werde Euren Freund gewiß nicht anrühren«, sagte der Schwarze und dachte an das aussätzige Mädchen, das er aus dem Siechenkobel geholt hatte. Von diesem Winkelzug wußte Friedrich nichts. Er hatte es getan, um seinen persönlichen Rachedurst zu befriedigen. Mochte Anno auch die Herrschaft über seine Stadt zurückgewinnen, wenn der Plan mit der Aussätzigen aufging, würde sich der Erzbischof nicht lange darüber freuen können. Nicht, wenn Gottes Strafe ihn traf.

»Also kehrt Ihr nach Worms zurück?« fragte der Bischof.

»Ja.« Der Schwarze lächelte Friedrich finster an. »Aber erst, wenn ich Heinrich berichten kann, daß Köln eine königstreue Stadt ist. Bis dahin bleibe ich in der Nähe!«

Kapitel 19

Der Sohn des Drachentöters

Freitag, 25. April Anno Domini 1074

Risse zogen plötzlich durch die unebene Decke aus Gestein und Erdreich. Erst Staub und dann kleine Steine regneten herab, schnell gefolgt von faustdicken Brocken, die ein paar der schwer Arbeitenden niederstreckten. Die Stützpfeiler aus gutem, massivem Eichenholz begannen zu zittern, zu wackeln, und schon brach der erste um, gab unter der Last des Felsdaches nach, das an dieser Stelle einbrach.

»Der Stollen stürzt zusammen!« schrie Georg Treuer in den von Fackeln erhellten Tunnel. »Fort hier, schnell!«

Er hätte es nicht zu sagen brauchen. Die Männer, deren meist nackte Oberkörper mit einer dicken Mischung aus Schmutz und Schweiß bedeckt waren, rannten bereits davon, auf das schwache Licht der untergehenden Sonne zu, das durch den Kellerausgang oberhalb der in mühsamer Arbeit freigelegten Treppe schimmerte.

Georg wollte ihnen folgen, da sah er, wie ein Mann unter herabstürzendem Geröll zusammenbrach und von den Füßen bis zu den Hüften verschüttet wurde. Niemand sonst bemerkte es, so sehr war jeder damit beschäftigt, sein eigenes Leben zu retten. Georg nahm eine aus der Wandspalte gerutschte und zu Boden gefallene Fackel auf und lief zu dem Unglücklichen.

Der tanzende Feuerschein fiel auf ein spitzes Gesicht

und einen nur spärlich bewachsenen Schädel. Vergeblich bemühten sich die seltsam bunten Hände des Verschütteten, die kohlkopfgroßen Steine von seinem Unterleib zu wälzen. Es war der Färber, den Georg vor zwei Tagen in Sankt Johannis kennengelernt hatte. Wenrich hieß der Mann vom Waidmarkt und hatte sich als treuer Gefolgsmann erwiesen. Unermüdlich hatte er geholfen, den verschütteten Kerkereingang freizulegen.

In Georg hatte die schwache Hoffnung geglommen, Rachel retten zu können, sie und ihren Vater Eleasar, den Gralshüter, vielleicht auch einige der verschütteten Schottenmönche. Doch der Einsturz jetzt zeigte, wie trügerisch seine Hoffnung gewesen war. Die ganze Decke schien sich aufzulösen. Niemals würde es gelingen, bis zur Gralskammer vorzustoßen!

Georg rammte die Fackel in einen Geröllhaufen und räumte einen Gesteinsbrocken nach dem anderen von Wenrichs Leib. Der Färber blickte ihn dankbar an, aber als seine Augen höherwanderten, zur Decke, weiteten sie sich vor Schreck.

»Ihr müßt fliehen, Herr«, rief der Eingeklemmte und spuckte Staub. »Die Decke stürzt ein und wird Euch bei lebendigem Leib begraben, wenn sie Euch nicht erschlägt!«

»Und dich etwa nicht?« erwiderte Georg, ohne seine Arbeit auch nur für einen Augenblick zu unterbrechen.

Er wußte, wie es um den Stollen stand. Das ständig lauter werdende Geräusch rieselnder Erde und herabfallenden Gesteins war eine deutliche Warnung.

»Ihr seid wichtiger als ich«, behauptete der Färber. »Die ganze Stadt setzt ihre Hoffnung auf Euch!«

Das stimmte, und Georg war darüber nicht glücklich. Die Verantwortung erschien ihm erdrückender als die

Felsdecke über ihm. Vor fünf Tagen noch hatte er es für eine bedeutende Aufgabe gehalten, ein eigenes Schiff zu befehligen. Und jetzt sollte er über ganz Köln gebieten?

»Flieht doch endlich!« kreischte Wenrich, als hinter ihnen ein zweiter Stützpfeiler knirschend und ächzend einstürzte und von einer aus der Decke brechenden Steinplatte zertrümmert wurde. »Sonst ist der Rückweg versperrt. Dem Auserwählten des heiligen Georg darf nichts geschehen!«

»Wenn ich wirklich sein Auserwählter bin, wird der Drachentöter seine schützende Hand über mich halten«, keuchte Georg, räumte Stein um Stein weg und dachte an die unheimliche Verehrung, die ihm seit zwei Tagen überall entgegenschlug. Als sei er selbst ein Heiliger.

Wenrich konnte das linke Bein wieder bewegen, dann auch das rechte. Er war frei!

Georg half ihm auf, aber der Färber sackte sofort wieder zusammen. Wahrscheinlich waren beide Beine gebrochen.

»Es ist hoffnungslos«, sagte Wenrich laut, um den Lärm der herabprasselnden Steine zu übertönen. »Geht endlich, Georg, rettet Euch!«

Aber Georg ging nicht, nicht allein. Er hob den dürren Mann hoch und legte ihn über seine Schultern. So kletterte er über die Schuttberge, während dicht hinter ihm ein großes Stück Decke herunterfiel und gleich darauf die Wände losbröckelten.

Er lief, so schnell es die Last des Färbers erlaubte, durch den dämmrigen Gang. Sämtliche Fackeln waren vom Steinregen gelöscht. Nur von vorn, von dem Treppenaufgang, den sie gestern Stufe für Stufe freigeräumt hatten, kam Licht.

Georg erstieg die unregelmäßigen Stufen, bis ihn endlich das trübe Licht des sterbenden Tages empfing – und die Jubelrufe der anderen Arbeiter. Lauter noch war das Grollen, das aus dem Eingang zu Annos Kerker drang. Dort stürzte alles wieder zusammen, verheerender als zuvor. Die Arbeit von zwei ganzen Tagen war binnen kürzester Zeit zunichte gemacht.

Eine große Staubwolke stieg aus dem Treppenschacht und hüllte alle Männer am Bischofspalast ein. Als sich der Staub langsam zu Boden senkte, beruhigten sich auch Felsgestein und Erdreich, das Grollen verebbte, und die Rufe der Umstehenden gewannen die Oberhand. Sie ließen Georg hochleben, den Heiligen wie den Kaufmannssohn, und nannten beide Sieger über Anno und Vertreiber des Tyrannen.

Georg gefiel das nicht. Er hatte nichts getan, um Anno zu vertreiben. Das Volk von Köln hatte sich gegen seinen Stadtherrn erhoben. Rainald Treuers Sohn konnte froh sein, daß er mit heiler Haut aus den Wirren hervorgegangen war.

Aber er war nicht froh, zu vieles lastete auf seiner Seele. Der Verlust des Vaters, Bojos und – wie er sich angesichts des erneut eingestürzten Kerkereingangs eingestehen mußte – auch Rachels.

Und Gudrun blieb unauffindbar. Er hatte gestern nach ihr suchen lassen, sobald sich die Lage am Dom beruhigte. Aber sie war fort, wie im Haus ihres Vaters zurückgebliebenes Gesinde berichtete, mit Rumold Wikerst und allen Schiffen des Kaufherrn den Rhein hinuntergefahren. Und mit Hadwig Einauge, der ihr Mann werden sollte.

Georg wußte keinen Weg mehr, wie er diese Hochzeit verhindern sollte, was ihn an den Rand der Verzweiflung trieb.

Hinzu kam die große Verantwortung, die ihm gegen seinen Willen aufgebürdet wurde. Das von seltsamen Reden aufgehetzte Volk wollte in Georg Treuer unbedingt seinen Retter sehen, den Erwählten des Drachentöters.

Erst hatte sich Georg gegen diese Rolle gesträubt, weil er sich ihr nicht gewachsen fühlte. Es gab unter den ersten Bürgern Kölns erfahrenere Männer als ihn, zum Beispiel Niklas Rotschopf, der jetzt damit beschäftigt war, die Verteidigung der Stadtmauern gegen Annos drohenden Angriff zu organisieren. Vielleicht hatte niemand sonst die Verantwortung tragen wollen, alle hatten Georg gedrängt, sich an die Spitze des Aufstands zu setzen. Und dann war das geschehen, was den Ausschlag für Georgs Entscheidung gegeben hatte.

Die belagerten Getreuen des Erzbischofs im Petrusdom hatten ein Tor geöffnet und einen Parlamentär entsandt, als der gestrige Morgen sein erstes zartes Rosa in den düsteren Himmel warf. Wahrscheinlich hatten die Verteidiger bemerkt, daß sich die aufgebrachten Bürger zu einem neuen Ansturm rüsteten und zu diesem Zweck zwei Rammen gebaut hatten: Es waren auf Räder gebaute Gestelle, die jeweils ein Dach zum Schutz gegen Pfeilbeschuß und Speerwürfe hatten und die mit beweglichen Eichenbalken versehen waren, deren über Nacht frisch geschmiedete Stahlspitzen die Portale des Doms zerstören sollten.

Die Wikmänner brachen in Wutgeheul aus, als sie in dem Unterhändler Ordulf von Rheinau erkannten. Daß der Präpositus nicht auf der Seite der Aufständischen stand, war durch sein Fehlen in ihren Reihen längst offensichtlich geworden. Allgemein wurde angenommen, er habe sich zusammen mit seinem Freund Rumold Wikerst abgesetzt. Nun aber bestätigte sich das Gerücht, der Wikvorstand habe das Aufbegehren der Kölner an Erzbischof Anno verraten.

Der Präpositus tat genau das Falsche, als er den Unmut spürte. Anstatt sich der Gnade seiner Gemeinde zu empfehlen, pochte er auf seine vom König verliehene Macht und wollte den aufständischen Wikmännern befehlen, nach Hause zu gehen. Natürlich gehorchten sie nicht, sondern fielen über ihn her. Georg stand zu weit entfernt, um das zu verhindern. Als er sich durch die rasende Menge gekämpft hatte, hing Ordulf schon an dickem Hanf über dem Portal, aus dem er getreten war, mit heraushängender Zunge, leerem Blick und gebrochenem Genick.

Gleichzeitig hörte Georg von Plünderungen in der Stadt. Lichtscheues Gesindel hatte sich zusammengerottet und den allgemeinen Aufruhr genutzt, um in fremde Häuser einzufallen, die Bewohner auszurauben und zu mißhandeln. Offenbar benötigten die Menschen keinen tyrannischen Erzbischof, sie konnten selber Angst und Schrecken verbreiten.

Kurzentschlossen hatte Georg die Führerschaft über die Aufständischen übernommen und die Bedingung gestellt, daß es keine Übergriffe auf Leib und Leben mehr geben dürfe. Die Aufrührer willigten ein, begeistert, daß der Auserwählte des heiligen Georg an ihrer Spitze focht. Ob sich alle daran hielten, mußte sich noch erweisen.

Immerhin konnte Georg die paar hundert Erzbischöflichen, die sich in der Kathedrale verschanzt hatten, vor Übergriffen bewahren. Sie mußten ihre Waffen abgeben und blieben bis auf weiteres als Gefangene im Dom.

Fast wäre es doch noch zu Gewalttaten gekommen, als die Aufständischen erfuhren, daß Anno die Stadt noch in der Nacht verlassen hatte. Im Kloster von Neuss, das zu seinen Besitztümern zählte, habe er Aufnahme gefunden und alle ihm ergebenen Männer zu den Waffen gerufen, hieß es.

Das war vielleicht Georgs größte Sorge. Der Erzbischof würde den Verlust seiner Macht und seiner Stadt kaum hinnehmen. Er würde an der Spitze einer großen, zu allem entschlossenen Streitmacht zurückkehren, um seine Rechte einzufordern. Deshalb ließ Georg unter Niklas Rotschopfs Leitung die Verteidigung der Stadt vorantreiben, die Tore verstärken, Wachtposten ins Umland entsenden und die einzelnen Gemeinden in Bürgerwehren gliedern.

Aber Georg machte sich nichts vor: Er war kein Feldherr, und die Bürger Kölns waren keine Soldaten. Trotz der schützenden Mauern würden die Verteidiger einen schweren Stand haben.

Auf längere Zeit konnte Anno nur durch ein kampferprobtes Heer zurückgehalten werden – oder durch einen Mann mit größerer Macht, den König.

Georg hatte berittene Boten nach Worms gesandt, das Heinrich IV. zu seiner neuen Heimstatt, der ersten Pfalz im Reich, erkoren hatte. Worms war das leuchtende Beispiel für die Kölner. Auch die Wormser hatten ihren mißliebigen Bischof Adalbero verjagt und dafür die Gnade des Königs gewonnen. Die ausgesandten Boten sollten Heinrich um Hilfe gegen Annos Willkür bitten und ihn gleichzeitig der bedingungslosen Königstreue Kölns versichern.

In einem persönlichen Schreiben erinnerte Georg den König daran, daß er derjenige war, der Seine Hoheit vor zwölf Jahren aus dem Rhein gerettet hatte. Georg appellierte nicht direkt an Heinrichs Dankbarkeit, aber er hoffte darauf, nicht für sich selbst, sondern für seine Vaterstadt – für Köln.

Wenrich stöhnte laut auf, und dieser Schmerzenslaut lenkte Georgs Aufmerksamkeit wieder auf das Geschehen vor dem Bischofspalast. Der Färber würde das Unglück wohl überleben, aber als Krüppel. Seine Beine waren tatsächlich gebrochen, wahrscheinlich sogar mehrfach. Krumm und blutig standen sie seltsam verrenkt von seinem Unterleib ab, die Haut an zwei Stellen von den Knochen durchstoßen.

Vorsichtig legte man ihn auf eine Holztrage, die zuvor zum Wegschleppen des Felsgesteins gedient hatte, um ihn zum Domkloster zu bringen. Dort kümmerten sich heilkundige Mönche um die vielen Verletzten, die der Aufruhr gegen Anno gekostet hatte.

»Halt, wartet!« rief Wenrich, als vier kräftige Männer die Trage mit dem laut stöhnenden Färber hochheben wollten, und streckte die Rechte in Georgs Richtung aus. Mit einem flehenden Blick auf den jungen Kaufmann bat er: »Helft mir, Herr, die Schmerzen sind so stark!«

Georg kniete sich neben die Bahre und sagte leise: »Ich kann leider nichts für dich tun, Färber. Die Mönche im Kloster werden dir helfen.«

»Ihr müßt Eure Hände auflegen!« keuchte Wenrich und verzog unter Schmerzen sein schweißüberströmtes Gesicht.

Georg sah ihn verwirrt an. »Was meinst du?«

»Auf ... die Beine!« stöhnte der Färber.

»Ich verstehe dich nicht, Wenrich.«

»Der heilige Georg ist mit Euch, Herr. Durch Eure Hände wird er meine Schmerzen lindern.«

Ungläubig starrte Georg auf den Verletzten, auf dessen verbogene, blutige, schmutzstarrende Beine und dann auf seine eigenen Hände. Ein unheimliches Gefühl überkam ihn. Was hier in Köln geschah, in den Tagen des

Aufruhrs, schien alles zu verändern, die Stadt, die Menschen und besonders ihn selbst. Georg fürchtete sich vor dieser Veränderung, die den Verlust an allem, was ihm etwas bedeutete, mit sich zu bringen schien. Nach den geliebten Menschen und dem Leben als Kaufherr, das ihn ausgefüllt hatte, drohte der Verlust seiner selbst. Er war doch nur ein Mensch, kein Heiliger!

Das wollte er dem Färber sagen, aber ein Blick in Wenrichs schmerzgequälte Züge mit den tränenfeuchten, flehenden Augen verschloß Georgs Lippen. Er strich mit den Händen über die verwundeten Beine, langsam und ganz sanft, so daß er die verkrümmten Gliedmaßen kaum berührte und dem Verletzten nicht noch größere Schmerzen zufügte. Der Färber lag ganz still, und seine Augen ruhten auf Georg.

»Danke«, murmelte er und lächelte sogar ein wenig, als sich der Kaufmannssohn erhob.

»Es tut mir leid, daß es nichts geholfen hat«, sagte Georg. »Im Kloster wird man besser für dich sorgen.«

»Aber es hat geholfen«, erwiderte Wenrich. »Ich spüre kaum noch Schmerzen, nur ein warmes Gefühl, eine Art Kribbeln. Euch und dem heiligen Georg sei Dank!«

Wenrichs Worte machten bei den Umstehenden die Runde und pflanzten sich in Windeseile über den ganzen Domhügel fort. Die Menschen drängten sich um Georg, besonders die Verwundeten, die Kranken und die Verkrüppelten, streckten die Hände nach ihm aus, erflehten seinen Segen und seine Berührung. Einige sprachen ihn an, als sei er der heilige Georg selbst, andere nannten ihn den Sohn des Drachentöters. Aber Georg fühlte sich nicht geehrt und auch nicht auserwählt, es war wie wie ein Alptraum ohne Erwachen.

Er kämpfte sich durch die Masse der Leiber, schrie die

419

Menschen an, sie sollten ihn endlich in Ruhe lassen und taumelte zu einem großen Wassertrog bei Annos Stallungen. Er tauchte das Gesicht und den nackten Oberkörper ins brackige Naß, weniger um sich vom Schmutz des Kerkereingangs und vom Blut des Färbers zu reinigen, als um sich von dem zu befreien, was ihm der eifernde Wunderglaube überstülpte.

Er war Rainald Treuers Sohn, nicht der des Drachentöters, war ein Mensch und verfügte nicht über heilende Kräfte! Das schärfte er sich ein, während er wieder und wieder ins das Wasser tauchte. Daß Wenrich kaum noch Schmerzen spürte, war nichts als ein Zufall, vielleicht auch eine Folge der Verletzung oder einfach seines festen Glaubens an den heiligen Georg.

Schon wieder berührte jemand den Kaufmannssohn an der Schulter, erhoffte sich davon wohl Heilung oder abergläubischen Schutz. Georg fuhr herum und stieß den anderen von sich weg. Der faßbäuchige Mann mit dem schmutzigen Verband um die Stirn taumelte zurück und hielt sich am Gatter der Pferdekoppel fest.

»Was soll das?« brüllte er. »Bist du verrückt geworden, Georg?«

»Broder!« sagte Georg überrascht. »Verzeih, aber ich hielt dich für ...«

Er sprach nicht weiter, ihm fehlten die Worte für das eben Erlebte.

»Du hast mich wohl für Anno gehalten«, brummte der Friese. »Es gibt Neuigkeiten von ihm. Soeben ist ein Reiter eingetroffen und bringt Nachrichten aus Neuss.«

»Und?«

»Hör es dir selbst an! Es ist eine Reiterin, und sie möchte dich sehr gern sprechen.«

»Eine Reiterin?« wiederholte Georg. »Doch nicht etwa –«

420

»Doch«, grinste Broder. »Genau die, Gudrun! Rumold
Wikersts Tochter wartet im Palast auf dich.«

Im Palast! Das war auch so eine Sache. Das Volk erwartete von Georg, daß er in Annos Palast wohnte, als sei er
der neue Stadtherr. Er hatte sich darauf eingelassen, weil
er vom Domhügel aus die Stadt überblickte, weil hier alle
Fäden zusammenliefen. Außerdem hätte ihn sein Eltern-
haus zu sehr an den toten Vater erinnert.

Jetzt stürmte er voller Erwartung zum Bischofspalast
mit den bunten Glasfenstern, von denen einige nur noch
scheibenlose Löcher waren, Opfer der Volkswut. Broder
hatte Mühe, mitzuhalten. Am Eingang, wo eine bewaffnete Wache zweier treuer Wikmänner stand, wartete
Georg auf ihn.

Der Friese führte Georg in einen großen Empfangsraum, der ein wenig an die Stube in Rainald Treuers Haus
erinnerte, aber natürlich viel kostbarer eingerichtet war,
auch jetzt noch, nach der Plünderung. Eins der beiden
bunten Bogenfenster war nicht zerstört worden, es zeigte
Kain und Abel, die dem Herrn Opfer brachten, der Erst-
geborene Früchte des Feldes und sein Bruder ein Lamm.
Das andere Fenster, von dem nur noch Bruchstücke im
Rahmen steckten, hatte den Brudermord abgebildet; man
sah noch die die Arme und Beine des am Boden liegenden, sterbenden Abel.

Gudrun saß an einem ovalen Tisch, dessen kunstvoll
geschnitzte Beine Menschen mit erhobenen Armen dar-
stellten, welche die Nußholzplatte trugen. Sie verzog
keine Miene, als sie ihren Geliebten sah. Eine Aura der
Unnahbarkeit umgab sie, von ihrer früheren Unbe-
schwertheit war nichts mehr zu spüren. Erst als Broder
mit einem Umhang zurückkam, den er in väterlicher Für-
sorge um Georgs nackte Schultern legte, wurde Rainald

Treuers Sohn gewahr, daß er und die junge Frau sich eine ganze Weile stumm angestarrt hatten.

»Soll ich euch etwas zu essen bringen?« fragte der Friese. »Oder Wein und Wasser?«

Georg und Gudrun schüttelten die Köpfe.

»Dann lasse ich euch wohl lieber allein«, brummte Broder, und seine flatternden Mundwinkel deuteten ein Lächeln an. »Ruf mich, Georg, wenn du mich brauchst.« Der Friese verließ den Raum und drückte die Tür zu.

»Du bist jetzt der Herr von Köln, wie ich höre.« In Gudruns Stimme war kein Anflug von Anerkennung oder gar Bewunderung zu hören. »Es ist wieder so, wie es immer war: Treuer gegen Wikerst, Bruder gegen Bruder.«

Georg unterdrückte den Drang, sie einfach in die Arme zu nehmen und alle Sorgen zu vergessen. Gudruns Stimme klang kühl, und ihre Haltung war steif und förmlich. Das Strahlen der blaugrünen Augen schien erloschen, der Blick war kalt und abwägend.

»Ja, Bruder gegen Bruder«, wiederholte er leise und blickte durch das zerstörte Fenster nach draußen, wo die Türme des Doms mit der hereinbrechenden Dunkelheit verschmolzen. Er sah genau auf das Portal, vor dem gestern der Präpositus gehangen hatte, ein Opfer des kochenden Volkszorns. Sein Blick kehrte zu Gudrun zurück. »Aber wieso Treuer gegen Wikerst? Wie meinst du das, Gudrun?«

»Ich habe Annos Söldnern ein Pferd gestohlen und bin hierhergeritten, um dich zu warnen. Heute nacht werden der Erzbischof und seine Getreuen Köln angreifen, und mein Vater wird sie anführen!«

»Das verstehe ich nicht. Rumold ist Kaufmann und Schiffsführer, aber kein Feldherr. Anno hat bessere Männer, um seine Streitmacht zu führen, zum Beispiel den Stadtvogt.«

»Sie kommen nicht über Land, sondern den Rhein herauf, an Bord der Kaufmannsschiffe. Die beiden größten Schiffe meines Vaters, die *Ewald* und die *Albin*, werden die Führung übernehmen. Rumold wird das eine befehligen, Hadwig Einauge das andere.«

»Hadwig!« Georg trat näher, beugte sich zu Gudrun hinab, die sofort zurückwich, und fragte: »Seid ihr beide schon ...«

»Nein, wir sind nicht Mann und Frau. Ich hoffe auch, wir werden es niemals sein!«

»Natürlich nicht.« Er umfaßte Gudruns Hände, die in seinen klein und verloren wirkten. »Wir gehören zusammen. Du wirst meine Frau werden, nicht die des Einäugigen!«

»Wirklich?«

Er las den Zweifel in Gudruns Gesicht, ohne ihn zu verstehen. Er spürte, wie sie den Druck seiner Hände nicht erwiderte, bemerkte aber auch die leichte Rötung ihres Gesichts.

»Was hast du, Gudrun? Warum glaubst du mir nicht?«

Sie senkte den Blick, öffnete die Lippen, ohne einen Ton herauszubringen. Endlich faßte sie sich ein Herz und sprach es aus: hastig, beiläufig und scheinbar unbeteiligt: »Ich habe dich gesehen, mit dieser anderen.«

»Mit wem?«

Gudrun erzählte von ihrer nächtlichen Flucht und von dem, was sie vom Dach des Lagerhauses beobachtet hatte. Ihre Stimme zitterte, und Georg erahnte, wie sehr ihr Stolz gekränkt war.

»Du sprichst von Rachel«, sagte er.

»So heißt sie also. Und wo ist sie?«

»Tot«, antwortete er. Sie sah ihn fragend an, und er erzählte ihr alles: das nächtliche Eindringen in Annos Kerker, die Gralskammer, der Einsturz des unterirdischen Labyrinths. »Ich habe alles versucht, Überlebende zu bergen, aber wir kommen einfach nicht durch. Es ist zwecklos.«

»Warum hast du es versucht, wegen Rachel?«

»Ich wollte alle retten, aber sie natürlich besonders.«

»Warum? Weil du sie liebst?«

Georg hörte den Vorwurf in ihrer Stimme. Er sah Gudrun fest in die Augen. »Ich würde es nicht Liebe nennen, eher Zuneigung.« Er stockte einen Augenblick, bevor er weitersprach: »Vielleicht hätte ich sie geliebt, hätte ich mein Herz nicht schon längst an dich vergeben.«

»Verzeih mir«, sagte Gudrun mit erstickter Stimme und sank in Georgs Arme. »Ich habe dir Unrecht getan, als ich an dir zweifelte.«

Er hielt sie fest, atmete dankbar ihren Duft ein, spürte die wohltuende Wärme ihres Körpers und streichelte sanft ihr langes Haar. Sein Umhang rutschte zu Boden, und seine bloße Schulter wurde von Gudruns Tränen benetzt.

»Du mußt nicht weinen, Gudrun. Ich verstehe deine Zweifel. Die letzten Tage haben uns alle auf eine harte Probe gestellt.«

»Ich weine nicht nur deshalb, Georg. Ich weine auch um meine Eltern.«

»Wieso?«

»Als ich nach Köln floh, habe ich auch endgültig mit meinem Vater gebrochen. Obwohl – verloren habe ich ihn schon viel früher, als meine Brüder starben. Von da an war ich für ihn nicht mehr die Tochter, sondern nur noch die ständige Erinnerung daran, daß die Falschen gestorben waren. Und Mutter ist eigentlich auch schon damals von uns gegangen, jedenfalls ihre Seele. Der Körper ist ihr jetzt gefolgt.«

»Hildrun ist gestorben?«

»Sie wollte nicht aufs Schiff, als wir vorgestern Köln verließen, nicht ohne ihre Söhne, Ewald und Albin. Da schrie Rumold ihr ins Gesicht, daß die Jungen tot seien und seine beiden größten Schiffe deshalb ihre Namen trügen. Mutter hörte sich die Wahrheit an. Ich glaube, ihr Geist war klar wie selten in den letzten Jahren. Dann zog sie sich in einen Winkel des Schiffs zurück und schwieg. Als wir in Neuss ankamen, hockte sie immer noch dort – tot.«

»Es klingt vielleicht hart, aber für Hildrun war es so am besten.«

»Ich weiß, Georg. Aber jetzt habe ich Angst, daß noch mehr sterben. Macht endlich Schluß mit allem Streit und mit dem Töten, bitte!«

»Wieso verlangst du das von *mir*?«

»Weil die Aufständischen dir Vertrauen und auf dich hören! Willst du noch mehr Freunde verlieren, vielleicht auch noch deinen Vater?«

»Ich habe ihn gestern auf dem Kirchhof von Groß Sankt Martin begraben«, sagte Georg und erzählte von Rainalds Tod.

Gudrun sah ihn ungläubig an und schüttelte mehrere Male den Kopf, als könne sie nicht fassen, daß der Tod in diesen Tagen in allen Ecken und Winkeln Kölns lauerte.

»Wenn ich weiteres Blutvergießen verhindern könnte, würde ich es sofort tun«, sagte Georg. »Aber so weit reicht mein Einfluß nicht. Wenn Anno sich ruhig verhalten würde, hätte ich Hoffnung. In einigen Tagen hätte sich der Zorn des Volkes abgekühlt, und wir könnten über eine friedliche Lösung verhandeln. Was soll ich jedoch den Menschen hier sagen, wenn Annos Schiffe zu einem heimlichen, nächtlichen Überfall aufbrechen? Ist das die Sprache der Versöhnung?«

425

»Aber an Bord der Schiffe sind nicht nur die Söldner, sondern auch Wikmänner, Kölner Bürger wie du und die anderen hier!«

»Kölner, die sich gegen ihre Stadt und ihre Mitbürger stellen!«

»Sie halten zum Erzbischof, ihrem Stadtherrn. Ist das ein so großes Unrecht?« fragte Gudrun.

»Wenn der Stadtherr ein Tyrann ist, der Willkür, Unglück und Tod über die Bürger bringt, ja!«

Wieder traten Tränen in Gudruns Augen. »Ich will nicht, daß ihr gegeneinander kämpft, du und Vater. Ich will nicht, daß er dich tötet. Und ich will auch nicht, daß du ihn tötest. Könnte ich dann noch deine Frau werden?«

»Du würdest dann ins Schwanken kommen?«

»Ja.«

»Du hast mit deinem Vater gebrochen und willst ihn trotzdem schützen?«

»Er bleibt doch mein Vater, der Letzte meiner Familie.«

Georg wandte sich um und ging ein paar Schritte auf und ab. Er räusperte sich, bevor er weitersprach: »Vielleicht tu ich ihm Unrecht, aber ich habe ihn und Hadwig Einauge im Verdacht, die Schiffe meines Vaters in Brand gesteckt zu haben.«

»Vater hat es mir nicht bestätigt, aber er hat es auch nicht geleugnet.« Sie zog Hadwigs Verlobungsgeschenk aus einem Leinenbeutel, der an ihrem Gürtel hing, und gab Georg die Goldkette mit den Byzantinern.

»Sie haben es also wirklich getan«, flüsterte er. »Sie haben unsere Schiffe verbrannt!«

»Du willst es ihnen vergelten, nicht wahr?« fragte Gudrun. »Ich sehe es dir an, Georg, aus deinen Augen spricht Haß.«

»Rumold und Hadwig haben uns ins Unglück gestürzt. Ist es nicht mein gutes Recht, mit ihnen das gleiche zu tun?«

Gudrun zuckte hilfos mit den Schultern und fragte: »Was hast du vor?«

»Ich werde Gleiches mit Gleichem vergelten, Auge um Auge, Zahn um Zahn!« stieß er wütend hervor und fügte leise hinzu: »Brennende Schiffe!«

Kapitel 20

Für ein freies Köln!

Gegen Mitternacht glitten sie auf Köln zu, ohne verräterische Segel, die das Licht der Gestirne hätten widerspiegeln können. Nur die Schläge der Riemen, die zur Dämpfung des Lärms mit Lappen umwickelt waren, trieben sie voran: um die hundert Schiffe – Langschiffe, Koggen, Holke und Prahme –, vollgestopft mit Bewaffneten, die Köln für Anno zurückerobern sollten. Keine ausgebildeten Söldner, sondern Bauern, denen der Erzbischof reichen Lohn versprochen hatte. Das und die unterschwellige Abneigung gegen die Stadtbevölkerung trieben die Männer an, ihr Leben für Anno zu wagen.

Für die Wikmänner, die gegen ihre eigene Stadt zogen, ging es um alles. Sie hatten ihre Wahl getroffen, als sie Köln am Georgstag verließen und sich auf Annos Seite stellten. Wollten sie ihre Stellung und ihren Besitz zurückerlangen, so mußten sie die Aufständischen besiegen. Dann würden sie reicher und mächtiger als zuvor sein, weil Anno ihnen den Besitz der Aufrührer versprochen hatte. Blieb der Erzbischof aber ein aus seiner eigenen Stadt Verbannter, würden sie sein Schicksal teilen. Deshalb ruderten sie verbissen, hatten sie sich bis an die Zähne bewaffnet, waren sie bereit zu Bruderkampf und Bürgerkrieg.

Allen voran Rumold Wikerst und Hadwig Einauge,

die zudem noch der grenzenlose Haß auf Georg Treuer antrieb.

Ein Treuer war nicht nur erster Mann im Wik, sondern von ganz Köln! Das konnte Rumold nicht verwinden.

Und Gudrun, die aus Neuss geflohen war, weilte vermutlich bei Georg. Grund genug für Hadwig, dem Treuersohn den Tod zu wünschen.

Nur kurz hatten Rumold und Hadwig überlegt, ob sie Anno von Gudruns Flucht in Kenntnis setzen sollten. Sie hatten sich dagegen entschieden, aus der Sorge, der Erzbischof könnte dann den nächtlichen Angriff abbrechen. Selbst wenn die Verteidiger Kölns gewarnt waren, hofften Rumold und Hadwig auf einen Sieg. Die Wikmänner kannten genügend geheime Wege, die vom Rheinufer in die Stadt führten. Und einmal innerhalb der Stadtmauern, würde wohl nichts mehr die waffenstarrenden Angreifer aufhalten!

Das wußte auch Georg Treuer, und deshalb hatte er beschlossen, Annos Flotte gar nicht erst landen zu lassen. Seine am Ufer versteckten Beobachter stiegen auf die Pferde, sobald sich die dunklen Schatten der Schiffe auf dem im Sternenlicht silbrig schimmernden Rhein abzeichneten, und galoppierten zum Anglernest, wo die *Faberta* mit anderen Schiffen ankerte und wo Georg auf den Beginn der Schlacht wartete, die vielleicht das Schicksal Kölns entschied. Schließlich kam der Bote mit der Meldung, daß die Angreifer nur noch eine halbe Meile entfernt waren.

»Es ist soweit«, sagte Broder zu dem zögernden Georg. »Wir müssen jetzt handeln, wenn dein Plan gelingen soll. Was hast du, warum zauderst du?«

Georgs Gedanken waren bei Gudrun. Verlor er sie endgültig, wenn er Köln rettete? Aber sollte er die ganze

Stadt opfern, nur für sein Glück? Vermutlich stand Gudrun jetzt an einem Fenster im Bischofspalast und starrte auf den Fluß hinab.

Er dachte an seinen toten Vater und an die Kette mit den Byzantinern, die Gudrun ihm gegeben hatte und die er bei sich trug. Dann traf er seine Entscheidung: »Wir brechen auf. Gebt das Zeichen!«

Ein kräftiger Wikmann tauchte die mit Werg umwickelte und mit Harz getränkte Pfeilspitze in die schwache Glut des kleinen, mit Steinen abgedeckten Lagerfeuers. Die Spitze entbrannte augenblicklich. Der Mann legte den hinten gefiederten Pfeil ein, zog die Tiersehne zurück und spannte den Eibenholzbogen. Georg nickte ihm zu, und der Schütze ließ den Pfeil davonschnellen, im hohen Bogen über den Rhein. Ein flammender Stern, bis er im Wasserstrom verlosch.

Gespannt blickten Georg, Broder und die anderen über den Fluß, bis auch am rechten Rheinufer ein Feuerstern aufstieg und nach kurzem Himmelsflug sein Grab im Rhein fand.

»Niklas Rotschopf bricht auf«, stellte Georg zufrieden fest und schrie den Männern an Bord der Schiffe zu: »Lichtet die Anker!«

Die Schiffer spannten die Muskeln an und zogen die dicken Seile mit den Eisenankern aus dem Schlick, während Georg und Broder durch das Wasser zur *Faberta* liefen und an Bord kletterten. Georg hatte zuvor einen der bereitgelegten Kienspäne ergriffen und am Feuer entzündet. Sorgfältig achtete er darauf, daß die Fackel nicht im Wasser verlosch. Fünf beladene Schiff lagen vor dem Anglernest, und jedes nahm einen Fackelträger an Bord. Alle fünf waren große, starkkielige, schnelle Langschiffe. Und schnell mußten sie sein, sonst würden die Besatzungen sterben.

Die Rojer an den dem Anglernest zugewandten Bordseiten stießen ihre Riemen in den Schlick, um die Schiffe ins tiefere Wasser zu stoßen. Dann nahmen sie Fahrt auf, die *Faberta* vorneweg, und Broder bestimmte den Rudertakt.

Sie setzten, ebenso wie Annos Schiffe, keine Segel, um sich nicht vorzeitig zu verraten. Außerdem war der Wind unberechenbar und konnte rasch den Tod bringen, wenn es um Augenblicke ging. Um die Schiffe leichter zu machen, hatten die Besatzungen auf Georgs Befehl schon vor ein paar Stunden die schweren Kiefernmasten über Bord geworfen, noch bevor Georgs Geschwader am Anglernest und Niklas Rotschopfs Schiffe am gegenüberliegenden Rheinufer in Wartestellung gegangen waren.

Obgleich die Schiffe leicht sein sollten, hatten sie nicht nur die benötigten Rojer an Bord, sondern je Schiff etwa zehn weitere Männer. Sie sollten den Feind vernichten.

»Wie in alten Zeiten!« rief der Steuermann der *Faberta* mit einem befreiten Lachen. »Broder am Steuer, und ein Treuer befehligt das Schiff. Es ist viel besser als das, was uns das Land bringt.«

Bei den letzten Worten klang seine Stimme düster, und er blickte zum Ufer, zu den dunklen Flecken, zu denen Kölns Türme und Dächer in der Nacht wurden.

Georg trat an seine Seite, die Fackel in der Linken, und legte die Rechte auf Broders Schulter. »Die Fahrten mit dir sind immer gut verlaufen und haben mir Glück gebracht, Friese. Du sollst wissen, daß du mir mehr bedeutest als ein Freund. Dies ist vielleicht unsere letzte Fahrt, aber gewiß unsere wichtigste!« Georg wußte, daß ihre Schiffe in hoffnungsloser Unterzahl waren, und sie nur dann eine hauchdünne Aussicht auf den Sieg hatten, wenn ihre Finte den Feind überraschte.

»Der Herr gibt das Glück und nimmt es auch wieder«, meinte der Steuermann und fügte grimmig hinzu: »Wir aber geben den Verrätern und Brandstiftern, was ihnen gebührt. Für ein freies Köln!«

»Für ein freies Köln!« stimmte Georg ein.

Die Losung wanderte von Mund zu Mund und wurde von den Besatzungen der anderen Schiffe aufgegriffen. Zehn Langschiffe waren es jetzt, die in schneller Fahrt den Rhein hinabfuhren, die fünf vom Anglernest und die fünf unter Niklas Rotschopfs Kommando, die am anderen Rheinufer gewartet hatten.

Georg hatte den kleinen Schiffsverband für den Fall aufgeteilt, daß Erzbischof Anno zusätzlich zu den Schiffen unter Rumold Wikerst auch Landstreitkräfte ausschickte. Falls seine Söldner die Schiffe an einem Ufer überfallen hätten, wäre es an den fünf anderen Schiffen gewesen, Rumolds Flotte aufzuhalten und zu zerstören.

Rainald Treuers Sohn lief zum Bug und spähte mit zusammengekniffenen Augen nach vorn.

»Da sind sie!« stieß er hervor, als er auf dem Wasser die dunkle Mauer sah, die sich nur allmählich in einzelne Punkte auflöste.

Sehr viele Schiffe mußten unter Rumolds Befehl stehen, mehrere Reihen tief, hundert Schiffe oder mehr. So sehr er sich auch bemühte, Georg konnte die *Albin* und die *Ewald* nicht entdecken. Gern hätte er in Rumolds Augen gesehen und in das Hadwigs, wenn er ihnen die verdiente Strafe brachte. Aber so nah durfte er sein Geschwader nicht an den Feind führen, wollte er nicht auch seinen eigenen Schiffen den Untergang bringen.

»Es wird Zeit!« drängte Broder auch schon. »Wenn wir noch rechtzeitig abdrehen wollen, mußt du jetzt den Befehl geben, Georg!«

»Ja«, erwiderte der Kaufmannssohn, ging zu dem mittschiffs stehenden Bogenschützen und hielt ihm die Fackel hin. »Gib dein zweites Zeichen, Wikbruder!«

Wieder stieg ein flammender Pfeil in die Nacht, um im Rhein zu sterben. Und erneut erfolgte kurz darauf die Antwort von Niklas Rotschopf. Die zehn Steuermänner von Georgs Geschwader drückten ihre Ruder nach Steuerbord, und die Rojer an dieser Seite beschleunigten den Takt, während die Männer an Backbord die Riemen einzogen. Die zehn Langschiffe drehten sich nach Steuerbord, bis sie gegen die Strömung standen. Obwohl es schnell ging, kamen die erzbischöflichen Schiffe ein gutes Stück näher. Allmählich wurden die genauen Umrisse einzelner Schiffe erkennbar, und leise Rufe der Angreifer geisterten über den nächtlichen Fluß.

»Pullt, Männer!« schrie Georg. »Bringt uns hier weg!«

Jetzt legten sich wieder sämtliche Rojer in die Riemen, und die Steuerer zogen die Ruder gerade. Es galt, schneller zu sein als Rumold Wikersts große Flotte – und schneller als der Tod.

Denn auf allen zehn Schiffen wurden mit Äxten die großen Fässer aufgeschlagen, die man aus dem Lagerhaus des Juden Samuel geholt und am Heck verstaut hatte. Jeweils fünf, sechs Männer hielten ein offenes Faß über Bord und ließen es erst los, wenn sich der gesamte Inhalt in den Rhein ergossen hatte. Der starke Geruch reichte fast, um einen betrunken zu machen.

Als sämtliche Fässer über Bord der *Faberta* gegangen waren, schwang Georg dreimal die Fackel durch die Luft. Das Zeichen für die Besatzungen der anderen Schiffe, mit dem Entleeren der Fässer aufzuhören, falls sie nicht schon fertig waren. Georg zählte langsam bis zehn und schleuderte dann die Fackel weit über das Heck hinaus. Auch

433

die Fackelträger der anderen Kölner Schiffe warfen ihre Feuer in den Rhein.

Für einen Moment kehrten Georgs Gedanken nach Savona zurück, wo er gespannt beobachtet hatte, wie der Propst des Klosters die schlanke Kerze an die flache Bronzeschale hielt. Die Flamme hatte kaum das Naß in der Weinschale berührt, und schon hatte die ganze Fläche in bläulichen, zuckenden Flammen gestanden.

Aus der Weinschale wurde der Rhein und aus dem Fluß ein Feuermeer. Die Strömung trug den Branntwein den Schiffen aus Neuss entgegen, und der Branntwein brachte den Feuertod. Vom linken Rheinufer bis zum rechten stand der Fluß in Flammen, und schon züngelten heiße Lanzen aus Blau und Rot an den vordersten Schiffen des Erzbischofs empor, fraßen sich am Holz fest, sprangen an Deck und hüllten schließlich ganze Langschiffe, Koggen und Holke ein.

Trotz der im schnellen Takt eintauchenden Riemenblätter hörten die Männer aus Köln die Laute des Todes: das Knistern und Prasseln der Feuersbrunst, die erregten Rufe, die angst- und schmerzerfüllten Schreie der Männer, das Bersten des Holzes, wenn ein Schiff auseinanderbrach oder im übereilten Wendemanöver gegen ein anderes stieß.

Zu viele Schiffe glitten von Neuss den Rhein herauf, und sie fuhren zu dicht beieinander. So machten sie sich gegenseitig eine Flucht unmöglich. Wer wenden wollte, stieß gegen ein anderes Schiff, das langsamer oder schon auf ein drittes Gefährt geprallt war. Hoffnungslos ineinander verkeilt, wurden ganze Pulks von Schiffen ein Raub der Flammen.

Die Schiffer in den hinteren Reihen erkannten das Verhängnis, und viele sprangen über Bord, um ihr Heil in schwimmender Flucht zu suchen. Aber die lodernde Strömung war zu schnell, griff auch nach den Schwimmern und überzog sie mit tödlichem Brand. Der Wind frischte auf, entfachte das Feuer noch stärker und wirbelte Tausende von Funken durch die Luft, daß es aussah wie ein Glühwürmchentanz.

An Bord der Kölner Schiffe brach lauter Jubel aus, und die Männer ließen Georg hochleben.

Broder schrie: »Das habt ihr verdient, elendes Pfaffengezücht! Dies ist die Rache für Bojo und für Rainald Treuer!«

Nur Georg freute sich nicht. Gewiß, es war sein Plan gewesen. Aber er hatte nur die Wahl gehabt, den Feind zu vernichten oder die Menschen, die ihm vertrauten, Annos Rache auszuliefern. Die Schuld am Tod so vieler zu tragen, am Tod Tausender vielleicht, war für ihn kein Grund zum Jauchzen.

Der Wind trug nicht nur Brandgeruch und den scharfen Dunst des Branntweins herüber, sondern auch den schweren Gestank verkohlten Fleisches. Georg fühlte, wie es in ihm nach oben drückte, schmeckte bittere Galle im Mund, beugte sich über die Reling und erbrach sich. Er wollte gar nicht damit aufhören, auch nicht, als längst nichts mehr hochkam. Für ihn war es, als reinige er sich von innen – doch die Schuld wurde er nicht los.

»Nimm es dir nicht so zu Herzen, Georg.« Broder hatte das Steuer einem anderen übergeben, war neben den jungen Schiffsführer getreten und legte seine Bärenpranken auf Georgs Schultern. »Die dort drüben haben es nicht besser verdient, und du konntest nicht anders handeln. Es mußte sein, für ein freies Köln!«

»Das sind schöne Worte«, krächzte Georg und wischte mit dem Hemdsärmel über seinen schmutzigen Mund.

Dann zeigte er nach achtern, zu dem immer noch wütenden Flammenspiel. »Aber Worte machen diese Männer nicht wieder lebendig!«

»Du wirst darüber hinwegkommen, wenn du eingesehen hast, daß dein Handeln richtig war. Jeder Krieg fordert seine Opfer.«

»Warum lassen es die Menschen überhaupt zum Krieg kommen?«

Broder wußte keine Antwort und Georg auch nicht. Aber er dachte noch darüber nach, als die Schiffe wieder vor der Rheinmauer festmachten, ganz in der Nähe der Sandbank, wo am Georgstag das Unheil begonnen hatte.

Jubelnde Bürger empfingen die siegreichen Heimkehrer. Weinschläuche und Bierkrüge machten die Runde, und auf vielen Gesichtern war nicht nur überschwengliche Freude, sondern auch Stolz zu sehen. Aber Georg wußte, daß sie noch lange nicht den Sieg errungen hatten.

Er wählte die zuverlässigsten Männer aus und teilte sie in zwei Gruppen. Die erste Gruppe sollte auf dieser Seite des Flusses und die zweite auf der anderen Seite nach Überlebenden des großen, noch immer hell lodernden Feuers suchen. Er verbot seinen Leuten, die Feinde zu töten. Wer das rettende Ufer erreicht hatte, sollte festgenommen, wer verletzt war, den pflegenden Mönchen des Domklosters übergeben werden.

»Georg, du hast es wirklich getan!«

Gudrun stand plötzlich vor ihm, die Augen von Tränen gerötet. Jetzt weinte sie nicht mehr, trotz der unendlichen Trauer in ihren anklagenden Zügen, als seien all ihre Tränen verbraucht. Sie preßte ihre Lippen zusammen, als könne sie nur so ihre Wut zügeln.

»Es ging nicht anders«, sagte er leise. Er wagte ihr nicht in die Augen zu sehen.

»Mein Vater … war dort draußen …«

Gudruns Stimme zitterte und brach, während sie die Hand ausstreckte und den Fluß hinunterwies. Das Toben der Flammen wurde durch die starken Windungen des Rheins vor ihren Augen verborgen, aber der helle, flackernde Schein reichte bis hierher.

»Hast du noch so sehr an Rumold gehangen?« fragte Georg hilflos.

»Ich hänge mehr an dir, und darum bin ich so traurig. Weil *du* es getan hast, Georg!«

Georg hatte Mühe, die Worte zu verstehen, so laut feierten die Kölner ihren Sieg.

»Laß uns nicht hier darüber reden, Gudrun, nicht in diesem Trubel. Komm mit!«

Er wollte sie an der Hand nehmen und ein Stück flußabwärts führen. Sie ging an seiner Seite, wies aber seine Hand zurück.

An einer kleinen, buschbestandenen Landzunge ließen sich auf großen Steinen nieder. Noch einmal versuchte Georg ihr sein Handeln zu erklären. Gudrun verstand ihn wohl, aber es änderte nichts an ihrem Schmerz und an ihren Gewissensnöten: Ihr Verrat hatte es Georg erst ermöglicht, Rumold in den Flammentod zu schicken.

Leise sagte sie, den Blick auf den Rhein gerichtet: »Vielleicht wäre es besser gewesen, ich wäre in Neuss geblieben und Hadwigs Weib geworden.«

»Das denke ich auch!« schnaubte eine tiefe Stimme, die einem Mann gehörte, der so plötzlich vor ihnen auftauchte, als wäre er aus dem Boden gewachsen. Die ganze Zeit schon mußte er hinter einer üppig blühenden Silberweide gelegen und ihr Gespräch belauscht haben. Sein Wams troff vor Nässe. Das Haar klebte am Kopf, eine Strähne hing ins Gesicht und bedeckte halb die Lederklappe über dem rechten Auge. In der Hand hielt er ein schmalschneidiges Schwert. Mit einem schnellen Sprung trat er vor Georg und drückte die Klinge an dessen Hals. »Du willst Gudrun zu deinem Weib machen, Georg Treuer, du, der Mörder ihres Vaters?«

Gudrun sah den Einäugigen mit geweiteten Augen an. »Mein Vater ... ist wirklich ... tot?«

»Ja«, sagte Hadwig Einauge ohne Mitgefühl. »Sein Schiff war das erste, das in Flammen aufging. Niemand konnte entkommen. Als auch mein Schiff vom Feuer erfaßt wurde, sprang ich kopfüber ins Wasser und tauchte tief. Zum Glück bin ich darin geübt, sonst wäre ich inmitten des Feuers wieder hochgekommen. Wahrscheinlich bin ich der einzige von den vorderen Schiffen, der noch am Leben ist.«

»Bis zum Ufer konntest du unmöglich tauchen!« entfuhr es Georg.

»Bin ich auch nicht. Mir war klar, daß dieser Weg nur in den Tod führt. Ich schwamm unter Wasser gegen die Strömung und konnte mich an einem ins Wasser hängenden Tau festhalten. Eins deiner Schiffe hat mich vor dem Feuer gerettet und nach Köln gezogen, Treuer!«

»Und jetzt willst du mich töten?«

»Ja. Ich hätte es schon längst tun sollen. Nun hole ich das Versäumte nach!«

An dem Aufblitzen in Hadwigs einzigem Auge erkannte Georg, der noch immer auf dem flachen Stein saß, daß der andere seine Drohung in die Tat umsetzen wollte. Georg ließ sich nach hinten fallen und streckte die Beine aus. Sein rechter Fuß stieß gegen Hadwigs Schwertarm und riß ihm die Waffe aus der Hand.

Der Einäugige stieß einen Fluch aus und bückte sich nach dem Schwert.

Georg ließ ihm keine Zeit. Er trat, am Boden liegend, noch einmal zu, mitten in Hadwigs Gesicht. Mit einem gurgelnden Laut fiel der Getroffene rücklings zu Boden.

Georg warf sich auf ihn und zog seinen eigenen Dolch, drückte die Klinge gegen Hadwigs Hals, wie dieser es zuvor bei ihm getan hatte.

»Jetzt ist es an mir, das Versäumte nachzuholen!« keuchte Georg, während er in das häßliche, verzerrte Gesicht des Feindes sah.

»Los, tu es, schneide mir die Kehle durch!« verlangte Hadwig. »Du hast schon Gudruns Vater bei lebendigem Leib verbrannt. Jetzt töte vor ihren Augen den Mann, dem sie zum Weib versprochen ist.« Als Georg zögerte, fügte der Einäugige hinzu: »Worauf wartest du? Ist es leichter, Menschen zu töten, denen man dabei nicht ins Gesicht sieht? Oder bringst du es nicht über dich, Gudruns Verlobten vor ihren Augen abzustechen? Dann sag ihr, sie soll sich umdrehen!«

»Hört auf!« schrie Gudrun, die aufgesprungen war und auf die beiden Männer hinabblickte. »Hört endlich auf mit dem Streit und mit dem Töten!«

Georg begriff, daß er kurz davor gewesen war, sich seinem Zorn auf den Einäugigen hinzugeben. Er stand auf, steckte seinen Dolch zurück in die Scheide und hob Hadwigs Schwert auf.

»Du bleibst am Leben, Einauge, als mein Gefangener!«

Auch Hadwig erhob sich und grinste unerwartet. »Sollen Gudrun und ich unsere Hochzeit im Kerker feiern?«

»Wieso Hochzeit?« fragte Gudrun.

»Hast du nicht vor kurzem selbst gesagt, es wäre gut, wenn wir heiraten? Immerhin bist du mir versprochen! Willst du das Vermächtnis deines Vaters nicht erfüllen?«

Gudrun wußte keine Antwort, starrte Hadwig nur entgeistert an.

»Das ist verrückt, ich werde es nicht gestatten!« schrie Georg.

»Es ist nicht verrückt, sondern das Gesetz. Gudrun untersteht dem Wort ihres Vaters, und das bindet sie an mich. Allerdings gebe ich dir eine Gelegenheit, Gudrun von diesem Wort zu befreien, Georg Treuer. Nach alter Väter Sitte soll der Allmächtige entscheiden!«

»Ein Gottesurteil?« fragte Georg ungläubig.

Hadwig nickte.

»Du weißt, daß wir als Kaufleute nach königlichem Recht vom Gottesentscheid befreit sind«, sagte Georg. »Wir unterliegen nicht mehr den alten Sitten unserer Väter, sondern dem Gerichtsurteil nach Billigkeit.«

»Ein Urteil nach Billigkeit?« Hadwig lachte rauh. »Willst du die Entscheidung darüber, wer Gudruns Mann wird, den Ansichten irgendwelcher Schöffen überlassen?«

»Die Gerichte sind da, um solche Entscheidungen zu treffen«, antwortete Georg unsicher. »Für uns Kaufleute zählt das Gildegericht und sein Vorsitzender, der Präpositus.«

»In Neuss haben wir gehört, daß ihr den Präpositus aufgehängt habt,« erwiderte der Einäugige und spuckte vor Georg aus. »Willst du dich hinter einem Toten verstecken? Das sind nicht die Worte eines Mannes, sondern eines Weichlings, der zu feige ist, für die Frau, die er angeblich liebt, sein Blut zu vergießen!«

Georg spürte, wie der Zorn auf Hadwig wieder in ihm hochkam. Diesmal unterdrückte er das Gefühl nicht. Der Einäugige war zu gerissen, er würde Georg immer wieder Schwierigkeiten machen.

440

Als er das erkannte, sagte der Kaufmannssohn: »Ich bin mit deinem Vorschlag einverstanden, Einauge.«

»Dann treffen wir uns auf dem Todesprahm, sobald sich die Sonne über dem Rhein erhebt!«

»Wie du willst«, erwiderte Georg, ohne auf den erschrockenen Ausdruck in Gudruns Gesicht zu achten. »Auf dem Todesprahm!«

Kapitel 21

Der Todesprahm

Sonnabend, 26. April Anno Domini 1074

Die Sonne stand noch tief, und die Rotunde der Benediktinerabtei Sankt Heribert auf dem Köln gegenüberliegenden Rheinufer warf ihren länglich verzerrten Schatten weit in den Fluß hinein, spitz wie ein Pfeil, der die Stelle bezeichnete, an der sich Georg Treuer und Hadwig Einauge auf Leben und Tod gegenüberstehen sollten. Eine leichte Nordbrise kräuselte die Wasser des Rheins, aber der Schattenpfeil widerstand allen Auflösungserscheinungen. Der Wind war kräftig genug, um den Geruch von Rauch und Tod von den kümmerlichen, schwarzverkohlten Resten der erzbischöflichen Flotte nach Köln zu tragen, aber nicht so stark, den scharfen Pesthauch zu zerstreuen, der sich anklagend über den Fluß und in die Gassen der Stadt senkte.

Die Menschen, die aus allen rheinseitigen Stadttoren quollen und zum Ufer strömten, schien das nicht zu stören. Im Gegenteil, die Vernichtung der hundert Schiffe, der Tod mehrerer tausend Männer war ihr Sieg, ihre Rettung, wie sie glaubten. Deshalb waren sie fröhlich und lachten, wie sie es die ganze Nacht hindurch getan hatten. Kaum ein Gesicht, daß nicht übernächtigt aussah, mit tiefen Schatten unter den Augen. Kaum ein Mund, aus dem nicht dichte Atemfahnen wehten, säuerlich vom Wein, honigsüß vom Met oder bitterherb vom Dinkelbier.

Es mußten wirklich Tausende gestorben sein, auch wenn man rechnete, daß einigen Überlebenden die Flucht ins Hinterland oder zurück nach Neuss gelungen war. Jedenfalls war die Zahl der Aufgegriffenen sehr gering, wenig mehr als hundert Gefangene oder Verletzte, teilweise bis zur Unkenntlichkeit verbrannt und nur noch am Leben, um schließlich doch qualvoll zu sterben.

Fast wünschte sich Georg, wirklich über heilende Kräfte zu verfügen, über die Wundermacht, das Geschehen der Nacht, das ihn nicht für einen Augenblick Schlaf hatte finden lassen, rückgängig zu machen. Aber so war es nicht, trotz des verherrlichenden Jubels, der laut wurde, als er in der Begleitung von Broder und Niklas Rotschopf durch das Weinpförtchen auf den von Menschen dicht gesäumten Uferstreifen trat.

Hinter ihnen brachten drei Bewaffnete Hadwig Einauge zum Fluß, und sofort verwandelten sich die Hochrufe in wüste Schmähungen. Der Einäugige zeigte sich unbeeindruckt, ging aufrecht und stolz, entschlossen und siegesgewiß. Wer den düsteren, drohenden Blick seines Auges aus der Nähe bemerkte, verstummte augenblicklich.

Nach Hadwig und seinen Wächtern kam aus dem Weinpförtchen eine Frau, die zum Schutz gegen den frischen Morgenwind ein Wolltuch um ihren Kopf geschlungen hatte. Weißblonde Haarsträhnen lugten darunter hervor und umgaben ein ebenmäßiges Gesicht, das noch schöner gewirkt hätte, wäre es nicht von Bitterkeit und Trauer gezeichnet gewesen: Auch Gudrun sah aus, als hätte sie die ganze Nacht kein Auge zugetan.

Georg blieb stehen und wartete auf sie. Gudruns Blick wanderte über die in freudiger Erwartung schwelgende Menge zum Fluß, dem Ort des Gottesgerichts, und zurück zu Georg.

»Du willst wirklich gegen Hadwig antreten?« fragte sie so leise, daß nur er es verstehen konnte.

»Ich muß. Er hat mich herausgefordert, und ich habe es angenommen.«

»Warum?«

»Weil endlich ein Ende sein muß!«

»Hat das Vergießen von Blut jemals eine Sache zu Ende gebracht? Ist es nicht vielmehr der Dünger, auf dem Leid und Haß wachsen? Denk an Kain, der seinen Bruder Abel erschlug und dafür mit dem Fluch des Herrn gestraft wurde!«

Georg fühlte sich enttäuscht. Er hatte sich von Gudrun Zuspruch erhofft, vielleicht sogar Worte der Liebe, auch wenn er in der Nacht ihren Vater hatte töten müssen. Schließlich war sie es, für die er jetzt kämpfte und sein Leben aufs Spiel setzte. Und doch machte sie ihm Vorwürfe!

»Was willst du eigentlich?« fragte er bitter. »Ist es der Einäugige, um den du dich sorgst? Willst du um sein Leben betteln?«

Er wußte, wie ungerecht dieser Vorwurf war, aber er mußte seiner Enttäuschung Luft machen.

»Müßte ich bei dir um etwas betteln?« entgegnete sie traurig und schüttelte den Kopf. »Du verstehst mich nicht, Georg. Nicht um Hadwig sorge ich mich, sondern um dich!«

Auch der Einäugige war stehengeblieben, wandte sich um und rief: »Was ist, Treuer, reicht dein Mut nicht? Wenn du Angst davor hast, mir entgegenzutreten, laß mich doch von deinen Schergen mit Öl überschütten und bei lebendigem Leib verbrennen, wie du es mit Rumold Wikerst und seinen Getreuen getan hast!«

Erregte Rufe wurden laut. Einige forderten den Sohn

des Drachentöters auf, sich endlich zum Kampfplatz zu begeben. Andere wollten Hadwigs Vorschlag auf der Stelle verwirklichen.

»Er wird niemals Ruhe geben«, sagte Georg mit Blick auf den Gegner zu Gudrun. »Nicht, solange er lebt!«

Georg löste sich von ihr und ging zum Fluß. Trotz der ermunternden Zurufe von allen Seiten fühlte er sich unendlich einsam. Hadwig wartete schon an dem Kahn, der die beiden Widersacher hinaus zum Todesprahm bringen sollte. Niklas und Broder gingen ebenfalls an Bord. Helfende Hände, die das Boot ins Wasser schoben, gab es genug. Als die vier Rojer ihre Riemen eintauchten und den Kahn hinaus auf den Fluß pullten, warf Georg einen Blick auf Gudrun, die nah am Wasser stand. Ihre Blicke trafen sich, aber er las in den blaugrünen Augen der Geliebten kein Verständnis und keinen Zuspruch.

Er versuchte, nicht darüber nachzudenken. Jetzt durfte er sich durch nichts mehr ablenken lassen.

Nach alter Sitte schwamm der Todesprahm im reißenden Wasser und war mit seinem flachen Rumpf den Gewalten der Strömung hilflos ausgeliefert. Längst hätte ihn der Rhein fortgerissen, hätten nicht die zwanzig rundum in den Flußboden gerammten Holzpfähle den Lastkahn eingekreist. Die Strömung sprudelte um die Pfähle herum, zwischen ihnen hindurch und schleuderte den Prahm immer wieder gegen die aus dem Wasser ragenden Spitzen. Holz rieb sich knarrend und knirschend an Holz, aber die Pfähle hielten unerschütterlich stand, und der Prahm blieb ihr Gefangener.

Unter Broders Leitung hatten ein paar Wikmänner über Nacht die Pfähle eingerammt und den Prahm herbeigeschafft. In früheren Zeiten, bevor das Recht des Königs das alte Brauchtum verdrängte, war der Todesprahm eine feste Einrichtung gewesen, um Streitigkeiten unter Wikbrüdern auf ewig beizulegen.

Während die Rojer die Riemen einzogen und der Kahn von der Strömung gegen die Holzpfähle getrieben wurde, fragte sich Georg, ob Köln besseren Zeiten entgegenging, wenn altes Sippenrecht wieder herrschte. War Gottes Urteil nicht weiser, unabhängiger und gerechter als das von Schöffen und Wikvorstehern, Stadtherren und Königen?

Doch war der Allmächtige überhaupt damit einverstanden, daß zwei Männer im Streit um Recht und um eine Frau sich seiner Gnade anvertrauten? Hatte sich Gott nicht das Gnadenrecht vorbehalten, als er Abels Lamm annahm, die Früchte Kains aber zurückwies? Vergeblich suchte er nach einer Antwort.

Mit zwei Tauen, eins am Bug und eins am Heck, machten Niklas und Broder den Kahn an den äußersten der spitzen Pfähle fest. Die Rojer schoben eine dünne, zitternde Planke aus, zwischen den Pfählen hindurch, bis ein Ende auf der niedrigen Reling des Prahms aufschlug.

»Die Zeit für Gottes Urteil ist gekommen«, sprach Niklas feierlich und sah dabei Georg und Hadwig an. »Seid ihr bereit?«

»Ich bin bereit«, antwortete der Einäugige.

»Ja«, sagte Georg nur.

»Dann entblößt eure Leiber für den Kampf!«

Die Widersacher zogen ihre Hemden aus und standen mit nackten Oberkörpern im schwankenden Kahn. Der frische Wind sorgte rasch für eine Gänsehaut, aber sie würden nicht viel Zeit zum Frieren haben.

Niklas schlug ein Wolltuch auf, in dem zwei gleich aussehende Dolche lagen: Unter einem bronzebeschla-

446

genen Griff mit ausladendem Knauf und Stichblatt saß eine breite, flache Stahlklinge, die zur Spitze hin merklich schmaler wurde.

»Wer besteigt als erster den Todesprahm?« fragte der rothaarige Wikmann.

»Hadwig wollte das Gottesurteil«, sagte Georg. »Er mag als erster gehen.«

In dem einen, düsteren Auge seines Widersachers flammte es auf. »Du hoffst wohl, ich rutsche von der Planke und falle auf einen der Pfähle, ohne daß du einen Finger krümmen mußt! Weiß ich, ob die Planke wirklich sicher ist?«

»Dann gehe ich halt als erster«, meinte Georg in gleichgültigem Tonfall.

»Ja, damit du mich auf dem Todesprahm erwarten und mir deine Klinge ins Herz rammen kannst, ehe ich noch recht an Bord bin!«

»Einer muß als erster gehen«, sagte Georg. »Ich überlasse dir die Wahl.«

Das Auge in Hadwigs kerbigem Gesicht zuckte unsicher. Befriedigt nahm Georg zur Kenntnis, daß sein Gegner nicht so gelassen und siegesgewiß war, wie er sich gab. Fraglich war nur, ob ihn das verwundbarer machte oder vielleicht nur unberechenbarer und noch gefährlicher.

»Na schön, ich gehe zuerst«, schnaubte Hadwig, griff nach einem Dolch und trat auch schon auf die Planke.

Drüben am Kölner Ufer ging ein erregtes Raunen durch die Menge, als Hadwig langsam Fuß vor Fuß setzte und mit den ausgestreckten Armen das Gleichgewicht hielt. Die dünne Planke schwankte und zitterte, aber sie hielt, und der Einäugige gelangte wohlbehalten auf dem Todesprahm an.

»Hier bin ich, Georg Treuer«, rief er und hob den Dolch über seinen Kopf. »Komm her, ich warte auf dich!«

»Ich bin gleich da!« erwiderte Georg und nahm den zweiten Dolch vom Tuch.

»Sei vorsichtig, Georg!« ermahnte ihn Broder. »Ich traue Hadwig alle Unehrlichkeiten zu, die er dir anlasten wollte.«

»Ich werde aufpassen«, versprach Rainald Treuers Sohn und betrat die Planke.

Nach den ersten beiden Schritten blieb er stehen und ruderte wild mit den Armen. Er hatte das dünne, lange Brett zu forsch betreten. Es bog sich unter seinen Lederschuhen, und fast wäre er auf die oben stark zugespitzten Pfähle gestürzt. Die Zuschauer hielten den Atem an.

Als Georg wieder Herr der Lage war und mit sicheren Schritten auf den Todessprahm zuging, feuerte ihn die Menge an.

Hadwigs Miene verfinsterte sich noch mehr. Er stand dicht bei der Planke. Eine Handbewegung hätte genügt, um Georg zwischen die Pfähle zu schleudern.

Falls der Einäugige diesen Wunsch verspürte, unterdrückte er ihn. Auch Georg sprang an Bord des Prahms, der sofort heftig zu wackeln begann, bis ihn die Strömung wieder gegen ein paar Pfähle drückte.

»Paß doch auf, Tölpel!« schrie Hadwig. »Sonst bringst du uns beide um!«

»Wäre mir recht, wenn ich dich mitnehmen kann!«

Das einäugige Gesicht grinste unvermutet. »Du willst doch nicht, daß die schöne Gudrun den Schleier nimmt?«

»Ich will, daß sie glücklich wird«, sagte Georg leise. »Mit dir würde sie das niemals!«

Die Männer auf dem Kahn zogen die Planke ein. Georg und Hadwig waren von allem abgeschnitten.

Niklas rief: »Der Todesprahm ist der Gnade Gottes ausgeliefert. Der Kampf möge beginnen!«

Der Rotschopf hatte kaum ausgesprochen, da sprang Hadwig schon vor und stieß die Klinge von unten nach oben gegen Georgs Leib, um ihn der Länge nach aufzuschlitzen.

Georg machte einen Satz nach hinten, verlor das Gleichgewicht und stürzte rücklings auf das harte Holz des alten Prahms, der augenblicklich heftig schwankte. Das brachte Hadwig in Not; er hatte Mühe, das Gleichgewicht zu halten. Zeit für Georg, um wieder auf die Beine zu kommen.

»Du hast es sehr eilig, mich zu töten, Einauge«, stellte Georg fest. »Weshalb? Willst du vollenden, was du in Vlaardingen begonnen hast?«

»Was meinst du?«

»Die drei Schiffe meines Vaters, die du angezündet hast. Leugne es nicht! Gudrun hat mir die Kette mit den Byzantinern gegeben.«

Ein Grinsen zerteilte Hadwigs Antlitz von einem Ohr zum anderen. »Jetzt verstehe ich, weshalb du dich auf den Zweikampf eingelassen hast, Treuer. Du hoffst, daß ich hier, wo niemand uns hört, ein Geständnis ablege.«

Noch während er das Wort ›Geständnis‹ aussprach, machte er einen neuen Ausfall.

Diesmal war Georg nicht schnell genug. Der scharfe Stahl zog einen roten Blutstreifen über seine Brust und seinen Bauch und zerfetzte einen der kleinen Leinenbeutel, die an seinem Ledergürtel hingen. Zum Glück war es nur ein oberflächlicher Kratzer, keine tiefe Wunde.

Auch Georg stieß den Dolch vor und und riß eine Kerbe in Hadwigs rechte Schulter. Mit einem mehr erschrockenen als schmerzhaften Aufschrei sprang der Einäugige zurück.

»Du kannst unbesorgt sprechen, Einauge«, keuchte Georg und sah zu, wie sein Blut auf das schwankende Holz tropfte. »Wenn du mich besiegst, hat niemand deine Worte gehört. Siege ich aber, ist es für dich gleichgültig, wenn du alles zugibst.«

»Keine Angst, du wirst nicht siegen, Treuer!« Hadwig grinste. »Ja, ich habe eure Flotte vernichtet, nur noch die *Faberta* ist übrig. Ich tat es aus eigenem Antrieb, aber Rumold, dem ich es erzählte, hat es gebilligt. Durch den Unfrieden, den diese Ereignisse in Gang setzten, starb dein Vater. Und jetzt bist du an der Reihe. Niemand wird dich mehr für den Sohn des Drachentöters halten, wenn dein Blut sich mit dem Rhein vermischt!«

»Aber warum?«

»Um reich zu werden und mächtig. Noch mächtiger jetzt, wo Rumold Wikerst tot ist. Ich werde seine Tochter heiraten und sein Erbe antreten, werde der einflußreichste und vermögendste Mann im Wik sein. Und wenn Anno Köln eingenommen hat, wird er mir seine Dankbarkeit dafür erweisen, daß ich mein Leben für ihn eingesetzt habe.«

»Anno?« Georg horchte auf. »Aber wir haben seine Flotte vernichtet und seine Soldaten getötet!«

»Nicht seine Soldaten, nur dumme Bauerntölpel, unwichtiges Kroppzeug. Seine Söldner sind über Land vorgerückt, während die Flotte euch abgelenkt hat. Und als ihr in der Nacht Ströme von Wein und Bier vergossen habt, hat das Heer des Erzbischofs Köln umstellt. Der Angriff kann jeden Augenblick beginnen!«

Hadwig lachte laut, ließ sich flach fallen, hielt sich an der Reling fest und setzte den Prahm in heftiges Schwanken.

Georg stürzte und sah schon die Spitzen der Pfähle –

manche ein, zwei Handbreit über dem Wasser, andere fast von der Strömung verborgen – auf sich zuschießen. Doch auch er fand an der Reling Halt, verlor aber seinen Dolch, den der Rhein verschluckte.

Und schon war Hadwig über ihm und wollte ihm die Klinge in die Brust bohren. Georg warf sich nach hinten, in den Prahm. Der Dolch schnitt ein fast handtellergroßes Stück Fleisch aus seinem linken Oberarm.

»Sieht so aus, als müßte ich dich Stück für Stück erledigen!« rief der Einäugige und schwang sich auf Georg.

Bei dem Versuch, den Feind von sich wegzustoßen, erwischte Georg nur die Augenklappe und riß sie herunter. Er starrte in eine leere Höhle, schwarz und eitrig. So stellte er sich die Augen des Satans vor.

»Kein schöner Anblick, was?« fragte Hadwig. »Aber keine Angst, auf dir wird auch kein Auge mehr mit Wohlgefallen ruhen, wenn ich mit dir fertig bin!«

Mit diesen Worten ließ er die Klinge wieder auf Georg niederfahren.

Dieser packte den Waffenarm mit beiden Händen und hielt den Dolch dicht über seinem Gesicht zurück. Sein linker Arm schmerzte höllisch und verlor immer mehr Kraft. Georg konnte Hadwigs Druck nicht länger standhalten, ließ den Arm des Gegners los und riß den eigenen Kopf zur Seite. Dicht neben seinem Ohr fuhr die Klinge splitternd in den Holzrumpf.

Als Hadwig den Dolch wieder herauszog, nutzte Georg das, um sich zur Seite zu rollen. Dabei bekam seine Rechte etwas zu fassen: die Goldkette mit den Byzantinern. Er mußte sie verloren haben, als der Einäugige Georgs Gürtelbeutel aufgeschlitzt hatte.

Hadwig wollte aufspringen, doch Georg versetzte den Prahm in Schwankungen und brachte seinen Widersacher zu Fall. Er warf sich auf den Einäugigen, faßte die Kette mit beiden Händen und schlang sie um Hadwigs Hals, benutzte sie wie eine Würgeschnur.

Der Einäugige keuchte und gurgelte und stieß erneut die Klinge gegen Georg.

Der wich dem Stoß aus und riß das rechte Knie hoch, gegen Hadwigs Handgelenk. Die Finger des Einäugigen öffneten sich im plötzlichen Schmerz, und der Dolch fiel klirrend zu Boden.

Vergeblich versuchte Hadwig, sich nach der Waffe zu bücken. Georg, der den Schmerz in seinem linken Arm verdrängte und die Kette unerbittlich zuzog, nahm ihm die Luft zum Atmen, zum Leben.

Der Einäugige bäumte sich noch einmal auf und schaffte es, Georgs Würgegriff zu sprengen. Plötzlich befreit, schnappte Hadwig nach Luft und taumelte vor – zu weit vor. Er stolperte über die Reling und stürzte von Bord.

Hadwig Einauge versank nicht im Rhein. Einer der Pfähle spießte ihn auf, durchstieß die Brust, den ganzen Leib und schob seine blutige, mit den Eingeweiden des Gepfählten behängte Spitze aus dem Rücken wieder hervor.

Hadwig schrie erbärmlich und zappelte wie ein mit dem Speer gefangener Fisch, bis er auf einmal still war. Auf seinem Hals sah man deutlich die Abdrücke der Byzantiner: Dicht nebeneinander saßen die kleinen Kreise, in denen die Kreuze Christi prangten.

Georg warf die Kette in den Fluß, und sie versank neben Hadwigs Todespfahl.

Er ließ sich auf dem Boden des Prahms nieder und bemühte sich, wieder ruhig und gleichmäßig zu atmen, während die Männer im Kahn die Planke vorschoben. Niklas und Broder enterten den Prahm, und der Friese verband Georgs Wunden.

»Ich weiß nicht, was mit den Leuten los ist«, knurrte Broder nach einem kurzen Blick ans Ufer. »Sie sollten sich über deinen Sieg freuen, Georg, aber sie laufen durcheinander wie aufgescheuchte Hühner.«

»Ich weiß, was sie aufgeschreckt hat«, sagte Georg matt und warf einen langen Blick auf den Gepfählten. »Anno greift die Stadt an!«

Kapitel 22

Rauch über Groß Sankt Martin

Die vier Rojer legten sich mit aller Kraft in die Riemen und pullten den Kahn zurück an Ufer. Niemand kümmerte sich mehr um den von der Strömung hin und her geworfenen Todesprahm und um Hadwig Einauge, der genau über dem Wasserspiegel hing. Der Rhein leckte an ihm, spielte mit seinen kraftlosen Gliedern und schluckte gierig sein Blut.

Als Georg sein Leinenhemd überstreifte, spürte er stechenden Schmerz in seinen Wunden. Er achtete nicht weiter darauf, sondern blickte zum Ufer, wo nur ein Teil der Menge auf den siegreichen Sohn des Drachentöters wartete. Viele folgten dem drängenden Ruf der Kirchenglocken und eilten durch die Tore und Pforten zurück in die Stadt.

Ein paar Wikmänner liefen ins Wasser, um den Kahn an Land zu ziehen. Georg sprang auf den harten Sand, gefolgt von Broder und Niklas Rotschopf. Die Wikmänner redeten wirr auf Rainald Treuers Sohn ein und berichteten von einem riesigen Heer, das von allen Landseiten die Stadtmauer berannte. Mit Belagerungstürmen, Sturmschilden, Rammen und Steinschleudern griffen die Erzbischöflichen an. Anno selbst war ihr Anführer, ritt auf einem großen Schimmel seine Truppen ab und schürte ihren Kampfgeist.

Hinter den Wikmännern erblickte Georg jetzt Gudrun,

die ihn unverwandt ansah. Verzweiflung lag in ihrem Blick. Georg hatte nicht die Zeit, auch nur ein Wort mit ihr zu wechseln. Er wies die Wikmänner an, den Uferstreifen zu verteidigen, und befahl zwei Knechten seines Vaters, Gudrun in den Bischofspalast zu bringen – in Sicherheit, wie er hoffte.

Doch Kölns Mauern boten keine Sicherheit vor Annos mehrtausendköpfigem Heer. Das erkannte Georg, als er mit Broder, Niklas und weiteren Getreuen durchs Weinpförtchen gelaufen war. Von links drängte erschrockenes Volk heran, Greise und Männer, Frauen und Kinder, in wilder, panischer Flucht vor den Söldnern. Ihrem wüsten Geschrei entnahm Georg, daß an der Südmauer die Hochpforte gefallen war, zertrümmert vom stählernen Kopf einer Ramme. Augenblicklich war Annos Reiterei durch das offene Tor geprescht, gefolgt von Fußtruppen, Soldaten und Bauernpack. Sie machten alles nieder, was sich ihnen in den Weg stellte.

Die große Stiftskirche Sankt Maria im Capitol befand sich bereits in Annos Händen, ebenso das Augustinerkloster Sankt Nikolaus und die Pfarrkirche Klein Sankt Martin. Der Widerstand im Süden war weitgehend zusammengebrochen. Nur auf dem Heumarkt leisteten die Wikmänner noch heftige Gegenwehr, um Groß Sankt Martin zu verteidigen.

»Wir müssen unseren Brüdern zu Hilfe eilen!« schrie Niklas Rotschopf und stieß die geballte Rechte dem Feind entgegen. »Wenn Groß Sankt Martin fällt, ist auch der Wik verloren.«

»Es wäre besser, die Verteidigungslinie vor dem Domhügel zu stärken«, wandte Georg ein.

»Und was ist mit all den Menschen hier, willst du sie dem Zorn von Annos Schergen ausliefern?«

455

Das wollte Georg nicht. Also führte er seinen Trupp über Fisch- und Buttermarkt zum Heumarkt. Als ihn die Fliehenden sahen, riefen sie begeistert seinen Namen und baten den heiligen Georg um Hilfe. Die meisten waffenfähigen Männer schlossen sich seinem Trupp an, während Frauen, kleine Kinder und Alte weiter in Richtung Domhügel zogen oder im Kloster Groß Sankt Martin Zuflucht suchten. Mit Knüppeln, Äxten, Sprengeisen, Ledermessern und anderen Werkzeugen rückten die Kölner gegen Annos gutbewaffnete Haufen vor.

Als die Bürger den Heumarkt erreichten, befanden sich die Verteidiger in höchster Not. Die südliche Hälfte des langgestreckten Platzes war schon von den Erzbischöflichen eingenommen, die nun auch gegen Eisen-, Salz-, Flachs- und Leindwandmarkt vorrückten.

»Für ein freies Köln!« schrien Georgs Leute immer wieder, als sie aus vielen kleinen Gassen auf den Marktplatz strömten und Annos Schergen in die rechte Flanke fielen. Sofort entspann sich ein ungestümes Schlagen, Stechen, Raufen und Töten, das den bedrängten Verteidigern Luft verschaffte.

Georg, der ohne Waffe war, warf sich auf einen Söldner, riß ihn zu Boden und schlug ihn mit den Fäusten besinnungslos. Schwert und Schild des Soldaten gehörten ihm.

Die feindliche Reiterei ließ von den Verteidigern des nördlichen Heumarkts ab, riß ihre Pferde herum und galoppierte gegen den neuen Gegner. Ihr Angriffskeil riß eine blutige Lücke in den Bürgerhaufen. In ihren knielangen Kettenhemden, mit den langen Lanzen und den großen Schilden, schienen die Berittenen unbesiegbar. Mit den Lanzen spießten sie die Kölner auf, spalteten ihnen mit den Schwertern die Schädel oder zermalmten sie unter den Pferdehufen. Schon geriet der Ansturm der Bürger ins Stocken, flohen die ersten Männer hinter Mauern und Brunnen.

»Wir schaffen es nicht!« brüllte Niklas Rotschopf, der links von Georg und Broder einen Haufen gegen die Reiterei führte. »Sie hauen uns zu Klump!«

Der rothaarige Kaufmann und seine Gruppe waren zwischen Saxenhof und Pelzergasse von Reitern und Fußsoldaten umzingelt. Etwa zwanzig Mann hatte Niklas bei sich, doch einer nach dem anderen fiel tot oder verwundet zu Boden.

Der Rotschopf selbst entkam nur knapp einem Lanzenstoß, packte mit beiden Händen den langen Holzschaft und riß den Gegner aus dem Sattel. Der gestürzte Reiter fiel auf die Schulter und stöhnte auf. Sein schweres Kettenhemd machte es ihm unmöglich, schnell aufzustehen. Er kam gerade erst mühsam auf die Knie, da stieß Niklas die erbeutete und umgedrehte Lanze in sein Gesicht. Die Eisenspitze durchbohrte das linke Auge. Der Kaufmann drehte die Waffe herum, und der Soldat brach unter qualvollen Schreien zusammen.

Niklas zog die Lanze aus dem Gesicht des Sterbenden und rammte die blutig-klebrige Spitze dem Pferd eines weiteren Gegners tief in die Brust. Der Schwarzbraune stieß ein schrilles Wiehern aus, und seine Vorderläufe knickten ein. Der Reiter wurde aus dem Sattel und geradewegs vor Niklas' Füße geschleudert. Der Rotschopf warf sich auf ihn und jagte seinen Dolch immer wieder in das schnurrbärtige Gesicht, den einzigen leicht zu verwundenden Körperteil zwischen der eisenringbesetzten Halsberge und dem Eisenhelm, bis sich der Soldat nicht mehr rührte.

»Macht es wie Niklas Rotschopf!« rief Georg seinen

Männern zu, während er sie dem bedrängten Freund zu Hilfe führte. »Bringt die Pferde zu Fall und trefft dann die Reiter, wo sie ungeschützt sind, im Gesicht oder an Händen und Beinen!«

Er hatte kaum ausgesprochen, als er einen riesigen Schatten zu seiner Linken bemerkte. Ein großer Rapphengst, der mit fliegenden Hufen auf ihn zu stürmte. Georg riß die Linke mit dem erbeuteten Schild hoch und rammte den Eisenbuckel gegen die Nüstern. Unter schmerzerfülltem Gebrüll blieb das tiefschwarze Pferd stehen, Georg aber wurde durch die Wucht des Aufpralls zu Boden gerissen.

Er entging einem Lanzenstoß des Reiters nur, weil das gepeinigte Tier unruhig hin und her tänzelte. Den zweiten Stoß fing Georg mit dem Schild ab. Dann rollte er sich unter den Rappen und schlitzte ihm mit dem Schwert den halben Bauch auf. Warmes Blut und dampfendes Gedärm quollen heraus und bespritzten den jungen Wikmann, der sich schleunigst zur Seite wälzte.

Schon brach der Hengst zusammen, fiel auf die rechte Flanke und begrub seinen Reiter halb unter sich, wobei die Lanze zersplitterte. Stöhnend und mit gequältem Gesichtsausdruck versuchte der Soldat, seine Beine unter dem in krampfhaften Zuckungen verendenden Pferd hervorzuziehen.

Mit einem Schwerthieb schlug Georg ihm das halbe Gesicht weg. Dann lief er weiter, um Niklas Rotschopf zu helfen, der inzwischen so dicht eingekreist war, daß Georg vergebens nach dem rot leuchtenden Haarschopf Ausschau hielt.

Broder führte den Hilfstrupp an und wütete wie ein Berserker unter den Erzbischöflichen. In der Rechten schwang er seinen alten Sax und in der Linken ein kurzstieliges Beil. Immer wieder ließ er seine Klingen gegen Pferdefleisch, hölzerne Schilde und Kettenhemden prallen und schrie dabei: »Rache für Bojo! Tod dem Bischopfspack!«

Der ungeschlachte Friese fing selbst einige Hiebe ein und blutete an Kopf, Leib und Gliedern, aber nichts konnte ihn aufhalten. Georg und andere Kölner sprangen in die von ihm geschlagene Bresche und drangen bis zu dem Platz zwischen Pelzergasse und Saxenhof vor.

Jetzt sah Georg das sommersprossige Gesicht mit dem roten Haarschopf. Es steckte auf der Lanze eines scheppernd lachenden Reiters, dessen Rappschecke, von ihm zu wildem Tanz gezwungen, den Körper des Enthaupteten zu Brei trat.

Georg stieß einen entsetzten Schrei aus und stürmte in blinder Wut auf den Soldaten zu.

Der hörte den Angreifer, hielt sein Tier an und schleuderte mit einer knappen Bewegung den Kopf von der Lanzenspitze. Das rothaarige Haupt rollte zwischen die Beine der Kämpfer und wurde hin und her gestoßen, wie ein mit Wollresten gefüllter Lederball von spielenden Kindern. Der Reiter schlug die eisenspornbewährten Hacken in die Flanken des Schecken und richtete die Lanzenspitze gegen Georg.

Aber der Soldat kam nicht weit, denn Broder fiel ihn von der Seite an, führte den Sax gegen ein Pferdebein und das Beil gegen das Kettenhemd. Die Eisenringe hielten dem Hieb stand, aber die Wucht des Schlags schleuderte den Reiter von seinem stürzenden Tier. Das Pferd fiel auf Broder und warf den Friesen zu Boden.

Der Soldat kam schwankend und fluchend auf die Füße und riß sein Schwert aus der Scheide. Da schlug Georg zu und traf den Schwertarm unterhalb des Kettenhemds. Die Klinge fraß Fleisch und Knochen. Blut spritzte. Das Schwert des Erzbischöflichen klirrte zu Boden. Die Hand schien nur noch an einigen Sehnen zu hängen. Der Verstümmelte lief unter wahnsinnigem Geschrei davon.

Erst wollte Georg ihm nach und Niklas Rotschopfs Tod mit dem Tod seines Mörders vergelten. Aber dann entschied er sich für das Leben und half Broder, unter dem hysterisch wiehendernden Rappschecken hervorzukommen.

»Wird es gehen?« frage Georg, als der Friese beim Auftreten das Gesicht verzog.

»Das linke Bein ist wohl verstaucht, aber es muß gehen!« Broder blickte düster in die Runde. »Wenn wir nicht schnell von hier fortkommen, verspeisen uns Annos Männer zum Frühstück!«

Er hatte recht, der Heumarkt war verloren, die Kölner im verzweifelten Abwehrkampf an die Ränder des großen Platzes gedrängt. Von Süden und Westen strömten immer neue Trupps von Reitern und Söldnern heran. Die Erzbischöflichen mußten mehrere Stadttore genommen und schon halb Köln besetzt haben.

»Zurück!« brüllte Georg und schwenkte sein Schwert nach Norden. »Wir ziehen uns auf den Domhügel zurück!«

Erst wollten die Kölner nicht einsehen, daß sie geschlagen waren, daß der heilige Georg seinem Auserwählten den Sieg versagt hatte. Aber jeder Mann, der unter den Lanzen, Speeren und Schwertern der Erzbischöflichen fiel, bestätigte das Unglaubliche. Anfangs zögerlich, dann hastig zogen sich die überlebenden Bürger in das Gassengewirr rund um den Heumarkt zurück.

Georg schlug sich mit seinem Haufen zum Alten Markt durch, der noch von den Verteidigern gehalten wurde. Aber nicht alle Kölner schafften den Anschluß. Annos Reiterei sprengte dazwischen und schnitt den Heumarkt vom Alten Markt ab. Die östlichen Bürgertrupps flohen über den Buttermarkt hinter die Mauern von Groß Sankt Martin, um das ein heftiger Kampf entbrannte.

»Wir könnten den Durchbruch zum Schottenkloster schaffen!« rief Broder zu Georg, während sie einen Söldnerhaufen vom Alten Markt nach Westen zurückwarfen. Das Beil des Friesen schlug einen Gegner nieder, und sein Sax besorgte den Rest. »Wenn Groß Sankt Martin fällt, ist der Wik verloren!«

Georg blickte nach Osten und sah schwarzen Rauch über dem Benediktinerkloster aufsteigen. Groß Sankt Martin brannte!

Als er Broder antworten wollte, rannte ein Mann im Kettenhemd unter lautem Geschrei auf Georg zu, den Speer zum tödlichen Stoß angelegt. Der junge Kaufmann ließ sich fallen, tauchte unter der feindlichen Waffe hinweg und hieb seine Schwertklinge gegen die ungeschützten Knie des Angreifers, die zwischen dem Saum des Lederrocks und den um die Unterschenkel gewickelten Lederriemen hervorlugten. Blut spritzte. Der verletzte Soldat fiel mit einem spitzen Schrei über den Wikmann. Georg schwang sich auf ihn und stieß die Schwertspitze mitten in den aufgerissenen, schreienden Mund. Das Geschrei erstarb in einem blutigen Gurgeln, und der Kopf des Söldners fiel mit gebrochenen Augen zur Seite.

»Was ist nun?« fragte Broder keuchend und zeigte mit dem rotverschmierten Sax die Budengasse hinauf. »Annos Söldner haben die Nase voll und laufen wie die Hasen. Das ist die Gelegenheit, das Schottenkloster zu entsetzen!«

»Annos Männer werden zurückkehren, schneller, als uns lieb sein kann, und mit großer Verstärkung. Vielleicht kommen wir ins Schottenkloster hinein, aber wahrscheinlich nicht wieder hinaus. Nein, wir müssen zum Dom und dort die Verteidigung organisieren!«

Das blutgesprenkelte Gesicht des Friesen blickte Georg finster an. »Dann willst du den Wik aufgeben?«

»Er ist bereits verloren«, antwortete Georg und betrachtete die dicke schwarze Rauchwolke über den Türmen von Groß Sankt Martin. »Sammle die Männer, wir gehen zum Dom!«

Kapitel 23

Im Schatten des Doms

Unangefochten erreichten Georg und Broder mit ihren Männern den Domhügel, auf dem sich die aus allen Stadtteilen geflohenen Menschen zusammendrängten. Ihre Häuser waren von Annos Männern verwüstet worden, viele standen sogar in Flammen. Zu der Rauchwolke über Groß Sankt Martin gesellten sich im ganzen Stadtgebiet weitere schwarze Wolken und Rauchfahnen. Schreie ertönten aus allen Richtungen: Befehle, das Wimmern um Gnade und Laute des Schmerzes und des Sterbens. Dazwischen Hufgetrappel und Pferdewiehern.

Unaufhörlich stolperten neue Flüchtlinge auf den Hügel des heiligen Petrus. Viele stützten oder trugen Verletzte, Geschändete, Verstümmelte. Die schweren Fälle brachte man zum Kloster, obwohl es fast überquoll von verblutenden Menschen – von Männern, denen Arme oder Beine fehlten, von Frauen und Kindern, an denen sich Annos Männer auf schändliche und oft widernatürliche Art vergangen hatten.

Die Kölner befestigten den Domhügel mit allem, was greifbar war. Kirchenbänke wurden nach draußen geschafft, Fuhrwerke umgestürzt und Felsbrocken von den Eingängen des eingestürzten Labyrinths herbeigeschleppt, um Barrikaden gegen den bevorstehenden Ansturm zu errichten. Mauern aus Stein und Holz und sol-

463

che entschlossener Menschen umringten die Kathedrale, das Wahrzeichen der Stadt. Hier, im Schatten des Doms, würde sich das Schicksal Kölns entscheiden.

Und das Schicksal von Georg und Gudrun. Die junge Frau trat aus dem Bischofspalast und rannte zu dem jungen Treuer, der gerade eine Gruppe von Männern anwies, Kessel mit kochendem Wasser auf die Mauern zu schleppen. Gudrun trug nicht länger das wollene Kopftuch, ihr helles Haar wehte im Morgenlicht wie eine güldene Flagge. Ohne zu zögern, fiel sie Georg um den Hals, drückte ihn an sich und barg ihren Kopf an seiner Schulter. Es war, als hätte niemals etwas zwischen ihnen gestanden.

»Ich bin so froh, daß dir nichts zugestoßen ist, Georg!« schluchzte sie, während ihr Blick jenen Männern folgte, die Schwerverwundete in Decken und auf Holztragen zum Marienstift schafften. »Ich habe zum Allmächtigen und zur heiligen Jungfrau Maria gebetet, daß dir nichts geschehen möge, daß ich dich wohlbehalten wiedersehe. Und den heiligen Georg habe ich um seinen Beistand angefleht.«

Georg schwieg. Was sollte er auch sagen? Die Schlacht um Köln war noch nicht vorüber, und es erschien mehr als ungewiß, ob sie noch den nächsten Sonnenaufgang erleben würden. In diesem Augenblick, den er sich als Ewigkeit wünschte, genügte es ihm einfach, daß die Geliebte in seinen Armen lag. Ihre zarte Haut und ihre Wärme, ihr seidiges Haar und ihr süßer Duft waren alles, was er sich wünschte.

»Meine Gebete wurden erhört«, fuhr Gudrun fort und betrachtete die zahlreichen Blutflecke an seinem Körper und seiner Kleidung. »Ich glaube, es hätte nicht viel gefehlt, und du wärst unter denen, die von den Mönchen im

Kloster die letzte Gnade erhalten. Oder du ... wärst gar nicht zurückgekehrt.«

Ihre Stimme war leiser geworden, brüchiger. Gudrun umklammerte seinen Leib wie eine Ertrinkende die zugeworfene Rettungsleine.

Sie schluckte und sagte: »Ich weiß nicht, ob wir noch einmal mit dieser Gnade rechnen dürfen. Mach Schluß mit dem Töten, Georg! Beende das Gemetzel!« Gudrun ließ ihn los und breitete die Arme zu einer weit ausholenden Bewegung aus, als wolle sie den gesamten Domhügel umfassen. »Sie alle hier werden es dir danken!«

»Da bin ich mir nicht sicher«, erwiderte er leise, und sein Blick glitt über die Männer mit den Schwertern, Speeren, Äxten, Dolchen, Knüppeln und Werkzeugen. »Die Bürger von Köln haben sich hier versammelt, um ihre frisch gewonnene Freiheit gegen den Tyrannen Anno zu verteidigen. Mich nennen sie den Sohn des Drachentöters, des tapferen Ritters Georg. Von mir erwarten sie, daß ich sie in den Kampf führe, nichts anderes!«

»Was sie von dir erwarten, muß für sie nicht das Beste sein.«

»Wie meinst du das, Gudrun?«

»Schau in die schmerzverzerrten Gesichter der Verstümmelten und der Sterbenden! Sieh dir die Witwen und Waisenkinder an! Betrachte die Geschändeten, junge und alte Frauen, kleine Kinder! Und dann sag mir, ob dies der Preis ist, den ihr für eure sogenannte Freiheit zahlen wollt!«

»Bezweifelst du, daß wir unsere eigenen Herren sind?«

»Keineswegs, aber was hat es euch gebracht? Köln ist verwüstet, steht in Flammen. Viele seiner Bewohner sind tot, die anderen in zwei Lager gespalten. Und wie soll es weitergehen? Auch wenn ihr heute den Sieg davontragt, wird Anno keine Ruhe geben!«

»Vielleicht schickt der König uns Hilfe. Meine Boten müßten längst bei ihm sein.«

»Bis jetzt hat dir Heinrich nicht geantwortet. Vielleicht ist euer Kampf nicht der seine. Und selbst wenn er sich auf eure Seite stellt, ist das dann die vielbeschworene Freiheit, einen Herrn zu tauschen gegen einen anderen?«

In ihren Worten lag viel Wahrheit, doch blieb Georg keine Zeit, darüber nachzudenken. Von den Mauern und Dächern meldeten aufgeregte Rufe das Nahen des Feindes. Mit Fanfarenklängen kündigten die Erzbischöflichen selbst ihren Angriff an. Sie wurden übertönt von den Glocken des Doms, die jeden wehrhaften Mann im Bereich der Kathedrale zur Verteidigung riefen.

»Ich muß auf die Mauern«, sagte Georg. »Die Männer warten auf mich.«

»Du willst also kämpfen?« fragte Gudrun leise, zögernd.

»Ich … weiß nicht …«

»Versprich mir eins, Georg: Denk über meine Worte nach, bevor du dein Schwert aus der Scheide ziehst!«

»Das werde ich.« Er straffte sich. »Geh wieder in den Bischofspalast!«

»Warum? Wenn Annos Männer den Domhügel stürmen, ist niemand hier sicher, nirgendwo.«

»Tu es mir zu Gefallen, weil ich dich liebe!«

Er drückte sie noch einmal an sich, sanft und stark zugleich, und küßte Gudruns Augen, ihre Lippen. Wenn er dieses wohlige Gefühl der Geborgenheit und die Nähe der Geliebten doch nur länger genießen könnte!

Er trennte sich von Gudrun, weil er wußte, daß draußen tausend Menschen und mehr auf ihn warteten. Nur der Allmächtige wußte, ob sich Georg und Gudrun noch einmal in den Armen liegen würden.

Während Gudrun zögernd zum Bischofspalast ging, erstieg Georg eilig die Römermauer im Norden. Hier traf er auf Broder, der den Männern sagte, wo sie die Kessel mit dem heißen Wasser aufstellen sollten.

»Ah, da bist du endlich«, begrüßte er Georg. »Wenn du dich nicht beeilst, verpaßt du den Mordsspaß, Annos Männer tanzen zu sehen.«

»Wieso tanzen?«

Der Friese zeigte auf die dampfenden Kessel. »Na, meinst du nicht, daß sie einen hübschen Tanz aufführen, wenn wir die kochende Brühe über ihren Köpfen ausgießen?«

»Ich weiß nicht, ob wir das tun sollten«, sagte Georg nachdenklich und sah den Truppen entgegen, die jenseits der alten Mauer zur Trankgasse vorrückten.

Unter bunten Wimpeln marschierten Lanzenreiter und Söldner in glitzernden Kettenhemden, dahinter eine ungeordnete Schar von Hilfstruppen, Bauern und Herumtreiber, denen das Morden ein Spaß und das Beutemachen eine verlockende Aussicht war. Wenn diese Männer den Domhügel einnahmen, würde es keine Gnade für die Verteidiger geben, auch nicht für Kranke, Alte, Frauen und Kinder.

»Warum sollten wir das Heer des Oberpfaffen nicht mit einem heißen Willkommenstrunk empfangen?« wunderte sich Broder. »Wofür haben wir das Wasser zum Kochen gebracht?«

»Vielleicht für ein Trugbild«, murmelte Georg und dachte über Gudruns Worte nach.

Vor seinen Augen verschwamm das Bild der anrückenden Erzbischöflichen. Annos Truppen verwandel-

467

ten sich in ein Totenheer. Die Gesichter waren nicht länger bärtig, gerötet und zu allem entschlossen, sondern bleich, würmerzerfressen und starr, die Augen glasig.

Georg dachte an die vielen Menschen, denen der Zwist mit Anno schon das Leben gekostet hatte: sein Vater und Bojo, Niklas Rotschopf und Ordulf von Rheinau, Wikmänner und Erzbischöfliche. Im gewissen Sinn zählten Rachel und ihre Angehörigen auch dazu, ebenso der Schottenabt Kilian und seine Getreuen, denn erst infolge des Aufruhrs waren sie dem Gralshüter auf die Spur gekommen. Hildrun, Gudruns Mutter, war tot. Rumold Wikerst und Hadwig waren gestorben, wenn auch nicht unverdient. Aber all die Männer, die in der Nacht jämmerlich verbrannt oder ertrunken waren, auf Georgs Befehl, hatten sie den Tod wirklich verdient? War der Preis nicht viel zu hoch für das, was die Kölner ihre Freiheit nannten, was aber nichts anderes war als unablässiger Kampf, endloses Töten und Sterben?

Angefangen hatte es mit dem Streit zwischen Georgs Vater und dem Erzbischof. Rainald Treuer lag unter der Erde von Groß Sankt Martin, und sein Sohn setzte den Kampf fort. Und nur sein Sohn, ein Treuer, konnte ihn auch beenden.

»Worauf wartest du, Georg?« rief Broder und stieß ihn an. »Gib endlich den Befehl zum Kampf! Die Männer mit den Kesseln stehen bereit. Oder willst du, daß Annos Pack die Rammen und Leitern zum Einsatz bringt?«

Die Trankgasse hatte sich mit Bewaffneten gefüllt. Lange Sturmleitern wanderten von Hand zu Hand. Rammen wurden vor die Tore in der Römermauer gerollt.

»Sie werden nicht zum Einsatz kommen«, sagte Georg ruhig, froh, endlich eine Entscheidung getroffen zu haben, die er für die einzig richtige hielt.

»Genau das denke ich auch«, knurrte der Friese und hob den Arm mit dem Sax, um den Männern an den Kesseln das Zeichen zu geben, die kochende Gischt über Anno Truppen zu gießen.

»Nein!« rief Georg und hielt Broders Arm fest. »Wir werden nicht kämpfen, sondern verhandeln!«

»Ver-han-deln?« Der Friese sprach äußerst langsam, und jede einzelne Silbe drückte seinen Unglauben aus. Er zeigte mit der Linken über die dicke Mauer, in die Trankgasse hinein. »Über was willst du mit denen da verhandeln?«

»Über die Bedingungen unserer Waffenstreckung.«

»Du willst die Waffen strecken? Das kann nicht dein Ernst sein, Georg! Bist du von allen guten Geistern verlassen?«

»Ganz im Gegenteil, Broder. Zum ersten Mal seit Tagen höre ich auf einen guten Geist und nicht auf abergläubische Einflüsterungen, die mir einreden, ich sei der Sohn des Drachentöters.« Georg streckte den Arm in Richtung Wik aus, zu der schwarzen Rauchwolke über dem Schottenkloster. »Mein Vater liegt dort drüben, tot, und jetzt ist des Sterbens genug. Sorge dafür, daß sich unsere Männer ruhig verhalten!«

Georg hatte Dankmar von Greven unter den Feinden erspäht. Der Stadtvogt saß auf einem großen Braunschecken und beaufsichtigte die Vorbereitungen zum Sturm auf den Dom. Rainald Treuers Sohn rief einem erzbischöflichen Unterführer zu, daß er den Vogt zu sprechen wünsche. Tatsächlich ritt Dankmar heran und zeigte sich höchst erstaunt, als Georg ihm die Übergabe anbot, allerdings unter der Bedingung, daß der Vogt seinen Männern das Plündern, Schänden und Morden untersagte.

»Das ist doch eine hinterlistige Falle!« rief der Vogt und rieb unsicher über sein bärtiges Kinn. »Du willst uns aufs Domgebiet locken und uns dann in den Rücken fallen, Treuer!«

»Nein, ich meine es ehrlich!«

»Wie soll ich das glauben?«

»Ich komme allein zu Euch hinaus, ohne Waffen. Ihr könnt mich als Geisel nehmen. Glaubt Ihr mir dann, Vogt?«

»Ja, dann schon.«

»Und haltet Ihr Euer Wort, die Bürger Kölns vor der Raserei Eurer Männer zu schützen?«

»Ja.«

Für alle sichtbar, zog Georg das Schwert aus dem Gürtel und zerbrach die blutige Klinge auf einer Mauerzinne.

Die Verteidiger der Kathedrale blickten ihren Anführer bestürzt an und beschworen ihn, sich nicht auszuliefern und seinen Entschluß noch einmal zu überdenken.

»Ihr habt mir Treue und Gefolgschaft geschworen«, erwiderte er. »Also haltet euch an den Schwur, auch wenn euch mein Handeln nicht gefällt!«

Er kletterte von der Mauer und ließ das nächstgelegene Tor öffnen. Und schon war der Auserwählte des heiligen Georg ein Gefangener von Erzbischof Anno. Dankmar trieb seinen braun-weiß gescheckten Hengst heran und hieß ein paar Söldner, den Treuersohn zu binden. Roh zerrten die Männer Georgs Arme auf den Rücken und banden sie dort mit rauhen Stricken fest, zogen den Hanf zusammen, als wollten sie sämtliches Blut aus seinen Gliedern pressen.

Der Vogt rief seine Befehle, und die Erzbischöflichen stürmten den Domhügel, ehe es sich die Verteidiger anders überlegten. Wer von den Bürgern nicht schnell ge-

470

nug die Waffen niederlegte, wurde über den Haufen geritten, aufgespießt oder abgestochen. Als Georg dies sah, riß er sich von den Bewachern los und kämpfte sich zu Dankmar durch, um ihn an das gegebene Versprechen zu erinnern. Die Antwort des Vogts bestand in einem unwilligen Grunzen und einem Stiefeltritt gegen Georgs Stirn.

Rainald Treuers Sohn taumelte rückwärts, in die Arme der Söldner, die mit geballten Fäusten, Speerschäften oder den stumpfen Seiten ihrer Schwertklingen auf ihn einprügelten. Blut lief aus mehreren Platzwunden über sein Gesicht, und die Männer verwandelten sich in undeutliche Umrisse. Ein dicker Nebel schien sich über alles zu senken. Kaum bekam Georg mit, daß sie ihn zurück aufs Domgebiet schleppten, in ein Schiff der Kathedrale, wo sie ihm auch noch die Füße banden.

Zeiten der Finsternis wechselten mit lichten Augenblicken, in denen er sah, daß immer mehr Gefangene das Schiff füllten. Der Dom, erst Annos Zufluchtsort, dann Verlies der gefangenen Erzbischöflichen, wurde jetzt zum Kerker der Aufrührer.

»Es war ein Fehler, uns zu ergeben«, durchbrach eine volltönende Stimme den molkigen Nebel, der Georg einhüllte. »Wir hätten lieber mit Anstand kämpfen und dabei sterben sollen, als uns wie Hunde zu Tode prügeln zu lassen.« In den Worten lag kein Vorwurf, sondern Bedauern.

Georg riß die Augen weit auf, verdrängte den Nebel und zwang die schemenhaften Umrisse eines Mannes, sich zu einem Leib und einem Gesicht zu formen. Ein mächtiger Leib und ein kantiger Schädel mit eigentlich weißblondem Haar: Broder.

Jetzt leuchtete der Schopf rötlich wie der des toten Kaufmanns Niklas, denn Broders alte Kopfwunde war wieder aufgeplatzt, und das ganze Haupt war verklebt von getrocknetem, mit Dreck vermischtem Blut. Auch den Friesen hatten die Erzbischöflichen alles andere als sanft behandelt.

Georg wußte nicht recht, was er erwidern sollte. Unsicher und mutlos glitt sein Blick über die Männer, die ihm vertraut hatten und die jetzt, geschunden und gefesselt, zwischen den Säulen des Domschiffs lagen. Er hatte nur das Beste für sie gewollt und kam sich doch wie ein Verräter vor.

»Was ist mit Gudrun?« fragte er schließlich.

»Keine Ahnung«, antwortete Broder und stieß einen Schmerzenslaut aus, während seine aufgerissene linke Gesichtshälfte zuckte. »Ich habe sie nicht mehr gesehen. Hoffen wir, daß Anno mit den weiblichen Gefangenen nicht so umspringt wie mit den Männern.«

Georg wollte ihn fragen, was er meinte, da hörte er von draußen eine Stimme, die laut und langsam von eins aufwärts zählte. Jeder Zahl folgte ein seltsames, langgezogenes Klatschen, in das sich Stöhnen und Schreie mischten.

Und dann begriff Georg.

»Die ... Stäupe!«

Broder nickte, hustete und spuckte blutigen Auswurf.

»Ja«, krächzte er. »Anno läßt alle scheren und stäupen, die sich bei dem Aufruhr hervorgetan haben. Rädels- und Unterführer, wie der alte Pfaffe – Gott verfluche seine Seele! – es nennt.«

»Anno ist also wieder da«, sagte Georg leise.

»Ich habe ihn zwar nicht gesehen, aber ich hörte die Jubelrufe. Sie ließen ihn hochleben, als er auf dem Domhügel Einzug hielt. Und es waren nicht nur seine Schergen, die ihn bejubelten, auch viele von denen, für die wir gekämpft haben.«

472

Broder spuckte erneut aus, diesmal in verächtlicher Geste, Speichel mit Blut gemischt.

»Es ist verständlich, sie wollen ihren Kopf retten«, meinte Georg. »Was wir taten, war vielleicht falsch von Anfang an.«

»Es war falsch, den Tyrannen zu vertreiben?«

»Zu diesem Zeitpunkt, vielleicht. Noch sind die Menschen nicht reif, ihre eigenen Herren zu sein. Sie brauchen jemanden, dem sie zujubeln können, der ihnen sagt, was sie tun sollen. Ob es der eine ist oder der andere, der Erzbischof oder der vermeintliche Sohn des Drachentöters, zählt für sie nicht. Wichtig ist nur das Dach über dem Kopf, Brot und ein wenig Fleisch im Magen, die Sicherheit vor Feinden.«

»Und die Freiheit?«

Georg starrte wieder in die leeren Gesichter der Mitgefangenen und seufzte: »Man kann keinen Menschen zur Freiheit zwingen. Nur wer die Freiheit in seinem Herzen fühlt, kann sie auch leben.«

Broders Erwiderung erstickte, als ein zweiflügeliges Tor aufgestoßen wurde. Ein Söldnerhaufen trat mit gezückten Schwertern vor einige der Gefangenen. Auch vor Broder nahm ein Bewaffneter Aufstellung und hieb mit der langen Klinge zu. Der Friese zuckte nicht mit der Wimper. Und er blieb wirklich unverletzt. Annos Männer durchtrennten nur die Fußfesseln von etwa zwanzig Gefangenen und führten sie hinaus.

Georg, der nicht zu ihnen gehörte, rief dem davonstolpernden Friesen nach: »Was geschieht mit euch, Broder?«

»Die Stäupe!« antwortete der Steuermann und erhielt zur Strafe, weil er den Mund aufgemacht hatte, einen heftigen Schlag mit dem Schwertknauf zwischen die Schulterblätter.

Das Tor wurde verschlossen. Bald hörte Georg wieder das Zählen, die Peitschenschläge und die Schmerzensschreie, die allmählich in Stöhnen und Wimmern übergingen. Bei der Vorstellung, wie Broder am Stäuppfahl hing, und ein scharfer Lederriemen seine Haut in Fetzen schlug, fühlte er sich schuldig.

Und dann sah er es mit eigenen Augen, als sie ihn herausholten, ganz allein. Broder und die anderen waren, mit kahlem Kopf und nacktem Leib, an die dicken Holzpfähle gebunden, um sie herum die Lachen ihres Blutes. Sie bewegten sich nicht, hingen dort wie tot, und einige waren es vielleicht auch. Hundert Schläge waren viel, schon von weniger Peitschenhieben konnte einer sterben. Mit Erleichterung stellte Georg fest, daß Broders Brustkorb sich im unregelmäßigen Rhythmus des Atems hob und senkte.

Die Gestäupten wurden losgebunden und zum nächsten Tor hinausgeführt. Annos Schergen riefen ihnen nach, sie sollten die Stadt auf schnellstem Weg verlassen und sich nie wieder in Köln blicken lassen.

Georg wäre ihnen am liebsten nachgelaufen und hätte sich um den zerschundenen Freund gekümmert. Doch waren Georgs Beinfesseln zwar durchschnitten, seine Arme aber noch auf den Rücken gebunden und er selbst im harten Griff der Söldner gefangen.

Die Bewaffneten führten ihn durch die Menge der Soldaten und Bürger auf eine Gruppe von Männern zu, die vor dem Bischofspalast auf hölzernen Sesseln thronten: Erzbischof Anno, nun wieder Herr von Köln, Friedrich von Münster und Dankmar von Greven. Bei ihnen standen weitere angesehene Männer, der Truchseß Barthel und die Kardinalpriester, die seit der Übergabe der Kathedrale am Donnerstagmorgen Gefangene der Aufrührer gewesen waren. Die Wachen zwangen Georg vor Annos Sessel auf die Knie.

Anno beugte sich vor und starrte den Gefangenen eine ganze Weile schweigend und mit durchbohrendem Blick an. Aber Georg hielt diesem Blick stand, empfand weder Respekt noch Furcht vor dem Erzbischof. Schon in dem Augenblick, als er sich dem Stadtvogt ergeben hatte, war ihm klar gewesen, daß er von Anno keine Gnade zu erwarten hatte.

In den wenigen Tagen seit Annos Vertreibung hatte sich der Erzbischof verändert. Sein Gesicht wirkte noch härter, verschlossener, der Mund verkniffener, und in den dunklen Bart hatten sich breite Strähnen von Grau geschlichen. Ähnlich wie Georgs Vater hatte auch Anno zu spüren bekommen, wie schnell man unter Schicksalsschlägen alt wird. Dieser Gedanke erfüllte Georg weder mit Befriedigung noch mit Anteilnahme. Er hatte gegen den tyrannischen Erzbischof gekämpft, der Mensch Anno war ihm gleichgültig.

»Wir haben dich zum Tode verurteilt, Georg Treuer«, sagte endlich der Erzbischof von Köln. »Weißt du den Grund?«

»Der Grund ist bedeutungslos. Ich bin Euch im Weg, Anno. Gäbe es keinen Grund, meinen Tod zu rechtfertigen, würdet Ihr einen erfinden!«

»Verleumderischer Hund!« knurrte Dankmar, sprang von seinem Sessel auf und holte mit der Rechten zum Schlag aus.

Anno hielt ihn mit knapper Geste zurück. »Spart Euch das, Stadtvogt! Der Treuersohn wird seine Strafe gleich durch den Henker erfahren. Und alle hier sollen sehen, daß der heilige Georg nicht seine schützende Hand über ihn hält. Nicht der Aufruhr gegen mich hat dir den Tod gebracht, Georg, sondern deine Anmaßung, den Sohn des Drachentöters zu spielen!«

»Das habe ich nicht getan. Ich habe niemals behauptet, der Auserwählte des heiligen Georg zu sein!«

»Willst du feige sein, leugnen, um dein Leben winseln?« fragte Anno und wirkte begierig, genau das aus Georgs Mund zu hören.

Aber Georg schwieg und preßte die Lippen zusammen. Diesen letzten Triumph gönnte er Anno nicht.

»Dann nicht«, seufzte Anno und blickte nach rechts. »Henker, walte deines Amtes!«

Der Henker war ein klobiger Mann im Lederwams, aus dem die nackten, muskulösen Arme wuchsen wie kräftige Baumwurzeln, die das Erdreich durchbrachen. Er befahl zwei Gesellen, Georg zum Richtblock zu schaffen.

Doch der Verurteilte schüttelte die beiden Männer von sich ab und ging freiwillig zu dem viereckigen Granitblock, dessen einstmals helle Färbung durch vielfach vergossenes Blut einem schmutzigen Dunkelbraun gewichen war. Dort kniete er sich hin, während der Henker mit einem großen Schwert nahte.

Aus der Menge gespannter, erwartungsvoller, schaulustiger, aber auch angeekelter Menschen löste sich eine junge Frau und rannte zum Richtblock, bevor ihn der Henker erreichte. Gudrun ließ sich neben Georg fallen, drückte ihn fest an sich und bat Anno mit flehender Stimme, er möge Georg am Leben lassen.

Georg spürte ihre Wärme und das Naß ihrer Tränen. Er war froh, die Geliebte lebend und wohlbehalten zu sehen. Zugleich sorgte er sich, daß sie den Unmut des Erzbischofs auf sich ziehen könne.

»Geh schnell fort, Gudrun!« raunte er ihr zu. »Verlaß

den Dom und verlaß die Stadt. Hier wartet nichts Gutes mehr auf dich!«

»Soll ich ohne dich gehen?« fragte sie verzweifelt.

»Ja, mir kannst du nicht mehr helfen!«

»Wer bist du, daß du mein Urteil anzweifelst?« fragte Anno von seinem Sessel her. »Bist du dieses Mannes Weib?«

»Ich will es werden.« Gudrun sprach ruhig, erwiderte Annos Blick und wischte die Tränen aus ihrem Gesicht. »Gudrun ist mein Name, ich bin die Tochter von Rumold Wikerst.«

»Die Tochter meines Verbündeten?« fragte der Erzbischof erstaunt. »Die Tochter des Mannes, dem der Verurteilte den Tod gebracht hat? Und trotzdem bittest du für sein Leben, warum?«

»Weil ich ihn liebe. Und weil ich ihm keine Schuld gebe. Niemand ist schuld an dem, was in den letzten Tagen geschah. Es war eine üble Laune des Schicksals, vielleicht Gottes Strafe für den Hochmut in uns allen, daß wir uns zu wichtig nehmen und den Allmächtigen für zu gering achten.«

»Überlaß mir die Entscheidung, was Gottes Wille ist und was Teufels Werk!« sagte Anno brüsk. »Ich stehe dem Herrn näher als du, Kind. Und ich sage dir, Georg Treuer ist der Hochmütigste unter uns, denn er hielt sich für einen Heiligen. Dieser Hochmut hat so vielen den Tod gebracht, daß er durch keine andere Strafe gesühnt werden kann als den Tod!«

»Nein!« widersprach Gudrun und umklammerte Georg noch fester. »Das dürft Ihr nicht tun!«

Anno wandte seinen Blick von ihr ab und dem Scharfrichter zu. »Henker, führt endlich meinen Befehl aus! Schafft das Mädchen weg und trennt das Haupt vom Leib des Aufrührers!«

Auf einen Wink des Henkers packten seine beiden Gesellen Gudrun und wollten sie vom Richtblock wegzerren. Georg stand der Geliebten nicht bei. Je eher sie verschwand, desto größer waren ihre Aussichten, Annos Zorn zu entgehen. Aber Gudrun wehrte sich verzweifelt, schrie, schlug, trat, spuckte und kratzte. Mehrmals entglitt sie den Händen der Henkersgesellen. Als die Männer erneut nach Gudrun griffen, zerriß ihre Kleidung vom Hals bis zum Schoß und legte ihre nackte Haut frei.

»Halt!« schrie unerwartet der Erzbischof. »Was ist das?«

Niemand verstand, was er meinte. Gudrun und die Henkersknechte hielten in ihrem Kampf inne. Alle starrten Anno an, und der blickte gebannt auf die halbnackte Frau.

»Bringt das Mädchen zu mir!« verlangte das Erzbischof.

Diesmal ließ sich Gudrun widerstandslos von den beiden Henkersgesellen vor den Stadtherrn führen. Annos seltsamer Blick und seine erregte Stimme ließen erkennen, daß sie sein Interesse erweckt hatte, wenn sie auch nicht wußte, wodurch. Aber es versprach die Möglichkeit, ihn doch noch umzustimmen, Georgs Leben zu retten.

»Näher!« befahl Anno, als die Henkersknechte mit Gudrun zwei, drei Schritte vor seinem Sessel stehenblieben.

Als Gudrun dicht vor ihm stand, streckte der Erzbischof die Rechte aus. Gudrun erschauerte, als sie die rissige Hand auf ihrem nackten Bauch fühlte. Erst vorsichtig, dann mit hartem Griff rieb Anno ihre Haut an der Stelle, wo ein kreuzförmiges Mal den blassen Leib rot zeichnete.

»Was ist das?« schnarrte der Erzbischof, als er vom Sessel aufsprang und in Gudruns Augen schaute.

»Ein Muttermal.«

»Hatte deine Mutter es auch?«

»Nein.«

»Jemand sonst in deiner Familie?«

»Nein«, antwortete Gudrun wieder und war zunehmend verwirrt.

»Woher hast du es dann?«

»Das weiß ich nicht. Es war da, seit ich denken kann.«

»Seit deiner Geburt also?«

»Ich erinnere mich nicht an meine Geburt, aber ich nehme es an.«

Die dichten, düsteren Brauen über Annos tiefen Augenhöhlen zuckten. Dann fragte er: »Sag, hast du manchmal Träume, die anders sind als die üblichen. Träume, die dich vollkommen gefangennehmen, so, als wäre es die Wirklichkeit?«

»J-ja«, erwiderte sie zögernd und blickte den Erzbischof aus großen Augen an. »Woher wißt Ihr das nur?«

»Diese Augen«, murmelte er wie geistesabwesend. »Klares Blaugrün wie das Wasser in einem Bergsee.« Seine Hand fuhr durch ihr langes Haar. »Seidig und hell, genau wie bei ihr!«

»Bei wem?« fragte Gudrun. »Wovon sprecht Ihr, Eminenz?«

Anno antwortete ihr nicht, sondern befahl den Henkersknechten, auf Gudrun achtzugeben und wandte sich zu den Sesseln um. »Ich habe mit Euch zu sprechen, Vogt!« funkelte er Dankmar von Greven an. »Sofort und allein!«

»Was ist mit dem Verurteilten?« rief der Henker am Richtblock. »Soll ich ihn jetzt köpfen?«

»Noch nicht!« antwortete der Erzbischof. »Wartet gefälligst, bis ich es Euch sage!«

»Man wird ja noch fragen dürfen«, brummte der Hen-

479

ker, enttäuscht und leise, so daß Anno ihn nicht hören konnte.

Anno zog sich mit Dankmar von Greven in den Bischofspalast zurück, in den Empfangsraum mit den beiden bunten Bogenfenstern, deren Bilder die Geschichte von Kain und Abel erzählten. Beim Sturm der Erzbischöflichen auf den Domhügel war auch das Fensterglas mit der Opferdarbietung zu Bruch gegangen. Mehrere der kleinen, quadratischen Scheiben in der Mitte waren zersprungen. Adams Söhne standen nun mit leeren Händen vor dem Herrn.

Der Erzbischof wandte sich nach dem Eintreten ruckartig zu seinem Begleiter um und fauchte: »Muß ich Euch fragen, oder rückt Ihr freiwillig mit der Sprache heraus, Vogt?«

»Worüber wollt Ihr sprechen?« gab sich Dankmar ahnungslos.

Anno raffte sein Gewand und auch das Unterhemd, bis sein nackter, leicht gewölbter Bauch sichtbar war – und das kreuzförmige Mal.

»Darüber!« sagte er vorwurfsvoll und ließ seine Gewänder wieder fallen. »Das Mädchen hat das passende Alter. Sie hat das Mal und die Träume, die ich auch habe. Und sie hat das Haar, die Augen und das Gesicht von …«

Anno sprach den Namen nicht aus, aber beide wußten, wen er meinte.

»Das kann ein Zufall sein«, versuchte der Stadtvogt lahm eine Ausflucht.

Anno fixierte ihn. »Ist es ein Zufall?«

Dankmars Widerstand brach unter dem strengen, prüfenden Blick zusammen.

»Nein, Herr«, sagte er kleinlaut. »Ich hörte damals, wie sehr sich Rumold Wikersts Frau eine Tochter wünschte, aber sie gebar nur Söhne, und da ...«

»Und da gabt Ihr das Mädchen gegen eine hübsche Summe in Rumolds Haus!«

»Ja.«

»Warum erzähltet Ihr mir, Ihr hättet sie fahrendem Volk übergeben?«

»Ihr wolltet doch, daß sie aus Eurem Umfeld verschwindet, als hätte es sie nie gegeben.«

»Rumold und sein Weib wußten nicht, woher das Kind stammte?«

»Nein, selbstverständlich nicht. Ich sagte, es sei ein Findelkind, nächtens vor dem Dom ausgesetzt.«

»Aber Ihr wußtet es!« Annos Hand schoß vor, und der Zeigefinger bohrte sich in Dankmars Brust. »Ihr wußtet es und hattet das Mädchen jederzeit greifbar für den Fall, daß Ihr ein Druckmittel gegen mich brauchtet!«

»Nein, Eminenz, Ihr tut mir Unrecht! Ich hätte niemals daran gedacht, Euch zu verraten!«

»Auch nicht, wenn ich Euch meine Gunst entzogen hätte?«

»Nein, auch dann nicht«, erwiderte der Vogt mit einem kaum merklichen Zögern, das Anno jedoch nicht entging. Er verfolgte dieses Thema nicht weiter. Noch war die Lage in Köln höchst angespannt. Es hatte keinen Sinn, sich den Stadtvogt zum Feind zu machen.

Außerdem konnte ein Verrat den Erzbischof nicht mehr bestürzen, nachdem er die wahre Gesinnung des Münsteraners erfahren hatte. Zwar saß Bischof Friedrich einträchtig neben ihm und wohnte der Bestrafung der Aufrührer bei, wie er Anno auch auf dem Feldzug gegen Köln begleitet hatte. Aber sie waren nicht länger Freunde, nur noch zweckgeborene Verbündete. Anno hatte sich immer viel darauf eingebildet, andere Menschen zu durchschauen und für seine Zwecke zu benutzen, aber Friedrich hatte ihn vollständig mit dem Bekenntnis überrumpelt, des Königs Mann zu sein und nicht der Freund des Kölners.

»Geht«, sagte der Erzbischof müde. »Holt das Mädchen!«

»Warum?«

»Weil ich mit meiner Tochter sprechen will!«

Als der Vogt mit Gudrun zurückkehrte, hatte sie ihr Kleid notdürftig zusammengerafft und mit einer Haarnadel über der Brust festgesteckt. Trotzdem schaute noch etwas nacktes Fleisch hervor, auch ein Teil des Bauches mit dem Kreuzmal.

»Geht, Dankmar, laßt uns allein!« befahl Anno.

Zögernd, mit unsicheren Blicken, die zwischen Vater und Tochter hin und her huschten, verließ der Stadtvogt den Empfangsraum.

Anno raffte noch einmal seine Kleider hoch und offenbarte dem verwunderten Mädchen sein Kreuzmal, das ihrem sehr ähnlich war. Ihre Augen und ihr ganzes Gesicht waren eine einzige Frage.

»Du willst wissen, was das zu bedeuten hat?« Anno ließ seine Kleider wieder fallen. »Vorher mußt du mir versprechen, mir bei Gott, dem Allmächtigen, schwören, daß deine Lippen für immer versiegelt sein werden, daß du zu jedem über alles schweigst, was ich dir erzähle!«

»Was soll mir noch heilig, was mir noch wichtig sein, wenn Georg tot ist?« entgegnete sie traurig.

»So sehr liebst du ihn?«

Sie nickte.

»Wirst du schweigen, wenn ich ihn am Leben lasse?«

Hoffnung klärte ihren verschleierten Blick. »Heißt das, Georg wird kein Haar gekrümmt?«

»Ich werde deinem Geliebten kein Haar krümmen und keinen Tropfen seines Bluts vergießen, wenn du mir versprichst, zu schweigen und jede andere Strafe anzunehmen, die ich dem Aufrührer auferlege.«

»Wenn Ihr es ehrlich meint, verspreche ich das«, sagte Gudrun nach kurzem Überlegen.

»Ich meine es ehrlich.« Anno betrachtete sie eingehend. »Muß ich dir noch erklären, was es mit dem Kreuz auf sich hat, *Tochter*?«

Dieses ›Tochter‹ sprach er nicht wie beiläufig, nicht wie der geistliche Oberhirte zu einem Mitglied seiner großen Gemeinde, sondern voller Gefühl.

Gudrun wich einen Schritt zurück, als könne sie dadurch die Wahrheit abwehren. Aber Anno las in ihrem Gesicht die Erkenntnis. Und er erklärte Gudrun, weshalb er so gehandelt hatte und daß es Sünde gewesen war, sich als Erzbischof auf eine Liebschaft mit einer Nonne einzulassen.

»Und … meine Mutter?«

»Sie ist tot«, antwortete er und teilte ihr das wenige mit, was er vom Ende der Geliebten wußte. »Ich weiß, daß ich Schuld auf mich geladen habe. Ich verlange von dir nicht Vergebung, nur Verständnis und das Halten deines Worts.«

»Aber warum habt Ihr es mir überhaupt erzählt?«

Anno legte den Kopf schief, als horche er tief in sich hinein. Dann sagte er nur: »Ich mußte es tun.«

Als sie den Palast verließen, winkte Anno den Vogt heran und erteilte ihm eine kurze Anweisung.

Der Bischof nahm auf seinem Sessel Platz und verkündete: »Rumold Wikerst war ein treuer Gefolgsmann und Streiter für Recht und Gott. Deshalb habe ich das Flehen seiner Tochter erhört und spreche Georg Treuer vom Tode frei. Aber er soll nie wieder Aufrührer gegen seinen Herrn und den Vertreter Gottes führen. Deshalb wird ihm das Augenlicht genommen!«

Gudrun stieß einen erstickten Schrei aus und wandte sich an Anno: »Ihr … Ihr habt versprochen, ihm kein Haar zu krümmen!«

»Der Leib des Verurteilten bleibt unangetastet«, fuhr Anno, laut und zur Allgemeinheit gewandt, fort. »Seine Augen werden nicht ausgestochen, sondern er wird nach der Sitte der östlichen Völker geblendet.«

Von Dankmar angewiesene Knechte trugen ein mit glühenden Kohlen gefülltes Eisenbecken, das in einem Dreifuß auslief, auf den Platz und stellten es nah beim Richtblock ab. Der Henker, erst enttäuscht über die Rücknahme des Todesurteils, lächelte jetzt in stiller Vorfreude und steckte die Klinge seines Schwerts tief in die Glut.

Gudrun flehte Anno noch einmal um Gnade für Georg an, nannte ihn zwar Erzbischof, aber meinte doch ihren Vater, nicht den Stadtherrn.

Doch er war nur für kurze Zeit ihr Vater gewesen, jetzt war er nur noch der Stadtherr.

»Ich habe dir bereits Gnade erwiesen, als ich deinen Geliebten vom Tode freisprach«, sagte Anno kalt. »Mehr kann ich nicht tun.«

Gudrun wollte wieder zum Richtblock laufen, doch diesmal hielten die Wachen sie fest.

Die beiden Henkersknechte packten Georg, während der Scharfrichter die weißglühende Klinge aus dem Becken zog. Georg beachtete ihn nicht, auch nicht Anno, sondern blickte unverwandt Gudrun an. Wenn es einen letzten Anblick gab, den er mit in die ewige Nacht nehmen wollte, sollte es ihr Antliz sein!

Doch eine dunkle Gestalt drängte sich vor die Zuschauer in sein Blickfeld und zog Georgs ganze Aufmerksamkeit auf sich. Genugtuung lag in den Zügen des Fremden, obwohl der größte Teil des Gesichts von einem üppigen Bart verdeckt wurde. Die Augen lagen im Schatten eines schwarzen Huts, und schwarz war sein Mantel. Georg kannte den Mann, aber an mehr erinnerte er sich nicht.

Warum nur bereitete es dem Schwarzen eine solche Befriedigung, Georg leiden zu sehen?

Endlich begriff er: Es war Wolfram von Kaiserswerth. Der Bart verdeckte die Narben in seinem Gesicht, aber die Entstellung seiner linken Gesichtshälte war auch durch den Wildwuchs seines Barts nicht ganz zu verdecken. Der Burggraf, der Anno Domini 1062 auf dem Rhein über Bord geworfen worden war, damit Annos Leute den jungen Heinrich entführen konnten, der sich mit Mühe aus dem Strom hatte retten können, war also nach Köln gekommen und hatte das Volk, vermummt als unheimliche Gestalt, gegen den Erzbischof aufgewiegelt. Georg zweifelte keinen Augenblick daran, daß er im Auftrag des Königs gehandelt hatte.

Diese Gedanken beschäftigten den Verurteilten, als der Henker die weißglühende Klinge so dicht an seinen Augen vorbeiführte, daß die Hitze in Georgs Kopf stach. Wie ein Schwert, daß ihm in den Schädel gebohrt wurde. Heißer, heller Schmerz löschte alles andere aus: Gedanken, Empfindungen und die Menschen, die er sah.

Danach war die Welt nur noch schwarz.

NACHSPIEL

HOFFNUNG UND SÜHNE

Epilog 1

Die Verbannten

Ein Jahr war vergangen, seit Erzbischof Anno nach Köln zurückgekehrt war und seine Stellung als Stadtherr wieder eingenommen hatte. Ein trauriges Jahr für die große Stadt am Rhein, deren Zeit vorbei schien. Einst voller Leben, Mittelpunkt des Handels und Hort des Glaubens, lag sie nun seltsam still, wie ausgedörrt unter den Strahlen der stärker werdenden Frühlingssonne.

Viele Menschen hatten Köln verlassen, aus Angst, von Annos Schergen aufgegriffen und, zu Recht oder zu Unrecht als Aufrührer angeklagt, geschoren, gestäupt und um jeden Besitz gebracht zu werden. Viele traf dieses Schicksal, denn jedes beschlagnahmte Vermögen vergrößerte die Beute der siegreichen Erzbischöflichen.

Am stillsten lag der Wik, und man hörte das Plätschern des Rheins als geisterhaftes Echo bis in die westlichen Winkel der Kaufmannssiedlung. Kaufleute, Schiffer, Knechte und Mägde waren aus Angst vor dem grausamen Wüten der Söldner und der als Hilfstruppen angeworbenen Bauern in die Wälder geflohen. Der Handel, der die Stadt reich, groß und berühmt gemacht hatte, kam vollständig zum Erliegen. Kein fremder Kauffahrer wagte hier anzulegen, denn für die rasenden Sieger war jeder Kaufmann – ganz gleich, woher er stammte – ein Aufrührer. So war binnen kurzem aus der volkreichen Stadt, dem

Rom des Nordens, eine Einöde geworden. Wo sich vorher dicht an dicht Menschen gedrängt und geschoben hatten, sah man jetzt nur noch streunende Hunde und Katzen, umherhuschende Ratten und Mäuse.

Durch die Wälder des Hinterlands, wo sich die Geflohenen verbargen, zogen auch ein junger Mann und eine junge Frau, ausgehungert und in zerrissener Kleidung. Um die Augen des Mannes war eine Binde aus hellem Leinen geknotet. In einer Hand hielt er einen knorrigen Ast, der ihm als Stock diente, nicht zum Aufstützen, sondern zum Ertasten des Wegs. Die andere Hand hielt die der jungen Frau, die ihren Begleiter führte und ihn auf jeden größeren Stein, jede Bodenverwerfung und jede aus dem Erdreich ragende Wurzel aufmerksam machte. Ohne diese Hilfe wäre der Mann schon oft gestürzt, denn seine Welt kannte kein Licht mehr, nur noch die Nacht.

»Hast du schon einen Lagerplatz entdeckt?« fragte Georg, der das Nahen der Dämmerung nur daran bemerkte, daß die wärmenden Strahlen der Sonne schwächer wurden.

»Nein, noch nicht«, seufzte Gudrun und ließ ihren Blick über die dichten Mauern aus Tannen und Fichten an beiden Seiten des schmalen Wegs wandern, ohne eine Lücke oder gar eine Lichtung zu entdecken. Die hohen Bäume streckten abwehrend die nadelbewehrten Äste aus, wie um die beiden einsamen Wanderer von sich fernzuhalten.

Hoch über den Baumwipfeln zog schon seit geraumer Zeit ein Roter Milan seine Kreise und versuchte, mit seinem wohlklingenden Getriller darüber hinwegzutäuschen, daß er ein gefährlicher Räuber war. Das ungewöhnlich große Tier stieß auf keine Beute nieder, sondern schien den beiden Menschen zu folgen. Immer wieder blickte Gudrun mit zusammengekniffenen Augen zu ihm hinauf, rätselnd erst, dann ängstlich. Allmählich sackte der schlanke Vogel mit den schmalen, langen Flügeln und dem gegabelten Schwanz tiefer, und sie konnte schon das braunrote Gefieder und die etwas hellere Färbung des Kopfes erkennen.

Waren die beiden Wanderer die Beute, auf die der Raubvogel aus war? Waren sie dem Ende so nah, daß sie schon den Geruch des Todes verströmten?

Gut ging es ihnen gewiß nicht, von Georgs verlorenem Augenlicht ganz zu schweigen. Sie dürsteten und hungerten. Der Winter, den sie in einer zugigen Felshöhle verbracht hatten, hätte sie fast das Leben gekostet. Der Frühling spendete trotz neuer Hoffnung nur spärliche Nahrung. Eine kleine Quelle sowie ein paar frühe Beeren und Pilze hatten ihren ausgedörrten Kehlen und ihren knurrenden Mägen für kurze Zeit Linderung verschafft. Das war schon Stunden her.

Das Schlimmste aber war, daß der Mut sie verlassen hatte. Ziellos irrten sie umher, ohne Heimat, ärmer als die Bettler in der Stadt.

Georg sprach nicht von seiner Blindheit. Er nahm sie als gottgewollte Strafe hin. Wenn er redete, dann von der Schuld, die er als Anführer der Aufrührer auf sich geladen hatte.

Gudrun fühlte sich kaum in der Lage, ihm Trost zuzusprechen. Ihre eigenen düsteren Gedanken beschäftigten sie. Daß Erzbischof Anno ihr Vater war, traf sie tief. Machte es Gudrun nicht zur Mitschuldigen an allem Leid, für das Anno verantwortlich war? Ging die Schuld der Väter nicht auf die Kinder über?

Sie sagte Georg nichts von diesen Gedanken und von dem, was Anno ihr eröffnet hatte. Wenn sie ihr Schweige-

491

gelübde brach, hieß das nur, den Zorn Gottes und des Erzbischofs herauszufordern.

Seltsam, aber ein Teil von ihr war sogar erleichtert über das Unglaubliche. Endlich wußte sie, weshalb Rumold Wikerst sie so oft wie eine vollkommen Fremde behandelt hatte. Die Trauer, die sie darüber empfunden hatte, war versiegt. Nur die Trauer um Hildrun blieb, denn sie war Gudrun wirklich eine Mutter gewesen.

»Was ist das?« fragte Georg und blieb plötzlich stehen.

Auch Gudrun hielt an und erkundigte sich, was er meine.

»Hast du es denn nicht gehört?« Georgs Züge wirkten angespannt. »Im Wald haben mehrere Zweige geknackt. Jemand oder etwas kommt auf uns zu!«

»Von wo?«

Georg hob den Stock und zeigte nach links.

»Ist es ein Tier, vielleicht ein Wolf?« fragte Gudrun, ängstlich erregt.

»Möglich«, antwortete Georg leise und hielt den Stock zum Schlag bereit. »Sag mir, wenn du etwas siehst!«

Erst glaubte Gudrun, er habe sich etwas eingebildet. Aber da stieß der Rote Milan aufgeregte Schreie aus, stieg mit schnellem Flattern höher und segelte über dem Wald zur Rechten davon, bis er nur noch ein winziger Punkt im sanften Blauweiß des Himmels war. Etwas hatte den Räuber verscheucht.

Und dann hörte auch Gudrun das Knacken im Unterholz. Es wurde lauter, und zwischen den Bäumen tauchte eine Gestalt auf.

»Da kommt jemand!« zischte sie in Georgs Ohr.

»Ein Raubtier?«

»Nein, ein Mensch.«

»Der kann gefährlicher sein als ein Raubtier«, sagte

Georg bitter. »Ein Mensch kann hassen. Sag mir, wohin ich schlagen muß!«

Die schemenhafte Gestalt zerteilte die vorderste Fichtenreihe, und eine volltönende Stimme fragte: »Warum willst du einen Freund schlagen, Georg Treuer?«

»Broder!« entfuhr es Georg, und in seiner Überraschung hielt er den schweren Stock noch immer in die Luft. »Es ist der treue Broder!«

»Ja«, sagte Gudrun und starrte in das lächelnde breite Gesicht.

Der Friese bewegte sich seltsam steif, als bereite ihm jeder Schritt Schmerzen. Wahrscheinlich war es so. Hundert Peitschenschiebe gingen an niemandem spurlos vorüber, auch nicht an einem menschlichen Urgestein wie dem Steuermann. Ein grober Umhang, aus einer Wolldecke geschnitten, verhüllte den zerschundenen Rücken.

»Broder hier«, meinte Georg kopfschüttelnd. »Ist das ein Traum?«

»Wenn, dann hoffentlich ein angenehmer«, lachte der Friese und umarmte Georg, der erschrocken zurückzuckte.

»Was hast du?« fragte Broder. »Stinke ich etwa? Ich habe mich erst heute morgen im Bach gewaschen!«

»Es war nur der Schreck. Ich sah dich nicht kommen.«

»Ja«, brummte Broder gedehnt, und das Lächeln in seinem Gesicht, ausgelöst durch die Freude über das Wiedersehen, verschwand. »Ich habe gehört, was dieser gottverdammte Erzpfaffe dir angetan hat!«

»Wer hat es dir erzählt?«

»Viele von denen, die Köln aus Angst vor Anno verlassen haben. Sie lagern nicht weit von hier, etwa eine halbe Römermeile den Wald hinein. Als dich die Späher meldeten, kam ich selbst, dich zu begrüßen.«

»Späher?« fragte Georg.

»Wir müssen vorsichtig sein. Anno könnte euch verfolgen lassen, um unser Versteck aufzuspüren.«

»Warum sollte er das tun?«

»Um zu verhindern, daß wir unsere Stadt zurückerobern und Seine Pestilenz der gerechten Strafe zuführen.« Verbitterung sprach aus Broders Stimme.

»Das habt ihr vor?«

»Ja!«

»Wie viele seid ihr denn?«

»So um die Hundert, bis jetzt«, antwortete der Friese zögernd. »Aber ständig werden wir mehr, und es gibt mehrere Lager wie unseres!«

»Was ihr plant, ist unmöglich«, stellte Georg fest. »Auch wenn Anno die angeworbenen Bauern längst entlassen hat, stehen ihm noch Hunderte gutausgebildeter und schwerbewaffneter Söldner zur Verfügung. Noch einmal werden er und der Stadtvogt sich nicht überrumpeln und aus Köln verjagen lassen!«

»Wir werden sehen«, brummte Broder. »Kommt jetzt mit mir! Ihr habt bestimmt Hunger.«

Er führte Georg und Gudrun auf verschlungenen Wegen durch den Wald, der schließlich lichter wurde und sich zu einem großen Platz erweiterte, auf dem die Flüchtlinge Unterkünfte aus Ästen und Decken errichtet hatten. Über mehreren Feuern hingen Suppenkessel oder auch erlegtes Wild. Ein kleiner Wildbach sprudelte am Rand der Lichtung entlang und versorgte die Menschen mit Wasser. Zusätzliche Nahrung erhielten die geflohenen Kölner, Wikleute zumeist, durch mitgebrachte Schweine, Ziegen, Gänse und Hühner.

Die Neuankömmlinge wurden von vielen freudig begrüßt, von manchen aber auch hinter vorgehaltener Hand als Verräter beschimpft. Georg, weil er den Domhügel kampflos aufgegeben hatte, und Gudrun, weil man sie für die Tochter von Rumold Wikerst hielt, Annos Verbündetem. Was hätten die Menschen erst gesagt, hätten sie gewußt, wer ihr wahrer Vater war!

Niemand brachte Georg mehr die Verehrung als Sohn des Drachentöters entgegen – und darüber war er froh.

Er und Gudrun ließen sich auf einem Felsbrocken nieder, und Broder brachte ihnen zwei hölzerne Schalen mit Fleischsuppe.

»Eßt langsam«, sagte er. »Ausgehungerte Mägen schlucken gern mehr, als ihnen guttut.«

Sie aßen langsam, aber viel. Wohlige Wärme breitete sich in Georgs Magen aus, und er fühlte sich behaglich wie lange nicht mehr. Vielleicht war dafür Broder verantwortlich. Ihn wiedergefunden zu haben, war fast, als sei Georgs Vater wiederauferstanden.

Das sagte Georg dem Freund und fügte hinzu: »Wie ein Vater warst du immer zu mir. Es ist schön, daß du Annos Schwertern entgangen bist!«

»Da kann ich nicht widersprechen«, lachte rauh der Friese. »Wenn auch die Peitsche kein Vergnügen war. Aber andere haben es auch nicht leicht gehabt, wenn ich da an deine Judenfreundin denke.«

»An wen?«

»Stimmt«, brummte Broder, »du kannst es nicht wissen. Rachel war hier, zusammen mit einem Mann, den sie Eleasar und Vater nannte.«

Georgs Gesicht verzog sich zum Ausdruck seines Unglaubens. »Aber ... das ist unmöglich. Rachel und Eleasar sind tot, begraben im eingestürzten Labyrinth unter dem Dom!«

»Sie konnten sich retten, erzählten sie.«

495

»Und Samuel?«

»Der nicht.«

»Wann war das?« fragte Georg aufgeregt. »Wann waren Rachel und ihr Vater hier?«

»Vor Monaten, bevor der erste Schnee fiel. Dann zogen sie weiter, ich weiß nicht, wohin. Sie taten überhaupt sehr geheimnisvoll, schleppten immer ein Tuch mit sich herum, in dem ein Gegenstand eingewickelt war, den sie hüteten wie ihre Augäpfel.«

»Der Gral!« entfuhr es Georg. »Der Kelch des Joseph von Arimathia!«

»Ein Kelch?« meinte der unwissende Broder. »Keine Ahnung, ich habe sie nie daraus trinken sehen.«

»Und du weißt wirklich nicht, wohin sie wollten?« fragte Georg, ertastete die Schultern des Freundes und umfaßte sie, als wolle er, trotz seiner Blindheit, Broder tief, flehend in die Augen sehen.

»Nein«, antwortete der Friese, ein wenig verwirrt. »Warum ist das so wichtig für dich?«

Georg klärte ihn in knappen Worten über den Kelch des Joseph von Arimathia auf und fügte hinzu: »Es heißt, der Gral soll heilende Kräfte besitzen.«

Broder blickte auf die Augenbinde und verstand.

»Wahrscheinlich ist es zwecklos«, murmelte Georg, und seine Euphorie verwandelte sich in Mutlosigkeit. »Ich werde Rachel und Eleasar niemals finden. Und selbst wenn, kann der Gral wirklich heilen? Würde er mich heilen, der ich für den Tod Tausender verantwortlich bin?«

»Hast du den Tod dieser Menschen aus eigennützigen, böswilligen Gründen gewollt?« erkundigte sich Gudrun.

»Nein, ich wollte das Beste für meine Wikbrüder und alle Kölner, aber ich wählte den falschen Weg. Doch was

Rumold Wikerst und seine Männer betrifft, so habe ich ihren Tod wirklich gewollt.«

»Aber nur, um die Menschen zu retten, die sich dir anvertraut hatten«, wandte Gudrun ein.

»Ja, das wollte ich. Aber durfte ich deshalb Tausende in den Tod schicken?«

»Der Herr wird dein Richter sein«, sagte Gudrun. »Sobald wir den Gral gefunden haben.«

Georg spürte Gudruns warme Hände auf seinen, und das gab ihm Kraft.

»Gut, ich will mich dem Kelch des Herrn stellen!« sagte er mit fester Stimme.

Aufregung entstand im Lager. Broder sprang auf, um nach dem Rechten zu sehen. Schon nach kurzer Zeit kehrte er zurück und rief: »Das ist unglaublich!«

Georg hob den Kopf, als wolle er ihn ansehen. »Was?«

»Anno hat die Verbannung aufgehoben. Zum Osterfest dürfen alle Verbannten nach Köln zurückkehren. Boten aus der Stadt haben eben diese Nachricht gebracht.«

»Ich dachte, dieses Versteck sei geheim«, erwiderte Georg verwundert.

»Es waren Leute von uns, Freunde aus anderen Lagern, die bereits wieder in ihren alten Häusern im Wik wohnen.«

»Also ist es keine Falle«, stellte Georg fest.

»Nein, König Heinrich scheint dahinterzustecken.«

»Wie hinter dem ganzen Aufstand«, sagte Georg bitter und erzählte Broder von dem Schwarzen, den er bei seiner Blendung gesehenhatte: Wolfram von Kaiserswerth. »Jetzt hat Heinrich seine Macht gefestigt und ist zu dem Entschluß gekommen, daß ein Handelszentrum ihm mehr nützt als eine verödete Stadt.«

Damit war jeder Gedanke an eine gewaltsame Rückeroberung Kölns verschwunden. Warum etwas erobern, das man gleichsam geschenkt bekam. Und am nächsten Morgen leerte sich das Lager, kehrten die Vertriebenen zurück in die Stadt, die ihnen Schutz und Brot versprach. Nur drei Menschen schlugen einen anderen Weg ein: Georg, Gudrun und Broder. Für sie gab es in Köln kein Glück. Und so brachen sie auf, Rachel und Eleasar zu suchen – und den Kelch des Herrn.

Epilog 2

Der schwarze Fleck

Das große Haus erstrahlte in überirdischer Pracht. Wie Gold funkelten die Wände im Sonnenlicht, und wie Rubine, Smaragde und Saphire leuchteten die bunten Bogenfenster. Die breite Flügeltür mit blendendem Silberbeschlag stand weit offen, und einladendes, warmes Licht strömte nach draußen.

Anno von Köln fühlte sich wohl und behaglich wie seit seiner Kindheit nicht mehr, als ihn die Wärme berührte und schützend umhüllte. Der unausgesprochenen Einladung folgend, schritt er auf das Gebäude zu und durchmaß das Silberportal.

Er trat in einen königlichen Saal, dessen Wände und Decke überall mit den kostbarsten Edelsteinen bestückt waren. Die Pracht und das Leuchten waren im Haus noch eindringlicher als beim Anblick von draußen. Um eine große, reichlich gedeckte Tafel saßen auf mit goldenen Stoffen behängten Richtstühlen die hervorragendsten Bischöfe des Rheinlands, auf der irdischen Welt schon verschieden, hier in froher Eintracht vereint. Einige hatte Anno noch persönlich gekannt, andere waren ihm aus den Überlieferungen vertraut: Heribert von Köln, Arnulf von Worms, Bardo von Mainz, die beiden Trierer Poppo und Everhard und so viele andere!

Jeder hatte die bischöfliche Stola umgelegt und trug

ein glänzendes, schneeleuchtendes Gewand. Anno sah an sich hinab und bemerkte, daß auch er ein solches Kleid trug. Doch auf der Brust, geradewegs über dem Herzen, breitete sich ein häßlicher, schwarzer Fleck aus wie eine böse Geschwulst. Schamvoll legte er seine Hände darauf und hielt auf den einzigen freien Stuhl an der Tafel zu. Dort war sein Platz!

Da erhob sich Arnulf von Worms und versperrte dem Kölner den Weg. Mit strengem Gesicht wies Arnulf auf den Fleck, der wuchs und wuchs und nicht mehr von Annos Händen zu verdecken war. Mit diesem Fleck, sagte Arnulf, könne sich Anno nicht zu den ehrwürdigen Vätern setzen.

Anno erinnerte sich. Er war schon öfter in diesem Saal gewesen, und jedesmal hatte einer der anderen Bischöfe ihm den Zutritt verwehrt. Einmal hatte ihm Arnulf gesagt, Annos Fleck sei die Schande, die er mit der Vertreibung der Kölner Bürger auf sich geladen habe. Also hatte Anno die Verbannung widerrufen, und zu Ostern des Jahres 1075 waren alle Vertriebenen, die es wünschten, nach Köln zurückgekehrt. War damit seine Schuld nicht beglichen, die Sünde nicht getilgt?

Auf diese Frage hin begann Arnulf laut zu lachen, und sein Gesicht verzerrte sich, nahm ganz andere Züge an, die großteils von einem wuchernden Bart verdeckt wurden, der dennoch die gräßlich entstellenden Narben auf der linken Wange nicht ganz verdecken konnte. Die Stola verschwand wie der Glanz des Gewands. Es leuchtete nicht länger im reinen Weiß, sondern war jetzt tiefschwarz und verschluckte jedes Licht.

»Deine Schuld kannst du niemals tilgen, niemals!« schrie der Schwarze unter gräßlichem Gelächter und zeigte auf den schwarzen Fleck, der sich über Annos gesamte Brust ausgebreitet hatte. »Gottes Strafe wird dich zerfressen!«

Und wieder verwandelte sich das Gesicht, wurde zur gräßlichen Teufelsfratze.

Anno wandte sich um, lief aus dem Saal, aus dem Haus, und schrie, schrie, schrie ...

Der Siegburger Mönch, der aus der Offenbarung des Johannes gelesen hatte, verstummte und blickte, wie seine drei Brüder, den schreienden Mann auf dem Krankenbett erschrocken an. Zwei der Lektoren standen links des Bettes, zwei rechts davon, und abwechselnd lasen sie aus der Heiligen Schrift, wie es Erzbischof Anno gewünscht hatte.

Der Kranke schlug die Augen auf, so weit, daß man sie deutlich in den tiefen Höhlen sah, erfüllt von fiebrigem Glanz und einem letzten Aufflackern der Lebensflamme.

»Wo ... wo ist er?« stammelte Anno erregt, und sein Blick huschte suchend durch den von warmem Kerzenlicht erhellten Raum.

»Von wem sprecht Ihr, Eminenz?« fragte der Lektor, der die goldbesetzte Heilige Schrift in Händen hielt.

Anno öffnete die rissigen Lippen zu einer Antwort, hielt aber inne, als ihm der Unterschied zwischen Wirklichkeit und Traum bewußt wurde. Er hatte geträumt, wieder diesen einen Traum gehabt, der ihn in letzter Zeit so oft heimsuchte, seinen Todestraum. Doch diesmal war es anders gewesen, war dieser unheimliche Schwarze aufgetaucht, der ihm jede Vergebung seiner Schuld verwehrte.

Dabei hatte Anno doch alles getan, was die Traumgestalten von ihm verlangten, sogar den vertriebenen Wikbewohnern die Heimkehr gewährt. Aber nichts hatte ge-

501

gen die schreckliche Krankheit geholfen, die erst seine Füße zerfressen hatte und dann über die Beine, Schenkel und Hüften bis zu seiner Brust gedrungen war. Sie war der schwarze Fleck auf seiner Seele, die faulende Geschwulst, die Anno bei lebendigem Leib auffraß.

Der Herr hatte ihn verlassen, und auch die in Köln verehrten Heiligen standen Anno nicht bei. Vor Tagen hatte Anno, der schon lange nicht mehr stehen, geschweige denn laufen konnte, sich auf einem Sessel vor den Dom tragen lassen. Aus den Kirchen Kölns wurden in feierlicher Prozession sämtliche Reliquien zu ihm getragen. Er küßte jede einzelne und bat jeden Heiligen um Fürsprache. Vor dem Sarg des heiligen Severin, des hochverehrten Kölner Erzbischofs, warf er sich sogar in den Schmutz, aber auch Severin erhörte ihn nicht. Der Aussatz fraß weiter an Annos Leib.

Seine Gedanken wanderten zurück in jene Nacht der Buße, aus der die Finsternis des Schreckens und des Todes geworden war. Er sah sich wieder vor dem entblößten Mädchen knien, dessen Name er nicht kannte. Er wusch sie, um zu sühnen, bis er den schrecklich verstümmelten, faulenden, schwarzen Fuß in Händen hielt. In dieser Nacht hatte Gottes Strafe ihn getroffen!

Als seine Füße zu schmerzen begannen, kurz nach dem Aufstand der Wikbrüder, hatte er es noch verdrängt und als Gichtplage des Alters abgetan. Aber dann faulte sein Fleisch, und Anno wußte um sein Schicksal. Und er wußte auch, was dieser letzte Todestraum mit dem unheimlichen Schwarzen zu bedeuten hatte.

»Es wird gleich Tag«, sagte er nach einem Blick auf die Fenster; über den Dächern Kölns glühte ein sanfter, seidiger Rotschimmer durch die Dunkelheit. »Welcher Tag ist es?«

»Der vierte Dezember, Eminenz«, antwortete einer der treuen Siegburger Mönche.

»Es wird mein letzter Tag sein!« sagte Anno leise, aber mit Bestimmtheit.

Er dachte wieder an die Frau, die einstige Geliebte, die er vor sich gesehen hatte, als er all die Sünderinnen wusch. Und an die Tochter, die ihm ihr Leben lang so nah gewesen war, ohne daß er es ahnte.

»Ich erlasse jedem seine Schuld und bitte alle, denen ich Leid angetan habe, um Vergebung«, hauchte er mit ersterbender Stimme. Er bäumte sich noch einmal auf und flehte: »Bestattet mich in Siegburg, nicht hier in Köln, das meinen Frevel gesehen hat!«

Dann fiel er zurück auf sein Lager und lag vollkommen reglos, atmete nicht einmal mehr.

Bestürzt eilten die Mönche ans Krankenlager, aber es war zu spät. Sie standen an Annos Totenbett.

Als am vierten Dezember Anno Domini 1075 die Sonne über Köln aufging, verkündete das Geläut sämtlicher Glocken der Stadt den Tod des Erzbischofs.

Später trugen die Kardinalpriester Annos Leichnam ins Atrium des Doms und stellten die Bahre unter der großen Leuchterkrone ab. Die Chöre der Mönche und Nonnen erhoben ihre Stimmen zum Herrn, und Bischof Egilbert von Minden, Annos alter Freund und Lehrer, hielt das Totenamt.

An den folgenden Tagen wurde der tote Erzbischof feierlich durch Köln getragen und in den großen Kirchen verehrt. Dann setzte man ihn über den Rhein und brachte den Leichnam nach Sankt Heribert in Deutz, von wo er nach der Totenfeier auf einem Karren und, wo der von

503

Unwettern aufgeweichte Boden zu uneben war, auf den Schultern der Siegburger Mönche zu ihrer Abtei getragen wurde.

In dem von Anno auf dem Siegburger Michaelsberg erbauten Kloster, das stets treu zu seinem Stifter gestanden hatte, wurde der Erzbischof von Köln am elften Dezember im Laienschiff vor dem Kreuzaltar beigesetzt.

ANHANG

Nachwort des Autors

Dieser Roman basiert auf Tatsachen, die einzelnen Ausgestaltungen aber sind erfunden. Die geschichtlichen Überlieferungen über den Kölner Aufstand des Jahres 1074 sind eher rar und, da von Geistlichen festgehalten, naturgemäß auf Annos Seite. So wurde aus dem Erzbischof ein Heiliger, aber aus seinem Gegenspieler, dem jungen Kaufmannssohn, ein Namenloser, der in der Literatur über jene Zeit nur als N.N. firmieren konnte. Ich nannte ihn Georg Treuer. Auch sein weiteres Schicksal ist ungewiß, die Überlieferung schließt mit seiner Blendung. Historiker mutmaßen, daß er als blinder Bettler dahinvegetierte.

Über Annos Charakter mag man trefflich streiten. Die Aussagen der Chronisten gehen von der Heiligenverehrung bis zur Verteufelung, je nachdem, wie sie dem Kölner Erzbischof gegenüberstanden. Eine Lichtgestalt konnte ich in einem entschlossenen Machtpolitiker, der sich durch den Königsraub von Kaiserswerth zeitweilig zum mächtigsten Mann des Deutschen Reiches aufschwang, nicht sehen. Deshalb habe ich versucht, Anno als Mensch mit Fehlern und Schwächen darzustellen. Diese Fehler entstammen zum Teil meiner Phantasie, aber andere besaß er bestimmt, sonst wäre er kein Mensch gewesen.

Annos Manie, Dirnen zu Bekehrungszwecken aufzugreifen, wird von den Quellen überliefert, die seine Heiligsprechung rechtfertigen. Sollte dieses Verhalten des Erzbischofs auf einem wahren Kern basieren, was wollte er dann wirklich von den Hübschlerinnen?

Annos qualvoller Tod nach dem Verfaulen seines Körpers ist als Folge einer Gichterkrankung überliefert. Aber zwischen Gicht und Lepra bestehen einige markante Übereinstimmungen: der häufige Krankheitsbeginn am Fuß (bei Anno brach die Erkrankung an beiden Füßen aus, obwohl er zuvor nie unter Gicht gelitten haben soll); der Befall von Eingeweiden; Knoten in der Haut, die zu Geschwüren aufbrechen können; schließlich die bereits erwähnte Fäulnis der Haut.

Die Ursachen des Bürgeraufstands liegen im geschichtlichen Dunkel. Wir erfahren aus den Quellen – die Annalen Lamperts von Hersfeld sind hier an erster Stelle zu nennen – nur von der Beschlagnahme des Schiffes durch Anno für die Heimreise seines Freundes Friedrich von Münster. Das ist ein Grund, ein Anlaß, aber keine Ursache. Der Volkszorn mag sich an diesem Willkürakt entzündet haben, aber brodeln mußte er schon länger. Auch hier war also die Erfindungsgabe des Schriftstellers gefragt, und ich entschied mich, den Aufstand in einen größeren politischen Zusammenhang zu stellen, basierend auf einer Frage, die mich beschäftigte: Warum nutzte König Heinrich, der Anno seit dem Raub von Kaiserswerth doch offensichtlich haßte, nicht die Gelegenheit, den Kölnern zu Hilfe zu eilen und nach Worms auch Köln eng an sich zu binden? Bei den unsicheren Machtverhältnissen im eigenen Land hätte Heinrich die feste Unterstützung Kölns nur willkommen sein können.

Daß ich mir die Freiheit nahm, den Kelch des Joseph

von Arimathia unter dem Alten Dom zu deponieren, mögen mir die Gralskundler verzeihen. Angesichts des Reliquienwahns, der das Mittelalter durchzog und auch vor dem ›Heiligen Köln‹, wie es im Mittelalter genannt wurde, nicht haltmachte, schien mir der Gedanke nicht fernliegend. Mögen sich die historischen Schottenmönche aus keinem anderen Antrieb, als dem Herrn zu dienen, in Köln niedergelassen haben, ist doch belegt, daß sie Groß Sankt Martin kurz nach den hier geschilderten Ereignissen verließen: 1103 starb Alvold, der letzte iro-schottische Abt des Klosters.

Zur Entwicklungsgeschichte der Stadt Köln ist vieles bezeugt, einiges liegt aber auch im Dunkel, so daß ich teilweise auf Schlußfolgerungen und Vermutungen angewiesen war. Die Feldsieche westlich der Stadt an der Straße nach Aachen ist erst seit dem 12. Jahrhundert urkundlich belegt, was ihre Existenz bereits im 11. Jahrhundert aber nicht ausschließt. Die Namen von Kirchen, Straßen, Plätzen und Stadttoren entstammen entweder der Zeit Annos oder können nach der Quellenlage zumindest für diesen Zeitraum angenommen werden. Die Namen der westlichen Tore aus der Stadtmauer-Erweiterung des 12. Jahrhunderts übertrug ich auf die entsprechenden Tore in der alten Mauer, wie sie im 11. Jahrhundert bestand.

Der Aufstand des Jahres 1074 verebbte schon nach wenigen Tagen, aber er legte das Fundament für weitere Freiheitsbewegungen. Für das Jahr 1112 meldet die *Kölner Königschronik* eine ›Verschwörung für die Freiheit‹, die überwiegend als Schwurgemeinschaft der Kölner Bürger gewertet wird. 1264 schlugen die Patrizier einen Aufstand der Kölner Handwerker gegen ungerechte Benachteiligung blutig nieder.

1288 besiegten die Kölner in der Schlacht bei Worringen ihren Erzbischof Siegfried von Westerburg und errangen ihre Unabhängigkeit. Die Geschicke der sich herausbildenden Stadtrepublik lagen fortan in den Händen der Großkaufmannsfamilien.

In der zweiten Hälfte des 14. Jahrhunderts kam es in Köln immer wieder zu Konflikten zwischen den Handwerkerzünften, angeführt von den Webern, und den herrschenden Großkaufleuten. 1396 erwies sich die Herrschaft der Patrizier als zunehmend unerträglich für die unter ihnen stehenden Bürger, und die Zünfte probten erfolgreich den Aufstand. Köln erhielt mit dem ›Verbundbrief‹ eine überwiegend demokratische Stadtverfassung.

Die Saat, die Anno Domini 1074 gelegt wurde, war aufgegangen.

Jörg Kastner

Historische und
begriffliche Erläuterungen

Albe heißt das fußlange weiße Leinengewand der Bischöfe, das auf die römische Tunika zurückgeht und für die Reinheit steht.

Antoniusfeuer nannte man im Hochmittelalter eine rätselhafte Seuche, die auch unter den Namen ›Brandseuche‹ und ›heiliges Feuer‹ gefürchtet war. Die Infizierten schienen von einem inneren Feuer verbrannt zu werden, schrien, wimmerten und bogen sich vor Schmerzen. Erst im 20. Jahrhundert kam man der Krankheit auf die Spur: Es handelt sich um eine Vergiftung, ausgelöst vom Mutterkorn, einem Schmarotzerpilz, der auf Getreideähren wächst. Im Mittelalter galten die von der Seuche Befallenen oft als vom Teufel besessen, und so lag die Verbindung zum heiligen Antonius (dem Einsiedler, nicht dem von Padua) nahe, der sich den quälenden Versuchungen Satans zu widersetzen hatte.

Archidiakon heißt in der katholischen Kirche der Vorsteher eines Kirchensprengels. Hildebrand war vor seiner Erhebung zum Papst Archidiakon des päpstlichen Diakonenkollegiums.

Aussatz, auch als Lepra oder Miselsucht bekannt, war vom Mittelalter bis weit in die Neuzeit hinein eine gefürchtete Seuche. Sie beginnt mit Flecken und Knoten auf der Haut, die sich zu Geschwüren ausbilden. Vor der Entdeckung der Leprabakterien als Krankheitserreger hielt man das Übel lange Zeit für eine Strafe, die Gott sündigen Menschen schickte. Die Befallenen – Lazaruskinder, Siechlinge oder auch Gute Leute genannt – wurden im Mittelalter mit einer Totenmesse von den Lebenden (= Gesunden) ausgeschlossen und vor die Stadtmauern verwiesen, wo sie in Lagern und Heimen Unterkunft fanden, die man Siechenkobel, Leprosenhäuser, Gutleuthäuser oder auch Rosenhöfe nannte.

Der Fernhandel erlangte im Mittelalter mit den Fortschritten im Schiffsbau eine immer größere Bedeutung. Über die Ostsee wurden Tuchwaren exportiert und Pelze, Wachs, Honig und Bernstein importiert. Aus Italien und dem Mittelmeerraum (auch ›Mittelländisches Meer‹ genannt) kamen die Waren des Orienthandels nach Deutschland, darunter Spezereien, Seide, Baumwolle und Elfenbein; besonders an den Küsten des Tyrrhenischen Meeres – dem zwischen Italien, Korsika, Sardinien und Sizilien liegenden Teil des Mittelmeers – wurden viele Waren umgeschlagen. Anfangs noch ständig unterwegs, wurden die Fernhändler allmählich an den großen Warenumschlagsplätzen seßhaft und bildeten den Keim des wohlhabenden Bürgertums.

Geld wurde mit der Ausbreitung des Fernhandels im Hochmittelalter immer wichtiger, und in den großen Städten traten Geld- gleichwertig neben die bis dahin üblichen Tauschgeschäfte. Seit Karl dem Großen gab es eine Silberwährung.

Im 11. Jahrhundert erlangte die ›Kölner Mark‹ als Gewichtseinheit für Silbermünzen aufgrund der Bedeutung Kölns im Fernhandel eine große Bedeutung und breitete sich über ganz Europa aus. Aus dem Jahr 1166 ist überliefert, daß aus einer Mark zu zwölf Schillingen 144 Pfennige à 1,46 Gramm geprägt wurden; das Markgewicht betrug also 210 Gramm. Einige Jahre später wurde das Markgewicht auf 160 Pfennige erhöht, und 1524 wurde die Kölner Mark Reichsmünzgewicht.

Einzig verbreiteter Münzwert war in salischer Zeit der Pfennig (= Denar), vereinzelt wurden noch Halbpfennige ausgegeben. Die Mark und der Schilling waren bloße Gewichts- bzw. Rechenwerte. Die großen Münzstätten bildeten auf der Vorderseite häufig den Namen des Münzherrn und auf der Rückseite den der Münzstätte ab.

Anerkannte Währungen auch in Nordeuropa waren außerdem der byzantinische ›Besant‹ oder ›Byzantiner‹ und der arabische ›Golddenar‹.

Der heilige Georg ist in den historischen Einzelheiten umstritten. Um 280 geboren, soll er als römischer Offizier in die Dienste Kaiser Diokletians getreten sein und den christlichen Glauben angenommen haben. Für diesen Glauben starb er als Märtyrer nach schrecklichen Folterungen, nach einem Teil der Quellen noch unter Diokletian, nach anderer Meinung unter dem Perserkönig Dadianos. Neben den erduldeten Qualen ist das hervorstechende Motiv der Georgsverehrung die Legende von seinem Kampf gegen den Drachen in der Nähe der libyschen Stadt Silena. Durch seinen Sieg über das Untier rettete er die als Opfer für den Drachen bestimmte Königstochter und bekehrte die Bevölkerung zum Christentum.

Im Mittelalter wurde ihm als Wundertäter und heroisches Vorbild aller Stände gehuldigt. Eine als Georgs Arm verehrte Reliquie wurde tatsächlich im Kloster Sankt Pantaleon aufbewahrt und von Erzbischof Anno in die neuerbaute Kirche Sankt Georg überführt, wobei die überwiegende Literatur dieses Ereignis auf den November 1067 datiert. Das Datum ist aber umstritten, unter anderem deshalb, weil Sankt Georg zu diesem Zeitpunkt noch nicht fertiggestellt war. Die Weihe der neuen Kirche fand zum Osterfest 1074 statt, weshalb eine Überführung der Reliquie zu diesem Zeitpunkt möglich erscheint.

Juden siedelten schon seit der Römerzeit auf deutschem Boden, verstärkt nach der Zerschlagung des jüdischen Staates infolge des Bar-Kochba-Aufstands in den Jahren 132 bis 135. Seit der Karolingerzeit entwickelten sich die jüdischen Gemeinden kontinuierlich, besonders in den Zentren des Fernhandels, bei dem sich die Juden im Pelz- und Sklavenhandel hervortaten. Die Juden waren frei, zum Erwerb von Grund und Boden und zum Tragen von Waffen berechtigt, allerdings rechtlich schutzlos, weshalb sie sich von den weltlichen Herrschern – gegen ein Entgelt – Schutzbriefe erbaten. Übergriffe auf Juden gab es zwar schon in dieser Zeit, aber die Absonderung der Juden, ihre Kennzeichnungspflicht, Unfreiheit und Einschränkung in der Berufswahl sowie eine breitflächige Verfolgung begannen erst 1095, als Papst Urban in Clermont zum ersten Kreuzzug aufrief. Vielen christlichen Streitern war der Weg ins Heilige Land zu weit, und sie hielten sich an den Andersgläubigen im eigenen Land schadlos.

Köln besaß als Handelszentrum früh eine große Judengemeinde, die sich im Osten der Altstadt angesiedelt hatte. Schon für das 11. Jahrhundert ist hier eine Synagoge bezeugt, die 1096 von Kreuzfahrern vernichtet und im 12. Jahrhundert neu errichtet wurde.

Judenchristen waren in den ersten Jahrzenten des Christentums die meisten Anhänger der neuen Religion, die sich aus dem Judentum entwickelte. Später wurde der Begriff für jene Christen gebraucht, die an den in der Tora festgelegten jüdischen Gesetzen und Bräuchen festhielten, wie der Heiligung des Sabbats und der Beachtung jüdischer Festtage und Reinheitsgebote. Andere Bezeichnungen für die Judenchristen sind ›Ebioniten‹ und ›Nazoräer‹.

Kaiserswerth, heute als alter und schöner Vorort Düsseldorfs bekannt, beheimatete im 7. Jahrhundert einen Gutshof des fränkischen Hausmeiers Pippin II., genannt der Mittlere. Nach der Schlacht bei Dorestad im Jahr 689, in der die Franken die Friesen besiegten, förderte Pippin die von den Iren ausgehende angelsächsische Mission. Der Missionsbischof Suitbert, Sohn des Grafen von Nottingham und Schüler des Benediktinerklosters York, gründete auf der ihm von Pippin und seiner Frau Plektrudis geschenkten Rheininsel das Kloster Kaiserswerth. Suitbert starb hier 713. Der neben dem Kloster fortbestehende Königshof wurde seit ungefähr 1050 zur kaiserlichen Burg ausgebaut und zunehmend befestigt. Die Zahl von insgesamt 57 kaiserlichen Urkunden, die zwischen 1050 und 1257 in Kaiserswerth ausgestellt wurden, belegt die Bedeutung der Kaiserpfalz.

Köln zählt zu den ältesten Städten Deutschlands. Schon um 38 v. Chr. gründeten die Römer an diesem Ort eine Siedlung einheimischer Ubier. 50 n.Chr. erhielt der Ort das Stadtrecht, als die hier geborene Julia Agrippina Kaiser Claudius heiratete, und hieß ›Colonia Claudia Ara Agrippinensis‹ (kurz: CCAA). Vom Sitz des römischen Statthalters für Niedergermanien wandelte sich Köln im 4. Jahrhundert zur Bischofsstadt und später zur Residenz der merowingischen Hausmeier. Karl der Große erhob Köln zum Erzbistum. Im Mittelalter bildete Köln eine wirtschaftliche, kulturelle und geistliche Hochburg der christlichen Welt und soll so viele Kirchen und Kapellen besessen haben wie Tage im Jahr.

Der Kölner Dom geht auf ein frühes christliches Versammlungshaus aus dem 3. Jahrhundert zurück, dessen Baureste unter dem Dom gefunden wurden. Aus diesem Haus entwickelte sich im 4. Jahrhundert eine Kirche mit Westchor und

513

einem Atrium mit Taufhaus im Osten. Erweiterungen des Baus zu einer immer größeren Bischofskirche erfolgten um 565 durch Bischof Carentinus und unter Hildebold, der 784 Bischof von Köln und 794/95 Erzbischof wurde. 850 wurde Gunthar Erzbischof von Köln und ließ einen Neubau an der Stelle der Bischofskirche errichten, den ›Alten Dom‹, eine etwa 100 Meter lange, wuchtige Basilika, im Osten und Westen mit Chören und Querhäusern versehen. Bruno I., ab 953 Erzbischof, ließ je ein Seitenschiff im Norden und Süden anbauen. Heribert, 999 zum Erzbischof gewählt, setzte eine zweigeschossige Pfalzkapelle an die Südseite der Kathedrale. Im 13. Jahrhundert führten Pläne für einen Dom-Neubau zu unvorsichtigen Abrißmaßnahmen, und am 30. April 1248 vernichtete ein Brand den Alten Dom. An seiner Stelle wuchs über die Jahrhunderte der gotische Dom, wie wir ihn heute kennen.

Mitra heißt die liturgische Kopfbedeckung der Bischöfe, die um die Mitte des 10. Jahrhunderts in Rom aufkam. Sie besteht aus zwei spitz zulaufenden, durch Stoff verbundene Hälften. Im Mittelalter waren neben der ›einfachen‹ (weißen) Mitra noch die ›goldene‹ (mit Goldstoff überzogene) und die ›kostbare‹ (mit Stickereien und Edelsteinen besetzte) Mitra in Gebrauch, die beiden letzteren für die feierlicheren Anlässe.

Munt war nach altem germanischen Recht das unbedingte Vormundschaftsverhältnis des Familienoberhaupts. Eine Frau unterstand der Munt ihres Vaters und mußte ihm gehorchen, bis sie heiratete und in die Munt des Ehemanns überging.

Praepositus hieß nach der lateinischen Bezeichnung ›praepositus negotiatorum‹ der Vorsteher der Kölner Kaufmannsschaft.

Rebec nannte man im Mittelalter einen dreisaitigen Vorläufer der Violine.

Die Reichskleinodien oder Reichsinsignien setzten sich im alten Deutschen Reich aus dem kaiserlichen Krönungsschmuck – den für die Krönung notwendigen eigentlichen Insignien – und den aus zehn Reliquien bestehenden Reichsheiligtümern zusammen. Besonderes Gewicht hatten die goldene Krone, der goldene Reichsapfel, das vergoldete Zepter, das Schwert Karls des Großen, der Krönungsmantel, die vergoldeten Sporen und die Heilige Lanze, die das Besitzrecht an Italien verkörperte.

Reliquien wurden im Mittelalter kultisch verehrt, da man den Gebeinen, Kleidungsstücken und Gebrauchsgegenständen von Heiligen die Fähigkeit zusprach, Wunder zu wirken.

Riemen heißt in der nautischen Sprache das Ruder, das wiederum das Steuer bezeichnet.

Rojer ist die nautische Bezeichnung für Ruderer.

Schottenmönche wurden im Volksmund die iro-schottischen Missionare genannt, die seit dem 6. Jahrhundert das christliche Abendland durchstreiften und eigentlich von der irischen Kirche ausgingen. In Köln lebten vom späten 10. bis zum beginnenden 12. Jahrhundert irische Mönche in der Benediktinerabtei Groß Sankt Martin.

Sexta, die sechste, ist bei den Benediktinern die Bezeichnung für das Gebet zur sechsten Stunde des Tages nach antiker Zeiteinteilung, also etwa um zwölf Uhr mittags.

Tertia, die dritte, ist bei den Benediktinern die Bezeichnung für das Gebet zur dritten Stunde des Tages nach antiker Zeiteinteilung, also etwa um neun Uhr morgens.

Der Truchseß wachte als hoher Hofbeamter über Küche und Tafel.

Wik hieß im Mittelalter die Kaufmannssiedlung. Die Herkunft des Begriffs ist nicht geklärt. Der Kölner Wik entstand rund um das Kloster Groß Sankt Martin auf einer ehemaligen Rheininsel, die nach Zuschüttung des versumpften römischen Hafens mit der Stadt zusammenwuchs. Der Boden gehörte dem Erzbischof und wurde den Kaufleuten gegen einen Zins überlassen.

Zeittafel

Um 38 v.Chr.

Die germanischen Ubier werden von den Römern auf der linken Rheinseite angesiedelt.

50 n.Chr.

Aus der Ubiersiedlung wird die römische Stadt Colonia Claudia Ara Agrippinensis (CCAA).

313

Erste Erwähnung eines Kölner Bischofs, Maternus, der an einer Synode in Rom teilnimmt.

454

Köln wird fränkischer Königssitz.

794/95

Karl der Große ernnennt Köln zum Erzbistum, womit die Stadt eine Vorrangstellung in Niederdeutschland einnimmt. Ihr werden die Suffraganbistümer Lüttich, Minden, Münster, Osnabrück, Utrecht und (bis 834/64) Hamburg-Bremen zugeteilt.

Um 1010

Geburt Annos.

Um 1050

In Italien wird Alkohol aus Wein destilliert und damit der erste Branntwein gewonnen.

1050

Heinrich IV. wird am elften November geboren, wahrscheinlich zu Goslar.

1054

Königskrönung Heinrichs IV. zu Aachen.

1056

Kaiser Heinrich III. setzt Anno gegen den Willen der Kölner Bürger als ihren neuen Erzbischof ein. – Der Kaiser stirbt, und seine Witwe Agnes von Poitou übernimmt die Regentschaft.

1062

Mit dem Staatsstreich von Kaiserswerth endet die Regentschaft von Agnes und beginnt die Herrschaft Annos über das Reich.

1063

Heinrich IV. wendet sich Erzbischof Adalbert von Bremen zu, und Annos Einfluß auf das Reich beginnt zu schwinden.

1064

Der Wettiner Graf Friedrich wird durch die Protektion seines Freundes Anno Bischof von Münster.

1065

Mit seiner Schwertleite zu Worms wird Heinrich IV. eigenverantwortlicher Herrscher, aber Adalbert bleibt sein Berater.

1066

Adalbert wird auf dem Fürstentag zu Tribur als Berater des Königs abgesetzt.

1073

Adalbert stirbt. – Sachsenaufstand gegen den König. Heinrich IV. muß von der belagerten Harzburg fliehen und wird in Worms aufgenommen.

1074

Aufstand der Kölner Bürger gegen Erzbischof Anno. – Die Sachsen zerstören die Harzburg.

1075

Zu Ostern gewährt Anno den verbannten aufständischen Kölnern die Rückkehr. – Am 4. Dezember stirbt Anno in Köln und wird am 11. Dezember in der Abtei Siegburg beigesetzt. – Im Oktober unterwerfen sich die Sachsen zu Oberspier.

1077

Kaiserin Agnes stirbt in Rom.

1084

Friedrich von Münster stirbt.

1106

Heinrich V. zwingt seinen Vater, als Kaiser abzudanken. Heinrich IV. flieht zum kaisertreuen Niederrhein, wo auch die Stadt Köln zu ihm hält. Er besiegt den Sohn noch einmal auf dem Schlachtfeld, stirbt aber in Lüttich. Heinrich V. wird Kaiser.

1183

Anno von Köln, Stifter vieler Klöster und Erbauer vieler Kirchen zum Ruhme des Herrn, wird heilig gesprochen.

Band 13 967
Glenn Meade
Operation Schneewolf
Deutsche Erstveröffentlichung

Es ist Winter 1952. Mit dem Mut der Verzweiflung flieht Anna Chorjowa aus einem sowjetischen Gulag. Über Finnland gelangt sie nach Amerika, wo die junge Frau ein neues Leben anfangen will. Aber der amerikanische Geheimdienst hat andere Pläne mit Anna: Sie soll helfen, den US-Top-Agenten Alex Slanski in Moskau einzuschleusen. Die Belohnung, die ihr winkt, wäre mit allem Gold dieser Welt nicht aufzuwiegen ...

›OPERATION SCHNEEWOLF vereint die Kraft und Genauigkeit eines historischen Romans mit der gnadenlosen Spannung eines Thrillers, der von einem Höhepunkt zum nächsten jagt.‹
Cosmopolitan

Sie erhalten diesen Band im Buchhandel, bei Ihrem Zeitschriftenhändler sowie im Bahnhofsbuchhandel.